Hobbit Presse / Klett-Cotta

Evangeline Walton

# DIE LETZTE AMAZONE

Aus dem Amerikanischen übersetzt
von Hans J. Schütz

Verlagsgemeinschaft Ernst Klett Verlag –
J. G. Cotta'sche Buchhandlung
Die Originalausgabe erschien unter dem Titel
»The Sword is Forged«
bei Timescape Books, New York

Printed in Germany
Illustrationen: Dietrich Ebert, Reutlingen
Einband: Klett-Cotta-Design, unter
Verwendung eines Bildes von Dietrich Ebert
ISBN 3-608-95593-3
Sonderausgabe 1988

Für meine Großmutter,
eine Quäkerin
und eine Pionierin,
deren Charakter,
eine Mischung aus Zartheit und Härte,
mich zuweilen an Antiope erinnert.

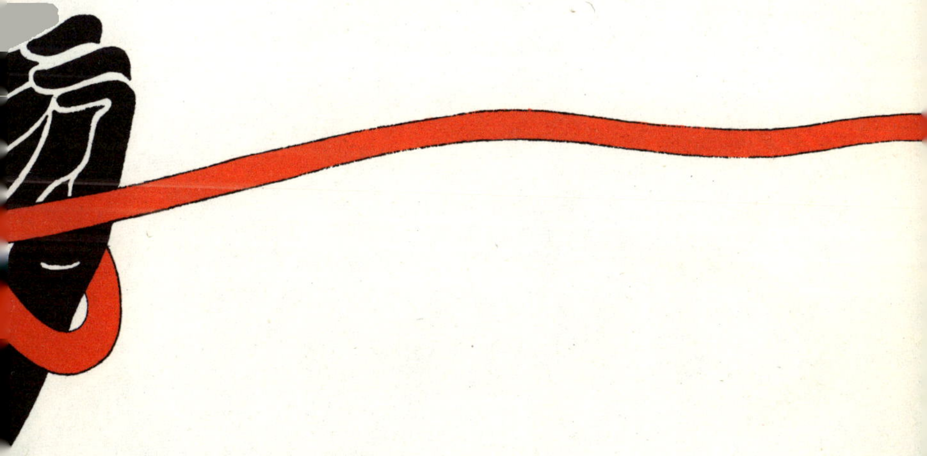

... Wir könnten nicht mit euren Frauen leben – unsere Art ist anders als die ihre. Den Bogen spannen, den Wurfspieß schleudern, zu Pferde sitzen, das sind unsere Fertigkeiten ... Doch eure Frauen tun nichts dergleichen, sie bleiben zu Hause ... und niemals gehen sie hinaus, um zu jagen oder um irgend etwas zu tun. Niemals könnten wir und sie miteinander auskommen.

Worte der Amazonen, nach Herodot, Buch IV

# Erstes Buch: Die Klinge

1. KAPITEL/DIE TODSÄNGERIN TRÄUMT – Molpadia, die Kriegskönigin der Amazonen, erwachte und hielt mit beiden Händen ihre Waffen umklammert; sie waren stets in ihrer Nähe, sogar während des Schlafs. Doch selbst bei angestrengtem Horchen vernahm sie nur das Gewirk kleiner Geräusche, das die Nacht immer webt, nur die ruhigen Atemzüge der Mädchen, die neben ihr schliefen, die Kinder ihrer toten Schwester Otrere. Ihnen drohte keine Gefahr! Der Mond war voll, und im Licht, das durch die schlitzartigen Fenster unter den Traufen floß, sah alles so aus, wie es aussehen sollte. Bis auf den Becher, aus dem Schädel des ersten Mannes gemacht, den sie im Kampf getötet hatte. Einen Augenblick lang lachte er ihr ins Gesicht, fletschte gelbe Zähne, und seine eingelegten Augen aus schwarzem Obsidian schimmerten, als ob er zum Schluß doch über sie triumphiere.

Und dann war es vorbei; er war reglos wie das bemalte Antlitz im Schrein über ihr: Lysippe, Mutter der Amazonen. Aber der alte Schmerz war wieder da, dort, wo ihre rechte Brust gewesen war – die Brust, die sie sich vor Jahren ausgebrannt hatte, nachdem die letzte Hoffnung sie verlassen hatte, weitere Kinder gebären zu können. Frauen, die auf diese Weise verstümmelt waren, konnten den Bogen besser führen und nur Mütter brauchten zwei Brüste ...

*Mein Kind, warst du es? Bist du gekommen, mich zu quälen, weil ich dich zu früh entwöhnt habe? Weil du gestorben bist auf dem Weg zu deinem Vater?*

Sie hatten sie gewarnt, ihre Schwester Otrere und die älteren Frauen.

»Warte noch. Schicke ihn fort, wenn die anderen Mütter ihre Knaben fortschicken. Die Reise ist lang und anstrengend für einen kleinen Jungen.« Sie aber hatte sich gekannt und gewußt, was sie tun mußte. Sie hatte das Gesetz ihres Volkes befolgt: *Keine Amazone darf einen Sohn aufziehen.* Nichts anderes zählte, wenn nun auch niemals und nirgendwo eine Frucht ihres Schoßes leben würde ...

Es wäre besser gewesen, viel besser, wenn dieser letzte Traum von einem lügnerischen, verbitterten, kleinen Geist gekommen wäre und nicht von der Göttin, von der alle wahren Träume der Warnung kamen. Dann nahte keine Gefahr.

Bis jetzt gab es keine Anzeichen; das war gewiß. Sie blickte hinüber auf die zwei schlafenden Mädchen. Auf die dunkle Melanippe, ihre Mit-Königin, welche die Kindträgerin sein würde, und auf die junge Antiope, ihr Pflegekind. Im Schlaf hatte Antiope das sie bedeckende Bärenfell abgeworfen. Wie rund und lieblich ihre Hüfte schon geformt war, zierlich und kräftig zugleich. *Mögest du nur Töchter gebären, O Wonne meines Herzens!*

Sie erhob sich, um das entblößte Bein zuzudecken, oder glaubte es zu tun, doch da kam das Entsetzen. Schwarze Nacht stürzte herab und verhüllte ihre Augen; als sie wieder sehen konnte, strömte Blut in einer purpurnen Flut über das weiße Bärenfell – frisches, pulsierendes Blut. Die Gesichter der beiden Mädchen sahen weiß aus und sonderbar stumm; wie die leeren Gesichter der Toten. Dann barsten die Mauern mit einem furchtbaren Krachen, und das wogende Meer strömte herein. Das Bildnis der Vormutter Lysippe fiel vom Altar; es wurde überflutet und fortgespült. So auch Antiope; jedoch Melanippe wurde von den Wellen überdeckt.

Schreiend erwachte die Kriegskönigin. Die Hände beider Mädchen griffen nach ihr, ihre Augen vor Schrecken weit aufgerissen.

»Was ist, Tante?«

Einen Atemzug lang wollte es Molpadia scheinen, als sei Melanippe noch immer mit Blut bedeckt. Dann hörte sie von draußen Rufe und das Geräusch rennender Füße; ihre Schreie mußten alle geweckt haben, die im nahen Haus der Mädchen schliefen. Sie zwang sich zur Ruhe. »Geh hinaus zu deinen Altersgenossinnen, Antiope. Sage ihnen, sie sollen zu ihren Lagern zurückkehren, und suche dir dort einen Platz zum Schlafen. Ich muß allein mit deiner Schwester sprechen.«

Mit großer Würde hob Antiope ihr Bärenfell auf und stolzierte hinaus. Mit eigener Hand hatte sie diesen gewaltigen weißen Bären getötet. Hoch in den Bergen und ganz allein auf sich gestellt hatte sie es getan – eine Tat, auf die eine erwachsene

Kriegerin stolz sein konnte. Doch jetzt wurde sie wie ein Kind fortgeschickt.

Als sie allein waren, blickten die beiden Königinnen einander an, die Todsängerin und die Kindträgerin. Melanippe sprach als erste; ruhig, obgleich ihr Gesicht bleich war.

»Offenbarte sich dir die Göttin, Tante?«

»Kind, mir träumte zweimal, doch jetzt wisse nur dies: Unheil droht dir und deiner Schwester und ebenso dem ganzen Volk der Amazonen. Denn nur durch jene, die von ihrem eigenen Blut sind, kann Lysippe uns leiten und beschützen, und ihr beide seid die letzten, die dieses Blut weitergeben können.«

»Was hast du geträumt, Tante?«

»Ich stand draußen unter dem Mond. Ich sah drei große Vögel kommen und über Themiskyra hinwegfliegen. Ihre Flügel schlugen, und unsere Mauern wurden geschüttelt wie Blätter in einem gewaltigen Wind. Unser Volk stürzte hinaus. Federn fielen auf die Menschen herab wie Hagel – verwandelten sich im Fallen in Speere und Feuer. Die Speere durchbohrten uns, die Flammen setzten unsere Dächer in Brand. Amazonen starben in Blut und Flammen.«

Sie hielt inne. Beide Frauen erschauerten. Draußen erhob sich ein Wind; klagend und dünn zog er durch die Nacht wie die Stimmen einer Schar heimatloser Toter, die versuchten in die Wärme menschlichen Fleisches zurückzugelangen.

»Und der zweite Traum, Tante?« Melanippes Stimme war tonlos.

»Ich erwachte, oder ich schien zu erwachen und sah den Schädel dort drüben. Er lachte – lachte, als habe er noch immer einen Mund, anstelle jenes bemalten Knochens, den Areia, die Schmiedin, vor langer Zeit hinter den Zähnen befestigt hat. Er verhöhnte mich – dieser Hund von einem Kaska, dessen Schädel diese langen Jahre mein Becher war. Er, dessen Leben ich nahm, dessen Blut ich trank.«

Wieder hielt Molpadia inne. Sie brachte es nicht über sich, das übrige zu erzählen – von dem Blut und der Zerstörung, die sie in diesem Raum gesehen hatte. Vor allen Dingen nicht davon, daß sie gesehen hatte, wie Antiope fortgespült wurde ... Und Melanippe bemerkte nicht, daß Molpadia etwas verschwieg. Versunken stand sie da, stirnrunzelnd und nachdenklich.

»Können die Kaska sich mit den Männern von Azzi verbündet haben, Tante? Mit diesen Hunden, deren verfluchte Vorväter einst unsere Verwandten waren? Wie sonst könnten Feinde solche Kraft gewinnen, unsere Mauern anzugreifen?«

Molpadia lachte grimmig, wieder ganz sie selbst. »Sie sollen es nur versuchen! Wir haben diese Mauern stark gemacht. Es gibt keinen König, der willens wäre, das Heer zu opfern, das beim Sturm auf Themiskyra sterben müßte. Nicht einmal die goldgekleideten grausamen Könige von Babylon und Assyrien. Ja, nicht einmal Suppiluliuma, Sonne der Hethiter – von dem deine Mutter dachte, er sei ihr Freund!«

Melanippes Augen blitzten. »Er ist unser Freund! Viele Jahre, länger als ich gelebt habe, hat er uns die Treue gehalten. Genau wie die Göttin es der Mutter vorausgesagt hat. Das weißt du, Tante – und du weißt es genau.«

»Kind, irgendeinem Mann zu trauen, bedeutet den Weg in die Sklaverei. Unsre Vormütter haben das erfahren, und der Tag wird bitter sein, an dem eine Amazone das vergißt. Aber dies ist nicht die Stunde, um zu streiten. Bald wird der Mond untergehen, und bevor die Sonne am Himmel steht, muß ich mit meinen Kriegerinnen von hier fort sein.«

»Welchen Weg willst du einschlagen?«

»Hinauf in die Berge will ich. Wohin sonst? Die Kaska müssen am Ende klug geworden sein – haben die Lager unserer Wachen ausgekundschaftet. Sie wollen sie alle töten und uns überraschen.«

»Sie müßten wahrlich sehr geschickt sein, Tante, wollten sie alle Wächterinnen töten, ohne daß wenigstens eine in ihr Kriegshorn stößt, um uns zu warnen. Bist du sicher, daß der Feind aus den Bergen kommen wird?«

»Von woher sonst? Kein König der Küste ist stark genug, uns jetzt anzugreifen – seit der elende Aietes fiel, der Fürst von Kolchis im Osten.«

»Aber du hast Vögel gesehen, und Flügel könnten Segel bedeuten...«

»Träume sprechen durch Symbole zu uns, mein Kind, doch es ist nicht immer leicht, sie zu deuten. Nein, die, welche kommen, kriechen wie Schlangen durch die Berge.«

Melanippe sagte nichts mehr; Krieg war die Sache der Kriegskönigin. Doch sie fühlte sich unbehaglich. Im Norden, Westen und Südosten umgab das Meer die liebliche grüne Ebene von Themiskyra; im Süden aber wurde sie durch Berge geschützt. Himmelhohe, kiefernbewachsene Mauern, schwer zu besteigen, doch auch voll versteckter Orte und deshalb unsicher. Alle Feinde nahmen gewöhnlich diesen Weg, und doch...

Gemeinsam verließen die Königinnen das kleine tempelartige Gebäude, das Lysippes Haus genannt wurde. Die Amazonen waren in drei Gruppen geschieden: Mädchen, Mütter und die Alten. Jede Gruppe hatte ihr eigenes Haus, eine Festung, in der, wenn es nötig war, verzweifelte Frauen letzten Widerstand leisten konnten. Die massigen, kreisrunden, fensterlosen Festungen konnten nur über Leitern betreten werden, die aus dunklen Öffnungen herabgelassen wurden. Gelänge es Feinden, diese Eingänge zu erreichen, würden sie einzeln und schlangengleich auf dem Bauch hindurchkriechen müssen und dann mitten unter die Frauen hinabfallen, die ihre langen Gürtelmesser oder kurzen Schwerter stets am Leib trugen und jeden Eindringling niederstechen würden, bevor er sich erheben konnte. Licht und Luft kamen von Innenhöfen, von deren Mitten Treppen in die dunklen Tiefen hinabführten, wo sich der Brunnen befand, welcher die Stadt mit Wasser versorgte. Das Haus der Mütter war das größte, drei Stockwerke hoch und mit einem langen schmalen Raum für jede Mutter und ihre Kinder. Im Haus der Alten verfügte jede der einbrüstigen Frauen über einen eigenen kleinen Raum. Im Haus der Mädchen, die bereits dem Mondstier opferten, jedoch noch keine Kinder geboren hatten, verfügte jede Bewohnerin nur über ein eigenes Lager, unmittelbar an der Mauer. Während es dort gewöhnlich viel Gekicher gab, war es jetzt sehr ruhig: eine erwartungsvolle

Stille. Jedoch Molpadia schritt am Haus der Mädchen vorbei und strebte den beiden entfernter liegenden Häusern zu.

Schroff erwiderte sie auf Melanippes verwunderten Blick: »Ich will nur erfahrene Kriegerinnen. Keine grünen Mädchen, die Pfeile verschwenden, indem sie auf Schatten schießen. Und ich will auch keine Schwangeren, die sich erbrechen, wenn sie mit den Gedanken bei ihren Pferden sein oder Wache halten müßten.«

»Möge die Göttin all diesen Schwangeren Töchter schenken!« Melanippe sagte es ehrfürchtig, doch mit einem Hauch von Schmerz. Wäre sie nur einen halben Monat älter gewesen, hätte auch sie an den Frühlings-Wallfahrten zur Insel des Schwarzen Steins und zu den Gärten der Sonnengöttin von Arinna teilnehmen können. Der Insel des Schwarzen Steins trauerte sie nicht nach; dort wurde wie von jeher die Begattung vorgenommen, durch graugesichtige Gefangene, die wußten, daß sie grausame Tode sterben mußten, sobald ihre Zeugungsfähigkeit erschöpft war. Doch in den Gärten der hethitischen Sonnengöttin – dort hätte sich das Geheimnisvolle vollzogen, das Unbekannte, berauschend wie Wein. *Wie wäre es gewesen, mit einem Hethiter unter den grünen Bäumen in den Heiligen Hainen zu liegen? Hätte ich ihn gemocht? Und ich brauche so nötig eine Tochter...*

Molpadia las ihre Gedanken. Lange Generationen von Mühsal, Leiden und gemeinsamen Anstrengungen hatten die Amazonen zu einer Einheit zusammengeschmiedet, wie sie allen anderen Völkern unbekannt war. Sie arbeiteten gemeinsam, fühlten gemeinsam, wie die Finger einer Hand.

Molpadia seufzte müde. »Kind, Kind, wenn ihr jungen Mädchen doch nur begreifen könntet! Besser, bei einem der Kaska zu liegen, deren Gemeinheit wir kennen, als bei einem der grinsenden Fremdlinge, die wie Spinnen ihre Netze weben, um uns zu umstricken...«

»Wieso? Wir kehren sicher heim. Wir geben ihnen nichts als unsere Söhne, die sonst sterben müßten.«

»Und eines Tages werden diese Söhne vielleicht gegen uns ins Feld ziehen. Es ist voll Liebreiz, dieses vom Meer umspülte

Land zu Füßen der Berge. Eines Tages, wenn die Hethiter alle anderen Völker unterworfen haben, wird es sie danach verlangen.«

Melanippe starrte sie an. »Tante, bist du verrückt? Die Göttin selbst forderte meine Mutter auf, mit den Hethitern einen Vertrag zu schließen.«

»Damals waren die Hethiter nahe daran, vernichtet zu werden – sie, die sich von ihrer Göttin Halmasuitta abgewandt hatten, der alten Thronhüterin, und Sie ins entlegene Gebirge verbannt hatten. Damit er, der damals König war, das Land aus eigener Kraft regieren konnte – oder wie er es nannte, der Narr! Zu Recht haben seine Nachkommen für diese frevelhafte Torheit bezahlt. Doch wären sie gänzlich zugrundegegangen, hätten sich die verfluchten Männer von Azzi, die aus ihrer Schwäche bereits neue Kraft schöpften, mit den Kaska verbündet, um uns zu zerschmettern. Niemals sonst hätte die Göttin ein Bündnis mit Männern gutgeheißen. Sie muß gewollt haben, daß es gebrochen wurde, sobald der, der damals König der Azzi war, vernichtet wurde. Er, bei dessen Niederwerfung deine Mutter Suppiluliuma half.« Insgeheim fügte sie hinzu: *Suppiluliuma, der sie verhexte.*

»Wäre das Bündnis dazu bestimmt gewesen, gebrochen zu werden, hätte meine Mutter es getan. Sie lebte nach jenem Sieg noch viele Jahre.« Melanippes Augen waren eiskalt. »Du bist die ältere Königin, und ich schulde dir Respekt, aber du hast kein Recht daran zu zweifeln, daß sie die treue Dienerin der Göttin war – du, ihre eigene Schwester.«

Danach wußte sie einen Augenblick lang nicht, was geschehen würde. Niemals würde eine Amazone die Hand gegen eine andere erheben – sie liebten einander sehr, sie, die lange nichts anderes gehabt hatten, das sie lieben konnten. Überdies war der Frieden, den sie untereinander hielten, wenn auch ein Gebot der Vernunft, heilig geworden, Teil dieses Geistes des Bienenstocks, der aus ihnen ein einziges fürchterliches Wesen machen konnte.

Obwohl Melanippe schlachterfahren war, hatte sie nie zuvor Augen so zornig auflodern sehen, wie die von Molpadia in diesem Augenblick. Allmählich jedoch erlosch die Flamme, und das Gesicht der Kriegskönigin wurde zu Stein.

»Du legst mir Worte in den Mund, Nichte.«

»Du hast genug gesagt. Allzu viel.«

»Kind, Treue ist gut, aber Träumereien sind es nicht. Während des ganzen Frühjahres bist du ruhelos und unzufrieden gewesen. Wie es eine junge Frau oft ist, wenn sie empfangen sollte und nicht kann. Und das ist zum Teil meine Schuld« – das harte Gesicht wurde weicher – »denn ich habe mich im Rat dagegen ausgesprochen, bevor du das gesetzmäßige Alter erreicht hattest, und man folgte mir. Ich scheute davor zurück, in diesen wechselvollen Tagen eine Ausnahme zuzulassen, die ich verhindern konnte.«

»Ich habe es dir nie zum Vorwurf gemacht, Tante. Außerdem ist jetzt, wie du selbst gesagt hast, nicht die Zeit zum Streiten.«

»Doch die Zeitspanne, um die es ging, war gering – überaus gering. Ich hätte bedenken sollen, wie wichtig es ist, das Blut Lysippes zu vererben. Die Kriegskönigin braucht dieses Blut nicht in sich zu tragen – sie ist wertlos –, obwohl sie gewöhnlich die alternde Mutter der Kindträgerin ist. Die Kindträgerin aber muß leben, und ihre erste Pflicht ist es, zu gebären – sobald sie dazu in der Lage ist.«

»Ich werde nur ein Jahr verlieren, Tante. Ich bin noch jung.«

»Vielleicht kann ich es noch gutmachen und einen Gefangenen nach Hause bringen, der dir ein Kind zeugt.«

*Ich sollte ihr danken*, dachte Melanippe bitter, doch sie vermochte es nicht. Noch ein weiterer zum Tode verurteilter Gefangener – vor Furcht schwitzend, stinkend, elend und widerwärtig ...

Im feurigen Gold des Morgens standen die königlichen Schwestern mit anderen Amazonen oben auf den Mauern von Themiskyra. Sie sahen zu, wie die Kriegskönigin mit ihren Kriegerinnen fortritt, und stießen den alten Schrei aus: »Bringt die Köpfe der Feinde nach Hause!«

Doch noch bevor die Schar der Streiterinnen verschwunden war, verschluckt von den Bergen, eilten die Wächterinnen hinaus, um die besten der verbliebenen Pferde einzufangen. Jubelnd vor Freude über diesen Ausflug, der für viele Tage ihr letzter sein würde – denn nun mußten sie leben wie ein belagertes Volk –, ritten sie die schnellfüßigen geliebten Tiere in die langgestreckte, spaltähnliche Grube, die vor langer Zeit wenige Schritte von den Stadtmauern entfernt im Inneren der Festung ausgehoben worden war. Die Stadttore öffneten sich in diese Grube, denn in den Mauern selbst gab es keine Öffnung, und darüber ragte eine weitere Mauer aus Baumstämmen auf. Beim Verlassen und Betreten der Festung mußten die Amazonen immer Strickleitern benutzen, die aus dem Inneren herabgelassen wurden. Sollten Feinde eindringen, würden die gnadenlosen Amazonen durch die Schlitze in den hohen Holzmauern einen Hagel von Pfeilen auf sie herabregnen lassen.

»Aber wenn wir das tun, werden wir die Pferde verletzen«, sagte die junge Antiope plötzlich. Melanippe legte den Arm um sie. »So etwas ist seit der Zeit unserer Großmütter nicht geschehen, kleine Schwester. Und seitdem sind Mauern und Tore verstärkt worden.«

Doch während sie sprach, versuchte sie unbeteiligt zu wirken, damit das Kind ihre Gefühle nicht erraten konnte. Sie hatte viele Überfälle miterlebt, hatte gekämpft, mehr grimmige Angreifer getötet, als man von ihr erwartete, doch niemals, so lange sie lebte, war Themiskyra belagert worden. Gingen Molpadia und ihre Streitmacht verloren, würde völlige Finsternis hereinbrechen, und das Ende aller Amazonen wäre gekommen. *Denn wir, die sie innerhalb dieser Mauern zurückgelassen haben, sind zu wenige, um ein starkes Belagerungsheer zu vertreiben, und am Ende wird der Hunger uns besiegen.* Doch die Göttin wird das gewiß nicht zulassen! Am meisten schmerzte sie der Gedanke an die grüne Ebene vor den Mauern. Einige Pferde waren noch dort und das gesamte Vieh; weiter entfernt, in einer Bergmulde, waren Schafe eingepfercht. Dort gab es auch Bäume; die lieblich verschlungene Pracht ihrer Zweige und grünen Blätter tat dem Auge wohl, doch das war bei weitem nicht das einzige, das sie wertvoll machte. Die Amazonen, die den Hunger lange genug kennengelernt hatten, pflanzten niemals einen Baum, der keine Früchte trug. Es wäre in der Tat bitter, wenn sie mitansehen müßten, wie all diese Fülle und Schönheit zerstört würde. Aber es war Krieg, und die Kriegskönigin hatte gesagt: »Niemand darf sich außerhalb der Mauern bewegen, ausgenommen die Wächterinnen, welche das Meer beobachten – niemand.« Jenen, die es gewagt hatten zu protestieren, wurde die unerbittliche Antwort zuteil: »Einzig Leben und Freiheit zählen. Habt ihr die ersten Worte unseres Gesetzes vergessen? Und was eure kostbaren Kühe und Schafe betrifft: Als ich ein Mädchen war, entwöhnten die Amazonen ihre Säuglinge mit Stutenmilch und kleideten sich in Tierhäute. Das ist ein härterer Stoff zum Nähen als feine, weiche Wolle, aber ihr jungen Frauen von heute werdet weichlich. Lysippe hielt kein Vieh, sondern Pferde – Tiere, welche die Flucht beschleunigen und nie verlangsamen!«

Scharfe Worte, doch sie enthielten viel Wahres. Die Freiheit stand über allem; sie durfte nie wegen bloßen Besitzes aufs Spiel gesetzt werden.

Schneckengleich kroch der Tag dahin. Die Amazonen waren ruhelos wie Vögel, die es nicht gewöhnt sind, eingesperrt zu sein. Junge Mütter hatten es am besten; sie konnten sich um ihre Kinder kümmern. Andere verfielen wieder in ihre üblichen Kriegsspiele. Sie stellten Ziele auf und schossen mit Pfeilen darauf. Sie versuchten sich in Wettläufen – Amazonen müssen, wie ihre Pferde, flink sein, weil sie im Kampf die Pferde einbüßen könnten. Doch fortwährend um Hindernisse herumzulaufen, war nicht mit der reinen wilden Freude zu vergleichen, die eine Läuferin im freien Gelände empfand. Sie konnten ringen und mit dem Schwert kämpfen, und sie taten es – bis die Glieder schmerzten und Schweiß sie überströmte. Schweiß, den sie nun nicht draußen im Fluß Thermodon abspülen konnten oder im Meer, in das dieser Fluß sich ergoß.

Und immer lugte über jede Schulter eine grinsende Fratze, verfolgte sie ein eisiger, ein böser Gedanke: *Wenn Kriegerinnen in die Schlacht ziehen, kehren nicht alle zurück. Werden jene, die du liebst, darunter sein?*

Zudem lastete noch ein weiterer Schatten schwer auf ihnen.

Amazonen, die einst wie wilde Tiere gejagt worden waren und immer gegen eine große Übermacht kämpften, benutzten vergiftete Pfeile, deren winzigster Kratzer tödlich war. Krieg bedeutete immer, daß mehr Gift gebraut werden mußte. Und bevor sie aufbrach, hatte Molpadia diese Aufgabe Xanthippe übertragen, der ältesten Amazone. Ohne zu murren hatte die Frau ihren Winkel im Haus der Alten verlassen und war, wie viele Frauen vor ihr, zu einer düsteren, kleinen Hütte gegangen, die so weit entfernt wie möglich von den Häusern der Lebenden errichtet worden war. Zwei Tage lang und zwei Nächte mußte sie dort zubringen, über den gewaltigen Kessel gebeugt, und rühren und immerzu rühren, während die giftigen Dämpfe in ihre Lungen strömten. Xanthippe würde sterben, und wenn dies geschah, bevor ihre Arbeit vollendet war, würde eine andere der Alten, die bereits ausgewählt war, ihren Platz einnehmen.

Die alte Xanthippe war immer sehr beliebt gewesen. Viele konnten sich an ihre Kinderzeit erinnern, als Xanthippe sie mit Näpfen voll heißen Weizenbreis gelabt hatte, mit Früchten und Honig gesüßt, denn die Amazonen kannten weder Kuchen noch Brot; sie verwendeten das einst in den Bergen wild wachsende Einkorn, das nahrhafter ist als der gewöhnliche Weizen, doch sich zum Backen schlecht eignet. Antiope sah Xanthippes lächelndes Gesicht über den süßen dampfenden Näpfen noch vor sich – Dampf, der von jenem so verschieden war, der nun zu dem alten Gesicht aufstieg... Als der Tag sich neigte, die Schatten vieler Mauern länger und schwärzer wurden und das Sonnenlicht zu armseligen Streifen und Flecken zusammenschrumpfte, rückte Antiope immer näher an jene Hütte heran. Es war nicht eigentlich verboten, mit Xanthippe zu sprechen, doch nur die Alten, die ihr Essen und Trinken brachten, taten das, und sie hielten sich nicht allzu lange dort auf. *Wir behandeln sie wie eine, die bereits tot ist, doch sie lebt noch – sie ist noch da!*

Das junge Mädchen kam schließlich zum Eingang, der keine Tür aufwies – frische Luft war drinnen bitter nötig. Sie sah die alte Frau dort stehen und rühren. Schweiß rann über ihr runzliges Gesicht; tropfte herab durch den heißen Rauch in das tödliche brodelnde Gebräu, das bereits Tod verströmte ...

Antiope sprach rasch, ihre Stimme schien aus ihr hervorzubrechen: »Großmutter, bitte, komm heraus! Du siehst so müde aus. Ruhe dich nur so lange aus, bis du wieder zu Atem gekommen bist – ich kann derweil für dich rühren.« Xanthippe war nicht ihre Großmutter, doch jede Bewohnerin eines der Drei Häuser hatte ein Recht darauf, mit dem Namen ihres Hauses angesprochen zu werden.

Lächelnd schüttelte die alte Xanthippe den Kopf. »Nein, Kind. Geh fort. Du weißt, daß du diesen Dämpfen nicht nahekommen sollst, du, die das Blut Lysippes in sich trägt.«

»Es wird mir nicht schaden, sie für eine kurze Weile einzuatmen. Bitte, Großmutter!«

»Kind, dies ist eine gute Art, zu sterben: etwas für mein Volk zu tun. Ein stolzer Weg für mich, die ich nicht mehr für meine Schwestern kämpfen kann. Ich habe geboren und meine Töchter aufgezogen; ich habe gesehen, wie meine Enkeltöchter erwachsen wurden. Mein Leben ist ... gut ... gewesen.« Sie hustete; beim Sprechen war zuviel Dampf in ihre bereits entzündete Kehle gedrungen. »Geh jetzt ... schnell, Kind ...« Sie hustete wieder, hustete, daß ihr magerer Körper geschüttelt wurde. Antiope rannte in die Hütte und entriß ihr den Löffel.

»Geh hinaus! Ich werde diese Dämpfe so lange einatmen, bis du hinausgehst.« Sie öffnete den Mund und beugte sich so weit über die kochende Brühe, wie es ihr nur möglich war.

Die alte Frau torkelte hinaus und rief um Hilfe. Drinnen richtete Antiope sich auf und rührte ungestüm. Amazonen kamen herbeigerannt. Melanippe trat in den Eingang und sagte ruhig: »Ich zähle bis hundert, Antiope; dann mußt du herauskommen, denn du hast bereits viel von den Dämpfen eingeatmet. Und ich werde hineingehen, während du bis tausend zählst. Auch mir hat Xanthippe einst Süßigkeiten geschenkt.«

Viele Amazonen schrien protestierend auf, Xanthippe am lautesten von allen, bis die Königin sie zu schweigen aufforderte. »Weise nicht zurück, was wir für dich tun, Großmutter. Es ist wenig genug.«

Später, im Hause Lysippes, sagte sie bestimmt: »Tue so etwas nie wieder. Es ist am klügsten, jemanden, dem der Tod bestimmt ist, allein zu lassen.«

»Aber wenn wir alle uns im Rühren abwechseln, braucht vielleicht niemand zu sterben ...«

»Du weißt, daß es nicht stimmt. Zu viele junge Frauen könnten krank werden – vielleicht schwächliche Kinder gebären. Dieses Wagnis können wir nicht auf uns nehmen.«

»Es ist falsch – falsch! Ich weiß, sie war zu alt und steif, um in den Krieg zu reiten, aber sie war doch glücklich, dort in ihrer kleinen Kammer, plauderte mit alten Freundinnen und werkelte herum. Sie verwöhnt andere Kinder, wie sie es mit uns zu tun pflegte –«

»Sie wäre nicht mehr sehr lange glücklich gewesen.«

»Aber diese kurze Zeit – sie hätte ihr vergönnt sein sollen!«

»Es ist besser für eine alte Frau, zwei oder drei Jahre zu verlieren, als für eine junge Frau deren viele. Und ihr Tod hätte langsam und schwer sein können. Ohne Stolz; dies alles hat sie jetzt.«

»Es ist trotzdem falsch!«

»Richtig. Aber in den schweren alten Tagen mußte eine Amazone, sobald sie zum Reiten zu alt war, von einer Klippe springen.«

In dieser Nacht legte sich Melanippe zum Schlafen an Molpadias Platz vor den Altar, unter die bemalte Maske Lysippes, die nach Lysippes eigenem Schädel modelliert worden war. Das Gesicht schien zu wachen, wie in jeder Nacht eine Königin aus ihrem Geblüt wachen mußte, schlafend, doch schlaflos, im Angesicht der Gefahr für ihr Volk ...

Sie schlief. Sie sah Wälder und Felder und Berge. Mondhelle Plätze, die still dalagen wie schlafende Kinder. Wilde Plätze, wo Tiere der Luft und des Waldes aufeinander Jagd machten. Sie sah Molpadia und ihre Kriegerinnen, unbequem an einer Bergflanke lagernd, ohne Feuer, um zu kochen oder sich zu wärmen, weil der Feuerschein die Feinde anlocken könnte, die sie suchten. Sie sah die Wächterinnen in ihren winzigen einsamen Lagern. Doch nirgendwo gab es eine Spur eines Menschen.

Sie erwachte und fragte sich: *Kann Molpadia sich geirrt haben? Kommen gar keine Feinde?* Molpadia hatte sich schon einmal geirrt; damals hatte sie gesagt: »Was ich gesehen habe, müssen die Gedanken irgendeines feindlichen Anführers gewesen sein. Seine unheilvolle Hoffnung.« Wenn es diesmal nur ebenso wäre! Doch es war zu früh, dies zu denken.

Ein weiterer Tag schleppte sich dahin. Die jüngeren Amazonen verbrachten viel Zeit damit, die Grube zu säubern und die Pferde zu versorgen. Melanippe freute sich, daß Antiopes Gedanken sich ganz und gar auf Chrysippe, ihre junge goldfarbene Stute, zu richten schienen. Oder versuchte das Mädchen bloß zu vergessen, was es nicht ändern konnte?

Erneut wurde es Nacht. Unter ihrem Bärenfell lag Antiope in tiefem Schlaf, Melanippe aber betete: *Laß mich heute nacht die Feinde sehen, O Herrin, Mutter aller Dinge! Wenn es sie wirklich gibt, laß sie mich sehen, sie erkennen, sicher sein.*

Doch sie sah nur Tiere und grüne einsame Plätze und die Todsängerin, die vergeblich Männer jagte, um sie zu töten ...

Am nächsten Morgen erhob sich Antiope früh, um Chrysippe erneut zu striegeln. Sie brachte dem Fohlen einen der wenigen Äpfel, die vom letzten Jahr übriggeblieben waren. Sie sprach mit dem Tier und liebkoste es. *Bald ist es soweit, mein Goldschatz! Bald wird die Kriegskönigin heimkehren, vielleicht mit vielen Köpfen, und du und ich, wir werden hinausgehen und rennen und rennen! Bis die Vögel vom Himmel herabschauen und sich wundern, wie wir so schnell laufen und uns so wunderschön bewegen können, obwohl wir doch keine Flügel haben.*

Der goldene Morgen sang in ihrem Blut, und es schmerzte sie, daß sie nicht nach draußen konnte. Oft vergessen die Jungen zu leicht, wenn geachtete Ältere ihnen erklären, daß es keinen Sinn habe, sich zu grämen, doch nur in ihrem ungestümen Verlangen nach Freiheit hätte Antiope das langsame Sterben Xanthippes vergessen können.

Als sie zurück in die Stadt ging, wurde sie gewahr, daß es vorüber war. Die Alten, die Xanthippe ihr Morgenmahl brachten, hatten sie tot neben dem Kessel gefunden. Aber das Gift war gebraut; sie konnte voll Stolz ihren Platz unter den Schatten einnehmen, die auf die Wiedergeburt warteten. Viele beweinten sie, doch sie taten es gedämpft. Lautes Wehklagen war nie die Art der Amazonen. Nur Antiope saß lange da, den anderen den Rücken zugekehrt, und Tränen liefen über ihr Gesicht. Melanippe ertappte sich bei dem Gedanken: *Und wenn es keinen Feind gibt, für den wir dieses Gift brauchen, ist Xanthippe umsonst gestorben.*

An diesem Tag ging sie auf der Rampe der Bogenschützen umher, auf der Innenseite des höchsten und schmalsten Teils der Stadtmauer. Schlitze waren dort angebracht, durch welche die tödlichen Pfeile abgefeuert werden konnten. Doch sie ließen auch den angenehmen Westwind herein, und Melanippe, die ihn tief einatmete, erinnerte sich plötzlich, was das bedeutete: Jetzt konnten jeden Tag die trojanischen Kaufleute eintreffen. Sie hätte einen prächtigen hethitischen Hauptmann in einem Streitwagen vorgezogen, aber ein Kaufmann würde es auch tun. Dann kehrten Molpadias Worte zurück und trafen sie wie ein Schlag: »Laß nur die Wächterinnen hinausgehen.« Hatte Molpadia damit auch die Kaufleute im Sinn gehabt? Sie mochte sie nicht. Sie sagte immer: »Amazonen brauchen nur das, was sie mit ihren eigenen Händen herstellen oder anpflanzen können.« Wenn man sie daran erinnerte, wie gering die Gefahr eines Angriffs sei, weil die Trojaner immer nur ein Schiff herschickten, bemannt mit der üblichen dreißigköpfigen Besatzung, antwortete sie: »Es sind nur ein paar Männer vonnöten, um ein törichtes, unachtsames Mädchen zu packen und in die Sklaverei zu verschleppen. Frauen werden für Männer niemals mehr bedeuten als eine Ware – die man benutzt oder die man verkauft.«

Das letzte Mal, als sie das gesagt hatte, hatte Melanippe gelächelt. »Sie sind Handelsleute, Tante. Nicht eine einzige Frau wäre ihnen soviel wert, daß sie ihre Geschäfte mit uns ihretwegen verlieren möchten. Aber wir sind auf der Hut.« Und das waren sie. Keine Amazone schlief je mit einem Kaufmann, wenn er und seine Gefährten nicht die Waffen abgelegt und zu Haufen aufgeschichtet hatten, über welche die anderen Mädchen wachten. Dennoch gab es bei diesen Gelegenheiten gewöhnlich eine Menge Spaß und Gekicher. Melanippe war selber immer eine Wächterin gewesen, zu jung, um teilzunehmen, und zudem von stolzem Abscheu erfüllt: *Auf diese Weise möchte ich es nicht machen. Vor so vielen Leuten.*

Aber jetzt –! Sie kannte Molpadia. Wenn die Kriegskönigin keine Feinde gefangennehmen konnte, würde sie irgendwo einen erbärmlichen Schäfer oder Ziegenhirten aufgreifen und ihn zurück nach Themiskyra schleppen. Den ganzen Weg lang würde er hinter den Pferden hertrotten müssen, aus natürlichem Drang und aus Furcht sich die Hosen aus Schaffell bemachen, doch Molpadia würde bei dem Gedanken, ihn vor der Begattung ein Bad nehmen zu lassen, nur lachen.

»Warum unseren sauberen Fluß mit solchem Abschaum beschmutzen, Mädchen? Du willst eine Tochter von ihm haben und nicht Vergnügen.« Selbst wenn er nicht stank, würde es ekelhaft und abscheulich sein, mit einem Mann zu schlafen, der Angst hatte ...

*Doch sie hat selbst immer Angst – Angst davor, wir jungen Mädchen könnten von Männern Lust empfangen und nicht nur ihren Samen. Warum? Mutter war ganz anders gewesen.*

Außerdem, warum wollte sie nicht einsehen, daß den Amazonen das Bündnis mit den Hethitern viele Vorteile gebracht hatte. Niemals, bis zu jener Nacht vor ihrem Aufbruch, hatte sie offen darüber gesprochen – solche Träume lassen den Träumer oft aufs tiefste erschüttert zurück –, doch immer war etwas dagewesen: ihr argwöhnischer Haß auf die Hethiter. Ihre Bedenken gegen einige Folgen des Bündnisses waren eindeutig. Suppiluliumas Grenzfestungen kauften alles an Korn, getrocknetem Fleisch und Trockenfrüchten, was die Amazonen entbehren konnten. Sie hatten nun einige Bequemlichkeiten, jene Frauen, deren Vormütter wie wilde Tiere gejagt worden waren, bis sie schließlich das liebliche Themiskyra für sich gewannen. Die lange auch später noch viel zu schwer kämpfen und schuften mußten, um Zeit zu finden, sich daran zu erfreuen. Jetzt trugen sie Wolle und Leinen, sie kauften hübsche Dinge – überflüssig, gewiß, doch wohltuend und harmlos – von den Kaufleuten.

Aber Molpadia betrachtete all solche Bequemlichkeiten als Schwäche, Verweichlichung und Verderbnis.

Eigentlich sollte sie die Vorteile erkennen. Die Amazonen waren immer ein kleines Volk gewesen, doch bereits die Frühlingstreffen mit den Hethitern – lachende, kraftstrotzende Männer und großartige Beischläfer – hatten ihre Zahl verdoppelt. Männer gefangenzunehmen war nie leicht gewesen, und vergiftete Pfeile waren dabei keine Hilfe. Oft waren bei den Treffen am Schwarzen Stein sieben oder acht Amazonen auf einen Mann gekommen – oder auf das, was schließlich von ihm übrig war. Melanippe schauderte, wenn sie an die tiefen, sorgsam abgedeckten Gruben am Fuß der Meeresklippen dachte, wo die Gefangenen manchmal den ganzen Winter warteten, bevor sie zum Schwarzen Stein gebracht wurden. Sie waren kein Problem; die rechte Hand jedes Gefangenen hatte man ausgerenkt, und der linke Fuß war verstümmelt. Feinde beschuldigten die Amazonen, für solche Krüppel eine verderbte Vorliebe zu haben. Doch sie waren die einzigen Männer, die Melanippe je gefürchtet hatte. Nie würde sie die Stunde vergessen, als sie diese Männer zum erstenmal sah, humpelnd und blinzelnd, nachdem sie an Seilen aus den Gruben emporgehievt worden waren ... Als das Bündnis mit den Hethitern geschlossen war, hatte ihre Mutter das Einfangen von Männern unterbunden, doch kaum war sie tot, hatte Molpadia aufs neue damit angefangen. Und wenn man sie nach dem Grund fragte, hatte sie eine Antwort bereit:

»Denkt an die Vormutter Lysippe. Wie sie durch das Haus kriechen mußte, das einmal das ihre gewesen war, eine verkrüppelte Sklavin. Bei Tage ein Arbeitstier, bei Nacht ein Spielzeug für viele Herren.«

Wie viele Generationen lang war das Blut von Amazonen in Wallung geraten, wenn vom Unrecht an der Vormutter Lysippe die Rede war! Vom Großen Betrug, von Gemetzel und Raub, von Verstümmelung. Lysippe war eine große Frau gewesen, wahrlich wert, daß man sie wie eine Göttin verehrte. Verkrüppelt, dazu verurteilt, nie wieder stehen zu können, hat sie dennoch mit unbezwinglichem Willen ihr Volk aus der Hörigkeit befreit und das Gesetz seiner Zukunft geformt. Es galt bis heute, es bestimmte ihr Tun, es verband sie zu einer Gemeinschaft.

Und doch, war es denn nötig, noch immer soviel Haß zu hegen? Melanippe erinnerte sich, wie ihre Mutter vor vielen Jahren gesagt hatte: »Lange half uns dies, frei zu bleiben; in mancher Hinsicht hat sich da auch nichts geändert. Aber das darf nicht dazu führen, daß wir uns in unserer schrecklichen Vergangenheit einschließen wie in eine Eisentruhe. Für die Lebenden ist jede Truhe wie ein Sarg.« Und Särge waren die unfruchtbaren Ruhestätten toter stolzer Könige, denn Amazonen wurden auf ihren eigenen Feldern bestattet, um die Ackerkrume fruchtbarer zu machen und damit sie rasch zur Erdmutter zurückkehrten. Melanippe wäre lieber gestorben, als sich der Macht eines Mannes zu unterwerfen. Niemals ginge es an, daß Männer und Frauen zusammenlebten; dies bedeutete immer, daß die Frau den untergeordneten Platz einnahm. Aber sie konnten sich begegnen, ohne Feinde zu sein; ihre Mutter und Suppiluliuma hatten es bewiesen. Ohne Zweifel sollte ein Kind in Freundlichkeit und mit Vergnügen gezeugt werden...

*Bin ich frei und eine Königin und soll mich doch dazu hergeben, meine Beine für einen schmutzigen, stinkenden Hund zu spreizen?*

Auch dieser Tag ging schließlich zu Ende. Die Nacht kam, und im Schlaf sah Melanippe wiederum nur hohe, stumme Berge, keinen Krieg, sondern den ewigen Krieg ums Überleben, wie ihn die Tiere immerfort gegeneinander führen. Die Todsängerin zog mit ihrer Schar ziellos umher...

*Gibt es jene Feinde überhaupt, nach denen sie suchen? Hat zuviel Haß die Urteilskraft der Kriegskönigin getrübt? Sie sollte in der Lage sein, einen* teschas, *einen wahren Traum, von den Visionen zu unterscheiden, die ihr die Dämonen der Nacht geschickt haben.*

Aufrührerische Gedanken kamen. *Ich will zum Wohl meines Volkes alles, alles tun, doch ich werde mich nicht im Schmutz wälzen, weil Molpadia es will. Wenn die Kaufleute kommen, werde ich hinausgehen, um sie zu treffen.*

Der Morgen kam golden und wohltuend herauf, und dann ertönte ein plötzlicher Schrei von draußen, daß die Amazonen von ihrer Frühstückstafel aufsprangen. Die Wächterinnen, die immer auf der Rampe der Bogenschützen die Runde machten, hatten keinen Alarm gegeben. Die Wächterinnen am Meer hatten nicht in ihre großen Kriegshörner gestoßen, um vor einer sich nähernden Flotte zu warnen. Dennoch war etwas geschehen. Was? Flink wie ein Vogel schwirrte Antiope davon, um es herauszufinden. Melanippe stand einen Augenblick lang reglos da. Lysippes Gesicht über dem Altar schien sie anzuschauen, ihr gemalter Mund versuchte mit ihr zu sprechen, doch Melanippe konnte keinen Laut hören.

Dann war auch sie auf und davon und gesellte sich zu Antiope wie ein Vogel, der sich im Flug einem anderen anschließt. Eine Wächterin begegnete ihnen, die von den Mauern herunterstieg. »Königin, zwei der Wächterinnen, die das Meer beobachten, sind unten! Wir haben mit ihnen gesprochen.«

»Haben sie Handelsschiffe gesehen?« Melanippes Augen glänzten, ihre Stimme war eifrig.

»Sie wissen es nicht. Sie riefen: ›Schiffe! Schiffe kommen! Drei Schiffe!‹«

Bisher war immer nur eines gekommen.

2. Kapitel/Die Abenteurer – Sie waren von weither gekommen, die Männer von Hellas. Über das blaue südliche Meer, das sie kannten, weiter durch die wilden Strömungen, die in der Meerenge brodelten, benannt nach der ertrunkenen Helle, die, wie es hieß, vom Rücken des Goldenen Widders gestürzt war. Bei Nacht hatten sie sich an Troja vorbeigeschlichen, jener Stadt, deren Fall man zu allen Zeiten besingen wird. Für sie war es bloß eine Stadt fetter Händler, die voller Mißgunst allen anderen den Weg zu den unbekannten Schätzen des nördlichen Meeres versperrte. In einem Küstengefecht hatten sie ein paar Trojaner getötet, und spätere Geschichten würden deswegen ihren Anführer, den starken Herakles, zum ersten Eroberer und

Plünderer Trojas machen. Doch in Wahrheit konnte es eine Handvoll Abenteurer – drei Schiffe, jedes mit dreißig Mann an Bord – niemals mit den gewaltigen Mauern Trojas aufnehmen, die Götter erbaut hatten.

Und weiter fuhren sie, hinaus aus dem Hellespont und in die Meerenge der Kuh hinein, die sich in das Meer öffnete, das sie suchten. In das schwarze Unfreundliche Meer, von dem es hieß, es führe zum Ende der Welt. Sie mußten so vorsichtig rudern wie Blinde, durch eine schmale Durchfahrt, von der sie wußten, daß sie immer schmäler wurde. Voller Entsetzen vor dem furchtbaren Stoß und dem Bersten, das folgen würde, wenn ihr Schiff auf die Felsen prallte. Sie fürchteten auch, und diese Furcht war weit schrecklicher, das Unbekannte, das, angelockt vom Geräusch, über sie kommen konnte. Sie ruderten leise und unterhielten sich flüsternd. Die Argonauten nämlich, die einzigen Griechen des Festlandes, die vor ihnen dieses Meer befahren hatten, behaupteten, von riesigen Felsen verfolgt worden zu sein, die nicht wie andere Felsen fest verankert waren. Wandernde Klippen, die auf dem Wasser schwammen und mit donnerähnlichem Lärm zusammenprallten, hätten die Schiffe kurz und klein schlagen und die Besatzungen in eine blutige Masse verwandeln können. Einmal, als ein Ruder klatschend gegen das unsichtbare Wasser schlug, schrie ein Mann auf, und ein anderer zischte: »Narr! Willst du den schwarzen Tod über uns bringen?«

Der gewaltige Herakles hörte es und lachte: »Die Argonauten kamen davon. Und Jason, bevor er, dieser Narr von einem Kapitän, seine hübsche Hexe Medea dazu brachte, auf ihn aufzupassen. Was andere Männer geschafft haben, schafft Herakles allemal.«

Das versetzte sie in bessere Stimmung, doch manche spähten noch über die Schulter und versuchten mit scharfem Blick den kalten, schwarzen Nebel zu durchdringen. Klippen, die imstande waren, sich über das Wasser zu bewegen, konnten furchtbare Gegner sein, sogar für Herakles, dessen Körperkraft die Männer glauben ließ, er sei der Sohn des mächtigen Donnergottes Zeus. Zitternd ruderten sie weiter, obwohl ihre

Körper nach Ruhe schrien; zumindest linderte die Anstrengung ein wenig die feuchte, markdurchdringende Kälte.

Endlich kam der Morgen, und der Nebel war verschwunden. Sie konnten um sich blicken! Ringsum rollte das dunkle Meer, öde und sonnenlos, das Meer, das sie gesucht hatten. Doch außer ihren Schiffen bewegte sich nichts auf der Oberfläche der Wasser.

»Nun seht ihr, was von Seemannsgarn zu halten ist!« Der Große Herakles brach wieder in dröhnendes Gelächter aus, und diesmal stimmten alle mit ein. Sogar der grimmige Telamon, der eigenbrötlerische Sohn des Aiakos, von dem nicht bekannt war, daß er jemals mit anderen Männern, sondern immer nur über sie gelacht hatte. Doch der rothaarige Junge, der Herakles' Blutsverwandter war und bei weitem der jüngste von allen, runzelte nachdenklich die Stirn. »Die Dichter sagen, daß diese wandernden Klippen blau sind und wie Eis schimmern. Zu Hause frieren in harten Wintern die Bergseen zu. Und dann, wenn das Eis aufbricht, schwimmen Stücke davon herum. Was ist, wenn ...

»Glaubst du, daß ein ganzes Meer gefrieren kann? Das ist albernes Gerede, Junge«, spottete Telamon, und viele stimmten ein. Der Junge wurde rot, doch er fuhr hartnäckig fort: »Ein Meer, das zufriert, ist nicht seltsamer als Felsen, die schwimmen können.«

»Da hat er recht«, sagte Herakles grinsend. »Doch nun laßt uns an Land gehen und essen.«

Die bewaldeten Küsten im Süden sahen grau und unfreundlich aus, aber es waren Küsten. Die Männer landeten und fanden kein Anzeichen von Menschen, doch sie fanden Wild. Sie töteten ihre Jagdbeute, bereiteten sie zu, und dann aßen sie die erste warme Mahlzeit seit Tagen. Niemals hatte ihnen etwas so gut gemundet. Sie tranken auch heißen Wein. Als die Nacht kam, rekelten sie sich noch immer glücklich an ihren Feuern. Sogar der bärbeißige Telamon grinste und tätschelte seinen prallen Bauch. »Das wird uns stark machen, um Amazonen zu erschlagen!«

Herakles sagte brüsk: »Handel treiben ist besser als Erschlagen, so weit von der Heimat entfernt. Erst werden wir's mit dem Handel versuchen.«

»Handel treiben mit diesen verrückten Weibsbildern!« Telamons Unterkiefer klappte herunter. »Die grausamen Skythen, ihre eigenen Verwandten, nennen sie *Oiorpata*, ›Männerschlächter‹. Wenn du ihnen nur einmal den Rücken zuwendest – Mann, du würdest die Hilfe von Vater Zeus Höchstselbst brauchen, um ihren Messern zu entgehen!«

»Dennoch. König Eurystheus hat mich ausgesandt, um den Goldenen Gürtel ihrer Königin zu beschaffen und nicht jede Menge Frauen. Sie wird vermutlich genauso sein wie die übrigen.« Herakles zuckte die Achseln. »Wenn wir unter die Amazonen gehen, werden wir unsere Augen offen halten müssen und unsere Hände an den Waffen. Merkt euch das, alle, die ihr da seid.«

»Das Töten hat uns in letzter Zeit nicht allzu viel Gutes beschert, Bruder.« Peleus sagte es gedehnt, der andere Sohn des Aiakos. Beide waren sie von ihrem Vater verbannt worden, weil sie einen Halbbruder, vielleicht nicht ganz zufällig, beim Diskuswerfen getötet hatten. Weil Telamon den tödlichen Diskus geschleudert hatte, war der Rotschopf sicher, daß es kein Zufall gewesen war, doch er glaubte nicht, daß Peleus gewußt hatte, was geschehen würde; er mochte den fröhlichen Peleus. Rasch sagte er, eifrig um Trost bemüht, überdies zu jung und vom ungewohnten Weingenuß allzu erhitzt, um seine Taktlosigkeit zu bemerken: »Es ist wirklich schlimm, das mit eurem Bruder, dem edlen Phokos. Doch ohne dieses Mißgeschick wärst du nicht hier, Peleus. Und es ist eine große Ehre, mit Herakles zu segeln ...

»Phokos war nicht edel – dieser Balg einer Sklavin!« grollte Telamon. »Er war ein Bastard. Wie allzu viele andere.«

Seine Augen machten deutlich, wen er meinte. Der Rotschopf wurde purpurrot bis unter die Haarwurzeln. Dann blitzten seine gelbbraunen Augen auf und wurden so rot wie sein Haar. »Du nennst mich Bastard, mörderischer Sohn des Aiakos?«

»Er hat es nicht getan, und er wird es nicht tun.« Unter Herakles' Blick senkte Telamon die Augen, wie die anderen Männer immer vor dem Sohn des Zeus die Augen niederschlugen.

»Knabe –« Herakles wandte sich ihm zu – »er ist gekränkt wegen eines Mißgeschicks, das sich auch in unserer Familie zugetragen hat. Atreus und Thyestes wurden von ihrem Vater Pelops – unserem Urgroßvater – verbannt, weil sie einen Bruder erschlagen hatten.«

»Ich weiß.« Der Rotschopf, nunmehr ernst, hatte genug Gespür, nicht hinzuzufügen: *Diese anderen beiden Aasgeier, die sich jetzt neben unserem Verwandten Eurystheus im goldenen Mykene eingenistet haben.* Er dache es bloß.

»Über solchen Ärger spricht man am besten nicht. Er wird große Familien immer heimsuchen, es sei denn, Könige lernten, nur mit ihren eigenen Frauen zu schlafen. Und das ist nicht wahrscheinlich. Wie viele gewöhnliche Männer tun's denn?«

Darauf lachten alle in sich hinein, und dann legten sie sich zum Schlafen nieder. Doch der Rotschopf fand keine Ruhe. Er wälzte sich so lange hin und her, bis er schließlich, was er gehofft hatte, Herakles weckte.

»Was ist los, Junge?«

»Hast du ihn gehört – diesen kläffenden Hund, das Maul voller schmutziger Reden?«

»Er wird dich nicht wieder ankläffen, Junge.«

»Nein, aber er wird flüstern; und andere auch. Hinter meinem Rücken. Das haben sie schon getan – und er ist der schlimmste von allen, dieser stinkende Schuft. Warum hast du ihn mitgenommen?«

»Weil er ein guter Kumpan ist, mein Junge.«

Der Junge starrte ihn an. »Wann?«

»Im Kampf«, sagte Herakles. »Nirgendwo sonst. Aber ich werde mit Peleus über diese Flüsterer sprechen. Wenn es sie gibt – woran ich zweifle, denn dein Stolz ist verletzlich –, wird er sie ohne viel Aufsehen zum Verstummen bringen. Ließe ich dagegen ein paar Männer darüber mit den Köpfen zusammenstoßen, würde ihnen das sehr wahrscheinlich die Schädel brechen. Und wir sind nur wenige; ich will keine Männer verlieren.«

»Sie flüstern tatsächlich! Weil – meine Mutter keinen Ehegemahl hat.« Der Junge schluckte einmal, dann strömten die Worte aus ihm hervor wie ein lange aufgestauter Sturzbach, der plötzlich befreit wird. »Bis ich Troizen verließ, wußte ich nicht – ich ließ es mir nicht träumen –, daß jedes anderen Königs Tochter an unseren Küsten erschlagen oder verstümmelt worden wäre, hätte sie ein uneheliches Kind geboren. Und das Kind wäre ausgesetzt worden, damit es stürbe!«

Herakles sagte bedächtig: »Es muß ein Mann dabei sein – Lenden, durch die der Samen des Gottes sich ergießen kann. Diese Geschichten von Schwänen und Sonnenstrahlen, die Frauen schwängern, sind etwas für Kinder. Gewiß weißt du das; du bist alt genug. Du mußt mit anderen Jungen darüber gesprochen haben ...«

»In Troizen spricht niemand darüber, was auf der heiligen Sphairia geschieht! Wir wissen, daß es ein Heiligtum ist – ein Geheimnis.«

»So ist es. Dein Großvater, der weise König Pittheus, achtete die alten Bräuche. An dem vorbestimmten Tag ging deine Mutter zum Tempel der Göttin auf der heiligen Insel Sphairia. Dort werden die Krone und der Mantel des Meeresgottes Poseidon aufbewahrt, und wenn der ausersehene Mann beides anlegt, tritt der Gott in ihn ein ...«

»Aber warum? Warum muß ein Mensch dabei sein – warum kann der Gott nicht selber Seinen Mantel und Seine Krone tragen?«

»Kind, ich kann dir nicht sagen, warum; ich weiß es nicht. So machen es die Götter eben.«

»Und warum muß der Mann der Ehemann der Frau sein? Wo ist der Unterschied?«

Der Junge zitterte vor Erregung. Der Mann legte einen kräftigen Arm um ihn und drückte den Jungen an sich. Er suchte mühsam nach Worten; dies waren nicht die üblichen Waffen des Herakles.

»Wir Anbeter des Zeus sind spät nach Hellas gekommen, mein Junge. Unsere Sitten sind neu. Bei uns besitzen die Männer Land, und jeder Mann möchte es seinem eigenen Sohn hinterlassen – nicht dessen Schwestern oder seinen Töchtern. Also muß die Heilige Eheschließung stattfinden zwischen den Ehegatten. Viele Leute sagen, daß Zeus in der Gestalt meines Va... ihres Ehemannes zu meiner Mutter kam. Genau wie in Ägypten, wo, wie man sagt, der Gott die Gestalt des Pharao annimmt, wenn Er kommt, um den Thronerben zu zeugen. Solche Dinge sind für das gemeine Volk schwer zu verstehen. Doch es gibt keine Veränderung der Gestalt – der Gott tritt in den Mann ein und dieser schläft mit der Frau.«

Der Junge dachte eine Weile nach. Schließlich sagte er sehr langsam: »Ich verstehe – zum Teil. Früher wurde das Land gewöhnlich den Frauen vererbt. Heute geht in allen großen Städten die Königswürde vom Vater auf den Sohn über, in kleineren Städten oftmals auf den Schwiegersohn. Und an kleinen abgelegenen Orten sind die Könige zuweilen noch immer glücklich, wenn sie einen gottähnlichen Gast mit ihrer Tochter schlafen lassen können – so etwas habe ich gehört...«

»Das sind sie, wahrlich!« Herakles lachte leise. »Der alte König Thespios bat mich, mit allen seinen fünfzig Töchtern zu schlafen.«

»Und bekam fünfzig Enkelsöhne von dir.«

»Neunundvierzig. Das letzte Mädchen wies mich zurück.«

»Wies *dich* zurück?« Der Junge starrte ihn an.

»Sie tat es, und einige Leute sagen, ich hätte sie deswegen verflucht. Aber das ist eine alberne Lüge. Nie in meinem Leben bin ich jemandem so dankbar gewesen. Besuche nie einen König, der fünfzig Töchter hat, mein Junge – nicht, wenn er altmodisch ist, du es eilig hast und nur eine Nacht bleiben kannst.«

»Aber sie war unhöflich und ungehorsam!« Der Rotschopf schluckte schwer; seine Stimme wurde sehr zaghaft, und er hatte Mühe, ihr Festigkeit zu geben. »Meine Mutter war nicht so, nicht wahr?«

Herakles sagte ruhig: »Ich bin nicht dein Vater, Junge. Wenn ich es wäre, könnte mich nichts dazu bringen, darüber zu schweigen. Wer immer die Krone und den Mantel getragen hat, er hat seine Sache gut gemacht. Aber nun geh wieder zur Ruhe und laß mich schlafen.«

Er schlief auf der Stelle ein, froh, dieser Situation entronnen zu sein, die schlimmer gewesen war als die meisten Kämpfe. Doch der Junge lag wach. Vieles verwirrte ihn, in einem Punkt allerdings war er sich jetzt sicher. Es war auf der kleinen Insel Sphairia geschehen – jener winzigen Insel, zu der man bei niedrigem Wasserstand hinauswaten konnte – genauso, wie es ihm immer erzählt worden war. Doch der Erderschütterer Poseidon war nicht selbst in Seiner eigenen prächtigen Gestalt aus dem blauen Meer emporgestiegen – ein Mann von Fleisch und Blut war dortgewesen. Einer, der jemand anderer als Herakles gewesen war...

*Laß ihn gottähnlich gewesen sein, ihn, der bei meiner schönen Mutter lag – bitte!* Doch das war er gewiß gewesen; der göttliche Samen konnte nicht durch die Lenden eines gewöhnlichen Mannes geströmt sein. Und es war der Samen des Gottes gewesen – ganz bestimmt! *Auch ich bin von einem Gott gezeugt, und eines Tages werde ich mächtig sein.*

Inzwischen war er dort, wo er immer hatte sein wollen – er war bei Herakles und nahm an einem großen Abenteuer teil.

Er war sieben Jahre alt gewesen, als er Herakles zum erstenmal sah. Welch eine Freude war es gewesen, als bekannt wurde, daß der große Held kommen würde, der allmächtige Mann aus all den Geschichten. Zusammen mit drei anderen Jungen – Euneos, Thoas und Hermos, seine besten Freunde unter den Altersgenossen – hatte er sich hinausgeschlichen zu jenem steilen Gebirgspfad, der zum hochgelegenen Troizen hinaufführte. Diesen Weg würde Herakles entlangkommen – und sie würden ihn als erste zu Gesicht bekommen! Den ganzen Tag hatten sie gewartet, geröstet von der Sommersonne, zwischen bröckelnden Felsen, die zu gefährlich waren, um dort zu spielen, und zu heiß, um darauf zu sitzen. Sie waren schläfrig geworden, und neben ihnen war ein großer schwarzer Schattenflecken entstanden, eine beinahe kühle Zuflucht. Dort hatten sie abwechselnd gedöst, drei von ihnen, so gut es ging, zusammengerollt, während der vierte Wache hielt. Oder eigentlich halten sollte... Plötzlich erwachten sie und sahen, daß der Sonnenuntergang den Himmel rot und golden gefärbt hatte, und der Rotschopf, welcher während der Wache eingeschlafen war, sagte eigensinnig: »Er kann nicht gekommen sein. Dann wäre ich aufgewacht!« Doch sie wagten es nicht, länger zu warten. Müde, hungrig und mißgestimmt trotteten sie nach Hause, nicht ohne Furcht vor ihren Müttern, die sich schon lange gefragt haben mußten, wo sie sein mochten.

Der Weg hinauf war ein schwerer Aufstieg gewesen, wogegen der Weg hinunter ihnen leicht gefallen war. Endlich kamen sie zu den großen Toren, fanden sie weit offen, und kein Torwächter war zu sehen. An jedem anderen Tag wäre dies nicht verwunderlich gewesen. Im kleinen alten Troizen der Sage gab es jene Art von Reichtümern nicht, die das Stehlen lohnten. Doch auch der alte Torwächter hatte Herakles sehen wollen; was konnte ihm zugestoßen sein?

Die Straßen waren ausgestorben und sehr still. Die Sonne war jetzt untergegangen, doch der Himmel war noch hell und klar, eine blasse schimmernde Kuppel. Nur in der breiten Vorhalle des königlichen Hauses hatte die Nacht, die älteste Göttin, bereits eine Behausung gefunden, Ihr schwarzes Gespinst aus Geheimnis und Furcht gewoben. Die Jungen standen am Eingang, als sie das Wesen erblickten, das in der Dunkelheit lauerte. Die roten glühenden Augen, das gewaltige von Zähnen starrende Maul, das sie anfauchte ...

Die Jungen schrien wie mit einer Stimme auf und flohen. Der Rotschopf schrie am lautesten und rannte am schnellsten, doch er hielt als erster inne. Er schlüpfte um eine weitere Hausecke und blieb schwer atmend stehen. Würde der Löwe denselben Weg nehmen wie er – und ihn packen? Doch kein großer gelbbrauner Schatten nahte; nicht einmal ein Brüllen verfolgte ihn. Doch er hatte Großvater sagen hören, daß ein angreifender Löwe den schnellsten Menschen einholen könne. Die Neugier überwog bei ihm immer die Furcht, deshalb kroch er zurück und spähte um eine Hausecke in die schrecklichen schwarzen Tiefen der Vorhalle.

Dort saß reglos der Löwe.

Er hatte die Jungen nicht verfolgt. Warum nicht? Weil er ...

satt war? Hatte er bereits jemanden aufgefressen? Etwa den weisen Großvater? Etwa gar... die *Mutter*?

Vor Schmerz und Wut wie von Sinnen rannte das Kind schluchzend ums Haus; fand die Axt, mit der es oft einen Diener hatte Holz hacken sehen, und rannte zurück...

Furcht durchströmte den Jungen, kalt wie frischgeschmolzenes Eis, als er sie wieder erblickte – die roten glühenden Augen, die furchtbar schimmernden Zähne. Doch der Zorn trieb ihn vorwärts; er biß die Zähne zusammen und griff an. Wieder und wieder krachte die Axt auf den gewaltigen Kopf nieder. Doch der Löwe bewegte sich immer noch nicht. Es war nichts zu hören, außer dem Keuchen des Kindes und dem dumpfen Aufprallen der schweren Axt, die bald in den kleinen Händen zitterte.

Und plötzlich erschollen Rufe und Fußgetrappel. Die Mutter selbst kam herbeigerannt – unverletzt. Sie schloß ihr Kind in die Arme.

»Er hatte nichts Böses im Sinn, Blutsbruder. Er muß gedacht haben...«

»Daß er lebendig wäre. Ich weiß, Aithra. Ich hatte selbst einmal Söhne.«

Der große Fremde lächelte auf die beiden herab. »Eines Tages wirst du dein eigenes Ungeheuer erlegen, kleiner Verwandter. Aber den Löwen von Nemea, den habe ich bereits getötet.«

Er bückte sich und hob den großen Löwen auf, und dieser hing schlaff von seinen Händen herab – ein ungeheures leeres Tierfell! Die schrecklichen Augen – eines davon war jetzt ein wenig beschädigt – waren nur glänzende Steine.

Dieser Mann war Herakles, und dies war sein Umhang, den er aus dem Fell des berühmten Löwen von Nemea gemacht hatte! Alle hatten sich nur deshalb so ruhig verhalten, um ihn nach seiner langen, heißen Reise schlafen zu lassen.

Zuerst empfand der Junge Furcht und Scham, doch das ging rasch vorüber. Während des Festes in dieser Nacht saß er auf Herakles' Knie, aß von Herakles' Teller und trank – wenn man ihm auch nur einen kleinen Schluck gestattete – aus Herakles' eigener Weinschale. Niemals in seinem Leben war er so stolz und so glücklich gewesen.

Später, als sein großer Verwandter gegangen war, erzählte ihm Aithra, was mit Herakles' Söhnen geschehen war. Einst, für kurze Zeit, war der große Held von Sinnen gewesen; ohne sie zu erkennen, erschlug er sein Weib und seine Kinder. Dann, im heiligen Delphi, hatte ihn der strahlende junge Gott aus Kreta selbst losgesprochen, falls er zwölf Arbeiten für seinen Vater Eurystheus verrichte, für den König im goldenen Mykene, dessen Vater die rechtmäßigen Herrscher, Herakles' Eltern, in die Verbannung getrieben hatte.

»Aber das war nicht recht!« Das Kind war empört. »Herakles hat nicht mit Absicht Böses getan. Wußte der Gott das nicht?«

»Kind, es sind nicht die Arbeiten, die Herakles Kummer bereiten. Sie sind nur Peitschenhiebe, um die Erinnerung zu verscheuchen. Außerdem dürfen Sterbliche die Weisheit der unsterblichen Götter nicht in Frage stellen. Überall verehren Menschen den Gott von Delphi, genauso wie wir in Troizen den Erderschütterer Poseidon verehren. Wir wollen nicht mehr davon sprechen.«

Worte, die den Jungen ärgerten und ihn unbefriedigt ließen. Kein Gott durfte mehr verehrt werden als Poseidon. Sein Blut hatte gekocht, als er zum erstenmal hörte, daß jetzt viele Menschen Zeus als den Regenspender und den Allerhöchsten anriefen, doch aus Liebe zu Herakles verzieh er Zeus die Torheit Seiner Anbeter. Aber wer war dieser Gott aus Delphi, der es wagte, so unfreundlich zu Herakles zu sein? Es hatte keinen Zweck, den weisen Großvater danach zu fragen; wenn die Mutter schon nicht darüber sprechen wollte, würde er es vermutlich ebensowenig tun. Vielleicht würden die Diener ihm helfen.

Deren Antwort überraschte ihn. »Früher verehrten wir, die aus Troizen, nur die Mutter, die aus Ägypten kam, und Ihren Sohn. Doch lange bevor es Troizen gab, beantwortete die Erdmutter die Fragen aller, die nach Delphi kamen. Sie gab immer guten Rat, und schließlich gesellte sich dort Vater Poseidon zu Ihr, so wie Er sich nun hier in Troizen zu Mutter und Sohn gesellt hat. Doch nach der jammervollen Zeit der Großen Dunkelheit und des Großen Schalls kam der junge Gott – der Sohn des Gottes aus Kreta. Er allein spricht nun in Delphi, doch statt dessen gab Er Poseidon das liebliche Kalaureia, dicht bei unseren Gestaden, und dies war einst der Sitz des Sohnes, dessen Mutter aus Ägypten kam. Heute sagen die Leute, Er und der Sohn, der aus Kreta kam, seien eins.«

»Und wo spricht Sie jetzt, die Erdmutter?«

Doch nun wurden sie unruhig; sie machten Ausflüchte und blickten zu Boden. Zu seinem Schrecken erkannte der Junge schließlich, daß sie glaubten, weder Poseidon noch die Erdmutter hätten Delphi freiwillig verlassen – daß beide vertrieben worden seien. Darauf ging er ängstlich und erregt zu seinem Großvater.

Pittheus sagte ernst: »Kind, Götter kämpfen nicht gegeneinander. Aber die Mutter und der Sohn werden in vielen Ländern verehrt, in verschiedenen Sprachen und folglich unter verschiedenen Namen. So nennen heute die Menschen in Delphi den Sohn bei Seinem kretischen Namen und glauben, daß Poseidon vertrieben worden sei. Aber die Götter sind überall und lachen über die törichten Geschichten, die von Menschen erzählt werden.«

Worte, die den Jungen trösteten; welcher Gott konnte schließlich einen lieblicheren Wohnsitz als Kalaureia Sein eigen nennen? Er kehrte zu den Dienern zurück, die bereitwillig über Herakles' anderen Feind, Eurystheus, sprachen. Mykene war die größte Stadt in ganz Apia – im gesamten Land südlich des klippenreichen Isthmus von Korinth. Wie eine goldene Spinne hockte sie in der Mitte eines Netzes von Straßen, die so kunstreich angelegt waren, daß kein Kaufmann Handel treiben konnte, ohne sie zu benutzen. So zahlten alle Kaufleute ihren Tribut; die Stadt war fett und reich wie Eurystheus selbst, dessen gewaltiger Wanst ihren Thron ausfüllte. Dort saß er und zermarterte sich den Kopf, um eine Arbeit zu ersinnen, die den mit Sicherheit umbrachte, der sie auf sich nahm. Doch bis jetzt war Herakles immer triumphierend zurückgekehrt, um von der Bevölkerung Mykenes bejubelt zu werden, die in ihm den rechtmäßigen König sah.

»Und eines Tages wird er König sein!« frohlockte der kleine Rotschopf. »Er wird den feisten Eurystheus töten und sein Fleisch dessen eigenen Hunden vorwerfen – seinen wahren Verwandten!«

Er näherte sich dem vierzehnten Lebensjahr, als der starke Herakles wiederkam. An einem unfreundlichen Tag im Herbst, als Klippen und Himmel gleichermaßen grau und trostlos aussahen. Herakles stürzte heißen Wein hinunter und sagte dann: »Ich bringe dir Grüße von deinen Brüdern, Onkel. Von Atreus und Thyestes.«

»Sind sie bei Eurystheus?« Das Gesicht des alten Königs wurde besorgt.

»Ja. Freundlich wie die Katzen, alle drei. Ich glaube, sie haben ihm geholfen, über meine Neunte Arbeit nachzudenken ... Onkel, du allein von unserer ganzen Sippe kannst mich jetzt das Kanisch lehren, jene königliche Sprache, die unsere Vorväter einst in den hethitischen Landen gebrauchten.«

»Eurystheus will dich doch wohl nicht gegen Suppiluliuma ins Feld schicken, die Sonne der Hethiter?« Pittheus' Gesicht wurde noch besorgter. Die hethitischen Lande lagen weit in der Ferne, in den Ländern des Sonnenaufgangs. Lange waren seine berühmten, kampfstarken Männer durch Zwiste auseinandergerissen gewesen, innerhalb und außerhalb ihres Reiches, doch nun war endlich in ihrer Mitte ein Kriegerkönig aufgetaucht, der so stark war, daß ihm alle nachfolgten: Suppiluliuma, an Macht dem Pharao gleich, wenn auch nicht an Reichtum.

»Nein, Onkel. Ich ziehe noch weiter. Um den Goldenen Gürtel der Hippolyte zu holen, der Königin der Amazonen. Jenen Gürtel, den ihre erste Königin trug, als sie die Gebirge am Ende der Welt überquerte.«

Aithra schauderte; ihre alte Kinderfrau schrie: »Um aufgefressen zu werden, wenn du ihre Gelüste befriedigt hast? Diese Hexen ernähren sich wie Spinnenmütter und verspeisen ihre Liebhaber – sie essen Männerfleisch!«

Geschichten über die grausamen Amazonen waren von Meer zu Meer im Umlauf. Von diesen kriegerischen Frauen, die über das Ende der Welt hinausgeritten waren – an diesem jähen Absturz ins schwarze Nichts – und die noch furchtbarer waren als selbst dieser unvorstellbare Abgrund.

Doch die Augen des Rotschopfs wurden rund und leuchteten auf wie zwei Sonnen. »Ist es wahr, daß kein Mann jemals den Fuß in ihre Stadt Themiskyra gesetzt hat?«

»Wenn's einer getan hat, ist er nicht wieder herausgekommen.« Herakles zuckte die mächtigen Achseln.

»Aber du kannst nicht hingelangen! Fischerboote können nicht so weit fahren – oder die Krieger befördern, die du brauchen wirst!« Aithras Gesicht erhellte sich vor Erleichterung, doch ihr Sohn spürte, wie ihn ein jäher Groll anrührte. Warum war es den Menschen des Festlandes verboten, Schiffe zu bauen?

»Ich werde Schiffe bekommen.« Herakles lachte grimmig, und dann sprach er Worte, die in den meisten Ohren gotteslästerlich geklungen haben würden. »Eurystheus wird den Priestern nicht einmal reiche Geschenke machen müssen, um den Gott von Delphi zu bewegen, Seinen Bann zu lösen, wie es Jasons reicher thronräuberischer Onkel machte, als er Jason loswerden wollte. Er wird die Schiffe in Messene kaufen.«

Pittheus nickte. Messene war die mächtigste Stadt des westlichen Peloponnes, so wie Mykene die des östlichen. Wenige wagten sogar unter vorgehaltener Hand zu sagen, sie sei so reich wie – Mykene. Er sagte: »Doch diese Schiffe können vor dem Frühjahr nicht auslaufen. Ich werde den ganzen Winter Zeit haben, dich zu unterrichten, Enkelsohn meiner Schwester.«

»Und diese Zeit wirst du brauchen. Du kennst mich.« Herakles grinste.

Doch das Herz des Rotschopfs quoll über vor Verlangen: *Vater Poseidon, Erderhalter und Erderschütterer, höre mich! Laß mich mit Herakles übers Meer fahren!*

Keiner wird jemals wissen, wie lange der alte König in dieser Nacht wachend am Feuer saß. Er hatte die Augen seines Enkels gesehen; er hatte sich damit abgefunden, daß kommen mußte, was er seit langem wußte. Doch er grämte sich wegen Aithra;

für sie bedeutete der rote Schopf des Jungen die Sonne. Er seufzte; wie verschieden die Menschen doch waren! Für ihn war das kleine Troizen immer der rechte Ort gewesen; doch den Jungen würde es nie hier halten. Eine in den Mysterien wohlbewanderte Frau hatte es erbaut: die Ahnin von Aithras Mutter. Sie war eine ägyptische Priesterin gewesen, die mit ihrem Volk vor den einmarschierenden Hyksos geflohen war, jenen, »die Ra nicht kannten«. Der ägyptische Gott Ra wurde, wie andere östliche Götter, auch als allwissende Gerechtigkeit angesehen. In einem Traum hatte die Flüchtende diese liebliche Ebene jenseits des Meeres erblickt und die Sicherheit versprechenden Höhen, die sie umgaben, und als sie die Ebene gefunden hatte, grub sie einen Brunnen. Auch Einwanderer waren hergekommen, doch keiner mit der zermalmenden Gewalt der Hyksos. Innerhalb von zwei oder drei Lebensaltern waren fremdes Blut und neue Ideen immer aufgesogen und mit dem Alten verknüpft worden. Poseidon war der einzige Neuankömmling, der immer geblieben war. Troizen war einer der wenigen Orte, wo Er von Zeus, dem späteren Göttervater, noch nicht herausgefordert worden war. Doch Zeus und Poseidon – es war kaum ein Unterschied zwischen Ihnen, diesen neuen kriegerischen Göttern. Beide empfingen Sie Blutopfer. Keiner von beiden konnte den Menschen ihren Weg vorschreiben. Er lächelte, als er daran dachte, wie dieser Gedanke den Jungen erschrecken würde.

*Du allein wirst dauern, Herrin, Königin des Himmels, Gebieterin über Erde und Meer. Die Du alle Dinge erschaffst, Götter und Menschen, Tiere und grüne Pflanzen, die uns alle nähren. Du wirst immer da sein, ganz gleich, wie Menschen Deinen vielnamigen Sohn verherrlichen oder die Väter, die sie für Ihn erschaffen. Du gibst alles Leben, und doch ist es der Erdenschoß, in den wir am Ende alle zurückkehren müssen.*

Sein Großvater Tantalos war einer der letzten Könige gewesen, der Sie als die Höchste verehrte. Und nun flogen fremde weiße Adler über die blauen Wasser des Sees Saloe jenseits des Meeres, dessen Wasser die geborstenen Mauern von Tantalos bedeckten. Flut und Erdbeben hatten König und Stadt verschlungen; und weil die meisten Menschen glaubten, solche

Katastrophen kämen von Gott, wurde Tantalos, einst wie ein Gott verehrt, nun der Verfluchte genannt. Dichter erfanden immer noch Verbrechen für ihn, und vermutlich würde ein wenig von diesem Schmutz für immer an ihm hängenbleiben.

»Zumindest wirst du glücklicher sein als dein Großvater, Narr – du wirst einfach vergessen werden!« Diese bitteren Worte hatte Pelops, Pittheus' eigener Vater, gesprochen, als sein Erstgeborener sich entschlossen hatte, die Thronerbin des winzigen Troizen zu heiraten und sich dort niederzulassen. Pelops hatte sein Leben mit dem Versuch zugebracht, verlorene Größe wiederzuerlangen, und sie dann später jenseits der Meere gesucht. Und seine halbgriechischen Söhne waren das, was er aus ihnen gemacht hatte. Doch Eurystheus hatte ihre Herzen gewonnen, der töricht genug war, nur Herakles zu fürchten.

Ein jähes Entsetzen packte Pittheus. Er stöhnte, seine Hände umklammerten die Seitenlehnen seines Sessels so heftig, daß das mit Elfenbein eingelegte Holz unter seinem Griff krachte. Blut tropfte aus den Traufen aller Dächer von Mykene, Schatten, schwärzer als die Nacht, krochen darunter entlang!

Die Vision verschwand; er stand auf. Er suchte Wasser, nicht Wein, trank, und dann besprengte er mit dem Rest sein Gesicht.

*Wahrlich, ihr werdet nicht vergessen werden, meine Brüder! Euch, die man nur Krieg und Habgier und Hinterlist gelehrt hat, wird ein Ende beschieden sein, bei dem ihr euch gegenseitig auslöscht. Die Saat, die ihr gesät habt, wird schärfer sein als der Zahn der Schlange und giftiger. Finsternis und Zerstörung werden alles unter sich begraben.*

Er hatte seit langem gewußt, daß Verderben über Hellas kommen würde. Das kleine, dunkle Volk des Landes war zu lange unterdrückt worden, überrollt von allzu vielen verschiedenen Wellen von Einwanderern. Doch noch mehr Einwanderer konnten dem Volk helfen, vielleicht angeführt von Verbannten, die das alte Erobererblut in sich trugen. Doch er hatte nicht gewußt, daß Menschen aus seinem eigenen Blut die Dunkelheit durcheilten, die kommen mußte. Eine ewiglange Dunkelheit, denn Menschen, rasend vor Rachedurst, lange unterdrückt, finden es leichter zu zerstören als aufzubauen ...

Doch bald strafften sich seine müden alten Schultern wieder; sein Mund lächelte. *Die Sehergabe ist eine schwere Bürde; sie offenbart einem Menschen immer zu viel und zu wenig zugleich. Doch in einem Punkt bin ich sicher. Euch zum Trotz, Brüder, die ihr arme, vernarrte Hunde seid, werden in diesen Landen des Westens neue Arten von Schönheit und Größe geboren werden. Möge das goldene Mykene fallen, so wie es selbst Troja zu Fall bringen wird – mögen Messene, Korinth und Tiryns fallen und sogar die Weisheit Troizens verschleudert werden – eine Stadt wird alles überstehen. Tut das Werk, das vorherbestimmt ist, und schafft zutage, was ans Licht soll.*

Da glänzten seine Augen in irdischem Stolz, und Freude mischte sich eigentümlich mit Schmerz. »Denn was immer er tut oder was zu tun ihm mißlingt – welchen Tod er auch stirbt – der Sohn meiner Tochter wird dieser Stadt die Stärke geben und die Träume, die nötig sind, Neues zu schaffen. Herrin, Mutter aller Dinge, ich danke Dir!«

3. KAPITEL/NOCH EINMAL DIE ABENTEURER – Den ganzen Winter bemühte sich Herakles nach Kräften, die königliche Sprache Kanisch zu erlernen, doch ohne großen Erfolg, denn Kopfarbeit war nie die Stärke des gewaltigen Herakles gewesen.

»Das strengt mich mehr an als alle meine Arbeiten«, seufzte er einmal. »Schlimmer als alles, was ich je zu machen versucht habe, seit der alte Linos anfing, mir das Flötenspiel beizubringen.«

»Für Linos war es schlimmer als für dich«, sagte Aithra ein wenig ernst.

»Er war ein Dummkopf. Er schlug mich, und wie sollte ich wissen, daß sein Schädel brechen würde, als ich zurückschlug.« Herakles seufzte wieder. »Ich war damals schon kräftig, und das Los eines kräftigen Mannes ist hart. Sein Leben lang muß er um jeden Preis vorsichtig und zahm sein.«

Darauf wurde er still, vielleicht weil er an jene andere Zeit dachte, an die er sich glücklicherweise nicht erinnern konnte. An jene Nacht, als sein Weib und seine Kinder gestorben waren.

Aber in der Ruhe Troizens überkamen ihn keine Anfälle von Wahnsinn, jene Rasereien, die manche für das eigentliche Geheimnis seiner Körperkraft hielten, für weit bedeutsamer gar als seine körperliche Größe, denn sie überfielen ihn immer in Zeiten der Spannung und machten ihn furchtbar wie einen Gott.

Doch er lernte auch nicht viel. Eines Tages schließlich, als sie allein waren, wagte es der Rotschopf zu flüstern – denn er kannte die Schärfe der mütterlichen Ohren wohl: »Laß mich mit dir gehen, Verwandter. Ich kann dir erzählen, was diese barbarischen Fremdlinge sagen, und ihnen übersetzen, was du sagst.« Denn er hatte am Unterricht teilgenommen und um vieles mehr gelernt als Herakles.

Herakles starrte ihn entgeistert an. »Kind, bist du verrückt? Deine Mutter und dein Großvater würden dich niemals gehen lassen.«

»Mutter wird sich vielleicht aufregen, aber jeder Junge muß mal ein Mann werden. Und wo könnte ich besser lernen, wie Männer sind und was sie tun, als bei dir? Oder so gefahrlos?«

»Ich selber werde in Gefahr sein«, erwiderte Herakles. »Außerdem ist für dich die Zeit noch nicht gekommen, ein Mann zu werden.«

Doch am Ende wurde der Plan enthüllt, und Herakles erhob keine Einwände. Er zählte darauf, daß diese von Pittheus und Aithra kommen würden: Aithra protestierte, doch als sie schließlich innehielt und erwartungsvoll ihren Vater anschaute, sagte der alte Pittheus ruhig: »Tochter, einmal muß für junge Vögel die Zeit kommen, ihr Nest zu verlassen. Ihre Heimat ist der Himmel. Weil ich dies wußte, habe ich auch den Jungen die Sprache unserer Väter gelehrt.«

Sie wurde weiß; beide Männer fuhren zusammen, als sie den Schmerz und die Furcht auf ihrem Gesicht sahen. Der Junge jedoch bemerkte es nicht; ihn trugen die strahlenden Flügel des Triumphs und des Traums hoch hinauf.

»Kind« – Pittheus sprach so sanft, als sei Aithra noch ein kleines Mädchen – »erinnere dich, was ich dir in der Nacht sagte, bevor dieser Junge empfangen wurde. Er hat eine Bestimmung zu erfüllen, und jetzt scheint mir, daß diese Reise vielleicht ein Teil davon ist.«

»Er wird zurückkommen? Gesund? Bist du dessen sicher?« Ihre Stimme griff wie eine Hand nach ihm.

»Ich bin ziemlich sicher, daß er zurückkommt. Mehr kann ich nicht sagen. Die Schicksalsgöttinnen könnten das Netz, das Sie für ihn gesponnen haben, weiter gemacht haben, als ich es vorhersah.«

»Und Zeus selbst wagt es nicht, dem Willen der weißgekleideten Schicksalsgöttinnen zu widersprechen«, sagte Herakles halb kindlich, halb ehrfürchtig.

»Nein. Die Göttin ist älter als alle Götter, und die Göttinnen des Schicksals sind nicht nur aus Ihrer Weisheit geboren, sondern Sie sind Sie selbst.«

Aithra tat einen tiefen rauhen Atemzug. »So sei es denn. Ich bin nicht größer als die Götter.«

Doch später, als sie mit ihrem Vater allein war, sagte sie: »Ich fürchte um mehr als um seinen Leib. Krieg und Abenteuer haben immer einen viel zu großen Zauber auf ihn ausgeübt. All diese *ptoliporthes*, diese Städteplünderer, die Herakles folgen werden, werden ihn vielleicht verderben. Sie könnten ihn vergessen lassen, was wir ihn zu lehren trachteten – Freundlichkeit gegenüber allen, getreu der Einsicht, daß sogar der geringste der Menschen ein Recht darauf hat, zu behalten, was er mit seinem eigenen Schweiß und mit eigener Hände Arbeit aufgebaut oder gepflanzt hat ...«

Pittheus sagte ein wenig traurig: »Nein. Weil sie unsere Absichten nicht verstehen, werden sie ihn verspotten und später, am Tage seiner Macht, wird er stolz sein, einer der ihren zu sein. Er wird immer der Freund der Armen und Kleinen sein.«

Doch der Rotschopf dachte nur: *Ich werde mit Herakles gehen!* Träume flackerten in ihm auf. Er würde sie sehen – all die fremden Orte, all die fremden Völker. Er würde gegen die Amazonen kämpfen – gegen die schrecklichen, grausamen Kriegerfrauen von Themiskyra. Er brannte darauf, ihnen zu beweisen, daß er besser kämpfen konnte als sie – was trieb Frauen überhaupt zum Kämpfen? Und danach, vielleicht... vielleicht...

Er zermarterte sich das Hirn mit Fragen, und die größte war: *Sind sie schön?*

Wenn eine jung und hübsch war, wäre es eine Schande, sie zu töten. Besser, sie zu Boden werfen und dann etwas anderes mit ihr tun... das, womit die älteren Jungen immer herumprahlten, daß sie es machten. Mädchen waren ihm noch ein Rätsel; als er klein gewesen war, waren viele von ihnen ebenso gute Spielkameraden gewesen wie Jungen. Doch nun trugen sie lange Röcke nach kretischer Mode, in denen niemand rennen oder springen konnte. Sie konnten einem Jungen nicht offen in die Augen sehen, sondern kicherten und warfen ihm alberne Seitenblicke zu. Sie gingen ihm auf die Nerven; doch neuerdings hatte eine sonderbare schamhafte Neugier angefangen von ihm Besitz zu ergreifen...

Die Leute sagten, die wilden Amazonen sähen scheußlich aus, doch ein Leben im Freien machte einen Jungen nicht häßlich. Und was war mit der Göttin Artemis, deren Priester er sein würde, bis er mit seiner ersten Frau schlief? Alle in Troizen geborenen Prinzen waren Ihre Priester, so wie alle Prinzessinnen, bis sie gebären konnten, Priesterinnen des Poseidon auf Kalaureia waren wie auch seine Mutter. Ebenso wie die Amazonen nahm Artemis keinen Ehegatten; Sie durchstreifte die Wildnis mit dem Bogen in der Hand. Eine Jägerin, doch wild in Ihrem Zorn gegen den größten König, wenn er die geringste der pelzigen Mütter erlegte, sogar die trächtige Häsin. Und Sie konnte auch kämpfen – als die uralten Giganten sich gegen die Götter erhoben und versucht hatten, das ursprüngliche Chaos zurückzubringen, töteten Ihre Pfeile das berghohe Paar, das Sie rauben wollte. Und Sie war schön...

Manchmal, wenn er vor Ihrem geheimen Schrein in den Mooren stand, hatte der Junge versucht, sich Ihre Schönheit auszumalen. Schlank und zart, sehnig, doch weich. Sie blickte dir ins Auge und lachte. Ihr kurzes Jägerkleid ließ Ihre Beine unbedeckt... nein! Es war frevelhaft für einen Sterblichen, sich Gedanken über die Beine einer Göttin zu machen oder über die Stelle, wo sie zusammenliefen in einem frechen kleinen Haarbusch. Die Amazonen dagegen umgab nichts Heiliges; er konnte an jeden Teil ihrer Körper denken, und er tat es.

Die purpurnen Winteranemonen begannen hinzusterben. An den Ufern von Troizens großer Salzlagune erglühten golden die Blüten der Frühlingsiris. Bald mußte auch die Nachricht kommen, daß die Schiffe bereit seien. Jemand wie er, der mit ihnen fahren sollte, war gewiß ein Mann – alt genug, um ein paar Fragen zu stellen. In einer linden Nacht, als der König und seine Familie draußen in der großen Vorhalle saßen, stellte der Rotschopf die Frage, die ihn lange beunruhigt hatte.

»Großvater, warum ist es den Menschen vom Festland verboten, Schiffe zu bauen?«

Aithra kam ihrem Vater zuvor: »Um wilde Jungen und Männer davon abzuhalten, Seeräuber zu werden. Kind, das weißt du.«

»Ich weiß, daß der Gott von Delphi uns verboten hat, Schiffe zu besitzen. Nicht lange nach der Zeit der Großen Finsternis und des Großen Schalls, jener Zeit, über die zu sprechen die Leute sich noch immer fürchten. Was ist damals geschehen? Ist es wirklich zur Mittagszeit Nacht geworden? Und hat sie wirklich viele Tage und Nächte gedauert?«

Aithra sagte nichts; sogar der gewaltige Herakles blieb stumm. Doch der weise Pittheus antwortete gelassen: »Zuerst kam der Große Schall. Lauter als jeder Klang, der je auf dieser Welt vernommen worden war. Es schien, als wolle er die Berge in die Täler stürzen und den Himmel über diese Verwüstung herabsinken lassen. Er durchbohrte die Ohren der Menschen wie der spitzeste Speer. Viele, die ihn hörten, vernahmen vielleicht nie mehr etwas.

Und dann wurde es Nacht. Keine Nacht ohne Mond oder Sterne, sondern von einer Schwärze, wie sie Blinde für immer durchwandeln. Niemand konnte auch nur die Hand vor Augen sehen. Die Leute kauerten ängstlich in den Häusern bei ihren Lampen und Feuern und stellten sich diese Schwärze als ein gewaltiges, die Welt ausfüllendes Tier vor, das draußen vor ihren Türen hockte. Was geschah, wenn ihre kleinen Lichter verloschen, bevor die Sonne zurückkehrte? Was war, wenn sie nie mehr zurückkehrte? Wenn sie in der Finsternis verhungern und sterben müßten?

Niemand weiß, wie lange die Schwärze anhielt. Niemand weiß einen Weg, es herauszufinden. Die Länge eines halben Tages konnte einem in dieser Schwärze wie Wochen, ja wie Monate vorkommen. Vielleicht ging sie zu Ende, bevor das tosende Meer über das Land hereinbrach – so sagen die einen, doch manche sind anderer Meinung. Es ist möglich, daß viele, die das Getöse hörten, schreiend in die Schwärze hinausliefen, vor der sie sich gefürchtet hatten. In die Wogen. Jedoch als endlich das Wasser fiel und das Licht zurückkam, sahen alle, die in der Nähe des Meeres wohnten, nichts als Verwüstung. Niedergerissene Häuser, überflutete Felder, fortgeschwemmte Güter und Haustiere. Selbst dort, wo kein heißer, sengender Ascheregen gefallen war, sah es so aus.«

Der Junge beugte sich gespannt vor. »Ich weiß – deshalb nennen heute viele Menschen Poseidon Erderschütterer statt Erdbewahrer. Sie sagen, Er habe das Meer emporgehoben und mit Seinem Dreizack die Sonne vom Himmel gestoßen. Er habe mit Seinem Bruder Zeus um die Vorherrschaft unter den Göttern gerungen. Aber diese Leute lügen! Niemals hätte Poseidon uns so hingeschlachtet! Er ist gütig ...«

Herakles rückte unbehaglich hin und her. »Manchmal kämpfen die besten unter den Brüdern miteinander, Junge. Wenn sie jünger sind. Ich kämpfte zuweilen mit meinem Bruder, doch obwohl er mein Zwillingsbruder und um vieles schwächer war als ich, denn er war kein Sohn des Zeus, mußte ich mir eine Menge von ihm gefallen lassen.«

Doch Pittheus sagte, noch immer gelassen: »Kein Gott schlägt sich mit einem anderen, Kind; ich habe es dir schon einmal gesagt. Und kein Gott schlägt einen Menschen. Sie versuchen uns zu leiten, zu lenken, so wie die Kreter ihre Schiffe lenken. Sie treiben uns nicht wie Vieh.«

»Was geschah dann?«

»Wer weiß das, Kind? Es gibt Mächte, die keine Namen

haben und die von den Menschen nichts wissen. Und wenn Boten ins heilige Delphi gesandt wurden, kamen sie voll Furcht zurück. ›Die Schreine sind umgestürzt, die Mauern sind eingestürzt. Die Erdmutter spricht nicht mehr zu Ihren Kindern.‹ Da weinten alle wie Kinder, die ihre Mutter verloren haben. Doch bald begannen einige die Blicke aufs Meer zu richten. ›Vielleicht werden die guten hilfreichen Königinnen uns beistehen, die einst von Kreta, dem Land des Morgens, Boten sandten, uns zu lehren, wie man sät und erntet und Häuser baut. Kreta, die Mutter aller Künste der Menschen.‹ Doch keine Schiffe kamen. Vielmehr kamen der Hunger und dann die Gesetzlosigkeit, die immer im Gefolge des Hungers ist. Denn die Fischer hatten keine Boote, Kaufleute keine Handelsschiffe; alle waren zerstört oder fortgeschwemmt. Und die Bauern stellten fest, daß keine Saat auf ihren meergetränkten Feldern aufgehen wollte; die Erde selbst war vergiftet. Sogar die, welche noch immer aufs Meer blickten, erschauerten. Waren die zahlreichen Inseln der Meere von den furchtbaren Wellen verschlungen worden? Selbst das ruhmreiche Kreta?«

»Aber warum bauten sie keine neuen Schiffe, Großvater? Wir müssen doch noch Wälder gehabt haben.«

»Kind, die Menschen fürchteten diese ungeheuren Wasser, die von Geistern heimgesucht wurden und von denen der Große Schall gekommen war. Bald wurden Schiffe gebaut, doch nur um Beute zu machen, raubvogelgleich, an unseren eigenen Küsten, bemannt mit hungrigen Männern, die nach dem Wenigen trachteten, das ihren Nachbarn geblieben war. Allmählich wurde die Seeräuberei ein Spiel, Freude aller junger Männer und vieler, die nicht mehr so jung waren. Und wenn Erde, die Mutter, sich selber geheilt hatte, so wußte niemand, ob er die Frucht, die er angebaut, auch würde behalten können oder ob Feuer und Schwert im Schlaf über ihn hereinbrechen würden.

Dann kamen endlich kretische Schiffe. Ihre Kapitäne sagten: ›Wir sind die Männer Minos', des Gerechten.‹ Einige fragten: ›Wo sind die hilfreichen Königinnen?‹ Doch die Kreter antworteten: ›Tot. Sie waren Frauen – zu schwach, um die Große

Finsternis zu vertreiben. Das tat Minos, er rettete die Sonne. Er rettete uns alle – Minos, der Sohn und Freund Gottes.‹ Seine Schiffe fegten die Seeräuber von den Meeren. Die Menschen konnten wieder in Frieden leben und arbeiten, und alle, die dies tun wollten, priesen Minos. Weitere Schiffe kamen, und eines davon trug eine neue Fracht: Priester. Und sie stiegen zum zerstörten Delphi hinauf.«

Herakles, der derartige Gespräche wenig schätzte, sagte: »Manche meinen, daß sie dort eine alte Priesterin trafen. Kam aus dem Versteck mit einer großen Schlange an ihrer Seite, der alten Hüterin Delphis.«

»Das ist wahr.« Pittheus' Gesicht war kalt, wie aus Stein gemeißelt. »Die Kreter erschlugen die Schlange. Zur Frau sagten sie: ›Die Göttin ist alt geworden. Sie schlief und warnte Ihr Volk nicht. Sie soll jetzt wieder schlafen. Ihr junger Enkel kommt, der strahlende Sohn unseres kretischen Zeus. Er wird für die Seinen zu sorgen wissen.‹ Dann ergriffen sie die Frau und erschlugen die Schlange. Zuerst murrten manche, doch das Land blühte weiter auf, und bald sagten sie: ›Wieder hat Minos uns Gutes getan, als er uns diesen Strahlenden schickte, seinen eigenen Halbbruder. Jetzt braucht die Welt die Kraft der Männer; die Zeit der Frauenherrschaft ist vorbei.‹ Dann machte sich ein König auf und fragte, ob er neue Schiffe bauen dürfe, und der Gott antwortete: ›Die Menschen des Festlandes sollen nie wieder Schiffe bauen, ausgenommen Boote, die nicht mehr als fünf Männer auf einmal tragen können. Nur auf diese Weise können sie den Frieden erhalten, den Minos der Gerechte für sie errungen hat.‹ So gebot Er, und so haben wir Ihm gehorcht, und seitdem haben die Schiffe aus Kreta unsere Gestade immer gut beschützt.«

Er schwieg, und für einen Augenblick schien die Stille so tief zu sein wie ein Brunnen. Dann streckte sich der große Herakles und gähnte. »Nun, ich bin froh, daß ich nicht in jener Zeit lebte. Es gibt vieles, das ich gern in meinem Sinne geändert hätte, doch zumindest die Sonne steht sicher am Himmel. Ich werde jetzt zu Bett gehen.«

Und das tat er. Bald ging auch Aithra in ihr Gemach. Doch

der Rotschopf saß noch immer da, und in seinem Inneren knisterten die Gedanken, feurig wie sein Haar. Schließlich hob er den Kopf und sah dem weisen Pittheus direkt in die Augen.

»Großvater, wenn Götter Menschen nicht schlagen, muß es ungefährlich – ungefährlich und leicht – für die Menschen sein, Ihnen Worte in den Mund zu legen.«

»Dies auszusprechen ist gefährlich, Kind meiner Tochter.«

»Ich weiß es.« Der Junge ballte die Fäuste, sein Gesicht verfinsterte sich. »Oh, wahrlich, Minos der Gerechte ist Minos der Schlaue! Vielleicht waren jene Königinnen gütig, doch das Säen und Ernten und Häuserbauen haben sie niemals erfunden. Lügen! Alles Lügen, wie die Geschichten, mit denen Ammen Kinder das Fürchten lehren! Und ich hätte all diese Lügen geschluckt, hätte ich dich nicht sagen hören, daß die ältesten Städte der Welt in Ägypten und den östlichen Ländern liegen!«

»Kreta hat die Lande des Westens viel gelehrt. Es ist uns näher als der Osten.«

»Und wir haben mehr als genug dafür bezahlt!« Der Junge spie aus.

»Sag mir warum, Kind meiner Tochter.«

»Weil kein Mensch es wagt, dem Wort aus dem heiligen Delphi nicht zu gehorchen. Wir haben hier in Troizen eine große Bucht – ich glaube, sie könnte alle Schiffe des Minos aufnehmen. Doch wir haben keine Schiffe, wir sind arm wie alle Städte an dieser Küste! Wir müssen nehmen, was immer Minos oder Mykene als angemessenen Preis für unsere Güter festlegt. Sogar das große Mykene, wenn es Waren übers Meer schickt, muß sich damit begnügen, was Minos dafür zahlt. Minos hat ohne einen Schwertstreich das Festland erobert! Hat uns zu Narren gemacht, alle – zu Hunden, die ihm aufs Wort gehorchen!«

Er hielt inne, Atem schöpfend. Für einen Augenblick schwieg Pittheus; vielleicht weil diese Klugheit das Herz des alten Königs mit gewöhnlichem menschlichem Stolz erfüllte. Er hatte dem Kind vieles beigebracht, was andere an dieser Küste nicht wußten. Vieles von dem, was er von seinem eigenen Vater gelernt hatte, diesem unternehmenden Geist, den der alte, lebenskluge Osten geprägt hatte. Und der Junge hatte nicht nur ein gutes Gedächtnis, er wandte seine Kenntnisse auch an. Er fügte Tatsachen und Vermutungen zusammen, wie ein geschickter Weber seine Fäden knüpft.

Schließlich sagte er: »Kind, du hast richtig gedacht. Du hast nur eines vergessen. Die heiligen Höhen von Delphi beherrschen auch den Weg zu den inneren Ebenen des Nordens, Schlüssel zum Reichtum für einen Kaufmann; Minos hat das nicht übersehen.«

Der Junge lachte vor Vergnügen; sein Gesicht glühte. »Du weißt es also, Großvater? Aber trotzdem konntest du nichts ändern, du, der klügste aller Menschen!«

»Kind, alles dies habe ich seit langem gewußt und Schweigen bewahrt, es aufgehoben für die heutige Zeit; einer mußte es tun. Du weißt, daß Minos am Ende nicht nur als der Sohn eines Gottes, sondern als ein Gott selbst verehrt wurde. Sein irdisches Ich sitzt in Kreta, aber Sein größeres Ich sitzt im Hades als Richter über die Toten. Ihm kann man nicht entkommen, im Himmel wie auf der Erde. Es ist nicht leicht, Menschen gegen einen solchen Gott aufzustacheln.«

»Das verstehe ich.« Der Junge knirschte mit den Zähnen. »Trotzdem. Eines Tages werde ich sie aufstacheln! Ich werde auch Schiffe haben – und dem stolzen Minos zeigen, wer der Herr ist!«

»Besser wäre es, ihm bloß zu zeigen, daß nicht er der Herr ist. Daß alle Menschen Rechte haben. Die Welt hat viele Eroberer gesehen; mußt du unbedingt ein weiterer sein?«

»Ich will den Menschen ihre Rechte geben. Ich will sie befreien! Unser Volk und alle Völker dieser Küste!« Die Erregung ließ die Kieferknochen des Jungen wie bei einem Mann hervortreten. Doch dann kehrte die Neugier zurück. »Was ist wirklich geschehen, damals, vor vielen Jahren? Fiel die Sonne wirklich vom Himmel? Wenn diese namenlosen Mächte sie herabwarfen, warum haben unsere Götter ihnen nicht Einhalt geboten?«

»Kind, alle Mächte, unsere Götter eingeschlossen, haben

Ihre eigenen Aufgaben, Ihre eigenen Reiche; keiner darf sich in die Angelegenheiten des anderen einmischen. Das Gesetz des Universums geht über unser Fassungsvermögen hinaus. Genauso wie das Treiben der Menschen einer Ameise unverständlich bleibt.«

»Aber ist die Sonne wirklich gefallen?« Der Rotschopf klammerte sich hartnäckig an das, was er hoffen konnte zu verstehen.

»Nein. Riesige Aschenwolken verhüllten sie. Die Asche wurde von einem Berg ausgespien, der die Insel krönte, die damals Kalliste genannt wurde, die Mond-runde, schönste der Inseln. Die Feuer im Inneren dieses Berges spalteten die Brust der Erde, die unser aller Mutter ist. Das war der Große Schall. Jetzt wogt das Meer dort, wo der Berg sich einst erhob.«

»Du meinst, die ganze Insel versank im Meer?«

»Nein. Aber was von der einst mondschönen Kalliste übrigblieb, ist nicht mehr schön. Nicht einmal Seevögel nisten auf den Klippen ihres verbrannten und verstümmelten Rumpfes. Selbst sie können das Seewasser nicht trinken.«

Schließlich ging der Junge zu Bett, trotz all seines Stolzes glücklich in der Gewißheit, daß Poseidon, seinen göttlichen Vater, keine Schuld traf. Doch der alte König saß noch da in seiner gottähnlichen Einsamkeit, er, an dessen geheimen Gedanken kein anderer Mensch teilhaben durfte. Einmal lächelte er, stillvergnügt und ohne Stolz, während er in Gedanken mit einem anderen sprach, der nicht da war.

»Du besitzt Wissen, Pterelas, Priester von Delphi. Zu viel für einen Mann, der Wissen benötigt wie du, und doch nicht genug. Vor vielen Jahren hieltest du eine Haarlocke in der Hand – Tribut, den heutzutage alle jungen Männer an Delphi entrichten, ohne zu wissen, daß ihre abgeschnittenen Haare sie der Macht zauberischer Priester ausliefern. Oder daß dies nicht so sein würde, wenn auch sie Wissen besäßen... Du blicktest auf diese Locke, die brandrot war – und vor deinen Augen schien sie sich in eine Flamme zu verwandeln. In eine Flamme, welche die große kretische Stadt Knossos verbrannte. Die Stadt des Minos, der der einzige Herr ist, dem du getreulich dientest.

Doch du hast dir selber Mut gemacht, indem du dachtest: ›Sein Sohn, nicht er, ist der vom Schicksal erwählte Zerstörer, und solange wir in Delphi sein Haar besitzen, kann ihm kein Sohn geboren werden.‹ Du hast dein Vertrauen in alten dunklen Zauber gesetzt, der nichts mit irgendeinem Gott zu tun hat. Doch eine reinere Macht hat dich besiegt, die Macht, die lange im kleinen Troizen der Mysterien aufbewahrt wurde und darauf wartete, daß ihre Zeit kam.«

Dann veränderte sich sein Gesicht. Plötzlich wurde es alt und müde und besorgt; älter sogar, als er an Jahren zählte, und das waren viele. »Vielleicht weiß ich doch nicht genug. Habe ich den Jungen zuviel oder zu wenig gelehrt? Doch es scheint unwahrscheinlich, daß er bei dieser Schicksalswende das lernen könnte, was ich ihn gern gelehrt hätte. Außerdem wurde er zum Kämpfen und Handeln geboren, nicht für das beschauliche Leben, auf das ich mich verstehe und das ich liebe.«

Bevor der Rotschopf aufbrach, erregte sein Haar Aufmerksamkeit, und dies auf eine Weise, die manche für ein böses Omen hätten halten können. Die Frauen von Troizen gaben sich der jährlichen Wehklagen um den lange verstorbenen König Saron hin, ihren ermordeten Herrn, der so jung, schön und gütig gewesen war. Er war gestorben, als er noch Priester der Artemis war, hinausgelockt und in dem kleinen Golf vor der Landenge ertränkt, der nun nach ihm den Namen Saronischer Golf trägt. Als die Klagelieder am lautesten erschallten, spazierten Herakles und der Rotschopf am Weiher der Artemis entlang, wo sie auf eine sehr alte Frau trafen, eine der wenigen, in deren Adern noch viel ägyptisches Blut floß. Mit wild aufgerissenen Augen wich sie vor dem Jungen zurück und schrie: »Er ist hier! Er ist hier! Der rote Seth, der Zerstörer!« Andere kamen herbeigelaufen und bemühten sich sie zu beruhigen. »Nein, nein, alte Mutter! Das ist unser junger Herr, dem die Königin am Heiligen Ort der Geburt das Leben geschenkt hat!« Doch sie schrie aufs neue: »Auch der andere wurde von der Mutter Himmel geboren, jener Rote, der seinen Bruder erschlug! Die Königin möge sich hüten, denn sie hat den falschen Sohn geboren – den Sippenmörder! Sein Haar wird ein Feuer sein, das ihr Haus verbrennt!« Elend und eingeschüchtert ging der Junge nach Hause, zum erstenmal froh, daß er keinen Bruder hatte. Vergeblich bemühte sich Aithra, ihn zu trösten; er konnte sehen, daß sie sich selbst fürchtete.

Doch Herakles sagte nur: »Es sind richtige Ägypter, eure alten Leute hier. Ich erinnere mich, wie Eurystheus mich nach Busiris in Ägypten schickte; dort opfern sie alle rothaarigen Männer, sogar alle Esel mit rötlichem Fell, dem Asar, den wir Osiris nennen, weil Seth, der ihn erschlug, rotes Haar hatte. Sie hätten auch mich geopfert, doch meine Kraft kam über mich, ich sprengte meine Fesseln und erschlug den Hohepriester vor seinem eigenen Altar.«

Der Junge lachte pflichtschuldig, doch er fühlte sich erst wohler, als der alte Pittheus kam und sagte: »Kind, wir alle sind Kinder der Erde und des gestirnten Himmels. Kein Mann kann einen anderen erschlagen, ohne nicht auch seinen Bruder zu erschlagen.«

Und die Schiffe des Herakles fuhren weiter, mit ihren Vordersteven das dunkle Unfreundliche Meer zerschneidend. Rund um das Vorgebirge, das man das Schwarze nannte, und an jenen felsigen acherontischen Höhen entlang, wo immer ein klagender Wind weht, der eiskalt aus den Höhlen aufsteigen soll, die ins Königreich der Toten hinabführen. Vorbei an den Mündungen sagenumwobener Flüsse wie dem Sangarios, dem blütengesäumten Parthenios, dem Fluß der Jungfrau, in dessen lieblichen Wassern die bogentragende Artemis nach der täglichen Jagd baden soll, bevor sie wieder in den Himmel aufsteigt. Sie kamen zum gewaltigen Halys, der wie ein Löwe brüllend ins Meer stürzte, und weiter zum Iris, der in einem Tal fließt, das so wunderbar wie eine Blume ist.

Schließlich gelangten sie zum Thermodon, einem Fluß wie keinem zweiten, von dem es heißt, daß ihm nur vier Zuflüsse fehlten, um deren hundert zu haben. Sie erblickten die Ebene von Themiskyra, schön anzuschauen mit tiefem Gras und prächtigen Bäumen. Zwar sahen sie dort wohlgenährtes Vieh grasen, doch fanden sie keine Spur eines Menschen, besser gesagt, einer Frau.

Eine Handvoll Männer landete, um zu erkunden, in dauernder Erwartung, daß die liebliche Stille durch den Klang von Kriegsschreien gebrochen werden würde. Aber noch herrschte ungestörte Ruhe.

Herakles war nachdenklich. »Das ist sonderbar. Ein paar dieser Frauen müssen hier irgendwo sein.«

»Schon möglich«, knurrte Telamon, auf seinen großen Speer aus Eschenholz gestützt. »Sie liegen im Versteck und warten darauf, uns zu überfallen.«

Keinem der Männer gefielen diese Worte, denn sie drückten jedermanns geheime Angst aus. Die Leere der grünen Ebene schien mit einem Mal voll von Augen zu sein wie ein Pfauenschweif. Verborgene, feindliche Augen. Einige Männer erinnerten Herakles an die vergifteten Pfeile der Amazonen und baten ihn, zu den Schiffen zurückzukehren und die Nacht zu erwarten. »Dann können wir ungesehen an Land schleichen.«

»So hätten sie Gewißheit, daß wir als Angreifer kommen«, polterte Herakles. »Friedliche Händler stehlen sich nicht in der Dunkelheit ans Ufer.«

Der Rotschopf hatte eine Idee. »Laßt es uns so machen wie viele Kaufleute, wenn sie nicht die Sprache der Leute sprechen, mit denen sie Geschäfte machen wollen. Wir legen unsere Waren am Strand nieder, gehen wieder an Bord und passen auf.«

»Wir sollen ihnen das Zeug dalassen, damit sie es stehlen?« schnaubte Telamon.

»Nur Narren stehlen die Waren von Händlern, denn dann kommen die Händler nicht wieder. Außerdem werde ich hier bei den Waren zurückbleiben.«

»Idiot, glaubst du, daß du ein ganzes Rudel von Amazonen aufhalten kannst?« sagte Telamon verächtlich.

»Das könnte kein Mann«, sagte Herakles grimmig. »Nicht mal Herakles. Kein Fleisch ist gegen Gift gefeit.«

»Aber ich werde der lebende Beweis sein, daß wir in friedlicher Absicht kommen – ich werde hier allein und unbewaffnet sitzen! Und ich bin der einzige, der sich mit ihnen verständigen kann. Irgendwie müssen wir an sie herankommen.«

Das letzte war richtig, und Herakles wußte es. Wenn er die finsteren Mauern erstürmen mußte, die sich im Süden erhoben, würden seine Männer sterben wie die Fliegen. Diese Mauern schienen aus ungebranntem Lehm und nicht aus Stein zu bestehen, doch er vermutete, daß sie einen festen Kern aus eisenharten Holzstämmen hatten. Und dann käme noch der Hagel giftiger Pfeile hinzu. Am Ende willigte er, wenn auch höchst widerstrebend, ein.

»Aber sei vorsichtig, Knabe, sehr vorsichtig.«

Sie legten ihre Waren so nahe wie möglich am Wasser aus, so daß der Rotschopf notfalls ins Wasser springen und fortschwimmen konnte, obgleich es sehr unwahrscheinlich schien, wenn man an jene Pfeile dachte, daß er das offene Wasser würde erreichen können. Sie breiteten Tuch in lebhaften Farben aus, stellten große, schön verzierte Krüge dazu – die Kreter hatten die Bewohner des Festlandes einst gelehrt, wie sie gemacht wurden –, viele schimmernde Perlen und Goldgegenstände.

Allein gelassen, saß der Junge da und wartete. Die Sonne schien heiß; er begann zu schwitzen, und da er still dasaß, wurde er auch sehr müde. Sein Leben lang war es das Stillsitzen gewesen, das ihn am meisten ermüdet hatte. Doch es wäre unwürdig gewesen, Unruhe zu zeigen, falls unsichtbare Augen ihn wirklich beobachteten. Augen, irgendwo im grünen Landinneren, das so kühl aussah, und wohin er nicht gehen konnte.

Augen ...

Vielleicht würden bald ein paar lächelnde Amazonen kommen und eigene Waren neben die der Griechen legen. Ihr erstes Angebot, eine stumme Aufforderung zum Tausch. Auf diese Weise wurde ein solcher Handel vollzogen. Innerhalb ihrer Mauern würden die Amazonen sich jetzt vielleicht unterhalten, sich darüber streiten, was und wieviel anzubieten sei.

Die Sonne brannte heißer und heißer herab. Es fiel ihm immer schwerer, sich nicht zu rühren. Die Schweißtropfen kitzelten wie kleine neckische Finger. Einmal, zweimal stand er auf und fügte dem Meer ein wenig von seinem eigenen Wasser hinzu. Es war nicht würdelos, das zu tun; ein Mann mußte sich Erleichterung verschaffen.

Der Mittag kam, diese helle seltsame Tageszeit, in der die Schatten stillstehen und böse Mächte eben so stark sein sollen wie zur Mitternacht. Er verspürte Hunger; warum hatte er die anderen nicht gebeten, ihm etwas zum Essen dazulassen? Wollten diese Frauen sich denn nie entschließen, niemals kommen?

Und dann kamen sie! Schwarz wie eine Sturmwolke gegen das helle reglose Licht, ein Heer donnernder Hufe, schriller, brausender Schlachtrufe: »HIP-POL-Y-TE! HIP-POL-Y-TE! HIP-POL-Y-TE-E!«

Sie hatten keine Streitwagen. Sie ritten die Pferde, wie es noch kein männlicher Streiter jemals im Kampf getan hatte. Sie hielten Bogen und Pfeile in den Händen – und auf jeder Sehne lag ein Pfeil bereit!

Er sprang auf die Füße, um ihnen die Stirn zu bieten. Wenn er sterben mußte, wollte er sterben. Doch er würde ihnen nicht die Freude machen und Furcht zeigen.

Pfeile schwirrten und flogen. Über seinen Kopf, um ihn herum, zwischen Arm und Körper hindurch. Als ihm einer zwischen den Beinen hindurchflog, um Haaresbreite an seinem bis jetzt noch unerprobten Geschlecht vorbei, zuckte er unwillkürlich zusammen, und sie lachten. Ein hämisches Gelächter, das ihre weißen Zähne raubtierhaft aufblitzen ließ. Plötzlich schienen all diese Gesichter zu einem einzigen zu verschmelzen, riesengroß, unheimlich und schrecklich, unvorstellbar alt; und ebenso ausgeprägt war der triumphierende Haß, der daraus aufloderte ...

Es war vorbei. Sie waren verschwunden. Sie hatten ihre Pferde herumgerissen und waren fortgejagt. Sein Herz machte einen Sprung – er wollte vor Erleichterung und Freude schreien. Doch dann, schnell wie der Wind, wendeten sie ihre Pferde und kamen, immer noch lachend, auf ihn zu. Erneut wurden Pfeile auf die Bogen gelegt. War dies das Ende?

Er kniff die Augen zusammen, um ihre Gesichter zu erkennen, ihre wirklichen Gesichter, nicht jenes andere Gesicht: Sie waren alle jung, und keine war häßlich. Eine war großartig; das goldene Diadem auf ihrem Helm nahm ihrem schwarzen Haar nichts von seinem Glanz. Das jüngere Mädchen neben ihr ähnelte ihr sehr, doch ihr Haar war weniger dunkel; das Sonnenlicht nahm darin die Goldfarbe herbstlicher Blätter an.

Ihre Augen trafen sich, sprangen zueinander. Sie schien ihm irgendwie nahe zu sein, so nah, als ob ihre Körper sich wirklich berührten, Brust an Brust. Ihr Mund lachte nicht, ihre Augen waren warm, freundlich, betrübt...

Wieder schwirrten die Pfeile, doch diesmal stand er wie ein Baum, obgleich ihr vertracktes Gejohle seinen Kopf erfüllte wie das Brausen des Meeres. Dieses Mal hielt er seine Beine so fest geschlossen, daß seinem Geschlecht keine Gefahr drohte; sie konnten ihn nur töten.

Wieder machten die Reiterinnen kehrt und stoben davon, wendeten dann erneut, lachend. Doch jetzt hoben sie ihre Bogen nicht. Sie kamen zurückgaloppiert und umkreisten ihn, heiter und friedlich. Die Goldgekrönte, die er für die Königin hielt, brachte lächelnd ihr Pferd neben ihm zum Stehen.

»Junge, du bist tapfer. Aber deine Kameraden haben einen Irrtum begangen, als sie dich hier zurückließen. Wir können dich nicht kaufen. Wir sind Amazonen, bei uns darf kein Mann wohnen.«

Er straffte sich, sein Stolz stach ihn. »Herrin, ich bin keine käufliche Ware. Ich bin ein frei geborener Mann, der Blutsverwandte und Herold meines Kapitäns, des großen Herakles, Sohn des Zeus.«

»Hera - kles?« Sie runzelte die Stirn. »Ich habe nie von ihm gehört. Und er hat nichts gebracht, was des Kaufens wert wäre, ausgenommen dich und diese Krüge. Wir selbst weben viel besseres Tuch; und die Edelsteine taugen nur als Spielzeug für Kinder.«

Sie feilschte nicht; sie meinte es ernst. Der Rotschopf biß sich auf die Lippen, dann sagte er: »Herrin, dies ganze Zeug gehört König Eurystheus, der ein Dummkopf ist. Aber ein Gott hat meinem Vetter aufgetragen, seinen Willen zu erfüllen und alles hierher zu bringen. Sterbliche dürfen die Absichten der unsterblichen Götter nicht ergründen. Laßt Herakles selbst an Land kommen, Herrin, und mit Euch sprechen.«

»Und seine Männer mitbringen? Wieviele sind es? Und wie sehen sie aus?« Sie schoß ihre Fragen auf ihn ab wie zuvor ihre Pfeile, doch sein Herz machte erneut einen Sprung. Sie wollte keinen Kinderkram, aber vielleicht wollte sie etwas anderes.

»Wir sind neunzig Männer, Herrin. Die meisten von uns sind jung, und alle sind wir groß, gerade gewachsen und überall wohlgeformt.« Er grinste.

»Gut, wir werden sehen. Alle eure Männer sollen an Land kommen und keine Waffen tragen, außer ihren kurzen Schwertern, wenn sie welche haben – oder sonst große Messer, mit denen man Fleisch zerschneiden kann. Neunzig von uns werden mit Speisen zurückkommen – und nur mit ihren kurzen Schwertern bewaffnet.«

4. Kapitel/Das Fest – Der große Herakles dankte allen Göttern, daß sein junger Verwandter in Sicherheit war und sich so klug verhalten hatte. Außerdem umarmte er ihn so bärenhaft, daß dem Jungen beinahe die Rippen eingedrückt wurden. Alle waren fröhlich, bis auf Telamon, der grimmig sagte: »Das ist eine Falle. Wollt ihr alle wirklich so verrückt sein und eure Köpfe in die Rachen dieser verfluchten Wölfinnen stecken?«

Herakles zuckte die Achseln. »Bleib an Bord, wenn du Angst hast. Wir werden ein Schiff für dich im tiefen Wasser zurücklassen.« Darauf sagte Telamon nichts mehr, sondern half seinen Gefährten, alle drei Schiffe auf den Strand zu ziehen. Die Männer badeten im Meer und wuschen den Schweiß vieler Wochen ab. Es gab viel Gelächter und Geplansche, und später begann ein allgemeines Kämmen der Haare und Bärte. Allerlei Putz, lange in Seekisten gelagert, wurde ausgepackt. Jedem Mann kam es sehr lang vor, seit er zuletzt eine Frau besessen hatte.

Endlich kamen die Amazonen zurückgeritten, Ochsen vor sich hertreibend, beladen mit Honig, Mehl und Obst. Sie hatten ihre ledernen Kriegstuniken abgelegt. Als die Königin vortrat, um die Fremden zu begrüßen, offenbarte das dünne ägyptische Leinen ihrer Tunika jede Linie ihres Körpers: die köstliche Linie von Hüfte und Schenkel, die Rundung ihrer rechten Brust; die linke Brust unverhüllt wie bei kampfbereiten Amazonen üblich. Herakles und die Königin starrten einander an. Er dachte: *Welch eine Frau! Habe ich je eine solche Frau gekannt?* Und ihr Herz sang: *O Herrin, ich danke Dir, daß Du mein Warten belohnt und mir diesen Mann geschickt hast, damit er mein sei!*

Er hatte die Gestalt eines Gottes. Seine bronzefarbenen Arme und Beine, selbst sein Gesicht trugen die Narben vieler Kämpfe, doch sie waren nur Beweise seiner Tapferkeit, seines Menschseins. Zweifel und Mißtrauen fielen von ihr ab; wahrhaftig, dieses Zusammentreffen war kein Zufall ...

Der Rotschopf erkannte rasch, daß sie sich auch ohne seine Hilfe verständigen konnten. Bereits jetzt vom Goldenen Gürtel zu sprechen, wäre sowieso nicht höflich gewesen. Er schlüpfte fort und streunte zwischen den Feuern umher, über denen jetzt zerteilte Ochsen geröstet wurden. Jeder Amazone, die er sah, blickte er ins Gesicht, doch keines war das richtige. Sein Herz sank. Aber dann fand er sie – das Mädchen mit dem kastanienbraunen Haar, das er im Pfeilhagel erspäht hatte. Sie half anderen, einen roh gezimmerten Schragentisch aufzustellen und Obst auf Tellern anzuhäufen. Als sie ihn gewahrte, hielt sie inne, und sie starrten einander an, keiner von beiden ganz sicher, was er tun sollte. Dann lächelte sie ihn an, offen und freundlich, als sei sie nur ein Junge wie er.

»Ich bin Antiope, die Schwester Melanippes, der Königin. Wer bist du?«

»Ich bin der Rote, und eines Tages werde ich König von Troizen sein.« Er war glücklich, daß er ihr ebenbürtig war, von gleichem Rang; sein Stolz war immer noch empfindlich. »Aber ich dachte, deine Schwester hieße Hippolyte.«

»Alle unsere Königinnen werden Hippolyte genannt, ›Die Frau der galoppierenden Rosse‹. Genauso wie alle ägyptischen Könige Pharao und alle kretischen Minos heißen. Möchtest du unsere Pferde sehen?«

»Gern.«

Sie führte ihn zu einem grünen Hain, nahe am Meer. Anfangs war er an den Pferden nicht interessiert, denn alles, was er wirklich wünschte, war, in ihrer Nähe zu sein. Doch es verschlug ihm den Atem, als er die Pferde sah – vorher hatte er sie nicht richtig betrachten können, als sie unter Bogen und Pfeilen auf ihn zukamen. Sie waren allesamt wunderschön, stolz, anmutig und geschmeidig glänzend, fähig, Kraft wie Schnelligkeit zu entwikkeln. Nie hatte er sich träumen lassen, daß es irgendwo solche Pferde geben könnte.

»Dies ist mein Pferd, Chrysippe.« Voll Stolz zeigte ihm Antiope ein schlankes Fohlen, dessen Fell bräunlichgolden schimmerte. »Die Farbe ist selten – ein echtes Geschenk der Göttin.«

»Muß es wohl sein. Wunderschön. Wie alle eure Pferde; sie machen mich stolz, mit Pferden verwandt zu sein. Wie ich selbst war auch das erste Pferd eine Frucht von Poseidons Lenden.«

»Dann bist du der Sohn eines Gottes?« Ihre Stimme verriet weder Überraschung noch Verwunderung. Viele Könige und Königssöhne erhoben diesen Anspruch.

»Ja. Doch ich sehe nur Stuten hier. Also ist es wahr, daß in manchen Ländern der Wind Stuten trächtig werden läßt?«

»Nein. Wir halten ein paar Hengste als Beschäler, aber nicht zum Reiten. Jede Amazone hofft nämlich, daß ihr Pferd für viele Jahre, vielleicht ihr Leben lang, ihre Gefährtin sein wird, und wenn Hengste altern, werden sie launisch. Die Großmütter sagen, daß sie den Männern zu ähnlich sind –« Sie brach ab und errötete. »Tut mir leid! Ich vergaß, daß du ein Mann bist!«

Die letzte ungewollte Kränkung war weit schlimmer als die erste. Seine Augen blitzten auf, aber er blieb ruhig; er durfte Herakles' Auftrag nicht gefährden. In der Hoffnung, es werde sie ärgern, an eine Nachlässigkeit erinnert zu werden, sagte er: »Alle eure Frauen scheinen vergessen zu haben, ihre Pferde anzubinden. Ich werde dir helfen, das jetzt nachzuholen. Es wäre eine Schande, wenn auch nur eines davon weglaufen würde.«

»Sie werden nicht weglaufen!« Nun waren es Antiopes Augen, die aufblitzten. »Jenen, die sie lieben, legen Amazonen keine Fesseln an. Unsre Pferde kennen unsere Gedanken, so wie wir oft die ihren kennen, ohne Sprache. Sie würden uns nie im Stich lassen, ebensowenig wie eine Amazone eine Gefährtin im Kampf allein lassen würde.«

»Aber sie könnten gestohlen werden.«

»Sie würden den Dieben mit Hufen und Zähnen den Garaus machen. Außerdem ist ihnen beigebracht worden, immer wenn ein Fremder sich nähert, so laut zu wiehern, wie sie können. Wir würden schnell zur Stelle sein.« Sie lächelte wieder. »Doch laß uns nicht streiten. Du warst heute tapfer. Ich bin froh, daß unsere Kriegerinnen nicht gekämpft haben; zuerst hoffte ich, daß sie's tun würden, denn ich habe noch nie im Gefecht gestanden.«

Ihr Lächeln entwaffnete ihn; er erwiderte es. Sie setzten sich unter einem Baum nieder, und sie streckte ihre langen Beine aus. Dies verwirrte ihn, denn noch nie zuvor war er den Beinen eines Mädchens so nahe gekommen.

»Du warst tapfer«, wiederholte sie, »aber du warst nie wirklich in Gefahr. Was wir nicht treffen wollen, treffen wir nämlich nicht. Im übrigen haben wir nur unsere Jagdpfeile benutzt. Die vergifteten« – ihre Stimme nahm kurz eine traurige Färbung an – »sind kostbar.«

»Ich hab mich keinen Augenblick gefürchtet.« Er schüttelte den Kopf.

»Hast du doch«, sagte Antiope ungerührt. »Jeder, der nur ein klein wenig Gefühl hat, hätte Angst gehabt. Ich selbst mag solche Späße nicht. Ich hätte niemals Freude daran, Leute zu erschrecken, wenn ich sie nicht wirklich verletzten wollte. Aber viele tun das ... Nimm einen Apfel« – sie holte zwei Äpfel aus einer Innentasche ihres leichten Sommerumhangs – »und hör auf zu heucheln.«

»Ich heuchle nicht! Ich habe mich nicht gefürchtet!« Beinahe hätte er gesagt: »Vor Frauen schon gar nicht.«

»Das ist lächerlich. Ich habe mich gefürchtet, als ich meinen Bären tötete.«

»*Du* hast einen Bären getötet?« Er starrte sie an wie vom Donner gerührt.

»Im letzten Sommer. Mein erster Pfeil brachte ihn nicht zur Strecke, obwohl er ihn voll traf – Amazonen verfehlen nie ihr Ziel –, aber Bären sind sehr stark, und er griff mich an. Damals hatte ich schreckliche Angst.«

»Was weiter?«

»Oh, ich sprang zurück zwischen die Kiefern und wieder vor, und mein dritter Pfeil gab ihm den Rest. Aber er hätte mich fast erwischt. Und dann geschah etwas Merkwürdiges...« – sie zögerte und senkte die Stimme – »nachdem er am Boden lag. Seine Augen – als ich zusah, wie er starb, ließen mich seine Qual mitempfinden.«

Der Rotschopf erinnerte sich plötzlich an den ersten Hirsch, den er getötet hatte. Wie er auf ihn heruntergeschaut und gesehen hatte, wie seine langen Läufe, aus denen alle Kraft und Behendigkeit gewichen waren, in hilfloser Qual gezuckt hatten. Doch er brachte es nicht fertig, es ihr gleichzutun, Bekenntnis gegen Bekenntnis zu setzen. Nur Mädchen konnten solcher Weichheit nachgeben... obgleich er nie erwartet hatte, ein Mädchen kennenzulernen, das einen Bären getötet hatte.

Antiope saß da und fragte sich, warum sie gerade ihm erzählte, was sie zuvor keinem Menschen anvertraut hatte. Nicht einmal Marpe, ihrer besten Freundin unter den Altersgenossinnen. Er war zwar schön und tapfer, aber nur ein Fremder. Nur ein Mann. Sie begann ihren Apfel zu kauen, und er tat es ihr nach.

Doch er betrachtete sie. Ihre Brüste begannen gerade zu erblühen; keck aufgerichtet, rund wie kleine Äpfel, saßen sie auf ihrem jungen Brustkorb. Ihre Tunika, wie die aller Amazonen, ließ eine Brust nackt und saß lose genug, um ihn die zarte Furche, sanft und rosig wie Apfelblüten, zwischen den beiden Brüsten sehen zu lassen, wogegen ihr übriger Körper, soweit er ihn sehen konnte – besonders die Beine – die weiche Farbe goldener Bronze hatte. Dieser Platz war schön, behaglich und geschützt... Unbewußt streckte er seine Hand nach ihr aus. Sie waren alt genug – mit Sicherheit waren sie alt genug...

»Prinzessin, willst du mit mir schlafen?« Seine Männlichkeit, die sich nach Erfüllung sehnte, ließ seine Stimme zittern.

»Ich möchte schon«, erwiderte Antiope höflich, »doch es wäre gegen unser Gesetz.«

»Warum? Alle anderen Frauen werden heute nacht mit meinen Gefährten schlafen. Deine Schwester wird mit Herakles schlafen –« Er brach unvermittelt ab, denn er mußte an das alte ungeschriebene Gesetz Troizens denken, das einem Mann verbot, einem Mädchen Gewalt anzutun, das noch halb ein Kind war. »Aber du mußt schon eine Frau sein! Du bist reif für einen Mann, längst. Groß und hübsch –«

»Das ist es nicht.« Antiope verstand, und ihr Stolz regte sich. »Vor drei Monaten kam im Schlaf der Mondstier zu mir und stieß eines seiner Hörner in mich – er, der als einziger in ein Mädchen eindringen kann, ohne ihr die Jungfräulichkeit zu rauben! Ich kann ein Kind gebären. Aber ich habe weder meine Jahre als Kriegerin schon vollendet noch einen Mann getötet.«

»*Was* hast du nicht getan?«

»Keine Amazone darf mit einem Mann schlafen, bevor sie nicht einen Mann getötet hat. So stellen wir sicher, daß Schwächlinge keine Kinder gebären. Und selbst danach müssen wir warten, bis wir zwanzig sind. Vor langer Zeit, als wir uns den Weg über die Großen Berge erkämpften, hat die Vormutter Lysippe uns dieses Gesetz auferlegt. Nur so erhalten wir uns eine genügend große Kampfkraft und sind jederzeit für die Schlacht gerüstet. Frauen, die schwanger sind, werden zu rasch schwerfällig und langsam in ihren Bewegungen.«

»Aber zu warten, bis du zwanzig bist – bis dahin bist du beinahe alt! Dich deine Jugend vergeuden zu lassen, ohne Liebe – das ist grausam!« Er war entsetzt und erschüttert.

»Nur eine willenlose Hündin würde es hassen, so viel für ihr Volk zu tun.« Wieder flammten Antiopes Augen auf. »Wir sind nicht wie eure Frauen, die den ganzen Tag im Dunkeln sitzen, in muffigen Häusern, während ihr Männer draußen in Wind und Sonne seid. Vielleicht brauchen sie eine Menge Vergnügungen im Bett, weil sie so wenig andere Dinge erleben.«

»Unsere Frauen haben es nicht nötig, herumzureiten und auf andere Leute zu schießen. Wir beschützen sie. Sie kümmern sich um unsere Häuser und Kinder, sie kochen und weben. Und das Weib des armen Mannes, das ihrem Mann auf dem Acker helfen muß – sie kriegt mehr als genug von deiner Sonne und deinem Regen!« Die rotgelben Augen des Rotschopfes glühten auf.

»Auch wir haben Häuser und Kinder zu versorgen – und wir schützen uns selbst. Wir bestellen unsere Felder. Auch wir kochen und weben, und wir graben auch und bauen und schmieden. Wir bilden uns und unsere Pferde für den Krieg aus. Wir rennen, springen, ringen, schleudern Wurfspeere und üben uns im Bogenschießen. Es ist eine prächtige Beschäftigung, eine Arbeit, die Freude macht – und alles kann jedenfalls draußen gemacht werden. Wenn aber die Nacht kommt, sind wir müde genug, um zu schlafen – wir brauchen keine Männer, die sich zwischen unsere Beine drängen.« Sie hielt inne. Entgeistert sagte er: »Ihr schuftet wie Sklaven. Ihr braucht Männer, die für euch sorgen –«

Antiope lachte. Und dieses Lachen schien nicht aus ihrer eigenen Kehle zu kommen. »Männer! Einst hatten wir Männer. Wir kennen ihre Fürsorge. Niemals wieder werden wir sie ertragen – besser, auf dem Schlachtfeld zu sterben, sogar besiegt, geschändet und augenlos, elend zugerichtet von Männern, kämpften wir, so lange wir reiten oder stehen konnten. Einigen von uns ist das widerfahren. Doch wenn wir auch sterben, wollen wir wenigstens frei leben!«

Ihr Gesicht hatte aufgehört, das Gesicht der jungen Antiope zu sein. Es war das Gesicht einer alten Frau, zermürbt durch wilde Grausamkeiten und lange Qualen. Zerschlagen, vernarbt und verwittert, doch immer noch brennend mit einem Haß, der erst mit ihrem Tode erlöschen würde. Einen Augenblick lang hatte der Junge das merkwürdige Gefühl, daß er dieses Gesicht schon einmal gesehen hatte – daß es dasselbe Gesicht war, zu dem die Gesichter all jener Frauen verschmolzen waren, deren Pfeile ihn umschwirrt hatten. Dann war die Erscheinung verschwunden. Antiopes Gesicht war wieder jung, ihre Augen waren wieder die ihren, und sie blickten ihn verwundert an.

»Was habe ich gesagt, Fremder?«

»Schreckliche Dinge. Welcher ungebildete Hund könnte einer Frau die Augen ausstechen?« Seine Stimme war voller Ekel.

»Ein paar von den Kaska. Viele der Männer von Azzi.« Antiope zuckte die Achseln, bevor sie wieder ernst wurde. »Vielleicht sollte ich dir etwas erklären. Lange Zeit haben wir Amazonen wie Bienen in einem Bienenstock leben müssen, und der Gemeinschaftsgeist wuchs in uns. In der Schlacht kann er uns schrecklich machen, uns ungeahnte Kräfte verleihen. Manche sagen, es sei der Geist der Vormutter Lysippe, von dem die Kriegskönigin Molpadia sagt, daß wir ihn immer lebendig halten müssen, doch die meisten glauben, daß wir alle mitgeholfen haben, ihn zu schaffen – alle zusammen, durch all die Generationen.«

»Er kann über euch kommen und von jeder von euch Besitz ergreifen – dieser Geist?«

»Die meiste Zeit ist jede von uns nur sie selbst, eine Schwester aller übrigen. Doch in Zeiten der Gefahr arbeiten und kämpfen wir wie eine Frau. Und – ja, manchmal ergreift dieser Geist eine von uns. Für kurze Zeit.« Insgeheim fügte sie hinzu: *Aber mein Mund ist mein Mund. Niemals wieder soll er Worte aussprechen, die nicht die meinen sind.* Denn sie konnte es nicht ertragen, nicht Herrin ihrer selbst zu sein.

Der Rotschopf fragte voll Verwunderung: »Aber was haben eure eigenen Männer getan? Wie können sie schlimmer gewesen sein als die Feinde, die ihr habt?«

Wiederum zögerte Antiope für eine kurze Weile, dann sagte sie: »Sie taten Böses – Unheil, wie es die Zunge besudelt, die davon spricht. Weil es aber kein Geheimnis ist, das unsere Sicherheit berührt, und weil du schon so viel weißt, wäre es vielleicht ungerecht, dir den Rest nicht zu erzählen.« Antiope rühmte sich immer wegen ihres Gerechtigkeitssinnes. Außerdem dachte sie: *Wenn ich diese Geschichte erzählen kann, ohne daß Lysippes Geist über mich kommt, brauche ich nie wieder zu befürchten, daß er erneut kommen wird.*

Sie sagte: »Nördlich dieses Meeres gibt es ein kleines Meeresgebiet, das die Maiotis genannt wird. Früher haben wir Amazonen an seinen Gestaden gewohnt. Damals kämpften Frauen und Männer im Krieg noch Seite an Seite, wie es beim Ersten Volk Brauch war. Doch nur wir Frauen kümmerten uns um die Felder und Häuser. Denn wir allein besaßen sie, die wir zuerst daran gedacht hatten. Eine Frau braucht ein richtiges Heim, um darin ihre Kinder aufzuziehen.

Die Männer jagten und fischten noch und wanderten umher, doch nicht mehr so weit wie in früheren Zeiten. Jeder brachte seine Beute heim, damit Mutter oder Schwester sie zubereite oder jene Frau, mit der er die Nacht verbringen wollte. Niemand legte einem anderen Fesseln an. Niemand dachte: ›Ich bin höher geboren als bestimmte andere‹, wenn auch einige, die sich in etwas besonders hervortaten, stolz auf ihre Fähigkeit waren.

Doch die Zeiten änderten sich. Wir hatten neue Nachbarn mit neuen Sitten. Die Männer hörten, anderswo seien die Männer höher gestellt als die Frauen – sie seien ihre Herren. Einige unserer jungen Männer wurden ruhelos und anmaßend; einige wenige taten Böses. Die alten Weisen Frauen wurden zornig; jene Übeltäter wurden von heftiger Magenkrankheit befallen, und der schlimmste von ihnen starb. Die Frauen sagten: ›Es war der Zorn der Götter‹, doch die Männer begannen zu murren, es sei ›Hexerei‹.«

*Sie waren nicht so leicht zum Narren zu halten,* dachte der Rotschopf zufrieden. »Sie hätten eher von Gift sprechen sollen.« Sein Mitgefühl hatte sich den Männern zugeneigt.

»Doch noch waren die meisten Männer und Frauen Freunde. Tanais, der Sohn Lysippes, war ein Anführer der jungen Männer, und er suchte den Frieden, denn er liebte seine Mutter sehr. Jede Nacht ging er heim, um in ihrem Haus zu schlafen, niemals suchte er das einer anderen Frau auf. Doch Lysippe war erst dreizehn Jahre alt gewesen, als sie ihn geboren hatte; noch immer war sie die schönste der Frauen, und eines Nachts erwachte sie und fand Tanais in ihrem Bett, der zu tun versuchte, was kein Sohn mit seiner Mutter tun sollte.«

Der Junge erstarrte. Antiope fuhr fort, als habe sie nichts bemerkt. »Er wurde unter Verfluchungen aus der Stadt getrieben, doch viele junge Männer folgten ihm. Tief im Wald erbauten sie sich ein Haus und stellten ein Götzenbild auf, einen Mann-Gott, wie ihn unsere bösen Nachbarn hatten. Ihm brachten sie blutige Opfer dar. Bald wagte es keine Frau mehr, allein auf den Feldern zu arbeiten; einige wurden geschändet, andere verschleppt und nie wieder gesehen.

Und dann wurden eines Nachts einige der Männer, die wir noch behalten hatten, dabei ertappt, wie sie versuchten, den Ausgestoßenen und Verfluchten die Tore zu öffnen. Da vertrieben wir sie alle – da wir es nun nicht mehr wagten, einem Mann Vertrauen zu schenken. Mütter und Schwestern weinten, doch die Weisen Frauen sprachen: ›Die Göttin will es. Die kleinen Söhne, die wir behalten haben, müssen besser erzogen werden.‹ Und für eine Weile war alles friedlich. Als das Herbstfest kam, tanzten die Frauen wie früher nackt unter dem Mond vor dem Bildnis der Göttin. Und dort fielen die Männer über sie her. Der Bruder erschlug die Schwester, der Sohn die Mutter – ja, manche schlitzten die Bäuche auf, denen sie entkrochen waren. Sie lachten, diese Mörder; sie schrien: ›Nun sind wir für immer frei von Hexerei!‹ Oh, Tanais hatte sie prächtig abgerichtet.«

»Hat er – Lysippe getötet?« Die Fäuste des Rotschopfes waren geballt.

»Nein. Er schlug sie zu Boden. Er stand über ihr und rief: ›Wir wollen ihr die Beine brechen! Sie so verkrüppeln, daß sie nicht fortlaufen oder Ränke gegen uns spinnen kann, sondern immer das tut, was wir gebieten. Arbeite für uns und schlafe mit uns, die wir nun lange keine anderen Weiber haben können!‹«

Antiope sprach langsam, als widerstrebe es ihr fortzufahren. »Voller Unheil war diese Zeit; ich will wenig darüber sagen. Tagsüber kroch Lysippe, die nicht gehen konnte, umher, eine schuftende Sklavin. Nachts war sie bei jedem Mondwechsel die Bettgenossin aller Männer, und immer die von Tanais. Die Männer ließen auch die kleinen Mädchen hart arbeiten, denn jene, die zu jung waren, um den Gebrauch der Kräuter zu kennen, hatten sie verschont. Sie sagten: ›Sie sollen aufwachsen und wissen, wo ihr Platz ist. Sein, was Frauen sein sollen und hinfort immer sein werden. Wir werden gute Ehefrauen aus ihnen machen!‹ Sie schlugen sie mit Stöcken – nie zuvor waren unsere Kinder geschlagen worden. Viele kleine Mädchen lernten um sie herumzuscharwenzeln wie Hunde vor grausamen Herren. Doch Lysippe hielt ihre Augen offen; sie fand einige wenige, denen sie trauen konnte, darunter das Kind ihrer Schwester, und lehrte sie, welche Kräuter sie sammeln mußten ...

Ein weiteres Herbstfest kam, und in einer schönen neuen Halle, die sie gebaut hatten, dankten die Männer ihrem Mann-Gott. Doch mitten in ihrer Ausgelassenheit überkamen sie heftige Schmerzen. Sie spien, sie wanden sich und stöhnten, schwach wie kleine Kinder. Und Lysippe rief alle Mädchen auf, die sich nicht erniedrigt hatten, zu den Waffen zu greifen und die Männer zu erschlagen. Tanais lebte am längsten; sie setzten ihn in den schönen geschnitzten Sessel, den er seinen Thron genannt hatte, und Lysippe lachte ihm ins Gesicht. ›Brenne nun mit einem neuen Feuer, Sohn, du, in dem so unheilige Feuer gebrannt haben!‹ Sie trieb Pfeile durch seine Arme und Beine und nagelte ihn an seinem Sessel fest. Sie und ihre Mädchen setzten die Halle in Brand; sie standen draußen und sahen zu, wie die Halle niederbrannte, und lachten über sein Gebrüll. Als alles vorüber war, nahmen sie Pferde und flohen, jene Rächerinnen, die zu gering an Zahl waren, um ihr Land gegen jene bösen Nachbarn behaupten zu können, die ihre Männer verdorben hatten. Doch sie mußten einen Fluß überqueren und dort setzten bei Lysippe die Geburtswehen ein. Sie gebar einen Sohn. Sie blickte einmal in sein Gesicht, dann rief sie: ›Geh deinen Vater suchen, Tanais, Sohn des Tanais!‹ Und sie schleuderte den Säugling in den Fluß, der noch heute diesen Namen trägt.«

Antiopes Stimme, die geschwankt hatte, gewann wieder Festigkeit. »Viele Jahre lang ritt Lysippe weiter, die nie wieder zu Fuß ging. Schwere, hungrige Jahre; wir waren immer auf der Flucht, wir, die von allen Männern verfolgt wurden, die uns töten oder versklaven wollten. Jede, die zum Reiten zu schwach war, töteten wir; ihr Schicksal wäre schlimmer gewesen, wenn unsere Feinde sie lebend in die Hände bekommen hätten. Oh, sie war lang und mühevoll, diese Reise über die Großen Berge! Doch endlich erreichten wir diese Küsten, wandten uns nach Westen und bald darauf sahen wir einen großen flammenden Stern vom Himmel fallen – er ist nun der Schwarze Stein. In der gleichen Nacht starb Lysippe, doch zuvor gebot sie uns, die Stelle zu suchen, wo der Stern niedergefallen war. ›Denn nicht allzuweit davon wird eure neue Heimat sein. Und dort sollt ihr, die ihr Gejagte gewesen seid, zu Jägerinnen werden. Sucht und fangt Männer, aber wohnt ihnen bei, bevor ihr sie tötet. Damit unsere Rasse lebe.‹ Und so wie sie es sagte, haben wir es gemacht. Ihre Nichte, meine und Melanippes Vormutter, führte uns hierher zum lieblichen Themiskyra.«

Dann verstummte sie und dachte voll Unbehagen an den ermordeten Säugling; diesen Teil der Geschichte hatte sie nie gemocht, und überhaupt hörte sich alles noch schlimmer an, wenn man es einem Mann erzählte. Auch der Rotschopf saß schweigend da; nie hatte er eine derartige Geschichte gehört, schauriger noch als die von der Großen Finsternis und vom Großen Schall.

*Er ist ein Wanderer. Vielleicht war das nicht immer so, doch etwas hat ihn verletzt – ihn so tief und schwer verletzt, wie ein Mann nur verletzt werden kann – und er kann niemals wieder wahren Frieden finden. Niemals ruhig sein und damit zufrieden, lange an einem Ort zu bleiben. Und das ist das Beste, weil er hier nicht bleiben kann. Doch für diese kurze Zeit habe ich ihn, um ihn zu halten, zu trösten und zärtlich zu lieben, so wie ich eines Tages die Tochter lieben werde, die er mir bereits in den Leib gelegt haben muß.* So dachte Melanippe, während sie, Herakles in ihren Armen, im schwarzen Schatten des auf den Strand gezogenen Schiffes lag. Die Sonne war untergegangen, denn nun waren ihre Feuer ausgebrannt wie die der Liebenden. Aber der westliche Himmel war noch mit einem zarten Hauch überzogen, jede Wolke von der Farbe einer Rose; seine schwindende Helle erschien wie Segen und Abschied zugleich. Herakles, halb schlafend, nahm nur wahr, daß Melanippe bei ihm war und wie wohl ihm ihre Nähe tat. Doch Melanippes Herz sehnte sich nach ihm. Wäre sie nicht die Königin der Amazonen gewesen, hätte es sie glücklich gemacht, für immer mit ihm fortzugehen und zu tun, was sie konnte, um den Schmerz der tiefen Wunde zu lindern, von der sie nur durch ihr kurzes Zusammensein mit ihm wußte. Aber sie kannte ihre Pflicht gegenüber ihrem Volk. Wie lächerlich das jetzt alles erschien, dieser morgenlange Hader mit den Müttern und Großmüttern und auch ihre eigenen geheimen durchdringenden Ängste! Doch weil sie eine Königin war und ihre Aufgaben kannte, hielten immer noch Frauen auf den Klippen Wache; keine Flotte, für die diese drei Schiffe die Kundschafter waren, hätte sich unbemerkt in der Nacht heranschleichen und auf schlafende Amazonen stoßen können, die in den Armen der Männer lagen, von denen sie betrogen worden waren. Auch im Landesinneren, verborgen unter dem Grün von Bäumen und Büschen, warteten weitere Wächterinnen. Dreimal zwischen Untergang und Aufgang des Mondes würden diese Wachen ausgewechselt werden, doch zuvor würden bestimmte ausgesuchte Mädchen sich aus diesem Lager der Liebenden hinwegstehlen und den Wachen versichern, daß alles in Ordnung war. Diese Nachricht würde zum schlaflos wartenden Themiskyra gebracht werden. Sie hatte all dem zugestimmt, und es war richtig und doch unsinnig! Fester umschlossen ihre Arme den schlummernden Herakles; sie legte ihre Wange gegen die seine, bartbewachsene. Auch sie schlummerte ein wenig...

Die wohlriechenden Düfte, die von den Lagerfeuern kamen, weckten sie beide: der Geruch von schmorendem Rind- und Hammelfleisch und Getreidebrei. Sie lächelten einander an, wußten, daß das Essen bald fertig sein und dann die schwarze Sanftheit der Sommernacht kommen würde. Die Nacht und der blasse glänzende Mondaufgang und die Fortsetzung der Liebe. ...Melanippe lächelte und legte ihre braune Hand auf die seine, die um vieles größere. Wieder einmal brauchten sie niemanden, der ihre Worte übersetzte. Gemeinsam standen sie auf und gingen auf die Lagerfeuer zu.

Auch Antiope und der Rotschopf hatten ein wenig geschlummert; das Gras unter dem Baum war weich. Sie hatte ihn ihre Hand halten lassen, und er hatte sich gefragt, was sie tun würde, wenn er mehr versuchte, doch um Herakles willen war er vorsichtig gewesen. Als sie erwachten, schoß er plötzlich eine weitere seiner stets zahlreichen Fragen auf sie ab.

»Du sagst, eure Vormütter hätten die Berge am Ende der Welt überquert. Das muß ein Erlebnis gewesen sein, auf der anderen Seite der Berge in das Schwarze Nichts zu schauen. Ist eine von euch hineingefallen?«

Antiope starrte ihn verwundert an, dann warf sie ihren Kopf zurück und lachte. »Welche Geschichten sich die Leute über einen Ort erzählen, wenn er nur weit genug entfernt ist!« Dann, als sie sah, daß er verletzt zurückfuhr, wurde sie rasch ernst. »Ich wollte dich nicht verspotten; das wäre nicht die rechte Art, einen Gast zu behandeln. Aber ich weiß nicht, wo die Welt zu Ende ist, und ich kenne niemanden, der es weiß. Jenseits der Großen Berge, die man Kaukasus nennt, liegt ein neues Meer und dahinter sind noch mehr Berge. Ihre Gipfel sind sogar noch höher als die düsteren Spitzen des Kaukasus.«

Der Rotschopf war erstaunt und auch ein wenig verwirrt und fragte sich, wie weit die Erde sich wohl erstrecken mochte. Doch es war gut zu wissen, daß er weit entfernt sein mußte, dieser schwarze Abgrund des Nichts. »Die Leute sagen auch, daß es an der Mündung dieses Meeres gewaltige schwimmende Felsen gibt – Inseln aus Stein, die Schiffe verfolgen. Ist das auch eine Lüge?«

»Es ist eine Lüge! Aber« – das Mädchen lachte fröhlich – »ich weiß, wie dieses Märchen entstanden ist. Im Winter gefrieren zuweilen Teile des Meeres, und im Frühjahr treiben dann große Eismassen eine Zeitlang umher.«

Also hatte er recht gehabt! Dieser Gedanke erfüllte ihn mit großer Genugtuung. Er streckte sich aus und blickte nach oben durch die Blätter. Wo dazwischen der Himmel zu sehen war, hatte er eine rosige Farbe, aufblühend in den zarten Tönungen wie Morgenröte.

Auch Antiope blickte hinauf in die rosige Helle und sagte:

»Bald wird das Essen fertig sein. Vielleicht sollten wir zu den anderen gehen.«

Der Rotschopf wäre lieber mit ihr allein gewesen, doch die Erwähnung des Essens weckte ein anderes Verlangen. Seit dem frühen Morgen hatte er nichts zu sich genommen als ein wenig Käse, den er hastig heruntergeschlungen hatte, bevor er und die anderen Männer badeten. Er ging mit ihr zum Strand zurück, und von den Kochfeuern zog ihnen eine köstliche Woge von Gerüchen entgegen, um sie zu begrüßen. Sie sahen Herakles und die dunkelhaarige Melanippe unter einem der Schiffe hervorkommen, und Herakles winkte seinem jungen Verwandten grinsend zu. Der Rotschopf verspürte Bewunderung und einen kurzen Stich des Neides. Dann bekamen er und Antiope ihren Teil vom dampfenden heißen Fleisch und Brei, auf rohe Holzteller gehäuft, und sie setzte den ihren neben dem seinen im Sand ab. »Versuch die Ameisen davon fernzuhalten, während ich uns einen Becher Wein hole.«

Ein Becher! Dann würden sie sich darin teilen. Über dem Rand könnten ihre Münder dicht zusammen kommen, sich vielleicht sogar treffen – nein, sie sollten sich treffen! Doch als sie zurückkam, fuhr er zusammen: Sie trug den gebleichten Schädel eines Menschen!

Sie sah seinen erschrockenen Blick und lächelte sachlich und ohne Spott. »Wir trinken aus den Schädeln der wilden Kaska. Genau wie sie aus den unsrigen trinken – wenn sie sie kriegen können.«

»Nun, das scheint nur recht und billig.« Sie sollte ihn nicht für zimperlich halten. Er nahm einen herzhaften Schluck aus dem Schädel, und Wärme strömte in ihn zurück, wenn ihn auch ein wenig schwindelte. Wie rot der Wein zu glühen schien, dort, wo sich einst das Hirn befunden hatte! Oder war es das letzte rote Licht des Sonnenuntergangs?

»Diese Kaska«, sagte er, »haben sie eure Kinder gezeugt? Irgendwer mußte es doch tun.« Welch gräßliche Vorstellung – aus den Schädeln der eigenen Väter zu trinken!

»Lange taten sie es. Andere Männer konnten wir nicht kriegen – ausgenommen hin und wieder einen Mann der Azzi. Die

Anführer der Azzi behaupten, sie seien weitläufig mit uns verwandt, Nachkommen der wenigen Männer, die dem Großen Sippenmord entkamen. Es könnte stimmen, denn sie sind heimtückische Schlangen. Selbst die Kaska sind besser, obwohl sie sich nicht oft genug waschen.« Sie verzog das Gesicht.

»Dann habt ihr also jetzt andere Männer?«

»Als meine Mutter Königin wurde, waren die Hethiter in einer sehr schwierigen Lage. Sie wurden von vier Seiten her angegriffen; ihre große Stadt Chattusa war teilweise niedergebrannt worden. Suppiluliuma – er ist jetzt die Sonne, der Große König – war damals ein junger Prinz, der hier im Norden gegen die Kaska kämpfte. Er hielt sie auf, während sein Vater krank daniederlag und sein Bruder, Erbe der Königswürde, die anderen Feinde immer näher heranrücken ließ. Überdies fürchtete der schwache den starken Bruder – er sandte ihm nicht die benötigte Unterstützung. Das Schicksal dieses allein gelassenen Prinzen schien besiegelt; hart war sein Los, und meiner Mutter schien es, als hätte keine Amazone es tapferer ertragen können.«

»Sie half ihm also?«

»In einem Traum forderte die Göttin sie dazu auf, falls er schwören würde, das Gesetz der Amazonen zu achten, niemals unsere Grenzen zu überschreiten und unser Freund zu sein gegen alle anderen Feinde. Und er hat diesen Eid gehalten. Als sein Vater starb und die Heerführer seinen niederträchtigen Bruder erschlugen, legte er den Eid allen Königen auf, die nach ihm kommen sollten. Und jetzt, in jedem Frühjahr, wenn die Hethiter das Fest ihrer Sonnengöttin feiern – Sie ist auch unsere Göttin –, machen sich unsere jungen Frauen auf, um die hethitischen Männer in den Heiligen Hainen und Gärten der Göttin bei Arinna zu treffen. Die Töchter, die daraufhin geboren werden, gehören uns; die Söhne schicken wir den Hethitern.«

»Ihr paart euch mit den Hethitern? Diesen gewaltigen Kriegern!«

»Nur die Mächtigsten schlafen mit uns. Die Rabutti, die Großen, und die tapfersten Hauptleute. Nur der Große König wohnte immer meiner Mutter bei, Königin Otrere.«

»Dann ist er ... Suppiluliuma ... dein Vater!« Der Rotschopf starrte sie an. Suppiluliuma – der Mann, der mächtig war wie der Pharao.

»Der meine und der von Melanippe. Aber er hat kein Anrecht auf uns.« Antiope hob stolz ihr junges Kinn. »Die meisten Amazonen wissen nicht, wer ihre Väter sind, und das macht nichts. Nicht, daß Melanippe und ich den Großen König nicht gern hätten – im Gegenteil. Doch wir sind freigeborene Amazonen; unsre eigenen Herrinnen.«

»Aber er könnte euch mit Königen verheiraten! Ihr würdet nie mehr arbeiten oder eure schönen Körper im Kampf aufs Spiel setzen müssen. Und eure Ehegatten würden es nie wagen, euch schlecht zu behandeln – ich hörte meinen Großvater sagen, daß, wenn eine hethitische Prinzessin verheiratet wird, sie immer die höchste Frau sein muß, die wie eine Göttin verehrt wird!«

»Und wie können wir – oder er – wissen, daß er uns Männer aussucht, mit denen wir gern schlafen?« Antiopes Lippe kräuselte sich. »Und wenn wir sie nicht mögen, könnten wir sie nicht verlassen. Nein. Wir sind freie Frauen, und Freiheit ist Mühen wert und Wunden und Tod.«

Ein Diskussion war nutzlos; sie würde nie verstehen, dafür war sie zu schlecht erzogen worden.

»Du sagst, die meisten von euch wüßten nicht, wer ihre Väter sind. Aber eure Mütter müssen es doch wissen – wie könnten sie ihnen sonst eure Brüder schicken?«

Antiope zuckte die Achseln. »Amazonen gebären prächtige Söhne. Jeder Hethiter ist froh, einen zu bekommen.«

»Und wie geht das vor sich?«

»Meine Brüder – Telepinu, Scharkuschuch und Klein-Zananza, der jüngste – wurden direkt zum königlichen Palast geschickt. Die anderen werden zum Tempel der Sonnengöttin gesandt, wohin Männer kommen, die Anspruch auf sie erheben.«

»Männer, die glauben, daß sie die Väter sein könnten?«

»Man nimmt an, daß die, welche sich nachts in den Heiligen Hainen treffen, einander nicht sehen oder miteinander sprechen. Die Vormütter bestanden darauf. Aber« – über ihr Gesicht zog plötzlich das schelmische Grinsen eines Knaben, der im Begriff ist, Äpfel zu stehlen – »das Mondlicht fällt durch die Blätter. Ich glaube, daß sich die gleichen Paare oft mehr als einmal treffen. Einander sogar ihre Namen verraten.«

Sie würde zu diesen unheiligen Heiligen Hainen gehen – sie! Ihren kostbaren jungen Körper Männern, die Götter mochten wissen, wie vielen, geben! Ohnmächtiger Zorn stieg in dem Rotschopf auf. Wenn er sie nur davor bewahren, sie entführen könnte! In Troizen könnte er sie heiraten und ihr Kultur beibringen; sie würde bald glücklich sein, daß sie ihn hatte. Doch wenn ihre Schwester Herakles den Gürtel gab, würde dieser Frauenraub als Bruch der Gastfreundschaft angesehen?

Da dröhnte Herakles' gewaltige Stimme durch den fröhlichen Lärm des Festes. »Knabe!« Der Rotschopf stand auf und Antiope mit ihm; zusammen gingen sie zu Herakles und Melanippe.

Herakles sagte: »Knabe, sag der Königin, daß König Eurystheus ihren Goldenen Gürtel haben will. Daß ich, wenn sie ihn mir gibt, jeden ihrer Feinde bekämpfen will, den sie mir nennt. Ihr seinen Kopf bringen werde.«

Der Rotschopf übersetzte, und als Melanippe verständnislos dreinschaute, fügte er erklärend hinzu: »Den Goldenen Gürtel, den eure Vormutter trug, als sie die Großen Berge überquerte.«

Für einen Augenblick sahen beide Mädchen äußerst verwirrt aus, dann lachte Antiope. »Sie glauben, daß wir irgendeinen heiligen Gürtel haben!«

Langsam und mit Bedacht begann die Königin zu erklären: »Vormutter Lysippe besaß keinen Goldenen Gürtel. Wir waren nur wenige und dazu arm, als wir die Großen Berge überquerten, und froh, daß wir genügend Felle und Decken hatten, um uns in den Winternächten zuzudecken. Und weil alle Männer, die wir auf dieser Reise trafen, uns zu schänden versuchten, zeigte die Göttin Lysippe im Traum, wie sich aus verknüpfter Tierhaut ein Gürtel herstellen ließ, der Wüstlinge eine Weile aufhalten würde – und den Gefährtinnen des Mädchens Gelegenheit gab, ihr zur Hilfe zu kommen.«

Herakles war verblüfft.

»Was, Ihr Götter, soll ich dann Eurystheus mitbringen?«

Die Königin lächelte. »Du hast von jenem nachtschwarzen Zeug gehört, dem härtesten aller Metalle, genannt Eisen? Früher glaubten sogar die schlauen Ägypter, es könne nur in Steinen gefunden werden, die vom Himmel fielen. Doch hier im Norden kann man es aus der Erde graben. Aus Eisen machen wir Amazonen heute unsere Gürtel. Schätze, die kostbarer sind als Gold, und mit Schlössern, die so kunstreich geschmiedet sind, daß sie sich nicht einmal öffnen, wenn sie zerschlagen werden. Ich werde dir morgen einen geben. Du kannst ihn auf dem Heimweg vergolden lassen, falls Eurystheus den Wert von Eisen nicht kennt.«

Antiope lachte. »Er kann den meinen schon jetzt haben. Ich bin heute nacht von allen hier die einzige, die einen solchen Gürtel trägt.«

Nach kurzem Zögern lachte auch Melanippe. »Ein guter Gedanke. Areia, die Schmiedin, kann dir rasch einen neuen machen.«

Beide Schwestern traten in den Schatten des Schiffsrumpfes. Als sie zurückkamen und das schwärzlich schimmernde Band in seine Hände legten, da dröhnte das Gelächter des großen Herakles durch das grauende Zwielicht.

5. Kapitel/Krieg am Ende der Welt – Es wurde Nacht. Der Mond ging auf. Amazonen und Griechen begannen paarweise fortzugehen, weiter den fahlschimmernden Strand entlang oder sich ins Land wendend, um in den süßduftenden Gräsern zu lagern. Melanippe und Herakles erhoben sich, um in den Schatten seines Schiffs zurückzukehren, doch vorher sagte Melanippe zu Antiope: »Geh nun heim, kleine Schwester. Und die Göttin möge mit dir sein.«

»Und auch mit dir.« Antiope stand auf.

»Ich werde dich bis zu den Pferden begleiten.« Der Rotschopf erhob sich ebenfalls.

Er hatte keinen Plan; er wollte nur ein wenig länger mit ihr zusammensein. Als sie jedoch ins Land wanderten, die süßen lebendigen Düfte der Pflanzen atmeten, die in der Dunkelheit wuchsen, dachte er daran, was die anderen Paare jetzt machten, und Hitze stieg in ihm auf. Er ergriff ihre Hand. »Prinzessin, mußt du schon gehen?«

Da wußte Antiope, daß es sie nach seiner Berührung verlangt hatte. Wußte auch, wie töricht das war, nun, da sie ohne Gürtel war. Sie überlegte, ob sie ihre Hand wegziehen oder versuchen sollte, bloß Nein zu sagen und den Kopf zu schütteln. Da plötzlich ließ irgend etwas sie über die Schulter zurückblikken zum geschwungenen Strand, der sich verzaubert und silbrig bis zu den südlichen Bergen hinzog. Wie die Windungen einer weißen lauernden Schlange ...

»Ich muß gehen.« Sie entzog ihm ihre Hand. »Molpadia ist ausgeritten, um in den Bergen nach Feinden zu suchen, vor denen ein Traum sie gewarnt hat. Wenn sie heimkommt und weder mich noch Melanippe vorfindet, könnte sie glauben, daß ihr diese Feinde seid. Denn ihr habt drei Schiffe, und sie hat von drei Vögeln geträumt.«

»Molpadia, die ihr die Kriegskönigin nennt?«

»Ja. Die Schwester meiner Mutter, die mich aufgezogen hat. Sie mag Männer nicht, doch wenn ich dort bin, um ihr zu sagen, daß Melanippes verpfändetes Wort euch schützt, wird sie euch kein Leid antun ...«

*Aber sie wird nicht dort sein. Sie wird wahrscheinlich die kommenden zwei oder drei Nächte nicht heimkommen. Töricht und albern, sich zu fürchten!* Und doch – was könnte nicht alles geschehen, wenn Molpadia und ihre kriegerische Schar ungestüm über diesen weißen Strand herangeritten kamen ...

Der Rotschopf sagte nichts mehr. Sie hatten die Pferde fast erreicht, als ein Schatten plötzlich das Mondlicht verdunkelte. Telamon sprang aus der Dunkelheit hervor, schwer atmend, Blut troff von seinem Messer.

»Nun, Knabe, ist Herakles schon zu Bett gegangen mit dieser ...?« Er belegte Melanippe mit einem schmutzigen Namen.

Antiope sah das Blut und hörte seine wütenden Worte, wenn sie diese auch nicht verstehen konnte. Sie sprang beiseite, doch nicht schnell genug. Telamon packte sie am Arm. »Sei still, Mädchen – wenn du am Leben bleiben willst!«

Blitzschnell wurde ihre freie Hand zur Faust, die in seinen Magen fuhr. Ein Knie stieß ebenso hart in seine Leistengegend; es traf nicht genau ins Ziel, doch Telamon krümmte sich stöhnend. Dann war sie verschwunden; die Nacht hatte sie verschluckt.

Der Rotschopf sprang ihr nach, doch Telamons Hand ergriff ihn.

»Zurück! Zurück zu den Schiffen! Gottes Fluch treffe diese trächtige Hündin – jetzt wird sie ihr Gesindel warnen.«

»Natürlich wird sie das, du Narr! Deinetwegen glaubt sie, daß wir alle Verräter sind!« Wieder schrie der Rotschopf auf, jetzt in der Königssprache Kanisch, versuchte Antiope zu besänftigen, bat sie zurückzukommen. Doch es kam keine Antwort; die Nacht war still wie der Tod.

Aber nicht lange. Bestürzte Griechen und Amazonen kamen herbeigerannt. Melanippe, schnell wie ein Reh, langte sogar noch vor Herakles an.

»Hunde, wo ist meine Schwester?« Ihre Augen glühten Telamon und den Jungen an, doch nur einen Atemzug lang. Telamons Messer durchschnitt ihre Kehle. Zwischen den Zähnen stieß er knurrend ein Wort hervor: »Verräterin!« Sprudelndes Blut erstickte ihren Todesschrei. So starb, nach den Worten Hesiods, die schuldlose Melanippe.

Herakles' Gebrüll war das eines verwundeten Stiers. Seine große Faust zuckte hoch. Der Rotschopf dachte in jäher Freude: *Er wird Telamon mit einem einzigen Schlag töten!* Doch bevor die furchtbare Faust ihr Ziel finden konnte, waren die Amazonen über ihnen. Ihr Kriegsruf schien den Himmel zu spalten: »HIP-POL-Y-TE! HIP-POL-Y-TE-E-E!« Ihre Opfer gingen unter einer Unmenge von Messern und Zähnen und tretenden Füßen zu Boden. Doch Herakles war immer noch Herakles. Wie ein vulkanischer Berg durch kochende Wogen nach oben drängt, so erhob er sich. Mit Quetschungen, Schnitten und Bißwunden an vielen Stellen schüttelte er die rasenden Frauen ab und zerrte seine blutenden Gefährten heraus. Seine Stimme übertönte sogar das Schlachtgeschrei: »Zurück! Zurück zu den Schiffen!«

Niemals vermochte sich der Rotschopf an dieses Gefecht, sein erstes, deutlich zu erinnern. Die Flucht, die Schläge, nichts war wirklich, ausgenommen dieser entsetzliche Kriegsschrei, der sie wie ein Flammenschwert traf: »HIP-PO-OL-Y-TE! HIP-POL-Y-TE-E-E!« Voll Scham mußte er sich eingestehen, daß er arbeitete, während andere kämpften; zusammen mit wenigen Gefährten zwang er seinen schmerzenden, elend zugerichteten Körper, ein Schiff aufzurichten und zurück ins Meer zu schieben. Griechische Kurzschwerter krachten gegen die der Amazonen, errichteten eine Mauer des Todes, um die Arbeitenden zu schützen. Doch immer wieder brach eine Amazone durch. Eine davon erkannte der Rotschopf: ein Mädchen, das mit ihm und Antiope während des Festes gesprochen hatte; damals hatte sie gelächelt und war freundlich gewesen. Er kannte ihren Namen und schrie ihn laut in dem widersinnigen Versuch, sie zurückzuverwandeln und wieder freundlich zu machen. Doch als er gerade ihren Namen rief, mußte er sie töten, sein Messer tief zwischen ihre jungen Brüste bohrend. Er war niemals imstande, sich dieses Namens wieder zu erinnern.

Die Griechen hatten lediglich ihre Messer; alle anderen Waffen waren in verschlossenen Kisten auf einem Schiff verstaut worden, und Herakles hatte Melanippe die Schlüssel gegeben. Niemand wußte, wohin sie sie gelegt hatte. Männer starben beim Versuch, diese Kisten zu erreichen; kreischende Amazonen bewachten dieses Schiff, damit niemand versuchen konnte, es seeklar zu machen. Doch endlich waren die beiden anderen Schiffe aufgerichtet und glitten langsam ins Wasser hinab. Rasende Amazonen sprangen an ihnen hoch, wurden mit Rudern weggeschlagen, doch die meisten sprangen erneut. Ein Mann starb, von den Armen der Frau, die er geschlagen hatte, fest umklammert; viele Messer durchbohrten ihn, bevor er in den Sand stürzte. Ein Mädchen fiel und schrie entsetzlich, als sie vom Schiffsrumpf zermalmt wurde. Doch endlich trieben die Schiffe frei im Wasser. Herakles, wild von zwei Seiten ungestüm belagert, kämpfte verbissen um das dritte Schiff, als ein mächtiger neuer Kriegsschrei durch die Nacht gellte.

»HIP-PO-OL-Y-TE! HIP-POL-Y-TE-E-E!«

Eine neue Amazonenschar, zu Pferde und voll bewaffnet, eröffnete den Angriff auf die Griechen.

Herakles drehte sich, um den Rückzug seiner Männer zu decken. Wie der hethitische Sturmgott stand er da oder wie sein eigener Vater Zeus, das herumwirbelnde Ruder in seiner rechten Hand, gewaltig wie ein Donnerkeil. Der Rotschopf dachte voll Entsetzen: *Sie benutzen ihre vergifteten Pfeile nicht, weil sie ihn lebend haben wollen! Und sie können ihn niederreiten!* Irgendwie riß er sich von den Männern los, die ihn meerwärts zerrten, und rannte zurück, um sich den wenigen zuzugesellen, die an der Seite Herakles' fochten. Doch ein Schwung des mächtigen linken Armes schleuderte ihn zurück; zwei der so bitter nötigen Männer packten ihn aufs neue, um ihn zum Meer zu schleppen. Er wand sich und schrie vor Qual. Einen Augenblick lang war ihm, als habe das ganze anrückende Heer nur ein einziges Gesicht: das der schrecklichen alten Frau, das Antiopes Züge für kurze Zeit ausgelöscht hatte.

Dann sah er sie. Antiope selbst griff Herakles an!

Die Axt in der Hand kam sie, aufrecht auf dem Rücken der goldenen Chrysippe. Ihr Gesicht war das ihre, doch es loderte in rasender Wut; er hätte sich nicht träumen lassen, daß es solchen Zorn würde zeigen können. Von einer Seite sprang ein Mann auf sie los, versuchte ihr Pferd zu erstechen, und das Herz schlug dem Rotschopf bis zum Hals. Doch pfeilschnell wandte sie sich seitwärts, ihre Axt fuhr herab und spaltete den Schädel des Mannes. Antiope hatte ihren Mann getötet.

Wieder ging sie auf Herakles los. Konnte sie dem furchtbaren Ruder ausweichen? Und wenn es ihr gelang, wenn ... Der Rotschopf biß sich in die Lippen, bis sie zu bluten begannen. Doch nun stürmten die übrigen Amazonen auf sie zu. Eine großgewachsene Frau mit goldumrandetem Helm faßte sie um den Leib und hielt sie fest. Antiopes Schrei schallte über Strand und Meer: »Laß mich los! Laß mich zu ihm! Er hat meine Schwester ermordet!«

Der Große Herakles wartete nicht, um zu sehen, welche Amazone gewinnen würde. Er watete ins Meer hinaus, die ihm verbliebenen Männer um sich scharend. Pfeile schwirrten ihnen nach, bis eine Welle berittener Amazonen sich ins Meer ergoß. Mit Jubelrufen zogen die Männer des am nächsten liegenden Schiffes Herakles und seine Gefährten an Bord, doch die kreischenden Frauen waren dicht hinter ihnen. Immer noch wütete die Schlacht; die Ruder streckten eine Frau nach der anderen nieder, zerschmetterten die Brüste sich aufbäumender Pferde; doch auch Männer starben. Schließlich konnten sich die Schiffe befreien und fortrudern. Ein gewaltiger Schrei folgte ihnen: ein Schrei, der allen, die an Bord waren, in den Ohren klang wie das Geheul eines gigantischen, seiner Beute beraubten wilden Tieres.

Dem Rotschopf jedoch, der zum mondhellen Ufer zurückschaute, bot sich ein Anblick, der sein Herz jubilieren ließ. Antiope war noch da. Immer noch fest im Griff ihrer Tante – wenn diese große, goldgekrönte Frau wirklich die Kriegskönigin Molpadia war, wie er vermutete. Dann wurde die Fläche schwarzen Wassers zwischen ihnen immer größer, und er sah Antiope nicht mehr.

In der Morgendämmerung, die grau und trostlos anbrach, trübe wie das Antlitz des Todes, stand Telamon Herakles gegenüber. »Ich habe euch vor diesen betrügerischen Hündinnen gerettet, o Sohn des Zeus.«

»Uns gerettet!« Herakles' Gelächter war wie ein rauhes Gebrüll. »Du hast sie gegen uns aufgebracht! Sie ist tot – tot! Und viele unserer Männer starben mit ihr. Du trägst die Schuld daran – du hast sie getötet! Du Hund und Narr – Hund und Narr!«

Sein Kopf senkte sich wie der eines Stiers, der angreifen will. Die Männer hielten den Atem an, und wieder dachte der Rotschopf voller Freude: *Diesmal wird er ihn töten!* Doch das Meer war bewegt, und das Schiff rollte unter ihren Füßen. Dem sonst so fröhlichen, jetzt aschfahlen Peleus blieb Zeit, seinem Bruder beizuspringen.

»Höre ihn an, Herakles! Wir alle hier sind deine Männer, sind alle Griechen, und wir zwei Brüder standen dir auf dem Strand bis zuletzt zur Seite. Er hat ein Recht darauf, gehört zu werden!«

Herakles' mächtige Brust hob sich, seine Finger zuckten. Alle Männer warteten darauf, daß er die beiden packen und mit den Köpfen zusammenschlagen werde, sie zerschmettern wie Eier. Doch er war betroffen und erschöpft, und auch das lebenslang bewahrte Gesetz der Kriegerehre hielt ihn zurück. Es waren schließlich seine Männer...

Langsam sagte er mit heiserer und noch immer schroffer Stimme: »Sprich.«

Telamons Stimme wurde hoch, beinahe schrill; er klammerte sich an seine Wut, erhitzte sich selbst an ihren verlöschenden Feuern, um die Kälte der Furcht fernzuhalten. »Sie hatten Betrug im Sinn, diese mörderischen Hündinnen – ich wußte es von Anfang an! Als meine Hündin bei Mondaufgang vorgab, sie müsse ins Gebüsch, um sich zu erleichtern, durchschaute ich sie. Ich kroch ihr nach und sah, wie sie eine andere Frau traf – und die trug einen Helm und war voll bewaffnet! Sie flüsterten dort in der Dunkelheit miteinander.«

»Natürlich taten sie das!« rief der Rotschopf wütend. »Dein Mädchen hat dem anderen nur erzählt, daß alles in Ordnung sei! Die Frauen in der Stadt waren verpflichtet, aufzupassen, also hatte sie es so eingerichtet, daß sie von denen am Ufer Nachrichten bekamen.«

Telamon lachte. »Ohne Zweifel, diese eine trug eine Botschaft, aber ich sorgte dafür, daß sie sie nicht loswurde – auf dem halben Weg zur Stadt griff ich sie und tötete sie! Als ich dann ins Lager zurückkam, lächelte ich meine eigene Hündin an und bedeutete ihr, daß ich mit ihr allein sein wolle. Und kaum waren wir allein, packte ich sie an der Kehle und erdrosselte sie!«

»Und was beweist das alles, außer daß du ein Mörder bist, der die Waffenruhe gebrochen hat?« Die Augen des Rotschopfes flammten.

Peleus sagte mit müder Stimme: »Du hättest Herakles von dem Zusammentreffen der beiden Frauen erzählen können. Ihn mit der Königin sprechen lassen können. Sie hat uns große Gastfreundschaft erwiesen.«

»Sie hätte gelogen!« Telamons Stimme wurde zum Geheul. »Sie haben alle gelogen, diese falschen Mütter von Bastarden! Wozu sonst sollte eine von ihnen ihren Mund gebrauchen? Außer vielleicht, um unser Fleisch damit zu essen, nachdem sie uns mit ihrer Hurerei das Mark ausgesogen und dann im Schlaf abgeschlachtet hat. Unter Mithilfe ihres ganzen Gesindels! Doch ich hab's zumindest hinausgezögert!«

»Du hast sie uns auf den Hals gehetzt!« schrie der Rotschopf.

Daraufhin schwieg Telamon. Alle Männer waren still und hielten den Atem an. Bis der Große Herakles schließlich düster sagte: »Das ist der Fluch, der mir immer gefolgt ist. Der Zorn der eifersüchtigen Hera, der göttlichen Gattin meines Vaters Zeus. Sie hat mich in den Wahnsinn getrieben und mich meine eigene Frau und meine Kinder morden lassen – und jetzt hat Sie dies getan durch irgendein Blendwerk. Die Königin war aufrichtig – sie gab sich in meine Hand, als Geisel wie als Gastgeberin. Sie gab mir den Gürtel als Geschenk. Niemals mehr will ich hören, daß irgend jemand Böses von ihr sagt!«

Darauf ging der Atem der Männer wieder leicht, sie waren zufrieden. Schließlich waren die Amazonen Ausländerinnen – Frauen mit seltsamen, unnatürlichen Sitten –, und Telamon war ein Mann, ein Grieche, einer der ihren. Es war besser, alle Schuld einer eifersüchtigen Göttin zuzuschieben, gegen deren Missetaten nichts ausgerichtet werden konnte.

Gleichwohl, diese Heimfahrt war trübselig. Herakles hatte den Gürtel bekommen (zumindest irgendeinen), doch auf Kosten der Leben vieler Griechen. Dazu hatte er ein griechisches Schiff und einen großen Teil der Ausrüstung eingebüßt. Verluste, welche den meisten Männern wichtiger erschienen als der schändliche Mord an einer friedlichen Königin. Doch Dichter späterer Zeiten sollten es fertigbringen, all das mit dem Glanz des Ruhms zu umkleiden; sie gaben Herakles neun Schiffe (weit mehr, als Eurystheus ihm je anvertraut haben würde) und ließen ihn kein einziges verlieren. Einzig Hesiod erinnerte noch daran, wer Melanippe erschlagen hatte. Die meisten schrieben den Mord Herakles selbst zu, denn er, der größte, sollte auch die größte Tat vollbracht haben. So hat der Mord an der Amazone durch Jahrhunderte seinen Namen besudelt und tut es noch immer.

Nur ein einziges Mal auf der langen Heimfahrt sprach er je von ihr. Damals, allein mit dem Rotschopf, sagte er die schlichten traurigen Worte: »Es war ein Jammer – ein großer Jammer. Ich habe nie eine Frau besessen, die einem Mann bessere Söhne hätte schenken können.« Das war das höchste Lob, das Herakles einer Frau spenden konnte, er, der nicht die Fähigkeit besaß, auszusprechen, was sein Herz bewegte. Niemals kam ihm der Gedanke, wie weit Melanippe selbst davon entfernt gewesen war, sich einen Sohn zu wünschen.

Telamon indessen hatte während der ganzen Heimfahrt schlechte Laune. Er hatte alle gerettet, und niemand hatte ihn dafür gelobt. So war es immer gewesen – im Vaterhaus, als er jung war, hatte jedes Lächeln und jede Zärtlichkeit immer dem fröhlichen, grinsenden jungen Bastard Phokos gegolten, der noch nicht einmal das Recht hatte, am Leben zu sein. Doch niemand schenkte Telamons Schmollen Aufmerksamkeit; sie waren alle zu sehr daran gewöhnt. Später soll, nach den Worten des großen Sophokles, sein eigener Sohn über ihn gesagt haben: »Er lächelt eher im Unglück als im Glück.« Als er später diesen Sohn verstieß, den nur er verdächtigte, den Tod eines Bruders geplant zu haben, erschien dies wie ein Bekenntnis:

Sein eigenes Verbrechen traute er jedem anderen zu.

Der Rotschopf aber dachte oft mit trüber Wut an die schöne Königin, tot in ihrem Blut liegend. Dachte öfter an die liebreizende Antiope. Auch sie wäre eine prachtvolle Mutter für Söhne – seine Söhne! Und obgleich sie ihn jetzt hassen mußte, würde sie davon ablassen, wenn sie alles begriff. Als stürmische Winde die heimkehrenden Schiffe beutelten, waren sie doch nicht lauter als der Schrei in seinem Inneren: »Ich werde wiederkommen!«

Er würde sie bekommen. Es war noch viel Zeit. Eine kurze Weile noch und sie würde zwanzig sein.

Früher, an den Gestaden des kleinen Maiotischen Meeres, hätten die Amazonen über ihrer gefallenen Königin einen großen Grabhügel errichtet und die gepfählten ausgestopften Leichname ihrer Feinde ringsum aufgestellt. Heute konnten sie kein Stück fruchttragenden Landes für Grabhügel erübrigen und keine Leben, um solche ins Auge fallenden Ziele gegen räuberische Grabschänder zu verteidigen.

Doch innerhalb der Stadt Themiskyra erbauten sie ihr eine Ruhestatt, einen haushohen Grabhügel aus Erde, auf allen Seiten von toten aufgeschichteten Griechen umgeben. Drei Tage und drei Nächte lag sie dort, vor den Vögeln der Luft durch edle Felle und Mäntel geschützt, und drei Tage und Nächte weinten und klagten sie um die Königin. Zuweilen hielten einige inne, um die Leichname derer, die sie für die Mörder hielten, mit Füßen zu treten, zu verfluchen oder die Leiber noch mehr zu verstümmeln. Wann immer sie konnten, verrichteten sie ihre Notdurft über den stinkenden Kadavern.

Doch am Morgen des vierten Tages verbrannten sie die Leichname der Griechen, um so die Stadt vom üblen Gestank zu befreien, und füllten dann die Überreste in mächtige Krüge mit großen Öffnungen. Später würden sie diese verkohlten Reste auf den Feldern ausstreuen, um der Erde ein wenig von der Stärke und der Lebenskraft der toten Männer zu verleihen. Wenn die Toten auch heimtückisch und böse gewesen waren, so hatten sie doch wacker gestritten. Bei Einbruch der Nacht nahmen die Amazonen den Leichnam der jungen Königin vom Grabhügel; sie trennten den Kopf ab, damit später der Schädel, versehen mit einer Gipsmaske und Augen aus Obsidian, auf dem Bord aufgestellt werden konnte, das an den Wänden des kleinen Gemachs hinter dem Altar der Göttin entlanglief. Nur Lysippes Schädel hing über dem Altar, wenngleich alle an ihrem Wächteramt teilhatten, selbst noch im Tod Themiskyra treu ergeben.

Den Leichnam der Königin trugen sie ehrfürchtig zu einem

der mit Holzstämmen abgestützten Terrassenfelder, die sich an den unteren Berghängen entlangzogen. Dort, als der Mond untergegangen und die Nacht am schwärzesten war, begruben sie die Tote. Sie verursachten keine Geräusche, außer mit ihren stoffumwickelten Spaten; kein Späher der Kaska – falls einer durch einen unglaublichen bösen Zufall die Höhen oberhalb erreicht haben sollte – durfte erfahren, was unten geschah. Aus dem gleichen Grund pflanzten sie sorgsam das zarte junge Getreide, das gerade zu sprießen begonnen hatte, wieder ein und wässerten es. Amazonen waren haushälterisch; sie begruben ihre Toten immer dort, wo das der Seele beraubte Fleisch ihren Feldern von Nutzen sein konnte, welche ihr Volk ernährten. Doch der Leichnam jedes anderen zur Unzeit Verstorbenen, sogar der einer Kriegskönigin, mußte in den tiefen Kellern unter den Drei Häusern von Themiskyra warten, bis das noch zarte junge Korn gereift und geerntet war. Doch dies war die Königin, welche die Kindträgerin gewesen wäre; ihr Leichnam würde die Ackerkrume derart bereichern, daß jeder Verlust dadurch ausgeglichen wurde.

Molpadia sprach die Worte des alten Rituals: »Schlafe wohl, Kind und Königin, im Schoß von Muttererde. Hilf Ihr, das Korn wachsen zu lassen; dann steh wieder auf, wenn für dich die Zeit kommt, zu uns zurückzukehren, zu deinem Volk.«

Antiope sprach mit zitternder Stimme die letzten Worte: »Möge dein neuer Leib aus mir geboren werden, o meine Schwester. Möge er Fleisch von meinem Fleisch sein, möge Blut und Gebein von der stammen, die dich liebt!«

Sie wartete, hoffte, sehnte sich nach irgendeinem Zeichen, nach einer Antwort. Ein Vogel durchflog die dunklen Himmel, ein winziges Tier huschte neben ihr durch das Feld. Aber nichts geschah; nichts war da, nichts als Stille und Finsternis ...

Dann weinte sie, das Gesicht in ihren Händen vergraben, um die Tränen zu verbergen. Denn die Zeit des Trauerns war vorüber; jetzt mußten Leben und Arbeit weitergehen. Dann warf sie ihren Kopf zurück und rief leidenschaftlich: »Wäre ich doch nur zu ihr zurückgekehrt!«

Molpadias Stimme, kalt wie Schnee, war gleichwohl weich

wie Schnee. »Du hast das getan, was am besten war: Du hast dich selbst gerettet. Du bist jetzt die letzte Kindträgerin von Lysippes Blut.«

»Trotzdem hätte ich sie retten können! Wir hätten Seite an Seite kämpfen und überleben können! Viele andere leben noch.«

»Seite an Seite hättet ihr kämpfen und sterben können, wie allzuviele andere. Jetzt haben wir dich und deshalb Hoffnung. Genug davon, was alles hätte sein können, wenn. Solche Gedanken können nicht ändern, was ist. Auch ich könnte laut jammern, weil der Traum, der mich nach Hause führte, eine Nacht zu spät kam. Weil mein Übereifer, Feinde aufzuspüren, die nicht da waren, sogar die Göttin von mir fernhielt – und Ihre Warnung rätselhaft machte.«

Antiope dachte bitter: *Auch Melanippe versuchte dir klarzumachen, daß der Feind vom Meer kommen könne.* Sie sagte mit tonloser Stimme: »Doch du bist zurückgekommen.«

»Selbst dabei habe ich Zeit verschwendet. Ich war vorsichtig, ich wartete. Als du in die Stadt geritten kamst, hatten wir noch keine Kundschafter ausgeschickt, um nach der ermordeten Botin zu forschen. Obgleich ich nicht zugelassen hätte, daß meine Kriegerinnen ihre Waffen ablegten – ich kenne die Schliche der Männer.«

»Wir kannten sie nicht – wirklich nicht!« jammerte Antiope.

»Nun kennst du sie und wirst keinen lächelnden Verrätern mehr trauen. Du wirst auch beim Angriff auf den Feind deinen Freundinnen nicht vorausreiten, die du weder Schwester noch Tochter hast. Wenn es nicht meine erste Sorge gewesen wäre, dich zu retten, hätten wir sie vielleicht alle gekriegt, die Hunde – hätten alle ihre schändlichen Schädel gehabt, um daraus zu trinken!«

Antiope wurde hart. »Du hast *ihn* gerettet – ihren Anführer, den, der von allen die meiste Schuld trägt! Der sie angeschaut hat, als liebte er sie!« Ihre Stimme brach; diese andere Marter zerriß sie, die sie niemandem eingestehen konnte. *Auch er schaute mich an, als liebte er mich, dieser Junge, den ich für meinen Freund hielt. Und während der ganzen Zeit mußte er es gewußt haben – teilgenommen haben am grausam hinterlistigen Plan seiner Gefährten!* Doch einen Wimpernschlag lang, als sie ihn gesehen hatte, wie er sich zurück zu seinem Verwandten durchkämpfte, war sie stolz gewesen – stolz auf seinen Mut. Auf den Mut dieses mörderischen Verräters! Sie kämpfte dieses Entsetzen nieder, dachte nur noch an Herakles und Melanippe. »Ich hätte ihn getötet, wenn du mich nicht aufgehalten und gepackt hättest. Ich war so dicht bei ihm – so dicht!« Wieder brach ihre Stimme, diesmal vor Kummer und Wut.

»Und dann hätte sein Gefährte dich vielleicht getötet.« Wieder war Molpadias Stimme schneekalt, doch nicht schneeweich.

»Vielleicht – vielleicht nicht. Aber ich war es nicht – und auch keines der unerfahrenen Mädchen, die du für ungeeignet hieltest, mit dir in die Schlacht zu reiten, die in jener Nacht ins Meer ritten und uns so davon abhielten, unsere Pfeile den Flüchtenden nachzusenden, aus Furcht, wir könnten auch die unsrigen treffen – und diese Pfeile waren unsere einzige Hoffnung!« Bei diesen Worten mußte sie zu ihrer eigenen Scham laut weinen, unfähig, ihr Schluchzen zu unterdrücken.

»Auch das geschah, nachdem du meine Augen von diesen Närrinnen abgezogen hattest. Sie hätten es besser wissen müssen, aber nicht nur junge Mädchen treibt der Schmerz zur Raserei.« Plötzlich legte sich der Arm der älteren Frau um Antiope. »O Kind, Kind, all dieser Wahnsinn! Jetzt aber zählt nur eines. Die Amazonen haben keinen Schatz, der kostbarer wäre, als dein Leben! Denke daran.«

Nach einer kurzen Weile sagte Antiope schluchzend: »Du hast recht, Schwester meiner Mutter. Ich werde daran denken.«

Die trockenen, heißgoldenen Tage des Spätsommers waren schon vorüber, als Herakles den Rotschopf nach Troizen zurückbrachte. Er selbst fuhr auf der Stelle zum goldenen Mykene zurück, um den Gürtel abzuliefern und auch um Eurystheus Gelegenheit zu geben, ihm eine weitere Arbeit aufzuerlegen. In Wahrheit würde Herakles nie wieder Ruhe finden. Seine Schiffe nahm er mit. Alle Schiffe brachen nun zu ihren

Heimathäfen auf – so dachten die Männer jedenfalls. Nicht einmal Minos' Kapitäne verspürten die Neigung, der Jahreszeit der Kälte und Stürme zu trotzen.

Nachts überzog der nahende Winter die grauen Klippen über Troizens Salzsümpfen rasch mit weißem Reif. Die Bäume an den unteren Berghängen färbten sich rot und golden, als stünden sie in Flammen. Und dann, als alle Schiffe in heimatlichen Häfen hätten sein sollen, näherte sich aus dem Süden eine große Flotte. Ihr Kommen war unnatürlich, so als wären die Vögel zurückgekehrt, um ihre Nester statt im Frühling im Winter zu bauen. Hartgesichtige Fischerleute trugen die Neuigkeit nach Troizen – »Nur Minos von Kreta kann so viele Schiffe besitzen.« Wie verschüchterte Vögel umflatterten die Frauen Aithra. Sie tröstete sie mit der Gelassenheit einer Königin: »Wir haben nichts Unrechtes getan, meine Teuren. Wir haben nichts zu befürchten von Minos, dem Gerechten.« Und sie waren getröstet; nach uraltem Brauch war sie ihre Herrscherin, so wie ihr Vater der Herrscher ihrer Männer. Nur der Rotschopf sah, daß auch seine Mutter sich fürchtete.

Gemessen und im Besitz seiner heiteren Seelenruhe sprach der weise Pittheus: »Wir hier im Süden sind sicher. Doch ich fürchte, daß Minos kommt, um den Tod seines Sohnes an dem Manne zu rächen, der immer unser Freund gewesen ist. An Aigeus, König von Athen.«

Viele seufzten vor Erleichterung; andere nickten verstehend. Athen war die größte der sogenannten Zwölf Städte Attikas, dem ersten Land nördlich des Isthmus. Neben den großen Städten des Südens, Messene und dem goldenen Mykene, war Athen nur ein armer, schäbiger Ort. Doch im letzten Sommer war Androgeos, Sohn des Minos, dort gestorben, bei den großen Stierkämpfen, die ihm zu Ehren veranstaltet wurden. Aithra schrie heftig auf: »Aber wie konnte Aigeus damit rechnen, daß der Prinz von Kreta einem Stier zum Opfer fallen würde? Sind die Kreter nicht berühmt für ihre Geschicklichkeit, mit Stieren umzugehen? Wir auf dem Festland äffen sie bloß nach.«

Pittheus sagte bedeutsam: »Unsere jungen Männer und

Mädchen spielen mit jungen Stieren; die Kundigen betreiben das Spiel, ohne daß Blut fließt. Doch selbst die Kreter lassen ihre Kinder niemals gegen mächtige ausgewachsene Stiere antreten wie den Stier von Marathon – er war es, den Aigeus gegen Androgeos aufbot. Doch das geschieht nicht, wenn man den riesigen Tieren nicht vorher eine ausreichende Menge Mohnsaft eingeflößt hat, um ihre Bewegungen zu verlangsamen. Solche Wagnisse nehmen nur ausgebildete Sklaven aus den Ländern des Sonnenaufgangs auf sich.«

Wieder schrie Aithra auf: »Dann hat sie es getan – die abscheuliche Hexe Medea! Niemals wäre Aigeus von selber auf den Gedanken gekommen, einem Gast Leid anzutun. Schlecht hat sie seine Barmherzigkeit belohnt – sie, die er aufnahm, als Jason, der Argonaut, sie im Stich ließ! Mögen die Götter ihm in seiner Bedrängnis beistehen – und mögen die Furien ihr das Fleisch von den Knochen reißen!«

Der Rotschopf fühlte die Wut, die bis jetzt nur unbestimmt gewesen war, die er immer spüren würde, wenn der große Kreter sich gegen die Menschen des Festlandes wandte. Doch er war auch ein wenig erstaunt. *Übers Meer war Athen nicht weit entfernt. Warum, wenn er doch ein alter Freund von uns ist, hat Aigeus uns hier in Troizen nie besucht? Er hätte es so leicht tun können, bevor er in diese Schwierigkeiten geriet.*

## 6. Kapitel/Krieg zwischen Königen

– Aigeus befand sich in der Tat in einer mißlichen Lage, doch er konnte sich an keine Zeit erinnern, wo dies nicht der Fall gewesen war. Als Knaben hatten er und seine Brüder sich übermütig gegen eine große Übermacht verschworen, um ihren Vater, den verbannten König Pandion von Athen, wieder auf den Thron zu setzen. Als tatkräftige, rothaarige junge Männer hatten sie es durchgeführt, ihren thronräuberischen Verwandten Metion getötet und alle seine Söhne, bis auf einen; als Pandion starb, war er zwar wieder König, doch sein Tod hatte die Einigkeit unter den Brüdern beendet. Nisos, der Zweitgeborene, hatte sich friedfertig zurückgezogen, um König in Nisa auf dem Isthmus zu sein, dem kleinen Stadtstaat, der das Erbe ihrer Mutter gewesen war und wo sie ihre Kindheit verbracht hatten. Doch die zwei jüngsten Brüder, der große Pallas und der junge Lykos, »der Wolf«, waren mit ihren Anteilen unzufrieden gewesen. Bald begannen sie, gegen Aigeus, den Erstgeborenen, zu tuscheln:

*Er war schon lange im Bauch unserer Mutter, als unser Vater sie zum erstenmal sah. Doch wer kann einen Verbannten dafür tadeln, wenn er in das warme, gemütliche Bett einer Königstochter steigen kann? Einer Prinzessin, die Erbin ist?*

Das Getuschel schmerzte Aigeus; er hatte seine tote Mutter geliebt, und er hätte gern auch seine Brüder weiterhin geliebt. Doch am meisten schmerzte ihn, daß er keinen Sohn hatte; er war ein großer ansehnlicher Mann, als Liebhaber ebenso fleißig wie jeder seiner Brüder, doch im Gegensatz zu ihnen konnte er niemals Ergebnisse vorweisen. Die Gattin des Wolfs warf zur rechten Zeit Junge, und alle Welt staunte über den ungewöhnlichen Strom von Söhnen, den Pallas' mächtige Lenden hervorbrachten. Das verlieh dem Geflüster zusätzlich Nachdruck: *Der Echtgebürtige ist fruchtbar, aber der Bastard ist ein vertrocknetes Reis.* Und das gemeine Volk hing noch immer dem Glauben an, die Fruchtbarkeit des Landes hänge von der der königlichen Lenden ab. Aigeus muß in steter Furcht vor dem Wetter gelebt haben; eine überlange Dürre oder unzeitgemäße Regenfälle, welche die Früchte auf den Feldern hätten verfaulen lassen – das eine wie das andere hätte sein Ende bedeuten können.

Eines Tages kam seine Gemahlin Melite zu ihm: »Herr, wir sind viele Jahre verheiratet gewesen, doch ich bin unfruchtbar. Niemand wird dich tadeln, wenn du mich in das Haus meines Vaters zurückschickst.« Doch Aigeus erwiderte niedergeschlagen: »Weib, sei still. Welche unserer Sklavinnen hat ein Kind von mir gehabt?« Binnen eines Monats war Melite tot – gestorben am Gebräu einer Hexe, das, wie man ihr und ihrer alten Kinderfrau gesagt hatte, mit Sicherheit jeder Frau zur Empfängnis verhelfen würde.

Mit seiner nächsten Frau, der vor Gesundheit strotzenden jungen Chalkiope, hatte er nicht mehr Glück. Zu ihrer Zeit kamen Hexen unverblümt in den Palast, und in der Nacht, in der sie starb, sagte die älteste der Hexen an ihrem Totenbett zu Aigeus: »Suche bei uns keine Hilfe mehr, König. Einst war die Mutter mächtig, doch nun schwindet Ihre Macht. Einer, der stärker ist als wir, fürchtet, du könntest zeugen ...« Doch bei diesem letzten Wort ging ihr die Luft aus, ihr Gesicht wurde purpurrot, als griffen unsichtbare Hände ihr an die Kehle, und sie fiel zu Boden und starb.

Nur die törichten Worte einer verrückten sterbenden alten Frau. Doch sie verfolgten Aigeus; er dachte: *Ich will keine guten Weiber mehr töten*, und nahm keine Frau mehr. Binnen kurzer Zeit wurde Lykos dreist und verschwor sich gegen seinen Bruder, der ihm auf die Schliche kam und ihn verbannte. Darauf trat Pallas, obgleich er insgeheim froh war, einen Nebenbuhler los zu sein, vor Aigeus; seine Augen schwammen in Tränen, und er sagte, so, daß viele ihn hören konnten: »Bruder, wie konntest du solchen schrecklichen Lügen Glauben schenken und den jüngsten Sohn unserer Mutter verjagen?« Das Getuschel wurde lauter; die Leute raunten und zischelten.

Daidalos wurde Aigeus' einziger Trost. Er, der letzte überlebende Sohn Metions, des Mannes, von dessen Vater Aigeus verbannt worden war, ging frei und furchtlos in Athen umher – als lebender Beweis, daß der König kein eifersüchtiger und grausamer Mann war, der seine eigene Sippe haßte. Daidalos war kein Krieger (ein Grund für sein Überleben), sondern ein großer Künstler. Er verfertigte schöne und merkwürdige Dinge, von denen kein Mensch je gehört hatte; einige seiner verrückten Erfindungen waren sogar nützlich, wie die Faltstühle. Er nahm jedoch einen Gehilfen zu sich, den Sohn seiner Schwester Perdix, der ihm während seiner unglücklichen Knabenzeit als einziger zugetan gewesen war, als sowohl sein Vater als auch seine Brüder ihn verachtet hatten, weil er anders war als sie selbst. Möglich, daß der Schüler erkennen ließ, er könne es mit dem Meister aufnehmen oder ihn übertreffen, möglich, daß seine in ihn vernarrte Mutter sich das nur einbildete – jedenfalls erschlug Daidalos den Jungen in einem Anfall rasender Eifersucht. Man überraschte ihn, als er den Leichnam begraben wollte; Aigeus mußte auch ihn verbannen.

Da packte Daidalos erneut der Zorn. Er sagte: »Ich werde mit Freuden gehen – nach Kreta, in das große Land, wo die Künstler geehrt werden, wo einem Manne Gerechtigkeit widerfährt, selbst wenn er nicht genauso ist wie alle anderen Menschen.«

Auch Aigeus wurde wütend: »Dann geh! Wenn du aber jemals den Zorn Minos', des Gerechten, herausforderst, wird dir meiner gering erscheinen.«

So fuhr Daidalos davon über das weindunkle Meer, und kein Mensch auf dem Festland glaubte, daß er sein Gesicht je wiedersehen würde. Aigeus indes kehrte heim, wo er mit der Nachricht begrüßt wurde, Pallas habe einen weiteren Sohn. Der Knabe war vielleicht Pallas' zwanzigster oder dreißigster; für das, was Aigeus ertragen konnte, war es gewiß einer zuviel.

Er rief nach Streitwagen und Pferden und brach auf zum heiligen Delphi, die Frage im Herzen, die zu stellen er sich lange gefürchtet, die ihm aber auch keine Ruhe gelassen hatte: *Wie soll ich einen Sohn bekommen?* Vor langer Zeit war er wie andere edle Jünglinge einmal in Delphi gewesen, um sich das Haar scheren zu lassen; die abgeschnittenen Locken wurden dem Gott dargebracht. Doch die Macht und die Heiligkeit Delphis, von wo Poseidon vertrieben worden war, hatten für Poseidon-Verehrer einen bitteren Beigeschmack, und die Athener liebten Poseidon. Aigeus hatte törichterweise nur ungern sein Haar dort verloren, das Haar eines Mannes war eines der Dinge, durch die Hexen und Zauberer Macht über ihn gewinnen konnten. Doch sie waren hochverehrte Männer, die Priester von Delphi; sie dienten einem Gott. *Sei kein Narr, Sohn Pandions – denn der Sohn Pandions bist du! Begib dich demütig und in Ehrfurcht nach Delphi, denn dort liegt deine letzte Hoffnung.*

Er gelangte zu jenen nackten furchteinflößenden Klippen, genannt die Phaidriaden oder »Die Leuchtenden«, die für immer über Delphi wachen werden. Er kam zu Pterelas, dessen Name »der Gefiederte« bedeutet, demselben Hohepriester, dem er in seiner Jugend begegnet war. Damals war der hagere, falkenäugige Pterelas in der Blüte seiner Jugend gewesen; nun war er alt, doch dieses gealterte, veränderte Gesicht ließ Aigeus zusammenfahren. Er schien es oft vor sich gesehen zu haben, in vielen vergessenen Träumen. Während die Hitze der Flammen und der Geruch verbrennenden Haars um ihn aufstiegen; während diese schnabelartigen Lippen wieder und wieder einen furchtbaren, halberinnerten Satz aussprachen: *Du wirst nie* – Niemals was? Dann blickten ihn die Falkenaugen starr an, und Frage und wilde Träume waren vergessen, als habe es sie nie gegeben.

Pterelas führte ihn an den dunklen Ort, wo der Gott in die Pythia eintrat und sie sich winden ließ wie ein Tier in der Glut. Früher waren die prophetischen Priesterinnen der Erdmutter stolze edle Frauen gewesen; jetzt waren sie durch Rauschmittel betäubte, murmelnde Wesen. Die Worte dieser Priesterin ergaben für Aigeus keinen Sinn.

»Öffne nicht des gebauchten Weinschlauchs Verschluß, o König der Menschen, bis du wiederkehrst ins hochgelegene Athen.«

Vergeblich bot Aigeus dem Priester Pterelas alles Gold, das er besaß oder aufzutreiben hoffen konnte. »Der Gott hat gesprochen, Mann aus Athen. Wer bist du, daß du es wagst, mit Seinem Wort unzufrieden zu sein?« Die Falkenaugen stierten ihn hämisch an; für eine beklemmende Sekunde hatte Aigeus die Vision von einem langen scharfen Schnabel, der aus dem harten Mund unter den Augen herauswuchs und an seinen Hoden zerrte. Sein Abgang glich fast einer Flucht.

Draußen im reinen Sonnenlicht dachte er unvermittelt an Pittheus. An den weisen Erstgeborenen des Pelops, der sich gleichwohl von dem grausamen und verschlagenen Geschlecht des Pelops losgesagt hatte und nun friedlich über das kleine Troizen herrschte. Wenn es auf Erden überhaupt einen Mann gab, der ihm sagen konnte, was der Orakelspruch bedeutete, so war es Pittheus.

Doch auf seinem Weg nach Süden hielt er in Korinth an, wo Jason, der Führer der Argonauten, gerade Medea verstoßen hatte, Tochter des sonnengeborenen Aietes. Sie konnte nicht nach Hause zurückkehren; sie hatte den Zorn ihres schrecklichen Vaters auf sich geladen, weil sie Jason geholfen hatte, das Goldene Vlies zu gewinnen; es gab genügend Leute, die unter vorgehaltener Hand sagten, in Wirklichkeit habe sie es allein gewonnen. Nun hockte sie verlassen in ihrem verdunkelten Haus, während sich alle anderen auf der Hochzeit Jasons mit der Tochter des Königs von Korinth vergnügten. Am Morgen darauf mußte sie den Weg in die Verbannung antreten.

»Und Jason läßt das zu? Läßt dich hinausstoßen in die Heimatlosigkeit, nach allem, was du für ihn getan hast?« fragte Aigeus verblüfft.

»Jason sagt, er schulde mir keinen Dank.« Die Art, wie sie die Lippen verzog, verriet zuviel Bitterkeit, als daß man es ein Lächeln hätte nennen können. »Er schulde nur der schrecklich strahlenden Liebesgöttin Dank, die mich zu seiner Dienerin machte. Wohlan, es sei. Die Götter wissen, was ich für Jason getan habe und was er mir angetan hat.«

Aigeus war schockiert. Wie konnte ein Mann eine treue Ehefrau aufgeben – besonders eine, die ihm zwei prächtige Söhne geboren hatte? Er blickte die Knaben an – die Jason behalten würde – und dann wieder die Mutter. Vor langer Zeit hatte er sie bewundert, als Jason Gast in Athen gewesen war. Mit etwas Farbe auf den Wangen, ein wenig Fleisch auf den Knochen konnte sie vielleicht noch schön sein . . . Und sie sagte mit weicher Stimme: »Herr, wenn du mich aufnimmst, wenn du mir, die ich heimatlos bin, ein Zuhause gibst, wirst auch du einen Sohn bekommen. Ich will alles tun, was in meiner Macht steht, ich schwöre es!«

Er seinerseits schwor ihr bei der Erdmutter und bei der Sonne, die alles sah, sie in sein Haus aufzunehmen, sie niemals hinauszuwerfen oder sie einem Feind auszuliefern. Dann gab er ihr Gold und verließ sie. »Wenn ich dich nämlich jetzt entführte, könnte das Ärger zwischen Athen und Korinth bedeuten, wo man dich eine verbannte Hexe nennt. Doch komm zu mir in mein Land, wo ich herrsche und niemand meine Handlungen in Frage stellen darf.«

Aber gänzlich war er von ihren Fähigkeiten nicht überzeugt; gleichwohl setzte er seinen Weg nach Troizen fort. Und bevor er dort anlangte, flüsterte man sich auf allen Straßen entsetzliche Geschichten zu. Medea habe ihre beiden Knaben zu Jasons neuer Braut geschickt, die ihr unwissentlich tödliche Geschenke gebracht hätten – goldene Gewänder, die in Flammen ausgebrochen sein sollen, als sie den Körper berührt hätten. Die Prinzessin sei qualvoll gestorben und ebenfalls ihr Vater, der alte König – er habe versucht ihr zu helfen, ein Wagnis, das ihr kräftiger, noch junger Bräutigam nicht auf sich genommen hätte. Darauf habe sie, weil sie es nicht ertragen habe, die kleinen Knaben der Rache des Pöbels von Korinth zu überlassen, andererseits aber fürchtete, sie könnten ihre Flucht hemmen, ihre Kinder mit eigenen Händen ermordet. Als er das hörte, überkam Aigeus das Verlangen, sie ebenfalls zu erwürgen. Doch sein Eid war geschworen.

»Wahrlich, sie hat mich dazu gebracht, die richtigen Worte zu wählen«, sagte Aigeus zu Pittheus, als sie an einem blauen Abend schließlich beisammensaßen: »Sie nie hinauswerfen, sie nie einem Feind ausliefern! Oh, sie ist schlau, diese Muttersau, die ihre eigenen Ferkel gefressen hat – diese Mutter, die sich selbst kinderlos gemacht hat!«

»Sie hat viel gelitten«, sagte Pittheus, »und sie wird noch weit mehr Leid erfahren.«

»Womit soll sie leiden?« Aigeus lachte grimmig. »Sie hat kein Herz – nur Gelüste und Stolz und Haß! Und doch« – er lachte wieder, ein rauhes, bitteres Lachen – »wenn ich sie bei meiner Ankunft in meinem Hause finde, habe ich wenig Zweifel, daß wir rasch zusammen im Bett sein werden. Denn ich kenne mich und weiß, was ihre Stimme, ihr Blick und ihre Berührungen bei einem Mann anrichten können. Mögen alle Götter dieses Bett unfruchtbar machen! Nie habe ich gedacht, daß ich solche Worte sprechen würde, ich, der ich viele Jahre lang niemals eine Frau genommen habe, ohne zu beten: Laß es diesmal geschehen! Aber ein Sohn von *ihr* – lieber beschlafe ich eine Aussätzige!«

»Ich zweifle, daß sie wieder Leben hervorbringen kann«, sagte Pittheus, »sie, die sich in so hohem Maße am Leben versündigt hat. Doch wiederhole mir noch einmal die Worte, welche du in Delphi gehört hast.«

Als er sie vernommen hatte, saß er lange schweigend da.

Schließlich sagte er: »Ich will dir keine Versprechungen machen, der du schon allzuviele gehört hast. Doch vor diesen Gestaden liegt eine zweite Insel, weit kleiner als das liebliche Kalaureia. Es ist die winzige kreisrunde Insel Sphairia, der Ort der Heiligen Hochzeit. Geh dorthin, und du wirst das uralte Heiligtum der Göttin finden: eine Schilfhütte, wie sie ägyptische Sumpfbewohner bauen. Darin ist eine Steintruhe, in der sich ein Umhang und eine Krone befinden, schöner als die jedes Königs. Schätze Poseidons, des Gottes, den du anbetest. Lege Umhang und Krone an, und du wirst der Heilige Bräutigam sein. Und wenn dort eine Frau zu dir kommt, so glaube ich, wird sich dein Herzenswunsch erfüllen.«

Aigeus begab sich auf diese Insel, dort kam eine Frau zu ihm, und diese war Pittheus' eigene junge Tochter Aithra, schön wie der strahlende Himmel, von dem sie ihren Namen hat. Am Morgen, als er wußte, wer die Frau gewesen war, sprach Aigeus erneut mit seinem Gastgeber.

»Zu recht sagt man, Herr, daß du einen Freund verschwenderisch beschenkst. Doch du hättest die Jungfräulichkeit deines eigenen Kindes nicht gegen meine Fähigkeit, Söhne zu zeugen, aufs Spiel setzen sollen.«

Der weise Pittheus lächelte und sagte: »Du könntest mich wohl tadeln, daß ich dich dazu gebracht habe, den Verschluß des gebauchten Weinschlauchs hier und nicht in Athen zu öffnen. Aber dafür hatte ich dein eigenes Wort, die Mutter deines einzigen Sohnes solle nicht Medea sein.«

Aigeus dachte, daß es wahrscheinlich keinen großen Unterschied mache, wo er den Verschluß seines Weinschlauchs geöffnet oder nicht geöffnet hatte, doch er zögerte die Abreise tagelang hinaus. Er wollte Aithra nicht verlassen; sie war wie kühles Wasser für einen Mann, der lange durch die Wüste gewandert ist. Sie war seine verlorene Jugend, der Glanz und der Zauber der Erde und des Himmels, welche die Zeit immer wieder fortnimmt, die sanfte Tiefe der Farbe, die sie den Blumen so bald raubt. Sie war alles, was er wollte, und sie liebte ihn. Selbst wenn diese Liebe aus Mitleid entsprang, wie er fürchtete, so war sie doch ein Wunder – fast wie Aithra selbst.

»Ich wollte, ich könnte dich mit nach Hause nehmen und dich zur Königin in Athen machen!« sagte er in der letzten Nacht, die sie zusammen verbrachten. »Doch wie gut ich dich auch immer beschützen würde, Medea, die Verfluchte, würde einen Weg finden, dich zu töten. Und mein Eid verpflichtet mich, sie niemals hinauszuwerfen.«

»Keine Königin von Troizen verläßt jemals ihre Stadt.« Aithras Lächeln war so frisch wie reines Wasser; es leuchtete wie mondhelles Wasser. »Unten an der Küste ist der Ort der Geburt, errichtet von der Gründerin, jener, die aus Ägypten floh. Dort hat jeder König, der in Troizen geboren wurde, zum erstenmal das Licht erblickt. Dort wird unser Sohn es sehen.«

*Es dauert noch lange, bis er kommt*, dachte Aigeus. Er öffnete den Mund, um es zu sagen, unterließ es dann jedoch. Laß das Kind seinen Traum hegen, solange es kann. Doch sie lächelte wieder, als habe sie die unausgesprochenen Worte gehört.

»Er wird kommen. Und ich glaube, daß sein Kommen lange vorherbestimmt gewesen ist und er den Menschen viel Gutes bringen wird.«

Träume, alles Träume, dachte Aigeus. Und er schämte sich, daß er froh war, nicht dabei sein müssen, wenn sie schmerzhaft aus ihrem Traum erwachte. Doch sie war jung, ein junger Mann würde sie rasch trösten. ... Leidenschaftlich umarmte er sie und barg seinen Kopf an ihrer Brust. Für diese eine Nacht war sie noch die seine.

Der Morgen kam, sein letzter Morgen in Troizen. Er verschob die Abreise ein wenig, um mit ihr zu dem silbrig-grünen Olivenhain zu fahren, wo der große Felsen stand, genannt der Altar des Mächtigen Zeus. Eine Hinterlassenschaft der letzten jener erfolgreichen, doch letzten Endes erfolglosen Eroberer, die zuweilen Troizen eingenommen hatten. Dieser Stein war in der Tat ungeheuer, dem Gott der Donnerkeile wohl angemessen. Aigeus zuckte bei seinem Anblick zusammen, dann blies er die Backen auf. Er wollte es ihr zeigen, diesem Mädchen, daß er ebenso stark war wie jeder junge Liebhaber, der ihr je Söhne schenken würde!

Er bückte sich, er scharrte soviel Erde hervor, bis er erst

seine Hände unter die feste Unterseite des Steins schieben konnte, dann seine Arme. Er hob und hob noch einmal. Er hörte seine Muskeln krachen, er meinte, das Herz müsse ihm zerbersten, doch er konnte die Scham nicht ertragen, vor ihr zu versagen. Er biß die Zähne zusammen, verzerrte das Gesicht und keuchte und hob noch einmal. Und dann endlich rührte sich der gewaltige Felsbrocken! Mit einer letzten ungeheuren Anstrengung hievte er ihn hoch und ließ ihn nach einer Seite fallen. Er zitterte, sein Atem ging in harten schmerzhaften keuchenden Zügen. Er stand da und blickte hinab auf das braune uralte Bett, wo der Fels gelegen hatte – auf Erde, welche die Sonne nie zuvor beschienen hatte! Aithra lief zu ihm, doch er winkte ihr, zurückzubleiben. Sobald er konnte, hob er mehr Erdreich aus und machte eine Höhlung, in die er seine Sandalen legte, die goldenen Sandalen eines Königs. Wohlumhüllt legte er sein Kurzschwert dazu, die schimmernde Klinge, die er sowohl bei Tisch als auch in der Schlacht benutzte. Einst hatte sie Kekrops gehört, dem Schlangenkönig, der vor langer Zeit Herr über Athen gewesen war. *Bin ich ein Narr, einer kindischen Geste wegen ein Erbstück wegzuwerfen? Zu spät jetzt, um darüber nachzudenken. Außerdem, warum soll ich's für die Söhne Pallas' aufbewahren?* Noch einmal nahm er all seine Kräfte zusammen; der Stein mußte wieder an seinen angestammten Platz gebracht werden ...

Nachdem das geschafft war, wandte er sich Aithra zu: »Mädchen, solltest du je einen Sohn gebären, so bringe ihn hierher, wenn er die Kraft eines Mannes erreicht hat. Wenn er diesen Stein hochheben kann und mir dieses Schwert und diese Sandalen bringt, dann will ich ihn als meinen wahren Sohn anerkennen und als Erben der Königswürde von Athen!«

Ihre glänzenden Augen, voller Stolz und Bewunderung, waren gleichwohl ernst und beherrscht. »Ich werde dir deinen eigenen Sohn schicken, Herr. Nicht den eines anderen Mannes.«

Wie lange lag das zurück? Zu lange. Jetzt war er wirklich alt; nun konnten seine Arme den gewaltigen Stein nie mehr von der

Stelle bewegen. Pallas' Söhne hatten einer nach dem anderen das mannbare Alter erreicht und viele weitere näherten sich ihm. Fünfzig insgesamt hatte Pallas als die seinen anerkannt. In Wahrheit jeden gesunden Sohn, den eine Frau, ob Sklavin oder Freie, an seinem Königshof geboren hatte. Nicht alle sahen ihm ähnlich, doch es blieben noch genug übrig, auf die es zutraf. Sie zankten sich untereinander, und einige waren Raufbolde, die das gemeine Volk hochmütig behandelten. Sowohl der Zank als auch die Raufereien wurden durch Medeas verschlagene Spione oft zur offenen Flamme entfacht. Sie brachten die Leute dazu, stirnrunzelnd zu sagen: »Jetzt herrscht Gerechtigkeit, solange der alte König lebt. Doch was wird geschehen, wenn er stirbt?«

Warum war Androgeos gekommen, der Sohn des Minos? Hatte Pallas Briefe nach Kreta geschickt, in denen es hieß: »Mein Bruder ist alt und mißgünstig; er will keinen meiner Söhne als seinen Nachfolger bestimmen. Wenn er also stirbt, kann es vielleicht Ärger und Streit geben«? Minos mag froh gewesen sein über die Gelegenheit, sich in athenische Angelegenheiten einzumischen; er hatte dem erdgeborenen Erechtheus, Aigeus' starrköpfigem Vorfahr, nie verziehen, daß er einem früheren Minos die Tribute verweigert hatte, die Athen unter dem Schlangenkönig an Kreta gezahlt hatte. Nun herrschte ein unehelicher Sohn Minos' über Kea, eine blühende Insel nördlich von Attika, und in der Nähe von Nisa auf dem Isthmus war mit Minoa einer der vielen kretischen Stützpunkte errichtet worden. Athen wurde gut bewacht, sowohl von Norden als auch von Süden her... Eingekesselt.

*Mein Volk ist nicht reich. Und ich kann diesen Tribut nicht wieder zahlen, ohne es arm zu machen...*

Hatte Pallas angeboten, den Tribut zu zahlen? Seine Söhne behandelten Androgeos mit großer Aufmerksamkeit und veranstalteten ihm zu Ehren Spiele, Rennen, Feste und Jagden. Der kretische Prinz, selber jung, mochte sie. Was war, wenn er heimkehrte und zu seinem Vater sagte: »Pallas ist der wahre König, eifrig um unsre Freundschaft bemüht, und er hat viele prächtige Söhne, die ihn stützen«?

Diese Frage quälte Aigeus. Eines Tages saß er brütend in seinem Haus, dem hohen Haus von Erechtheus, von dem Homer später erzählen sollte. Und dort besuchte ihn Medea, die Tochter des sonnengeborenen Aietes. Ihre Stimme war süß wie Honig und schleichend wie eine Schlange. »Herr, laß mich dir helfen.«

»Dazu wäre viel nötig, Frau.« Sein Lachen war bitter.

»Herr, es ist nicht schwer, einen törichten Jungen zu töten.«

Aigeus sagte entsetzt: »Weib, solange der Kreter sich in meinem Lande aufhält, ist er mein Gast! Sprich nicht mehr von solch einer unheilvollen Torheit.«

»Er ist dein Feind, der Verrat an deiner Gastfreundschaft begeht. Warum ihn nicht töten? Du hast früher schon viele Feinde getötet.«

»Ich tötete sie im Krieg. In einem anständigen Kampf!«

»Anständig? Was heißt anständig? Da sie gestorben sind, müssen ihre Arme schwächer als die deinen und ihre Waffenkünste geringer gewesen sein. Was nutzte es ihnen also, daß sie die Gelegenheit zum Kampf erhielten? Macht nur die Körperkraft das Töten gerecht und ehrenvoll? Ist es nicht gerecht, wenn die Schwachen zur List greifen, ihrer einzigen Waffe?«

Aigeus versuchte ihr klarzumachen, daß man mit einem Mann kämpfen mußte, um festzustellen, welcher von beiden der stärkere und geschicktere war. Versuchte, ihr die Gesetze der Gastfreundschaft zu erklären. Aber ihre Augen ließen die seinen nicht los, und die richtigen Worte wollten sich nicht einstellen. Er zappelte wie ein gefangener Fisch am Boden eines Bootes.

Schließlich sagte er schwach: »Weib, Minos würde den Tod seines Sohnes rächen.«

»Im Fall eines Mordes, gewiß. Doch wer will ihn ermorden? Androgeos spielt gern mit jungen Stieren. Na schön, lassen wir ihn mit einem spielen, der nicht so jung ist. Halte für ihn ein Kampfspiel ab und bring heimlich den Stier von Marathon her. Wenn Androgeos in die Arena geht und sich ihm gegenübersieht, dürfte er überrascht sein, aber sein Jünglingsstolz wird nicht zulassen, daß er den Kampf abbricht.«

»Den Stier auf ihn loslassen? Diese mörderische Bestie, die jeden Mann erledigt? Weib, was nennst du Mord?«

»Herr, die Kreter sagen, daß ein Stückchen von ihrem Gott in jedem Gottesstier wohnt. Wenn das so ist, muß dieses Stückchen den Sohn Minos' erkennen – den Enkelsohn seines ganzen ungeheuren Ich. Wenn der Gott sich dann entschließt, Sein eigenes Fleisch als Opfer anzunehmen, hast du etwas damit zu schaffen? Selbst Minos muß sich dem Willen des Gottes beugen.«

So wie eine Spinne webt, wob auch Medea. Zog das kunstreiche, silberne Netz ihrer Worte immer enger um ihn, bis er gefangen war, so fest darin verwickelt wie eine Fliege. Doch Medea, verliebt in ihre eigene Schlauheit, scheint nie imstande gewesen zu sein, die Folgen vorauszusehen. Keine Spinne vermag ein Netz zu weben, das dem Horn eines Stiers widersteht. Kein Gedankengebäude kann rücksichtsloser Machtentfaltung Einhalt gebieten.

Wie ein Heer gieriger Heuschrecken fielen Minos und seine Männer über Attika her. Zwischen Athen und dem Meer brannten sie jedes Haus und jeden Obstbaum nieder. Aber die Ernte war bereits eingebracht worden, und die Bevölkerung hatte mit ihrem wertvollsten Vieh in der ummauerten Akropolis Zuflucht gefunden, wie sie es gewöhnlich taten, wenn die grausamen Plünderer aus dem Norden kamen.

Wie ein Donnerkeil und unverzagt warf Minos sein Heer gegen diese Mauern. Man sagt von den Mauern Athens, sie seien, wie die von Troja, von einem Gott erbaut. Minos wurde zurückgeworfen.

Wieder und wieder griff er an, wie der Stier, der sein Gott war, doch vergeblich. Der alte Aigeus, wieder ein Mann, kämpfte und plante seine Gegenmaßnahmen. Wann immer die großen Haupttore – mächtige Tore, obgleich die berühmten Neun Tore noch nicht erbaut gewesen sein können – zu schwer bedrängt wurden, ließ er durch kleine Seitenpforten Ausfälle machen. Männer, die sich an den Jüngling erinnerten, liebten ihn, und die anderen bewunderten ihn. Was auch immer er getan oder nicht getan haben mochte, er war ein Mann.

Minos knirschte mit den Zähnen. Nie zuvor hatte er sich einen Begriff von der Wehrhaftigkeit der Festlandstädte gemacht; kein Minos hatte je daran gedacht, sich ihrem Bau zu widersetzen. Diese Hunde vom Festland jammerten fortwährend über die grausamen Plünderer, die aus dem Norden ins Land einfielen, um zu rauben und zu töten, und um seines eigenen Vorteils willen wünscht kein kluger Mann, daß seine Güter ohne Schutz bleiben. Gehörte nicht das Festland zu Kreta, war nicht sein Reichtum wie Wolle, die kretische Schäfer schoren? Doch nun –

*Vor langer Zeit hast du mich gewarnt, Pterelas. Du sagtest: »Flammenrot ist sein Haar, und er darf keinen Sohn zeugen. Denn ich habe gesehen, wie sich das Feuer aus dem Haar dieses Sohnes über das Meer ausbreitete, sogar das ferne Knossos in einen Abgrund von Rauch und Flammen stürzend. Vielleicht sogar deinen eigenen Palast, König.«* Damals, an jenem Ort, hätte Aigeus sterben müssen, als sein Haar noch in Pterelas' Hand war, doch der alte Narr war so sicher gewesen, daß seine Zaubersprüche dem großen Mann Kinder versagen könnten. Er hatte seine eigene Vision mißdeutet und das Unglück hereinbrechen lassen.

*Denn obgleich du selbst keinen Sohn hast, du Schuft vom Festland, hast du meinen Sohn getötet! O Androgeos – Androgeos!* Allein in seinem Zelt von der Farbe königlichen Purpurs neigte Minos das Haupt und weinte wie ein ganz gewöhnlicher Mensch. Wie ein Vater, nicht wie ein König. Doch nicht lange. Jetzt stand mehr auf dem Spiel als Rache. Er mußte Athen bestrafen. Sonst würden die Leute bald anfangen, an seiner Macht zu zweifeln; die Größe Kretas, sagenhafte Insel der Götter, würde schwinden wie Morgennebel...

*Vater, Stier des Himmels, hilf mir! Du kannst nicht zulassen, daß Dein eigener Sohn mit Schande bedeckt wird!*

Aber er vernahm keine Antwort, nichts als das Husten seiner Männer draußen in der Kälte. Hier im Norden kam der Winter sehr viel schneller und war weit kälter als der in Kreta. Er hätte niemals vor Anbruch des Frühlings in See stechen dürfen. Aber er war so sicher gewesen, daß er Athen mühelos würde zerquetschen können, wie ein Mann einen Käfer mit seinem Absatz zertritt. Wie Athen immer noch zertreten werden mußte. Gleichwohl war es für den Augenblick das Beste, sich in seinen kleinen Stützpunkt Minoa auf dem Isthmus zurückzuziehen, wo er für seine Männer leicht einfache Winterquartiere herrichten lassen konnte. Vielleicht war es ihm sogar möglich, sie noch ein wenig zu verbessern...

Die Menschen auf dem Festland atmeten auf, als sie die gewaltige Flotte fortsegeln sahen. Doch sogleich sank der Mut, als die schwarzen Schiffe den Kurs änderten und landwärts auf Minoa zusteuerten, das so nahe an Nisa lag, wo Nisos wohnte. Nisos, der einzige Bruder, dem Aigeus trauen konnte...

Doch wenn Nisa auch klein war, so hatte es ebenfalls starke Mauern, und Nisos war ein alter Fuchs und kriegserfahren. Wieder wurde die Streitmacht Minos' zurückgeworfen. Wutschnaubend richtete er sich vor der Stadt ein, um abzuwarten. Der Frühling würde ihm einen mächtigen Bundesgenossen bescheren – den Hunger. Waren ihre Vorräte verbraucht, würden die Belagerten ihre ruchlosen Könige bald zur Bestrafung ausliefern müssen – und diese Bestrafung würde das Festland für viele Generationen erschauern lassen. Es konnte nichts schiefgehen; seine Streitkräfte waren größer als die beider Städte zusammen, und niemand würde es wagen, ihnen zu helfen. Nicht gegen Minos... Doch er mochte nicht dasitzen und warten. Außerdem fürchtete er, zu lange von Kreta abwesend zu sein. Sein einziger verbliebener natürlicher Sohn, Asterion, der wegen eines Mordversuchs an seinem Bruder Androgeos nach Kolchis verbannt war, mußte inzwischen erfahren haben, daß andere mehr Erfolg gehabt hatten als er. Minos hatte ihm eine Botschaft geschickt und versprochen, im kommenden Frühjahr eine Flotte auszusenden, die seinen Erben im Triumph heimbringen sollte. Doch würde der Junge so lange warten? Wenn er vor seinem Vater zu Hause eintraf, konnte er es schaffen, die Herrschaft an sich zu reißen? Mit der Hilfe seiner Mutter oder ohne sie? Tief im Herzen verfluchte Minos Pasiphae, seine Schwester-Gattin und Königin.

*Das ist alles dein Werk, Hexe! Hättest du's mir in deinem Bett kurzweiliger gemacht, hätte ich mehr rechtmäßige Söhne gezeugt. Diesen tollen Hund hätte man heimlich vergiften können. Weiber! Immer jammert ihr eurer verlorenen Macht nach, die ihr nie hättet besitzen sollen. Fortwährend Pläne schmieden und wüten gegen die angemessene und gesetzmäßige Macht der Männer.*

Was tat sie jetzt, allein in Kreta, das sie immer als ihr rechtmäßiges Eigentum betrachtet hatte? Gern hätte sie das Kind eines anderen Mannes ausgetragen, dessen Vater sie selbst erwählt hätte. Zumindest das würde sie nicht wagen – dazu wäre nicht genug Zeit. Doch wenn Asterion es ablehnte, rechtmäßige Kinder zu zeugen – und er war klug genug zu wissen, daß diese sein eigenes Leben nutzlos machen würden –, dann würde Pasiphae ihren Ekel überwinden und ihm, Minos, einen weiteren rechtmäßigen Sohn schenken müssen.

*O Androgeos, mein Teuerster, warum mußt du tot sein und Asterion am Leben? Wohlan, zumindest sollen diese Festländer, die dich getötet haben, dafür bezahlen!*

Ungestüm und rastlos bestürmte er Nisa. Wenn nur Aigeus aus seinen eigenen mächtigen Mauern herausgelockt werden könnte, um seinem Bruder zu Hilfe zu kommen! Die Belagerten fielen einzeln und zu zweien, doch sie fielen. Nisa blutete langsam, aber sicher aus. Gegen Mitte des Winters waren nur noch wenige rote Haare auf dem grauen Haupt Nisos' übrig. Oft half Skylla, seine jüngste Tochter dabei, Nahrungsmittel zu den Tortürmen zu schaffen. Eines Tages verweilte sie dort und schaute hinab.

Sie erblickte den Seekönig in seiner goldenen Rüstung, umringt von seinen Männern: das ganze schreckliche Heer, das sich vor der Stadt ausgebreitet hatte, hungrig, wölfisch, lauernd ... und Minos war noch schlank und gerade wie eine Schwertklinge; er sah jung aus. Der furchtbare Heerführer, der Sohn und Freund des Gottes, dennoch schön ... ein Mann. Abgötterei vereinigte sich mit einer anderen, älteren Kraft. Mit ihrem jungen Körper, der reif für die Liebe war. *Ist es nicht Sünde – eine nutzlose Sünde – gegen einen Gott zu kämpfen?*

Sie fand andere Gelegenheiten, ihn mit Blicken zu verfolgen, und die wenigen Spione, die Minos innerhalb Nisas hatte, berichteten ihm von diesen Augen, die ihn gebannt beobachteten. Er lachte wie ein Wolf, als er davon hörte. »Noch eine verräterische Schlange aus Pandions Nest!« Doch er sandte ihr Botschaften und Geschenke. Der Dichter Aischylos spricht von »kretischen Armreifen, aus Gold getrieben«. Wunderwerke der Schmiede im mächtigen Knossos; Schätze, wie sie das einfache Mädchen vom Festland nie gesehen hatte.

*Armreifen, würdig einer Königin. Du kannst eine Königin sein – seine Königin! Oder seine Sklavin, Beute aus einer gefallenen, einer verbrannten und blutgetränkten Stadt... Warum zögerst du, wo du doch Vater und Stadt retten kannst? Minos verspricht zu schonen, was einer Königin gehört, und Minos, der Gerechte, lügt nicht.*

Besser war es, viel besser, niederzuknien und anzubeten. Die Stadt, den Vater und sich selbst dem Gott in die Arme zu werfen...

Sie stahl des Nachts die Schlüssel ihres Vaters, sie öffnete die kleine Ausfallpforte. Minos' Männer schwärmten herein, schlachteten Männer, Frauen und Kinder ab. Minos ließ die Mauern von Nisa dem Erdboden gleichmachen – jene starken Mauern, die ihm getrotzt hatten –, dann bestieg er sein Flaggschiff, und das Haupt Nisos' mit seinem rot-grauen Haar baumelte von seiner Hand. Dort brachten sie Nisos' Tochter vor ihn. Zum Schluß trafen sie sich, jene beiden, welche der Vater und die Mutter des Todes gewesen waren.

Sie sagte wie ein Kind: »Aber du hast gesagt, du würdest mich heiraten – und das Leben meines Vaters schonen. Du hast es versprochen.«

Minos wandte sich ihr zu, grausamen Spott im Gesicht. »Ich schwor zu schonen, was meiner Königin gehört. Niemals wirst du das sein, du verräterische Hündin. Wenn du mir folgst, wird es so sein, wie ein Hund seinem Herrn folgt – am Ende eines Stricks!«

»Aber du versprachst – hast gesagt, daß du mich liebst...« Sie war wie betäubt, und er lachte. »Du wirst Liebe genug kriegen. Ich werde dich belohnen, wie du es verdienst.«

Er schändete sie, dann überließ er sie seinen Seeleuten, und als diese ihrer überdrüssig waren, schlangen sie ihr ein Tau um den Leib, banden es am Bug des Flaggschiffes fest und warfen sie ins Wasser. Sie wurde durch das Wasser geschleift, bis sie tot war.

Viele freuten sich heimlich über Skyllas Belohnung und priesen die Schlauheit Minos', des Gerechten. Er selbst hat das Ganze vielleicht all seine Tage für einen guten Spaß gehalten. Oder an den meisten seiner Tage ... Doch der Leichnam des ertrunkenen Mädchens, das ihn geliebt hatte, wurde beim Vorgebirge Skyllaion an den Strand gespült, das noch immer Skyllas Namen trägt. Die empörten Fischer dort weigerten sich, die Tote zu bestatten und sagten: »Soll ihr Fleisch verwesen und ihr Geist für immer heimatlos umherwandern.« Man glaubte, daß solche Heimatlosigkeit das Schicksal der unbestatteten Toten sei. Jahrhunderte später erzählten die Leute immer noch, daß an der Felsenküste ein Vogel zu sehen sei, der unentwegt einen anderen verfolge, und daß Nisos der Verfolger und seine verräterische Tochter die Verfolgte seien. Törichte Geschichten, die diesen beiden die ewige Ruhe absprechen.

Keine Geschichte hat je Minos diese Ruhe abgesprochen.

Doch in einer dunklen Frühlingsnacht kam jemand heimlich ans Vorgebirge Skyllaion. Er sammelte die Gebeine auf, die Vögel und Insekten abgenagt hatten; er tat sie in einen Sack, um sie mitzunehmen, zurück nach Troizen, wo er sie sicher bestatten konnte.

»Wir, die deinem Volk angehören, hätten ein Recht, dich zu richten«, sprach er grimmig. »Aber er hatte es nicht – er, der dich verführte und die Früchte deines Verbrechens erntete. Ich pisse auf diese Art von Rechtschaffenheit. Möge auch er eines Tages betrogen werden – dieser gerechte Mann, der dich dazu verlockte, deinen eigenen Vater zu betrügen!«

Und vielleicht regte sich im Palast des Minos, im mächtigen Kreta, das Kind im Schlaf, Ariadne, die Tochter des Minos ...

7. Kapitel/Ein Mann erfährt seinen Namen – Der Rotschopf ging nach Hause, und es war ihm wohler. Zuerst hatte auch er flammenden Zorn gegen Skylla empfunden, selbst als die Lobsprüche, die auf Minos, den Gerechten, ihren Mitverräter, herabregneten, ihn verstummen ließen. Doch allmählich hatten diese armseligen abgenagten Knochen sein Mitgefühl erregt, schienen jetzt nur noch die Gebeine eines weiteren Festländers zu sein, der durch jenen stolzen, anmaßenden Herrscher den Tod gefunden hatte. Und wenn der Großvater recht hatte, wenn alle Menschen tatsächlich Kinder von Erde und Gestirntem Himmel waren, was konnte dann, bei den Göttern, größer sein als ein Mensch? Ein anderer Mensch? Auch ein zerlumpter Bettler mußte der Sohn der Götter sein. Kurz, dort in der schwarzen Nacht schien ein goldener Morgen über ihm aufzudämmern, ihn mit Staunen zu erfüllen...

Es ging vorüber. Niemals rühmte er sich der Dinge, die er in jener Nacht getan hatte – tatsächlich schämte er sich ihrer immer ein wenig –, doch sie bezeichneten vielleicht die Geburtsstunde jener Geisteshaltung, um deren willen sich Menschen noch Jahrhunderte später seiner erinnerten, als, nach Plutarch, »sein Grabmal eine Zuflucht war für entlaufene Sklaven und für arme Menschen, welche die Mächtigen fürchteten, weil Theseus, solange er lebte, immer die Sache derer verfocht, die arm und bedürftig waren«.

Doch der Junge wußte noch nicht, daß sein Name Theseus war.

Triumphierend und hochgemut war Minos vom zerstörten Nisa fortgesegelt. Das Schicksal der Stadt würde gewiß in ganz Attika Entsetzen auslösen. Doch wenn er auf Hilfe gegen Athen von einer der anderen Städte gehofft hatte, wurde er enttäuscht. Skyllas Schicksal hatte alle Menschen in Schrecken versetzt, sogar die Söhne des Pallas. Ein Meister kluger Berechnung wie Suppiluliuma hätte an Minos' Stelle die Verräter gehegt wie ein Gärtner in seinem Garten die Blumen. Aber Minos hatte Unglück nie kennengelernt.

Jedoch die Flüchtlinge aus Nisa halfen ihm; ihre Zahl war

groß genug, um Athens bereits überfüllte Akropolis bersten zu lassen. Als die Stadt erneut belagert wurde, drohte bald der Ausbruch der Pest, welche die Stadt verzehren würde wie Feuer trockenes Gras. Und die zusätzlichen Nahrungsmittel, zu deren Kauf Aigeus seine Schatzkammern geplündert hatte, während die Kreter fort waren, gingen rasch zu Ende. Als die Oberhäupter aller edlen Familien Athens ihn baten, Boten auszusenden, die Rat im heiligen Delphi einholen sollten, konnte der alte König nur zustimmend den Kopf neigen.

Die Antwort des Gottes erfolgte umgehend, diesmal kein Rätsel, sondern kurz und bündig: »Laß Minos seine Bedingungen nennen. Bitte um seine Gnade.«

Aigeus mochte wohl erwartet haben, daß sein eigener Kopf dem seines Bruders nachrollen würde. Aber Minos hatte gerade die Nachricht erhalten, daß Asterion nach Kreta heimgekehrt war. So empfing er, noch vor der Ankunft seiner eigenen Schiffe, prächtig in Purpur und Gold gekleidet, das gedemütigte Volk von Athen. Sie kamen, belaubte Zweige tragend, entsprechend den rituellen Gepflogenheiten für Bittsteller.

Er sagte: »Wahrlich, es ist göttlich, denen Barmherzigkeit zu erweisen, die in demütiger Bitte die Knie des Siegers umklammern. Ich werde wenig verlangen: weder Vieh noch Gold noch Silber. Das Blut keines einzigen Menschen.«

Wie ein Sonnenaufgang flammte Freude auf allen Gesichtern auf; sie erstarb, als er weitersprach.

»Nur dies: Zu jeder Neunten Horai, wenn ich hinaufsteige in die Berge, um mit dem Gott, meinem Vater, zu sprechen, sollt ihr Athener sieben Jünglinge und sieben Mädchen – eure schönsten und feinsten, die von allerhöchster Geburt sind – zu den großen Kampfspielen entsenden, die wir dann in Knossos abhalten werden. Dort sollen sie mit unseren großen Stieren spielen. Genauso wie hier Androgeos, mein Sohn, mit dem größten eurer Stiere spielte.«

Alle Gesichter wurden leichenblaß; ein Vater stöhnte laut. Minos lachte innerlich, doch er fuhr fort: »Nur die Unverheirateten sollen zur Wahl stehen. Braut und Bräutigam sollen nicht voneinandergerissen werden. Noch eine Gnade will ich euch gewähren. Wenn einer dieser Erwählten den Minotauros tötet, den großen Gott-Stier von Knossos, soll dieser mit der Lilienkrone gekrönt werden. Der Krone des Siegers. Er soll nach Hause zurückkehren und kein weiterer Athener braucht ihm je nach Knossos zu folgen.«

Er hielt inne, wartete auf Zeichen der Hoffnung, sah ein paar und lächelte. »Doch in hundert Wintern hat kein Kämpfer diese Krone gewonnen. Seid also froh, Väter und Mütter von Athen, daß dieses Jahr nicht das der Neunten Horai ist, der Neunten Jahreszeit. Nicht vor dem nächsten Frühling werde ich kommen – oder meine Abgesandten –, um die ersten von denen auszuwählen und mitzunehmen, deren Blut vergossen werden soll, wie das Blut meines Sohnes Androgeos.«

Doch es herrschte keine Freude, nur Wehklagen. Manche schluchzten laut; so manchem rannen stille Tränen über das Gesicht. Doch der hämische Blick aus Minos' Augen suchte den von Aigeus und hielt ihn fest. *Wie lange noch, glaubst du, wirst du nun leben, alter Hund, wo du dieses Verhängnis über dein Völkchen gebracht hast? Ich habe die Söhne Pallas' mit guten Waffen gegen dich gerüstet – und solange du lebst, wird die Furcht jeden Abend mit dir zu Bett gehen und jeden Morgen mit dir aufstehen.*

Einen Atemzug lang flammte in Aigeus noch einmal sein Mannesstolz auf. Seine Augen erwiderten: *Glaubst du, daß ich den Tod fürchte, nach dem, was geschehen ist?* Doch dann senkte er müde sein Haupt, gebrochen und beschämt.

Der Sommer ging vorüber und ein weiterer Winter. Wieder kehrte die Jungfrau zur Mutter zurück. Frisch wie die Morgenröte. Sie erhob sich aus dem grausigen Bett des Herrschers der Unterwelt. Ihre Jungfräulichkeit erneuerte sich. Sie schritt in die Länder der Menschen, und wo immer ihr Fuß hintrat, sprossen Blumen. Die Vögel kamen zurück und sangen vor Freude über sie, die Wiederauferstandene.

In diesem Frühling war der Rotschopf groß wie ein Mann – größer als die meisten Männer –, schmalhüftig, doch breitschultrig. Eines Tages sagte Aithra zu ihm, mit stolzen und dennoch traurigen Augen: »Komm, mein Sohn. Es gibt etwas, das ich dir zeigen muß. Es ist Zeit.«

Verwundert folgte er ihr durch die silbrigen Haine zum Altar des Mächtigen Zeus, jenem vergessenen Altar, wo nun niemand mehr den Gott anbetete. Und das war gut, dachte der Rotschopf, trotz seiner Liebe zu Herakles. Diese hochnäsigen Zeus-Verehrer liebten es allzusehr, andere Männer Bastarde zu nennen.

Aithra sagte: »Hebe diesen Stein in die Höhe, mein Sohn. Die Aufgabe wird schwer sein, doch ich habe guten Grund, dich darum zu bitten.«

Noch mehr verwundert als zuvor, kniete er nieder, tastete den großen Felsen ringsum mit den Händen ab und scharrte Erde hervor, wie Aigeus es getan hatte. Dann knirschte er mit den Zähnen und straffte seinen Rücken. Er hob, er strengte sich an, Schweiß überströmte ihn, bis Aithras Gesicht vor Furcht weiß wurde. *Habe ich ihn zu früh hierhergebracht? Wenn er sich nun verletzt* – Und noch immer mühte er sich mit allen Kräften ab. Dann endlich, wie damals, erzitterte der ungeheure Stein, hob sich und fiel auf eine Seite. Auch der Jüngling stand auf und lachte seiner Mutter voll des Triumphs in die Augen. Doch sie lachte nicht.

»Schau dir an, was dort liegt, mein Sohn. Wickle es aus, denn es gehört dir.«

Er öffnete das schmutzige Bündel. Er starrte auf die Sandalen und auf das Schwert, besonders auf das Schwert. Es war ein großartiger Siegerpreis. Und die goldenen Schlangen, die es umwanden, sahen lebendig genug aus, um einen Mann zu beißen. Dann schwindelte ihm, und seine Augen verengten sich.

»Mutter, nur ein Königshaus auf dem Festland hat diese goldenen Schlangen zum Zeichen. Das Haus des Erdgeborenen in Athen.«

Nun lachte Aithra, doch das Lachen brach und wurde ein Schluchzen. »Ich sagte, ich würde ihm seinen Sohn schicken. Aber er war so sicher, daß es nicht dazu kommen würde – er hatte alle Hoffnung aufgegeben –«

»Dann« – die Stimme des Jungen war sehr leise – »ist er Aigeus?«

Strahlend und gefaßt traf ihr Blick den seinen. »Kind, er ist es. Auf die Heilige Insel, die von Wasser umgeben ist, konnte der dunkle Zauber des Pterelas, des Kreters, ihm nicht folgen. Dort wurde der Bann gebrochen, und du wurdest gezeugt. Und dein wahrer Name ist Theseus, Begründer, denn du wirst der Begründer des Hauses deines Vaters sein.«

Immer noch halb lachend, halb schluchzend sagte sie: »Er war fast wie ein Kind – obgleich er so ein stämmiger Mann war. Ein Kind, das verletzt wurde, doch tapfer ist –« Und dann weinte sie richtig, und Theseus hielt sie in seinen Armen und tröstete sie.

Er fühlte sich schwindlig. Einst war er auf seine hohe, geheimnisumwitterte Herkunft so stolz gewesen – dann so sicher, daß er niemals auf einen sterblichen Vater werde stolz sein können, außer es sei Herakles. Doch nun schlug sein Herz in liebendem Mitleid und mit einer neuen Art von Stolz diesem Manne entgegen, der, alt und allein auf sich gestellt, seine Stadt gegen Minos verteidigt hatte.

Er sagte langsam: »Es sind gute Lenden, die mich gezeugt haben.« Und dann: »Aber, bei allen Göttern im Himmel, Mutter, warum ist er nie zurückgekommen oder hat von sich hören lassen? Warum hat er nie versucht herauszufinden, ob ich geboren wurde?«

Sie lächelte. »Kind, Kind, hast du Medea vergessen? Dieses Hexenweib, das seine eigenen Söhne ermordete? Wie konnte er es riskieren, mich und dich ihrem Zorn auszuliefern?«

In dieser Nacht sprach Theseus lange mit dem weisen Pittheus. »Großvater, es gibt so vieles, das ich nicht verstehe! Warum geboten diese Priesterzauberer meinem Vater, mit keiner Frau zu schlafen, bis er Athen erreichte? Wußten sie, daß er Medea treffen würde, dachten sie, sie sei unfruchtbar und könne nicht meine Mutter werden?«

»Kind, ich glaube folgendes: Trotz all ihrer häßlichen Schliche mit abgeschnittenem Haar und bösen Träumen – die nie den Sieg über wirkliches Wissen hätten davontragen können, ebensowenig wie die Schliche Medeas – sahen sie am Ende das Richtige voraus, wußten, daß er Medea treffen würde und daß die Zeit deiner Empfängnis gekommen war. Doch sie hielten sie entweder für unfruchtbar oder meinten, ein Sohn, den sie dennoch gebar, würde ein zu grausames Gemüt haben, um die Herzen der Menschen zu gewinnen, und könne deshalb kein Feind sein, den das mächtige Kreta zu fürchten brauche.«

»Dann fürchten sie mich also! Doch wie kamen sie zu dieser Voraussicht?«

»Durch ihre dürftigen Kenntnisse der Sterndeuterei, dieser uralten Kunst, die weise Männer noch immer geheimhalten, ahnend, wie sehr spätere Menschen sie mißbrauchen werden. Sie sahen also deine Geburt voraus und fürchteten sie. Genau wie ich sie voraussah.«

»Dann kannst du die Sterne deuten, Großvater? Du sahst, daß ich Kreta besiegen würde? *Ich?*« Das junge Gesicht flammte triumphierend auf.

»Kind, Kretas Untergang ist vielleicht nur der Anfang. Du mußt vielleicht ein Werk vollbringen, von dem du dir jetzt noch nichts träumen läßt. Doch das Feuer, das auf deinem Kopf wächst, gelangt zu oft in diesen hinein. Vergiß das nicht und gib acht, Kind meiner Tochter, denn sogar die Sternzeichen können geändert werden.«

»Ich werde es nicht vergessen.« Doch die Antwort kam zu schnell, zu mühelos, und der alte Pittheus seufzte.

Am Morgen brach Theseus, der Erbe Athens, nach Athen auf. Der Dichter Bakchylides sagt, daß zwei Gefährten ihn begleiteten, nennt aber deren Namen nicht. Es waren Euneos und Thoas, die Freunde aus seinen Kindertagen. Solois, ihr jüngster Bruder, weinte um sie, doch mehr noch um Theseus, der nun fortging. Für ihn, wie für Aithra, war der Rotschopf die Sonne, welche die Welt erhellte.

Hermos sagte: »Ich wollte, ich wäre nicht der einzige Sohn meiner Eltern! Dann würde ich auch mit euch gehen. Früher waren wir immer zu viert.«

»Und werden es wieder sein. Jedoch« – Theseus lächelte –

»du mußt hierbleiben, um Solois zu trösten. Ich weiß wohl, daß du ihn ebenso sehr liebst, wie er glaubt, mich zu lieben.«

»Du hast nichts dagegen? Er ist so schön! Ich war sicher, daß du dich ihm bald zuwenden würdest.« Hermos' Gesicht glühte.

»Du kannst ihn haben. Ich wünsche mir einen Bettgenossen, der mir Kinder gebären kann.«

Lange und traurig blickte Hermos seinen alten Gefährten nach. Aithra jedoch brachte es nicht fertig, ihm nachzuschauen. Theseus hatte versucht sie zu trösten, indem er sagte: »Mutter, ich werde zurückkommen.« Aber sie wußte, daß Troizen nie wieder seine Heimat sein würde. Es hatte seinen Zweck erfüllt, ihn hervorgebracht ... so wie sie.

Außerdem empfand sie Furcht. Sie hatte ihn gebeten, ein Schiff zu benutzen, denn Athen war nur dreißig Seemeilen von Troizen entfernt. Doch er hatte gesagt: »Ich werde meinem Vater mehr Beweise bringen, als er sich ausbedungen hat, Mutter. Genug, um allen zu zeigen, daß ich es wert bin, König zu sein.« Wie *Hybris* war ihr das vorgekommen, wie allzuviel Stolz. Jedoch der weise Pittheus, ihr eigener Vater, hatte nur gesagt: »Tochter, hadere nicht mit dem Schicksal. Er muß seinen eigenen Weg gehen.«

Trotzdem, die Landstraße im Norden war schrecklich. Schlangengleich wand sie sich über den Isthmus, durch leicht bröckelnde Felszacken hoch über dem Meer, dann hinauf durch das südliche Attika, wo es jetzt mehr als gefährlich war. Einst hatten Aigeus und Nisos diese Straße gemeinsam von bösen Menschen frei gehalten, doch jetzt war sie ein wahrer Pfad zum Königreich der Toten in der Unterwelt. Nur wehrhafte Karawanen, bis an die Zähne bewaffnet, wagten es, sie zu benutzen. Wilde Räuber von Adel nisteten dort wie Falken, meistens Männer nördlicher Rassen mit einem abartigen, grausamen Sinn für Humor. Wenn Reisende geringe Beute abwarfen, spielte man gern grausame Spielchen mit ihnen. Aithra dachte an den grimmigen Skiron, der Menschen über den Rand einer Klippe stieß, damit sie die große Schildkröte fütterten, die angeblich darunter hauste, wo sich aber in Wahrheit nur ein merkwürdig geformter Felsen befand. Ein harter Felsen. Sie dachte an den knochenbrechenden Kerkuon, dessen Grausamkeiten Eleusis entweihten, die Heilige Stadt der Mutter und der Jungfrau; an die beiden Phaias, die weißen Schwein-Göttinnen, einst Verkörperungen der Mutter und der Jungfrau, doch nun Menschenquäler.

*Beschütze ihn, o meine Himmelsgöttin, Du, die nur wir, die wir von ägyptischem Blut sind, Mutter nennen! Möge er mir verlorengehen – daran kannst selbst Du nichts ändern – nur beschütze ihn!*

Und selbst wenn Theseus Athen erreichte, würde dort eine weitere Gefahr auf ihn warten, angemalt und herausgeputzt, an der Seite seines Vaters. Medea, in welkender Schönheit, doch mit unverminderter Verschlagenheit und Grausamkeit...

# Zweites Buch: Antiope

1. KAPITEL/DER DRACHE ILLUJANKA – Antiope, Königin der Amazonen, stand auf der Höhe von Büyükkale, der Burg des Großen Königs in Chattusa. Ihr gegenüber, oberhalb einer tiefen spaltähnlichen Wunde in der Brust der Erdmutter, ragte ein gewaltiger düsterer Fels empor, geformt wie ein Schlangenkopf. Ein wahres Abbild, so dachte sie, des Illujanka, wie die Hethiter ihn nannten, den Drachen des Ursprungs. Einst hatte er sogar ihren Sturmgott niedergestreckt. Der Gott hatte sich wieder erhoben und den Drachen gefällt, doch gewiß war auch der Drache wieder aufgestanden. In der einen oder anderen Gestalt trat er jedem hethitischen König entgegen. Um die großen östlichen Handelsstraßen offen zu halten, welche die Metalle zu ihnen brachten, auf die sie angewiesen waren, mußten diese Könige im Krieg leben und sterben.

Doch ihre Hauptstadt mußten sie hier im Norden, fern von den Handelsstraßen, unterhalten, um dem einzigen Feind die Stirn zu bieten, den sie niemals zerschmettern konnten: die wilden Kaska, die mit Vorliebe die reichen hethitischen Getreidegebiete plünderten, um dann in den bewaldeten Bergen unterzutauchen, wohin ihnen die furchtbaren Streitwagen nicht folgen konnten; jene mit drei Streitern besetzten hethitischen Wagen, die alle anderen Menschen niedermähten wie Getreidehalme. Jetzt gerade verschlangen sie im Südwesten die Städte der Syrer, der Vasallen des Pharao. Machten sich bereit, ins große Land Mitanni einzufallen, das mit dem Pharao verbündet war...

Antiope dachte: *Es ist gut, eine Amazone zu sein – es ist das Beste, was man auf der Welt sein kann. Wir leben einfach, wir kämpfen nur, wenn Männer uns angreifen. Du hättest dich nicht davor zu fürchten brauchen, Molpadia, mich nach Chattusa gehen zu lassen; es hat mir bloß gezeigt, wie recht du hast.*

Sonderbar, um wieviel leichter es war zuzugeben, daß Molpadia recht hatte, wenn sie nicht da war. Ihre Nähe drückte einen zu Boden wie die großen Flügel einer Adlermutter, die Licht und Luft aussperrten. Doch dieser Gedanke brachte ein Gefühl der Schuld in dem Mädchen hervor. Wie sie es verspürt hatte, als sie klein gewesen und hinter der Mutter hergelaufen war, bis diese sich umdrehte und sagte: »Geh zu Molpadia zurück, Kind. Es ist nicht recht, daß ich zwei kleine Mädchen habe und meine Schwester keines.« Amazonen schlagen Kinder nie, doch damals hatte die Mutter sich dazu entschlossen, und weder Tränen noch Wutanfälle konnten sie umstimmen. Außerdem hatte sie ganz zart zugeschlagen... Doch das abgewiesene Kind hatte immer gespürt, was es damals weder klar denken noch sagen konnte: *Mich fortzugeben, ist ungerecht.* Sie hatte die Mutter so sehr entbehrt – und auch Melanippe...

Es war auch nicht so, daß Molpadia jemals wirklich zufrieden gewesen wäre. Einmal, in einem ihrer seltenen Ausbrüche, hatte sie gesagt: »Ihr seid Otreres Kinder, nicht die meinen. Oh, sie versucht, euch mir zu geben – sie gibt sich große Mühe und tut sich selber dadurch weh. Aber ihr habt ihre Milch getrunken; nichts könnte meiner einen Brust wieder zu Milch verhelfen. Sie sagte: Eines Tages ist sie entwöhnt und wird euer aller Schwester sein. Doch immer, wenn sie dich sah, lächelte sie – was konnte sie dagegen tun? –, und du lächeltest zurück und versuchtest, zu ihr zu gelangen... Manchmal haßte ich sie – Otrere, meine eigene Schwester, die ich liebte!«

Diese Erinnerung tat Antiope noch immer weh. Doch selbst in ihrem Mitleid hatte es sie danach verlangt, zu entfliehen. Eine Zeitlang, nachdem sie sich bei Melanippes Begräbnis beschimpft hatten, waren sie sich sehr nahe gewesen, doch dieser Zustand hatte nicht lange gedauert. Molpadias Arme konnten einen nicht lange umfassen, ohne zu umklammern...

Im letzten Herbst waren dann die Gesandten des Großen Königs gekommen, um Antiope aufs höflichste nach Chattusa einzuladen. »Denn eine Reise ist ein guter Lehrmeister, und die Welt verändert sich. Möge die junge Hippolyte sehen und lernen, bevor Kinder sie, die Kindträgerin, an Themiskyra fesseln.« Molpadias spöttische Augen hatten gesagt: *Was verändert sich für Amazonen? Im Frieden arbeiten und im Krieg kämpfen wir.* Diese Augen hatten ganz deutlich gemacht, was sie von Antiope erwartete. Doch ihre Nichte war jung; der unausgesprochene Befehl hatte es für sie notwendig gemacht, ihre Unabhängigkeit zu beweisen. Und plötzlich hatte sie sich auch daran erinnert, daß sie immer die große übrige Welt hatte sehen wollen, die außerhalb von Themiskyra lag: die Paläste und Tempel mit ihren goldenen Tafeln und silbernen Bildnissen und diese wundervollen siegreichen Streitwagen.

Und sie war glücklich gewesen, hier im Reich der Hethiter; ihre Zeit war ausgefüllt gewesen mit Schauen und Lernen. Suppiluliuma hatte sie vieles gelehrt, sowohl was die Kriegführung als auch was die Staatskunst anging. Das war nützlich; sie wußte jetzt mehr über die Feinde ihres Volkes und was den Amazonen bevorstand. Doch sie hatte auch vieles gelernt, was der König ihr gar nicht beizubringen beabsichtigt hatte. Sie war zu groß, diese ganze Welt. Ein paar Menschen gab es darin, die zu mächtig waren, und alle übrigen (Männer wie Frauen) waren zu klein. Amazonen kannten weder Sklaven noch Kasten; als sie diese beiden Übel zum erstenmal auf engem Raum sah, war sie erschrocken gewesen. Doch diese Welt, riesig wie sie nun einmal war, festgelegt in ihren Abläufen, eingeengt durch grausame, widersinnige Bräuche, war ein Tummelplatz der Begierden. Unaufhörlich verschworen sich die Menschen, spannen Ränke und schmiedeten Pläne, um mehr zu bekommen, als sie hatten. Wogegen es die Amazonen nur nach dem Notwendigen verlangte. Sie staunte über die Geschicklichkeit ihres Vaters in diesem Spiel, doch sie konnte nicht verstehen, wie seine Gewinne – oder die eines anderen Mannes – jemals sicher sein konnten. Einmal hatte sie zu ihm gesagt: »Vater« – wenn sie allein waren, nannte sie ihn des öfteren so – »warum willst du so viele große Städte besitzen?«

Er hatte gelächelt und dann die Achseln gezuckt. »Kind, wenn ich sie einmal habe, kann sie kein anderer gegen mich einsetzen.«

»Aber wenn sie versuchen, sich wieder loszureißen?«

»Wenige wollen das.« Erneutes Achselzucken. »Bequeme Menschen verlangt es nie nach einem Wechsel; sie mögen nicht kämpfen. Ich setze meinen Tribut niemals zu hoch an oder schicke Raufbolde, um ihn einzutreiben. Einen kleinen König in seinem eigenen Palast auspeitschen zu lassen, ihn vor seinem

Volk zu entehren – das ist etwas für feiste Narren, wie es die Pharaonen sind.«

»Hast du deswegen die syrischen Städte so mühelos bekommen? Dennoch glaube ich, Vater, daß es besser wäre, wenn es viele kleine, freie Könige geben würde – keine großen. Wenn ein Großer König nicht so handelt wie du, fügt er zu vielen Völkern Leid zu.«

Ihr Vater hatte nachsichtig gelächelt. »Mädchen, keine Macht der Welt könnte diese kleinen freien Könige davon abhalten, einander zu bekämpfen, bis der Starke den Schwachen geschluckt hat.«

»Wenn sich aber all die kleinen Städte zu einem Bündnis zusammenschließen würden, um den ersten König abzusetzen, der den Frieden bricht –?«

Sein Lächeln wurde breit. »Dann würde der Friedensstörer sagen: Gebt dem die Schuld, der mich dazu getrieben hat, und der andere würde sagen: Er lügt! Und bald würden die Freunde der beiden sich bekriegen und dann deren Freunde. Dein Frieden würde verschwinden wie die Glätte einer Wasserfläche, in die ein Stein geworfen worden ist.«

Er sagte, nur ein großer Staat könne immer sicher sein und dies nur, solange seine Könige stark und wachsam seien. *Doch wie lange werden sie es auch bleiben?* Das fragte sich Antiope in diesem Augenblick, während sie auf ihn wartete, unter dem schwarzen starren Blick des Drachen. Mußten nicht die Nachkommen eines Großen Königs, allzu reich geworden, immer bequem werden, das Vergnügen lieben und einem starken neuen König unterliegen? Die Amazonen wußten, daß sie niemals stark sein konnten, wenn ihr Wohlstand und ihre Zahl zu groß waren. Sie mußten immer kampfkräftig, wachsam und selbstbeherrscht sein. Das war die beste Art zu leben. Und doch – wenn die Tage des einzigen freien Stadtstaates wirklich gezählt waren, wenn es hinfort nur noch wenige große Staaten geben sollte, gebildet aus vielen Städten, wie lange konnten die Amazonen standhalten? Ihre kleine Ebene, anmutig in einem Flußdelta gelegen, obgleich von Bergen behütet, war ein verführerischer Leckerbissen. Sich klar machen zu müssen, wie sehr die Amazonen die Freundschaft der Hethiter brauchten, verletzte ihren Stolz.

Nun war Mitanni das wichtigste Ziel des Großen Königs. Mitanni, mit den Hethitern verwandt, doch lange Ägyptens Freund und damit ihr Feind. In der letzten Zeit hatte es ein stetes Kommen und Gehen von Boten zwischen den Hethitern und dem Reich Azzi gegeben, einem kleinen Land, das freilich so günstig lag, daß sein König jedes Heer ausplündern konnte, das von den hethitischen Kernlanden gegen Mitanni vorrückte. Jeden Morgen hatte sich Suppiluliuma hinter verschlossenen Türen mit seinen Gesandten beraten. Antiope dachte ungern daran, welchen Handel sie wohl ausklügeln mochten: Die Männer von Azzi waren seit jeher die Feinde der Amazonen.

Als er endlich kam, hatte er Sklaven bei sich; sie trugen kleine goldene Tische, Speisen, Obst und Wein. Nachdem sie den Wein eingeschenkt hatten und gegangen waren, nahm er einen herzhaften Schluck und seufzte: »Das erfrischt.« Darauf warf er Antiope einen neckenden Blick zu. »Nun, Mädchen, der Vertrag ist gemacht. Traust du mir immer noch? Deine Tante würde es nicht tun.«

»Das hat sie nie getan. Und wenn dieser Vertrag Bestand hat, wünschte ich, daß meine eigenen Brüder, nicht meine Halbbrüder, deine Erben in Chattusa wären. Doch die einzige, die mir im Augenblick leid tut, ist Kadussi, meine andere Tante. Was auch immer du tust, du wirfst sie Hukkana aus Azzi zum Fraß vor, wie man einem Hund einen Knochen hinwirft.«

Er zuckte die Achseln. »Nun, sie ist ein fleischiger, ansehnlicher Knochen, meine kleine Halbschwester Kadussi. Und sie wird Spaß daran haben, eine Königin zu sein.«

»Ich würde es nicht als eine Würde ansehen.«

»Kadussi wird anderer Meinung sein.«

Gut, das mochte stimmen. Kadussi war verhökert worden wie eine Kuh, aber sie würde genau jene glitzernden Albernheiten kriegen, die sie mochte. Und es würde wohl eines Mannes bedürfen, der tapferer war als Hukkana, König von Azzi, es zu wagen, die Schwester des Großen Königs schlecht zu behandeln. Antiope zuckte die Achseln, schnitt ein Gesicht und nahm eine Frucht. »Wir Amazonen hätten dir gern geholfen, diesen Ausbund von einem Hund aufs neue zu schlagen, anstatt ihm Knochen hinzuwerfen.«

»Zweifellos, denn keine Feindschaft ist so unerbittlich wie die innerhalb einer Sippe.« Sein Gesicht verdunkelte sich; sie wußte, daß er daran dachte, wie sehr in früheren Zeiten Feindseligkeiten zwischen königlichen Verwandten die Hethiter gequält hatten. »Doch dies ist für dich die Gelegenheit, Frieden mit Hukkana zu schließen, Mädchen. Ich weiß ebensogut wie du, daß seine jungen Männer den Kaska geholfen haben, das Land der Amazonen zu überfallen.«

»Er will keinen Frieden.« Sie starrte den König überrascht an.

»Er wird Frieden schließen. Weil ich es will.« Suppiluliuma hatte seine Stimme nicht gehoben, doch sie war grimmig geworden.

»Wozu sich darum bemühen? Er wird ihn niemals halten. Und wenn wir Amazonen uns dann beklagen, wird er lachen und sagen: Weiber! Schande über alle Kaska – und über unseren eigenen törichten Groll.«

»Und bis ich Mitanni habe, werde ich mit ihm lachen und so tun, als glaubte ich ihm. Danach – glaub mir, wird er lernen, sein Wort zu halten.«

»Warum dann jetzt Frieden machen?«

»Weil er euch Amazonen anklagt, *sein* Land überfallen zu haben. Das ist die Art solcher Räuber.« Der König zuckte die Achseln.

Antiope dachte nach. Ihr gefiel dieser Rat nicht; Hukkana war so doppelzüngig wie eine Schlange; man konnte ihm niemals trauen. Doch solange Suppiluliuma lebte, würde er sich aus Furcht vielleicht ruhig verhalten. Zumindest bis Mitanni fiel ... und selbst ein solcher Frieden wäre kostbar.

Sie sagte bedächtig: »Ich danke dir, Vater. Es ist einen Versuch wert. Ich werde Frieden schließen – wenn er will. Doch Molpadia ist Kriegskönigin; nach unserem Gesetz kann ich das aus eigener Macht nicht tun.«

»Hukkana wird das nicht wissen. Und auch Molpadia wird

nicht erfahren, daß ein Frieden geschlossen worden ist. Wenn du es ihr nicht sagst.«

»Ich werde es ihr erzählen. Sie wird sich nicht die Mühe machen, ihm eine abschlägige Antwort zu schicken. Sie wird nur über meine Torheit lächeln und sagen: Du lernst es auch noch.«

Der Große König unterdrückte ein weiteres Achselzucken. Er dachte: *Du kennst deine Tante gut, meine Tochter.* Er sagte: »Willst du also mit Kadussi zu den Azzi gehen? Die Briefe, die ich dir mitgebe, werden zeigen, wie sehr ich dich ehre und schätze.«

Sie war verdutzt. Wie entsetzt Molpadia sein würde – wie sicher, daß beide Könige Verrat im Schilde führten. Dann lächelte sie kühl. Sie war überzeugt, daß er sie liebte, doch sie war ebenso überzeugt davon, daß er sie und ihre Amazonen für seine Zwecke einspannen würde, wenn er konnte.

»Dann hat er dich gebeten, mich zu ihm zu schicken, Vater?«

»Ja. Wie er behauptet, wünscht er alte Feindschaften zu begraben – mit jemandem Freundschaft zu schließen, der bald zweifach seine Verwandte sein wird. Ich kann nur vermuten, was er im Sinn hat, doch meine Briefe legen ihm bis ins kleinste dar, wie der Gatte einer hethitischen Prinzessin sich gegen die weiblichen Verwandten seiner Ehefrau *nicht* benehmen darf, mit dem Zusatz: Bei den Hethitern lebt ein Mann nicht mehr lange, der dagegen verstößt. Das sollte genügen. Trotzdem werden dich Mariyas und zwei Abteilungen – nicht eine – zu deinem Schutz begleiten.«

Mariyas war einer der wenigen Hauptleute, denen der Große König wirklich vertraute. Was immer Hukkana für Ränke gegen sie ausgebrütet hatte, es war nicht wahrscheinlich, daß er sie jetzt ins Werk setzen würde. Sie holte tief Atem und lachte.

»Ich danke dir nochmals für deine Warnung, aber ich habe keine Angst hinzugehen.«

»Du bist die Tochter deiner Mutter und die meine.« Er legte seine Hand auf ihre Schulter, und für eine Weile schwiegen sie beide. Dann lächelte sie ihm zu und kniff ein Auge zusammen.

»Du traust den Männern von Azzi ebensowenig wie ich, Vater.«

»Doch manchmal, Tochter, ist es besser, eine Schlange in der Sonne liegen zu lassen, als ihr den Kopf einzuschlagen.«

»Weil du keine Männer verlieren willst, wenn du ihm den Kopf einschlägst – Männer, die du gegen Mitanni brauchen könntest. Gut, ich will auch keine Amazonen verlieren. Ich werde den Mädchen, die mich hierher begleitet haben, beibringen müssen, wie man überzeugend lügt. Und mich selber werde ich dasselbe lehren müssen.«

»Du wirst es schon schaffen. Ich brauche dir nicht zu sagen, daß du gut aufpassen mußt – um dich und diese Mädchen zu beschützen. Auch das wirst du schaffen.«

»Ich werd's wohl müssen.« Plötzlich, zu ihrer eigenen Überraschung, platzte sie mit der Frage heraus: »Was wirst du tun, wenn du Mitanni hast, Vater? Welche Stadt kommt als nächste an die Reihe?«

Er erwiderte trocken. »Ich weiß es nicht. Ich könnte Ägypten selbst packen – wenn diese eifersüchtigen Priester von Amon den Pharao Echnaton nicht zu rasch zu seinem neuen Gott schicken. Er ist ein Narr, sie so wütend zu machen. Ägypten hat gewiß schon genug Götter, auch ohne daß er sich einen neuen ausdenken muß und sich selbst den Einzigen nennen läßt.«

»Ihr Hethiter habt tausend Götter, Vater.«

Er lächelte. »Weil wir gescheit genug sind, die Götter derer zu verehren, die wir unterwerfen. Doch ich möchte nicht versuchen, auch nur die Hälfte davon beim Namen zu nennen.« Er wurde wieder ernst und sagte nachdenklich: »Dein Bruder Scharkuschuch würde einen guten Pharao abgeben – und ich kann ihm nicht so viel hinterlassen, wie ich möchte. Deine Mutter, Otrere, war eine Königin, aber nicht in Chattusa... Und wie lange wäre ich bis nach Ägypten unterwegs? Es ist für einen hethitischen König nicht klug, sich zu weit von der Heimat zu entfernen. Unser Vorfahr Mursili hat das getan – er eroberte Babylon und brachte reiche Beute mit –, doch beim Wiedersehensfest wurde er von seiner eigenen Sippe erschlagen...«

»Nun, du wirst dich darum nicht zu sorgen brauchen, wenn du die Finger von Ägypten läßt. Und meinen Bruder Scharkuschuch hast du bereits zum König gemacht.«

»Nur von Chalap. Zweifellos ist es am besten, sich von Ägypten fernzuhalten. Doch ich glaube, eines Tages werden wir diese Pharaonen aufs Haupt schlagen müssen. Sie sind allzu stolz. Jeder, der in Ägypten kein Ägypter ist, gehört, wie sie sagen, zum Nicht-Volk.«

»Das ist schlimm.« Sie machte ein angeekeltes Gesicht. »Jedenfalls wünsche ich dir und meinen Brüdern Glück.«

Bevor sie ging, küßte sie ihn, wie es eine richtige Tochter getan haben würde. Doch er blieb noch lange sitzen, den leeren Weinbecher zwischen den Fingern drehend. Warum hatte diese Reise nach Azzi dazwischen kommen müssen, um die Zeit zu verkürzen, die er mit ihr verbringen konnte? Die Vorsichtsmaßnahmen, die er ergriffen hatte, würden gewiß ihre Sicherheit gewährleisten, doch sie würde nicht zurückkommen. Azzi lag viel näher an Themiskyra als Chattusa. Sie würde heimkehren – zu Molpadia. Er fluchte leise vor sich hin; was schmerzte diese Frau? Die meisten Amazonen haßten die Hethiter nicht; sie lachten und tranken und scherzten mit ihnen wie andere Menschen. Doch in Molpadia brannte ein unaufhörlicher Haß, wie ein eingesperrtes gequältes Tier. »Weib, was ist in dich gefahren, unser Kind dieser widerspenstigen Hündin zu übergeben? Nach allem, was sie ihren eigenen Kindern angetan hat?« Vor Jahren hatte er das zu Otrere gesagt, als die Empörung ihn zum ersten und letzten Mal hatte vergessen lassen, daß er über kein Recht verfügte, wenn es um eine ihrer Töchter ging. Sie hatte ihm ruhig geantwortet. »Ich hoffe, das Kind wird sie wieder gesund machen«, und ihm war gerade soviel Verstand geblieben, nicht zurückzuschreien: »Was deine Schwester braucht, ist ein Mann, das ganze Jahr hindurch – und einer mit einem starken Arm!« Er war noch immer der Ansicht, daß in diesen Worten ein guter Teil Wahrheit gelegen hätte; Molpadia brauchte einen Mann. Selbstbeherrschung, Selbstverleugnung hatten sich bei den Amazonen tief eingewurzelt; die meisten von ihnen schienen mit ihrer Art zu leben, zufrieden zu sein.

Doch vielleicht mußten jene, deren Feuer für eine behagliche Enthaltsamkeit zu heiß brannten, all das hassen lernen, was sie nicht haben konnten... Gleichviel, das spielte jetzt keine Rolle. Nach dem Tode Melanippes hatte er gefürchtet, die Verrückte könnte imstande sein, ihren Haß Antiope einzupauken. Doch er hatte ihr das Mädchen rechtzeitig weggenommen. Es bestand auch kein Anlaß zu diesem merkwürdig kalten Gefühl von Furcht und Verlust. Er würde das Mädchen wiedersehen, wenn vielleicht auch niemals wieder für eine so lange Zeit...

*Du hast das, wonach du getrachtet hast, und kein Mensch kann alles haben.* Von der anderen Seite des Abgrundes sprachen die Augen des Drachen, schwarze leere Höhlen, doch von erbarmungsloser Eindringlichkeit. Oder waren es die kleinen perlartigen Augen des Mannes, den die Heerführer vor langer Zeit zu ihm gesandt hatten? Augen, die ihn unablässig beobachtet hatten...

»Wenn dein Bruder König wird, wirst du nicht lange leben, Prinz. Weder du noch sonst jemand, den er für deinen Freund hält.«

Das hätte auch Otrere eingeschlossen, die mit ihrem ersten Kind schwanger ging. Doch er hatte kurz angebunden gesagt: »Warum sollte ich dir glauben? Dir, der du zugibst, den Tod meines Bruders zu wollen?«

Er konnte immer noch die Antwort hören, leise, verschlagen und gelassen:

»Prinz, glaubst du es nicht selbst?«

»Warum sollte ich? Warum sollte er eifersüchtig auf mich sein. Alle Siege, die ein Mann hier im wilden, bergigen Land der Kaska erringen kann, zählen wenig!«

»Jeder Sieg ist für ihn ein Schlag ins Gesicht, da er nie einen errungen hat. Und kein anderer Mann hat die Kaska jemals auf ihrem eigenen Boden so weit zurückgetrieben, wie du es getan hast.«

»Er ist der Erbe. Hethiter sind durch eine harte Schule gegangen, bis wir lernten, dem Gesetz zu gehorchen. Wenn er meinen Tod will, muß ich sterben.«

»Wäre er, der deinen Tod will, tot, wäre kein Sohn der Königin mehr übrig. Du bist der Sohn des Königs; alle Menschen wären glücklich, dich als den Erben zu sehen.«

Dann war er für kurze Zeit stumm gewesen: *Einst waren wir Freunde, Tutchalija. Als Jungen spielten und kämpften wir miteinander, wie Jungen es tun ...* Sein eigenes Los war nicht leicht gewesen. Sein Vater hatte seine Mutter geliebt; ihr zuliebe war er Suppiluliuma genannt worden, »Sohn des Reinen Frühlings«. Doch sie war gestorben, und die Partei der Königin hatte ihn mit einem anderen Namen belegt: »Bastard! Bastard!« Er war mit diesem Wort, das in seinen Ohren gellte, aufgewachsen. Er wußte, daß Tutchalija als rechtmäßiger Sohn seines Vaters der Erbe war.

»Mann, ich werde niemals meinen Bruder töten, um sein Erbe anzutreten!« Da hatte seine Ehre gesprochen, alles, was er für sich selbst geschaffen hatte, alles, worauf er stolz war.

»Dann wirst du sterben, Herr. Mit vielen, vielen anderen. Wenn nämlich seine Torheit ungezügelt weitergeht, wird die ganze Nation der Hethiter hingemetzelt und versklavt werden.«

Worte, immer mehr Worte, alle voller Arglist, zu viele davon wahr. Und darunter die Erkenntnis, daß er keine Zeit zu verlieren hatte, daß die Entscheidung bei ihm lag, hier und jetzt. Hatte er nicht überdies viele Monate – viele Jahre – lang davon geträumt, wie er, wäre er an seines Bruders Stelle, die Feinde ihres Volkes schneller einholen, überlisten und besser bekämpfen würde? Niemals hatte er in einem dieser Träume sich ein Unheil ausgemalt, das seinen Bruder befallen konnte, und doch – war nicht alles darauf hinausgelaufen? Dieser Tatsache mußte er sich am Ende stellen und darüber hinaus einer zweiten. Wenn er dieses Angebot zurückwies, würden die Heerführer, um ihre eigene Haut zu retten, ihren Plan an Tutchalija verraten und ihn als den seinen ausgeben. Diese Drohung, die niemals ausgesprochen worden war; sie durfte nicht wahrgemacht werden ...

*Doch dann, was immer die Menschen von mir dachten, würde ich mit meiner unbefleckten Ehre sterben. Dann würde auch dein Volk sterben. Für dich. So viele – so viele – dein eigenes Volk, das du retten könntest!* Diese andere Stimme in ihm war sicherlich die des Mitleids gewesen, die der größten Treue. Doch war es auch die Stimme seines uneingestandenen Begehrens gewesen?

Und dann wieder diese Stimme von draußen: »Warum dein Leben für ein Nichts wegwerfen, Prinz? Das Leben deines Bruders kannst du nicht retten. Sollte er lange leben, dann nur, weil irgendein feindlicher König ihn mit ausgestochenen Augen in seinen königlichen Gewändern zur Schau stellen will. Als Trophäe des Sieges.«

Da hatte er sich entschieden. Aber er hatte eine Bedingung gestellt. »Laßt den König, meinen Vater, in Frieden sterben. Er muß bald den Berg besteigen – er kann nicht mehr sehr lange zu leben haben.« Wäre er jedoch ganz ehrlich gewesen, hätte er gesagt: *Ich will es nicht darauf ankommen lassen, daß er errät, was ich getan habe – daß er diesen sinnlosen Schmerz ertragen muß. Aber auch mich selbst will ich davor bewahren – vor dem Wissen, daß er es weiß...*

Der Bote war nicht davon angetan gewesen. »Die Zeit drängt jetzt. Auch nur ein klein wenig länger zu warten, kann vielleicht bedeuten, zu lange gewartet zu haben.« Doch Suppiluliuma hatte seinen Willen durchgesetzt; der alte Mann war friedlich gestorben. *Und mit wievielen Leben habe ich uns beiden diesen Frieden erkauft?*

*Du hast dich selbst zum König gemacht.* Die schwarzen leeren Höhlen, die Augen des Drachen, schienen ihn erneut anzuklagen, kalt und grausam und voll von Unheil. Sie verkehrten alles, was sie sahen, ins Böse... Du kannst dich selber zum Narren halten und all deine hauchdünnen Götter, die da im Licht leben – in dem zarten, flüchtigen Licht. *Aber nicht Mich, dessen wahrer Platz in den Tiefen ist. In der ewigen unveränderlichen Finsternis.*

Einen Augenblick lang schien der Geist des Königs über unermeßliche schwarze Abgründe zu wirbeln. Dann riß er sich zusammen, blickte wieder in die Augen des Drachen. »Ja, ich bin König, wie ich es wollte, und obgleich ein Mann sich selbst belügen kann, so kann doch auch die Finsternis lügen und alle Wahrheit verdrehen.«

Doch er wußte nun, daß er Ägypten niemals einnehmen würde. Es wäre ein großartiges Geschenk für Scharkuschuch gewesen, doch es hätte sein Volk zuviel gekostet – zu viele tote Männer, zu viele Witwen... Und was er für sie getan hatte, war seine Rechtfertigung. Er hatte alles zurückgewonnen, was seine in Fehden zerrissenen Vorfahren eingebüßt hatten und was sein Bruder verloren hatte. Er hatte das Reich der Hethiter größer und sicherer gemacht, als es je zuvor gewesen war. Für dieses Ziel hatte er unermüdlich gearbeitet. Auf ungesetzliche Weise hatte er kein Blut mehr vergossen, er hatte alle Gesetze eingehalten, alle Bündnisse, doch Ruhe hatte er trotzdem nie gekannt.

*Was, wenn ich gegen dich eidbrüchig geworden wäre, Otrere, und dich entführt hätte, um dich hier in Chattusa zu meiner Königin zu machen?* Dann wäre sie nicht in der Schlacht gefallen, und die hübsche Melanippe wäre nicht ermordet worden. Sie und die beiden Mädchen wären hier im sicheren Palast gewesen. Scharkuschuch, sein Erstgeborener, wäre sein gesetzlicher Erbe gewesen. Er wäre glücklich gewesen. Otrere wäre vermutlich zur Ruhe gekommen, wie es meist bei Frauen war, obgleich sie sich zuerst immer dagegen sträubten. Doch der Mann, der seine Frau gekannt hatte, war nicht ganz sicher...

Antiope – auch sie liebte ihre amazonische Freiheit. Und was auch geschah, ihre Welt sollte so lange dauern wie Antiope selbst. Hatte sie halb geahnt, einmal am heutigen Tag, daß diese Welt zum Untergang verdammt war? Die Amazonen waren kein Problem – sie wollten Freiheit, keine Macht und würden andere so lange in Frieden lassen, wie man sie selbst in Ruhe ließ. Aber sie waren wilde, wunderschöne Wesen, und am Ende hetzten die Männer alle schönen, wilden Wesen zu Tode. Er konnte nur hoffen, daß es keiner seiner Söhne oder Enkelsöhne sein würde, der diese Jagd anführte; er konnte dessen nicht sicher sein. Ein Mann brachte Fremde hervor, über die er nichts voraussagen konnte. Sein eigener Vater hätte sich nie träumen lassen –

Er lächelte und dachte grimmig: *Besser, wenn ich auch in der Schlacht fiele. Sollte ich alt werden und meine Söhne mein Werk übernehmen, und sie lassen mich wie einen alten Mann am Feuer sitzen, werde ich zuviele Bilder in diesem Feuer erblicken ...*

Der Prinzessin Kadussi und ihren Hofdamen erschien der Weg nach Azzi beschwerlich, obgleich sie in verhängten Sänften reisten. Den Amazonen, die zu Pferde saßen, kam es, wie immer, als ein einziges Vergnügen vor, wieder ins Freie zu kommen, nachdem sie den ganzen Winter eingesperrt gewesen waren. Sie lachten, ritten miteinander um die Wette und atmeten in vollen Zügen den Wind ein, der nach Frühling roch. Sie wechselten fröhliche Scherze mit den hethitischen Soldaten, und des Nachts flüsterten die entsetzen hethitischen Damen miteinander, die mit Sicherheit zu wissen glaubten, wo die anderen Mädchen sich jetzt befanden. »Unverschämte, blutbefleckte Dirnen!« Jede von ihnen hätte schwören können, daß keines dieser »unschuldigen« Mädchen seine Unschuld besaß.

Schließlich gelangten sie vor die Mauern von Azzi, der Hauptstadt des Reichen Azzi, und der König und seine Edlen kamen herausgeritten, um sie zu begrüßen. Er war ein ansehnlicher Mann mit einem goldfarbenen Bart, gekleidet in Gold und Purpur. Den ersten Blick schenkte er Antiope, die stolz mit hoch erhobenem Haupt zwischen ihren Mädchen ritt, erst dann wandte er sich der verhängten Sänfte zu. Kadussi hatte den Vorhang hier und da ein wenig gelüftet und versucht, einen Blick auf ihn zu erhaschen, doch jetzt hingen die Vorhänge unbeweglich herab; sie war sittsam verhüllt. Er grinste.

»Willkommen, königgeborene Damen! Willkommen, meine Königin, Schwester der Sonne! Und auch du, Tochter der Sonne, deren Schönheit keine Wolken verhüllen. Ich bin stolz darauf, eine solche Verwandte zu haben.«

In Antiopes Augen trat ein harter Ausdruck; sie war nicht mit ihrem richtigen Titel angeredet worden. »Ich bin Königin der Amazonen, Mann von Azzi. Eine freie Herrscherin, die niemandem Tribut zahlt.«

Er grinste breiter und entblößte über dem goldenen Bart spitze weiße Zähne. »Hohe Frau, deine Kriegerinnen lassen diese Tatsache keinen Mann vergessen. Doch gewiß wird nun

Frieden zwischen uns herrschen, weil euer großer Vater es will.«

»Weil Frieden immer eine gute Sache ist, werde ich froh sein, wenn wir ihn schließen können, Verwandter.« Sie sprach das letzte Wort nur widerwillig aus, doch die Höflichkeit erforderte es, und es war die Wahrheit.

Dann hielt Kadussi, die begrüßt worden war, die Zeit für gekommen, sich um ihren Anteil an der Aufmerksamkeit zu bemühen. Sie öffnete die Vorhänge, der König erblickte sie und lächelte wie vor verzücktem Erstaunen. »Schwester der Sonne, du übertriffst wahrlich die Sonne!«

Kadussi ließ die Vorhänge wieder fallen, nicht ohne ihm zuvor mit ihrem hübschen geschminkten Mund zuzulächeln. Er begrüßte Hauptmann Mariyas und wandte sich dann wieder Antiope zu, die in offener Bewunderung die Pferde anstarrte. »Er hat prächtige Pferde, der da hinter dir reitet, Mann von Azzi.«

Es waren wundervolle Tiere, die vor den Streitwagen gespannt waren, schlank, glattfellig und stolz. Antiope glaubte, daß sie aus dem besten Stall des pferdezüchtenden Reiches Mitanni stammen müßten, das einst in allen Landen für seine Kunst berühmt war, mit Streitwagen zu kämpfen. Ihre Augen wurden gänzlich von den Pferden gefesselt; den Mann hinter ihnen hatte sie noch nicht angeschaut.

»Ihr Meister ist Asterion, Sohn des Minos, Herrin, der Mann, der Herr über die Inseln des Westens ist und reicher als der Pharao selbst. Und es verlangt ihn sehr, dich kennenzulernen, da er soviel von deiner Schönheit und Tapferkeit gehört hat.« Wiederum verzog sich das Gesicht des Königs zu jenem breiten Lächeln, von dem Antiope bereits mehr als genug hatte.

»Und ich bin nicht enttäuscht, Herrin. Wenn deine Verwandte die Sonne aussticht, dann überstrahlst du Sonne, Mond und alle Sterne!«

Der das rief, stand neben dem Rosselenker. Er war dunkel und schlank, zwar nicht so groß wie eine Amazone, wohl aber so schön. Doch die Augen, die sich keck in die Antiopes senkten, hatten den unheilvollen, wie Edelstein funkelnden Blick einer Schlange. Einen Atemzug lang schienen die beiden sich auf merkwürdige Weise allein gegenüberzustehen. Antiope straffte sich wie vor einem unversehens gezückten Schwert. Dann begann sie zu begreifen, und zugleich geriet sie zunehmend in Wut. Sie wollte König Hukkana ins Gesicht schreien: »Das ist es also, warum du mich hergebeten hast. Weil dieser hochmütige, aufgeblasene Bursche denkt, Amazonen seien Huren. Und du, ein König, bist bereit, für ihn den Kuppler zu machen!«

Zu Asterion sagte sie kühl: »Wir sonnengebräunten, harten Kriegerinnen sind an solche blumigen Worte nicht gewöhnt, Königssohn. Deine Pferde jedoch übertreffen wahrlich die Sterne.« Dann wandte sie sich wieder dem König von Azzi zu. »Herr, die Königin, meine Verwandte, und ihre Damen sind müde. Es wäre überaus freundlich, sie in den Palast geleiten zu lassen.«

»Das werden wir. Doch würdest du ebenso freundlich sein, Herrin, und den Inselprinzen neben dir reiten lassen? Die Freundschaft mit seinem Vater ist für mich wertvoll. Besonders jetzt, da ich meinen Handel mit Mitanni verlieren werde.« Wieder dieses Lächeln.

So überrumpelt, wandte sie sich um zu Asterion, und ihr Lächeln war fest und klar, eine Herausforderung. »Laß uns sehen, wer zuerst an den Toren ist, Königssohn. Die Strecke ist kurz, und der Wagen dürfte deine Pferde nicht zu sehr behindern.« Dann war sie auf und davon, wie ein Pfeil, von ihrem eigenen Bogen geschnellt. Doch auf ein leises, schroffes Wort von Asterion, flog des Wagenlenkers Peitsche – ein Gerät, das keine Amazone jemals benutzen würde – ebenfalls nach vorn. Der Wagen holte Antiope rasch ein, und sie sah, daß sich über eine der glänzenden Flanken ein langer roter Striemen zog. Sie zuckte zusammen, und der Mann von der Insel lachte. »Du bist gar nicht so hartgesotten, Herrin!« schrie Asterion, als er an ihr vorbeischoß. Da ließ sie ihn gewinnen; sie konnte es nicht ertragen, einen weiteren Peitschenschlag auf diese schönen, glänzenden Felle niedersausen zu sehen.

Beim abendlichen Festmahl war sie nicht überrascht, daß

man ihn neben sie gesetzt hatte. Er grinste. »Ich beunruhige dich also, Herrin.«

»Die Art, wie du deine Pferde behandelst, ja.«

»Es hat früher angefangen. Als unsere Augen sich zum erstenmal trafen, hast du dich gefürchtet. Du wolltest fliehen.«

Hatte sie sich ein wenig gefürchtet? Der unangenehme Gedanke erschreckte sie. Sie sagte schroff: »Du hättest den König nicht veranlassen sollen, mich herzubitten, Prinz.«

Einen Augenblick lang sah er verblüfft aus. Dann lächelte er wieder. »Warum nicht? Wir zwei sollten gut miteinader auskommen, Herrin. Der Stern von Kreta und die schönste der Frauen.«

»Meine Schönheit wird dir nicht gut bekommen.« Und sie erläuterte ihm das Gesetz der Amazonen.

Da glühte sein Gesicht vor Wut. Es war nicht jene rote Wut, die sie manchmal in den Gesichtern der Männer auf dem Schlachtfeld gesehen hatte, sondern etwas, das schwarz war wie die Nacht. Es ging vorüber; er lächelte bedauernd.

»*Ai*, Herrin, *ai*! Ich hatte gehört, daß ihr Amazonen im Frühling freundlich wärt – ja, freundlich wie der Frühling selbst!«

»Ich habe all das erklärt, Stern von Kreta.« Ihre Stimme war kalt. Sie liebte solche raschen Wechsel nicht; mochten seine Leidenschaften auch ungestüm sein, so hatte er doch Kraft genug, sie zu beherrschen. Und dies konnte ihn gefährlich machen.

Er sagte mit ruhiger, plötzlich ernster Stimme: »Mache keinen Fehler, Herrin. Vielleicht hast du gehört, daß ich als Verbannter nach Kolchis kam, doch jetzt kehre ich voller Stolz heim. Minos hat Schiffe und Schätze gesandt, mich abzuholen – mich, seinen rechtmäßigen Sohn, der nach ihm Minos sein wird.«

»Glaubst du, daß das, was ich dir soeben erzählte, eine Lüge war? Kein Mann kann eine Amazone mit Geschenken kaufen.«

Er lächelte träge. »Herrin, du solltest freundlicher sein. Ich hätte nicht auf die Schiffe meines Vaters gewartet – ich wäre längst in Kreta, hätte ich nicht Geschichten von deiner Schönheit gehört und gewartet, um zu sehen, wieviel Wahres daran war. Man erwartet nicht, solche Geschichten von euch sonnengebräunten, robusten Amazonen zu hören.«

Er hatte ihr ihre eigenen Worte sauber im Mund herumgedreht. Sie wußte, daß er ein Lachen von ihr erwartete, doch der Gedanke an die Neugier, die er verspürt hatte, erfüllte sie mit Abscheu. Kein Zweifel, er wollte sehen, ob sie es wert war, gebändigt zu werden... wie seine unglücklichen Pferde.

Sie sagte ziemlich unwirsch: »Sollte ich den Grund für deine Verbannung erfahren haben, kann ich mich jedenfalls nicht daran erinnern. Doch ich entsinne mich jetzt einer anderen Geschichte, die ich in Chattusa gehört habe. Wie nämlich der Begründer deines Hauses seinen Thron gewann, indem er die Königin tötete, der er zu dienen geschworen hatte.«

Asterions Lächeln blitzte wieder auf. »Was soll's? Er hat ihn gewonnen. Wir, die wir dazu bestimmt sind, Könige zu sein, kennen unseren Wert. Ich wußte, daß ich zum König besser geeignet war als mein Bruder Androgeos, der sogenannte Erbe. Ich traf alle Vorbereitungen für einen Unfall, der ihm zustoßen sollte, doch ein schlechtes Schwert kann in den besten Händen zerbrechen. Ein Mann, den ich bestochen hatte, verriet mich, und so triumphierte mein Bruder – für kurze Zeit.«

»Bis die Freunde, die du zurückließest, einen erfolgreicheren Unfall ins Werk gesetzt hatten?« Angeekelt verzog sie den Mund.

»Nein. Der Gott von Kreta liebt mich. Er entschied den Streit zwischen uns, und nun ist mein Bruder tot.«

»Ein Gott liebt *dich*?« Sie gab sie keine Mühe, den Spott in ihrer Stimme zu verbergen.

»Der Gott von Kreta, Weib. Er ist größer als alle anderen Götter.« Noch einmal hatte Asterion sich verändert; seine Stimme war tief, sein Gesicht erstrahlte in maßlosem Stolz. »Ein Teil des Gottes lebt auf Erden in jedem König Minos, doch als Ganzes thront Er auf immer in der Ewigkeit. Die Ruchlosen, ob lebend oder tot, können Seiner Gerechtigkeit nicht entkommen.«

Antiope hatte den Wunsch, ihn zu fragen, welche Vorstellungen er von Ruchlosigkeit und Gerechtigkeit habe. Doch statt dessen hört sie sich fragen: »Beugen sich alle Inseln des Westens unter das Szepter Kretas? Auch Troizen und Mykene?«

Er lachte. »Das sind keine Inseln. Wenn es auch nur wenige aus eurem Volk des Sonnenaufganges begreifen, so gibt es doch ein Festland im Westen. Seine Bewohner sind Hunde, und wir Kreter wissen, wie man sie dort festhält. Wir werden sie keine Schiffe bauen lassen.«

»Herakles aus Mykene hat Schiffe. Oder er hatte sie vor zwei Wintern.«

»Herakles!« Asterion zuckte die Achseln. »Bei seinen armseligen kleinen Booten drücken wir ein Auge zu. Er ist ein echter Festländer – er ist so groß wie sechs von ihnen, aber er hat nicht genug Hirn für einen.«

»Hast du je von einem jungen Verwandten Herakles' gehört, genannt der Rotschopf? Nicht so groß wie Herakles, aber viel klüger.«

»Nein.« Seine Augen verengten sich plötzlich. »Was weißt du von diesen unbeholfenen Festländern?«

»Zu viel. Vor zwei Jahren landeten sie an unseren Küsten und töteten durch Verrat meine Schwester. Ich wollte ihren Tod nicht, obgleich er mich zur Königin machte. Aber das würdest du nicht verstehen.«

Sie sprach schroff, wütend über ihn und über sich selbst. Was hat mich dazu gebracht, ihn nach dem Rotschopf zu fragen? Für einen schönen Abend schien er ihr Freund gewesen zu sein, ihr vertraut in einer warmen Nähe, die sie nie völlig begriffen hatte. Doch während der ganzen Zeit war er ein Verräter gewesen, und wenn sie einander je wieder begegneten, würde sie ihn töten.

Doch plötzlich leuchteten Asterions Augen auf. »Wenn die Männer hier im Norden so heißes Blut gehabt hätten wie wir im Süden, wärt ihr verrückten Nachäffer der Männer längst unterworfen. Die ganze schändliche Vergeudung von Schönheit wäre beendet. Herrin, du weißt nicht, welche Wonnen du entbehrst! Oder was ich dir sonst noch geben könnte. Gold und Silber, Edelsteine und Elfenbein –«

Schnell wie eine Schlange schnappte seine Hand nach der ihren, doch Antiope zog sie rechtzeitig zurück. Sie sah ihm gerade in die Augen. »Amazonen äffen niemanden nach. Im übrigen ziemt es sich nicht für Gäste, in einem gastfreundlichen Hause vom Krieg zu sprechen. Laß dir bessere Worte einfallen, oder laß mich allein, Prinz.«

Zum zweitenmal brannte in seinen Augen für kurze Zeit jene schwarze Wut. Dann lachte er, erhob sich und verließ sie. In der Nähe saß der König von Azzi, finster brütend. Ein rascher Blick in sein Gesicht machte seine neue Königin besorgt. Antiope jedoch wandte sich befriedigt dem Essen zu, denn zum erstenmal hatte sie Gelegenheit, ihre Speisen zu genießen.

»Wenn ich sie allein erwische! Beim Stier, wenn!« Asterion, der Stern von Kreta, sagte es jammernd und riß mit ungestümer Hand große Stücke aus dem feinen, bestickten Stoff, der sein Bett bedeckte. Die Kreter, die das Bett umstanden, wichen vor Furcht zurück. Tamos, sein Diener seit der Knabenzeit, wagte zu sagen: »Herr, sie ist keine gewöhnliche Amazone. Sie ist des Großen Königs Tochter –«

»Die Tochter welches Großen Königs? Ein emporgekommener Wilder ist er! Er sollte sich geehrt fühlen, wenn seine rechtmäßige Tochter mir die Füße waschen darf, ganz zu schweigen von seinem weiblichen Bastard –«

Er warf den Kopf zurück und heulte wie ein Wolf. Auf seinen Lippen stand Schaum. »Sie hat mich verhöhnt – *mich*, Asterion, der Minos sein wird! Diese Dirne in einer langen Reihe von Dirnen – sie wagt es, mir ihren Körper zu verweigern. Sie wagt es! Ich werde sie demütigen – ich werde sie zerbrechen. Beim Stier, ich schwör's!«

Er wand sich hin und her, nun mit Zähnen und Nägeln den kostbaren Überwurf zerfetzend. Der graubärtige alte Admiral, den Minos geschickt hatte, um seinen Sohn heimzubringen – der zuerst überglücklich gewesen war, daß der Prinz sich nicht schon davongeschlichen hatte, wie es Minos befürchtet hatte –, stöhnte auf. Er sagte gepreßt: »Herr, wir sind weit weg von Kreta. Eine Frau zu entführen, die hier eine große Verwandtschaft hat, wäre gefährlich ...«

Asterion schlug ihm ins Gesicht; der Schlag füllte den Mund des alten Mannes mit Blut. Da wurde der Prinz plötzlich ruhig; er sagte mit leiser, hämischer Stimme: »Sie hat sich gegen den Stier versündigt. Gegen den Gott von Kreta selbst, und dafür wird sie bezahlen. Ich werde ihren Stolz klein machen – so klein ...«

2. Kapitel/Heimtücke – Am Morgen brachte sein Herold Antiope eine Herausforderung. »Mein Herr ist der größte der kretischen Ringer, und er hat gehört, daß auch die Amazonen im Ringen große Geschicklichkeit besitzen. So soll die Königin der Amazonen morgen mit ihm ringen, auf daß alle Gäste bei dem Hochzeitsfest ihrer Verwandten staunen.«

Mit einem Gefühl der Erleichterung nahm Antiope die Herausforderung an. Amazonen vermieden Faustkämpfe, in denen, wie sie wußten, einige Männer sie immer übertreffen würden – und warum sich dessen schämen, wo doch ein großer, kräftiger Stier oder Hengst immer stärker war als irgendein Mensch! Doch sie hatten das Ringen zu einer Kunst gemacht, verschiedene eigene trickreiche Griffe ersonnen ... Als Marpe, ihre älteste Spielgefährtin, mit aschbleichem Gesicht sagte: »Königin, er sinnt auf Heimtücke!«, lächelte Antiope bloß. »Natürlich! Aber in der Öffentlichkeit wird er es nicht wagen – die Hethiter werden dort sein, nicht nur die Männer von Azzi. Seine Schiffe sind es, die wir fürchten müssen. Wir müssen sehr vorsichtig sein und immer zusammenbleiben – keine Amazone darf sich außerhalb der Sicht- oder Hörweite der übrigen aufhalten.«

Da erschauerten alle, als sie an die Schiffe dachten. An das Elend, das jene hinterlassen hatten, die vor zwei Jahren nach Themiskyra gekommen waren. Doch Antiope fuhr fort: »Er will mich verletzen und verstümmeln und so seinen aufgeblasenen Stolz besänftigen.« Sie lachten.

»Du wirst es ihm zeigen, Königin! Welch ein Jammer, daß du ihn nicht übers Knie legen kannst, wie es diese männerhörigen

Frauen mit ihren Kindern machen. Es bellt bereits, das kretische Hündchen, und es sollte zum Heulen gebracht werden.«

Auch Antiope lachte, doch beim abendlichen Festmahl wies sie den Wein zurück und sagte, sie müsse einen klaren Kopf behalten. In Wirklichkeit fürchtete sie Rauschmittel, die ihre geistige und körperliche Wendigkeit beeinträchtigen konnten.

Am nächsten Morgen ging sie in den Palasthof hinaus, nackt bis auf einen Lendenschurz aus Leinen, den Körper eingeölt, um ihn so schlüpfrig zu machen wie den eines Aals. Asterion erschien, in gleicher Weise vorbereitet, und alle bewunderten die schlanke Anmut und Schönheit ihrer beiden Körper. Gemeinsam grüßten sie König und Königin. Hukkana strahlte sie beide an, doch Kadussis Augen waren niedergeschlagen. Dann wurden Antiopes Amazonen weggeführt, zu Sitzen an der Rückseite der rasch errichteten Arena. Als Antiope das bemerkte, erstarrte sie vor Wut, doch dann sah sie etwas, das schlimmer war. Die hethitischen Hauptleute hatten Vordersitze inne, doch alle Männer, selbst Mariyas, saßen triefäugig und halb schlafend da. Er hätte ihnen nie erlaubt, am vergangenen Abend so viel zu trinken! Sie mußten mit Rauschmitteln betäubt worden sein... Ihre Augen flogen zum königlichen Paar zurück. Um Kadussis Hals lag schimmernd eine neue Kette, prunkvoll, golden und von fremdartiger Ausführung... Kretisch? Schnell wie der Blitz und ebenso vernichtend kam die Erkenntnis.

*Das ist ihre Belohnung dafür, daß sie dem Großen König alles erzählte, was sie von ihr verlangten. Ich bin getäuscht worden.* Sie spürte ein plötzliches Verlangen nach ihrem eisernen Gürtel, den abzulegen die Fairness von ihr gefordert hatte, dann biß sie die Zähne zusammen. Tricks hin, Tricks her – sie würde es dieser kretischen Natter heimzahlen. Sie schwang herum, um ihm gegenüberzutreten, darauf bedacht, die Hand des Königs nicht aus dem Auge zu verlieren, die ihnen das Zeichen geben würde, mit dem Kampf zu beginnen.

Und dann – während Hukkanas Hand noch müßig in seinem Schoß lag – sprang Asterion los. Bevor Antiope ausweichen konnte, ergriff er mit beiden Händen ihren rechten Arm.

Sein Körper spannte sich wie ein Bogen, und sie flog über ihn hinweg. Kaum war sie auf dem Boden gelandet, als er auch schon über ihr war. Seine Knie krachten wie Keulen in ihren Magen; ein wilder Ruck riß ihren Lendenschurz beiseite. Er packte ihre Handgelenke.

Betäubt und atemlos, und trotz des heftigen Schmerzes wandte Antiope den ersten Trick an, der Amazonen beigebracht wird. Die Muskeln ihrer Oberschenkel schwollen und strafften sich, versteiften sich, bis sie eisenhart waren, um das heiße, harte Geschlecht abzuwehren, das auf sie losstieß, gierig nach ihrer Unberührtheit. Unter ihrem würgenden Keuchen hörte sie den Kriegsruf ihrer Gefährtinnen: »HIP-POL-Y-TE! HIP-PO-OL-Y-TE-E!« Hörte auch Kampfgeräusche und die erstaunten Ausrufe der halb erwachten Hethiter. Grimmige Angst durchbohrte sie; der König von Azzi hatte das Recht, jeden zu töten, der sich Zutritt zum Kampfplatz verschaffte. Kein Hethiter würde sterben, außer durch einen unglücklichen Zufall, aber ihre Mädchen –

Immer noch nach Atem ringend, gelang es ihr zu schreien: »Halt, Mädchen! Wir beide müssen – dies – allein – auskämpfen –«

Alle Rufe verstummten; sie hatte sich ihrer einzigen Hoffnung auf Rettung beraubt. Asterion lachte und spie ihr ins Gesicht.

Wieder und wieder stieß er zu. Tückisch verdrehte er ihr erst einen Arm, dann den anderen, zischend wie eine Schlange. »Mach sie auf! Bevor ich sie zerbreche!« Die Qual war unaussprechlich. Mehr als einmal verlor sie fast das Bewußtsein, doch zäh hielt sie aus, Blut tropfte von ihren zerbissenen Lippen. Wenn ihre Kräfte nachließen, ihre Muskeln sich entspannten... Wann würde sie einen Knochen brechen hören? Wann würde er seines grausamen Spiels müde werden? Er wollte ihren Willen brechen, es würde ihm Lust bereiten, sie schreien zu hören, aber dieses Vergnügen würde er sich nie erzwingen...

Die Zeit verstrich. Eine der Azzi-Frauen begann vor Spannung zu kichern; eine andere stieß ein schrilles, wieherndes

Lachen aus. Jede der beiden wäre entsetzt gewesen, mitansehen zu müssen, wie eine Frau ihres eigenen Volkes gegen eine Vergewaltigung kämpfte. Amazonen jedoch heirateten nie und gaben sich fremden Männern hin; so waren sie nichts anderes als Huren. Königin Kadussi dachte traurig: *Welchen Unterschied kann es für sie schon machen? Und es bedeutet meinem Herrn so viel – welchen Reichtum!* Und dann, in plötzlichem Schrecken: *Welcher von uns wird mein Bruder Glauben schenken – ihr oder mir?* Falls Antiope wirklich verletzt wurde –

Die Hethiter saßen mit grimmigen Gesichtern da, jetzt zwar wach, aber durch Antiopes Ruf am Eingreifen gehindert. Der König von Azzi und seine Männer waren ein einziger vielgesichtiger gebannter Blick. Er dachte: *Suppiluliuma hat mir mit dem Tod gedroht, sollte ich Blutschande begehen – er dachte, ich selber wollte das Mädchen besitzen. Doch mit Asterion wird es zumindest keine Blutschande sein. O Götter, laßt nicht zu, daß er sie zum Krüppel macht!* Seine Fingernägel gruben sich in die Handballen. Das Gold, das ihn geblendet hatte, glitzerte nicht mehr...

Schließlich ertönte ein Aufschrei, doch er kam von Asterion, rasend vor Zorn. Ihre Brüste unter ihm machten ihn rasend. Sein Kopf stieß herab wie der einer zubeißenden Schlange. Seine Zähne schlugen in die zarte, weiche Haut...

Den Bruchteil einer Sekunde war seine Aufmerksamkeit abgelenkt, sein Gewicht verlagerte sich und sein Griff lockerte sich unmerklich. Auf diese Gelegenheit hatte Antiope gewartet. Mit einem gewaltigen Schwung rollte sie sich herum und riß ihn, der kleiner war als sie, mit. Ihr Knie schnellte hoch, traf ihn, und er schrie erneut auf – diesmal nicht aus Raserei. Antiope riß sich los und rollte zur Seite. Ein Fuß fuhr zurück und stieß noch einmal rasch und brutal in seine Leiste. Asterions Aufheulen klang nicht so, als käme es aus einer menschlichen Kehle.

Es war nicht leicht, aufzustehen, ohne die verletzten Arme zu benutzen, doch sie schaffte es. Sie war schweißüberströmt, ihre Arme hingen schlaff wie Seile herab, doch sie stand aufrecht. Wie eine Glocke erklang ihre Stimme durch die Freudenrufe und durch die Angstschreie.

»Sie hat die Wahrheit gesprochen, die Insel-Königin, die vom ersten Minos ermordet wurde! Sie, die sterbend sagte: ›Kein wahrer Menschensohn wird je deinen Lenden entspringen, sondern nur Skorpione und alles Geschmeiß, das kriecht und sticht!‹ Und seine Rasse ist nicht die einzige, die so verflucht wurde!«

Ihre blitzenden Augen suchten die des Königs von Azzi, doch dieser wich ihr aus. Mit grauem Gesicht saß er da, und Kadussi kauerte wie ein verschrecktes Kind an seiner Seite. Nur Asterion, sich am Boden windend, antwortete ihr. Durch Lippen, verschmiert mit ihrem Blut, kam seine Stimme, zitternd vor Schmerzen und Raserei.

»Beim Stier von Kreta, Weib, dafür wirst du bezahlen! Seine Hörner sollen dich durchbohren! Oder Er wird dafür sorgen, daß deine eigenen geliebten Pferde dich unter ihren Hufen zertrampeln! Dich, oder das Fleisch von deinem Fleisch –«

Doch dann umringten sie ihre Amazonen, lachend und weinend wie andere Frauen, und sie sah und hörte nichts mehr.

Einige Tage lang fürchteten die Amazonen, Marpe könne auf einem Auge erblinden. Ein Mann von Azzi hatte es verletzt, als sie versuchte, sich zu ihrer Königin durchzukämpfen. Doch sie lachte vor sich hin, als sie hörte, wieviele Anstrengungen Asterion unternommen hatte, mit einer Sklavin zu schlafen, bis er schließlich zum Ziel kam. »Er hat Glück gehabt, daß du ihn nicht unfähig gemacht hast, je wieder mit einer Frau zu schlafen, Königin!«

»Er wäre es nicht«, sagte Antiope grimmig, »wenn ich Zeit genug gehabt hätte, richtig zuzustoßen.«

Erst als Marpe ihr Auge öffnen und sehen konnte, sprach Antiope mit dem König von Azzi. Da schwänzelte er wie ein Hündchen um sie herum, schwor große Eide, er würde alle seine jungen Männer daheim lassen und nie wieder in irgendeiner Weise die Kaska unterstützen. Antiope sagte bloß: »Weil dieser Frieden für die Amazonen gut sein wird, werden wir ihn so lange einhalten, wie du es tust, König. Wenn du ihn aber brichst, werden wir gegen dich losschlagen.« Er tat, als nehme er diese Worte wie einen freundlichen Scherz, doch sein Lachen klang hohl.

Dann brachen die Amazonen in ihre Heimat auf, zu ihren Bergen. Dort trennten sie sich von den Hethitern. Hauptmann Mariyas sagte: »Möge die Sonnengöttin von Arinna dich behüten, Prinzessin, jetzt und immerdar.« Antiope lächelte, gar nicht zornig, daß er sie nicht Königin genannt hatte; er wußte es nicht besser, dieser treue Gefolgsmann ihres Vaters. »Und der Sturmgott sei mit dir, Mariyas!«

Er sah ihr lange nach. *Jede andere Frau hätte ein großes Geschrei über all das gemacht. Ein Jammer, daß sie nicht einer der Söhne des Königs war. Keiner von ihnen hätte einen besseren Kampf liefern können.*

Die Amazonen aber ritten hinaus aus der Sommerhitze mit ihren Stechfliegen, hinauf in das kühle angenehme Hochland. Alles, was Antiope nun wünschte, war, heimzukehren zu den Dingen, die sie immer gekannt hatte. Zu den grünen Weiden von Themiskyra und den Pferden, die dort grasten; zu all den Mädchen und Frauen, die sie zurückgelassen hatte. Auch zu Molpadia. *O Göttin, unser aller Mutter, wie gut ist es, sich selbst zu besitzen!* Die Ruhelosigkeit schien für immer verschwunden.

Die Wächterinnen in den Bergen hießen sie willkommen und sandten Botinnen voraus, um Themiskyra von ihrer Ankunft zu unterrichten. Als sie hinunterritt in die liebliche Ebene, strömten alle Amazonen heraus, um sie zu begrüßen, wie ein Bienenschwarm aus seinem Stock, doch voll Freude. Sogar Molpadias grimmige Augen wurden weich, als sie das großgewachsene Mädchen auf dem großen Pferd erblickte. Antiope glitt vom Pferd und in die Arme ihrer Tante.

»Kind, du bist verletzt worden. Es ist eine Narbe an deiner linken Brust!«

»Es ist nichts, Schwester meiner Mutter. Oh, es tut wohl, daheim zu sein!«

Nachdem die Kriegskönigin alles erfahren hatte, sagte sie: »Du hast schwer gelitten und noch mehr riskiert, und ganz umsonst. Frieden mit Azzi wird nie etwas wert sein. Gleichviel, seine Wertlosigkeit soll dir von selbst klar werden. Soll dieser heimtückische winselnde Halunke Hukkana nur glauben, daß er uns alle zum Narren gehalten hat.«

Antiope lächelte ...

Der Winter machte die Welt weiß. Die Amazonen saßen zu Hause wie andere Frauen; sie spannen und webten und erzählten sich am Feuer Geschichten. Dies war ihre ungestörte Zeit, in der kein Feind kam.

Doch als der Schnee hoch lag, kam eine Bettlerin. Sie hatte eine weite Reise hinter sich; ihre Schuhe waren durchlöchert, ihre Füße blutig. Ihr Haar war weiß, doch ihr Gesicht barg noch immer den Widerschein einstiger Schönheit und Kraft. Die Amazonen brachten sie ins Haus der Mädchen, gaben ihr zu essen, gaben ihr warmes Wasser und Bärenfett für die Füße, und dann fragten sie nach ihrem Namen. Sie antwortete: »Er ist verlorengegangen, wie auch alles übrige, das jemals mein war. Keine Sippe wird sich daran erinnern, wohin ich gegangen bin, doch ich wollte dort sterben, wo ich geboren wurde. Unter den schneebedeckten Gipfeln des Kaukasus, den die Menschen aus dem Westen das Ende der Welt nennen.«

»Haben Sklavenhändler dich verschleppt?« fragte ein Mädchen. Das war für Amazonen das schlimmste aller Schicksale.

»Seeräuber aus dem fernen Westen. Ich gebar ihrem Kapitän Kinder, bis er sich eine reiche Braut nahm, jünger als ich. Dann wurde ich verstoßen.«

»Er behielt deine Kinder?« Marpes Gesicht war voll Mitleid.

»Ich verlor sie.« Die toten Augen blickten zur Seite.

»Und du tatest nichts?« Molpadias Lippen kräuselten sich.

»Ich tat, was eine Frau tun muß. Ich fand einen neuen Herrn. Einen besseren Mann, obgleich ich ihn nie liebte. Wäre er dem Gebot seiner Götter gefolgt, hätte ich vielleicht noch einen Sohn geboren.«

Da wandte sich Molpadia ab, doch die Mädchen waren voller Neugier. Eines sagte: »Warum gehorchte dein Mann seinen Göttern nicht?«

»Sein Volk vertraute auf die Worte des Gottes von Delphi, und dieser Gott gebot ihm, mit keiner Frau zu schlafen, bis er heimgekehrt sei. Das bedeutete für mich – ich war die Frau, die er dort gefunden hätte! *Ai! Ai!*« Sie wiegte sich leise stöhnend hin und her.

»Bringt mehr Wein, Mädchen«, sagte Antiope.

»Dank sei dir, Herrin. Heiß soll er sein – heiß! Die Kälte sitzt mir noch in den Knochen.« Sie trank gierig, dann kauerte sie sich dichter ans Feuer, ihr abgemagerter, gekrümmter Körper zitterte.

»Bringt noch eine Decke, Mädchen. Gast, sei ruhig und schlafe. Du mußt unsere Gastfreundschaft nicht erkaufen.«

»Noch einmal danke, Herrin. Doch bald werde ich viel Zeit zum Schlafen und Stillsein haben.« Die Alte hatte offenbar Freude an Zuhörern; vermutlich waren sie die einzigen, die ihr nun noch Aufmerksamkeit zollten. Sie fuhr fort. »Der Gott hatte in Rätseln gesprochen, wie Götter das öfter tun. Oder Ihre Priester. Also war mein Gemahl verwirrt und suchte weiteren Rat in dem kleinen Land, das früher Oraia genannt wurde. Dort wurde einst ein Gott der Fremden aus Ägypten verehrt: Oros, wie sie den Sohn der jammervollen und umherstreifenden Mutter nennen. Und dort wohnt noch ein König, mit alter Weisheit begnadet: einer, der zuweilen sehen kann, was sein wird.«

Sie richtete sich auf. Ihre Stimme war nicht mehr alt und dünn, sondern voll und wohltönend. Die Halle verwandelte sich in einen Becher, den sie mit goldenem Wein füllte. »Dann sah er in die Zukunft, dieser König. Ich, da ich kundig bin, weiß etwas von dem, was er zu sich selbst sprach. Ein neues Zeitalter kommt. Was gewesen ist, endet; was nie gewesen ist, wird sein. Zwei Männer werden alles ändern, zwei, die sich nie treffen werden. Bald wird ein König des Ostens zu seinem Volk sagen: Es gibt nicht mehr viele Götter, sondern nur Einen, und dieser Eine liebt alle Völker. Nicht nur das unsre allein.«

Antiope sagte aufgeschreckt: »Der Pharao Echnaton sagt jetzt etwas in dieser Art.« Dann fiel ihr ein, die Bettlerin könnte vielleicht irgendwo auf ihrer langen Reise davon gehört haben.

Wieder erfüllte die goldene Stimme den Raum. »Und im Westen wird ein König geboren werden, der zu seinem Volk sagen wird: Gott ist in jedem Menschen. Könige haben nur die

Macht des Schwertes und beanspruchen eine Gnade, die nicht die ihre ist. Kein Mensch soll sich vor einem anderen bücken. Und er wird seine Krone beiseitelegen und sein Volk eine neue Art zu leben lehren. Eine Lebensweise, der in den Zeitaltern, die kommen werden, viele Menschen in vielen Ländern folgen werden, obwohl sie seinen Namen und seine Taten nur für eine alte Geschichte halten und daran zweifeln, daß er je gelebt hat.«

Sie schwieg; und verwundert flüsterten die Mädchen miteinander. Als sie schließlich fortfuhr, war ihre Stimme nur noch die eines verbitterten, gebrochenen alten Weibes. »Er war auch schlau, dieser weise König. Er hatte eine Tochter, ein Mädchen, schön wie der Morgen. Er bewog meinen Gemahl, mit ihr zu schlafen. So gebar sie den vom Schicksal erwählten Sohn, der König sein wird. Mein Schoß – meine Arme – blieben leer. Ich – die ich die klügste und die scharfsinnigste aller Frauen genannt wurde – ich hätte ihn gewißlich besser als jeder andere lehren können, den gewaltigen Gefahren standzuhalten und die zu meistern, die noch vor ihm liegen! Ich wurde betrogen – betrogen!« Sie weinte.

»Du wurdest also wiederum verstoßen!« fragte eines der Mädchen.

»Nein.« Feuer flammte in den toten Augen auf. »Bei Erde und Sonne hat mein Herr geschworen, daß sein Haus mich immer beschirmen werde, und er war nicht so töricht, eine andere Frau dorthin zu bringen, die über mich herrschen sollte!«

So zuckten vielleicht Flammen, heiß und blutrot, noch jahrhundertelang über dem schneeigen Gipfel eines Vulkans. Doch als die Zuschauer sie gerade anstarrten, war es vorbei; die blitzenden Augen wurden glanzlos.

»Jedoch, *er* kam – der Knabe! Nachdem er all jene getötet hatte, welche die große Handelsstraße, die sein alter Vater nicht mehr hatte schützen können, in Furcht und Schrecken versetzt hatten. Die beiden Phaias zuerst – die Heilige Königin und Ihre Heilige Sau. Jahrhunderte hatten Sie in Krommyon geherrscht, ein Geist in zwei Leibern, bis Menschen Sie vertrieben. Doch als die Königin zurückkehrte, war Sie grausam geworden; voll Haß auf die neuen Zeiten, fütterte Sie die Sau mit Menschenfleisch. Der Sohn meines Herrn tötete Sie, dann schlachtete er die Sau und alle Ihre Ferkel, um ein Festessen zu veranstalten für die Menschen von Krommyon, die ihn als König und Befreier begrüßten. Doch er gebot ihnen törichterweise einen Rat einzusetzen, der sie regieren sollte, und zog weiter. So etwas hätte *ich* ihn nie gelehrt – warum sollte ein Mann Macht aus der Hand geben? In diesem Punkt muß die Prophezeiung falsch gewesen sein.«

Die Gesichter der Amazonen verhärteten sich; sie hörten nur ungern von der Niederlage einer Königin. Die Fremde fuhr fort: »Als nächsten erschlug er Skiron, jenen Mann, den von allen Männern am heftigsten danach verlangte, ein König zu sein. Weil er bloß Trümmer hatte, über die er herrschen konnte, bewies sich der Narr selber seine Macht und Würde, indem er sich auf eine Klippe über dem Meer setzte und alle Reisenden, die seinen Wegezoll nicht zahlen konnten, zwang, ihm wie Sklaven seine Füße zu waschen. Dann lachte er und beförderte sie mit einem Fußtritt ins Meer. Der Sohn meines Herrn warf ihn über seine eigenen Klippe. Er sagte: ›Ich verfahre mit dir ebenso, wie du mit anderen verfahren bist.‹

Die gleichen Worte sagte er auch zum wilden Kerkyon – Kerkyon, der früher ein gütiger König gewesen war. Bis er erfuhr, daß seine Tochter Alope nach einem Fehltritt ein Kind geboren hatte. ›Vater, Vater – es war kein Mensch! Es war Poseidon!‹ Das, so sagen die Leute, schrie sic zum Schluß, sich vor seiner gewaltigen erhobenen Faust verkriechend. An jenen Küsten nennt man alle Söhne unverheirateter Prinzessinnen Söhne Poseidons.« Sie lachte, ein häßliches, boshaftes Kichern. Antiope fuhr auf. Poseidon – ein Sohn Poseidons!

»Doch nachdem er seine eigene Tochter getötet und ihr Kind ausgesetzt hatte, kam Raserei über Kerkyon. Er herrschte in Eleusis, der Heiligen Stadt der Mutter und der Jungfrau, doch er wurde zum Gotteslästerer – schwor, daß Sie besudelt seien, da Sie weiblich waren. Er zwang alle armen Leute, die als Pilger kamen, mit ihm zu ringen. Damals nannte der Sohn meines Herrn sich selbst noch einen Sohn des Poseidon, so daß der rasende Kerkyon gelobte, ihm den Rücken zu brechen – und ihm wurde der seine gebrochen! Doch darauf lief ein Junge herbei und nannte den Sohn meines Herrn Bruder – Kerkyons Enkel, den Bauern versteckt und aufgezogen hatten. *Er* war noch jung genug, um an Poseidons Vaterschaft zu glauben – wenn die ganze Geschichte nicht überhaupt eine Lüge war!« Wieder dieses häßliche, boshafte Kichern. »Und dieser Narr, der gerade eine Krone gewonnen hatte, sagte: ›Ich will meinen Bruder nicht seines Erbes berauben‹ – und zog weiter! Gab Eleusis auf, das ein so reicher Lohn ist; die Pilger verhelfen dort jedem König zu Reichtum, der ein wenig Verstand hat.«

Nun waren die Gesichter der Amazonen wohlwollend; ihre Augen glänzten. »Er muß ein großer Kämpfer sein, der Sohn deines Gemahls«, sagte Antiope. »Und ein großes Herz muß er haben.«

»Ein paar Narren haben das, Herrin – sehr wenige. Kein kluger Mann hat jemals ein Herz. Aber dieser Narr, gezeugt von meinem Herrn, zog weiter und traf Prokrustes, den Gliederstrecker. Prokrustes, den gastfreundlichsten unter den Menschen!« Sie lachte schrill. »Immer gab er großen Gästen ein kurzes Bett – und schnitt dann ein Stück von ihnen ab, um sie passend zu machen. Kleinen Gästen aber gab er ein langes Bett – sie so lang zu strecken, bis sie hineinpaßten, muß mehr Umstände gemacht haben, doch er schaffte es. Bis ihn der Sohn meines Herrn auf einem seiner eigenen Betten zur ewigen Ruhe legte.«

»Der Hund bekam, was er verdiente.« Antiopes Lippen verzogen sich vor Abscheu.

»Zu bekommen, was man verdient – das kann ein schweres Los sein, Herrin.« Plötzlich war die alte Stimme müde und erschöpft. »Dann kam der Sieger in die Stadt seines Vaters. Zu den Häusern, in denen ich jahrelang Herrscherin gewesen bin. *Ai-Ai!*« Die geisterhafte Wehklage stieg auf, zitterte und sank. »Zuerst sagte er uns nicht, wer er war; die Jungen sind spaßhaft. Aber ich wußte es – durch meine Künste wußte ich es! Und ich konnte es nicht ertragen, das Heim meines Alters zu verlieren, wie ich jedes Heim verloren habe, das ich in der Jugend besaß –«

»Hast du ihn daraufhin getötet? Wie du einst die Kinder getötet hast, die du geboren hattest?«

Speergerade stand Molpadia da, mit Augen wie glühende Kohlen. Und als hätten heiße Kohlen ihr das Fleisch versengt, schrie die Fremde auf und fuhr zurück, ihr Gesicht in ihrem schwarzen zerfetzten Umhang verbergend.

Molpadia sagte: »Seht, Mädchen, wie eine Frau endet, die es nach Männern gelüstet. Dort steht Medea, Tochter des sonnengeborenen Aietes, die geile Närrin, die mit Jason dem Griechen entfloh.«

Alle erstarrten. Alle wußten, wie der grausame Aietes, genannt Sohn der Sonne, einst in Kolchis regiert hatte, dem Land am östlichen Gestade ihres Meeres. Wie er seine Gäste, die Argonauten, getötet hätte, wären sie nicht von seiner Tochter Medea, der Hexe, gerettet worden, weil sie Jason, ihren Anführer, liebte.

»Sie betrog ihr eigenes Volk.« Molpadias Stimme peitschte auf die schwarze, stumme Gestalt ein. »Sie tötete ihren Bruder, der ihr auf der Flucht folgte. Als Jason sie dann fortwarf wie einen alten Schuh – sie hätte wissen müssen, daß er es tun würde, wenn er sie einmal nicht mehr brauchte –, tötete sie die Kinder, die sie ihm geboren hatte. Ihr eigenes Fleisch.«

Medeas Umhang fiel; ihr Gesicht war leichenblaß. »Mein Bruder hätte mich zu meinem Vater zurückgeschleppt – um einen schweren Tod zu sterben. Und meine Kinder waren Knaben. Seit wann habt ihr Amazonen eure Brüder geliebt? *Eure* Söhne?«

Medeas Augen schienen die ihrer Peinigerin zu durchbohren, hindurchzuschauen wie durch eine offene Tür. Und jetzt wich Molpadia zurück, staunenerfüllt. Da schien Medea sich zu vergessen; ihr Gesicht wurde fremd, als lausche sie Geräuschen, die andere nicht hören konnten. Plötzlich warf sie ihren Kopf zurück und lachte: ein wildes, bitteres Lachen, das die andere Frau wie ein Schlag ins Gesicht traf. »Nun, Amazone? Wir haben beide getötet, was wir am meisten liebten. Doch ich habe zum letzten Mal einen Fehler gemacht; meine Taten sind alle vollbracht. Und am Ende habe ich versagt – ich habe Theseus nicht getötet, den Sohn meines Herrn Aigeus. Vielleicht wirst du eines Tages wünschen, ich hätte es getan.«

Wie ein Wolf stürzte Molpadia auf sie los, doch Antiope sprang dazwischen. »Tante, sie ist Gast in unserem Haus!« Molpadia wandte sich um und ging fort, und die Fremde verbarg ihr Gesicht wieder in ihrem Umhang. Unbeweglich wie eine Statue stand sie im roten Feuerschein. Antiope redete mit ruhigen, besänftigenden Worten auf die schwarze Gestalt ein, konnte es aber nicht über sich bringen, sie zu berühren. Die Verstoßene gab keine Antwort; niemand dort sah jemals wieder ihr Antlitz.

Am Morgen war sie verschwunden; als die Nacht noch am schwärzesten war, hatte die Torwächterin sie hinausgeführt, froh über ihr Verschwinden. Molpadia sagte: »Es ist gut. Soll das geierköpfige Weib sich Herz und Gedärm zerreißen auf immer, jene Frau, die ihre Kinder rechtmäßig hätte aufziehen können, sich aber entschloß, sie zu töten!«

Antiope fragte: »Wie hast du von diesem Mord erfahren?«

Und Molpadia antwortete: »Händler aus Troja kamen, während du noch in Azzi warst. Die meisten Neuigkeiten gelangen zuletzt nach Troja; sogar Händler haben ihre Gewohnheiten.«

Sie erfuhren nie, ob Medea Kolchis lebend erreichte. Sie mußte Gold und Silber bei sich gehabt haben, als sie Athen verließ, doch wenn man Gebirge im Schnee überquert, kann man wenig kaufen. Vielleicht war sie einsam gestorben wie ein todmüder, alter Hund an einem steilen Berghang. Oder sie konnte in irgendeinem Bergdorf Halt gemacht haben und dessen weise Frau geworden sein, am Ende glücklich, für eine Schale Eintopf Zaubersprüche und Beschwörungen herunterzuleiern.

Doch den ganzen Winter über, während die Winde um die hölzernen Mauern der Amazonenstadt heulten, hörte Antiope sie den einen Namen rufen: »Theseus!« Im weiten Westen konnte es sehr wohl viele rotschöpfige »Söhne Poseidons« geben; das kleine Land, Oraia genannt, brauchte nicht Troizen zu sein. Doch die genannten Taten waren gewaltige Taten gewesen, und sie konnte ihn sehen, wie er sie vollbrachte – sein feuriges Haupt erhoben, seine rotbraunen Augen blitzend. Sie verscheuchte diese Visionen; sie war nicht stolz auf ihn – wie konnte sie? Ihn zu töten – das würde sie mit besonderem und verständlichem Stolz und Jubel erfüllen. Und wenn er je wieder in ihrem Meer aufkreuzte, würde sie es tun.

Wie war er bloß Medeas mörderischer Tücke entronnen?

Auch über Athen heulten in diesem Winter die Winde. Kalt und grimmig schlugen sie gegen die hohe Akropolis, doch den alten Aigeus erfüllten Wärme und Glück. Endlich hatte er einen Sohn – und welch einen Sohn! Einen, der ganz allein vollbracht hatte, wozu alle Söhne Pallas' zusammen nicht den Mut gehabt hätten, obgleich sie ihn, wenn sie erfolgreich gewesen wären, gewiß von seinem Thron gestürzt hätten. »Aber er, der diese Taten vollbrachte, ist eine Frucht meiner Lenden!«

Theseus war weniger glücklich. Der Glanz seines Ruhmes war recht bald verblaßt; zu viele harte Tatsachen waren zu Tage getreten, die ihn trübten. Zum erstenmal in seinem Leben fürchtete er die Ankunft des Frühlings. Er würde Athen Tod bringen, nicht Leben – die Schiffe des Minos, herabstürzend wie Falken, um ihre Beute zu packen. In seiner letzten Nacht in Troizen hatte er mit Leidenschaft davon gesprochen, Schiffe zu bauen, um ihnen entgegenzutreten – wie jung war er gewesen! Pittheus hatte ihn gewarnt, gesagt, daß man Zeit und Geld brauche, um Schiffe zu bauen; und auch Verschwiegenheit. Und selbst wenn er Zeit und Geld hätte, so war doch in Attika keine Verschwiegenheit zu erreichen. Die Söhne des Pallas hatten ihre Augen überall. Alle jungen Männer Athens schienen Theseus wegen seiner Siege zu vergöttern, und zuerst hatte er auch voll Freude geglaubt, daß sie es taten. Da hatte er eines Tages eine Warnung mißachtet und fast sein Leben eingebüßt. Sicher war der größte Teil dieser Heldenverehrung ehrlich, doch nun würde es immer den Zweifel geben. Auch die Söhne Pallas' – die ihm an nächsten verwandt waren, von denen viele ihm ähnlich sahen – waren sie alle an der Verschwörung beteiligt gewesen? Wenn nicht, wie viele hatten tatsächlich mitgemacht? Lykophron und er waren sich ähnlicher als die meisten Brüder, doch selbst wenn Lykophron ihm seine Freundschaft antragen sollte, könnte er es nie wagen, ihm zu trauen. Er konnte nur schweren Herzens hoffen, daß Lykophron, wenigstens er, an der Verschwörung keinen Teil gehabt hatte. Es war in der Tat schwierig, einem Mann geneigt zu sein und sich dennoch fragen zu müssen: *Hat er Gift für meinen Bauch? Ein Messer für meinen Rücken?* Im kleinen Troizen konnte ein Mann seinen Freunden und seiner Sippe trauen. Aber hier –

*Selbst du, mein Vater, selbst du! Du hast den Stier von Marathon auf mich losgelassen.*

Nie würde Theseus den ersten schwarzen Schrecken vergessen, der ihn packte, als er dies erfuhr. Nun wußte er, wie Medea ihren Nutzen aus den Ängsten des alten Mannes gezogen, ihn angestachelt hatte. »Die Leute verehren ihn wie einen Gott, diesen jungen Mann, der so viele gewaltige Männer getötet hat. Was ist, wenn er König werden will?« Als Aigeus geantwortet hatte, das seien alles Übeltäter gewesen, hatte sie gesagt: »Wird er dich nicht den Mörder deines Gastes nennen?« Theseus wußte nun, daß sein Vater immer geglaubt – oder gehofft – hatte, daß der Stier das wahre Werkzeug der Gerechtigkeit des Gottes war und keinen unschuldigen Mann töten würde. Doch mit welcher Bitterkeit im Herzen war er dem Stier entgegengetreten! Später, beim Fest seines schwer erkämpften Sieges – diese Tötung hatte mehr Geschicklichkeit und Stärke erfordert als alle anderen – hatte er das Schwert des Schlangenkönigs gezückt, um Fleisch damit zu schneiden. Sein einziger Gedanke war gewesen: *Nun erkenne, was du getan hast, alter Mann – und was du verloren hast! Denn niemals werde ich nun hierbleiben.* Mit grimmiger Freude hatte er den alten Mann zusammenfahren und erschauern sehen, als die goldenen Schlangen an der Klinge aufblitzten. Er schien einer Ohnmacht nahe. Doch als Theseus nach seinem Weinbecher griff, war der alte Mann plötzlich wieder zum Leben erwacht – war stolpernd auf ihn zugerannt. Um ihm den Becher aus der Hand zu schlagen und beide Arme um Theseus' Hals zu schlingen.

»O mein Sohn – mein Sohn!« Die alten Lippen zitterten, die alten Augen waren voller Tränen.

In dieser entsetzlichen Sekunde hatte Theseus zwei Dinge

begriffen: daß der Wein im Becher vergiftet war, vergiftet mit Wissen seines Vaters – und daß er selbst gleichwohl nicht die Kraft hatte, sich aus der Umklammerung dieser schwachen zitternden Arme zu befreien. Er hatte den alten Mann eng umschlungen gehalten.

Dann, über das weiße Haupt seines Vaters hinweg, hatte er die Frau erblickt. Immer noch gerade wie eine Schwertklinge und schlank in ihrem blutroten Gewand, das verwelkte Gesicht leuchtend geschminkt, Gold im schwarzgefärbten Haar. Ihre Augen aber waren schwärzer als jene Tiefen, die angeblich so weit unterhalb des Hades liegen wie dieser unter der Erde. Sehr ruhig hatte sie gesagt: »Ich wünschte, du wüßtest um meine Qual, Aigeus. Du, der du mir Schutz versprachst – Mut verliehest, meine Kinder zu töten. All diese Jahre habe ich dich dafür gehaßt. Heute hatte ich gehofft, es dir heimzahlen zu können – dich dazu zu treiben, deinen eigenen Sohn zu töten.«

Das Brüllen des alten tränenblinden Aigeus hatte sie nicht eingeschüchtert. Unerschütterlich hatte sie dagestanden, seinen Schlag erwartend oder den Befehl, den er anderen hätte zurufen können. Sie war mutig gewesen, und Theseus hatte müde gesagt: »Vater, laß sie gehen.« Und Aigeus hatte sich schluchzend von ihr abgewandt und den Kopf an die Brust seines Sohnes gelegt...

Mitleid hatte die Liebe überlagert, und diese Liebe war eher die eines Vaters als die eines Sohnes, dachte Theseus, weil sie der Schwäche geschenkt wurde. Der alte Mann war nun glücklich, glücklich wie ein Kind bei seiner Geburtstagsfeier, und er vergaß, was er seinem eigenen Sohn anzutun versucht hatte, was er mit Sicherheit über die Söhne anderer Väter gebracht hatte. Denn die kretischen Schiffe würden kommen...

Zuerst kam Gamelion, der Monat der Wintersonnenwende und der Eheschließungen. Die Zeit, in der die Söhne und Töchter Athens heirateten und Kinder zeugten; damit diese Ergießung von Leben helfe, den Frühling zu bringen. In diesem Winter heirateten viele, die sehr jung waren; Theseus wußte warum, und das Herz wurde ihm schwer. Minos konnte nur die Unverheirateten beanspruchen... Doch er war bestürzt, als

Aigeus zu ihm kam und ihn bat, zu heiraten. »Kind, ich bin alt. Laß mich Enkelsöhne auf den Knien wiegen, bevor ich sterbe. Deine Kindheit blieb mir vorenthalten.«

Theseus antwortete: »Sie, die meine Söhne gebären wird, ist schon erwählt. Sie wartet anderswo auf mich.«

»In Troizen? Deine Mutter und dein Großvater müssen eine kluge Wahl getroffen haben. Ich möchte ihrem Willen nicht entgegenstehen. Jedoch« – er seufzte – »Athen wäre hoch erfreut gewesen, endlich wieder eine wahre Königin zu haben. Eine, die, nach den Worten der alten Heiligen Eheschließung, ›sieht, was nur eine Athenerin sehen darf, und hören, was nur eine Athenerin hören darf‹.«

»Meine Mutter wurde nicht in Athen geboren.«

»Richtig. Und keine Frau hat Athen je besser gedient!« Der alte Mann wurde ernst. »Doch eine athenische Braut von hoher Geburt wäre dir jetzt sehr nützlich gewesen. Zwar bist du mächtig, doch du bist allein, und die Söhne des Pallas sind zahlreich. Und immer mehr davon wachsen heran. Eines Tages – so sicher, wie die Sonne untergeht – werden sie losschlagen.«

»Mein Schwert wird für sie bereit sein.« Theseus' Stimme war kalt und hart wie die Klinge seines Schwertes, die Klinge, die einst Kekrops gehört hatte, dem Schlangenkönig. Doch in seinem Herz spürte er Kummer und Verdruß. Mit den Söhnen Pallas' konnte er fertig werden, aber nicht mit den Schiffen des Minos. Außerdem war Antiope nicht in Troizen. Er sagte: »Ich will mich in diesem Jahr nicht verheiraten, Vater.«

Das Gesicht des alten Königs wurde aschfahl. »Kind, Kind, es ist das Jahr der Neunten Horai! Und welchen Mannes Sohn würde Minos lieber erwählen als den meinen?«

Plötzliche Wut flammte in Theseus auf, die einem Entsetzen entsprang, das ihn zugleich alles begreifen ließ. »Wie könnte ich mit einer Braut lustig sein, während du andere junge Athener fortschickst, damit sie an meiner Stelle sterben?«

Aigeus' Gesicht wurde grau vor Schmerz, und diese Bitterkeit schien es zum Welken zu bringen. Der Anblick tat Theseus weh. Er wandte die Augen ab und legte sanft eine Hand auf den Arm seines Vaters. Sein Verstand arbeitete wie wild, und nicht nur sein Verstand. Er hatte sich immer gewundert, warum sein Großvater, der Stierkämpfe nicht mochte, ihn darin bis zur höchsten Geschicklichkeit hatte ausbilden lassen. Der Kampf mit dem Stier von Marathon war scheinbar eine Erklärung dafür gewesen. Was aber, wenn die merkwürdige Voraussicht des alten Pittheus noch viel weiter gereicht hätte?

»Vielleicht ist es meine Bestimmung, nach Kreta zu gehen, Vater. Um den Stier des Minos zu töten, genauso wie ich den Stier von Marathon getötet habe. Danach wird dies alles vorbei sein – die Söhne und Töchter Athens werden sicher sein, für immer von dem Tribut befreit.«

»Nein! Nein!« Aigeus' Hände zitterten, doch beide hielten verzweifelt seinen Sohn umklammert. »Nein, Kind – nein. Ich verbiete dir zu gehen. Du bist alles, was ich habe – mein einziger Sohn! Und nicht du hast dich versündigt – du bist schuldlos.«

»Wenn ich König von Athen sein soll, muß ich das Volk von Athen beschützen.«

»Kind, du würdest umsonst sterben! Selbst wenn du all die anderen Stiere besiegen und auf *den* Stier treffen würdest! Dieser Minos ist nicht wie der erste Minos – nicht wie er, der ein heiliges Bündnis schloß mit dem Gott, seinem Vater, und der die Sonne zurückbrachte! Ich habe in seine Augen geblickt und seine Stimme gehört – ich kenne ihn. Wenn er fürchten müßte, du könntest seinen Stier aller Stiere besiegen, würdest du betäubt und hilflos vor das Gottestier hintreten. Du würdest sterben! Und andere junge Athener würden nach dir sterben, als hätte es dich nie gegeben –« Aigeus schluchzte; sein Kopf sank nach vorn an die Schulter seines Sohnes.

Die Hitze des Gefühls wich aus Theseus. Sein Vater hatte recht. Tyrannen fanden immer einen Weg, die Einhaltung ihrer Versprechen zu umgehen. Der Vernichter der Skylla würde ihn nie entkommen lassen – ja, er wäre der kostbarste Preis von allen! Athens einzige Hoffnung lag im Bau von Schiffen. Er, Theseus, mußte seinen ersten Plan wieder aufgreifen und warten – wie lange aber mußte er warten? Mußte er nicht, um seines Volkes willen, sein anderes Ziel aufgeben, das den meisten

Menschen als ein bloßer Traum oder eine Hoffnung erscheinen mußte? Eine Frau nehmen, die er nicht wollte?

»Kind« – Aigeus' Stimme, jetzt verschlagen, schmeichelnd, die eines Mannes, der einen kleinen Jungen zu überreden versucht – »ich habe ein Schiff. Die meisten Könige auf dem Festland halten eines irgendwo versteckt, trotz Delphi. Nimm es und segle diesen Sommer über fort.«

Einen Atemzug lang erhellte sich Theseus' Gesicht, als ginge die Sonne auf – dann verdüsterte es sich wieder. »Vater, ich kann dich diesem Feind nicht allein entgegentreten lassen.«

Aigeus lächelte; dieses Lächeln machte ihn wieder zu einem Mann. Dem Mann, der Minos getrotzt hatte, der, vor langer Zeit, gegen eine Übermacht gekämpft hatte, um den thronräuberischen Metion zu töten und die Krone seines Vaters zurückzugewinnen. »Kind, ich habe noch genügend Kraft, um dieser Neunten Horai allein die Stirn zu bieten. Die Söhne Pallas' werden sich nicht gegen mich erheben, weil sie wissen, daß du bald heimkehren wirst. Nimm das Schiff und fahre, wohin du willst – nur, komm Kreta nicht zu nahe!«

Er sprach aus der leidvollen Erfahrung seiner Zeit. Es war unvorstellbar, daß ein junger Mann, der ein Schiff hatte, nicht auf Seeräuberei ausging. Früher hatte diese Tatsache viel Elend und Blutvergießen verursacht; dies war der Hauptgrund, warum Delphis Bann gegen den Bau von Schiffen keinen Aufruhr ausgelöst hatte. Und, was ihn selber betraf, es waren nicht die Söhne Pallas', die Aigeus fürchtete, sondern die stierenden anklagenden Augen Minos', in die er vielleicht wieder würde blicken müssen, und noch mehr – viel mehr – fürchtete er die Gesichter jener Eltern, die ihre Kinder würden hergeben müssen... Doch weder erwartete noch wünschte er, daß sein Sohn an diese unantastbaren Gottesurteile dachte.

Und Theseus tat es nicht. Seine Augen strahlten wieder; sie glühten wie geschmolzenes Gold. »Mit Freuden will ich dir das versprechen, Vater. Ich werde Kreta nicht zu nahe kommen. Aber das Schiff werde ich nehmen!«

3. Kapitel/Die Insel des Schwarzen Steins – Die Nächte waren noch frostig, als das Schiff in See stach. Euneos und Thoas waren für diese Reise wieder in den Norden gekommen, und dieses Mal waren Hermos und der junge Solois bei ihnen. Ihre Herzen sangen wie Vögel, doch das des Solois jubilierte lauter als die aller anderen.

*Ich fahre mit ihm. Mit Theseus!*

Theseus dachte: *Meinetwegen, ein Küken mehr.* Er war nicht allzu glücklich über seine Besatzung. Im Laufe von Gamelion hatten alle Athener von Geburt ihre heiratsfähigen Söhne unter die Haube gebracht; und der Platz eines Bräutigams war zu Hause. Doch in einer Hinsicht kam ihm die Jugend seiner Besatzung wohl zunutze; sie waren noch daran gewöhnt, zu tun, was man ihnen sagte. Sie stellten keine unangenehmen Fragen; warum sie, zum Beispiel, nach Norden fahren mußten, immer nach Norden, vorbei an Inseln, die so aussahen, als seien sie eine Plünderung wohl wert. Theseus hatte nicht den Wunsch, den Seeräuber zu spielen; Pittheus hatte ihn Achtung gelehrt vor den Rechten anderer Menschen an dem, was sie erworben und geschaffen hatten. Und eine Zeitlang war der kalte Meereswind alles, was er sich wünschte; er kam ihm reinigend vor, trieb schwarze Erinnerungen fort und die häßliche Notwendigkeit, allen zu mißtrauen, die seine Freundschaft suchten – all jenen, die in Wirklichkeit vielleicht Spione im Auftrag der Söhne Pallas' waren. Er war froh über seine wiedererstandene Achtung vor seinem Vater: Im ersten Schmerz über seine Kränkung war er zweifellos ungerecht gewesen. Im Grunde genommen konnte ein Mann nicht einmal sich selbst blind vertrauen.

*Das hast du mich gelehrt, Prokrustes.*

Skiron und die beiden Phaias würden ihn nie heimsuchen. Und in dem strahlendäugigen, fast anbetenden Jungen, Kerkyons Enkel, hatte er sich selbst erblickt – das junge Ich, das geglaubt hatte, Poseidon sei sein einziger Vater, und die warme, überquellende Zärtlichkeit, die ihn durchströmt hatte, war noch heute eine angenehme Erinnerung. Aber nachdem er Eleusis verlassen hatte, war der Sieg gekommen, der auch die Niederlage in sich geborgen hatte. Prokrustes und seine zwei Betten! Der Gliederstrecker hatte kurze Menschen breitgehämmert, um sie für das große Bett passend zu machen; den großen Menschen hatte er die Füße abgeschnitten, damit sie in das kurze paßten. Doch seine Augen waren viel schlimmer gewesen als seine Betten. Keine Lust zu töten war in ihnen gewesen – für ihn hatte der Tod eines Opfers nur das Ende seines Vergnügens bedeutet –, sondern ein entsetzliches verbrecherisches Verlangen, Schmerz zuzufügen. Eine widerwärtige Krankheit, die von einem Menschen auf einen anderen übergreifen konnte. Denn er selbst hatte sich an Prokrustes' Schreien ergötzt... bis die rote Raserei sich ausgetobt hatte und er in ungläubigem Entsetzen auf die stöhnenden Reste herabgeblickt hatte, die einmal der Gliederstrecker gewesen war. Viele hatten diese Tat gepriesen; die Leute schmunzelten immer noch darüber, wie der Zerstückler von Menschen mit seiner eigenen Axt in Stücke gehauen worden war. Doch Pittheus' Enkel wollte es nur vergessen. Sein eigener stolzer Wahlspruch, mit dem er so frohgemut gen Norden gezogen war – »Ich werde mit euch so verfahren, Hunde, wie ihr mit anderen verfahren seid« –, hatte ihn verführt. Bestimmte Strafen darf ein anständiger Mann nicht verhängen, wenn er sich nicht selber besudeln will, wie wohlverdient diese immer sein mögen.

Ja, ein Mann mußte lernen, und es war gut, daß er nicht durch jemanden belehrt worden war, der mehr wert war als Prokrustes. Einen tollen Hund sollte man töten, jedoch mit einem sauberen Schlag. Dem Schlag eines Mannes. In Zukunft wollte er immer daran denken, daß er ein Mann war – und bald nun würde er die größten Wonnen der Männlichkeit kennenlernen! Feuerheiß brandete dieses Bewußtsein durch sein Blut; ließ ihn sein Schiff vorwärtstreiben, durch die immer kälter werdenden Winde, während seine unglücklichen Gefährten vor Kälte zitterten. Er vergaß die kretischen Schiffe, die mittlerweile Athen erreicht haben mußten, das Elend, dem sein Vater allein gegenüberstand. Nichts war wichtig außer seinem Ziel.

Jetzt war die Zeit – jetzt! Bald würden die Amazonen außerhalb ihrer Mauern sein, auf ihrer Reise, die sie zum siebentägigen Frühlingsfest auf die Insel des Schwarzen Steins und zurück führte. Noch konnte er Antiopes Stimme hören, die es beschrieb:

»Ich erzählte dir von jenem Stein, der einst ein brennender Stern war – wie wir ihn vom Himmel fallen sahen. Später fanden wir ihn wieder, auf einer kleinen Insel, wo Vogelschwärme auf ihrem Flug nach Norden ausruhten. In jedem Frühjahr gehen auch wir dorthin. An den ersten und siebten Tagen gehen alle, um Pferde zu opfern. Doch an den fünf Tagen dazwischen gehen nur ältere Frauen – um mit den Männern zu schlafen, die wir gefangen haben und die wir dann vor dem Schwarzen Stein verbrennen. Manchmal« – ihre Stimme hatte eine Sekunde geschwankt – »trägt der Wind die Schreie zu uns Mädchen, die am Strand warten. Und der Rauch ... Meine Mutter sagte, wir bräuchten keine Gefangenen mehr, da wir nun mit den Hethitern schlafen könnten. Doch Molpadia sagt, die alten Bräuche seien am besten.«

Antiope! Sie würde auf ihn warten, dort im Lager der Jungfrauen am Strand. Und nicht wissen, daß sie wartete... Inzwischen älter geworden, ihre zarten Brüste voller, ihre langen Oberschenkel rund und lieblich geschwungen. Niemals sollten diese feinen Glieder unter den Leibern zum Tode verurteilter, sich rasend windender Männer liegen, auf jener unheiligen Heiligen Insel! Niemals sollten hethitische Hauptleute sich an ihr in gieriger Lust in ihren ebenso unheiligen Heiligen Hainen ergötzen. Nichts konnte reiner sein als sein Gewissen: Er würde ihre Ehre bewahren, sogar wenn er selbst sie ihr nahm.

»Solange ich lebe – und ich werde leben! – soll kein anderer Mann dich besitzen!« Es war Nacht, und er sprach zu ihr, als liege sie neben ihm; dann flehte er wieder zu Ihr, welche die Athener die Älteste der Schicksalsgöttinnen nennen, und welche die Furchtbarste ist. »Herrscherin, Herrin der Liebe, gib sie in meine Hände!«

Und vielleicht schreckte im noch weit entfernten Themiskyra Antiope aus dem Schlaf auf. Vielleicht spürten jene Mauern, die nur Frauen umschlossen, daß er nahte: der Mann, die Bedrohung; der Mann, der Herr der Welt.

Der Frühling war in diesem Jahr spät zum kalten Unfreundlichen Meer gekommen. Durch schneidende Winde ritten die Amazonen zur Insel des Schwarzen Steins. Sinnreiche Fallgruben schützten die Tore Themiskyras; das beste Vieh war hinter den Mauern zusammengetrieben worden, in tief ausgehobene Höhlen mit weiten Eingängen. Nur alte Frauen und kleine Kinder waren zurückgeblieben; alle, die reiten konnten, mußten an dieser Pilgerfahrt teilnehmen.

Antiope liebte diese langen Ritte im Frühling; liebte es, Chrysippes in sanftem Gleichmaß dahineilenden Körper unter sich zu spüren, liebte den Wind, der ihr ins Gesicht wehte. Nach dem langen Winter, eingepfercht in rauchigen Häusern, trank sie diese Freiheit wie Wein. In jähem Mitleid dachte sie an die Frauen, die keine Amazonen waren; jene Frauen, die für immer in der muffigen Dunkelheit von Häusern eingesperrt waren.

*Bekleide deine Füße mit den schnellen Winden wie mit Schuhen.* Nie hatten die Worte des hethitischen Dichters so süß in ihrem Blut gesungen wie jetzt.

Was sie sich selbst nie eingestand, war, daß die Freude an solchen Ritten ihr half, die Türen ihres Gemüts verschlossen zu halten, zu vergessen, was auf sie zukam. Wie die Pferde vor den Schwarzen Stein geführt werden würden, die stolzen jungen Pferde mit ihren hochgereckten Köpfen und ihren schimmernden, wehenden Mähnen. Als kleines Mädchen hatte sie geweint, als sie das Opfer zum erstenmal gesehen hatte, doch Molpadia hatte streng gesagt: »Die Göttin verlangt es.« Ihre Zähne und Augen hatten in einer sonderbar grausamen Gier geleuchtet, die nicht dem Fleisch galt, das man später rösten und essen würde.

Kein vernünftiger Mensch konnte leugnen, daß die Sitten der Amazonen besser waren als alle anderen. Und dennoch – *Kannst Du, die Du diese wundervolle, erhabene Kraft geschaffen hast, wirklich wollen, daß sie zerstört wird, Herrin?* Wann immer sie ihren Gedanken Raum ließ, stellte sich Antiope diese Frage.

Auf den grünen Auen der Heimat wachte die Göttin über die Fohlen und ihre Mütter und freute sich daran, die Fohlen heranwachsen zu sehen. Und es hieß, daß in den alten Tagen an den Gestaden des Maiotischen Meers Ihr nur unblutige Opfer, wie Obst und Kuchen, dargebracht worden waren.

*Aber Blut ist kostbar, Blut ist Kraft, und nun muß Sie es bekommen, ebenso wie die Mann-Götter. Um Ihr Kraft zu verleihen, die uns stark macht. Und außer unseren Kindern haben wir Amazonen nichts, was so kostbar wäre wie unsere Pferde. Wir sollten dankbar sein, daß Sie, da Sie wohlgesinnt ist, nicht nach unseren Kindern verlangt.*

Das war es, woran jede Amazone geglaubt hatte, sogar ihre Mutter. Doch Antiope kam es merkwürdig vor, daß eine Unsterbliche von Sterblichen abhängig sein sollte. Sie sollte doch zweifellos imstande sein, sich Ihre eigene Stärke zu schaffen ...

*Vielleicht wird ja, wenn ich älter bin, die Göttin mit mir sprechen, und ich werde Sie danach fragen können,* sagte sich Antiope. Bis dahin gab es nichts, was man hätte tun können.

»Kind, ich muß mit dir sprechen.«

Die Todsängerin lenkte ihr Pferd neben das der Kindträgerin. Antiope wartete, ihre Augen fest auf Molpadia gerichtet. Diese sagte: »Letzte Nacht hatte ich einen Traum. Ich sah kein Bild, wie es zuvor immer der Fall war. Die Göttin sprach zu mir; ich hörte Ihre Stimme. Sie sagte: ›Es ist Zeit für die Kindträgerin, zu gebären. Sie, die die Letzte ist vom Blute der von Mir geliebten, welche Mein Volk über die Großen Berge führte.‹«

»Aber ich bin noch nicht zwanzig, Tante! Ich werde es erst in einigen Jahren sein. Das Gesetz ...« Antiope starrte sie verblüfft an.

»Sie, die das Gesetz geschaffen hat, kann es umstoßen. Wir beide sind die einzigen, die das alte Blut in sich tragen, und ich kann ihm nur im Krieg dienen. Du mußt eine Tochter gebären. Bald.«

Antiopes Herz erfaßte ein Taumel des Abscheus. Die Gefangenen! Wie alle Mädchen hatte sie Gerüchte über diese Paarungen vor dem Stein gehört. Über Männer, die wie rasend eine

Frau nach der anderen begatteten, sich an sie klammernd, stoßend, verrückt danach, den Tod noch eine Weile hinauszuzögern. Über die wenigen Unglücklichen, die von ihren Kameraden ausgelacht wurden, weil sie in ihrer Angst versagten und sich krümmten, angesichts der Reisigbündel und der Fackel. *O Göttin, der Dir ebenbürtige in Deinem Hain in Arinna! Wo Männer und Frauen miteinander lachen.*

Laut und mit starren Lippen sagte sie: »Wer soll der Vater meines erstgeborenen Kindes sein, Tante? Hat die Göttin es dir verraten?«

»Nichte, du weißt, daß wir nicht nur gewöhnliche Kaska, sondern einen ihrer Anführer gefangen haben. Es ist gewiß angemessen, daß du mit ihm vor dem Schwarzen Stein schläfst.«

»Mit Harusch? Diesem fetten alten Mann, der jede Amazone, die ihm in die Hände fiel, immer nur gequält und geschändet hat?« Antiopes Gesicht zeigte tiefen Ekel.

»Kind, er ist in der Blüte seiner Jahre – ein kräftiger Mann, zur Zeugung gut geeignet. Was sonst zählt? Und es ist besser, wenn es dir mit ihm keinen Spaß macht; du brauchst nur seinen Samen.«

»Ich will seinen Samen nicht. Ich will ihn nicht in mir tragen.«

»Die Göttin will es. Außerdem« – Molpadias Stimme wurde weicher – »wird das Kind dir Frieden schenken. Wenn du es in den Armen hältst, wirst du nie wieder Lust bekommen, von uns fortzugehen wie im letzten Jahr.«

»Nicht dieser Mann, Tante. Irgendein anderer – nicht er.« Antiopes Stimme war leise, halberstickt.

In Molpadias Augen trat Mitleid. »Kind, es wird schnell vorüber sein. Und dieser Mann wird dich nicht auslachen, wie es der verfluchte Kreter getan hätte. Er wird sterben.«

»Er ist nicht würdig, Amazonen ein Kind zu machen.«

»Kein Mann ist das, Kind. Männer gleichen sich: immer verschlagen, immer geil, immer auf eigenen Vorteil aus ...«

Obgleich elend vor Furcht, lachte Antiope. »Tante, das ist genau das, was Männer über Frauen sagen. Das habe ich bei den Hethitern gelernt.«

»Die Hethiter!« Molpadias Stimme spie Gift wie eine Schlange. »Einmal habe ich versucht, dich vor ihnen zu warnen, diesem Gewürm, das an den Wurzeln unseres Lebens nagt.«

»Aber die Göttin gebot der Mutter, ein Bündnis mit ihnen zu schließen!« Wieder ein erstaunter Blick Antiopes.

»So erzählte es deine Schwester, und deine Mutter glaubte es, doch die Göttin hat diese Worte nie gesagt. Irgendein böser Geist der Hethiter hat es getan, um uns in die Falle zu locken.«

Antiope sagte langsam: »Tante, solche Worte erschüttern die Welt. Du mußt das wissen, du bist älter als ich.«

»Es ist besser, sie zu erschüttern, als zuzulassen, daß sie umgestürzt wird. Amazonen können nur Amazonen trauen.«

»Tante, ich bin jung, aber so viel habe ich gelernt: Die Zeiten ändern sich, wie alle anderen Dinge auch. Wir sind ein kleines freies Volk, und kleine freie Völker schmelzen zusammen. Wir brauchen Freunde und Bundesgenossen. Frieden.«

Molpadia schnaubte: »Niemals werden uns Männer Frieden bringen, sondern nur den Tod!«

»Dann müssen wir allein sterben, denn eines Tages werden sogar die Kaska gezähmt sein, und es wird keine Wildnis mehr geben, die uns schützt. Ich möchte lieber, daß wir weiterhin allein leben.«

»Es ist dein Mund, der diese Worte spricht, doch Suppiluliuma hat sie dir in den Kopf gesetzt. Genauso wie Geschichten von seiner Tapferkeit deine Mutter in Bann schlugen und ihre Gedanken jenem bösen Geist öffneten, der einer der Tausend Götter der Hethiter gewesen sein muß! Damals drang das Gift ein, und es wirkt – oh, es wirkt!«

Antiope blickte in das vertraute Gesicht und sah in jähem Entsetzen ein ganz anderes. Eines, das älter war und von unaussprechlichen Qualen entstellt, doch immer noch glühend vor unerbittlicher Entschlossenheit, in unversöhnlichem Haß. Beinahe hätte sie aufgeschrien: »Lysippe!« Doch Lysippe war lange tot. Aber sie hatte etwas hinterlassen, von ihrem Willen geformt, von ihren Feuern gespeist. Etwas, das durch den Willen und das Feuer jeder Amazone, die nach ihr gekommen war, verstärkt und vergrößert worden war. Ehrfurcht zwang dem

Mädchen den Gedanken auf: *Molpadia muß Recht haben, wenn der Geist der Gemeinschaft, des Bienenstocks, aus ihr spricht!* Doch dann kehrte der Zweifel zurück. War Molpadia das Werkzeug dieses Geistes oder umgekehrt? Oder benutzte einer den anderen, blind und ungehemmt auf ein Ende zu, das keiner von beiden voraussah?

Sie sagte ruhig: »Wenn ich den Worten nicht glauben kann, welche die Göttin zu meiner Mutter sprach, wie kann ich dann denen glauben, die Sie, wie du glaubst, zu dir gesagt hat?«

Sekundenlang straffte sie sich, um dem Angriff zu begegnen, denn in Molpadias fremdem Gesicht flammte rasende Wut auf. Doch sie erlosch wie eine Fackel im Wind; Molpadia sprach mit ihrer vertrauten Stimme.

»Dann höre, Mädchen – höre, was ich zu sagen habe.« Sie legte eine Hand auf die Stelle, wo ihre rechte Brust gewesen war. In ihrem Gesicht arbeitete es, als schmerze die Wunde noch, doch es war wieder ihr eigenes Gesicht. »Einst gebar ich ein Kind. Du weißt das?«

»Ich habe es gehört, Schwester meiner Mutter.« Antiopes Stimme war plötzlich sanft.

»Dann höre weiter. Ich liebte seinen Vater – es war, als hätte ich nie gelebt, nur gedämmert zwischen Schlafen und Wachen, bis wir uns begegneten. Bis ich ihn sah und liebte ... Das Kind war wertlos, denn es war männlich, doch weil es seinem Vater glich, liebte ich es. Und auf irgendeine Weise, mit jener durchtriebenen Verschlagenheit der Männer, ließ er mir eine Botschaft zukommen. ›Ich weiß, daß diese Worte nutzlos sein werden, wenn du eine Tochter geboren hast. Falls wir aber einen Sohn haben, komme mit ihm zu mir und sei meine Gemahlin. Der König liebt mich; er wird so tun, als bemerke er es nicht; und deine Schwester, die dich liebt, wird dasselbe tun.‹« Sie lachte rauh. »Seine Gemahlin! Es ist wahrscheinlicher, daß er mich zu seiner Sklavin in seiner Küche gemacht hätte. Denn was ist eine Gemahlin anderes als eine Sklavin, die bessere Kleider trägt als die Küchenmädchen? Gleichviel. Ich war stark; ich befolgte unser Gesetz. Aber eines Tages, wenn wir mit diesen verfluchten Hethitern nicht brechen, wird das erste

Mädchen auf den Mann hören, dessen Worte es verführen – und das wird der Anfang vom Ende unseres Volkes sein.«

Mitleid preßte Antiopes Herz zusammen. Seit der Nacht der Auseinandersetzung zwischen Molpadia und Medea hatte sie gefürchtet, die alte Frau könnte die Wahrheit gesagt haben – daß Molpadia ihren Sohn zu früh entwöhnt hatte. Doch sie hatte es nicht aus Haß getan, sondern weil sie sich davor gefürchtet hatte, ihn länger zu behalten. Weil sie sich zu sehr vor ihrer Liebe zu dem Mann, seinem Vater, gefürchtet hatte. Was mochte es wohl auf sich haben mit dieser Liebestollheit, die eine Frau wie Feuer oder wie eine Flut überkam und sie sogar dazu bringen konnte, alles, was sie je gekannt oder geliebt hatte, hinter sich zu lassen? Neugier und Verwunderung rührten sich in ihr, trotz ihres erschreckten Mitleids.

Molpadia sprach weiter: »Jetzt siehst du also, warum es besser sein wird, wenn du vom Mann keine Lust empfängst, sondern nur seinen Samen. Tue deine Pflicht gegenüber unserem Volk, Mädchen, und sei dankbar, daß deine Bürde nicht schwerer ist.«

Antiope holte tief Luft. »Du hast mich immer gelehrt, mich niemals um die Erfüllung einer unangenehmen Aufgabe herumzudrücken, und immer habe ich in diesem Punkt deiner Klugheit vertraut. Doch diese Aufgabe schiebe ich vor mir her. Bis zum siebten Tag werde ich nicht mit Harusch schlafen.«

»So sei es, Nichte. Lege dich heute nacht zu Marpe; sie soll dich trösten. Sie hat dich lange geliebt, und keine Liebe ist so gut und süß und echt wie die zwischen Frauen. Ich habe ihre ganze Süße nie erfahren können, die ich von jenem Hethiter in Arinna verdorben worden bin. Aber du bist jung; du kannst sie noch erfahren.«

Doch die ganze Nacht lag Antiope allein und schlaflos. *Wie kann ich meine Beine jenem fetten, stinkenden alten Mann öffnen? Ihm, der durch und durch gemein ist? Wenn etwas so widersinnig erscheint, wie kann es dann Recht sein? Ich bin jung und rein – er, der mein Kind zeugt, sollte jung und rein sein!*

Ihr Fleisch schrie auf; ihr Geist bäumte sich auf. Sie hob die Arme und betete laut: »Sprich auch zu mir Göttin! Ich bin jung, doch ich bin auch die Hippolyte. Gib mir Gewißheit, was ich tun soll, Herrin – gib mir Gewißheit. Wenn Du nicht willst, daß ich Dich sehen oder hören kann, gib mir ein Zeichen – schick mir ein Zeichen!«

Doch alles, was sie hörte, war ein Vogelschrei in der Nacht, alles, was sie sah, war das fahle Mondlicht wie Silber, so kalt und so hart.

An ihrem zweiten Morgen vor der Insel des Schwarzen Steins arbeitete Antiope, die Königin, mit ihren Altersgenossinnen an der Ausbesserung der hölzernen Palisade, welche die Lager-Stadt der Jungfrauen schützte. Noch immer brannte in ihr der Kummer wie eine Flamme. Ihr Herz schrie, weniger nun im Gebet als in forderndem Verlangen – hatte sie nicht das Recht auf irgendeine Anwort? *Schick mir ein Zeichen, Herrin! Schick mir ein Zeichen!*

Bisher hatte Nebel geherrscht, doch er verflüchtigte sich. Die Wächterinnen, die aufs Meer hinausblickten, riefen: »Ein Schiff! Ein Schiff!«

Tage zuvor waren die Athener durch die schmale Meerenge des Hellespont gefahren, die wie ein Schlund in den Magen des schwarzen Unfreundlichen Meeres hineinführte. Es lag vor ihnen in grauer Düsternis wie ein ungeheures geisterhaftes Maul. Der kalte, wolkige Himmel sah dunkel und bedrohlich aus. Als der Tag sich neigte, stiegen Nebel auf und ballten sich um das Schiff zusammen. Und dann, als sie nichts sehen konnten, hörten sie es – ein Geräusch, das sich wirklich so anhörte wie das Mahlen von Zähnen in einem riesigen Maul. Als Theseus seinen Männern befahl, von diesem Geräusch fortzurudern, gehorchten sie mit Freuden und legten sich mit aller Kraft, die sie hatten, in die Riemen. Doch ihre Körper blieben in gespannter Erwartung, und unaufhörlich strengten sie ihre Augen und Ohren an. Theseus versuchte sie aufzuheitern; er sagte: »Was auch immer wir hören, es wird uns nichts tun, es sei denn, wir wären ausgemachte Narren und gingen geradewegs darauf los. Selbst die zusammenstoßenden Felsen der

Argonauten jagten ihnen nur kurz einen Schrecken ein, und Herakles hatte überhaupt keinen Ärger mit ihnen; ich weiß es; ich war dabei.« Er fügte nicht hinzu, daß Herakles die Felsen nie zu Gesicht bekommen hatte.

Doch dieses Geräusch war furchtbar anzuhören. Einer der jüngsten Burschen schrie, halb schluchzend: »Aber Herakles ist der Sohn des Zeus! Und die Kreter sagen, daß Zeus ihr Gott ist. Vielleicht hat Er uns diese Felsen geschickt, weil wir vor Ihm geflohen sind, um nicht die Opfer zu sein.«

Panik ist überall schlimm. Sie ist wahrlich schlimm für einen Kapitän, der weiß, daß sein Schiff in Gefahr ist. Theseus überlegte sekundenlang; dann lachte er. Seine Stimme schallte hinaus, fröhlich wie immer, erhob sich über das Geflüster und Gemurmel, das im Kielwasser des erschrockenen Aufschreis des Jungen aufgekommen war.

»Männer, diese Felsen sind nicht aus Stein. Sie sind aus Eis – es sind große, ungefüge Klumpen von Eis. So groß wie ein Berg vielleicht, aber aus Eis. Wenn die Sonne herauskommt, werden sie schmelzen.«

Er hoffte, diese Worte würden helfen. Eis, das schmilzt, ist nicht so schrecklich wie Gestein, das durch Jahrhunderte hart bleibt. Doch obwohl sich ein kurzes Schweigen einstellte, begann das Gemurmel bald aufs neue. Ein Junge, dessen älterer Bruder mit einigen der Söhne Pallas' befreundet war, wagte zu sagen: »Woher weißt du das?« Und andere fragten sich das offenkundig auch, genau wie die Gefährten des Herakles vor langer Zeit. Einer schauderte und sagte: »Hört! Könnte Eis jemals ein solches Geräusch machen?«

Das schreckliche Krachen drang durch den Nebel, als stürzten die Mauern eines Hauses zusammen oder als rolle eine Steinlawine zu Tal. Das Geräusch schien nicht ferner gerückt, obgleich die Rücken der ganzen Besatzung vom Rudern bereits schmerzten.

Theseus' Kieferknochen traten hervor. Sein Mund wurde eine rote Kerbe in seinem Gesicht. »Ich werde euch beweisen, daß es Eisberge sind. Ich werde hinschwimmen und ein Stück davon abschlagen.«

Er streifte seinen Lendenschurz ab. Mit einem Lederstreifen befestigte er eine große Axt am Körper. Er ging zur Reling, blieb stehen und sagte: »Ich will euch nicht bitten, auf mich zu warten. Aber wenn ihr meine Stimme aus dem Wasser rufen hört, stellt sofort das Rudern ein und haltet Taue und Felle bereit. Ich bin vielleicht zu durchgefroren, um mühelos wieder an Bord kommen zu können.«

Er wußte, daß das kalte Wasser allein schon ein Gegner sein würde. An sonstige Gefahren würde er erst denken, wenn sie sich ergaben; anders die Männer: Sie erwarteten nicht, ihn lebendig wiederzusehen. Alle schwiegen, nur der Junge, dessen Bruder mit den Söhnen Pallas' befreundet war, flüsterte sehr leise: »Diese schwimmenden Felsen werden ihm wegen seiner Kühnheit die Knochen zu Pulver zermahlen.« Er dachte: *Das Haus des Aigeus kennt keine Achtung – weder vor Gästen noch vor den unsterblichen Göttern.*

Euneos, Thoas und Hermos waren unruhig und nervös, doch weder sagten sie etwas noch rührten sie sich von ihren Plätzen. Sie wären Theseus gegen Löwen oder gegen ein Heer von Männern gefolgt, doch der Gedanke an die unsichtbaren, titanischen Massen, die im Nebel kämpften, ließ ihr Blut gefrieren. Kein Mann konnte es mit Klippen aufnehmen, die lebten und sich wie Menschen bewegten.

Doch Solois lief auf den Mann zu, den er liebte: »Ich komme mit dir, Theseus! Du weißt, ich bin ein guter Schwimmer, und zwei sind besser als einer.«

Ein warmes, sonnenhelles Lächeln erhellte Theseus' Gesicht; er tätschelte den Arm des Jungen. »Bursche, du bist ein Mann.«

Darauf erhob sich Hermos, grau im Gesicht. »Nimm mich an seiner Stelle, Theseus. Er ist sehr jung.« Bevor er zu Ende sprechen konnte, waren auch Euneos und Thoas mit den gleichen Worten aufgestanden. Doch Solois ergriff Theseus' Arm und rief: »Ich hab's zuerst gesagt! Es ist mein Recht, mitzugehen. Ich bin jetzt ein Mann – Theseus' Mann!«

Theseus, der nie die mindeste Absicht gehabt hatte, ihn mitzunehmen, dachte: *Ich kann den Jungen nicht beschämen.* Es war gut, daß Solois nicht viel wog; notfalls konnte er getragen werden. Er sagte: »Solois hat recht. Aber Hermos soll mit uns kommen – drei sind besser als zwei. Euneos, du und Thoas, ihr werdet hier aufpassen – sorgt dafür, daß alles für uns bereit ist, wenn wir zurückkommen.«

Zum erstenmal seit seinem Aufbruch regte sich Argwohn in ihm, erhob schlangengleich das Haupt. *Gibt es unter diesen Jünglingen hier einen – einen aus meiner eigenen Besatzung –, der froh wäre, wenn ich nicht zurückkäme?* Es war besser, die beiden Brüder als Aufsicht dazulassen; sie waren älter als alle hochgeborenen Athener, die an Bord waren, und sie waren länger seine Freunde gewesen. Doch selbst sie – mit einem rasch unterdrückten, stechenden Schmerz fiel ihm ein, daß keiner der drei Freunde seiner Kindheit sich um ihres Jugendfreundes willen freiwillig gemeldet hatten. Einzig um Solois' willen.

Eiskalt schlugen die Wellen über den drei Schwimmern zusammen. Zuerst erschauerten sie, dann ging es besser. Sie schwammen geradewegs auf das Getöse los, das sich nun, da sie im Wasser waren, anhörte wie der Donner des Zeus. Die Wellen wurden höher – überspülten ihre Köpfe, schüttelten sie, vesuchten sie zurückzuschlagen. Das Krachen wurde lauter; würde es sie besiegen?

Dann sahen sie – sahen zwei ungeheure Gebilde in der grauen Düsterkeit schwanken. Sie schienen berghoch, gewaltige bläuliche Klippen, die sich bewegten – ohne daß Land unter ihnen war! Von da an konnte Solois sich an wenig erinnern. Er wußte, daß er sich auf die Lippen biß, bis sie bluteten, um nicht zu schreien. Er blickte nur nach Theseus' rotem Haar, flammengleich gegen die dunklen Wellen und den grauen Nebel. Es bewegte sich stetig vorwärts, und er folgte ihm. Hermos versuchte ihm zu helfen, doch er glitt fort – Hermos, wenn auch ein guter Freund, würde nie sein Liebster sein. Sein Kopf wollte zerspringen, doch er schwamm weiter.

Dann schrie er auf, weil eine Schwärze, fast wie Nacht, sie einhüllte. Doch diese Dunkelheit war bloß ein Schatten. Undurchdringlich und hoch wie ein Berg ragte eine der Klippen über ihnen auf. Neben ihr waren sie wie Käfer, wie Ameisen.

Nein, nicht einmal so groß wie eine Ameise. Doch Theseus ging mit seiner Axt darauf los. Würde dieser Berg das spüren? Was war, wenn er darüber zornig wurde? Was würde dann geschehen?

Dann schlossen sich die Wellen erneut über Solois Kopf, und er erlebte die Dunkelheit und Qual des Ertrinkens. Als er Theseus' wassertriefenden Rotschopf neben sich sah, fragte er sich zuerst, ob sie beide tot seien. Dann begriff er, daß Theseus und Hermos ihn zwischen sich trugen und daß die Wellen nun mit ihnen waren, nicht gegen sie. Sie schienen die drei Schwimmer vorwärtszustoßen – auf das Schiff zu! Als es in Sicht kam, mußte er vor Freude schreien. Dann erwachte sein Stolz, und er versuchte wieder zu schwimmen, doch seine Freunde bedeuteten ihm ziemlich barsch, er solle sich ruhig verhalten.

Er lag auf dem Boden des Schiffes, so fest eingewickelt, wie ägyptische Mumien es angeblich waren. Heißer Wein verbrannte seinen Magen, und Hermos versuchte ihm noch mehr einzuflößen. Doch seine Augen suchten Theseus, den er hatte lachen hören. Theseus hockte da, zwei schwere Umhänge um sich geschlungen, doch seine Augen glänzten. Er hielt etwas über die kleine Kohlenpfanne, über der sie den Wein erhitzt haben mußten; Wasser tropfte davon herab, doch es war kein Wasserkrug. Es war groß wie der Kopf eines Mannes und von stumpfer bläulicher Farbe. Da begriff er und stieß keuchend vor Freude hervor: »Theseus! Du hast ein Stück von dem Felsen abgeschlagen, und es schmilzt.«

»Ja. Weil es Eis ist!« Theseus warf den Kopf zurück und lachte wieder, jubelnd, triumphierend. Solois dachte: *Und dann wird er mich anschauen. Er wird sich erinnern, daß ich es war, der als erster sich anbot, mit ihm zu gehen. Endlich wird er wissen, wie sehr ich ihn liebe, und er wird mich lieben.*

In einem Glücksgefühl, ja beinahe verzückt, wartete er. Er hatte es nicht eilig; er war sehr müde. Es genügte, dazuliegen und zu wissen, daß die Freude kommen würde …

Theseus war ernst geworden. Er sprach leise, ja zärtlich, und Solois' Herz machte einen Sprung. *Jetzt – jetzt – obwohl er nicht viel sagen wird, bevor wir nicht allein sind …*

Theseus sagte: »Die Prinzessin hat die Wahrheit gesagt; die schwimmenden Inseln sind bloß Eis. Es gibt viele, die Fremde gern zum Narren halten und sich lustig über sie machen, aber sie hat das nicht getan. Sie hat mich nicht getäuscht.«

Für ihn war das von großer Bedeutung, der es hatte lernen müssen, vielen zu mißtrauen. Doch die Worte drangen wie ein Speer durch Solois' Herz. Weil Zärtlichkeit darin lag, und diese Zärtlichkeit galt nicht ihm.

»Welche Prinzessin, Theseus?« Seine Stimme war dünn und zittrig; als er die Frage aussprach, wußte er schon, daß die Antwort keine Rolle spielte. Wer immer sie war. Theseus wollte nur sie. Nicht ihn.

Theseus' Augen schimmerten golden wie der Bernstein, den die Kaufleute aus dem fernen Norden mitbrachten. Wie dunkles Quellwasser, das in einem goldenen Gefäß durch das Licht der Morgensonne getragen wird.

»Es ist Antiope, Königin der Amazonen.« Seine Stimme ließ den Namen erklingen wie goldene Glocken. »Des Großen Königs Tochter. Und auf der ganzen Welt die herrlichste Mutter für Söhne. Sie soll die meinen gebären.«

4. Kapitel/Zwei treffen sich wieder – Keine Amazone blieb zurück, alle rannten zum Strand, doch Antiope lief allen voraus. Ihr Herz sagte: *Dank sei Dir! O Göttin, ich danke Dir!* Die anderen rannten freilich, weil sie jung und unbedarft waren und froh über die Gelegenheit, die Arbeit zu unterbrechen und Neues zu sehen. Falls ein anderer, ursprünglicherer Drang sie trieb, so wußten sie es noch nicht.

Nur Marpe, dicht hinter ihrer Königin, flüsterte: »Sei vorsichtig, Herrin – sei auf der Hut!«

Doch nichts wird so leicht aufgeschnappt wie ein Flüstern, und ein zweites Mädchen lachte. »Ein Handelsschiff trägt nur dreißig Männer. Sollen über tausend Amazonen dreißig Männer fürchten?«

Marpe erwiderte scharf: »Männer sind schlau. Sie stellen Frauen Fallen.«

Da hielten plötzlich alle im Lauf inne und blieben stehen, wo sie waren, und starrten aufs Meer. Denn das Schiff drehte bei und umrundete die kleine Landspitze, die einen Streifen weißen Strandes der Insel des Schwarzen Steins den Blicken entzog. Ihre Augen, scharfe Augen, wie Bogenschützen sie brauchten, konnten die Männer auf der Leeseite des Schiffes erkennen. Junge Männer...

Keine junge Frau, die niemals einen Mann gehabt hat, begegnet einem gutaussehenden jungen Fremden, ohne sich – wie tief der Gedanke auch verborgen sein mag – zu fragen: *Ist er das? Er, der mein Liebster werden wird, der Vater meines Kindes?* Das ist eine Tatsache, so natürlich und schön wie ein Sonnenaufgang; und für Amazonen bedeuteten Liebhaber nicht neue Heimat und Fremdheit und alles umstürzende Veränderung. Sie kamen und gingen und ließen nur zurück, was der Stamm am dringendsten brauchte – Kinder.

Da erinnerten sich diese Mädchen mit einem Mal daran, daß sie alle jünger als zwanzig Jahre waren; alle durch Gesetz zur Jungfräulichkeit verpflichtet.

»Sie sehen stattlich aus«, sagte ein Mädchen sehnsüchtig. »Gerade gewachsen und gut gebaut.« Sie betrachtete sie genauer. Zumindest das war nicht verboten.

»Er ist stattlich«, sagte Antiope. Sie brauchte nicht zu sagen, welchen Mann sie meinte. Alle schauten sie hin, doch am schärfsten faßten sie jenen ins Auge, der am Bug stand wie ein Gott. Ein fein gearbeiteter Helm aus Eberzähnen verbarg sein Haar – das rote Haar, an das sich Antiope erinnert hätte. Die Backenstücke liefen quer über sein Gesicht, als trage er eine Halbmaske. Aber sein geschmeidiger gerader Körper und die Art, wie er Kopf und Schultern bewegte, waren wie ein Lied: Schönheit und Kraft vereint.

»Sie nannten sich Händler, die, welche deine Schwester töteten.« Marpes Stimme klang beinahe wie die von Molpadia. »Erinnere dich daran, Königin!«

Antiope sagte langsam: »Sie haben sie nicht mit Absicht getötet. Ich begreife das jetzt, weil ich mehr über Männer und mehr über Krieg erfahren habe. Dieser Hund, der mich gepackt hat – er trägt an allem die Schuld. Er hatte in Molpadia unser ganzes Heer gesehen und bekam Angst. Er wollte uns töten, bevor wir ihn und seine Kameraden töten konnten. Solche Dinge geschehen oft, wenn Fremde sich begegnen.«

Marpe keuchte. »Königin, willst du sie verteidigen? Die Mörder deiner Schwester?«

Antiope lachte grimmig. »Nein. Was auch immer ihre Absicht war, sie töteten sie. Und wenn ich jemals einem von ihnen wieder begegne, werde ich ihm den Kopf abtrennen und seinen Schädel in Stücke schlagen – niemand soll aus seinem fluchbeladenen Schädel trinken! Doch es ist besser zu begreifen, wodurch Dinge geschehen, und daran zu denken, daß ein Narr die Pläne vieler weiser Häupter zunichtemachen kann.«

So sprach sie, doch ihre Augen verloren den Mann nicht aus dem Blick, der näher und näher kam. Warum verbarg er seinen Kopf unter diesem albernen Helm? Der Kopf mußte ebenso gut sein wie sein übriger Körper; und alles an ihm sah wunderschön aus. Schöner, so dachte sie, war er als jeder andere Mann, den sie je gesehen hatte ... Dann verengten sich ihre Augen, und sie sprach rasch, wieder ganz Königin:

»Sie sind fast da! Wenn wir alle hingehen, wird es zu kriegerisch aussehen. Zwölf sollen gehen, während die übrigen Wache halten, die Bogen schußbereit. Du und du und du –« Sie nannte die Namen der zwölf; Marpe war darunter. Gemeinsam setzten sie sich gemächlich zum Strand in Bewegung.

Als sie ihn erreichten, war auch das Schiff angekommen. Er, welcher der Kapitän sein mußte, kam mit neun seiner Männer an Land. Antiope dachte anerkennend: *Er hat Verstand. Er bringt sogar noch weniger Krieger mit als ich. Er möchte nicht gern wegen einer Kleinigkeit den Ausbruch eines Kampfes riskieren.* Das war gut.

Dann trafen sich ihre Augen, und das Denken setzte aus. Theseus erkannte sie, und sein Herz schrie: »Antiope! Antiope!« Sie war alles, was er sich erträumt oder erhofft hatte und noch mehr. Sie war schöner als in all seinen Hoffnungen, denn kein Traum, so groß seine Schönheit ist, hat jemals die berauschende, warme Süße von Fleisch und Blut. Er hatte das

Verlangen, laut ihren Namen zu rufen, doch er wußte, daß er das nicht durfte. Falls sie ihn erkannte, würden ein paar seiner Männer sterben; nicht alle konnten darauf hoffen, zu entkommen. Doch tief in seinem Inneren regte sich der verrückte und törichte Wunsch, sie möge sich erinnern. Ihn erkennen.

Und einen Atemzug lang dachte Antiope: *Diese Augen... wie Bernstein, wie Licht auf braunem Wasser... habe ich ihn schon einmal gesehen? Wann – und wo?* Die Erinnerung schwebte über ihr wie einer jener schreienden Vögel, die über ihnen flogen, voller Sehnsucht, auf der Insel zu landen; schwebte und war verschwunden. Was tat's! Dies war er, den die Göttin gesandt hatte, und er war schön – so schön, wie sie sich die goldenen Bildnisse Telepinus, des jungen hethitischen Frühlingsgottes, immer vorgestellt hatten, und die es niemals waren.

Mit großer Anstrengung gab sie ihrer Stimme einen kühlen, würdevollen Anstrich; sagte in der königlichen kanischen Sprache: »Willkommen, Fremder. Wer bist du, und was führt dich her? Ich bin Antiope, Königin der Amazonen, und hinter mir siehst du meine Gefährtinnen.«

Theseus warf den Kopf zurück und lachte. Er hatte das Gefühl, starken Wein getrunken zu haben, und zuviel davon. »Herrin, du konntest niemand anders sein! Du bist schöner als alle weichlichen Frauen des Südens zusammen. So wie deine Arme kräftiger sind als die ihren, so macht deine Schönheit die ihre schwach und blaß und welk!«

»Unsere Arme sind nicht nur kräftig, sie sind auch sehr geschickt im Umgang mit Waffen.« Sie runzelte leicht die Stirn, und Theseus erkannte, daß er zu dick aufgetragen hatte. Er durfte sein Glück nicht verspielen; bis jetzt war alles gut gegangen.

Er sagte höflich: »Herrin, ich bin Pyrrhos, Sohn eines Mannes aus Ereb, und habe schöne Waren zu verkaufen. Prächtige Dinge, die von weither kommen.« Sie konnte nicht wissen, daß »Pyrrhos« im Griechischen »Rotschopf« bedeutete, obgleich sie vielleicht wissen konnte, daß »Ereb«, ein Wort aus dem Osten, »Westen« bedeutete. Manche sagten, daß der Name der mondhellen Europa, Mutter des Minos, aus derselben Wurzel hervorgegangen sei.

Antiope sagte: »Dann bringe deine Waren an Land, Pyrrhos, und lege sie dort aus, wo wir alle hinkommen und sie anschauen können.«

Theseus lächelte – das strahlendste aller Lächeln. »Herrin, ich kann dir nicht verbergen, daß meine Männer vor deinen Amazonen auf der Hut sind. Angesichts dessen, was auf der Insel da drüben geschieht.« Er wies mit dem Kopf in die Richtung des fernen Rauchs, der sich über der Landspitze kräuselte. »Als wir kamen, haben wir diesen Rauch gerochen. Sie wollen nicht mit einer großen Zahl deiner Mädchen auf einmal zusammentreffen.«

Zwei oder drei Mädchen sahen gekränkt aus, zwei andere gaben ein kurzes wütendes Schnauben von sich, doch Antiope lachte.

»Nun, es ist töricht, Fremden zu trauen, wenn es auch nicht jeder dabei so ganz ernst meint. Doch wenn zwanzig deiner Männer es wagen, an Land zu kommen, werde ich sie hier heute abend mit ebensovielen Mädchen erwarten. Und mit Fleisch, das über einem Feuer gebraten werden kann, während wir uns eure Waren ansehen. Oder fürchtest du die Feuer, über denen das Fleisch gebraten werden muß?« Ihr Lächeln war eine Herausforderung.

Hätte sie den Ausdruck bemerkt, der darauf in Theseus' Gesicht trat, wäre sie verwundert gewesen. Doch auch ihre Mädchen waren verwundert, und wie immer nahm sie deren Gefühle wahr. Während sie noch sprach, wandte sie sich um und sah, daß ihre Augen groß und rund wie Monde waren. Rasch sagte sie in ihrer eigenen Sprache: »Ihr werdet bald begreifen.«

Für Theseus jedoch war der Himmel eingestürzt. Durch einen roten Nebel hörte er ihre Stimme weitersprechen, Worte aus längst vergangener Zeit. »Ihr Männer werdet nur Messer mit an Land bringen, um Fleisch zu schneiden ... wir Amazonen werden ebenfalls nur unsere Messer mitbringen.« Doch es gelang ihm, seine rasende Wut zu verbergen. »Königin, wir werden alles tun, was du verlangst, und noch mehr. Zu diesem Festmahl werden wir Wein mitbringen – seltenen Wein von unseren eigenen Inseln im Westen, nicht gerade die kleinste Kostbarkeit unter den Waren, die wir zum Verkauf bestimmt haben.«

Der rote Nebel war so dicht, daß er kaum ihre Antwort hörte oder sie fortgehen sah. Sie wußte – sie mußte es einfach wissen –, was bei dem Festmahl heute abend geschehen mußte. Trotz ihrer schönen Reden, ihrer feinen Amazonengesetze, war sie und ihre sogenannten Jungfrauen nicht weniger leicht zu haben als die Huren, die Seeleute in jedem Hafen trafen. Noch leichter – sie wollten kein Geld. Während dieser ganzen Jahre hatte er von einer Hure geträumt! Wie viele andere Männer hatten sie schon besessen – *wie viele?*

Er verspürte den Wunsch aufzubrechen: bis ans Ende der Welt zu fahren, und noch weiter. Nichts wollte er sein, ein schwarzes Nichts und vergessen. Doch seine Männer – sie hatten sich auf dieser Reise schwer geplagt, sie hatten sich schließlich ein wenig Vergnügen verdient. Außerdem mußte er sie besitzen – sie war in seinem Blut, sie war zu lange darin gewesen. Doch jetzt konnte sie nie Königin in Athen sein. Sie würde seine Sklavin sein, die Hündin, die ihm auf Schritt und Tritt folgte. Sie sollte für ihre hochmütigen Lügen bezahlen.

Zurück im Lager rief Antiope alle Mädchen zusammen und sprach zu ihnen. Sie erzählte davon, wie die Göttin zu Molpadia gesprochen, welchen Mann Molpadia für sie zum Beischlaf ausgesucht hatte, und von ihrem eigenen Gebet. Sie lauschten ihr verwundert, von Scheu erfüllt, doch froh. Ein Mädchen sagte leise und staunend: »Dann hat Sie also das Schiff geschickt – die Herrin selbst.«

»Euch davor zu bewahren, mit dem schlimmsten der verfluchten Kaska zu schlafen, Königin – dem widerwärtigsten der Männer!«

Eine andere sagte ehrfürchtig: »Wir schulden Ihr wahrlich Dank. Sollten wir Ihr nicht ein Opfer darbringen?«

Da schrie Marpe auf, die ihre Lippen seit dem Treffen am Strand nicht mehr geöffnet hatte. »Wir wollen die Fremden ergreifen und sie Ihr opfern! Heute nacht, wenn es dunkel ist, können wir hinausschwimmen und ihr Schiff entern, derweil Antiope mit ihrem Kapitän schläft. Dann werden sie keine Möglichkeit haben zu fliehen!«

Sekundenlang war es still. Alle Mädchen hatten gespürt, daß ein köstlicher, freundlicher Hauch über der Ankunft dieses von der Göttin gesandten Schiffes lag. Und doch waren die, die es an Bord hatte, Männer...

Antiope sagte schnell: »Nein. Ich habe sie willkommen geheißen, ihnen Speise angeboten. Ich habe ihnen Gastrecht gewährt!«

Da seufzten alle vor Erleichterung, nur Marpe nicht. Sie sagte bedeutungsvoll: »Das Gastrecht kann nicht gebrochen werden. Doch ich sorge mich um dich, Königin; ein Schatten, der nicht der Nacht entstammt, liegt auf mir. Wie kannst du zu diesem Mann gehen, außer allein und ungeschützt? Denn keine von uns kann dich begleiten. Die Göttin hat nicht davon gesprochen, daß wir vom Gesetz befreit seien!«

Wieder Stille; eine fröstelige, erschrockene Stille. Antiope holte tief Luft; sie hatte gewußt, daß dies kommen mußte. Ihre Stimme klang glockenhell, warm und golden durch die gefrorene Stille; sie sagte: »Mich vom Gesetz zu entbinden und alle anderen nicht, wäre ungerecht von Ihr, die nicht ungerecht sein kann. Wir Amazonen haben immer zu gleichen Teilen geteilt; nie hat eine Königin in einem weicheren Bett gelegen oder besser gespeist als ihr Volk. Sie, die uns geschaffen hat, muß für euch das Gleiche bestimmt haben wie für mich.«

In ihrem jugendlichen Vertrauen glaubte sie das. Doch in einem Winkel ihres Wesens, der gleichwohl kühl und lebensklug war, wußte sie auch, daß, wenn Molpadia auch eine Handvoll Missetäterinnen bestrafen konnte, sie es im Fall, daß alle sich versündigten, nicht wagen konnte, viele zu bestrafen; die Amazonen hatten nie genügend Kriegerinnen gehabt. Sie fuhr fort: »Ich vertraue auf Sie, die uns alle geschaffen hat, und wenn es Sünde ist, soll die Strafe über mein Haupt kommen. Was auch immer geschieht, ich werde mit diesem alten Hund von Kaska nicht schlafen!«

Ein ohrenbetäubender Schrei war die Antwort. »Du wirst es nicht tun, Königin! Wir werden alle mit dir gehen!«

»Dann sollen die unter euch, die neunzehn Jahre alt sind, mir einen weißen Kieselstein bringen. Neunzehn davon werde ich mit einem roten Zeichen versehen und sie dann alle in eine Schüssel werfen. Diejenige, die mit verbundenen Augen einen Kiesel mit rotem Zeichen zieht, wird heute nacht mit mir gehen. Die so ausgewählten Mädchen werden die sein, welche die Göttin selbst gewählt hat, nicht ich.«

Alle neunzehnjährigen Mädchen bückten sich, um Kieselsteine vom Boden aufzuheben – sie, von denen jede einzelne bereits ihren Mann getötet hatte und im nächsten Jahr verpflichtet gewesen wäre, zum Heiligen Hain zu gehen. Doch Marpe unternahm noch einen letzten Versuch.

»Sollten wir nicht, wenn wir etwas so Großes unternehmen, zuerst Botinnen zur Insel schicken? Den Rat der Mütter und der Alten einholen?«

Alle Blicke flogen ihr zu, doch keiner war freundlich. Der Ausdruck auf vielen jungen Gesichtern war der eines Hundes, der sieht, daß sein Knochen von einem größeren Hund bedroht wird. Ein Mädchen rief scharf: »Du weißt, was dann geschehen würde! Die alten Frauen würden alle diese neuen Männer für sich selber beanspruchen!«

»Und einige von ihnen umbringen!«

Gerade wollte sich lautes Geschrei erheben, doch wieder durchschnitt Antiopes Stimme wie eine goldene Glocke den Lärm: »Soll ich das Geschenk zurückweisen, das die Göttin uns dargeboten hat? Mich mit irgend jemandem darüber beraten, ob man die Geschenke einer Göttin annehmen darf, die mein Gebet erhört hat? Nein!«

Doch bevor sie sich trennten, rief sie Marpe zu sich. »Schwester, wir beide sind immer Seite an Seite geritten. Ich kann dich heute nacht nicht mit mir nehmen – du zählst, genau wie ich, erst siebzehn Winter, und ich will das Gesetz so streng wie möglich befolgen. Doch es gibt keine, der ich so vertraue wie dir, und ich werde dir den Befehl über das Lager übertragen, solange ich fort bin.«

Das andere Mädchen lächelte sehnsüchtig. »Du bist freundlich, Antiope. Du wolltest mich nicht mit dem Gefühl zurücklassen, du seist böse auf mich. Doch kalte Furcht wird mein Herz erfüllen, bis der Morgen kommt und du zu uns zurückgeritten kommst. Vergib mir, aber es ist nun mal so.«

»Wünsche mir eine Tochter«, sagte Antiope, küßte sie und ließ sie allein. Doch als sie fortging, packte sie kalte Angst, ließ sie erschauern, als stünde sie nackt in einem feuchten, eisigen Wind. *Wir brechen das Gesetz!* Wohin führte sie diese Mädchen, die ihr vertrauten? Hatte Molpadia nicht gesagt, die erste kleine Abweichung vom Gesetz würde der Beginn des Zerfalls sein? Doch Molpadia hatte den ersten Bruch willentlich herbeigeführt; hatte Antiope befohlen, für diesen fetten alten Kaska ihre Beine zu spreizen. *Und hat die Göttin nicht mein Gebet erhört?* Jetzt zu zweifeln, war ruchlose Schwäche. Sie tat, was Recht war; selbst wenn sie dabei auch das tat, was sie tun wollte . . .

Der Westen erglühte feuerrot, als die zwanzig Amazonen zum Strand hinunterritten. Die zwanzig Griechen erwarteten sie, frischgebadet und lächelnd, prächtig gekleidet und schön anzusehen in bunten Umhängen und Tuniken. Antiope war enttäuscht, weil Pyrrhos noch immer seinen Helm trug, doch sie vergaß ihn bald, als er neben ihr herschritt. Gemeinsam entfachten Männer und Mädchen ein Feuer und hängten das Wildbret zum Braten auf. Während dieser ganzen Zeit war er bei ihr und suchte ihre Nähe. Er sagte wenig, doch seine Nähe wärmte sie mehr als das Feuer. Er war ein prachtvoller Mann, größer noch als sie, obgleich die meisten seiner Männer und ihre Mädchen gleich groß waren. Zwei oder drei waren ein wenig kleiner.

*Meine Tochter wird wie eine Göttin sein,* dachte sie und lächelte ihm fröhlich und stolz zu. Er jedoch ergriff ihren Arm und diese Berührung war wie keine andere, die sie je gespürt hatte. Sie schien ihr Fleisch wie Feuer zu verbrennen, ohne weh zu tun. Und obgleich er noch immer nicht lächelte, lachte er plötzlich und zog sie von den anderen fort zu den Waren, die, ohne daß ihnen bisher jemand Beachtung geschenkt hätte, noch im Sand lagen. »Such dir das Beste aus, Herrin. Mit einer Königin zu schlafen, sollte einen großen Schatz wert sein, ob sie nun Jungfrau ist oder nicht.«

Antiope erstarrte. Er kannte das Gesetz der Amazonen nicht; wie konnte er? Doch er schien sie verspotten zu wollen. Sie mochte weder seine Stimme noch den kalten, harten Ausdruck in seinen Augen.

Sie sagte mit Würde. »Alle von uns hier am Strand sind Jungfrauen. Die Mütter und die Alten schlafen mit den Männern, die sie vor dem Schwarzen Stein verbrennen.«

Da lächelte er breit. »Herrin, ich habe alle eure großspurigen Geschichten über euch geschworene Jungfrauen gehört, die ihr hier am Ufer wartet, während die Älteren ihr Vergnügen auf der Heiligen Insel haben. Aber wir jungen Leute sind alle gleich; kaum haben uns die Alten den Rücken zugedreht, wollen wir unseren Spaß haben.«

Einen Augenblick lang starrte Antiope ihn an, war wie gelähmt. Dann blitzten ihre Augen. »Amazonen täuschen ihresgleichen nicht! Wir wissen nichts von euren billigen, gemeinen Gedanken, die ihr alle von Sklavinnen geboren seid – ihr, deren Mütter, ob sie nun Huren genannt werden oder nicht, alle Sklavinnen eurer Väter gewesen sind!«

Sekundenlang sah er verblüfft aus; dann wurde sein Lächeln zum Grinsen. »Warum bist du dann nicht auf der Insel, Herrin? Öffnest in aller Gottesfurcht deine Beine für die Gefangenen?«

»Man erwartet von mir, daß ich hingehe! Um mit einem Anführer der Kaska zu schlafen, der alt, fett und gemein ist – und auch so riecht!« Sie zwang sich zur Ruhe. »Ich verstehe, warum du so etwas gedacht hast – wir können nicht erwarten, als Jungfrauen ins Lager zurückkehren, meine Mädchen und ich. Doch ich bin die letzte meines Volkes – ich muß so rasch wie möglich eine Tochter haben. Die Göttin hat zur Kriegskönigin gesprochen, der Schwester meiner Mutter, und hat es ihr gesagt.«

»Nun, das ist eine gute Ausrede.« Er grinste noch immer, obgleich das Grinsen ein wenig zu gefrieren schien.

»Du glaubst immer noch, daß ich lüge?« Ihre Augen glühten.

»Daß ich um meines eigenen Vergnügens willen das Gesetz meines Volkes brechen und mich hinlegen und katzbuckeln würde wie eine eurer blöden, schmutzigen, männerhörigen Schlampen? Und ich habe zur Göttin gebetet, mir einen anderen Vater für meine Tochter zu schicken – ich hatte das Gefühl, diesen fetten, stinkenden alten Kaska nicht ertragen zu können! Schön, Sie hat alles getan, was Sie konnte, denke ich, in dieser kurzen Zeit. Doch du bist auch nicht der Richtige!«

Sie hielt inne, ihre Augen noch immer schwarze Flammen. Sie erniedrigte sich umsonst. Er würde nie begreifen; er war nur ein Mann, wenn er ihr auch so prächtig erschienen war.

Doch Theseus warf den Kopf zurück und lachte. Lachte, als sei ihm soeben eine Last vom Herzen genommen worden, die tausendmal schwerer war als der Stein, der einst das Schwert und die Sandalen des Aigeus bedeckt hatte.

»Herrin, reinstes der Mädchen, ich will dir beweisen, daß ich der Richtige bin! Besser als jeder fette, übelriechende alte Mann!«

Seine Arme flogen nach vorn und umfingen sie. Antiope konnte gerade noch ein Zeichen mit einer Hand geben und so ihre Mädchen davon abhalten, auf sie loszustürzen. Dann wurde sie gegen ihn gepreßt, sie spürte den Druck seines harten Geschlechts – so anders als bei Asterion – so wie er ihre Brüste und Schenkel spürte. Sein Mund fand ihren Mund, und dieser Kuß war wie ein Sonnenaufgang. Beiden erschloß er eine neue Welt, eine, in der alles Licht wie Feuer war und alle Farben in wunderbarer unbekannter Schönheit zitterten. Sie wußte nicht, wann sie begann ihn wiederzuküssen oder wann seine Arme den Griff so weit lockerten, daß sie die ihren heben und um seinen Nacken schlingen konnte. Ihre Amazonen starrten sie wie vom Donner gerührt an, ihre Hände langsam von den halb gezogenen Messern lösend. Seine jungen Männer, die bemerkt hatten, wo die Hände der Mädchen sich befanden, grinsten erleichtert.

Alle, außer Solois. Sein Gesicht war verzerrt und elend.

Dann lockerte Theseus die Umarmung; er schämte sich. Andere hätten dies nicht sehen dürfen; ein Mann liebte seine

Frau nicht vor anderen Männern. Doch für eine kleine Weile hatte die Welt nur aus Theseus und Antiope bestanden. Sich besinnend, bellte er zwei jungen Männern Befehle zu, und sie gingen rasch zu den Schiffen zurück. Das Wildbret briet, und das Feuer brannte weiter, doch nun schienen seine Flammen alle Farben des Regenbogens zu zeigen, zu lachen, wie die jungen Menschen ringsum. Alles war heiter; diese vierzig Jünglinge und Mädchen, die sich untereinander nicht verständigen konnten, brauchten jetzt nicht viel mehr Worte als jene anderen Paare in jener längst vergangenen Nacht, als der starke Herakles an der Seite Melanippes gesessen hatte. Und Theseus und Antiope, die miteinander hätten sprechen können, waren vor allem diejenigen, die Worte am wenigsten brauchten...

Die zwei jungen Männer, die zu den Schiffen geschickt worden waren, kamen mit grobem Mehl, Honig und Sesam zurück, wie man sie zur Herstellung von Kuchen für athenische Hochzeitsfeste verwendete. Theseus versuchte seinen Männern zu zeigen, wie der Teig zu mischen sei, doch er hatte selbst keine rechte Vorstellung davon, wie es gemacht werden mußte. Antiope und ihre Mädchen übernahmen diese Aufgabe. Die jungen Männer setzten sich nieder und waren es zufrieden; das war die rechte Art, wie die Dinge erledigt werden sollten. Kochen war Frauenarbeit. Die Mädchen dachten: *Jeder Mann hat zehn Daumen. Es ist ein Wunder, daß ein Mann es jemals lernen kann, die Waffen richtig zu gebrauchen.* Doch sie empfanden eine ungeheures Wohlwollen für diese unbeholfenen, eingebildeten Wesen, die zu einfältig waren, um ihre eigene Schwäche zu erkennen. Die sie brauchten...

Nun kam die Nacht; unmerklich, fast heimlich hoben sich Ihre schwarzen Schwingen aus dem Osten. Der ferne Westen erglühte noch immer schwachrosa und golden, und als Antiope zu Theseus zurückkehrte und sich neben ihn setzte, schien das zart getönte Licht die beiden einzuhüllen und in sie einzuströmen. Sie hielten einander bei den Händen und zwischen beiden breitete sich, zumindest zu dieser Zeit, ein Frieden aus, der so fröhlich und lebenspendend dahinströmte wie der Saft in den Bäumen. Frühling umfing sie, und Frühling war in ihnen.

Die Honigkuchen waren vor dem Wildbret fertig. Der junge Mann, der ihre rituelle Bedeutung kannte, brachte sie eilig zu Theseus, der Antiope den größten und goldbraunsten gab.

»Danke«, sagte sie und dann, während sie noch kaute: »Es schmeckt gut.« Für sie war Kuchen nur Kuchen; sie hatte keine Ahnung, daß sie verheiratet wurde.

»Besser, als du ahnst, meine Königin.« Seine Augen lachten sie an, zärtlich, schelmisch, goldener als der Kuchen oder der Sonnenuntergang. Sie war jetzt *seine* Königin, Königin von Athen ... Er nahm ihren Kuchen und biß ein Stück ab; auch das entsprach dem Ritus. Antiope blickte ihn einen Augenblick verwirrt an, nicht ganz erfreut, dann lächelte sie wieder. Das war gewiß ein Spiel unter Liebenden. Doch sie nahm den Kuchen von ihm zurück und biß noch einmal ab; sie hatte nichts dagegen, das Spiel fortzusetzen. Diesmal war Theseus verwirrt. Welche Art von Omen war das? Würde ein Mann noch Herr in seinem eigenen Haus sein, falls seine Frau den Löwenanteil am Hochzeitskuchen bekam? Er nahm den Kuchen zurück, und dasselbe Spiel wiederholte sich; Antiope bekam das letzte Stück.

Inzwischen war das Fleisch fertig, wurde ebenfalls fröhlich verspeist, und dazu wurden beträchtliche Mengen Wein getrunken. Theseus hatte gehofft, die Amazonen betrunken machen zu können, damit er Antiope ohne viel Kampfgetümmel entführen konnte. Aber ihre Mädchen wurden nicht ausgelassener als seine jungen Männer. Tatsache war, daß die Amazonen Alkohol gut vertrugen. Molpadia hatte es als gute Übung angesehen, die Mädchen berauschende Getränke aus Stutenmilch trinken zu lassen; immerhin konnte es geschehen, daß eines Tages Männer in voller Absicht versuchten, sie betrunken zu machen.

Der Mond stand hoch, als die Paare sich erhoben und davongingen, Hand in Hand oder die Arme um den Liebsten gelegt – um sich im weißen Sand das Lager zu bereiten.

Die Nacht ging allmählich zu Ende; der Mond zog nach Westen. In den schwarzen Schatten der Felsen kroch Solois umher, schlaflos. Lange nachdem das Mädchen, mit dem er hatte schlafen sollen, seine schimpfliche Enttäuschung überwunden hatte, indem sie weggeschlendert und sich zu einem anderen Paar gelegt hatte. Die andere Amazone teilte in schwesterlicher Großzügigkeit den Mann mit ihr.

Jedoch Solois' Augen starrten angestrengt durch die silbrige Düsternis zu dem dunklen Fleck hinüber, wo zwei andere Liebende lagen. Seine Augen konnten sich von dieser undurchdringlichen Schwärze nicht lösen, und auch seine Ohren lauschten angestrengt – auf Geräusche, die, wann immer sie zu hören waren, wie Messer in sein Herz schnitten. Immer wieder stellte er sich diese beiden Körper vor, umschlungen, eng aneinander gepreßt, Theseus' prächtige Männlichkeit verführt von ihrem weichen weiblichen Fleisch. Theseus – Antiope! Antiope – Theseus! Manchmal wußte er kaum, wen von den beiden er liebte und wen er haßte. Was war es, dieses Geheimnis – gewiß größer, als jedes dieser geheimnisvollen Feste im heiligen Eleusis –, das einen Mann dazu brachte, sich von seinen Freunden abzuwenden, von allem, was er kannte und liebte und umschlungen in den Armen einer Fremden zu liegen? Einer Feindin ... Was war es?

5. Kapitel/Der Raub einer Königin – Die Morgendämmerung kam, Homers Eos, zart und rosenfingrig. Antiope erwachte und erblickte Theseus neben sich. Sah sein rotgoldenes Haar, nicht mehr mondgebleicht, und ein plötzlicher Schreck ließ sie erstarren; die entsetzlichen Bilder jener traurigen Nacht vor vielen Jahren stürzten wieder auf sie ein. Dann hörte sie seinen stetigen leisen Atem und erinnerte sich an die vergangene Nacht. Lächelnd drehte sie ihren Kopf und küßte ihn sanft auf die Wange. Im Westen mußten viele Männer Haar von solcher Farbe haben; im Osten gab es einige ... und es war schön. Sie ließ ihre Finger hindurchlaufen, und er regte sich. Die goldbraunen Augen öffneten sich, erblickten sie und leuchteten.

»Antiope –«

»Pyrrhos!« Sie fanden sich aufs neue, hielten einander voll

Wonne und Begierde umschlungen; die Lust der letzten Nacht wiederholte sich. Doch nur kurz; bald entzog sich Antiope. »Die Sonne geht auf. Ich muß gehen.«

»Warum?« Er zog sie wieder an sich. Die warme, schmeichelnde Sanftheit von Stimme und Lächeln besiegten sie beinahe; ihr Mund wölbte sich, um ihn zu küssen. Doch dann spannte sich ihr Gesicht; sanft, aber bestimmt machte sie sich wieder los. »Liebster, ich muß die anderen wecken. Wir müssen aufbrechen. Bevor die, welche im Lager geblieben sind, anfangen Verrat zu befürchten.« Sie meinte Marpe; die anderen würden ohne zu fragen der Botschaft der Göttin vertrauen.

»Aber kommst du denn vor Sonnenuntergang zurück? Läßt du mich nicht so lange auf dich warten wie gestern?« Seine Stimme umschmeichelte sie immer noch, und Verlangen zerriß sie – bitteres, durchdringendes Verlangen. Alles, was gestern gezählt hatte, war der Wunsch gewesen, sich mit ihm zu vereinigen; sie hatte nie daran gedacht, was sie bei der Trennung empfinden würde. Warum sollte sie auch? Eine Frau schläft mit einem Mann, dann gehen beide befriedigt ihrer Wege. Das war für Amazonen die beste Art, und diese sagte gewöhnlich den Männern zu.

»Liebster, ich kann nicht noch einmal kommen.« Sie kämpfte den schrecklichen Schmerz dieser Erkenntnis nieder, blickte ernst und standhaft in seine Augen. »In der letzten Nacht haben wir unsere Tochter gezeugt. Heute nacht müssen meine Mädchen an der Reihe sein. So wie es aussieht, werden viele von ihnen keine Liebhaber finden, bevor dein Schiff abfährt.«

Einen erschrockenen Atemzug lang war Stille, dort, in der sich rötenden Morgendämmerung. Dann sagte er barsch: »Was glaubst du, wer ich bin? Ein Krug Wein, den ihr herumgehen laßt? Ich bin ein freier Mann – kein gekaufter Sklave. Kein Gefangener, der vor eurem Schwarzen Stein seine Arbeit verrichtet!«

Es machte ihm etwas aus – so wie auch ihr. Ihr Herz machte einen Sprung, doch ihre Stimme war ruhig. »Liebster, es ist nicht so, daß ich nicht kommen will. Für mich wird es nie wieder eine Nacht geben, die der letzten gleichkäme. Wenn mein Haar weiß ist, und Alter und Wunden meine Knochen mit Schmerzen plagen, werde ich mich an sie erinnern und mich wieder jung fühlen. Aber meine Mädchen sind treu gewesen, haben den Zorn der Kriegskönigin herausgefordert, um mir meinen Wunsch erfüllen zu helfen. Ich kann sie nicht betrügen.«

»Was kümmern mich deine Mädchen? Wenn ich dich nicht noch einmal haben kann, wird keine andere Amazone auch nur einen Tropfen meines Samens bekommen! Oder den irgendeines meiner Männer. Wir werden heute abfahren!«

Furcht machte sie kraftlos; er durfte nicht gehen! Doch ihre Stimme war dennoch ruhig: »Ich hatte nicht die Absicht, dich so zu behandeln, als wärst du nicht frei; jeder sollte frei sein. Doch du mußt mich verstehen, weil du selbst ein Anführer bist. Bleib, mach meine Mädchen glücklich und fahre dann in diesem Sommer nach Themiskyra. Dann können wir wieder zusammen schlafen. Glücklich sein.«

Sie hatte ihn gemacht, diesen Vorschlag, von dem sie wußte, daß sie ihn nicht hätte machen sollen. Wenn er doch nur in jedem Sommer nach Themiskyra kommen und ihr einziger Mann sein könnte, wie ihr Vater der ihrer Mutter gewesen war! Doch sie wußte, wie Molpadia die lange Liebe ihrer Eltern gefürchtet und gehaßt hatte. Die Todsängerin hatte nicht gewagt, dem Großen König ein Leid anzutun, aber was würde sie einem gewöhnlichen Kaufmann antun, wenn sie dachte, daß ihre Nichte ihn liebte? Doch gewiß bestand keine Gefahr, wenn Pyrrhos einmal kam ... nur einmal ...

Er lachte. Seine rotbraunen Augen senkten sich wieder lächelnd in die ihren. »Herrin, ich nehme diese Einladung mit Freuden an. Aber ich will dich heute nacht. Nicht in einer anderen Nacht, an einem anderen Ort. Laß uns einen Handel abschließen. Ich werde – sollen meine Männer über mich lachen – sagen, ich sei müde, von den Freuden der letzten Nacht erschöpft, und mache mich zu einem der fünf Männer, die heute nacht an Bord bleiben. Nur fünf, denn ich werde tun, was kein guter Kapitän tun sollte – sein Schiff ungenügend bewacht lassen –, wenn du versprichst, heute nacht zum Schiff hinauszuschwimmen. Mit mir zu schlafen, während fünfundzwanzig –

nicht zwanzig – meiner Männer mit ebensovielen deiner Mädchen schlafen.«

Antiope starrte ihn an; an Bord seines Schiffes zu gehen, das würde bedeuten, daß sie allem trotzte, was man sie je gelehrt hatte: allem, was sie an Klugheit und Umsicht besaß. Und doch – dies war der Mann, den die Göttin ihr geschickt hatte. Er liebte und begehrte sie, ebenso wie sie ihn liebte und begehrte; er konnte sie nicht betrügen. Und er bot ihr einen guten Handel an – fünf Männer mehr für ihre Mädchen –

Auch sie lachte. Sie warf die Arme um seinen Nacken und küßte ihn. »Es ist nicht wirklich fair. Keiner deiner Männer kann auch nur halb so gut sein wie du. Doch weil meine Mädchen dich nicht kennen, werden sie den Unterschied nicht bemerken. Ich werde kommen!«

Der Tag verging in goldenem Sonnenlicht, der schönste der Frühlingstage. Der Sommer schien nähergerückt; hatte ihr Liebesspiel in der letzten Nacht ihm Kraft gegeben, so wie manche der Völker, bei denen Männer und Frauen zusammenlebten, behaupteten, daß es die Früchte wachsen lasse, wenn man sich auf den Feldern liebte? Doch nie zuvor, so schien es Antiope, war ihr ein Tag so lang vorgekommen; und als es schließlich Abend wurde, kam dieser ihr zehnmal länger vor. Sie durfte nicht zu früh zu ihrem Zelt gehen; sie durfte nichts tun, was sich von dem zu unterscheiden schien, was sie gewöhnlich tat. Nie zuvor war sie eine Schwindlerin gewesen; sich wie eine solche zu verhalten, erbitterte sie. Doch sie wagte es nicht, ihr Volk wissen zu lassen, was sie vorhatte. Alle würden entsetzt sein; Marpe würde vielleicht sogar zur Heiligen Insel schwimmen, um Molpadia zu warnen.

Es kam ihr vor, als werde sie nie zu ihrem Zelt gelangen, und als sie schließlich dort war, ging das Warten weiter. Sie mußte sicher sein, daß das ganze Lager zur Ruhe gegangen war, alle Feuer gelöscht waren und sie im sicheren Schutz der schwarzen Nacht fortgehen konnte.

Doch schließlich machte sie sich auf den Weg. Heimlich und verstohlen, dem Mondlicht ausweichend und durch die dichtesten und schwärzesten Schatten schleichend. Um den Wachtposten zu entgehen, mußte sie über die Palisade klettern, und das Herz schlug ihr vor Angst bis zum Hals, man könnte sie hören. Das Überklettern war leichter, als sie erwartet hatte; hier mußte vor Ablauf des Jahres etwas verbessert werden.

*Du schicktest diesen Mann, Göttin. Du wirst gewißlich für unsere Sicherheit sorgen, bis die Mütter und die Alten zurückkommen.*

Den Strand selbst mußte sie meiden, so gut sie konnte, denn dort brannten Feuer, und Mädchen und junge Männer vergnügten sich, wie sie selbst es letzte Nacht getan hatte ... Wenn Pyrrhos sein Schiff nur dicht am Ufer verankert hätte, wie die Händler es machten, die nach Themiskyra kamen! Doch man konnte es den Männern nicht verübeln, wenn sie sich in der Nähe der Insel des Schwarzen Steins unbehaglich fühlten. Doch sein schwarzer Schatten, den es über den Sand warf, hätte ihr Schutz geboten, während sie darauf zukroch ...

Es lag sehr dicht am Ufer. Über den dunklen Wassern wirkte es groß und schwarz, schwärzer als die Nacht. Ein Hauch bewegungsloser, wartender Drohung, einer düsteren Kraft umgab es, den sie bei Tage nie bemerkt hatte.

*Ich bin töricht. Das ist es, was Unterwerfung aus Frauen macht. Vor mir hat er immer nur solche Frauen gekannt ...*

Sie trug eine dünne, geschmeidige Tunika aus Leder, versehen mit Bronzestreifen, die wie Gold leuchteten. So rüsteten sich Amazonen, denn sie kämpften nie zu Fuß, außer bei einem Überfall, und Pferde konnten, wenn sie schwere Lasten zu tragen hatten, nicht schnell laufen. Mochten die Männer alberne schwere Schnürleibe aus Metall tragen, die sie unbeweglich machten.

Sie rannte über den vom Mondlicht versilberten Strand und sprang ins Wasser. Die lederne Tunika, wohlgepolstert, um ihren Körper zu schützen, war kaum durchnäßt, als sie auch schon die Reling des Schiffes erreicht hatte. Ihre Hände umschlossen das Tau, das, wie erwartet, dort hing.

»Pyrrhos«, rief sie leise.

»Pyrrhos.«

Schwärzer noch als das Schiff ragte eine hohe verhüllte Gestalt über ihr auf. Die rotbraunen Augen, heißflammend, brannten durch die Dunkelheit, die das Gesicht verhüllte. Doch seine Stimme kam aus der Finsternis, warm und vertraut und geliebt: »Antiope!«

Sie kam nicht dazu, zu klettern. Er hievte sie an Bord, griff nach ihr und hob sie hoch, ohne das Grinsen der vier Männer, die bei ihm waren, zu beachten. Im Schein der Fackel sah sie wieder sein Gesicht, dieses schöne, unbekümmerte Gesicht, und seine Augen leuchteten rotgolden wie sein Haar.

Triumphierend wie die eines Jägers, der endlich seine Beute sicher hat.

»Mein goldener Vogel!« sagte er. »Oh, mein goldener Vogel!« Und er küßte sie so hart, daß ihre Lippen schmerzten.

»Du siehst aus wie eine hungrige Katze«, sagte Antiope ein wenig verwundert. »Manchmal sind Katzenaugen rot in der Nacht.« Sie hatte keine Furcht; sie vertraute ihm, und wenn sie einmal vertraute, tat sie es bedingungslos. Doch hier gab es etwas, das sie nicht verstand und das sie ein wenig unbehaglich lachen ließ. »Du solltest besser nicht versuchen, mich aufzufressen, mein Liebster. Das gefiele mir nicht.« Auch er lachte und küßte sie erneut, hart und überschwenglich. »Ich kann mir viel bessere Dinge vorstellen als das, meine Königin!«

Und er trug sie in den dunklen Raum, halb Zelt, halb Kajüte, den er in ganztägiger Arbeit mit seinen Männern anstelle des fehlenden Achterdecks errichtet hatte. Die wenigen Schiffe, die er kannte, verfügten weder über Decks noch über Kajüten; solcher Luxus blieb den Schiffen des Minos vorbehalten. Doch das Bett, das ihr neu gezimmertes Hochzeitsgemach fast ausfüllte, war mit einem Überwurf von kostbarstem Scharlachtuch aus Tyros bedeckt; bis heute war es in seiner Seekiste gewesen und hatte auf diese Nacht gewartet. Auf dieses Tuch legte er sie nieder und warf sich auf sie. Doch er nahm sie nicht stürmisch, sondern mit wonnevoller Zärtlichkeit. Ihre Vereinigung war noch süßer als in der Nacht zuvor, als ihre Körper einander noch fremd gewesen waren. Als sie schließlich still dalagen, tief zufrieden, streckte sie eine Hand aus, um seine Wange zu streicheln, dann sein Haar. »Ich wünschte, es wäre nicht ganz so dunkel hier drin. Ich möchte dein Haar sehen.«

»Magst du rote Haare?« Er hatte sich gefragt, was sie darüber gedacht hatte; sie hatte es gewiß an jenem Morgen gesehen. »Gewöhnlich verabscheue ich es.«

»Hast du es immer verabscheut?«

»Nein. Aber dann geschah etwas – eine häßliche Sache; wir wollen nicht die Nacht damit vergeuden, davon zu sprechen. Doch jetzt liebe ich rotes Haar. Ich hoffe, meine Tochter wird rotes Haar haben. Und die Sonne darin tragen, wie du es tust.«

*Du wirst einen Sohn haben,* dachte Theseus. Er lachte leise, rieb sein Gesicht an dem ihren und setzte sich dann unvermittelt auf. »Ich vergaß. Draußen auf der Kohlenpfanne ist heißer Wein.«

Antiope trank aus dem dampfenden Becher, den er ihr brachte. Der Wein hatte einen sonderbaren Geschmack, doch die Fürsorge, mit der er sie umgab, wenn auch überflüssig, rührte sie, und sie lobte ihn dafür – dann wünschte sie, sie hätte es nicht getan, denn er füllte den Becher aufs neue. Der zweite Schluck machte sie schläfrig, und sie wollte noch nicht schlafen. Sie wollte ihn ganz sehen, spüren und berühren, solange sie konnte. Denn sie konnte ihn nicht nach Themiskyra kommen lassen; sie wußte nun, daß sie ihre Liebe niemals vor Molpadia würde verheimlichen können. Aber man mußte ein wenig Zeit zum Schlafen haben ... sogar Liebende mußten schlafen.

»HIP-POL-Y-TE! HIP-PO-OL-Y-TE!« Messerscharf durchdrangen diese Schreie die warme, schwere Dunkelheit, die sie umfing. Gewohnheitsmäßig griffen ihre Hände nach den Waffen, die nicht da waren. Sogar ihr Dolch war verschwunden. Taumelnd kam sie auf die Füße – und mußte feststellen, daß die Erde unter ihr schlingerte. Nein, es war nicht die Erde: Sie war noch immer an Bord von Pyrrhos' Schiff – *und es bewegte sich!* Sie hörte ein ungestümes sausendes Geräusch, das von den Rudern herrühren mußte. Doch hoch über allem erklangen die Kriegsschreie ihres Volks – und Rufe von Männern!

Irgendwie hatten die Amazonen herausgefunden, wo Antiope war. Sie glaubten sie gefangen an Bord des Schiffes und griffen es an. Doch warum hatte Pyrrhos sie nicht geweckt? War er getötet worden? In jäher Angst riß sie den herabhängenden Vorhang beiseite, der ihr die Sicht versperrte. Sah den roten Morgen über sich und ringsum Männer. Jeder handhabte mit einer Hand ein langes, schweres Holzruder und trug in der anderen einen langen, scharfen Speer. Waren schon einige ihrer Mädchen getötet worden? Ihre Augen suchten wie rasend nach Pyrrhos und fanden ihn – am Bug stehend, einen Speer in der Hand. Und an diesem Speer war Blut...

Da begriff sie. Sekundenlang konnte sie nicht glauben, was sie wußte – daß er, mit dem sie soviel verband, sie betrogen hatte. Doch er hatte es getan; Molpadia hatte recht gehabt! In diesem Augenblick wäre sie fast auf ihn losgestürzt. Statt dessen versuchte sie mit einem Sprung den Mast zu erreichen. Wenn sie hoch genug hinaufklettern konnte, um außerhalb der Reichweite der Ruder ins Wasser zu springen...

Es war nicht ein Blick, sondern eine innere Stimme, die Theseus warnte. Zugleich mit Antiope sprang er los. Er bekam sie zu fassen und beide wälzten sich im Rumpf des Schiffes; seine Arme umschlangen sie so fest, daß sie ihre Arme nicht bewegen konnte. Sie versuchte mit dem Knie seinen Unterleib zu treffen, doch sie schaffte es nicht; auch ihre Beine konnte sie nicht rühren.

Sie spie ihm ins Gesicht. »Sklavenhändler! Du hast mich mit dem Wein betäubt – du hast mein Messer gestohlen, während ich schlief!«

Da redete er auf sie ein; vernünftig, beruhigend, sogar sanft. »Hab keine Angst, *philtate* – Liebste. Du wirst keine Sklavin sein, sondern eine Königin, denn in meinem Land bin ich ein König, der Sohn eines Königs. Du wirst meine Gemahlin in Ehren sein, und immer werden wir ein Bett teilen – und du weißt, wie glücklich wir zwei in einem Bett sein können –«

Sie gab keine Antwort. Sie wand und krümmte sich leidenschaftlich und versuchte unentwegt, sich aus seinem eisernen Griff zu befreien – und vermochte es nicht. Bald bedeckte

Schweiß beide Körper; ihre Muskeln spannten sich bis zum Zerreißen. Theseus wünschte sich voll Bitterkeit, daß er sie gefesselt hätte, während sie schlief. Er hatte daran gedacht, aber sie hatte, als sie dalag, so schön ausgesehen. Diese geschmeidigen anmutigen Glieder zu binden, war ihm wie eine Entweihung vorgekommen.

Noch immer versuchte er sie zu überzeugen. »Ich habe diesen Kampf nicht gewollt, Herrin. Ich wußte, daß es für dich schlimm wäre, wenn man deine Gefährtinnen tötete, genauso wie ich meine Männer nicht verlieren wollte. Also entführte ich dich mit Hilfe einer List – ich wollte in der Morgendämmerung fortsegeln, sobald meine Männer an Bord kamen. Doch bevor sie sich fortstehlen konnten, ritten deine Amazonen schreiend auf sie los –«

*Marpe. Marpes Furcht hat sie zu meinem Zelt getrieben – sogar auf meine Atemzüge muß sie gelauscht haben.* Antiope sprach ihre Gedanken nicht aus. Worte waren jetzt sinnlos. Ebensogut hätte sie auf einen Wolf einreden können, der sie an der Kehle gepackt hatte. Sie kämpfte weiter, und Theseus fuhr fort.

»Du wirst vor dem Gesetz meine Gemahlin sein, meine Königin – bei Poseidon, dem Erderschütterer, dem Gott, den ich am meisten liebe, schwöre ich es! Du wirst die Gemahlin des Theseus sein, Sohn des Aigeus –«

»Theseus!« Ihr Aufschrei verwandelte den Namen in einen Fluch. »Theseus – *du*! Du hast geholfen, meine Schwester zu ermorden!«

Seine Überraschung war so groß, daß sein Griff sich ein wenig lockerte. Die rasende Wut verlieh ihr Kraft, sie befreite sich und sprang erneut auf den Mast zu. Doch mit einem ebenso schnellen Satz verstellte ihr Theseus den Weg. Sie fuhr herum, um einen der Ruderer zu Boden zu schlagen – mit einem hundertmal geübten tödlichen Schlag. Über seinen Körper hinweg konnte sie ins Meer springen, falls die Speere seiner Kameraden sie verfehlten. Doch bevor sie den Ruderer niederstrekken konnte, traf Theseus' Faust sie an der Schläfe, und als sie niederstürzte, stieg schwarze Nacht auf, um sie zu umfangen.

Als Antiope wieder erwachte, lag sie gefesselt am Boden des Schiffes. Sechs weitere Amazonen, ebenfalls in Fesseln, lagen neben ihr. In der Nähe lagen zwei verwundete stöhnende Männer.

In ihrer eigenen Sprache erzählten ihr die Mädchen, was geschehen war. »In der letzten Nacht, Königin, hatte Marpe einen Traum – er sagte ihr, daß die Fremden, wie alle Männer, auf Verrat sannen. Also hielt sie vor deinem Zelt Wache, doch die Stille, die darin herrschte, kam ihr verdächtig vor – und als sie gegen Morgen einen Blick hineinwarf, warst du nicht da. Da weckte sie uns und sandte eine Botin zur Heiligen Insel. Alle übrigen eilten so schnell wie mögliche zum Strand in der Hoffnung, die Männer dort gefangenzunehmen und als Geiseln zu behalten. Doch sie waren bereits wach und bewaffnet – obwohl wir ein paar töteten, entkamen die meisten, schwammen zu ihrem Schiff, und wir schwammen ihnen nach ...«

»Und wurdet so gefangengenommen«, ergänzte Antiope bitter. »Aber Marpe – wißt ihr, was mit ihr geschah?«

»Sie wurde verwundet, als sie noch am Strand war, Herrin. Ein Mann warf einen Stein nach ihr, traf sie am Kopf, und sie fiel vom Pferd. Aber es ist wahrscheinlich, daß sie lebt – diese verfluchten Hunde schlugen uns mit ihren Rudern auf die Köpfe und rissen uns von den Pferden, und *wir* leben!«

»Wenn Marpe noch lebt, wird sie keine Sklavin sein. Sie ist eine Freundin, die ich nicht ins Verderben gestürzt habe.« Die Bitterkeit in Antiopes Stimme hatte sich nun in Grimm verwandelt.

Doch ihre Gefährtinnen beeilten sich, sie zu trösten. »Dich trifft keine Schuld, Königin – niemals. Diese gemeinen Sklavenjäger haben alles angezettelt – diese bösen Zauberer, die es fertigbrachten, dich in der Nacht heimlich zu entführen. Die Adlerköpfigen Frauen sollen ihnen die Augen aushacken und das Fleisch von ihren Knochen reißen –«

»Und auch das meinige. Denn ich habe euch verraten. Wie eine Närrin bin ich in die Falle gegangen, die dieser Mann mir gestellt hat.«

Sie erzählte ihnen alles, aber dennoch wollten sie ihr nicht die Schuld geben, sondern verfluchten Theseus, und das ließ Antiope ihre Schuld um so stärker empfinden. In ihrem Herzen, das ihr wie eine einzige große Wunde vorkam, betete sie: *Laß mich sterben, Göttin. Die anderen aber rette irgendwie – irgendwie. Laß sie am Leben bleiben und nach Hause gelangen!* Doch dann kam die unheilvolle Frage: *Du – die Du es zugelassen hast, daß Molpadia wie auch ich Dir Worte in den Mund legen konnten – bist Du irgendwo, um mein Gebet zu hören?*

Es schien nicht wahrscheinlich. Antiope lag da und blickte hinauf zum blauen Himmel, dessen Weite sie immer bestaunt hatte, und sah die Vögel durch seine Bläue fliegen – frei. *Frei!* Würde sie oder eines dieser sechs Mädchen, die versucht hatten, ihr zu helfen, jemals wieder frei sein? Weil der Tod Nicht-Sein war, konnte er nicht Freiheit, wohl aber eine Möglichkeit der Flucht bedeuten. Ja, sie würden entkommen; Amazonen konnten nicht gezähmt werden, und sie verstanden zu sterben. *Doch wieviel werden wir vorher ertragen müssen, o Du, die es nicht gibt – wieviel?*

Und dann überkam sie plötzlich Hoffnung wie ein Segen. Diese Männer, die auf Schiffen lebten, konnten keine Vorstellung davon haben, wie schnell Pferde sein können – eine Nacht lang würden sie auf der Hut sein, vielleicht zwei, doch dann würden sie landen, um sich an ihren Gefangenen zu ergötzen. Und dann würde Molpadia mit ihren Reiterinnen über sie herfallen; sie würden sterben, und wenn auch vermutlich einige ihrer Gefangenen mit ihnen starben, würde das die Befreiung aus der Sklaverei bedeuten.

Wieder blickte sie zum Himmel empor, diesmal dankbar. *Vergib mir, die ich mich gegen Dich versündigt habe, indem ich Dich verleugnete.* Und dann sah sie etwas, das die in ihr aufgeblühte Hoffnung zunichtemachte: Jetzt im Frühling flogen die Vögel nach Norden – fort aus Ägypten und von den heißen Wüstenländern des Südens, flogen zu den weiten kühlen Steppen jenseits des Meeres – in jenes Land, in dem die Amazonen gewohnt hatten, bevor ihre Männer, wie alle Männer, sie betrogen hatten. *Und dieses Schiff fuhr nach Norden!* Theseus hatte vor, die ganze Breite des Meeres zwischen seine Gefangenen und jedwede Hilfe zu legen. Und Pferde konnten niemals so weit schwimmen...

Sie haßte ihn so sehr, daß sie ihren Mut wiederfand; sie knirschte mit den Zähnen. Sie und ihre Amazonen konnten sich gegenseitig die Fesseln durchnagen – frei sein, um zu töten oder getötet zu werden. Erst dachte sie daran, es in der kommenden Nacht zu versuchen, dann beschloß sie, um ihrer Mädchen willen, damit zu warten, bis sie eine Küste erreicht hatten. Vielleicht konnten eine oder zwei aus ihrer Schar am Ende nach Hause gelangen – schlimmstenfalls würden sie die Freuden der Hoffnung nicht lange überleben.

Auch Theseus' Männern hatte der Kurswechsel nicht gefallen. »Nächte auf See sind immer ungemütlich. Und gerade jetzt, wo wir Frauen haben, um sie zu beschlafen –«

»Es sind nicht genug für alle«, hatte Theseus trocken gesagt.

»Wir können uns abwechseln!«

»Wollt ihr mitten in der Nacht aufwachen, mit dem ganzen übrigen Gesindel von Wölfinnen am Hals?« Theseus hatte fast die gleichen Gedanken gehabt wie Antiope. »Ihr habt diese Frauen reiten sehen. Und wenn sie es auch sehr eilig damit hätten, uns zu fangen, werden sie es vielleicht weniger eilig haben, wenn es daran geht, uns zu töten.«

Einige der Männer überlief ein Schauder, und alle sahen ein, daß sein Plan gut war. Theseus selbst hoffte, daß er es war: Er hatte keine Ahnung, wie breit dieses Meer war. Doch das Schiff war mit Vorräten wohlversehen, und in der Not würde sein Vater Poseidon ihnen sicherlich Regen schicken...

Doch die Amazonen lagen in düsterem Schweigen da, und die Sonne verdunkelte sich vor ihren Augen. Freunde, Schwestern, Mütter – alle, die sie umsorgt und erzogen hatten, als sie klein waren – alle, die mit ihnen gespielt und gelernt hatten – sie waren für immer verschwunden. Alles, was sie je gekannt hatten, war verloren.

Themiskyra – *Heimat*!

Der Nachmittag kam, und der Wind verstärkte sich. Bald begannen die Mädchen, an Seegang nicht gewöhnt, zu würgen und sich zu erbrechen. Mit allen Fasern ihrer Herzen verlangte es sie danach, die furchtbare See, die sie von ihrer Heimat davontrug, möge sich erheben und sie verschlingen. Die Männer dachten mißmutig, daß Amazonen mitnichten so zäh seien. Theseus selbst umsorgte Antiope, doch sie wollte weder mit ihm sprechen noch ihm in die Augen sehen.

Die Nacht brach herein; auf dem Meer wie in den Herzen war es dunkel. Doch der Wind legte sich, und die See glättete sich; die Mädchen fühlten sich etwas besser. Eines flüsterte: »Laßt uns zu den verwundeten Männern hinüberrutschen. Vielleicht können wir uns über sie rollen und sie ersticken, bevor ihre Gefährten aufwachen.« Aber Antiope sagte bestimmt: »Nein. Die Männer könnten einige von uns aus Rache töten.«

»Wäre das nicht eine gute Sache?«

»Nicht jetzt. Unsere Vormütter kamen von der anderen Seite dieses Meeres, vor langer Zeit. Die Reise wird lang und beschwerlich sein, aber wir können sie überstehen – wenn wir als erstes ein paar von diesen Männern töten. Nicht zwei elende Verwundete.«

Für sie selbst war das nicht mehr von Bedeutung, aber für ihre Mädchen gab es noch Hoffnung – es mußte sie einfach geben!

Prächtig und majestätisch brach der Morgen an. Der Osten flammte auf in Rosa und Gold. Die Gefangenen erhoben ihre schwachen Stimmen und riefen Sie an, die wieder greifbar zu sein schien:

Sonnengöttin im Himmel, Hirtin allen Volks:
Du siehst alles, was geschieht, alles, was ist.
Du siehst alle Dinge, läßt allen Gerechtigkeit widerfahren:
Den Frauen in ihren Gärten und Häusern,
Den Tieren in Wald und Feld.
Nichts gibt es, was Deine Augen nicht sehen,
Nichts, was Dein Arm nicht erreichen kann,
O Herrin, Himmelskönigin.

Für eine kleine Weile fühlten sich alle bis auf Antiope in ihrer Hoffnung bestärkt und getröstet. Bald jedoch verschwand der

Glanz, und ringsumher breitete sich das dunkle Meer aus, öde und endlos. Vom hohen, unendlich weit entfernten Himmel blickte die goldene Sonne herab, teilnahmslos und ohne ein Zeichen der Hilfe. Bald wurde der Wind stärker, und das Würgen begann aufs neue.

Ein Mädchen stöhnte vor Qual, die sie die Pein ihrer Königin vergessen ließ: »Sie ist zornig – die Göttin. Weil wir das Gesetz gebrochen haben – mit Männern geschlafen haben. Wir haben gesündigt und müssen sterben.«

Einen Augenblick klang Antiopes Würgen wie ein Schluchzen; Theseus hörte es, und es schmerzte ihn. Sie würde es verwinden; das taten entführte Frauen immer. Doch für sie war das schwierig. Amazonen waren nicht wie andere Frauen, doch in einer Hinsicht war ihre ungezähmte Natur vielleicht weicher. Sie wuchsen auf ohne die Erwartung, die Stätten ihrer Kindheit verlassen, Ehemännern folgen und unter Fremden leben zu müssen. Also benahmen sie sich jetzt wie kleine Mädchen, die ihre Mütter verloren hatten.

Doch er tat das, was für Antiope am besten war. Er hatte ihre Ehre bewahrt; er würde sie wieder glücklich machen, sobald sie ihm Gelegenheit dazu gab. Nichts konnte reiner sein, als sein Gewissen. Er wandte sich ab...

Tage vergingen und Nächte. Die Amazonen hofften, die verwundeten Männer würden sterben; und einer starb, doch der andere erholte sich. Die Mädchen, jetzt zu geschwächt, um fliehen zu können, selbst wenn sich die Gelegenheit geboten hätte, beobachteten die Vögel, die über ihnen frei durch den weiten Himmel flogen. Antiope, auch sie jetzt ohne Hoffnung, gab, wie sie meinte, ihren letzten Befehl. »Hungers zu sterben ist ein langsamer, aber sicherer Tod. Wir dürfen nicht mehr essen.«

In Wirklichkeit machte das keinen Unterschied; sie hätten ohnehin nichts zu sich nehmen können. Jedoch Theseus ärgerte sich, und auf alles, was er sagte, gab Antiope lediglich zur Antwort: »Keine Amazone darf in Sklaverei leben. Wir werden sterben, wie wir gelebt haben, nach unserer eigenen Entscheidung.«

Schließlich blitzten seine rotbraunen Augen. Die Unerbittlichkeit der Städteplünderer stieg in ihnen auf, im Widerstreit mit der Lehre des weisen Pittheus. »Herrin, ich habe Geduld mit euch gehabt; mehr Geduld, als die meisten Männer sie aufgebracht hätten. Mit dir selbst will ich weiterhin Geduld haben – für eine gewisse Zeit. Wenn du jedoch deine Mädchen vor Qual schreien hörst, wirst du deine Meinung vielleicht ändern und essen.«

Antiopes Gesicht wurde noch weißer, als dies durch die Seekrankheit ohnehin schon war. Doch sie entgegnete nur: »Was wir ertragen müssen, werden wir ertragen.«

Wiederum wandte Theseus sich ab.

Doch nun hatte er Furcht. Auf diese Art konnte sie ihm entkommen. Er wußte, daß er ein Narr gewesen war. Immerhin hatte er seinen goldenen Vogel gut genug gekannt, um zu wissen, daß er sterben würde, wenn seine Flügel gebrochen waren; nicht zuletzt das hatte ihn an ihr gereizt. Er beschloß den Versuch zu machen, mit ihr zu handeln.

»Wir müssen jetzt in Landnähe sein.« Er hoffte aufrichtig, daß es so war; es gab nur noch wenig Trinkwasser. »Schwöre mir, Herrin, bei deiner Göttin und bei den Tausend Göttern der Hethiter, daß du sieben Tage und Nächte essen wirst, wie es notwendig ist und nicht versuchen wirst zu entfliehen – und solange werden wir am Ufer lagern. An einem hübschen, behaglichen Ort.«

»Und während dieser ganzen Zeit würdet ihr Männer uns beschlafen, wann immer es euch gefällt – und in der übrigen Zeit uns in Fesseln halten!« Ihre müden Augen blitzten.

Er holte tief Luft und tat den gewagten Schritt, von dem er wußte, daß er ihn tun mußte. »Herrin, schwöre den Eid, um den ich dich gebeten habe, und ich schwöre bei meinem Gott – bei Poseidon, dem Erderschütterer, der mich durch König Aigeus' Lenden gezeugt hat –, daß während dieser ganzen Zeit du und deine Mädchen ungefesselt sein werden.«

Antiope dachte: *Es ist eine Chance.* Hoffnung keimte in ihr auf, und sie sagte: »Dann schwöre ich bei meiner Göttin, bei Ihr, die auf Erden und im Himmel wohnt – und auch bei den tausend Göttern der Hethiter, wenn Ihren Spuren auch niemand je folgen kann –, daß wir Amazonen sieben Tage und Nächte ausreichend essen und nicht versuchen werden, zu entfliehen. Wenn unsere Fesseln gelöst werden.«

Innerlich lachte sie. Der Narr hatte sie nicht schwören lassen, keine Amazone dürfe ihre Peiniger angreifen. Und wer brauchte vor Toten davonzulaufen?

Am nächsten Tag sichteten sie endlich Land. Dunkle bewaldete Küsten und kleine baumbestandene Inseln vor der Mündung eines breiten schlammigen Flusses. Theseus' Augen strahlten. »Dies muß der große Fluß sein, über den die Kaufleute den Bernstein aus dem fernen Norden herbeischaffen«, erzählte er Antiope. »Ich bin froh, ihn bei dieser Gelegenheit kennenzulernen.«

Bernstein. Die Farbe seiner Augen. Plötzlich fragte sie sich, welchen Ausdruck diese Augen wohl im Tod haben würden. Nun, bald würden sie einem toten Mann gehören ...

In dieser Nacht schliefen die Amazonen allein; Lagerfeuer brannten zwischen ihnen und den jungen Männern, die darüber nicht erfreut waren. Aber Theseus sagte: »Gebt ihnen eine Nacht, um wieder zu Kräften zu kommen. Dann werden sie euch mehr Spaß bereiten. Im übrigen sind sie die Dienerinnen meiner Königin, einige vielleicht von ihrer Sippe; sie müssen freundlich behandelt werden.«

Morgen nacht würden sie die Mädchen nicht mit Gewalt nehmen müssen. Zweifellos sannen die Amazonen auf Verrat, doch sie würden freundliches Entgegenkommen für den besten Weg halten, die Wachsamkeit der Männer einzuschläfern. *Wenn aber Antiope wieder bei Kräften ist, kann ich sie dazu bringen, mich wieder zu lieben!*

Am Morgen erwachten die Mädchen voller Zufriedenheit, endlich wieder festen Boden unter den Füßen spürend. Sie waren hungrig, und das Frühstück mundete ihnen. Sie aßen, sie reckten sich, gingen umher, rannten, erfreuten sich an ihren Körpern, die wieder behende, geschmeidig und kräftig waren. Die Männer hatten sie bis jetzt noch nicht gesehen, deren Äxte sie im Wald hörten, doch sie hatten keine Angst vor ihnen. Gegen Feinde konnte man kämpfen. Es war töricht gewesen, sich nach dem Tod zu sehnen, es war die Schwäche der Kranken.

Antiope ging allein. Sie mußte nachdenken und planen. Doch der Morgen war grün und golden, die vielen Düfte des Frühlings waren süß. Sie bezwang gewaltsam ihr Verlangen, sich an ihnen zu erfreuen, und begann nach Theseus Ausschau zu halten. Es war besser zu wissen, wo er sich befand, ihr Feind; er durfte sie nie wieder überraschen. Sie wußte, daß es sie ein wenig drängte, ihn zu finden, doch das mußte früher oder später ohnehin geschehen. Außerdem war es möglich, da es keine Göttin gab, daß sie noch nicht empfangen hatte. Sie mußte sicher sein, eine Tochter zu bekommen, etwas mitzunehmen aus all diesen Qualen...

Er und seine Männer waren beim Bäumefällen. Sein brauner Körper, nackt bis zu den Hüften, war schön. Erinnerungen kamen wie Dolchstöße. Wenn er doch nur ehrenhaft gewesen wäre! Sie nicht hätte heiraten wollen...

Er erblickte sie und schmunzelte. »Freue dich, mein Weib! Heute nacht werden wir endlich ein richtiges Brautgemach haben.«

Eine Hütte für sie und ihn – wie einfach! Sie würde ihn im Schlaf mit einem Stein erschlagen. Oder ihn vielleicht nur betäuben, und wenn er erwachte, würde er sich gefesselt finden – so wie es ihr ergangen war. Sie konnte sich sogar an ihm ergötzen, ihrem Gefangenen, während ihre Mädchen seine entwaffneten Männer bewachten. So wie er nun plante, sich an ihr zu ergötzen... Träume. Alle Männer mußten so rasch wie möglich getötet werden, zwei ausgenommen – er würde keiner der beiden sein. Zwei Männer, so sorgsam verstümmelt, daß sie weder zu gefährlich werden konnten noch zu elend waren, um das Schiff über das Meer zurückzusteuern. Denn das Schiff war ihre einzige Hoffnung, alle ihre Mädchen lebend in die Heimat zurückzubringen...

Der Baum, den Theseus mit der Axt bearbeitet hatte, stürzte um. Theseus wischte sich die Stirn und brummte zufrieden; die Sonne schien heiß. Wieder blickte er sie an, und goldene Feuer tanzten und glühten in seinen Augen.

»Wo die Bäume dichter stehen, ist es vielleicht kühler. Komm!«

Sie erstarrte, wütend, weil er es wagte, ihr zu befehlen. Jedenfalls konnte er es – für den Augenblick. Als er schnell seine Hand ausstreckte und ihren Arm ergriff, spannte sie dennoch die Muskeln an. Sie fürchtete den grausamen Betrug der Liebe, doch für sie, wie für einen Mann, lag Würde darin, was sie tat, nicht in dem, was ihr angetan wurde. Es hatte keinen Zweck, jetzt Widerstand zu leisten; es war vielleicht besser, zu heucheln ...

Sie ging mit ihm, doch einmal blickte sie über die Schulter zurück, weil sie sich beobachtet fühlte. Der stattliche Junge, der an Theseus' Seite gearbeitet hatte, war der Aufpasser; er starrte sie sogar noch eindringlicher an als seinen Herrn. Mit gereizter, doch gebannter Neugier.

Dann schlossen sich die Bäume um sie und um Theseus, und beide vergaßen völlig den Jüngling Solois, dessen Namen sie noch nicht kannte.

6. KAPITEL/EIN ANFANG – UND EIN ENDE – Als der Abend kam, lagen sie noch immer beisammen, einander in den Armen haltend. Hingelagert auf das Moos, schläfrig vor übergroßer Befriedigung. Zeitweise, während der Tag sich neigte, hatten sie geschlafen, waren wieder erwacht, nur um sich erneut zu lieben.

»Es ist gut gewesen«, sagte Theseus schließlich. »Es ist gut gewesen.«

»Es ist gewesen, wie es sein muß«, erwiderte Antiope. Und wußte plötzlich, daß dies die Wahrheit war. Ihrer beider Liebe war aufrichtig: zu aufrichtig, als daß ihre Auflösung hätte unrecht sein können.

Er lachte und preßte sie an sich, seine Lippen liebkosten ihren Hals. Das Licht schwand; noch immer lagen sie beisammen, warm und umschlungen. Bis sie schließlich Stimmen hörten. Männer riefen: »THE-SEUS! THE-SEUS!« Frauen riefen: »ANTI-O-PE! ANTI-O-PE!«

»Es muß Zeit zum Essen sein«, sagte Theseus. »Wir müssen gehen.« Doch statt dessen preßte er seine Wange gegen die ihre und küßte sie erneut. »Wir werden gehen«, sagte Antiope, seine Küsse erwidernd. Doch keiner von beiden rührte sich.

Wieder erklangen die Rufe durch die klare Abendstille, diesmal lauter. »THE-SEUS!« »AN-TI-O-PE!«

»Sie werden bald glauben, daß du mich im Schlaf erdolcht hast und davongelaufen bist.« Theseus' Augen zwinkerten mutwillig.

»Meine Mädchen wissen, daß ich sie niemals im Stich lassen würde!« Aber Theseus' Männer wußten das vielleicht nicht; dieser Gedanke durchschnitt die Schläfrigkeit des Wohlbehagens. Katzengleich sprang Antiope auf die Füße.

Gemeinsam kehrte sie zum Lager zurück. Theseus glücklich und triumphierend. Sie hatte wieder zu sich gefunden...

Am Morgen wollten Theseus' Männer auf die Jagd gehen; die Mädchen sahen zuerst begierig, dann niedergeschlagen aus. Antiope blickte Theseus an, und er brachte die Truhe herbei, in der die erbeuteten Waffen aufbewahrt worden waren. Er gab alles zurück, eingeschlossen Antiopes eisernen Dolch.

Nacht und Morgen, Morgen und Nacht und dazwischen immer der goldene Tag. Antiopes Amazonen fingen an, es schade zu finden, daß sie all diese Männer am Ende würden töten müssen. Im Grunde genommen hatten sie sich nicht zu schlecht benommen. Sie waren keine grausamen Sklavenhalter von der Art, wie sie in alten Geschichten geschildert wurden. Sie hatten nur Frauen gewollt, mit denen sie schlafen konnten, und das war wahrlich nicht unangenehm. Sieben Tage und Nächte mit ihnen zu verbringen – natürlich konnte es nicht länger dauern –, war nicht so übel. Einige Mädchen entschlossen sich, bestimmte Männer so rasch und schmerzlos wie möglich zu töten, wenn die Zeit kam. Doch diejenigen, die solche Gewissensbisse verspürten, hätten sich geschämt, sie einer ihrer Gefährtinnen mitzuteilen, ganz zu schweigen von Antiope.

Diese kehrte zwei- oder dreimal mit Theseus an jenen grünen verschwiegenen Ort zurück, der ihr wahres Hochzeitsbett gewesen war. Beim letzten Mal sagte er: »An dieser Stelle werde ich für die hochzeitliche Aphrodite einen Schrein errichten.« Seine Augen zeigten echte Dankbarkeit, ja sogar Ehrerbietung. »Sie ist hier sehr freundlich gegen mich gewesen.«

»Ich dachte, ich sei das gewesen. Wer ist Aphrodite?«

»In Athen fürchten und verehren wir Sie als die Älteste der Schicksalsgöttinnen, deren Feuer einen Mann zur Raserei treiben können. Doch auf Cypern, der großen Insel im Osten, freuen sich die Menschen über Ihre Gaben und nennen Sie die Rosengekrönte, die Göttin der Liebe. Und sie haben recht; Sie hat dich freundlich gemacht.« Er dehnte seinen mächtigen braunen Leib genießerisch und lachte sie an; wäre er eine Katze gewesen, hätte er geschnurrt. »Eure Göttin ist die, welche wir Artemis nennen. Die Bogentragende, die kalte Jägerin, welche die Liebe haßt. Als Junge war ich einmal Ihr Priester, aber ich bin es nicht mehr. Und ich werde dich rasch lehren, Sie zu vergessen; du lernst schnell.«

Antiope lachte. »Du Narr, nicht die Liebe haßt Sie. Nur die Heirat, die Frauen zu Sklavinnen macht.«

»Wir sind verheiratet.« Er zwinkerte ihr zu.

»Ich vergesse das dauernd. Aber das macht nichts. Wenn ich deine Sklavin bin, bist du der meine. Das gleicht sich aus.« Sie küßte ihn, er erwiderte ihre Küsse, bevor er nachdenklich die Stirn runzelte. »Artemis steht Frauen bei, wenn sie Kinder zur Welt bringen. Das ist schwer zu verstehen, wenn Sie doch eine Feindin der Liebe ist.«

»Das ist Sie nicht. Sie ist eben auch Aphrodite. Alle Göttinnen sind eins – ein Wesen mit vielen Namen.«

Er sagte langsam: »Ich habe meinen Großvater, den weisen Pittheus, etwas Ähnliches sagen hören. Aber Artemis und Aphrodite hassen einander.«

»Das scheint nur so, weil wir Sterblichen Ihnen unsere eigenen albernen Worte in den Mund legen. Es gibt nur eine Göttin – eine einzige –, doch hier in den großen Städten des Ostens nennt ihr Männer sie Ischtar und Astarte und macht eine Hure aus ihr. Und ihr Griechen scheint ebensolche Toren zu sein. Nur im Wald kann Sie sich noch offenbaren, wie Sie in Wirklichkeit ist – so wie wir Amazonen Sie kennen. Rein und frei und als Mutter aller Dinge.«

»Sie tötet«, sagte Theseus grimmig. »Ihre Pfeile tragen den Tod überall hin. Darf eine Mutter ihre Kinder töten?«

Antiope umarmte ihn. »Liebster, die Mutter aller Lebewesen weiß, daß alle sterben müssen. Es wäre zu schlimm, wenn wir nicht sterben würden, wir, die wir alt werden! Ihre Pfeile geben uns neues Leben, neue Jugend – sie senken das geheimnisvolle Feuer des Lebens, das ebenso Geist ist, in den mütterlichen Leib und lassen junges Leben darin wachsen. Es ist ein großer Jammer, daß dein Volk das vergessen hat, daß ihr glaubt, Ihre Pfeile brächten nur Tod.«

»Aber auch Junge sterben –«

»Nur wegen unserer menschlichen Torheit, die Armut und Krieg und Tod hervorbringt. Sie aber ist das Leben!«

»Doch nur Aphrodite spendet Liebe. Liebe wie diese!«

Am siebten Tag rief Antiope ihre Amazonen zusammen und sprach ohne Zeugen zu ihnen. Sie sagte: »Mädchen, ich werde nicht nach Hause zurückkehren. Aber ich werde Theseus veranlassen, euch gehen zu lassen.« Ihre Stimme und ihre Augen waren ernst und unbewegt.

Die Worte lösten nicht das welterschütternde Erschrecken aus, wie sie es noch vor einem halben Monat getan hätten. Themiskyra schien bereits zeitlich und räumlich entrückt. Doch seit dem Augenblick, da ihre Kraft zurückgekehrt war, waren alle Mädchen sicher gewesen, daß sie wieder nach Hause zurückkehren würden – irgendwie, irgendwann. Sie starrten Antiope lange und eindringlich an. Schließlich sagte ein Mädchen: »Aber was wird unser Volk anfangen, Königin. Ohne dich, die du neue Königinnen gebären sollst?«

»Jede Amazone, die an der Seite ihrer Schwestern zu Pferde gesessen, gekämpft und gearbeitet hat, ist gut genug, um eine Königin zu gebären. Genauso geeignet, wie ich es je war oder eine andere aus dem Blut der Lysippe.«

Sie saßen eine Weile da und versuchten, Antiopes Worte zu verstehen. Dann sagte eine nachdenklich: »Herrin, bist du sicher? Es wird schrecklich sein, Themiskyra niemals wiederzusehen.«

»Meine Augen werden sich immer nach Themiskyra sehnen. Immer wird es meine Ohren danach verlangen, die Stimmen meines Volkes zu hören, die in meiner Sprache sprechen. Dennoch bin ich sicher.«

Schweigen; eisiges, bestürztes Schweigen. Schließlich flüsterte ein Mädchen: »Was aber, wenn deine Zeit kommt, den Hügel zu besteigen, und die Mütter dich verstoßen, Herrin? Wenn Sie deinen Geist in die Dunkelheit hineintreiben, auf daß er für immer heimatlos sei? Weil dein Vergnügen an diesem Mann größer war als die Liebe zu deinem Volk?«

Antiope antwortete: »Ich glaube, daß etwas, das so stark und süß ist wie dies, von der Göttin kommen muß. Es könnte nicht sein, außer durch Ihren Willen.« Das war die Wahrheit, dachte sie, vorausgesetzt, daß es eine Göttin gab. Und wie konnte sie sicher sein, daß es nicht so war, sie, für die es jetzt nichts mehr gab, was sicher war, außer daß sie und Theseus zusammengehörten?

Sie suchte nach Worten, um sich den Mädchen verständlich zu machen. »Ich finde Vergnügen an Theseus. Ich habe mir nie träumen lassen, daß es eine solche Wonne geben könnte. Aber ich könnte auf Vergnügen verzichten: Ich könnte es ertragen, ihn zu verlieren. Man kann es ertragen, einen Arm oder ein Bein zu verlieren. Aber seinen Schmerz über meinen Verlust könnte ich nicht ertragen.«

Nein, das konnten sie nie verstehen – jene Zeit unter den Bäumen, als es gerade seine Schwäche war, die das erneuerte, was er durch seine Stärke errungen hatte. *Er war so froh, weil ich ihn wieder zu lieben schien – weil ich nicht mehr zornig zu sein schien. Erleichtert wie ein Junge, der sich gefürchtet hat. Da wußte ich, daß ich ihn liebte – daß ich ihn nicht verlassen konnte.* Diese Erinnerungen gehörten nur ihr und Theseus, für immer. Obwohl auch er es nicht begriff, sondern dachte, er habe sie besiegt.

Doch ihre Mädchen – sie, die Schwestern von ihrem eigenen Fleisch waren – wenn die sie verdammen würden, könnte sie es ertragen, aber es würde sehr bitter sein. Sie wünschte von ganzem Herzen, daß sie noch beten könnte.

In den verblüfften Augen der Amazonen jedoch war kein Ausdruck der Verdammung; der Geist des Bienenstocks ließ sie Antiopes Gefühle halb verstehen und halb erspüren. Eine sagte verwirrt: »Wir mögen jetzt alle seine Männer, aber keinen von ihnen mögen wir so sehr.«

Eine andere sagte zu ihrer eigenen Überraschung: »Ach, welch eine Erleichterung, daß wir sie nicht töten müssen. Auf deinen Befehl hätten wir es jederzeit getan, Königin, doch – wir haben aufgehört, es zu wollen.«

Da lachten alle; doch dann mußten sie plötzlich wehmütig an die liebliche Ebene von Themiskyra denken, die jetzt voll von Blumen war. An ihre Pferde, die auf den Weiden wieherten, an ihre Mütter und Schwestern. An alle Plätze und Gesichter, die sie nie mehr wiedersehen würden. Aber noch mehr liebten sie Antiope, ihre Gefährtin und ihre Königin.

Sie sagten wie mit einer Stimme: »Königin, wir werden dich nie verlassen. Wohin du auch gehst, wir werden mit dir gehen.«

Und Antiopes Gesicht hellte sich auf, obgleich ihre Augen feucht waren. »Ich danke euch.«

Sie würden weiterhin bei ihr sein, an ihrer Seite in jenem neuen Land, das nun für lange Zeit ihre Heimat werden würde. Sie wußte, daß der Geist des Bienenstocks ihr beigestanden hatte, und war froh, daß er sie nicht dazu verführt hatte, den Mädchen zuviel zu erzählen. Denn jetzt wußte sie, im leidenschaftslosen, nüchternen Teil ihres Herzens, was in Chattusa zwei- oder dreimal als schreckliche, stechende Angst in ihr hochgekommen war – eine Angst, die sie schroff von sich gewiesen und aus ihrem Denken verdrängt hatte: daß die Amazonen zum Untergang verurteilt waren. Zuviel war gegen sie; ihr Volk war zu klein, um noch viele Generationen lang in einer Welt überleben zu können, in der kleine Stadtstaaten fortwährend von großen Staaten geschluckt wurden. Sie hoffte, daß es ihnen vergönnt sein würde, bis zur letzten Frau bei der Verteidigung Themiskyras zu sterben – die meisten würden mit Sicherheit dabei fallen; doch ihrem unheilvollen Schicksal konnten sie nicht entgehen. *Wenn ich sie hätte retten können, wäre ich heimgekehrt. Aber ich kann es nicht; niemand kann es.* Das war eine bittere, bittere Erkenntnis; es war gut, daß sie die Bürde allein tragen konnte...

Gleichviel, alles, was begann, mußte enden. Die todbringenden, lebenspendenden Pfeile zumindest waren Wirklichkeit. Sie mußte an die Zukunft denken – an ihr Leben mit Theseus. Plötzlich überlief sie ein Schauder, als spüre sie den Hauch einer sonderbaren kalten Brise. Tief in ihrem Inneren rührte sich etwas wie Furcht; als rege sich in diesem Augenblick das Kind in ihrem Leib. Im Westen würde alles so anders sein, anders als alles, was sie je gekannt hatte. Wie sie wohl sein mochten, die Frauen von Theseus' Volk?

Das Schiff stach in See, nach Westen, auf die Meerenge zu, doch niemand hatte es eilig, dort hinzugelangen. Die Sonne schien nun jeden Tag, oder fast jeden Tag, und die Winde waren lau. Jeder Tag war schön und die Nacht ebenfalls. Alle an Bord waren jung und genossen gemeinsam ihre Jugend; diejenigen unter ihnen, die alt wurden, erinnerten sich an diese Reise wie an eine segensreiche, glückliche Zeit, die den Sorgen und Schwierigkeiten einer Welt, wie Sterbliche sie kennen, beinahe entrückt gewesen war.

Nur einmal gab es Aufregung. Des öfteren verbrachten sie ganze Tage an Land, und an einem Abend entdeckten sie die Spuren eines Löwen und waren begierig, ihn zu jagen. Doch Theseus sagte Antiope, dieser Sport sei für Frauen zu gefährlich. Darauf entspann sich ein Wortwechsel.

»Ich habe schon früher Löwen getötet! Und Bären! Erinnerst du dich nicht –«

»Ich erinnere mich, Allerliebste. Aber ich will mir keine Sorgen um dich machen müssen.« Theseus lächelte mit einem schmeichelnden, doch bestimmten Ausdruck.

»Dann wäre es gewiß ungerecht, wenn du es zuließest, daß ich mir deinetwegen Sorgen mache.«

»Na schön, was ist schon ein Löwe? Wir fahren am Morgen ab; wir haben hier schon zuviel Zeit verschwendet.«

Doch in dieser Nacht liebte er Antiope mit glühender Leidenschaft und seine Männer machten es ebenso mit ihren Mädchen. Außerdem nötigte man die Amazonen, viel zu trinken, wenn auch Theseus schwor, daß man damals dem Wein keinen Mohnsaft beigefügt habe. Und in der grauen Morgendämmerung schlichen sich die Männer heimlich davon und amüsierten sich darüber, wie überrascht die Mädchen sein würden, wenn sie beim Erwachen allein wären.

Doch sie hatten Schwierigkeiten, die Spur des Löwen wiederzufinden; es war fast so, als habe sie jemand verwischt. Die Sonne stand bereits hoch, als sie vor sich mit einem Mal den gewaltigen, inzwischen vertrauten Aufschrei hörten: »HIP-PO-OL-Y-TE!« Theseus, dem das Herz bis zum Halse schlug, stürzte vorwärts und kam gerade rechtzeitig, um zu sehen, wie Antiope dem Löwen den Todesstoß versetzte.

Da trafen sich ihre Augen, und die Amazonen hörten auf, zu tanzen und zu jubeln. Einen Atemzug lang stand viel auf dem Spiel, und die schrecklichen Waagschalen der weißgekleideten Schicksalsgöttinnen waren im Gleichgewicht. Bis Theseus plötzlich den Kopf zurückwarf und lachte. Und Antiope, als Königin in der Diplomatie nicht unerfahren, sagte nicht: »Ich hab's ja gesagt«; sondern nur: »Wir haben eine Abkürzung genommen.«

Auch Theseus gab sich staatsmännisch. Er lächelte und sagte: »Außerdem habt ihr letzte Nacht den größten Teil des Weins weggegossen und euch schlafend gestellt, als wir Männer aufstanden. Aber tu mir einen Gefallen, Liebste, und töte keine Löwen mehr, so vortrefflich du das auch kannst. Denn du bist mir teuer, und ich ängstige mich weit mehr um dich als um mich selbst.« In seinem Herzen gelobte er, ihr nie wieder Gelegenheit zu geben, einen Löwen zu töten. Das ließ sich leicht einrichten, wenn er sie erst einmal sicher innerhalb der hohen Mauern von Athen wußte.

Antiope schwieg, doch sie wunderte sich über ihn. Er hatte mitangesehen, wie sie diesen Löwen tötete, doch er glaubte noch immer, daß eine solche Tat für sie zu gefährlich sei. Nun ja, er war nur ein Mann; sein Denken war nicht so klar und folgerichtig wie das einer Frau. Nein – das war ein Vorurteil, das ihrer eigenen Denkweise entsprang. Alles, was sein Denken trübte, lag in seinen sonderbaren, beinahe abergläubischen Vorurteilen begründet. Die würde sie ihm abgewöhnen, Stück für Stück. Auch Theseus gedachte ihr Leben und Handeln allmählich zu ändern, und währenddessen verlebten sie eine glückliche Zeit miteinander.

Endlich durchfuhr das Schiff die Meerenge, welche die Griechen nach der ertrunkenen Helle benannt hatten, und segelte dann hinaus auf das wohlbekannte Meer, in die warme, weindunkle Ägäis. Und immer noch gab es an Bord nur Freunde und Liebende, obgleich Theseus und Antiope die einzigen waren, die während der ganzen Zeit ein Bett miteinander geteilt hatten. Alle waren glücklich, bis auf den Knaben Solois, und sein Unglück hatte mehrere Gründe.

Antiope! Antiope, Königin der Amazonen!

Er hatte gehofft, daß sie sich selber töten oder entfliehen werde. Er hatte gehofft, die Seekrankheit werde sie so unansehnlich machen, daß Theseus ihrer müde werden würde. Er haßte sie, weil sie es wagte, Wut gegen Theseus zu zeigen. Welches Recht hatte sie – dieses barbarische Weib, diese Wilde –, ihr unglaubliches Glück so übel aufzunehmen?

Doch jetzt war sie nicht mehr wütend auf Theseus. Und sie war weder krank noch unansehnlich.

Solois hatte immer geglaubt, daß der Körper keiner Frau dem eines Mannes an Schönheit gleichkommen könne. Seine Schwächlichkeit war dazu bestimmt, ihn weich und hinfällig zu machen; die vielgerühmten Rundungen waren nur eine Art von Verkrümmung, die von den ebenmäßigen, klaren Linien des männlichen Körpers in den Schatten gestellt wurden. Er begann Antiopes Körper eingehend zu betrachten, um einen Makel daran zu entdecken, sich zu beweisen, welch ein armseliges, gewöhnliches Geschöpf sie war und wie klein ihre Chance, Theseus lange an sich zu fesseln. Doch zu seinem Entsetzen mußte er feststellen, daß sie ihm, je länger er sie ansah, desto schöner vorkam. Die reinen Umrisse des Frauenkörpers, die er immer verachtet hatte, weil sie von denen des männlichen Körpers so verschieden waren, wurden gerade durch diesen Unterschied verführerisch. Selbst Wölbungen konnten Antiopes Körper nicht verderben; in Wahrheit brachten sie auf unerklärliche Weise das Kunststück fertig, daß er seine Augen nicht von ihnen abwenden konnte, sondern sie dauernd betrachten mußte...

Sie war nicht schwächlich. Sie war stark. Kräftige Muskeln spielten weich und anmutig unter einer noch weicheren Haut. Berührte man sie, würde sie sich anfühlen wie eine sonnenwarme Blume.

Als er eines Morgens erwachte, wurde ihm klar, daß er auf die falsche Person eifersüchtig war. Er träumte nicht mehr qualvoll davon, daß Theseus in ihren Armen lag, sondern ebenso qualvoll von ihr, die in Theseus' Armen lag... Doch Theseus war der, den er liebte! Nie hatte es je einen anderen gegeben oder konnte es einen anderen geben. Dieses scheußliche und lästerliche Trugbild konnte nicht wahr sein.

Es war dennoch wahr.

Er wurde sehr mager. Unter seiner Bräune wurde er weiß, und seine Augen hätten für zwei Gesichter ausgereicht. Seine Brüder und Hermos glaubten, es sei enttäuschte Liebe zu Theseus, die ihn leiden mache.

»Er hat immer ein wenig zuviel verlangt, wenn er überhaupt etwas haben wollte«, sagte Euneos. »Und er ist nicht gewohnt, etwas nicht zu kriegen. Mutter hat ihm immer alles zukommen lassen, weil er der jüngste war.«

»Ich würde ihm auch gern etwas zukommen lassen«, brummte der besorgte Thoas. »Mit der flachen Hand und auf die richtige Stelle!«

Es war Hermos – Hermos, der Solois immer für so schön gehalten hatte, wie dieser es gern in Theseus' Augen gewesen wäre –, der dem Jungen schließlich die Wahrheit entlockte.

»Ich muß mich umbringen«, sagte Solois unter Tränen. »Weil ich Theseus liebe und weil ich ohne seine Gemahlin nicht leben kann.«

»Nicht ohne *wen*? Ohne die Amazone?« Hermos' Kinn klappte herunter.

»Ja. Theseus hat recht, sie zu lieben. Theseus hat immer recht!«

»Versuch's mal mit ein paar von den anderen Amazonen«, drängte Hermos. »Eine oder zwei von ihnen sehen fast so gut aus wie Antiope.«

»Nein!« sagte Solois aufgebracht.

Doch er versuchte es mit ihnen, und sie waren nett zu ihm, obgleich sie bereits seit langem zu dem Schluß gekommen waren, daß er zu jung sei. So war niemand zufrieden, und der Gedanke an den Tod wurde verlockender. Dann würden sich seine Brüder seinetwegen grämen, die jetzt an ihm herumnörgelten. Selbst Theseus würde sich grämen und nie wissen, welch einen treuen und edlen Freund er verloren hatte. Lebte er weiter, mußte er mit all seinem Kummer allein fertig werden; starb er, konnte er ihn den anderen aufbürden. Hermos gegenüber, dem er gern Eindruck machte, sprach er mehr und mehr vom Tod. Hermos war verzweifelt.

»Laß mich zu Antiope gehen und ihr von deinem Kummer erzählen.«

»Nein. Niemals werde ich Theseus hintergehen!«

»Sie ist nicht seine richtige Frau. Niemals kann sie in Athen Königin werden – ›sehen, was nur eine Athenerin sehen darf, und hören, was nur eine Athenerin hören darf‹. Wenn Frauen auch nur ein Fünkchen Verstand hätten, könnte man glauben, die athenischen Frauen hätten ihre Männer beschwatzt, dieses Gesetz zu machen – um die Königinnenwürde sich selber vorzubehalten.«

»Aber Medea war Aigeus' Königin –«

»Selbst sie hat es nie gewagt, das verborgene Heiligtum des Gottes zu betreten. Die Heilige Braut bei der Heiligen Hochzeit zu sein.«

»Theseus wird es schaffen, daß sie es Antiope gestatten!«

»Vielleicht fühlt er sich stark genug, doch die stolzen Athener werden sie niemals freundlich aufnehmen. Und sie sollten es auch nicht. Alle Amazonen sind Dirnen.«

»Sie nicht! Sie ist vornehm – stolz –«

»Sie ist wie alle übrigen. Hat sie nicht bereitwillig mit Theseus geschlafen, bevor er sie entführte? Würde ich mein Leben aufs Spiel setzen – und das deine, das mir noch teurer ist –, indem ich ihr von deiner Liebe erzähle, wenn ich sie für keusch hielte?«

Schwindel packte Solois. Was war, wenn sie Ja sagte? Schließlich flüsterte er: »Geh zu ihr...«

Doch Hermos mußte warten und auf eine günstige Gelegenheit lauern. In der Nacht stahl das Schiff sich an Troja vorbei, wie es einst die Schiffe des starken Herakles getan hatten. In einer anderen Nacht ankerte das Schiff vor dem lieblichen Lesbos, der späteren Heimat der Sappho, die wegen ihres Gesanges unter allen Frauen die berühmteste war. Es fuhr vorbei an Chios, wo Homer möglicherweise seine ersten Lieder sang. Östlich von Chios lag, wie eine ins Meer vorschießende große Zunge, das düstere Vorgebirge, das nun Karaburna genannt wird. Zwischen dem Vorgebirge und dem Festland von Lydien hindurchsegelnd, gelangte das Schiff an einen großen Fluß, hinter dem sich eine gewaltige Mauer von Bergen erhob, die hoch in den sonnenhellen Himmel hineinstießen.

»Dort oben liegt der Berg Siphylos«, sagte Theseus zu Antiope, und seine Augen strahlten. »Dort hatte der Großvater meines Großvaters, König Tantalos, seinen Sitz, bis die Erde sich auftat und ihn verschlang.«

»Deshalb also wolltest du hierher.«

»Ja. Die Stadt dort drüben war sein Hafen, doch die Menschen sagen, daß er ursprünglich von einer Amazone angelegt wurde. Von Königin Smyrna, einer furchtbaren Kriegerin. Das sollte dich interessieren.«

»Mein Volk ist nie so weit in den Süden vorgedrungen, doch früher wurden viele Völkerstämme von Frauen angeführt. Erzähle mir mehr von Smyrna.«

»Mehr weiß ich nicht.« Theseus dachte insgeheim: *Solche Zeiten werden niemals wiederkommen.*

Doch jetzt war die Stadt klein und armselig. Er hatte gehofft, hier Verwandte vorzufinden, die noch herrschten, Menschen, die ihm vielleicht freundlich gesinnt waren und seine Bundesgenossen gegen Minos werden würden. Er brauchte dringend

Verbündete. Doch die Stadtbewohner schüttelten die Köpfe. Zwar kannten sie Tantalos' Namen, doch hatten sie geglaubt, seine gesamte Sippe ruhe mit ihm auf dem Grunde des blauen Sees.

»Denn lange Zeit lag dieses Land nach dem Großen Schall und der Großen Finsternis verlassen. Bis unsere Vorväter kamen und diese Stadt erbauten. Nun besitzen die Hethiter den Berg Siphylos, Neuankömmlinge, die dem Großen König, der Sonne, dienen. Manche sagen, daß er den Handel wieder eröffnen, mit Booten den Fluß herunter und mit Schiffen übers Meer kommen will. Doch wir wissen es nicht; wir kümmern uns nicht um die Hethiter. Alle Menschen sollten vor den Mächtigen auf der Hut sein, die oft rasch in Zorn geraten.«

Menschen wie diese würden immer unbedeutend bleiben; niemandem konnten sie eine Hilfe sein, nicht einmal sich selbst. Theseus spielte mit dem Gedanken, den Berg Siphylos zu besuchen, doch dann riet er sich selbst zur Vorsicht. Was war, wenn ein hethitischer Hauptmann Antiope erkannte und glaubte, sie habe Hilfe nötig? Jedoch lagerte er eine Zeitlang am Ufer des Flusses, wo seine Vorväter in alten Zeiten Herrscher gewesen waren. Sein Wasser war kühl und klar, und in der Umgebung nisteten viele Schwäne und andere Vögel.

An einem Tag gingen Antiope und er dort allein auf die Jagd, erlegten Vögel und nahmen anschließend ein Bad. Dann trug Theseus die Vögel zum Lager zurück, doch Antiope entschloß sich, noch ein wenig zu verweilen. Es gefiel ihr dort, wo süße, reine Luft über ihr Gesicht strich und das hohe Gras sie bei jeder Bewegung an den Armen kitzelte. Außerdem hatte sie zur Essenszeit nicht den üblichen großen Hunger verspürt; ja der bloße Gedanke an Essen widerstand ihr.

*Rührt das von meiner Tochter her?* fragte sie sich. *Ich kann auf festem Land nicht seekrank werden.* Und plötzlich dachte sie mit aufschießendem, Übelkeit erregendem Schmerz an Themiskyra, wo dieses Kind hätte herrschen sollen. Dachte an ihr Volk und an Molpadia. Wie unglücklich sie jetzt alle sein mußten, im Glauben, daß sie Schläge und Vergewaltigung und Sklaverei erdulden müsse! Denn als letzte ihrer Sippe hätte sie lange auf den Tod zu warten, lange auf eine Gelegenheit zu lauern, zu entfliehen und zu ihrem Volk zurückzukehren. *Doch würdet ihr die Wahrheit erfahren – daß ich bei dem Mann, dem Fremden, bleiben will –, das würde euch am schlimmsten verletzen, meine Schwestern und meine Mütter. Und du, Molpadia – wie würdest du es ertragen?*

Sie hörte einen Schritt und dachte voll Freude: *Theseus kommt zurück!* Doch es war nicht Theseus, sondern Hermos. Obwohl sie enttäuscht war, lächelte sie ihn offen und herzlich an, wie ein Junge es getan haben würde. Er war ein Gefolgsmann ihres Gemahls.

»Sei gegrüßt, Mann aus Troizen.«

»Sei gegrüßt, Herrin. Darf ich über eine ernste Sache mit dir sprechen?«

»Natürlich. Wie ernst ist sie?« Sie richtete sich auf.

»Herrin, es ist die ernsteste aller Angelegenheiten. Willst du bei deiner Göttin schwören, niemals einem anderen davon zu sprechen, was ich dir jetzt erzählen werde?« Er dachte selbstgefällig: *Jetzt wird die weibliche Neugier sie schwören lassen.*

»Das werde ich nicht«, erwiderte Antiope. »Niemand, der auch nur einen Funken Verstand hat, kauft ein Pferd, ohne es gesehen zu haben.« Ihre Augen hatten plötzlich denselben kühl abwägenden Ausdruck wie die des Großen Königs.

Hermos wünschte mit einem Mal, er hätte überhaupt nichts gesagt. Er wünschte, daß er nichts mehr weiter zu sagen bräuchte, doch dann würde sie aus weiblicher Neugier die Sache vielleicht Theseus gegenüber erwähnen, der denken könnte, er, Hermos, habe Antiope nachgestellt. Unglücklich räusperte er sich.

»Herrin, der junge Solois wird sein Leben verlieren, wenn er sich weiterhin so grämt, wie er es jetzt tut. Doch er wird sein Leben auf jeden Fall verlieren, wenn Theseus jemals den Anlaß zu seinem Kummer erfährt.«

Der Ausdruck in Antiopes Augen wurde ein wenig weicher. »Ich vermute, du willst damit sagen, daß dieser Junge eines eurer Gesetze übertreten hat und willst, daß ich Theseus bitte, gnädig mit ihm zu verfahren. Wenn ich davon überzeugt bin, daß Solois es verdient, werde ich ihn bitten, doch zuerst muß ich wissen, was er getan hat.« Sie war gleichwohl vorsichtig: Theseus' Männer waren dessen Sache, so wie die Mädchen die ihre waren.

»Herrin«, sagte Hermos noch unglücklicher. »Es geht nicht um etwas, das er getan hat, sondern um etwas, das er tun will.«

»Dann sollte er es besser nicht tun«, sagte Antiope. Sie blickte ein wenig angeekelt.

»Aber er wird sterben, wenn er es nicht tut!« Hermos befeuchtete seine Lippen, und dann brach es aus ihm hervor: »Herrin, er liebt dich!«

Antiope erstarrte; sie senkte den Kopf. Hermos sagte schnell: »Herrin, habe Mitleid! Du hast ihn gesehen. Du weißt, daß er zu jung und zu schön ist, um zu sterben.«

»Es tut mir leid für ihn«, erwiderte Antiope. »Aber niemand hat das Recht, sich selber verrückt zu machen und mit seinem Tod zu drohen, weil er nicht mit einer anderen Person schlafen kann. Das ist nicht anständig dem anderen gegenüber.«

»Herrin, bedenke seine große Liebe, seine Not...«

»Niemand braucht es soweit kommen zu lassen, daß ein so großes Bedürfnis in ihm aufkeimt. Ich verstehe nicht, warum Theseus Solois tadeln sollte, weil der Junge mich mag – er selbst mag mich auch. Doch weil du Angst hast, werde ich ihm nichts erzählen. Weiter werde ich weder für dich noch für Solois etwas tun.«

Hermos überbrachte Solois diese Worte, der sie zunächst nicht zu fassen vermochte. Inzwischen hatte er sich aus Hoffnung in Gewißheit hineingeträumt. Er sagte verstockt, wenngleich mit zitternden Lippen: »Aber sie war nicht wütend – sie hat gesagt, daß sie es für sich behalten will. Geh noch einmal zu ihr, Hermos, bitte sie, mich zu lieben. Sie ziert sich nur – Frauen zieren sich gern –«

»Sie ziert sich überhaupt nicht«, antwortete Hermos grimmig. »Du hast ihr leid getan, so wie ein Mensch dem anderen eben leid tut. Doch sie will nur Theseus.«

»Theseus!« schrie Solois. »Theseus!«

Da erkannte er, wie tief er gesunken war. Er hatte seinen Freund wegen einer Frau betrogen, und dieser Frau bedeutete er gar nichts. Er wollte es Hermos ins Gesicht schreien, der ihn betrogen hatte, ihn angestiftet hatte, ihn in die Falle dieser unaussprechlichen Schuld gelockt und dann all seine Hoffnungen zunichte gemacht hatte. Doch Hermos liebte ihn – hatte nur versucht, ihm zu helfen. Selbst als die Schnäbel und Klauen der großen Vögel sein Geschlecht zu zerfetzen schienen, konnte der Mann, zu dem Solois vielleicht herangewachsen wäre, das nicht vergessen.

Mit einem erstickten Aufschrei wandte er sich um und lief auf die Sumpfwiesen zu, wo die Schwäne hausten. Hermos rannte ihm nach, doch der Junge fuhr noch einmal herum, sah ihn an und schrie: »Geh zurück! Laß mich gehen, oder ich werde die Wahrheit so laut herausschreien, daß alle sie hören können! Und dann wird Theseus uns beide töten!«

Schweren Herzens kehrte Hermos zu den Lagerfeuern zurück. Die Männer lachten ihn aus, fragten, ob er sich mit seinem Liebling gestritten habe, und er knurrte sie an, bis sie still waren. Die ganze Nacht grübelte er darüber, was er hätte tun können oder sollen und was Solois wohl machte ...

Und die ganze Nacht strich Solois durch die Sümpfe, und das Herz war ihm schwer, schwerer als jener Stein, welchen die Berge der Hölle hinaufzurollen Sisyphos auf immer verdammt war. Ein sengender, verzehrender Schmerz erfüllte ihn wie ein weißglühender Stein. Der Mann, den er liebte, die Frau, die er liebte – keiner von beiden wollte ihn, hatte ihn je gewollt oder würde ihn je wollen. Sie waren zusammen, liebten einander ... In seiner Vorstellung entwarf er Bilder. Theseus' Hand auf ihrer Brust, ihr Körper gegen den seinen gepreßt, ihr biegsamer, sonnenvergoldeter Leib, voll Verlangen sich ihm öffnend ... was immer sie taten, sie hatten ihn vergessen. So wie er wünschte, sich selber vergessen zu können.

Der Mond ging unter; die Nacht war schwarz und still. Und vor ihm lag der Fluß, seine Wasser wie die zu Finsternis zusammengeronnenen Ängste der Kindheit, schrecklicher als der Tod. Doch dies hier war nur der Tod.

Er schauderte. Er sagte: »Ich werde schwimmen, so lange ich kann.« Und stieg in jene Wasser hinein. Sie nahmen ihn auf, und über ihm leuchteten weiterhin schwach die Sterne, kalt und sehr fern.

7. KAPITEL/DER ROTE SETH, DER ZERSTÖRER – »Warum hat er es getan? Warum?« Euneos stellte diese Frage voll Grimm, wenn auch mit feuchten Augen und zitternden Lippen.

»Es ist mein Werk«, sagte Theseus. »Er liebte mich, und ich war glücklich und vergaß ihn.« Sein Mund zuckte. »Hole Umhänge, Hermos, um ihn zuzudecken, und etwas, um ihn fortzuschaffen. Es ziemt sich nicht, ihn so hier liegen zu lassen.«

Hermos gehorchte schweigend, und die weinenden Brüder des toten Jungen halfen ihm. Nur Theseus blieb bei Solois, und dieser, der früher so glücklich gewesen wäre, ihn neben sich zu haben, wußte es nicht.

Diese kurze Zeitspanne kam Theseus lang vor, denn sie war bitter. Der junge Thronerbe von Athen war noch nicht daran gewöhnt, daß Menschen starben, die er gut kannte. Er hatte Feinde getötet und Fremde, doch bis heute war noch niemand, den er liebte, gestorben. Und Solois war noch nicht einmal im Kampf gefallen, ruhmbedeckt! Theseus war erschrocken darüber, was der Junge alles aufgegeben hatte – all die Jahre, die er nicht mehr leben und deren Fülle er nicht mehr erleben würde. Diese unsinnige Vergeudung jungen Lebens erschien ihm auch als ein böses Omen für das Leben, das gerade heranwuchs. Denn heute morgen hatte Antiope ihr Frühstück nicht bei sich behalten können, und obwohl sie selbst noch nicht sicher war, so war doch Theseus davon überzeugt, daß sie schwanger war. Und dann, mitten in seiner ersten Freude, als sein Herz voll Zärtlichkeit war und unbekannte Vatergefühle warm in ihm aufkamen, hatte diese unheilvolle Todesnachricht ihn jäh überrascht. Fischer waren gekommen, um mitzuteilen, daß sie den Leichnam eines jungen Mannes gefunden hätten, der sich in ihren Netzen verfangen habe. Weder die Fische noch die dunkleren Bewohner der Tiefe hatten freilich sein Fleisch angenagt. Doch dieser unversehrte Leib war nutzlos, seines kostbarsten Inhalts beraubt. Solois war nicht mehr.

Während er an der Leiche niederkniete, erinnerte sich Theseus daran, wie tapfer der Junge an seiner Seite durch die eisigen Wellen des Unfreundlichen Meeres auf das Ungeheuer losgeschwommen war, das sich lediglich als ein gewaltiger Eisklumpen entpuppt hatte. Er gedachte jenes Tages, als er, Theseus, am Weiher der Artemis entlanggegangen war und wie die verrückte alte Frau bei seinem Anblick geschrien hatte: »Er ist der rote Seth – Seth, der seinen Bruder tötete!« Und eine unbeschreibliche Furcht überdeckte seinen Schmerz, kalt wie das Meer, das Solois verschlungen hatte. So kalt wie das einsame Elend des Jungen gewesen sein mußte, während er das Glück seines Freundes sah und sich selber vergessen fühlte, bedeutungslos, ohne Wert für den Mann, den er vor allen anderen liebte. *Ich habe nicht nachgedacht! Und nun habe ich meinen Freund getötet!*

Dann kamen die anderen mit einem Teppich aus Ziegenfell zurück, den man als Bahre verwenden konnte. Sie trugen Solois zum Lager, und dort ging Theseus trostsuchend zu jener Frau, die er zur Mutter machte, genauso wie er früher zu Aithra, seiner eigenen Mutter, gegangen wäre. Er schloß Antiope in die Arme und weinte.

»Er hatte das Zeug zu einem Mann, alle Gaben – und ich trage die Schuld, daß er alles fortgeworfen hat!«

»Er hat die Tat selbst begangen. Nicht ein anderer.«

»Nein – es ist meine Schuld. Ich hätte nie erlauben sollen, daß er mitfuhr! Um so weniger als er mich liebte und ich auf dem Weg zu dir war!«

Antiope begann ihren Mann zu verstehen. Sie dachte: *Doch du hast ihn mitfahren lassen, weil er es so schrecklich gern wollte.* Laut sagte sie: »Du wolltest gütig sein.«

»Aber es war keine Güte! Nicht ihm gegenüber. Eher gegen mich selbst, weil sein Schmerz mich traf – wenn ich überhaupt Zeit hatte, ihn zu bemerken! Wahrlich, ich trage das rote Haar des zerstörerischen Seth!«

»Das ist reinste Torheit. Leute mit gleichfarbenem Haar sind in anderen Dingen oft ganz verschieden.«

»Doch von uns, die wir solches Feuer auf dem Kopf tragen, sagt man, daß wir das entsprechende Feuer auch im Blut haben. Und nicht ohne Grund. Der weise Pittheus, mein Großvater, pflegte zu sagen: ›Halte dich im Zaum, Sohn meiner Tochter. Ein Mann muß Herr seiner Leidenschaften sein; sonst tragen sie ihn fort wie durchgehende Pferde einen ungeübten Wagenlenker. Führen ihn an einen Ort, wohin er nicht gehen würde.‹ Kann es sein, daß ein Fluch auf mir liegt, Antiope? Muß ich alle verletzen, die ich liebe?«

»Nein. Das ist noch törichter. Was im Inneren eines Mannes ist, kann vielleicht einen Fluch über ihn bringen, doch was er auf dem Kopf trägt niemals.«

»Ich habe bereits Solois getötet, der mich liebte!«

Zorn ergriff Antiope. Welches Recht hatte Solois, Theseus so zu verletzen? Sie sagte barsch: »Nein. Er ist in den Fluß gesprungen, weil ich nicht mit ihm schlafen wollte. Nicht, weil du es nicht wolltest.«

Theseus starrte sie an, betäubt, als habe sie ihm einen Schlag versetzt. »Nein! Solois hätte mich nie betrogen – er liebte mich!«

»Mich liebte er auch. So sagte jedenfalls jemand, der zu mir kam.«

»Wer?« Theseus packte sie bei den Armen, und seine Finger gruben sich tief in ihr Fleisch. *»Wer?«*

Zu spät erkannte Antiope ihren Fehler. »Einer, der nicht die Unwahrheit über ihn gesagt hätte. Frag mich nicht weiter, Theseus.«

»Wer? War es einer seiner Brüder? Euneos? Thoas? War es Hermos?« Ihr Gesicht, ruhig wie der blaue Himmel über ihnen, verriet ihm nichts, und sein schmerzhafter Griff verstärkte sich. »Welcher von ihnen war es, Frau? Welcher?«

Sie zuckte nicht mit der Wimper. »Ich habe ein Versprechen gegeben. Es wäre einer Königin nicht würdig, es zu brechen, Königssohn.«

Scham ergriff Theseus. Sie war ihm treu gewesen, seine

Antiope. Obgleich sie eine Amazone war, hatte sie sich als eine treue Gattin erwiesen.

Er gab sie frei, dann schloß er sie wieder in die Arme. Er küßte sie und sagte: »Ich verstehe. Er liebte dich – wie könnte ein männliches Wesen dich nicht lieben? Und er war bei mir, wo er dich Tag für Tag sehen mußte, ja dich beinahe berühren konnte – kein Mann in Athen hat je die Gattin seines Freundes so gesehen –«

Und dann verdarb Antiope alles. Sie sagte mit betrübten Augen und voll Mitleid: »Hätte ich gewußt, daß sein Tod dir so nahegehen würde, hätte ich seinen Wunsch erfüllt.«

Theseus starrte sie an, dann funkelten seine Augen, auf seinem Gesicht malte sich leidenschaftliche Empörung. »Weib«, stieß er zwischen den Zähnen hervor, »Weib, hast du keine Scham in dir?«

Zu überrascht, um seinen wütenden Blick zu erwidern, starrte ihn Antiope an. Dann sagte sie ruhig: »Du bist zu erregt, um noch klar denken zu können. Zuerst grämst du dich, daß dein Freund sich umgebracht hat, weil ich nicht mit ihm schlafen wollte; und als ich dir sage, daß ich's getan hätte, um dir Schmerz zu ersparen, gehst du auf mich los wie ein bissiger Hund.«

Einen winzigen Augenblick lang erkannte Theseus: Sie hätte es auf sich genommen, weil sie ihn liebte. Da verebbte sein Zorn.

»Wir wollen die Toten ruhen lassen und nicht mehr davon sprechen. Sag mir nur den Namen – den Namen des Hundes, der dir die verfluchte Botschaft brachte. Den Namen dessen, der dich aufzufordern wagte, mein Bett zu besudeln!«

»Dann wäre ich entehrt, weil ich mein Wort gebrochen habe.«

»Treue gegen mich – darin besteht jetzt deine Ehre. Und, beim Zeus, das mußt du lernen!« Seine Stimme war wie das Knurren eines wilden Tieres. »Ich habe eine Schuld, die ich bezahlen muß. Du bedauerst, daß du meine Ehre nicht befleckt hast und deshalb muß ich töten.«

Ihre Blicke trafen aufeinander wie Schwerter, und keiner

wich zurück. Da erhob sich unselige Schadenfreude in Theseus; er entsann sich einer Drohung, mit der er sie schon einmal erschreckt hatte. »Sprich, Weib! Oder ich werde deine Amazonen foltern lassen, um herauszufinden, welcher Mann mit dir gesprochen hat, als ich nicht da war.«

Antiope erkannte die Gefahr. Spürte sie wie eine Messerspitze an ihrer Kehle. Nicht nur die Gefahr für ihre Mädchen, sondern auch die, in der sie selber schwebte, ja, auch die seine. Wenn sie jetzt nachgab, wäre sie wirklich sein Sklavenmädchen, herabgesunken in eine Hörigkeit, die ihre Liebe verschleißen mußte. Doch was konnte sie tun? Eine wütende Antwort würde seinem Zorn neue Nahrung geben; zeigte sie Furcht, würde es ebenso sein. Und dann hörte sie ihre eigene Stimme kühl und beherrscht sagen: »Glaubst du, Theseus, daß du meine Mädchen quälen und mich trotzdem behalten kannst? Nicht lange. Wir Amazonen lieben das Leben, doch wir wissen, wann die Zeit zu sterben gekommen ist.«

Angesichts der steinharten, wohlüberlegten Entschlossenheit in ihrer Stimme und in ihren Augen, wich seine Wut zurück, wie eine große Welle von der unbewegten, gelassenen Stärke einer Klippe zurückgeworfen wird. Mit einem Aufschluchzen nahm er sie wieder in die Arme.

»Antiope, Antiope, sage mir, daß du es nicht wirklich gewollt hast! Daß du nie mit Solois hättest schlafen können!«

Sie schlang die Arme um ihn und sagte ihm, was er hören wollte. Sie verzieh ihm, weil er ihr Schatz war. Aber gleichrangig waren sie nicht, und es kam ihr nicht in den Sinn, daß ihre Liebe allein schon eine Fessel war. Sie mußte stärker auf einen Punkt hinweisen, an dem er sie nicht zu verstehen schien: daß sie ihm nämlich gleichgestellt war. Sie sagte ernst: »Jetzt verstehe ich. Verheiratete Leute dürfen nur miteinander, nicht mit anderen schlafen. Wenn du mich je in den Armen eines anderen Mannes überraschst, darfst du mich töten – ich werde mich nicht widersetzen. Und wenn ich dich je mit einer anderen Frau ertappe, werde ich dich töten. Euch beide.«

Theseus öffnete den Mund, um zu protestieren, dann schloß er ihn wieder. Das Recht eines Ehemannes, anderen Frauen den

Hof zu machen, war so natürlich wie der Lauf der Sonne, wenn auch ein wenig schwer zu rechtfertigen. Wohlerzogene Frauen machten oft viel Aufhebens davon. Und Antiope war von Geburt eine Wilde; wie konnte er je hoffen, ihren kindlichen, unschuldigen Glauben zu erschüttern, daß das, was dem einen recht, dem anderen billig war. Auch dämmerte ihm die Einsicht, daß Heirat möglicherweise eine Fessel sein konnte.

*Sei's drum,* dachte er, *sie ist hundert andere Frauen wert. Und sie ist meine Frau – sie ist mein! So, wie sie ist, ganz und gar und für immer!*

Draußen vor dem Zelt wuschen die Männer den grauen, starren Körper, der einmal Solois gehört hatte, und bahrten ihn auf. Doch die beiden im Zelt, in deren Körpern das Leben glühte, wie gestern noch in dem seinen, hatten Solois schon vergessen.

In dieser Nacht hatte Antiope einen Traum. Während ihr Körper noch neben dem von Theseus lag, wanderte sie selbst an dem dunklen Fluß entlang. Dort badete eine großgewachsene Gestalt, eine Frau. Ihr nackter Körper strahlte ein Licht aus, das die Wasser ringsum wie in morgendlichem Gold aufleuchten ließ.

Antiope erkannte sie; ihre Hände hoben sich in einer Gebärde der Anbetung. »O Herrin, Du bist es, es gibt Dich also! Ich fürchtete, wir Amazonen hätten Dich nur geträumt, doch es gibt Dich wirklich!«

Die Göttin lächelte und erwiderte: »Kind, ich bin. Und ich bin überall; ich habe viele Gestalten und viele Namen, denn keine Fessel bindet mich, nicht einmal die des Geschlechts.«

Antiopes Geist wich vor dem Unbegreiflichen zurück, klammerte sich an Bekanntes und Teures. »Dann hast Du meiner Mutter den Traum vom Großen König gesandt? Aber Molpadia« – dunklere Erinnerungen stiegen auf – »hat gewiß nicht immer Deine Stimme gehört? Nur Worte, zusammengefügt aus ihren eigenen Hoffnungen und Ängsten?« Ihre Stimme versagte; ihr fehlte der Mut, jene Frage zu stellen, die ihr am wichtigsten war. *Ist es Dein Wille, daß ich mit Theseus gehe?*

Doch die Göttin lächelte noch einmal und antwortete:

»Würde ich, die ich Liebe spende, es verhindern? Die Amazonen lieben die Freiheit; sie hätten meine Stimme deutlicher vernehmen können als jemals ein Volk. Aber Haß und Furcht haben sie in ihren Bann geschlagen; sie können die Fackel nicht tragen, die ich in ihre Hände legen wollte.«

Antiope durchfuhr ein stechender Schmerz. »Herrin, kannst Du sie nicht befreien?«

»Alle müssen sich aus eigener Kraft befreien. Die wohlbehüteten Kinder einer Mutter, beschirmt durch ihre Stärke – wie können sie freier sein als die unterdrückten Sklaven eines Herrn? Für die Amazonen habe ich alles getan, was ich kann; durch deine Mutter habe ich Samen ausgestreut, doch Molpadia hat die meisten davon am Gedeihen gehindert.«

Antiopes Lippen bebten, doch sie riß sich zusammen. »Diese Fackel, die ich tragen soll – was hat es damit auf sich?«

»Kind, dein Theseus ist dazu ausersehen, eine Freiheit zu bringen, die Menschen, in Städten zusammengepfercht, nie zuvor gekannt haben. Die Frauen sollen an dieser Freiheit teilhaben. Alle menschlichen Wesen werden mit zwei Augen geboren; niemals können sie wirklich glücklich leben, solange sie ein Auge zubinden und sagen: Nur dieses eine hat das Recht zu sehen.«

Über Antiope brach Licht herein, eine Helligkeit, die sie blind zu machen schien und die sie gleichwohl nur um so klarer sehen ließ. »Dann ist dies alles Dein Werk, Herrin? Du hast Theseus zu mir geschickt! Damit wir beide gemeinsam ein neues Geschlecht begründen, der Welt zeigen sollen, wie man lebt!«

»Das ist meine Hoffnung, Kind. Und das ist die Aufgabe, die zu erfüllen ihr beide geboren seid. Doch ich kann euch nichts versprechen.«

»Wie ist das möglich? Gewiß weißt Du alle Dinge, beherrschst alle Dinge, o Herrin, die Du uns alle geschaffen hast!«

»Ich weiß um die großen Dinge, die kommen werden, doch ich weiß nicht, wann oder wie sie kommen werden. Denn ich habe das Leben, das heilige Feuer, in eure Hände gelegt, die ihr euch selbst als Sterbliche erkennt. Durch bittere Zeitalter müßt ihr gehen, in denen ihr euch selbst und alles andere verderbt, und müßt lernen, mein Geschenk richtig anzuwenden. Nur so könnt ihr die Kraft gewinnen, euch selbst als Unsterbliche zu erkennen, als meine wahren Kinder, die ich gebar.«

Wiederum wich Antiopes Geist zurück. »Herrin, Herrin! Gibt es keinen Rat, den Du mir geben kannst? Wie schwer es mir auch fällt, ich werde ihn befolgen; ich will alles ertragen, was ertragen werden muß. Nie wieder will ich Dich verleugnen!«

Diesmal war das Lächeln der Göttin von neuer Lieblichkeit; seine Sanftheit umschloß Antiope wie eine Umarmung. »Bemühe dich, deinen Geist und dein Herz rein zu erhalten, damit ich zu dir sprechen und dich geleiten kann. Kind, das ist alles, was die Götter für jene tun können, die sie lieben.«

Antiopes Gesicht erstrahlte wie der Morgen. Sie streckte noch einmal die Arme aus. »Herrin, ich werde Dich nicht enttäuschen!«

Die göttliche Sanftheit umfing sie noch immer. »Kind, das wirst du nicht. Gleich, ob das Werk vollendet wird oder ob es fehlschlägt.«

Antiope erwachte an der Seite Theseus', und es gab kein strahlendes Licht, keine Göttin, sondern nur Finsternis. Doch in der Dunkelheit spürte sie seinen warmen, längst vertrauten Leib und schmiegte sich an ihn. *Wir werden unser Werk tun, Liebster, ob du nun darum weißt oder nicht.* Aber ihr lästiger Verstand begann zu zweifeln: *War das alles nicht bloß meine eigene Einbildung, ersonnen, um mich selbst zu rechtfertigen?* Sie wollte nicht lernen, wie Molpadia, sich selber zu täuschen. Doch dann durchströmte sie wieder die Gewißheit, daß alles mit rechten Dingen zugegangen war. Ihr Traumbild war wahr gewesen! Sie würde die Arbeit tun, die die Göttin ihr aufgetragen hatte!

Der Tag brach an, doch er war freudlos. Solois wurde von seinen trauernden Gefährten bestattet, die ihm alle Ehren erwiesen, wie Griechen es zu tun pflegen. Theseus jedoch ging mit umdüstertem, grimmigem Gesicht umher. Euneos, Thoas und Hermos bemerkten bald, daß er es vermied, sie anzusehen.

Bevor die Nacht hereinbrach, erzählte Hermos den Brüdern alles; sie waren entsetzt, doch sie machten ihm keine Vorwürfe. Er hatte versucht, Solois zu helfen, und außerdem stammte er aus Troizen. Theseus dagegen war jetzt nur noch ein Mann aus Athen, der sich plötzlich von ihnen entfernt zu haben schien.

Die drei Jungen begannen ihn zu beobachten, so wie er sie heimlich beobachtete. Bis er bei Anbruch der Nacht schroff sagte: »Wir sind lange genug hiergewesen. Morgen segeln wir nach Athen.« Die meisten Männer waren überrascht, doch sie glaubten zu verstehen: Dieser Ort war nun voll unseliger Erinnerungen. Nur die drei aus Troizen kauerten dicht gedrängt um ein Lagerfeuer, obwohl die Nacht warm war. Dort trat Theseus zu ihnen. Endlich blickte er ihnen in die Augen, und seine eigenen waren hell wie ein Feuer. »Wir wollen zum Fluß hinuntergehen. Dort können wir ungestört sprechen.«

Sie folgten ihm schweigend. Die Dunkelheit verhüllte sein flammendes Haar, und seine in den Umhang gehüllte Gestalt, die schweigend vor ihnen herschritt, war so groß und dunkel, daß sie die des Todes hätte sein können, dem Bruder des Schlafs. Sie hatten ihn ihr Leben lang gekannt, doch nun war er ein Fremder für sie, den sie fürchteten. Als Knabe war er rasch in Wut geraten, doch ebenso rasch hatte er verziehen; aber damals waren seine Fehler die eines Knaben gewesen. Nun jedoch lag ein Unrecht zwischen ihnen und Theseus, das wenige Menschen verziehen.

Am Fluß angekommen, blieb er stehen, ein schwarzer, gesichtsloser Umriß gegen das mondsilbrige Wasser. Sie konnten sein Gesicht nicht erkennen, doch sie wußten, daß er die ihren sehen konnte, und erschauerten. Und dann brach seine Stimme aus ihm hervor, jäh und ungestüm wie ein herabstoßender Raubvogel.

»Wer von euch hat es getan? Wer?«

Alle drei fuhren zusammen, doch keines der Gesichter zeigte ehrliche Überraschung oder Verwunderung. Theseus sah es und spürte in seinem Inneren einen verzehrenden, bohrenden Schmerz. *Sie wissen es alle! Sie alle haben mich betrogen . . .*

Schließlich sagte Euneos ruhig: »Sohn Aithras, wir vier sind zusammen aufgewachsen. Zwei von uns standen neben dir am Bett des furchtbaren Gliederstreckers Prokrustes. Als du Skiron und dem knochenbrechenden Kerkyon gegenüberstandest. Du weißt, daß Hermos, hätte er gekonnt, bei uns gewesen wäre. Kannst du glauben, daß einer von uns dein Feind ist?«

»Einer von euch ist es – das weiß ich! Und jetzt schützen ihn die beiden anderen.« Theseus' Stimme war ein gequälter, leidenschaftlicher Aufschrei. Seine Augen loderten mit rotem Feuer. Später verglich der Dichter Bakchylides sie mit den vulkanischen Feuern von Lemnos.

Keiner antwortete. Hilflos und betäubt stand er der undurchdringlichen Mauer ihres Schweigens gegenüber. Er durchbrach diese Erstarrung und brüllte auf wie ein Löwe. »Ihr seid alle gegen mich – alle! Zwei von euch haben es nicht getan, aber den, der es getan hat, kennt ihr wohl! Den, der sich insgeheim zu meinem Weib stahl und mein Bett zu beschmutzen suchte!«

»Er, der diese böse Tat vollbracht hat« – Euneos sprach immer noch mit ruhiger Stimme – »hat dein Weib nicht um seiner selbst willen aufgesucht. Er setzte sein eigenes Leben aufs Spiel, um das eines anderen zu retten.«

»Vielleicht habt ihr anderen das nicht gewagt! Vielleicht habt ihr nur gewartet – ihr, denen ich vertraute! – und darauf gehofft, er werde die gute Nachricht bringen, nach der ihr euch alle sehntet. Die Nachricht von der Hurerei meines Weibes!«

»Nein!« rief Hermos. »Nein! Als es geschehen war, wußten nur zwei Männer davon: Solois – und der Mann, der versuchte, ihm zu helfen.«

»Zwei von uns hätten mehr Verstand gehabt«, knurrte Thoas.

»Nein! Zwei von euch waren Feiglinge, und alle drei seid ihr Verräter!«

»Zu wissen, daß das Leben eines Menschen auf dem Spiel steht, den man liebt – das ist hart für die meisten Männer, die Ehre im Leib haben.« Euneos blickte ihm direkt in die Augen. »Solois war nicht dein Bruder und auch nicht dein Liebster. Kannst du nicht über den vielen Tagen, die wir zusammen waren – und dir alle treu ergeben –, den einen schlimmen Tag vergessen, an dem einer von uns es nicht war?«

Es entstand ein Schweigen. Theseus' Blicke schossen von einem Gesicht zum anderen, wild forschend und doch flehend. Schließlich sagte er schwer: »Solois ist tot. Doch ihr anderen lebt noch – und solange ich nicht weiß, wer mich hintergangen hat, kann ich keinem von euch trauen. Sagt es mir, und ich werde keine Rache üben. Bei Poseidon, dem Erderschütterer, ich schwöre es! Dann kann ich vielleicht, wenn ich es weiß – wenn ich aufhören kann, mir das Hirn zu zermartern, wer von euch es gewesen ist –, sogar vergeben!«

Wiederum antwortete niemand. Hermos schluckte heftig, doch in der schwarzen Nacht konnte Theseus nicht sehen, wie sich seine Halsmuskeln bewegten. Ihm kamen alle drei Gesichter wie gemeißelt vor, hart und unnachgiebig.

Er ballte die Fäuste; er schrie rasend vor Zorn: »So bleibt denn hier, alle! Kommt niemals wieder nach Troizen oder nach Athen – versucht niemals die Gesichter eurer Väter oder Mütter wiederzusehen oder irgendeines Menschen, den ihr liebt! Denn wenn ihr mir jemals wieder unter die Augen kommt – und das gilt für jeden von euch –, wird dieser Tag der Tag eures Todes sein!«

Er ging davon durch die Nacht, und sein Umhang bauschte sich um ihn, als werde er von einem starken Wind aufgebläht. Die drei, die er verlassen hatte, standen wie betäubt da, plötzlich in einer Schwärze versunken, die tiefer war als die der Nacht. Doch als Hermos Anstalten machte, Theseus zu folgen, hielt Euneos ihn am Arm fest.

»Nein. Das Gift hat sich zu tief eingefressen. Nun würde er dir nie mehr ganz glauben. Und auch wir können ihm jetzt nie mehr trauen.«

»Aber ich kann nicht zulassen, daß ihr beide für etwas leidet, das ich getan habe –«

»Was geschehen ist, ist geschehen, und du hast es aus Liebe zu Solois getan, für unseren Bruder. Jetzt wollen wir drei wie Brüder zusammenstehen, die fortan Fremde in einem fremden Land sein müssen. Meinst du nicht auch, Thoas?«

Thoas stimmte zu, wenn auch ein wenig mürrisch; doch sie scheinen sich an diese Absprache gehalten zu haben. Jahre später erfuhren die Menschen an den griechischen Küsten, daß der König des kleinen Smyrna seine drei Töchter an drei Fremde verheiratet hatte, unter deren Führung die Stadt aufgeblüht war. Als einer von ihnen starb, war sie mächtig geworden, und die beiden anderen benannten nach ihm den Fluß, der dort ins Meer floß: Hermos. Diesen Namen sollte er mehr als tausend Jahre lang tragen.

Theseus jedoch verließ Smyrna in düsterer Wut. Erst als das Schiff auf See war, erfuhr Antiope, was geschehen war. Sie war entsetzt; niemals hätten Amazonen andere Amazonen verstoßen. »Kehr um, Theseus! Zwei dieser Männer sind mit dir durch große Gefahren gegangen, und alle drei sind deine Freunde gewesen, solange du zurückdenken kannst. Und auch ihre Angehörigen müssen alte Freunde der Familie deiner Mutter sein.«

Theseus stieß seine Antwort zwischen den Zähnen hervor: »Einer von ihnen betrog mich, und solange die anderen ihn dekken, sind auch sie Verräter. Sprich nicht mehr von dieser Sache, Frau – es sei denn, deine Meinung ändert sich und du entschließt dich, mir den Namen des falschen Hundes zu nennen!«

Zornig verließ er sie. Doch als er in dieser Nacht zu ihr ins Bett kam, war er sehr freundlich, und Antiope sah, daß er erleichtert war, weil sie ihm nicht widersprochen hatte. Dabei war sie sich nicht sicher gewesen. Sie hätte es nicht gemocht, wenn er sich in Sachen, die sie und ihre Mädchen angingen, eingemischt hätte. Und Heirat war ein Feld, auf dem Männer besonders empfindlich zu sein schienen; nach seinen eigenen Maßstäben hatte Theseus möglicherweise mit gutem Recht gehandelt.

*Und habe nicht auch ich mein Volk im Stich gelassen?* Diese Erkenntnis war kälter als die Nachtwinde, in denen nun der Winter zu spüren war. Diese Erkenntnis würde sie nie verlassen, trotz jener strahlenden Vision am dunklen Fluß.

Theseus' Herz war schwer. Er hatte seine teuersten Freunde verloren und immer, wenn er an den weisen Pittheus dachte, fürchtete er die Begegnung mit dem alten Mann. Ebenso das Wiedersehen mit Aithra; seit der Kindheit waren sie und die Mütter der Verbannten Freundinnen gewesen. Theseus hatte Hermos' Mutter nie sonderlich gemocht: eine aufgeregte Frau, immer besorgt, ihr Liebling könne sich ein Leid antun, wenn er mit dem lebhaften Prinzchen auf wilde Abenteuer auszog. Doch die Mutter von Euneos, Thoas und Solois war freundlich gegen ihn gewesen; oft, wenn die Jungen vor ihrem Haus spielten, hatte sie sie hereingerufen und ihnen warme, frisch gebakkene Honigkuchen gegeben. Und nun hatte sie durch ihn, Theseus, alle drei Söhne verloren ...

*Aber sie waren alle Verräter, alle!* Hartnäckig und leidenschaftlich redete er sich ein, daß er recht gehabt hatte. Antiope indessen war noch immer besorgt; unbesonnene Wutanfälle waren ein Zeichen von Schwäche und bei einem König wogen sie besonders schwer. Mit einer neuen feinen Art von Geschicklichkeit machte sie sich daran, ihn zu lehren, wie er sein Amt zu führen hatte. Geschichten vom Großen König, ihrem Vater, fesselten ihn immer, und er konnte vielleicht daraus lernen. Wogegen ihr Rat – der einer Frau – seinen albernen männlichen Stolz verletzen konnte.

Einmal sagte sie: »Als der Große König jung war und sein Amt als König antrat, war sein Königreich wie eine zerbrochene Schale. Es dauerte lange und war mühevoll, sie wieder zusammenzufügen, doch jetzt ist sein Königreich größer als je zuvor. Er hat viele Städte unterworfen und viele Völker, die sich daran gewöhnt hatten, hethitisches Land auszurauben. Doch sein Sinn steht nie nach Rache. Immer hat mein Vater diesen Städten Frieden angeboten. Sie dürfen ihre alten Gesetze behalten, ihre alten Fürsten – doch nie mehr dürfen ihre Männer in den Krieg ziehen, außer als Teil der Streitkräfte des Großen Königs.«

»Aber er kann ihnen nie trauen! Männer, die einmal freie Könige gewesen sind, werden immer darunter leiden, daß sie Gefolgsleute eines anderen Mannes genannt werden. Eines

Tages, wenn er anderswo beschäftigt ist oder krank oder sehr alt – dann werden sie sich gegen ihn erheben!«

Früher hatte Antiope ebenso gedacht. Doch nun, da sie die große, wilde Welt der Männer kennengelernt hatte, erschien ihr das Verfahren ihres Vaters als das Beste, was man sich denken konnte. Die Amazonen mit ihrem Geist des Bienenstocks konnten wie Schwestern zusammenleben, doch konnten Männer jemals wie Brüder miteinander leben? Es gab ihrer zu viele, und einige schienen stolz darauf zu sein, als besonders streitsüchtig zu gelten.

Sie sagte: »Mein Vater glaubt, daß es einige tun werden, aber nicht viele. Er sagt auch« – hier lächelte sie – »daß Vertrauen ein Luxus ist, den sich kein König leisten kann. ›Lächle ihnen zu, nutze sie aus, wenn du kannst, doch behalte sie alle im Auge. Habe immer Augen auf deinem Rücken.‹ Er sagt, das sei die einzige Regel für einen König, der lange leben und Erfolg haben möchte.«

Theseus warf ihr einen kurzen scharfen Blick zu. Er mochte dieses Gerede von Vertrauen überhaupt nicht, doch er selbst hatte das Wort zuerst gebraucht; vielleicht dachte sie sich nichts dabei. Er sagte nur: »Das hört sich nicht einfach an.«

»Kann Größe jemals einfach sein? Doch wenn es dem Volk gut geht und es in Frieden lebt, setzen die Leute dies alles ungern aufs Spiel. Es ist nicht leicht für einen kleinen König, sein Volk dazu zu bewegen, sich gegen seinen Oberherrn zu erheben. Außerdem demütigt Suppiluliuma die Könige niemals allzu sehr; er hält es für das Beste, ihnen den größten Teil ihres Stolzes zu lassen.«

Theseus runzelte die Stirn. »Bist du dessen sicher? Ich habe es immer so gehört: Wann immer die Großen Könige des Ostens sagten ›Komm‹ oder ›Geh‹, kamen und gingen alle Menschen. Wie Hunde.«

»Das ist die Art der Könige von Babylon und Assyrien. Von vielen Pharaonen. Aufgeblasene Fettwänste, die sich selbst Götter nennen. Kein hethitischer König wird jemals Gott genannt, bis er den Berg ersteigt.«

»Bis er stirbt?« Theseus nickte erfreut. Alter Haß, alter Ekel stiegen noch immer in ihm auf, wenn er an Minos, den Gott-König, dachte. An diesen heimtückischen Mörder, den die Menschen den Gerechten nannten.

Dann wurde er wieder nachdenklich. »Doch dein Vater führt viele Kriege. Werden nicht die Männer der Unterkönige immer aus ihrer Heimat abberufen, um für seine Ziele zu kämpfen? Und nicht für die ihres eigenen Volkes?«

»Nein. Früher« – nun sah Antiope beunruhigt aus – »haben sich diese kleinen Städte ständig untereinander bekriegt. Das ist das Laster der kleinen, freien Völker. Jetzt gehen die Völker, trotz der Kriege des Großen Königs, dazu über, in stärkerem Maße als je zuvor zu Hause zu bleiben, auf ihren Feldern und in ihren Läden. Zwischen den Städten blüht der Handel.«

Handel – das war es, was Mykene und Messene reich gemacht hatte! Doch für die meisten griechischen Könige war Krieg noch immer gleichbedeutend mit Plünderung und galt als der sicherste Weg, reich zu werden. Krieg gegen Kreta – das war es, wovon Theseus träume. Auf dem Festland jedoch – plötzlich mußte Theseus schmerzlich an sein Attika denken. In jedem Sommer wurde ein Stück davon abgerissen, entweder von alten Feinden oder von hungrigen Fremden. Die Menschen mußten in die nächste Stadt fliehen – auf den befestigten Hügel, der dessen Akropolis war. Sie mußten ihre Felder, Häuser und ihr Vieh den Räubern zur Beute lassen, die selten stark genug waren zu bewahren, was sie nahmen, doch immer stark genug, um zu zerstören. Wenn aber alle zwölf Könige Seite an Seite kämpften, wann immer einer von ihnen angegriffen wurde, wie Suppiluliuma und seine Unterkönige – aber das würden sie nie tun. Alle zwölf wurden nie auf einmal angegriffen, und jeder hoffte immer, daß er und die Seinen in diesem Jahr verschont bleiben würden. Doch: *Wenn alle zwölf Könige gegen Minos zusammengestanden hätten – wenn die elf anderen Könige meinem Vater geholfen hätten! Dann hätten wir ihn ins Meer zurücktreiben können – Minos, den Sohn und Freund des Gottes!* Ein brennender Schmerz durchfuhr ihn, wenn er an all den Ruhm dachte, den man hätte erringen können, an die Rettung so vieler Menschen. Man hätte es schaffen können – man hätte – wenn die elf anderen nur geholfen hätten! Statt dessen hatten sie sich dem Kampf ferngehalten und zugesehen, wie Männer ihres eigenen Blutes starben. Einige davon hatten Minos sogar Vorräte verkauft. Sein Gesicht wurde entschlossen. *Das wird nie wieder geschehen. All diese Nichtstuer, diese falschen Freunde sollen meine Gefolgsleute sein, sollen mir gehorchen, wie die Könige des Ostens Suppiluliuma gehorchen.*

Er hörte sich selbst zu Antiope sprechen und ihr erzählen, was er nie zuvor ausgesprochen hatte. Von Athens Schmach und Niederlage und von dem grausamen Tribut, den Minos den Unterworfenen auferlegt hatte. Empört und erschrocken hörte sie ihm zu. »Keiner der anderen Könige half deinem Vater? Hatte er keine Freunde, keine Verwandten, die ihm zur Seite stehen konnten?«

»Zwei Könige waren seine Brüder. Einer war ihm treu und bezahlte dafür mit seinem Leben, verraten von seiner eigenen Tochter. Minos betrog sie, nutzte sie aus und tötete sie anschließend. Der zweite, Pallas, mein anderer Onkel, hätte sich gern mit Minos verbündet, weil er hoffte, mit der Krone meines Vaters dafür belohnt zu werden.«

Antiope kräuselte die Lippen. »Dieser Minos ist es nicht wert, daß man auf ihn speit. Er hat nichts mehr von der Gerissenheit, mit der sein Vorfahr, dieser Hund, der eine Königin tötete, ein Königreich gewann. Dieser hätte Skylla mit Gold überschüttet und sie nach Kreta geschafft, wo er mit ihr hätte machen können, was er wollte, ohne daß ein Festländer es je erfuhr.«

Es entzückte Theseus zu hören, wie Minos so kühl und unbeeindruckt abgetan wurde. Hätte jemals ein Grieche, ob Mann oder Frau, solche lästerlichen Gedanken gehabt, hätten sie diese niemals laut äußern können, ausgenommen an einem einsamen, verlassenen Ort, wo niemand sie hören konnte. Sein Mut stieg und sank wieder. Die Schwierigkeiten seines neuen Plans schienen von allen Seiten auf ihn niederzustürzen wie schwärmende Wespen.

»Wenn ich die anderen Könige Attikas unterwerfe, werden sie mir nie vergeben – sie werden mich immer hassen. Wir aus dem Westen sind es nicht gewohnt, uns unter das Joch zu beugen wie eure unterworfenen Könige im Osten.«

»Dieses Mykene, von dem du gesprochen hast – ist sein König nicht der Oberherr kleinerer Könige?«

»Nein. Er verlangt nur Zoll für die Straßen, die er zwischen ihren Städten baut. Er erlegt ihnen weder Steuern auf noch erteilt er diesen Königen Befehle.«

»Die wissen müssen, daß er, wenn es ihm gefällt, sie zerquetschen kann ... Doch was du brauchst, sind Verbündete im Krieg.«

»Verbündete! Wenn sie das doch nur sein könnten – nicht Menschen, die sich schämen, weil sie besiegt worden sind ... Nun, wenn ich Kreta erobert habe, werden sie vielleicht meine Freundschaft suchen. Gewiß werden sie fürchten, meine Feinde zu sein.«

Plötzlich ballte Theseus die Fäuste. »Wenn ich noch einmal zulasse, daß Minos diesen Tribut nimmt, werde ich vielleicht Schande und Kummer über die Mutter bringen, die mich geboren hat – ja sogar den Sohn verlieren, den du mir gebären wirst!«

»Es ist besser, selbst diesen Tribut ein zweites Mal zu entrichten, als zu früh loszuschlagen und zu unterliegen.« Antiope mußte an eine Regel denken, die zu vergessen die Amazonen nie Gelegenheit gehabt hatten – die Notwendigkeit, vorsichtig zu sein. »Doch du hast recht – zuerst mußt du mit Minos fertigwerden. Im Sommer, wenn alle seine Schiffe unterwegs sind – ob Handelsschiffe oder Kriegsschiffe –, wird nur eine kleine athenische Flotte nötig sein, um sein wundervolles Knossos in Besitz zu nehmen. Vielleicht sogar den wundervollen Minos selbst.« Sie lachte. »Wie lächerlich sich die Menschen doch machen, wenn sie sich selbst Götter nennen! Sie werden hochmütig und weichlich und verderbt. Man hat uns Amazonenköniginnen den Mund der Göttin genannt, doch für Ihren ganzen Leib haben wir uns nie gehalten.«

Sie lachte, und Theseus stimmte ein. In bester Stimmung gingen sie zu Bett. Doch als Theseus ihren prallen Bauch spürte, in dem sein Kind heranwuchs, dachte er: *Ich verdiene dich nicht, kleiner Sohn, wenn ich jemals wieder zulasse, daß die Kinder anderer athenischer Bürger fortgeschleppt werden, um zerfleischt zu werden und einen grausamen Tod zu erleiden. Ich war jung im letzten Frühling – zu jung, um zu verstehen, was ich mein Volk allein ertragen ließ... Wahrlich, du bist größer als andere Menschen, Minos, da du Menschen dazu bringen kannst, still dazusitzen und solche Schrecken zu ertragen. Doch du bist auch kleiner als die anderen Menschen – weniger wert als ein Tier!*

Es mußte einfach einen Weg geben, die Zwölf Städte Attikas in Eintracht zusammenzuschließen – dann konnte keiner von ihnen jemals wieder ein solches Leid zustoßen! Es mußte einen Weg geben!...

Das Schiff fuhr weiter nach Westen über das weindunkle Meer. Inseln lagen darin, so zahlreich, schien es, wie die Sterne am Nachthimmel. Die Amazonen staunten, in deren heimatlichem Nebelmeer es fast keine Insel gab. Eines Morgens erblickten sie endlich das westliche Festland, eine dunkle, gebirgige Masse. Sahen das hohe liebliche Säulenkap Sunion, das die Seeleute liebten. Wie ein Arm des Willkommens ragte es weit ins Meer hinaus: eine Landspitze, an deren weißen Stränden die kleinen Schiffe, welche die Menschen damals hatten, sicher landen konnten. Auf drei Seiten umschloß sie das blaue Meer, kräftiger leuchtend als Edelsteine, und darüber verströmte sich der blaue Himmel, in dem Wolken schwammen, weiß wie die hochgepeitschte Gischt tief unten. In den prächtigen Himmel stiegen Bergspitzen auf, stumme Nachbarn der stillen Wolken. Angesichts all dieser Schönheit hielten selbst die Amazonen, die an die höheren Berge des Ostens gewöhnt waren, voller Bewunderung den Atem an.

Sie gingen an Land. Theseus und seine Männer knieten nieder und küßten die gute griechische Erde, wie heimkehrende Männer vielleicht das Antlitz einer Mutter küssen. Auch die Amazonen knieten nieder, um sie zu küssen. War es auch keine Heimaterde, so war es doch die Brust der Erdmutter.

Darauf stiegen alle zur windigen Höhe hinauf, und ein Priester, dessen früher einmal weißes Leinengewand jetzt vergilbt und fadenscheinig war, brachte einen alten, schwarzen Stier herbei, damit Theseus ihn Poseidon opfern konnte. Das Heiligtum war nun ein armseliger Ort, seit es den Festlandbewohnern verboten war, Schiffe zu besitzen. Die Göttin hatte einen kleineren, älteren Altar, und man gab den Amazonen eine Gans, um sie darauf zu opfern. Sie waren nicht erfreut; eine flüsterte Antiope zu: »Herrin, das ist nicht recht.« Sie erwiderte: »Ich weiß. Die Göttin sollte vor allen anderen Göttern verehrt werden. Aber es wird Zeit brauchen, die Dinge hier in Ordnung zu bringen.«

Dann hob Theseus die Arme zum Himmel und betete. »O Poseidon, Herr aller Dinge! Du, der Du Mutter Erde in Deinen gewaltigen Armen hältst und sie fruchtbar machst. Du, von dem alle Feuchtigkeit stammt, die Naßheit des Salzmeers, der Seen und Flüsse und auch jene heilige Flüssigkeit, die den lebenspendenden Gliedern der Stiere und Männer entströmt. Wir danken Dir, heiliger Erzeuger, der Du uns sicher heimgebracht hast zu unseren Freunden und Verwandten.«

Die Amazonen jedoch kehrten nicht heim zu Freunden und Verwandten. Sie zogen in eine fremde Stadt, voll von Fremden. *Und dort müssen wir leben, bis der schwarze Tod uns ereilt!* Sie drängten sich um Antiope zusammen wie kleine Mädchen um ihre Mutter. Diese lächelte, versuchte sie aufzuheitern, indem sie sich an ihre Bestimmung erinnerte. »Mädchen, die Göttin will es.«

Doch als man aus der Stadt einen Streitwagen für Theseus brachte und sie neben ihm hinter den Pferden stand, deren Zügel er hielt, kamen ihr ihre Hände sonderbar leer vor. Nie zuvor, seit ihren Kindertagen, hatte sie in einem Streitwagen oder Einspänner gestanden, den sie nicht selbst gelenkt hatte. Doch nun war er der Lenker, und sie konnte keinen Einspruch erheben. Sein Volk erwartete, daß er als stolzer Wagenlenker heimkehrte, und sie, eine Königin, wußte sehr wohl, wie wichtig es für jeden Führer war, Eindruck zu machen.

# Drittes Buch: Athen

1. KAPITEL/DIE AMAZONEN BEGEGNEN DAMEN – Der alte König Aigeus weinte vor Freude, als er seinen Sohn wiedersah. Als Theseus ihn in den Armen hielt, fühlte er die erbarmungswürdige Gebrechlichkeit und Kraftlosigkeit des alten Körpers. Im vergangenen Frühling war er kräftig gewesen. Auch konnte der König nur noch verschwommen sehen. Dann gewahrte Aigeus die sieben in Umhänge gehüllten Fremden, die wartend hinter seinem Sohn standen, großgewachsen und soldatisch. Antiopes stolzes, edel geformtes Haupt zog seinen Blick an, obgleich ihr Umhang nicht prächtiger war als die der anderen.

»Kind, ist das der Sohn eines freundlichen Königs, der dir auf deinen Reisen Gastfreundschaft gewährte? Er ist sehr schön.«

Theseus lächelte stolz: »Vater, das ist kein Gast, sondern meine Königin, die bereits mit deinem Enkelsohn schwanger geht.«

Da lachte und lachte der alte Aigeus. »Freude sei mit euch, meine Kinder! Bekommt eure Kinder, so rasch ihr könnt – ich kann nicht genug Enkelsöhne haben, und es kann mir nicht schnell genug gehen.«

Er machte viel Aufhebens um Antiope und schlurfte schließlich zu den Schatzkammern, um die goldenen Schlangen zu suchen, mit denen von altersher jedes Königskind geschmückt wurde, das im hohen Hause Erechtheus' geboren wurde. Antiopes Amazonen wurden unruhig; sie waren müde und verschwitzt, und es verlangte sie nach einem Ort, wo sie ihre Kleider abwerfen und ein Bad nehmen konnten. Ein Mädchen kicherte: »Der alte Mann tut so, als würdest du das Kind schon heute nacht bekommen, Königin.« Doch zu ihrer Überraschung erwiderte Antiope leise: »Ich hätte nichts dagegen, wenn mein zweites Kind ein Knabe wäre.« Theseus' unumstößlicher Glaube, daß sie mit seinem Sohn schwanger ging, verwirrte sie immer, doch nun verspürte sie ein plötzliches Verlangen, diesem alten Mann eine Freude zu machen, den die Jahre wieder in ein Kind verwandelt hatten und der offensichtlich nicht mehr lange zu leben hatte.

Bald drangen Geräusche aus der Schatzkammer; Aigeus

konnte die goldenen Schlangen nicht finden. Auch Theseus, der ihm zu Hilfe kam, suchte erfolglos. Schließlich fand Antiope sie. Was sie außerdem entdeckte, waren Schmutz und Unordnung, wie sie sie in ihrem ganzen Leben noch nicht gesehen hatte. Trotz all ihrer Zauberkünste war Medea keine gute Hausfrau gewesen. So zogen denn die Amazonen wieder in einen Krieg, der tagelang dauerte. Sie brachten die feisten, faulen und nachlässigen Diener auf Trab, die betrübt erkennen mußten, daß die Tage des Müßigganges vorüber waren. Jedes Stück, das sich bewegen ließ, wurde bewegt, alles, was sich scheuern ließ, wurde gescheuert, alles, was glänzen sollte, wurde poliert. Ecken, die seit dem Tod von Aigeus' letzter griechischer Frau ungestört geblieben waren, enthüllten ihre häßlichen Geheimnisse. Theseus und Aigeus strahlten. Alles in allem waren Amazonen doch richtige Frauen.

Die Amazonen aber dachten: *Das kommt dabei heraus, wenn man Männer herrschen läßt.*

Doch ein Platz, dem man harte Arbeit gewidmet hat, wird für freie Frauen zu einer Quelle des Stolzes und so gewissermaßen zu ihrem Eigentum. Die Amazonen fühlten sich an diesem Tag wie zu Hause und als Besitzerinnen aller Dinge, die sie überschauten, als sie schließlich zwischen den nun glänzenden Säulen hervortraten, die wie Frauenkörper geformt waren, die die Jungfrauen genannt wurden – um Medea eine Freude zu machen, hatte Aigeus sie vergolden lassen – und die mit schlanker, anmutiger Kraft das Dach der südlichen Vorhalle trugen. Sie wollten einen Blick über dieses fremde Land werfen, das nun das ihre sein sollte. Doch der Türhüter an den großen Haupttoren der Akropolis weigerte sich, sie hindurchzulassen.

»Herrin, ich wage es nicht!« Zitternd, doch entschlossen trat der alte Mann Antiope entgegen. »Die beiden Könige würden mir zürnen.«

»Warum?« fragte Antiope erstaunt.

»Laß uns den alten Narren töten, Königin.« Die Worte, in gebrochenem Griechisch gesprochen, waren ein halber Scherz, freilich nur ein halber. Sechs Hände hatten nach sechs

Messern gegriffen. Der alte Türhüter verstand und zitterte noch stärker.

»Herrin, fragt euren Herrn. Bitte fragt ihn!«

Antiope ging zum Palast zurück und tat es. Theseus sagte ungerührt: »Die Damen von Athen gehen niemals zu Fuß aus.«

Das verschlug ihr zunächst den Atem. »Und warum?«

»Es gehört nicht zum guten Ton.«

»Warum nicht?«

»Es gehört sich einfach nicht. Es ist etwas für Dirnen, die darauf aus sind, Männer in ihre Betten zu locken.«

»Dann gib uns Pferde. Amazonen können nicht in Häusern leben wie Mäuse in ihren Löchern.«

Theseus sagte: »Du kannst einen Streitwagen haben. Damen fahren damit.« Doch eilig setzte er hinzu: »Wenn auch nur in friedlichem, besiedeltem Gelände. Sei vorsichtig, Liebe – denk an das Baby.«

»Ein Streitwagen ist zu klein für uns alle. Gib uns Pferde.«

Theseus hatte haarsträubende Visionen von schnellen, anstrengenden Ritten, ja sogar von Wettrennen. Von einem Sturz, bei dem Antiope sich vielleicht schwer verletzen und mit Sicherheit ihren Sohn verlieren würde. Er sagte: »Ein großer Wagen wird sieben Frauen fassen. Laß mir Zeit, damit er bemalt und ausgeschlagen werden kann, wie es sich ziemt – würdig meiner Königin.«

»Heute werden wir ihn unbemalt benutzen. Wir müssen hinaus, den Wind spüren.«

Endlich führte man sie zu einem Wagen, der dick mit feingegerbten Ziegenfellen gepolstert war. Ihm waren zwei fette, gestriegelte alte Stuten vorgespannt – Theseus war klug genug zu wissen, daß sie Maultiere, die üblicherweise diese Wagen zogen, auf der Stelle zurückweisen würde. Antiope warf nur einen Blick auf die Gäule und einen zweiten auf die Reitknechte. »Weg mit diesen mehrfachen Großmüttern und bringt mir etwas, das galoppieren kann!«

»Herrin, der König hat dieses Gespann selbst ausgesucht –«

Es war Zeit, sich zur Wehr zu setzen. Antiope wußte und tat es.

»Ich werde später mit dem König sprechen. Jetzt zeigt mir die übrigen Pferde.«

Die Pferdeknechte sagten, das könnten sie nicht, taten es aber doch. Schließlich entschied sich Antiope für zwei lebhafte, halbzahme junge Tiere, weiß wie Milch; auf keinen Fall hätte Theseus dieses Gespann für geeignet gehalten, um eine schwangere Frau damit ausfahren zu lassen. Diese Tiere konnten denen nicht das Wasser reichen, die ihr Volk so lange und sorgsam in Themiskyra gezüchtet hatte, doch es waren echte Pferde. Als sie aus der Akropolis fuhr, dachte sie tief betrübt daran, daß dies fortan ihre einzige Art zu reiten sein würde, bis Theseus Kreta erobert hatte und sich mehr gute Pferde leisten konnte. Denn sie würde nicht eher auf ein Pferd steigen, bis jede ihrer Amazonen wieder über ein gutes Pferd verfügte.

*Doch zumindest bin ich dir treu, meine goldene Chrysippe, die du so weit fort bist. Vermißt du mich noch?*

Nur der König und wenige hohe Beamte seines Hofes wohnten auf der Akropolis. Selbst die Edlen, die Eupatriden, und die noch stolzeren Angehörigen der Priesterkasten der Butaden und Eteobutaden, die mit dem König verwandt waren, hatten ihre Häuser in der mauerlosen unteren Stadt. Die Amazonen fuhren zwischen weißen Häusern dahin, deren hochliegende Fenster und tiefe Vorhallen sich in undeutlicher Schwärze vom Mauerweiß abhoben. Der goldene Nachmittag lag in großem Schweigen da; vermutlich schliefen alle Hausbewohner. Nach den Maßstäben der Amazonen war die Hitze hier noch sehr stark, obgleich im fernen Themiskyra inzwischen kühle Herbstwinde wehen mochten. Doch den Fremden kamen alle diese Fenster wie schwarze lauernde Augen vor. Auch hier gab es einen Bienenstock, dachte Antiope; er war ungeheuer verschieden von ihrem eigenen, doch auf seine Weise ebenso streng, ja grausam eingerichtet. Mit Frauen, auf jede Weise verkümmert und verkrüppelt durch die Lebensweise, die man ihnen aufgezwungen hatte. Alle diese Frauen, die sich gewünscht haben mußten, ihre Töchter in Theseus' Bett zu sehen, alle die Töchter, die sich gewünscht haben mußten, darin zu liegen. Und sie hatte ihnen die Beute weggeschnappt, sie, die keine Einheimische, sondern eine Fremde war. *Göttin, Herrin, hilf mir, daß sie mich nicht hassen! Das würde Dein Werk verzögern.* Doch niemand kam ans Fenster, um ihr zuzulächeln, wie das Volk in Chattusa es getan hätte, um eine neue Königin vorbeireiten zu sehen. Mochte man auch neugierig auf sie sein, so hieß man sie dennoch nicht offen willkommen. Ungeachtet ihrer Beherztheit, waren die Amazonen schreckhafte Geschöpfe; es fiel ihnen schwer, nicht über die Schultern zu blikken in das leere, goldene Schweigen, in die schwarzen Schattenlöcher...

Als die Häuser hinter ihnen lagen, atmeten sie freier. Da fuhren sie schneller, so rasch sie konnten, erfreuten sich gar an dieser armseligen Geschwindigkeit und lachten, als der Wagen unter ihnen holperte und rüttelte. Sie hatten bis jetzt nicht gewußt, wie sehr sie die Geschwindigkeit vermißt hatten. Und sie waren wirklich traurig, als ihnen klar wurde, daß sie umkehren mußten. Die Zeit war schneller gelaufen als die Pferde; bald würde im Hause von Erechtheus das Abendessen aufgetragen werden.

Auf dem Rückweg erblickten sie endlich eine athenische Frau, eine Dame auf einem Balkon. Ihr Gewand hatte eine Wespentaille, die großen, glockenförmigen Röcke reichten bis zu den Füßen, und das enganliegende Oberteil ließ die vergoldeten Warzen ihrer Brüste frei. Antiope lächelte und winkte, doch die Dame drehte sich um und schritt mit hocherhobenem Haupt ins Haus zurück. »Sie tut so, als hätten wir einen üblen Geruch an uns«, sagte eine der Amazonen. Doch Antiope, die sich umschaute, begriff plötzlich: Bis jetzt hatte sie einem so selbstverständlichen Anblick keine Beachtung geschenkt; ihre Mädchen standen im Wagen, und für eine weißhäutige Dame mußte das in der Tat ein schrecklicher Anblick gewesen sein.

Als sie zu Hause angekommen war, trat Theseus ihr entgegen, als sei nichts geschehen, und sie brauchte nicht lange zu rätseln, warum. Die Reitknechte hatten nicht gewagt, ihm zu erzählen, was sie getan hatte, aus Furcht, er könne zürnen, weil sie sie nicht daran gehindert hatten. Doch später erzählte sie es ihm selbst, und wieder sah Theseus Stürme voraus und gab klein bei. Sie würde vernünftiger sein, wenn das Kind geboren war, sagte er sich; außerdem konnte er sich eines leichten Mitgefühls für sie nicht erwehren; auch er liebte schnelle Ritte und offenes Gelände.

Doch er warnte sie noch einmal. »Sei vorsichtig, Liebste. Denk an den, den du in dir trägst.« Und Antiope erwiderte: »Amazonen sind niemals unvorsichtig. Von Kindesbeinen an wird uns beigebracht, wie wertvoll Töchter für unser Volk sind. Und im übrigen: ich will unser Kind haben – ich will unsere Tochter!« Sie warf die Arme um ihn, und in dieser Nacht vergaßen sie alle merkwürdigen, unterschiedlichen Bräuche und alles andere, das die menschliche Welt in Unruhe versetzt.

Während der nächsten Wochen lernten die Amazonen Attika recht gut kennen. Sie machten einen Ausflug in die grünen Eichenwälder des nachtigallenreichen Kolonos, wo Theseus später den wandernden geblendeten Oedipus willkommen heißen sollte, ihn, dem kein anderer griechischer König wegen des Fluchs, der auf ihm lag, Schutz anzubieten wagte. Sie erklommen die steilen Hänge des Lykabettos, der dunkel und gewaltig über der Akropolis aufragte, eine Pyramide, die nicht von Menschenhand errichtet war; auch die purpurnen Hänge des Hymettos, berühmt für seinen Honig, und sie lauschten dem Summen der Bienen. Sie waren überrascht, daß der Imker die Bienenkönigin »er« und »König« nannte, doch solche Narreteien waren wohl bei einer Rasse natürlich, die glaubte, alle Herrscher müßten Männer sein. Sie sahen das hohe Gebirge Pentelikon, das später wegen seines goldweißen Marmors berühmt werden sollte, und den von hohen Tannen bewachsenen Parnassos. Sie sahen die kleinen, niedrigen Hügel rund um Athen: Pnyx und Areopagos, den Hügel der Nymphen und den Hügel der Musen.

Sie lernten auch, wie viele Orte sie nicht aufsuchen und wie viele Dinge sie nicht tun durften, weil sie Frauen waren. Sie konnten sich den jungen Männern bei deren anmutigen Spielen und Wettrennen nicht zugesellen. Sie durften die Agora, den Marktplatz, nicht betreten und die vielen Dinge, die es dort gab, nicht anschauen oder kaufen. Sittsame Frauen gingen nicht zur Agora; Kaufleute, die Waren hatten, die für die Damen des Palastes angemessen waren, brachten sie ihnen dorthin. Und wenn Männer Aigeus und seinen Sohn aufsuchten, um Bittschriften zu überreichen oder in öffentlichen Angelegenheiten Rat einzuholen, dann durften die junge Königin und ihre »Zofen« nur Kuchen und Wein zur Erfrischung hereintragen. Keine Frau durfte dableiben und zuhören, geschweige denn sich am Gespräch beteiligen.

Antiope erkannte, daß sie die Freiheit hatte, sich selbst zu vergnügen, mehr nicht. Hausarbeit und harmloser Zeitvertreib – das waren die einzigen Dinge, die einer Frau zu tun blieben. Sie fühlte sich gefesselt und zum Narren gehalten; sie kam sich vor wie ein Schwert, das an der Wand verrostet.

»Möglicherweise arbeiten Amazonen zuviel«, sagte sie zu Theseus, »aber noch schlimmer ist es, zu wenig zu tun zu haben. Gibt es denn nichts, was Frauen hier außerhalb eines Hauses tun können, außer herumzufahren und sich Dinge anzuschauen? Nichts, was wichtig ist?«

»Doch«, antwortete Theseus. »Sie können die Wäsche waschen. Alle Frauen von Athen, ob reich oder arm, gehen mit ihrer Wäsche hinunter zum Fluß Ilissos.«

Antiope öffnete den Mund und schloß ihn wieder. Wäschewaschen war also wichtig, wenn auch nicht in der Art, wie sie gedacht hatte. Es war jedenfalls eine Möglichkeit, mit den Frauen Athens zusammenzutreffen und mit ihnen zu sprechen ...

Doch dann hörte sie, daß die Thesmophoria bevorstanden, das Fest der Ersten Aussaat, weil am Mittsommertag in Athen das Neue Jahr begann. Drei Tage und drei Nächte lagerten sogar die vornehmsten Frauen Athens im Freien und erlaubten keinem Mann, sich ihnen zu nähern. Die Amazonen waren entzückt. Dies war das einzige Mal, wo selbst diese Frauen den alten Bräuchen folgten, ihre Männer ausschlossen und die heiligen Handlungen selbst vornahmen, die das Korn wachsen ließen. Sogar die alte Alexandra machte sich auf, die bejahrte Gattin eines der wenigen hohen Beamten, alt wie Aigeus, die auf der Akropolis wohnte. Sie hatten sie für zu schwach gehalten und für zu alt, um an etwas Interesse zu haben – und in der Tat hatte sie ihnen wenig Aufmerksamkeit geschenkt. Doch nun unternahmen sie einen neuen Versuch, freundlich zu ihr zu sein.

»Wir möchten mit dir gehen, Großmutter«, sagte Antiope. »Die Ernte in unserer neuen Heimat geht auch uns an.«

Die alte Dame zögerte, doch nicht lange. Sie konnte immer noch sagen, sie habe sich gefürchtet, die ungebärdigen Frauen hätten sich ihr aufgedrängt, aber sie konnte sie auch zur Schau stellen. Und die meisten Frauen waren neugierig auf sie. Doch sie sagte bestimmt: »Ihr müßt lange Kleider tragen. Kleidet euch sittsam, damit die Zwei Königinnen nicht gekränkt werden, die Mutter und die Jungfrau, in deren Macht alles Wachstum steht.«

Antiope war nicht der Ansicht, daß die Göttinnen gekränkt sein würden, doch sie beschloß – zu Theseus' großer Erleichterung –, daß sie und ihre Mädchen lange losefallende Gewänder tragen würden, so wie Priesterinnen es taten. Religiöse Tabus mußten respektiert werden. »Seid auf der Hut«, warnte er sie immer wieder. »Bei den Thesmophoria verwandeln sich die Frauen – eine Verwandlung, die fast zur Verrücktheit führt. Früher mußten Männer sterben, die bei ihren Zeremonien spionierten.«

Antiope lächelte. Heutzutage waren sie gewiß keine Tigerinnen mehr, diese schwachen, albernen Nicht-Frauen ...

Der erste Tag der Thesmophoria wurde »Der Aufstieg« genannt. In der grauen Morgendämmerung stahlen sich alle Frauen still aus ihren Häusern. Viele grüßten die alte Alexandra, doch nicht die Amazonen, die schweigsam hinter ihrer Sänfte herschritten. Sie gelangten an den geheiligten Bezirk der Zwei Königinnen, und alle Sänften mußten zurückbleiben. Von dort an halfen Verwandte und Sklavinnen den Schwachen; die Amazonen stützten Alexandra.

Flammenhell ging die Sonne auf, doch drei Frauen entzündeten drei Fackeln und steckten sie in eine Rinne vor dem düsteren Spalt, der, wie es hieß, zu den Gemächern der Zwei

Königinnen in der Unterwelt führte. Die Krone der Mutter auf dem Haupt, nahte Ihre Priesterin, gekleidet in strahlend erglühendem Scharlach, rot wie frisch vergossenes Blut. Drei Damen traten zu ihr, von denen jede ein fettes Ferkel trug, mit Mohnsaft derart betäubt, daß es weder quieken noch sich winden konnte. Einer übergab der Priesterin das Opfermesser aus Feuerstein, denn diese Riten gingen auf eine Zeit zurück, in denen man den Gebrauch der Metalle noch nicht kannte. Die Dame hielt ihr Schwein über die Rinne, und darauf schnitt sie ihm die Kehle durch. Doch der Schnitt war nicht tief genug gewesen; das aus der Betäubung erwachte Schwein strampelte und schrie erbärmlich. Nach zwei weiteren Schnitten verendete es, und sein Blut bespritzte das Gewand der Dame.

»Eine Amazone hätte es beim erstenmal töten können«, murmelte eine.

»Ohne so viel Umstände oder Getue.«

»Wir sind es gewohnt, die Tiere zu töten, deren Fleisch uns ernährt«, sagte Antiope, um Gerechtigkeit bemüht. »Vermutlich ist dies der einzige Tag im Jahr, an dem eine dieser Damen jemals etwas tötet, das größer ist als ein Käfer.«

Darauf trat die Dame, in der einen Hand einen verhüllten Korb, in der anderen den baumelnden, tropfenden Kadaver des Ferkels, durch den dunklen Spalt und verschwand. Als die Frauen sie hinabsteigen sahen, stöhnten sie ehrfürchtig auf. Eine zweite Ferkelträgerin empfing das Opfermesser. Sie hob es empor, und wieder stöhnten alle, doch diesmal war es ein weiches, verzücktes Wehklagen: »*Ai – ai*!« Allzu viele Augen glänzten in heftiger Spannung.

Das zweite Ferkel blutete und starb, dann das dritte, beide zu ungeschickt und langsam abgestochen. Zwei weitere Damen verschwanden in der Dunkelheit des Spalts. Andere folgten ihnen, Körbe mit Kuchen tragend, doch sie kamen bald wieder hervor. Die Ferkelträgerinnen tauchten nicht wieder auf. »Was treiben sie?« flüsterte eines von Antiopes Mädchen, doch diese konnte ihr nur bedeuten zu schweigen. Eine sonderbare lastende Ruhe war eingetreten; bald verwandelte sie sich in jene tiefgoldene, überhelle, reglose Stille, die durch Jahrhunderte Menschen an einsamen Orten den Dämon des Mittags fürchten ließ.

Da öffnete sich plötzlich die Menge; man hörte, wie alle mit einem Mal scharf den Atem einsogen. Vier junge Mädchen sprangen auf den abgetretenen Heideflecken vor der Rinne. Ihre weiten Röcke blendeten das Auge wie große goldene Glockenblumen, und bei jeder ihrer Bewegungen funkelten die dünnen, zarten Flitterplättchen darauf. Sie trugen Körbe; sie bückten sich und richteten sich wieder auf, während sie sich im Kreis bewegten. Jedesmal umschloß die erhobene Hand sorgsam einen Gegenstand, den es nicht gab – ein Nichts, das ihnen bewundernde Ausrufe entlockte und das sie scheinbar in den Korb tat. Die alte Alexandra lachte leise, dann sagte sie erklärend zu den verwunderten Amazonen: »Sie stellen die Jungfrau und Ihre Mägde dar, die kommen, um Blumen zu pflücken, wie Sie es an jenem Tag machten, als der Tod zum erstenmal in die Welt kam. Als der Dunkle Herrscher Sie ergriff, der alle Könige unterwirft.«

»Welche von ihnen ist die Jungfrau?« fragte Antiope.

Wieder das unheimliche, hämische Lachen. »Die Priesterin weiß es. Keines der Mädchen weiß es. Jedes möchte es gern wissen – ja, nur zu gern.«

Die Amazonen strafften sich. Eine sagte sehr leise zu Antiope: »Gewiß werden sie der Göttin keine *Frau* opfern?«

»Ich fürchte doch. Theseus sprach davon, doch ich hoffte, daß er sich irrte. Männer glauben immer an die wilden Geschichten, die man sich von den geheimen Riten der Frauen erzählt.«

»Doch wie kann er herkommen – der Tod – wenn es doch keinem Mann erlaubt ist?«

Die Antwort war ein plötzliches gellendes Pferdegewieher. Die vier Mädchen ließen ihre Blumenkörbe fallen und schrien. Die Menge wimmerte. »Aidoneus! Aidoneus! Er kommt – der Unsichtbare. *Ai–ai*! Wehe der Jungfrau!«

In dem Durcheinander schien es, als rolle ein riesiger Wagen auf sie zu. Sie konnten das Knallen von Peitschen hören, das schwerfällige Rollen klobiger Räder, die Schmerzensschreie der Pferde. Und die Amazonen begriffen, daß mit Peitschen geknallt, auf mächtige Metallplatten gehämmert wurde und daß die Frauen darin geübt sein mußten, das Wiehern der Pferde nachzuahmen, doch sie erfuhren nie, auf welche Weise all diese Geräusche erzeugt wurden.

Die vier Mädchen flohen in alle Richtungen, und ihre leuchtenden Gewänder flammten auf wie Blitze. Sie wandten und drehten sich, schlugen Haken wie Hasen und suchten wie rasend nach einem Weg, zu entkommen. Manchmal schien sich eine Gasse zu öffnen, doch jedesmal sah sich das flüchtende Mädchen einer Mauer dicht gedrängter Leiber gegenüber, die ihm den Weg in die Freiheit versperrten. Immer noch stiegen kreischende Klagelaute auf, nun eher aus Schadenfreude, denn aus Furcht: »Aidoneus! Aidoneus! *Ai–ai*!«

Schließlich ließ man ein Mädchen ausbrechen. Es verschwand, und unmittelbar danach folgte ihr ein zweites, dann ein drittes. Das vierte und letzte Mädchen blieb als einziges zurück, quiekte wie eines der geschlachteten Ferkel und begann zu schluchzen, während es rannte...

Dann schlossen sich die lebenden Mauern mit einem mächtigen jauchzenden Aufschrei, der aus allen Kehlen zu kommen schien. Trotz der langen Gewänder, die sie hinderten, schienen die Frauen mit der Geschwindigkeit von Jagdhunden zu laufen. Ihre Schreie waren gierig und grausam wie Hundegehechel. Die Amazonen rannten mit den anderen vorwärts, doch gaben sie wohl acht, sich nicht in die vorderste Reihe zu drängeln, nicht unter denen zu sein, welche die lebende Jagdbeute stellten. Sie wußten nur, daß das Mädchen am Ende in den Spalt geworfen oder getrieben wurde. Schrei auf Schrei stieg aus ihren Tiefen auf, qualvolle Schreie des Schmerzes und der Angst. Bis der Schmerz sogar die Angst besiegte und dann selbst erstarb.

Im roten Zwielicht kamen die drei Ferkelträgerinnen aus der Spalte gestolpert, mit grauen Gesichtern und eingefallenen Augen. Eine strauchelte, fiel auf die Knie und erbrach sich. Sogleich kamen Frauen, um sie zu umarmen und zu trösten.

Einige nahmen ihnen die schweren Körbe ab, und andere brachten ihnen heiße Suppe und Wein.

»Was haben sie während der ganzen Zeit da unten gemacht?« fragte eine Amazone erstaunt.

»Sie haben die Ferkel zerteilt. Und das Mädchen.« Antiopes Stimme war grimmig. »Und sie haben auch die *pithoi* geöffnet, die hohen Krüge, in denen die Tote des letzten Jahres aufbewahrt wurde. Sie schöpfen den stinkenden Unrat heraus, um Platz für frisches, blutiges Fleisch zu schaffen. Jeder Bauer schickt ein wenig von seinem Saatgut her, damit es mit dem Fleisch des letzten Jahres vermischt werden kann. Dessen Heiligkeit – die des Fleisches der Jungfrau – soll seine Felder fruchtbarer machen.«

»Was haben die Ferkel damit zu tun?«

»Schweine sind heilig. Ihr Fleisch ist vom Fleisch der Jungfrau.«

Die Amazone verzog das Gesicht. »Der Gestank da unten in den finsteren Höhle muß die Schlächterinnen fast erstickt haben. Warum gehen sie mit dem frischen Fleisch nicht auf die Felder?«

»Das ist nicht Brauch. Und diese drei gehen ein großes Wagnis ein, oder glauben es zu tun. Die Hüterinnen der Höhlen, große Schlangen, die sich beim Geruch des frischen Blutes nähern, würden ihnen das Fleisch entreißen, wenn die Körbe mit Kuchen sie nicht für eine Weile abhalten würden.«

»Und wir haben diese Frauen für weich gehalten!«

»Pst!« Antiope deutete auf die alte Alexandra, die nun erschöpft vor sich hindöste. Es ist besser, dachte Antiope, nicht zu offenherzig zu sprechen, selbst nicht in einer Sprache, welche die alte Dame nicht verstand.

Sie fügte rasch hinzu: »Es sind nicht ihre eigenen Töchter, die sie für diesen Zweck verwenden, sondern Sklavenmädchen, die ihre Herrinnen bestohlen haben. Sie glauben, daß die drei Überlebenden nach diesem Erlebnis sich bessern und nie mehr stehlen werden.«

»Warum sollen Sklaven nicht stehlen?« schnaubte eine Amazone. »Schließlich hat man sie selbst gestohlen.«

Antiope sagte: »Sie sind alle miteinander Sklavinnen. Die sogenannten Herrinnen haben ihr Leben lang Herren gehabt. Sie müssen bis zum Platzen angefüllt sein mit Wut und Schmerz, so sehr sie sich auch bemühen, ihre Gefühle vor sich selbst zu verbergen. Wenn sie für eine kurze Zeit Macht bekommen, werden sie rasend.«

»Aber warum die falschen Leute töten? Frauen sollten ihresgleichen keine Schmerzen zufügen. Sie könnten sich irgendwie einen Mann beschaffen – einen Sklaven kaufen und ihn einschmuggeln.« Die Sprecherin war zutiefst entsetzt. Amazonen hatten große Achtung vor allen Geschöpfen, die gebären konnten, vor allen, deren Gestalt der der Göttin ähnelte.

»Wie kann man von Kranken Vernunft erwarten?« Sie waren alle krank, sagte sich Antiope, verblendet und verdorben durch jahrhundertelange Versklavung. Man mußte sie lehren, wieder klar zu denken.

Die Nacht brach an; Feuer wurden entzündet und Essen zubereitet. Die Dame Alexandra erwachte und aß so herzhaft, als habe sie ein schweres Tagewerk vollbracht. »Eßt tüchtig, Mädchen – stopft euch voll. Morgen ist Nesteia, ›das Fasten‹, wo wir mit der Mutter trauern.« Bald schlief sie wieder, sich ganz in ihre zahlreichen Decken einhüllend. Mit der Sonne war alle Wärme verschwunden, und nur wenige der verwöhnten athenischen Frauen verbrachten eine angenehme Nacht. Die Amazonen jedoch, an ein rauhes Leben gewöhnt, verbrachten eine fröhliche Zeit am Feuer, das sie an die Lagerfeuer früherer Zeiten erinnerte. Gleichwohl dachte Antiope vor dem Einschlafen: *Wenn Theseus Minos besiegt hat, wird er der mächtigste König sein, den diese Lande des Westens je gekannt hat. Alle Menschen werden ihn wie einen Gott verehren – er wird imstande sein, viele Dinge zu änderrn. Und außer daß er den Frauen Freiheit gibt, muß er Dingen wie diesen hier ein Ende bereiten – ich werde dafür sorgen!* Doch ihr Schlaf war traumlos; für ein fremdes totes Mädchen konnte sie nicht dieselbe Trauer empfinden wie für die Pferde, die vor dem Schwarzen Stein gestorben waren. Diese hatte sie gekannt und geliebt...

Der Morgen kam grau und öde, der richtige Beginn für einen

freudlosen Fastentag. Mit leeren Bäuchen und ausgetrockneten Lippen krochen die wohlhabendsten Frauen Athens über die kalte Erde, so wie einst Sie, die Herrscherin von Erde und Meer, sich bei Eleusis auf einem kahlen Felsen gewunden hatte. Die Mutter, um die Jungfrau klagend, wie jede sterbliche Mutter um ihr verlorenes Kind klagt. Den ganzen Tag lang beweinten Ihre Verehrerinnen Ihren Schmerz. In dieser Nacht durften keine Feuer entzündet werden, und frierende und hungrige Leiber streckten sich auf der kalten, harten Erde aus.

Doch am nächsten Morgen gab es wieder Feuer und Essen. Dies war der dritte Tag, der »Tag der schönen Nachkommenschaft«, der Tag der Freude und des Neubeginns. Alle waren wie Kinder, die lange an einem dunklen Ort eingesperrt waren und die man endlich hinausließ, um wieder in der Sonne zu spielen. Man küßte einander voller Freude. Zahlreiche Frauen kamen, um die alte Alexandra zu begrüßen, und einige erwiesen sogar den Amazonen ein wenig Freundlichkeit. Keine, so stellte Antiope rasch fest, die nicht gern alles über sie in Erfahrung gebracht hätte. Ungeduldige Fragen prasselten auf die alte Alexandra herab, die sich im Glanz ihrer neuen Wichtigkeit sonnte. Keine der Frauen schien auf den Gedanken zu kommen, daß das wilde Weib, die Fremde aus dem fernen Land, des Griechischen so weit mächtig sein könnte, um zu verstehen, daß von ihr die Rede war.

Bis Alexandras Schwester Theodora erschien, Gattin des Lykidas aus der Priesterkaste der Butaden, und Antiope schlau anlächelte. »Du hältst dich gut, Mädchen. Du bekommst eine Menge von dem mit, was über dich gesagt wird, doch du verrätst keinen Zorn. Obwohl du guten Grund dazu hättest.«

Antiope strahlte. Das war wahrhaftig ein Anfang! Vielleicht würde diese Frau ihre Freundin werden.

»Zeigte ich meine Gefühle, würde ich euren braven Frauen nur Furcht einjagen. Aber nicht ihre Meinungen ändern.«

Die alte Dame lachte leise. »Nun, Mädchen, es wäre verwunderlich, wenn wir dich lieben würden. Alle Hunde – sogar Hündinnen – haben nicht viel für den Hund übrig, der mit dem größten Knochen wegläuft.«

»Ich habe Theseus keiner anderen Frau weggenommen.«

»Doch – du hast ihn vielen Frauen weggenommen. Jede Mutter in Athen – es sei denn, ihre Tochter hätte eine Hasenscharte oder schielte – glaubt nun, daß ihre Tochter ihn gekriegt hätte, wenn du nicht gekommen wärst.«

»Hast du keine Töchter?«

»Keine. Fünf stattliche Söhne, Artemis sei Dank, die uns bei der Geburt beisteht! Und drei haben inzwischen selbst Söhne.«

»Du bist glücklich zu schätzen«, sagte Antiope höflich. Sie dachte: *Wie kann diese Frau so denken? Nicht eine einzige Tochter!*

Doch die alte Theodora machte rasch ein verstohlenes Zeichen, um den Bösen Blick abzuwehren. »Sprich niemals so, Kind! Die Götter zerschmettern die Stolzen. Doch du selbst, wenn du Theseus einen schönen Jungen schenkst und dieses stille, damenhafte Betragen beibehältst, kannst zu Ehren kommen. Wenn du auch niemals seine rechtmäßige Königin sein wirst.«

Antiope fuhr zusammen. Die alte Dame hatte sie aus Geringschätzung »Mädchen« genannt, nicht aus Freundlichkeit, mit der eine ältere zu einer jüngeren Frau spricht. Unverhüllte Überraschung – nicht Furcht – ließ sie sagen: »Aber warum kann ich nicht Theseus' Königin sein? Er sagt, daß ich es bin. Und ich dachte, daß in Athen die Männer herrschen.«

Erneutes leises Lachen. »Das tun sie, Mädchen, in der Tat! Weil die Götter sie dazu ausersehen haben. Doch nur eine Athenerin kann Königin von Athen werden. Das Amt der Königin ist eine Ehre, welche die Götter uns Frauen von Athen vorbehalten haben, obgleich ihr Zorn gegen uns einst groß war.«

»Warum sollten die Götter zornig auf die Frauen Athens sein?«

Ein Schatten schien sich auf das Gesicht der alten Theodora zu legen. Sie sagte mit schwerer Stimme: »Früher saßen hier die Frauen zusammen mit den Männern im Rat. Und daraus erwuchs großes Elend. Heute schleudern die Männer es uns ins Gesicht, wie sie es den Großmüttern unserer Großmütter ins Gesicht schleuderten. So wie sie es noch den Enkeltöchtern unserer Enkeltöchter vorwerfen werden. Zu unserer ewigen Schmach und Schande.«

»Aber was geschah?«

»Kekrops kam, der große Lehrmeister und König von Kreta, der Schlangenkönig. Als er uns fand, lebten wir wie die Tiere auf dem Feld – jede Frau schlief mit jedem Mann, wann immer die Lust sie überkam, kein Kind kannte seinen Vater. Er führte uns in heiliger Ehe zusammen, einen Mann mit einer Frau. Er unterwies uns, die hohen Mauern der Akropolis zu erbauen, um uns vor den grausamen Plünderern zu schützen. Darauf sprach er: ›Nun habt ihr eine Stadt. Erwählt einen göttlichen Geist, sie zu beschirmen.‹ Und alle Männer erwählten Poseidon, den Erderschütterer und Erderhalter. Doch wir Frauen erwählten die Göttin Athene, die uns gelehrt hatte, zu pflanzen, zu spinnen und zu weben. Die uns die Olive geschenkt hatte, jene große Quelle der Nahrung und des Öls. Und weil wir die Männer um eine Stimme übertrafen, behielten wir die Oberhand.«

»Durch die Stimme einer verfluchten Frau – nur durch eine einzige! *Ai–ai*!« Mit einem furchtbaren Klagelaut brachen die Worte aus der alten Alexandra hervor. Auf irgendeine Weise, ungeachtet ihres beflissenen Geschwätzes, hatte sie zugehört und verstanden, sie, die zu alt war für die Anstrengungen und die Grausamkeiten der Thesmophoria. Und nun wiegte sie ihren Körper vor und zurück und weinte wie ein erschrecktes und unglückliches Kind. Theodora lief zu ihr und nahm sie in die Arme. Frauen umdrängten sie, Antiope argwöhnische Blicke zuwerfend. Wie ein Tier aus tiefem Schlaf erwachte und regte sich die Wildheit, die völlig versiegt gewesen zu sein schien, und sie verdüsterte den strahlenden Morgen.

2. Kapitel/Männer und Frauen – »Theodora, ich versteh das nicht.« Antiope blieb unbeirrt, kümmerte sich nicht um die anderen Frauen, sondern nur um die alte Dame. »Eure Vormütter haben für ihre Göttin gestimmt, wie es ihr Recht war, und folglich wurde Ihr Name eurer Stadt für alle Zeiten aufgeprägt. Was ist daran falsch gewesen?«

Die schrille Stimme einer anderen Frau gab ihr die Antwort: »Es brachte den Zorn des Gottes auf uns herab. Er sandte Seine Fluten, um uns zu vernichten – unsere Ernte, unser Vieh und viele Menschen unseres Volkes!«

Theodora, die ihre Schwester noch immer umfangen hielt, sagte traurig: »Niemals mehr dürfen Frauen zusammen mit den Männern im Rat sitzen, sie, deren übergroße Torheit erwiesen ist. Niemals mehr wird man Kindern die Namen ihrer Mütter, sondern nur die der Väter geben. So ist es, und so wird es bis in alle Ewigkeit sein.«

»Aber haben eure Vormütter nicht die Göttin angerufen?«

»Die Göttin selbst zürnte mit uns, Sie, die den Willen Ihres Vaters erfüllt hatte!«

Doch neben Antiope ertönte eine andere Stimme, grausam und bitter. »*Sie* kannte Ihre Pflicht! Sie sagte: Erwartet kein Mitleid von mir. Ich diene ganz und gar meinem Vater. Das waren Ihre eigenen Worte!«

»Das waren sie nicht!« Rasender Zorn ließ Antiope alle Vorsicht vergessen. »Verlogene Menschen legen Ihr diese Worte in den Mund! Niemals hätte die Göttin so niederträchtig jene im Stich gelassen, die Sie anbeteten.« Sie zwang sich zur Ruhe und versuchte vernünftig zu reden. »Denkt einmal nach! Eine solche Flut muß auch andere Küsten verwüstet und anderen Völkern Schaden zugefügt haben. Hätte ein gerechter Gott sie für etwas leiden lassen, was ihr Athener getan hattet? Wie können Götter ungerecht und doch Götter sein? Niemals hätte Poseidon so gehandelt. Er, der einer von Theseus' Vätern ist!« Sie war sich nicht ganz sicher, was sie von Poseidon dachte, doch sie sah, daß Zurückhaltung angebracht war.

»Er schickte die Flut!«

»König Kekrops sagte, daß Er es war – der erderschütternde Poseidon!«

»Kekrops, der weiseste, gottesfürchtigste der sterblichen Könige! Wagst du zu sagen, daß er log, barbarisches Weib?«

»Sie führt gotteslästerliche Reden, diese Ausgeburt der männerzerfleischenden Amazonen!«

Antiope kannte die brutale Stimme des Gesindels und sah,

daß sie selbst nahe daran war, zerfleischt zu werden. Doch sie war jung; ihr schien, daß die Wahrheit, war sie einmal ausgesprochen, nicht mehr zurückgenommen werden konnte.

»Ich sagte, denkt nach!« Ihre Stimme hob sich über das hündische Gekläff der Frauen. »Bei Sterblichen gilt Ungerechtigkeit als böse. Wie kann es bei Göttern anders sein? Ihr gabt eure Stimme ab, wie ihr es für recht hieltet – das Beste, was man je tun kann, Mann oder Frau – und dieser König hat euch um euer Recht geprellt! Wir müssen es zurückbekommen. Heute abend werde ich mit meinem Gatten sprechen; ihr anderen müßt mit euren Männern sprechen. Wir wollen diesen Tag zu einem wahren Tag des Neubeginns machen – zu einem Tag, an den man sich immer erinnern wird, als den der Wiedergeburt der Freiheit und der Ehre der Frauen von Athen!«

Schweigen; eine Stille wie ein Luftholen. Tief in einigen wenigen Köpfen mochte etwas in Bewegung geraten: Verwunderung, Betroffenheit, Fragen. Doch dann spien sie wieder Gift.

»Tötet sie, die Hexe! Den jungen König hat sie bereits verhext. Nun bringt sie den Zorn des Gottes wieder über uns – will uns zur alten Sünde verführen. Tötet sie! Tötet sie!«

Einige bückten sich, um Steine aufzuheben. Antiope erkannte, daß keine Vernunft diese tierische Raserei zügeln konnte. Nicht nur ihr eigenes Leben war in Gefahr, sondern auch das ihrer Mädchen. Sie rief mit kühler, klarer Stimme: »Freude sei mit euch, Frauen von Athen. Ich lasse euch in Frieden, oder was ihr dafür haltet.« Und sie wandte ihnen den Rükken zu. Sie durfte weder zu schnell noch zu langsam gehen – das wußte sie. Wenn ein Stein flog, würde ihm ein Hagel weiterer folgen. Ein Schritt, zwei – ihre Amazonen scharten sich dicht um sie. Drei, vier – nie hätte sie sich träumen lassen, daß Schritte ihr so lang erscheinen konnten. Fünf, sechs, sieben – jetzt wußte sie, daß keine Steine fliegen würden. Wußte auch um die Bitterkeit der Niederlage.

Der alte Aigeus hatte Angst. Wenn der Zorn des mächtigen Toten auf die Gattin seines Sohnes fiele, würde sein Enkelsohn nie das Licht der Welt erblicken. Theseus beruhigte ihn.

»Kekrops liebte Athen zu sehr, um seinen Königen ein Leid anzutun – er, der uns das Königtum brachte. Geschweige denn einem unschuldigen Säugling!« Soviel wußte er noch aus den Lehren des alten Pittheus; dann fügte er listig hinzu: »Ich glaube im übrigen nicht, daß meine Gemahlin auch nur die Hälfte der Dinge gesagt hat, wie diese närrischen Weiber behaupten.« Er war dessen alles andere als sicher, denn er kannte Antiope; doch die Torheit der Weiber ließ sich immer gut ins Feld führen – man konnte der Zustimmung aller Männer an allen Orten sicher sein.

Sogleich besserte sich Aigeus' Laune. Natürlich hatte sie das nicht gesagt – sie war ein gutes Mädchen, Antiope, eine prächtige Frau, die einen prächtigen Sohn gebären würde! »Doch wir müssen vor dem Grabmal des Kekrops ein großes Opfer darbringen – selbst wenn er die Verleumdungen gehört hat, wird das Blut von hundert Stieren seinem Zorn gewiß Einhalt gebieten.«

Als Theseus in dieser Nacht zu seiner Gemahlin ging, sagte er bloß: »Ich bin froh, daß du sicher heimgekommen bist. Du mußt einsehen, daß es zwecklos ist zu versuchen, die Frauen Athens zu ändern.« Sie war schwanger; wäre sie es nicht gewesen, hätte keine Vernunft ihn davon abhalten können, ihr zu sagen, daß er hoffte, sie sei nun endlich klug geworden – dies hoffte er tatsächlich. Antiope hatte ihre schwachen Seiten, wiewohl das Übrige diese bei weitem überwogen. Alles an ihr schien zusammenzupassen, so ähnlich wie die Blütenblätter einer Blume. Man mußte sie ändern, doch wie sollte das geschehen, ohne daß sie zuviel von dem Leben, dem Schmelz und Glanz einbüßte, die ihr eigen waren?

Antiope wünschte, er könne sie verstehen; daß sie nicht dazu in der Lage war, mit ihm über Dinge zu reden, die ihrem Herzen so nahe standen, gab ihr ein Gefühl der Einsamkeit. Doch gerade sein Mangel an Verständnis ließ seinen völligen Verzicht auf Vorwürfe um so freundlicher erscheinen. Und sie fühlte sich schuldig, weil so riesige Opfer vor dem Grabmal des Schlangenkönigs dargebracht werden mußten. Theseus hatte es bitter nötig, die ohnehin dürftigen Hilfsgüter Athens für seinen Krieg gegen Kreta zusammenzuhalten – und jetzt mußte er sie ihretwegen verschleudern. Was sie betraf, sie wäre glücklich gewesen, dem Geist des Kekrops entgegenzutreten – sie hatte das sichere Gefühl, daß sie ihn hätte verscheuchen können, so daß er mit eingeklemmtem Schwanz in die Hölle zurückgeflüchtet wäre.

Zu ihren Mädchen sagte sie nur: »Ich bin gerannt, wo ich hätte kriechen sollen. Beim nächsten Mal werde ich klüger sein.«

Doch in Wahrheit wußte sie nicht, was sie als nächstes tun oder womit sie anfangen sollte. Vielleicht war es besser, eine Weile abzuwarten und erst das Kind zur Welt zu bringen. Vielleicht sollte sie diesen verrückten Weibern Zeit lassen, sich abzukühlen? Auch ihr eigener Kopf würde dann klarer sein.

*Herrin, ich darf Dich nicht ein zweites Mal enttäuschen!*

Da überkam sie wie eine Morgenröte die Erinnerung an den blauen, lieblichen Ilissos. Sie sagte zu ihren Amazonen: »Wir wollen zum Fluß gehen und die Wäsche waschen. Das haben wir zu lange den Sklavinnen überlassen.«

Sie rechneten nicht damit, dort die vornehmen Damen anzutreffen. Diese schickten ihre Töchter zum Wäschewaschen – junge Arme und Rücken waren kräftiger. Außerdem waren die Jungen aufgeschlossener, weniger starr in ihren Ansichten ... und sie würden um sie werben.

Sehr höflich baten die Amazonen die helläugigen, zurückhaltenden Töchter Athens ihnen die besten Plätze zum Wäschewaschen zu zeigen. »Denn wir sind hier fremd und kennen diesen Fluß nicht.« Sie waren auf reizende Art darum bemüht, sich mit ihnen anzufreunden, ihren Rat einzuholen, um dann lauthals dessen Vortrefflichkeit zu preisen – seit jeher die beste Art, sich in der Welt Freunde zu machen. Verwundert erinnerten sich die jungen Athenerinnen daran, was ihre Mütter über diese angenehmen, freundlichen fremden Frauen gesagt hatten. Sie mußten sich geirrt haben: Eine Entdeckung, die für sie nichts weltbewegendes hatte. Die Jugend weiß immer, daß die Älteren Fehler machen können.

Außerdem waren sie neugierig auf diese anderen Mädchen,

die jung waren wie sie und von denen sie soviel gehört hatten. Amazonen und Athenerinnen arbeiteten zusammen, und setzten sich schließlich gemeinsam zu einem Imbiß nieder. Diese Mahlzeiten am Fluß waren die schönste Unterhaltung, welche die stets eingesperrten athenischen Mädchen kannten. Nach dem Essen spielten sie Ball und luden die Amazonen ein mitzuspielen. Diese spielten nicht übel; Antiopes Augen glänzten. *Ich kann richtige Frauen aus diesen Mädchen machen!*

Sie sagte: »Wir möchten euch ein paar Spiele zeigen, die wir in unserer Heimat spielen.« Die Athenerinnen wurden neugierig, die Amazonen holten Bogen und Pfeile hervor, stellten eine Zielscheibe auf und schossen darauf. Bald kreischten die Athenerinnen vor Freude, wenn das Ziel getroffen, oder stöhnten auf, wenn es verfehlt wurde. (Wären die Amazonen allein gewesen, hätte es nicht einen einzigen Fehlschuß gegeben, doch Antiope war schlau.) Dann luden sie die Mädchen ein, es selber zu versuchen. Einige zauderten, doch die meisten griffen kichernd und mit glänzenden Augen nach dem neuartigen Spielzeug. Zuerst verfehlten sie ständig das Ziel, doch die Amazonen waren geduldig und ermutigten sie, und gegen Abend hielten sich zahlreiche Athenerinnen für ordentliche Bogenschützinnen. Antiope war zwar anderer Ansicht, lobte sie aber. Glücklich kehrte sie zur Akropolis zurück, und ihr war beschwingt und leicht ums Herz.

Doch die athenischen Mädchen kamen spät nach Hause, und ihre Mütter wollten den Grund wissen. Die Töchter machten Ausflüchte und steckten die Schelte schweigend ein – auch die Jungen wissen, wie man Geheimnisse vor den Älteren bewahrt. Doch dann belauschte eine scharfohrige Mutter zwei Mädchen, die sich flüsternd unterhielten, und die Wahrheit kam ans Licht. Die Mütter waren entsetzt; ebenso die Großmütter, Tanten und verheirateten Schwestern. Beim Weitererzählen wuchs sich die Geschichte zum Drama aus; sie nahm so viele Gestalten an wie Periklymenos, der Prinz von Messene.

»Hast du gehört? Dieses wilde Weib hat unseren Mädchen beigebracht, wie man mit Pfeil und Bogen umgeht! Sie wollte sie dazu treiben, sich gegenseitig umzubringen!«

»Diese schrecklichen Amazonen sind über unsere Mädchen hergefallen, die am Fluß Wäsche wuschen, haben auf sie geschossen – und sie vertrieben!«

Bald hieß es, viele Mädchen seien getötet worden, doch niemand konnte je genau sagen, welche.

»Nein – sie hat sie nicht umgebracht, dieses wilde Weib. Sie hat versucht, sie zu verderben. Amazonen aus ihnen zu machen! Aus unseren Töchtern!«

»Sie hat versucht, sie zu bewaffnen – sie gegen den Palast zu führen!«

»Das überrascht mich nicht. Diese gemeine Hündin hat keinen Funken Dankbarkeit in sich. Nie hat sie es Theseus gedankt, daß er sie unter kultivierte Menschen gebracht hat – er verwöhnt sie wie eine rechtmäßige Ehefrau!«

Bald darauf war die Amazone selber tot. Theseus hatte sie in einem Akt der Selbstverteidigung töten müssen. Als er das hörte, lachte Theseus laut und ausgiebig. Aigeus ebenfalls. Seit die schrecklichen kretischen Schiffe mit ihrem entsetzlichen Tribut an Bord fortgesegelt waren, hatte es in Athen keinen solchen Wirbel gegeben, und dieses Mal, allen Göttern sei Dank, konnte niemand sagen, Minos sei die Ursache dafür.

Mit großer Genugtuung sagte sich Theseus, daß Antiope diesmal mit Sicherheit endlich klug geworden sein mußte.

Antiope wütete: »Wie können sie solche Dinge behaupten? Sie sind verrückt! Nichts in der Welt kann törichter sein als deine athenischen Frauen!«

»Das ist es, was ich versuchte dir klar zu machen, Liebste«, sagte Theseus. »Laß sie zufrieden; sie sind glücklich, so wie sie sind.«

»Sie sind es nicht, und ich will nicht zufrieden sein! Diese Mädchen haben gute Augen und gute Herzen und gute Hände. Sie sind prächtige Mädchen – man kann sie erziehen!«

Theseus und Aigeus wechselten Blicke. Es war am besten, eine schwangere Frau gewähren zu lassen. Bald würde sie selber herausfinden, daß sie nie wieder etwas mit diesen Mädchen anfangen oder für sie tun konnte.

So war es. Als sie beim nächsten Mal zum Fluß kam, erzählten ihr die Mädchen traurig, daß sie mit den Amazonen nichts mehr zu tun haben durften.

»Täten wir es doch, würden unsere Mütter uns schlagen. Sie sagen auch, wir würden nie Ehemänner finden, wenn wir so wild würden wie ihr.«

Als Antiope angesichts dieser schrecklichsten aller Drohungen nicht beeindruckt schien, fügten sie hinzu: »Auch unsere Väter sind wütend. Sie sagen, daß es viel zu gefährlich für uns ist, mit Pfeil und Bogen zu spielen – daß wir uns selbst verletzen könnten. Wir sind nicht die Töchter des Kriegsgottes Ares, wie ihr Amazonen.«

»Pfeil und Bogen richten bei euren Brüdern keinen Schaden an. Selbst ein Küchenmesser kann gefährlich sein, wenn man damit nicht umzugehen weiß.«

»Das ist etwas anderes. Unsere Brüder sind Männer.«

Darauf gab es nichts mehr zu erwidern. Antiope lernte, wie schwer es war, gegen Frauen zu kämpfen, die keine Waffen trugen.

Ohne Zweifel fürchteten die athenischen Mütter in Wahrheit um die Seelen und um die Körper ihrer Töchter. Auch die Väter waren vielleicht besorgt; weniger wegen der Ungeschicklichkeit der Mädchen im Umgang mit Waffen, sondern wegen neuer Gedanken, die vielleicht in ihren Köpfen entstanden. Sie wußten nicht genau, welche Gedanken dies waren, doch je weniger Gedanken Frauen entwickelten, desto besser war es. Antiope hätte sie ihnen einflößen können. Frauen, welche die Waffen der Männer handhaben konnten, würden rasch einen Teil der männlichen Verantwortung übernehmen und männliche Vorrechte beanspruchen.

Doch zumindest einige jener Mädchen, die nie wieder Waffen tragen sollten, müssen sich ihr Leben lang an jenen einzigartigen goldenen Tag am blauen Fluß Ilissos erinnert haben. Müssen ihren mit großen Augen lauschenden Enkelkindern erzählt haben, wobei ihre alten Augen leuchteten, wie sie einst Schulter an Schulter neben den wilden Amazonen gestanden, sich an ihren schrecklichen Spielen beteiligt und die Bogen der Kriegerfrauen benutzt hatten.

Der Winter machte die Welt weiß: Für Antiope war es ein langer, trüber Winter. Einmal versuchte sie, Theseus' verborgenen Scharfsinn zu wecken. »Du verlierst die Hälfte deiner Kampfkraft. Wenn deine Stadt jemals wieder belagert wird – und Städte werden öfter belagert –, könnte sie fallen, nur weil alle diese langröckigen, vertrottelten Weiber ihre eigenen Arme und Hände nicht zu gebrauchen wissen. Selbst dann nicht, wenn es darum geht, ihre Häuser und Kinder zu verteidigen!« Doch Theseus lachte behaglich. »Wir Männer von Athen können die Frauen von Athen immer verteidigen.«

Ihre Tochter! Ein Mädchen, das ihr nachschlug, würde hier einsam sein. *Ich habe ja Theseus, meinen Liebsten, doch er wird nur ihr Vater sein. Besser, du kämst nicht, Melanippe, um dich in meinem Leib zu ihr zu gesellen, wie ich es einst von dir verlangte. Doch vielleicht könnte dein Geist dieses ungeheure Meer nie überqueren.*

Wäre sie wieder zu Hause in Themiskyra gewesen, welche Freude hätte dort geherrscht über ihr ungeborenes Kind, welche Fröhlichkeit und Hoffnung! Doch hier wären die Frauen von Athen wirklich froh, wenn sie eine Fehlgeburt hätte, ja sie wären noch glücklicher, wenn sie bei der Geburt stürbe. Sie hatte nicht nur ihren jungen Herrscher umgarnt und versucht, ihre Töchter auf die Wege des Unheils zu führen. Mehr noch: Sie hatte sich jenes Verbrechens schuldig gemacht, das immer und überall die Menschen am meisten verstört hat – sie war »anders«. Man verachtete das, was man ihre Sonnenbräune nannte, ihre Schlacksigkeit, ihren dicken Bauch, der ständig größer wurde, doch am meisten die unverschämte Art, ihre Beine zu zeigen. Einmal sagte sogar Theseus: »Jetzt, wo Winter ist, hättest du es wärmer, wenn du irgend etwas Rockähnliches tragen würdest.« Und sie fragte sich, wer oder wieviele Damen ihm das wohl zugeflüstert haben mochten. Sie erwiderte: »Ich bin an Röcke nicht gewöhnt, und ich will auf deinen Treppen nicht stolpern und dein Kind verlieren.« Das brachte ihn zum Schweigen, doch sie wußte – die Sklavinnen sagten es ihr –, wie viele Stimmen noch immer summten wie stechende Bienen: »Der junge König wird dieser so ungemein vulgären Person bald überdrüssig sein!« Alle Damen sagten das voll Hoffnung, vor allem die Mütter heiratsfähiger Töchter.

Doch sie wußten, was Antiope nicht wußte: wie oft die Augen ihrer Männer Antiope folgten und wohlgefällig auf ihren langen, anmutigen Beinen ruhten. Sie wußten, daß närrische Mädchen sich zuflüsterten: »Welchen Sinn hat es, daß wir uns in diese schrecklich engen kretischen Gürtel zwängen, wo doch Theseus selbst eine Frau liebt, die keinen trägt?« Manche Frauen waren besorgt; einige wenige schritten zur Tat. Sie bestachen zwei Sklavinnen des Palastes, Antiope zu vergiften.

Doch die anständigen unter den Sklavinnen hatten ihre neue Königin inzwischen schätzen gelernt; sie schlug sie nie und arbeitete mit ihren Amazonen genauso schwer wie sie. Sie nahmen das Bestechungsgeschenk an und warnten Antiope. Diese sagte Theseus nichts davon; wenn er wieder den Kopf verlor wie in Smyrna, machte er alles vielleicht noch schlimmer. Doch ihre Mädchen wußten es und wachten fortan über sie wie Luchse.

Gamelion kam, der kälteste aller Monate, doch auch der Heiratsmonat, in dem die Hochzeiten halfen, neues Leben in den Schoß der Erdmutter zu legen. Winde umheulten die Akropolis, scharf wie die Zungen der Frauen unten in der Stadt; und dann kamen die vornehmen Würdenträger der Butaden und Eteobutaden, um mit Theseus zu sprechen.

»Herr, dein Vater ist alt, und du bist sein einziger Sohn. Es ist Zeit, mehr als Zeit, daß du ein Weib zur Gemahlin nimmst.«

Er antwortete: »Ich habe eine Gemahlin. Die Tochter des Großen Königs, der Sonne der Hethiter. Sein Arm ist so mächtig wie der des Pharao. Und mein Sohn wächst in ihrem Leib.«

Alle starrten ihn an, als seien sie überrascht. »Du meinst diese mit dem Speer eingefangene Sklavin, mit der du schläfst? Die Amazone? Amazonen schlafen mit vielen Männern: Keine von ihnen kennt ihren Vater.«

Theseus' Augen schossen Blitze. »Antiope, Königin der Amazonen, kam jungfräulich in mein Hochzeitsbett! Und kein Mann, den Großen König ausgenommen, hat der Königin, ihrer Mutter, je beigewohnt.«

»Das sagt sie, doch was will das schon heißen? Welche Mitgift hat sie dir eingebracht?«

Theseus' Hände umklammerten fest die mit Elfenbein eingelegten Armlehnen seines großen Sessels. »Ich entführte sie mit Gewalt, wie ihr wohl wißt. Aber ihre Söhne werden ihren Großvater zu meinem Freund machen. Ein mächtiger Verbündeter für Athen.«

»Einer, der weit entfernt ist. Und die Frau kann nie etwas anderes sein, als eine mit Gewalt geraubte Sklavin. Diejenige, welche Königin in Athen sein will, muß sehen, was nur eine Frau sehen kann, die in Athen geboren ist, hören, was nur eine Athenerin hören kann. Als wir solche Königinnen hatten, blühte die Stadt; Minos, der Sohn und Freund des Gottes, war unser Freund, nicht unser Feind.«

Theseus umklammerte die Lehnen noch fester. Seine äußersten Anstrengungen, sich zu beherrschen, verleiteten ihn dazu, zu schwächlichen Entschuldigungen Zuflucht zu nehmen. »Mein Vater wurde von einer bösartigen Frau betrogen. Wie viele andere Männer vor ihm.«

»Zu viele, in der Tat. Eine wahre Königin hält sich von ausländischen Hexen fern.«

Die Lehnen des Armsessels krachten; Theseus brüllte wie ein Löwe. »Meine Königin ist keine Hexe, und ich werde sie behalten! Geht heim zu euren gackernden Gänsen und sagt ihnen das!«

Sie gingen, die vornehmen Stadtväter, zornig, aber geschlagen, und Theseus schritt auf und ab und knirschte mit den Zähnen. Wie konnten sie es wagen – diese kreuzlahmen, alten Ganter, die nur noch für den Topf taugten! Ließen sich wie kleine Jungen von ihren Frauen zu Botengängern machen. Denn nie hätten sie die verschlagene Boshaftigkeit besessen, sich solche Beleidigungen auszudenken, wie sie ihnen so glatt von den Lippen geflossen waren... Hatten die Frauen von Athen denn wirklich mehr Macht und Einfluß, als man ihnen zutraute? Nein – dies war bloß die Torheit gebrechlicher alter Männer, die sich von gehässigen, häßlichen Weibsbildern Worte in den Mund hatten legen lassen! Wie gesegnet war doch ein Mann – hier nahm er beinahe die späteren Worte des goldzüngigen Homer vorweg –, der mit seinem Weib nicht nur das Bett, sondern auch sein Herz und seine Gedanken teilen konnte. Der ein Weib hatte, mit dem er sprechen konnte! Von dieser Sache konnte er mit Antiope nicht sprechen: Die Fehde zwischen ihr und den Frauen von Athen war bereits heftig genug.

Doch als er in dieser Nacht zu Bett ging, vernahm er ihre kühle Stimme aus der Dunkelheit: »Theseus, was ist das, was nur eine Frau sehen kann, die in Athen geboren ist? Was nur eine Frau hören kann, die in Athen geboren ist?«

Er knurrte wie ein gereizter Löwe. »Also haben die Sklavinnen zugehört und es dir hinterbracht! Die Hündinnen!«

»Sie haben mir nur erzählt, was von mir gesagt wurde. Nicht mehr. Außer, wie du mich verteidigt hast.« Sie umarmte ihn. Er hatte nicht mehr getan, als nötig war, doch er hätte es nicht tun müssen.

»Aber warum gibst du dich mit dem Geschwätz von Sklaven ab?«

»Hier in deiner Stadt – in allen Städten der Menschen, glaube ich – ist das Geschwätz der Sklaven für eine Frau die einzige Möglichkeit zu erfahren, was vor sich geht.«

»Wozu brauchst du das zu wissen, wo du doch jetzt mich hast, der dich vor allem Unheil beschützt? Außerdem, niemand kann Sklaven trauen – kläffende Hunde, die alles sagen würden, um eine Belohnung zu bekommen. Wenn sie es aber noch einmal tun, werde ich sie belohnen, indem ich ihnen die Haut abziehe!«

»Wer kann schon jemals völlig darauf vertrauen, was ein anderer sagt? Es ist immer davon abhängig, was diese Person denkt und fühlt. Könige und Königinnen müssen lernen, die Spreu vom Weizen zu trennen.« Wie, so fragte sie sich, konnten Menschen jemals Sklaven trauen? Amazonen hätten sich gefürchtet, mit Menschen im selben Haus zu schlafen, die sie des kostbarsten aller Besitztümer beraubt hatten – der Freiheit. Gleichwohl war Theseus kein harter Herr; doch jetzt machte er sich um seine Gattin Sorgen.

Sie fuhr fort: »Sklaven müssen ihren Verstand benutzen, weil sie keine andere Waffe haben; und was sie hören, geht von Haus zu Haus wie eine Staubwolke. Ich könnte dir die meisten der Worte wiederholen, welche die Damen benutzten, um ihre Männer heute in den Palast zu treiben – und wieviele Nächte sie brauchten, um sie dazu aufzuwiegeln.«

Theseus fluchte und stöhnte. Antiope sagte: »Einige sagten mehr, als ihre Männer zu wiederholen wagten. Sie erzählten ihnen, daß ich und meine Mädchen, kaum daß wir die Mauern der Stadt verlassen haben, anhalten und uns dem ersten besten hübschen jungen Mann an den Hals werfen.«

Die Wut erstickte ihn beinahe, doch dann überwog das Mitleid. »Antiope, seit du von diesen Gemeinheiten erfahren hast – hast du die ganze Zeit dagesessen und dich gefragt, ob ich ihnen vielleicht Glauben schenke?«

»Hätte ich das befürchtet, hättest du die Geschichte zuerst aus meinem Mund gehört.«

»Wie geschehen.«

»Aber nur, weil ich wußte, daß du es irgendwann ja doch hören mußtest. Theseus« – mit einem Mal war ihre Stimme nicht ganz beherrscht, Worte, die eine entschiedene Feststellung sein sollten, wurden zu einer fast flehenden Bitte – »Theseus, wir Amazonen müssen frei sein, auszureiten. Nicht völlig eingeengt und eingesperrt –«

»Doch jetzt müßt ihr eine Leibwache haben! Wenn sie so lügen können – meine Athener! – wird man euch vielleicht eine Falle stellen –«

»Das würde den Leuten nur die Gewißheit geben, daß du mir nicht traust – und viel Gekicher hervorrufen. Und in ihrer Nähe hätten wir das Gefühl, nicht mehr frei atmen zu können; Amazonen sind an Gefahr gewöhnt, wir leben und sterben damit. Einmal schwamm ich in eine Falle – erinnerst du dich? –, aber an Land bin ich immer in der Lage gewesen, selber auf mich aufzupassen. Wie es der kretische Asterion zu spüren bekam, als er mich in Azzi zu vergewaltigen versuchte –«

»Als er *was* versuchte?« donnerte Theseus.

Darauf mußte sie ihm alles über Asterion erzählen, und

sogar wenn er selber mit allem Anstand um sie geworben hätte – Theseus' Erbitterung hätte nicht größer sein können.

»Beim Zeus! Diesen Stern werde ich vom Himmel reißen. Ich werde ihm die Hoden abschneiden und ihn zwingen, sie zu fressen. Ich werde ...«

Antiope schreckte auf, dann begann sie zu lachen. »Schluß damit, Theseus! Du regst das Kind zu sehr auf.«

Sie nahm seine Hand und legte sie auf ihren Bauch. Da fühlte er es auch – das schnelle, kräftige Pochen des Herzens gegen ihre weiche, warme Bauchdecke. Einen Augenblick verharrte er in stiller Bewunderung, dann entrang sich ihm ein gewaltiges Lachen des Stolzes und der Freude. Darauf redete er den Bauch seiner Frau mit gespieltem Ernst an: »Junger Mann, es ist nicht ehrerbietig, seinen Vater zu treten.«

»Ich kriege das meiste ab«, sagte Antiope. »Sie hat den Tritt eines Maultiers.«

Theseus liebkoste ihre Brüste, fühlte die Narbe, welche eine der prächtigen Rundungen verunzierte.

»Und ich dachte, die hättest du im Kampf bekommen!«

»Amazonen sind selten so ungeschickt.« Sie lachte, und er stimmte ein, und sie umarmten sich in Liebe füreinander und für das Kind, das ihnen geboren werden würde.

Weit entfernt von Athen, jenseits des weindunklen Meeres, im sagenhaften Palast von Knossos, sagte Königin Pasiphae, auf ihrem hohen Bett liegend, zu König Minos: »Herr und Bruder, endlich trage ich wieder ein Kind von dir. Nun kannst du mich in Frieden verlassen.«

Minos lachte freudig. »Mach, daß es ein Sohn wird, Weib. Ein prächtiger Junge, um Asterion eins auszuwischen.«

Sie richtete sich auf. »Asterion wurde uns geboren, Bruder. Er ist aus deinem Samen gekommen, in meinem Bauch gewachsen. Töte ihn nicht, wenn du nicht mußt.«

Der König lachte wieder, diesmal grimmig und ohne Freude. »Erzähl mir nicht, daß du Asterion liebst, Weib. Niemals hast du einen meiner Söhne geliebt.«

»Du irrst dich.« Ihr Leib zitterte, doch ihre Stimme blieb

standhaft. »Es war leicht, Androgeos zu lieben, bis du ihn mir wegnahmst und ihn lehrtest, mich zu verachten, wie nun alle Männer alle Frauen verachten, sogar die Mütter, die sie geboren haben. Niemand kann Asterion lieben, doch er ist immer noch unser Fleisch.«

»Du hast nie einen von ihnen geliebt – von meinen Söhnen. Du liebst Daidalos, dieses Jüngelchen, das sich an dich herangemacht hat, während ich fort war, um mit diesem anderen Hund vom Festland, seinem Verwandten, Krieg zu führen – du hast dich mit einem Hund ins Bett gelegt, welcher derselben niederträchtigen Sippe entstammt wie jener, der Androgeos, unseren Sohn, umgebracht hat! Wie konntest du das tun – gerade du!« Wie Krallen schossen seine Finger auf sie los, um sie zu zerreißen, doch dann sanken sie herunter, weil er sich daran erinnerte, welch kostbares Gut sie trug.

»Nein! Nein! Naukrate hat ihn geboren – heimlich, hier im Palast. Und als ich dahinterkam, schenkte ich ihr die Freiheit und schickte alle beide zu Daidalos. Er ist ihr Sohn – nicht der meine!«

Der Mann lächelte, denn er fand Gefallen an ihrer Furcht. »Deshalb gehst du so oft zu Daidalos' Haus, um den Jungen zu hätscheln. Doch du bist nie in einem Raum mit Daidalos allein; meine Wächter sorgen dafür. Ich verlöre ihn ungern; er ist ein großer Künstler. Und solange dein besudelter Leib auch nur einen neuen Minos gebären kann, würde ich dich ungern verlieren, Weib und Schwester.«

»Ja, du brauchst meinen Leib! Ihn, aber auch nur ihn!« Die Bitterkeit beflügelte sie, Feuer brannte in ihren Augen. »Ich bin nur die Tochter deiner Mutter. Und obgleich nun der Thron vom Vater auf den Sohn übergeht, gibt dennoch nur das Blut der Königin dem Sohn eines Mannes das Recht, zu regieren. Unser aller Blut, Mütter und Töchter – Königinnen hier in Knossos durch Jahrhunderte! Die erwählten Gefäße der Göttin, welche Sie manchmal mit Ihrem Geist erfüllt...« Ihre Stimme verlor sich; sie lag in einer Art Entrückung, doch dann schlug das Feuer plötzlich wieder in ihr hoch. Mit einer raschen Bewegung richtete sie sich auf, blickte ihm ins Gesicht und lachte spöttisch. »Wenn Daidalos' Sohn der meine wäre – wenn ich es den Leuten erzählte –, sie würden ihn für ebenso geeignet halten, König zu sein, wie irgendeinen Sohn des Minos. Ohne meinen Leib ist dein Samen nichts wert!«

Sie erwartete, daß er sie jetzt schlagen würde, ihr Körper wappnete sich, aber er lächelte bloß. »Doch die Göttin ist besiegt, Weib. Jetzt herrscht nur der Gott.«

»Nur als Ihr Sohn! Der Stier Seiner Mutter!«

»Weil Ihre Überheblichkeit jedes erträgliche Maß überstiegen hatte. Er züchtigte Sie. Mittags wurde es Nacht, das Meer hob sich bis zum Himmel. Mit Feuer und Rauch und glühender Asche versengte Er Ihre Brust –«

»Die Brust, die Ihn genährt hatte!«

»Damals wäre die Welt untergegangen, hätte nicht der erste Minos Ihm auf dem Berggipfel ein Opfer dargebracht. Ihn um Verzeihung angefleht, Ihn, der allein Leben spenden kann.«

»Leben spenden – *Er*?« Sie spie die Worte aus. »Mit Seinen Fluten und Feuern kann Er es nur vernichten, nicht aber es schaffen. Sein kostbarer Samen wäre nichts wert, gäbe es nicht Leiber, in denen er wachsen kann. Das Volk von Kreta weiß wohl, daß, hättest du nicht mich, kein Getreide auf seinen Äckern wachsen, kein Obstbaum in seinen Gärten Früchte tragen würde!«

»Doch die Macht wohnt in Ihm. Alles, was Ihr Leib hervorbringt, kann Er zerstören, und Sie kann Ihm nicht Einhalt gebieten. Vergiß das nicht, du Närrin. Eine Königin ist bereits gestorben, unter den Händen eines rächenden Minos.«

»Rächend!« Ihre Lippen kräuselten sich. »Im Dunkeln hat er sie erschlagen – er, ihr Diener, den ein Eid band! In der Dunkelheit jener Nacht, die mittags kam und viele Tage dauerte. Dann nahm er ihren Thron und ihre Tochter. So wie immer seit dieser Zeit jeder mordende Minos uns genommen hat – uns, die rechtmäßigen Königinnen und Herrscherinnen!« Sie starrte ihn an, ihr Haß war ebenso groß wie der seine. Aber er lächelte noch immer.

»Schwester, ist nicht die Mutter Erde unter den Füßen aller Menschen? Nun wissen sie es alle, sie alle gehen auf Ihr umher und nehmen Sie in Besitz. Künftig wird die Königin nurmehr die Gattin des Königs sein, und das ist gut so. In mehr als einer Hinsicht, denn obwohl zwei, die so eng verwandt sind wie du und ich, vielleicht fruchtbar sind, glaube ich doch, daß unsere Frucht karger und weniger gesund ist als die anderer Bäume.«

»Ariadne wird nach mir Königin sein! Das kannst du nicht verhindern!« Sie zitterte, doch diesmal nicht um sich.

»Das wird sie – diese junge Hündin, die du liebst, obwohl ich sie gezeugt habe. Doch der Sohn dieses Sohnes, den du in dir trägst, wird ihre Tochter vielleicht nicht brauchen.«

»Wenn ich das glaubte, würde ich ihn ungeboren töten!«

»Dann würde ich dich umbringen. Stückweise. Und Ariadne würde meinen Sohn gebären; bald wird sie alt genug sein.«

Krank vor Furcht und Entsetzen entfachte sie dennoch eine letzte Flamme des Trotzes. »Nein, denn dann würde sogar Asterion fromme Trauer um seine Mutter heucheln und mich rächen, seine Mutter! Um sich selbst zum Minos zu machen.«

»Du aber wärest trotzdem tot. Und Asterion könnte noch vor dir sterben. Doch nun laß uns schlafen, Weib. Das Wohlbefinden dessen, den du in dir trägst, bedeutet uns beiden viel.«

Sie lagen da, die Rücken einander zugekehrt. Er betete: *Mach, daß es ein Sohn wird, o mein Gott und mein Vater. Sorge dafür, Du, der Du auch ein wenig von mir hast –*

Warum nur konnte er so selten den Gott in sich spüren, das Strömen der wahren Macht? Viele fürchteten ihn, viele schmeichelten ihm, doch wenige liebten ihn. Androgeos hatte ihn geliebt, doch er war tot, ermordet von diesem Hund vom Festland, den sein Vater – unbegreiflich und beschämend – nicht hatte züchtigen können. Und Asterion wartete, lauerte unaufhörlich auf eine Gelegenheit, seinen Vater zu töten, er, der versucht hatte, seinen Bruder zu erschlagen. *Ich aber habe die Macht. Ich bin Minos!* Das sollten sie zu spüren bekommen, sie alle! Hatte Asterion erst einmal einen Bruder, würde er sterben. Auch ihr Bastard würde rasch sterben, vor den Augen des Vaters. *Und vorher würde ich sie ihm abhacken lassen, diese wunderbaren, geschickten Hände!* Welcher Verlust würde Daidalos am heftigsten treffen? Das herauszubekommen wäre interessant, sogar so aufregend, um ihn für den Verlust seiner Kunst zu entschädigen ...

Pasiphae lag da und starrte auf die vom Mondlicht übergossenen Wände des nahen Lichtschachtes. Es gab viele davon in diesem Palast, der nun Palast des Minos genannt wurde. Sie erhellten seine Tiefen, so daß sie das Gefühl hatte, sich am Grund eines Brunnens zu befinden. Hier unten konnte der Winterwind ihr nichts anhaben; auch von den duftenden Frühlingslüften würde sie nur einen Hauch verspüren. *Doch für mich wird es keinen Frühling mehr geben. Nur einmal hatte sie einen Frühling erlebt, und er war kurz gewesen ... O Daidalos, Daidalos, uns blieb so wenig Zeit füreinander!* Sie preßte die Hände gegen ihr Gesicht und weinte still um all die Zärtlichkeit, die größte, die sie je von einem Mann erfahren hatte. Daidalos hatte sie geliebt; für ihn war ihr Körper mehr gewesen, als ein Gegenstand, mit dem man Kinder zeugte. Unter Wonnen hatten sie ihren Ikaros gezeugt. Sie wagte es nie, ihn wieder in den Armen zu halten oder auf ihren Schoß zu setzen, doch er war in Sicherheit. Er war bei seinem Vater, und Daidalos war klug ...

Aber Ariadne – das einzige Kind, das sie jemals unter Freuden hatte aufziehen können. Und das sie kannte. Ob Ariadne mit ihrem Bruder oder ihrem Vater schlafen mußte – ihr Los würde grausam sein. Und vielleicht mußte sie mit beiden schlafen. Auch das ungeborene Kind – wenn es ein Mädchen war – würde sein Vater hassen! *O Göttin, hilf den beiden, wenn es darauf ankommt! Hilf Ariadne – hilf ihr! Wenn Du noch soviel Macht hast zu helfen ...*

Auf dem Festland, im hohen Haus des Erechtheus, rührte sich Antiope neben Theseus. Sagte schläfrig: »Was ist das, was nur eine Frau sehen kann, die in Athen geboren ist? Oder hören kann? Du hast es mir nie gesagt.«

Er lachte. »Wie soll ich das wissen? Ich bin keine Frau, und ich bin nicht in Athen geboren.«

Sie lachte ebenfalls, ihre Wange an der seinen reibend. »Daß du keine Frau bist – das weiß ich sehr gut! Doch was ist das für ein Geheimnis?«

»Ich bin nicht sicher. Es geschieht in jener Nacht, in der man die Krüge mit dem neuen Wein öffnet. Die ganze Nacht« – er grinste – »sind wir Könige emsig damit beschäftigt, die Krüge zu öffnen – und den Wein zu probieren. Die Königin ist allein mit dem Gott in dessen Haus. Mit Dionysos aus den Sümpfen. Er schenkt uns den Wein – und andere Dinge.«

»Muß der König die ganze Nacht trinken? Darf er sich ihr nicht zugesellen?«

»Er muß. Doch im innersten Schrein befindet sich, so sagt man, ein hölzernes Bildnis des Gottes. Es trägt auf dem Kopf die Hörner eines Stiers und zwischen seinen Beinen ist ein drittes Horn.«

Antiope verzog das Gesicht. »Nun, ich bin froh, nicht in Athen geboren zu sein. Sich so zu lieben, wäre nicht angenehm. Doch was hört die Königin?«

»Wer weiß?« Theseus rieb sein Gesicht an ihrer Wange. »Königinnen sollten ihre kleinen Geheimnisse haben. Außerdem« – sein Gesicht verdüsterte sich und wurde unwirsch – »ich glaube, die ganze Sache war ein Zugeständnis, das man Kreta vor langer Zeit machte. Damit die Königinnen von Athen nicht mit einem Minos oder seinem Beauftragten, die Athen besuchten, zu schlafen brauchten, wie es die Insel-Königinnen oft tun. Wir Könige von Athen machen unsere Söhne lieber selbst! So wie ich!«

»Auch das weiß ich.« Sie lachten beide. Dieser hölzerne Bräutigam war nicht Poseidon, sondern der Gott Kretas, wo Er hätte bleiben sollen. Athen brauchte keine kretischen Götter. Doch Ihn loszuwerden würde noch schwieriger sein, als sich von Minos zu befreien, dachte Theseus plötzlich. Hatten sich die Leute erst einmal an einen Gott gewöhnt, war Er schwerer zu besiegen als jeder König ...

Doch bevor sie einschlief, dachte Antiope: *Ich hatte es eilig und war töricht. Ich vergaß, welch geringe Bedeutung Du der Zeit beimißt, Herrin. Meine Tochter wird nicht einsam sein, denn auch meine Mädchen werden Töchter haben – und weiterhin welche haben. Bald wird es eine neue Art von Frauen in Athen geben. Ihre Zahl wird sehr, sehr klein sein, doch sie werden stark sein.*

Theseus jedoch lag wach, und es juckte ihn in den Fingern, Asterion an die Kehle zu fahren. Er hätte schon seit langem nach Troizen gehen sollen; doch sein alter Vater hatte ihn gebraucht – hatte sich wie ein Kind an ihn geklammert. Außerdem hatte er sich gegen das Eingeständnis gesträubt, daß er fürchtete, Pittheus und Aithra unter die Augen zu treten. Doch sobald die warme Jahreszeit kam, mußte er aufbrechen; seine Pläne, Schiffe zu bauen, durften nicht länger aufgeschoben werden. Schiffe – Schiffe, mit denen er gegen Minos kämpfen konnte!

3. KAPITEL/GEBURT – Gamelion, der Hochzeitsmonat, kam und ging vorbei. Anthesterion kam, der Blütenmonat, wenn der ermordete Sohn der Jungfrau sich zum erstenmal tief unten im Schlaf regt. Wenn die ersten Frühlingsblumen durch die harte, schwarze Erdkruste ins Licht stoßen, manchmal sogar durch die Weiße des ausdauernden Schnees. Die kostbare Frucht in Antiopes Leib wurde größer und größer, ihr Bauch wölbte sich, und eines Tages sagte Theseus unbehaglich: »Du wirst Frauen brauchen, die dir bei der Geburt beistehen.«

»Ich habe meine Amazonen.«

»Die würden nicht wissen, was zu tun ist. Sie haben selbst nie Kinder gehabt.«

»Sie werden sie jetzt alle bekommen; deine Männer haben dafür gesorgt. Wir werden lernen, indem wir einander helfen.«

»Nein. Ich wünsche, daß du erfahrene Frauen um dich hast. Im übrigen: Die vornehmen Damen von Athen sollen jedes künftigen Königs Geburt sehen. Sie haben die meine nicht gesehen – sie müssen die meines Sohnes sehen.« Er wußte, daß sie zu sehr Königin war, um die Bedeutung der letzten Begründung nicht zu verstehen, so wenig sie sich auch um die Gefahr kümmern mochte, in der sie selbst sich befand.

Sie sah es ein. Sie sagte: »Einverstanden, sollen sie kommen und zuschauen, aber nur meine Mädchen dürfen mich berühren. Sie möchten mich gern am Leben erhalten.« Sie erzählte ihm von dem Plan, sie zu vergiften, wenn sie auch die Namen der mordlustigen Damen nicht nannte; er hätte sich nur unbeliebt gemacht, wenn er sie bestraft hätte. Er hörte ihr entsetzt zu. Er wünschte sich einen kundigen Beistand für sie, und man konnte den meisten der vornehmen Damen gewiß trauen, doch er wußte nicht, welchen.

Er überlegte noch immer, was zu tun wäre, als eine der Amazonen mit Wehen zu Bett gebracht wurde. Ihre unerfahrenen Gefährtinnen, besorgt, wie sie es im Kampf nie gewesen wären, schafften es, Mutter und Kind, ein Mädchen, zu retten. Die Amazone wollte sich rechtfertigen – natürlich hätte ihre Königin als erste niederkommen müssen –, doch Antiope lobte sie dafür, daß sie sozusagen als Kundschafterin vorausgegangen sei. »Wir anderen werden großen Nutzen davon haben, was wir bei dir gelernt haben.«

Zwei Tage später brauchten sie das, was sie gelernt hatten. In der kalten roten Schönheit der Morgendämmerung wachte Antiope plötzlich auf, die geträumt hatte, in der Schlacht habe sie ein Speer durchbohrt. Doch sie befand sich weder auf einem Schlachtfeld noch sah sie Feinde. Nur Theseus war da, friedlich neben ihr schlafend. Und dann traf er sie wieder – dieser tiefe, unbarmherzige Dolchstoß des Schmerzes. Da begriff sie und lächelte stolz; das war kein nahender Feind. Doch als Theseus schließlich gähnend erwachte, war ihr Gesicht grau vor Schmerz und schweißbedeckt. Er warf nur einen Blick auf sie und schreckte hoch. »Das Kind – kommt er?«

»Vor Mittag wird sie nicht da sein. Laß meine Mädchen weiter schlafen.«

Doch Theseus sprang laut rufend auf, und die Amazonen waren im Nu hellwach, mit den Händen nach ihren Waffen greifend wie in früheren Zeiten. Um sich zum zweitenmal dieser neuen Art von nächtlichem Überfall zu stellen, gegen den Waffen nichts ausrichten konnten.

Antiope machte nicht mehr Umstände als auf irgendeinem anderen Schlachtfeld. Schweigend hielt sie dem grausamen Ansturm der Schmerzen stand; doch einen Speerstoß zu ertragen ist schwer, geschweige denn viele, und unbarmherzig dauerten die Schmerzen fort. Der Mittag brachte keine Geburt; und den ganzen Tag lang hörten die grausamen Schmerzanfälle nicht auf. Ihre Mädchen beugten sich in hilfloser Angst über sie, während die vornehmen Damen der Butaden und Eteobutaden beleidigt in verdrießlichem Schweigen dasaßen. Sie verspürten nicht das Verlangen, dieses gemeine Ausländerweib zu umsorgen, doch sie waren gekränkt, daß man es ihnen nicht erlaubte. Sie ließen sich von geplagten Dienerinnen Kuchen und Wein bringen und langweilten sich sehr.

Erst als der Sonnenuntergang den Himmel rot entflammte, genoß Antiope eine kurze glückliche Ruhepause, und sie schlummerte erschöpft ein. Doch während der ganzen Nacht hatte sie keine Ruhe ebensowenig wie ihre Amazonen. Diese durchsuchten jeden Zoll des Hauses nach Zauberknoten, wie sie bösartige Frauen knüpfen, um eine Geburt zu verhindern. Sie kletterten hinauf ins Sparrenwerk und schließlich auf das Dach und versuchten vergeblich etwas zu finden, von dem sie sicher waren, daß es den Damen gelungen war, es zu verstekken. Sie schossen grimmige Blicke auf diese hochmütigen, gleichgültigen Matronen der Butaden und Eteobutaden. Und immer noch gingen Antiopes fruchtlose Qualen weiter.

Auch Theseus marschierte hin und her, selber Qualen erleidend. Bei Einbruch der Nacht hätte er frohen Herzens auf seinen langersehnten Sohn verzichtet, wenn er nur hätte sicher sein können, dadurch seine Gattin zu behalten. Als die Dämmerung des zweiten Morgens nahe war, traf er, jetzt zum Äußersten entschlossen, eine Entscheidung. Selbst wenn Antiopes Möchtgern-Mörderinnen hier versammelt wären, so würden sie es doch kaum wagen, unter den Augen der anderen ein falsches Spiel zu spielen; und Antiope mußte sachkundige Hilfe haben – sie mußte!

»Mädchen«, sagte er, »ihr habt euer Bestes versucht, doch ihr seid jung und versteht wenig von diesen Dingen. Überlaßt eure Königin nun jenen Frauen, die schon vielen Kindern das Leben geschenkt haben.«

Mürrisch setzten sich die Damen in Bewegung, nicht froh über ihren Triumph. Viele dachten: *Wie kann er es wagen, uns zu bitten, der Tugendhafte und Hochgeborene, uns um seine geraubte Sklavin zu kümmern?*

Die Amazonen machten Augen wie Muttertiere, die sich um ihre Jungen sorgen. Doch Antiope sagte ermattet: »Laßt sie kommen. Vielleicht wissen sie etwas, das wir nicht wissen.« Wenn das stimmte, würden sie es nicht verwenden, um ihr zu helfen – dessen war sie sicher –, doch es durfte zwischen Theseus und ihren Mädchen keinen Streit geben. Nur das zählte jetzt; sie hatte getan, was sie konnte, und sie war sehr müde...

So zogen sich denn ihre Amazonen zurück, jene Mädchen, die für sie gestorben wären. Sie verspürten sogar eine heimliche Erleichterung. Alles in allem war das ein Geschäft für ältere Frauen; zu Hause in Themiskyra hätten es die Mütter und die Alten in die Hand genommen.

Die greise Lysidike, die erfahrenste Hebamme, sagte zu Theseus: »Geh, Herr; dies ist kein Ort für Männer. Auch diese Mädchen müssen gehen; ihre Unwissenheit hat schon genug Unheil angerichtet.«

Sechs Hände fuhren in wiedererwachtem Argwohn an die Waffen. Der Geist des Bienenstocks warnte Antiope; verriet ihr, was in den Mädchen vorging. Ihre Stimme erklang so klar wie früher: »Meine Mädchen müssen bleiben! Sie sind meine Freundinnen – meine Schwestern –« Aber sie dachte, daß sie es nicht um ihrer selbst willen wünschte.

Lysidike sagte ernst: »Sei still, Frau. Wir wissen, was für dich am besten ist.«

Antiope beachtete sie nicht. »Theseus, meine Mädchen müssen bleiben. Oder ich – werde mich gegen diese Frauen wehren.«

Ihre von Schmerzen getrübten Augen sahen nicht den grimmigen Funken, der kurz in Lysidikes Augen aufblitzte.

Am Ende verließ nur Theseus das Zimmer, verzweifelt und voll Angst, doch sicher, daß er das Beste getan hatte, was er tun konnte. Die Amazonen hatten bei ihrer Göttin und bei den Göttern Athens geschworen, sich weder zu rühren noch etwas zu tun, es sei denn, die Damen forderten sie dazu auf. Unglücklich warteten sie am anderen Ende des Raumes wie Kinder, die man in die Ecke geschickt hat.

Die Damen umstanden Antiope. Jetzt war sie in ihrer Macht, gedemütigt von den Schmerzen, die alle Frauen hilflos machen. Einige wenige der Frauen, in denen ein Mitleid erwachte, glotzten sie an. Konnten sie ihr am Ende nicht doch ihre eigene Stärke beweisen, dieser stolzen, anmaßenden Amazone, indem sie ihr halfen? Wenn sie nur mit einem einzigen Wort, einem Blick um Hilfe gebeten hätte – sie tat es nicht. Die beiden alten Schwestern, Alexandra und Theodora, waren die einzigen Athenerinnen, die ihr nicht gänzlich fremd waren, und diese beiden waren nicht da. Wegen ihres hohen Alters hatte man sie nicht gebeten zu kommen, und vor diesen anderen Frauen lag sie stumm da, Stolz straffte ihr Gesicht, bis es wie eine Maske wirkte, obwohl nichts ihren Körper von der Qual befreien konnte, der in ihm tobte.

Lysidike sagte: »Wir müssen sie strecken.«

Viele zuckten zusammen – besonders die wenigen, die selbst gestreckt worden waren und überlebt hatten. Eine sagte: »Das kann sie umbringen.«

»Es ist unsere Pflicht, das Kind zu retten.«

Alle stimmten ihr bei. Das war wahr; das Ungeborene konnte ja ein Knabe sein, und die Mutter war nur eine Frau.

Zwei der Damen ergriffen Antiopes rechten, zwei andere ihren linken Arm. Vier weitere packten ihre Beine – diese langen Beine, die sie so unverfroren zur Schau gestellt hatte. Andere ergriffen sie um die Mitte ihres Körpers. Mit aller Kraft zogen und zerrten sie, als wollten sie den bereits schmerzgeschüttelten Körper zweiteilen, ihn auseinanderreißen. Keuchend tauchte Antiope aus unaussprechlichen Qualen auf, Blut lief von ihren zerbissenen Lippen an ihrem Kinn entlang. Sie hörte eine Stimme sagen: »Eins!« Und dann lag sie zitternd da und wußte nur, daß diese neue Folter vorüber war.

Doch dann kam sie wieder – wie hungrige Tiere gingen die Frauen auf sie los, rissen an ihr ...

»Zwei.« Sie hörte die Stimme, die zählte, und erkannte in ihr die einer Dame. Sie glaubte zu verstehen: Theseus und ihre

Mädchen waren fort, hatten sie schlau im Stich gelassen und würden nie wissen, daß sie zu Tode gefoltert worden war. Gleichviel, diese Ungeheur in Frauengestalt sollten nicht das Vergnügen haben, sie schreien zu hören... Dann löschte die Qual wieder alles andere aus, doch ihre Selbstbeherrschung hielt stand. Wieder troff Blut an ihrem Kinn herab.

»Drei.«

»Vier.«

Dies war es also, was die Griechen *sparagmos* nannten, das In-Stücke-Reißen des heiligen Opfers. Sie befand sich wieder bei den Thesmophoria, und dieses Mal war sie selbst das gefangene Beutestück. Teile von ihr würden in jenen großen Krügen verwesen, tief unten in der Dunkelheit. Doch es würde keine Schreie geben. Dieses Mal hatten sie eine Amazone gefangen.

»Fünf.«

Eine Dame, auf das elende, verzerrte junge Gesicht herabblickend, sagte beunruhigt: »Das kann sie niemals zehnmal aushalten.«

Antiope hörte es und verstand. Das zehnmalige Strecken war die letzte verzweifelte Maßnahme, die man ergriff, um eine griechische Frau zum Gebären zu zwingen. Nun wandte man sie an, um sie zu Tode zu quälen – und Theseus glaubte, daß diese sogenannten Frauen versuchen würden, ihr zu helfen. Selbst ihre Mädchen – würden sie nicht glauben sie schreie in Kindesnöten, wenn sie um Hilfe riefe? Wie diese schwächlichen Nicht-Frauen, die keine Amazonen waren?

Jetzt kam sie zum sechstenmal – diese zerreißende Qual, die unerträglich war und doch irgendwie ertragen werden mußte –, und dieses Mal schrie sie. Doch was sie ausstieß, war der Kriegsschrei ihres Volkes. »HIP-PO-OL-Y-TE-E-E! Zu mir, Amazonen!«

Und ihre Amazonen kamen. Sie sprangen auf die Damen los, packten und schüttelten sie, wie Hunde sich Ratten ums Maul schlagen. Ihre harten Finger krallten sich tief in weiches, verzärteltes Fleisch. Ihre Augen ergötzten sich am Anblick entsetzter, sich purpurrot färbender Augen, ihre Ohren an dem halberstickten Keuchen und Stöhnen. Doch bevor sie sie töten konnten, ertönte Antiopes Stimme: »Halt, Mädchen! Tut ihnen nichts. Werft – sie – raus.«

Die meisten Amazonen hatten die Damen bei der Kehle gepackt, und so schleiften sie sie hinaus. Andere bevorzugten Füße oder Haare. Sie öffneten die Tür, die zur Treppe führte; sie schleuderten ihre Gefangenen hinaus und auf die Treppe...

Die vornehmen Damen der Butaden und Eteobutaden kollerten die Stufen hinunter. Ihre Rücken und Hinterteile erlitten heftige Prellungen, und schließlich landeten die Damen auf dem Steinfußboden am Ende der Treppe. Ein Aufschrei erhob sich. Theseus kam nach oben gerannt, doch die Amazonen schlugen ihm die Tür vor der Nase zu und stemmten sich dagegen, bereit, den Bezirk ihrer hintergangenen Königin wie eine Festung zu verteidigen.

Theseus hämmerte schreiend an die Tür. Er befahl ihnen, die Tür zu öffnen und Frauen einzulassen, die ihr Geschäft verstanden.

»Wollt ihr eure Königin töten, ihr verrückten Hündinnen? Wollt ihr die erschlagen, die sie als einzige retten können? Macht auf! Oder ihr werdet alle sterben!«

Die Amazonen beachteten ihn nicht. Durch den Palast, von Männern für Männer erbaut, klang erneut der Schlachtruf des freien Nordens: »HIP-POL-Y-TE-E-E! HIP-PO-OL-Y-TE!«

Als ein Holzscheit, das eigentlich für den Kamin bestimmt war, gegen die Tür krachte, schleppten sie Möbel herbei und türmten sie zu einer Barrikade auf. Theseus brüllte weitere Drohungen.

Sie weckten Antiope aus ihrer Ohnmacht. Sie richtete sich schwankend auf, stieß die über sie gebeugten Mädchen beiseite und stolperte zur Tür. Ihre beherrschte Stimme schallte noch einmal glockenhell durch den Tumult. »Theseus, hör auf! Mädchen – Liebster. Seid still – alle –«

Dann fiel sie gegen die Tür. Dort kam, in einem letzten zerreißenden Anfall von Schmerz, ihr Kind zur Welt. Der Neuankömmling, ein kräftiges und schon sehr erregtes Kind, brachte einen wütenden, keuchenden Schrei zustande; bald konnte er es besser. Draußen polterte das Holzscheit zu Boden. Während

Theseus mit beiden Fäusten gegen die Tür hämmerte, sich seine wütenden Forderungen nach Einlaß mit dem gräßlichen Gekreisch seines Erben vermischten, gelang es den Amazonen, die Nabelschnur durchzuschneiden und Antiope samt ihrem brüllenden Kind ins Bett zu bringen. Als die Amazonen Theseus schließlich hereinließen, umarmten sie sich gegenseitig, und aller Zorn war vergessen; und vom Bett aus lächelte die geschwächte Antiope ihnen zu. Dann kam der alte Aigeus, voller Ungeduld die Frage auf den Lippen, die Theseus ganz vergessen hatte. Weder Vater noch Mutter konnten sie ihm jedoch beantworten, und die Amazonen waren zu beschäftigt gewesen, um darauf zu achten. Doch als eine von ihnen ihm ein wenig kleinlaut antwortete, strahlte er wie ein Vollmond. Sein Sohn hatte einen Sohn!

Antiopes lang erträumte Tochter war nur ein Traum. Doch nun, da sie ihn in den Armen hielt, erschien ihr der Sohn so gut wie jede Tochter und als genau das, was sie wollte, weil er bereits jetzt eine eigene kleine Person war. Als aber Theseus behutsam die Hand ausstreckte, um den bräunlichen Flaum zu berühren, der eines Tages die Farbe seines eigenen Haares haben würde, machte Antiope den schwachen Versuch, ihr Gesicht zu verziehen. »Wäre er ein Mädchen, hätte er genug Verstand gehabt und wäre rothaarig gewesen.« Doch Theseus lächelte und sagte stolz: »Frau, das soll deine geringste Sorge sein. Er ist prächtig – er könnte nicht besser sein!«

Im hohen Haus des Erechtheus war alles eitel Freude und Wohlwollen. Doch die Damen der Butaden und Eteobutaden humpelten heimwärts, und man vergaß sie; sie freilich vergaßen nicht. Theseus' neugeborener Sohn hatte bereits jede Chance, falls er je eine hatte, verloren, als Thronfolger in Athen anerkannt zu werden. Ihre Herzen wurden auch dann nicht weicher gestimmt, als der junge Vater ihnen später reiche Geschenke sandte. Er glaubte noch immer, daß die Damen ihr Bestes getan hatten, um Antiope zu helfen, und daß ihre erschreckten treuen Amazonen ihre guten Absichten mißverstanden hatten. Antiope versuchte nicht, ihm seine Illusion zu rauben; es war jedoch geschickt, zu versuchen, die Ehefrauen seiner mächtigsten Edlen zu besänftigen. Was machte es schon, daß die Geschenke reine Vergeudung waren? In ihrem Stolz war sie sicher, daß die Größe ihres Sohnes alle wegfegen würde, die Ränke gegen ihn spannen.

In der Dunkelheit ihrer ersten gemeinsamen Nacht umarmte sie das Kind und flüsterte: »Du bist es, der die Frauen befreien wird, kleiner König. Schenk ihnen die weite Welt und genug Luft und Wind, um all die Boshaftigkeit und Gemeinheit wegzublasen, die daraus erwachsen, wenn man immer klein gehalten wird. Für einen Mann wird diese Aufgabe viel leichter sein. Warum habe ich das nicht begriffen? O Göttin, wie weise Du warst!« Plötzlich, zum ersten Mal, verstand sie jene Worte, die am dunklen Fluß gesprochen worden waren. »Keine Fessel bindet mich, nicht einmal die des Geschlechts.« Wie eine Erleuchtung kam es über sie. »Du bist unsere Mutter, Jungfrau, die Du alle geboren hast. Doch auch Männer entsprossen Dir, also muß Männlichkeit ein Teil von Dir sein ... Du bist Herr und Herrin zugleich, und noch mehr: Du bist ein Geheimnis, das Menschen nicht zu begreifen vermögen.«

Am folgenden Tag beratschlagten die jungen Eltern über einen Namen für das Kind. Antiope sagte: »Warum wollen wir ihn nicht Anthos oder Anthas nennen? Er wurde im Anthesterion geboren, im Monat der Blumen.«

Theseus sagte nachdenklich: »Meine Mutter hatte einen Onkel, der Anthas hieß –«

»Und bedenke, was ihm zustieß!« rief der alte Aigeus voller Furcht. »Es nimmt immer ein böses Ende mit diesen jungen Blumenprinzen. Ihre Leben sind kurz, selbst heute, wo die Menschen zu kultiviert geworden sind, um ihre eigenen Söhne zornigen Göttern zu opfern. Tod oder Verbannung ist ihr Los.«

»Aber der Sohn von Mutters Urgroßmutter wurde nicht aus Troizen vertrieben, Vater. Er ging in Frieden und viele andere junge Männer mit ihm, um weit weg eine neue Stadt zu gründen, weil unser Volk zu zahlreich geworden war für unsre schöne Ebene. Als König dieser Stadt ist er gestorben, alt und wohlhabend und wie ein Gott verehrt.«

»Aber in der Verbannung – fern vom Land seiner Geburt!«

Es schien eine Erleuchtung zu sein, die Aigeus jetzt überkam – eine, die den Zorn des Schlangenkönigs für alle Zeiten besänftigen sollte, falls dieser strenge Geist überhaupt noch welchen hegte. »Nennt euren Jungen, Kekrops, meine Kinder – kein Mensch hat jemals soviel für Athen getan wie er, dieser größte aller Lehrmeister!«

Antiope erstarrte, ihre Augen schossen Blitze. Ihr Mund begann sich zu öffnen, und Theseus brauchte den Geist des Bienenstocks nicht, um ihm zu sagen, welche Worte sie sprechen würde: »Mein Kind benennen nach dem Versklaver der Frauen – diesem schleimigen, schamlosen Lehrer der Lüge und Ungerechtigkeit!« Er sprach, um ihr zuvorzukommen, jedoch ebenfalls, wie ihm schien, in einer Art Eingebung: »Wir wollen die Mutter meines Sohnes ehren, Vater – die uns dieses schöne Geschenk gemacht hat. Sein Name soll Hippolytos sein: Rosselöser – Er, der Herr der Galoppierenden Rosse! Das ist ein guter Name für einen König!«

Er meinte es gut; es wäre undankbar gewesen, ihm zu widersprechen. Doch tief im Inneren wühlte wie ein Messer die Erinnerung an alte Zeiten – dieser Name hätte der einer Königin sein sollen, nicht der eines Königs. *Soll auch das uns weggenommen werden?* Dann lächelte sie Theseus dankbar zu. Alle vergaßen freilich, daß »Rosselöser« im Griechischen auch »Von Rossen aufgelöst« bedeuten kann – derjenige nämlich, der von Pferden in Stücke gerissen wird.

Es war ein lieblicher, lachender Frühling. In der angenehmen Wärme segelte Theseus über den blauen Saronischen Golf, um Troizen einen Besuch zu machen. Er wußte, daß er sich viel eher hätte aufmachen müssen, um seine Sippe zu begrüßen; jetzt wollte er ihnen seine Gemahlin und seinen Sohn vorstellen; außerdem hatte er weitere Pläne. Und alles verlief so, wie er gehofft hatte. Pittheus und Aithra bereiteten ihren Gästen einen herzlichen Empfang und sprachen zu Theseus nicht über das, was vorbei und vergangen war, von jenen Söhnen, die er nicht heimgebracht hatte zu ihren Eltern... In der ersten Nacht in Troizen freilich, während Antiope und sein Sohn friedlich neben ihm schliefen, sah er in der Dunkelheit fortwährend die vier Knabengesichter vor sich, die er zurückgelassen hatte. *Was würde ich empfinden, wenn ich durch Übereifer und Wut eines anderen ihn verlieren würde – meinen kleinen Hippolytos?*

Doch was geschehen war, war nicht mehr zu ändern; was jetzt zählte, war der Bau von Schiffen, und das hing von den jungen Männern Troizens ab. Zwar waren auch die Berge Attikas bewaldet, doch dort spionierten die Söhne Pallas'... Und seine alten Gefährten hießen ihn mit Freuden willkommen – er war ihr ganzer Stolz und ihr Liebling, er, der viele Tyrannen erschlagen hatte, der Kapitän, der weiter und zu seltsameren Orten gesegelt war als jeder Mann, der südlich des Isthmus geboren worden war. Zuerst waren einige zurückhaltend, sich an Euneos, Hermos und Thoas erinnernd, die auch ihre Freunde gewesen waren, doch sein Ruhm und seine Güte ließen ihre Bedenken bald verfliegen. Bald waren alle damit einverstanden, Troizens hohe, grüne Kiefern zu schlagen und Schiffe zu bauen – alle wollten teilhaben am Ruhm und an der goldenen Kriegsbeute, die er noch nicht gewonnen hatte. Zuerst verschlug ihnen das Ungeheure seiner Pläne den Atem, aber schließlich war der Ruhm des gottähnlichen Minos ein wenig verblaßt, seit er trotz seiner gewaltigen, grausamen Streitmacht nicht vermocht hatte, die Mauern Athens zu erstürmen. Warum sollte nicht ihr mächtiger Theseus imstande sein, das große Kreta zu besiegen, er, der schon soviel fertiggebracht hatte? Und wenn sie ihm halfen, würden auch sie Helden sein.

Dieser Besuch war der erste von vielen, die alle fröhlich und in Freundschaft verliefen. Da vor Antiope nie eine Amazone verheiratet gewesen war, hatte diese auch noch keine bösen Geschichten über Schwiegermütter gehört. Nur eine prächtige Frau, so dachte sie, könne ihren Theseus geboren haben, und Aithra war gleichermaßen bereit, dieses anmutige, jungenhafte Mädchen in ihr Herz zu schließen, das ihren Sohn glücklich machte... das, die klugen, erfahrenen Augen sahen es wohl, selbst nicht vollkommen glücklich war. Da sie ebenfalls unverheiratet und keine rechtmäßige Königin war, erkannte Aithra, daß auch sie unter den Damen von Athen wenig Freundschaft gefunden haben würde. Zwischen den beiden Frauen entwickelten sich rasch Liebe und Achtung.

Antiope liebte auch die einfache Lebensart der Leute im kleinen Troizen. Was würde geschehen, wenn die jungen Mädchen das alberne Getue Kretas und anderer großen Städte nachäffen würden? Sie würden gewiß heranwachsen und wie ihre Mütter werden: gescheite, tüchtige Hausfrauen, die ihren eigenen Häusern vorstanden. Es würde ihnen gewiß nicht schwerfallen, die Feldarbeit den Männern zu überlassen, und die meisten Männer Troizens schienen nicht hochmütig zu sein. Troizen, wenn auch nicht vollkommen, war dennoch ein angenehmer Ort. Die Sippe ihres Mannes und das Volk, das sie regierten, waren rechtschaffene Menschen.

»Hier sind die Frauen noch Frauen«, sagte sie einmal. »Und keine Damen.« Sie meinte das als Kompliment, und Aithra, nach einem erstaunten Blick, verstand sie und lächelte ...

Es wäre gut, dachte Antiope, wenn Hippolytos einen großen Teil seiner Jugendzeit in Troizen verbringen könnte. Sie würde nie wieder eine Stadt sehen, in der Frauen frei waren, doch er – er würde eine schaffen! Und Jahrhunderte später würden die Frauen des Westens seinen Namen als den ihres Befreiers preisen und segnen ... Er würde eine Frau brauchen, die ihm half. Doch die königlichen Eheverbindungen, die Theseus törichterweise für ihn im Auge hatte, würden ihm nie helfen. Er sollte besser die Tochter einer ihrer Amazonen heiraten, obwohl es vielleicht auch ein Mädchen aus Troizen tun würde. Und dann durchzuckte es sie wie ein Blitz – was wäre, wenn er eine Frau aus dem kretischen Königshaus heiratete? Auf Kreta mußten sich die Frauen noch immer ihrer alten Freiheit erinnern, insgeheim sich danach sehnen; außerdem würde eine solche Heirat ihn als rechtmäßigen König Kretas und nicht als Sohn seines Eroberers erscheinen lassen. Welch ein Jammer, daß Ariadne, die Tochter des Minos, mehrere Jahre älter war als er!

Antiope erzählte Aithra und Pittheus von ihren Überlegungen, die ihr sagten, daß Königin Pasiphae wiederum schwanger sei. Ihr Herz machte einen Sprung – gewiß würde es ein Mädchen sein; das war ein neuer, kluger Plan der Göttin ...

Der alte Pittheus verwirrte sie zunächst. Er war klug, doch seine Klugheit war von anderer Art als die ihres Vaters Suppiluliuma. Es war eine Art Weisheit, die sie nie zuvor kennengelernt hatte. Sie war hoch erfreut, als er ihr erzählte, daß kein wahrer Gott und keine wahre Göttin jemals nach Blut verlangten, obgleich kleinere und niedrigere Mächte oft danach dürsteten, sich als Götter ausgaben und Männer und Frauen täuschten.

»Dann hatte ich recht, daß ich es abscheulich fand, die Pferde vor dem Schwarzen Stein zu töten. Die Göttin selbst will es nicht!«

»Kind, die Götter sind vollkommen und brauchen nichts. Sie geben, aber Sie nehmen nie.«

Sie holte tief Atem und fühlte, wie alte Fesseln von ihr abfielen. »Es ist gut, das zu wissen, Großvater. Ich werde es meinen Sohn lehren.«

»Wenn du ihm alles beibringst, was du ihn zu lehren im Sinn hast, wirst du ihn zu einem größeren Eroberer machen, als es dein Vater, ja als es sein eigener Vater ist. Auch der Frieden kennt seine Schlachtfelder, Kind; manchmal ist es schwieriger, dort zu bestehen als auf denen des Krieges.«

Sie sagte unvermittelt und ernst: »Da du der Großvater Theseus' bist, warum hast du, der du so weise bist, ihn nicht mehr gelehrt? Dann wäre für Hippolytos nicht so viel zu tun übrig geblieben.«

Der weise Pittheus seufzte. »Kind, wir alle steigen eine Treppe hinauf, und diese ist lang, und wir kommen langsam vorwärts. Jede Stufe bringt den Hinaufsteigenden näher ans Licht, von dem er doch nur entsprechend viel sehen kann. Ich glaubte zu wissen, auf welcher Stufe Theseus stehen müsse. Ich lehrte ihn mehr Barmherzigkeit und Gerechtigkeit, als alle anderen Königssöhne an dieser Küste davon verstehen – lehrte ihn alles, was er, wie ich glaubte, gebrauchen konnte. Doch es gibt nicht viel, was ein Mensch mit Sicherheit wissen kann; kein Mensch ist ein Gott.«

»Das verstehe ich. Gleichviel, die nächste Stufe auf dieser Treppe soll Theseus' Sohn ersteigen – mein Sohn, den ich unterrichten werde! Er wird diese kretische Prinzessin ebensosehr lieben, wie Theseus mich liebt, doch er wird auch verstehen, wie sie empfindet.«

Denn Theseus würde sie niemals gänzlich verstehen, das wußte sie jetzt. Doch hier in Troizen konnte sie überall mit ihm hingehen, an seinen Plänen und Arbeiten teilhaben, wie es in Athen nie möglich war. Tag für Tag fuhren sie mit seinem Streitwagen aus, und inzwischen hatte sie sich daran gewöhnt, ihn nicht zu lenken. Die sonnengebräunten jungen Schultern aneinandergepreßt sahen sie zu, wie die großen Bäume fielen und seine Schiffe auf Kiel gelegt wurden. Oft halfen sie bei der Arbeit; die Männer von Troizen kannten sich nur mit dem Bau von Fischerbooten aus, also war es notwendig, neue Entwürfe zu machen, neue Formen zu planen und zu konstruieren. Theseus und Antiope halfen, lange Stämme zum Ufer zu tragen, und versuchten sich vorzustellen, an welcher Stelle man sie einbauen konnte. »Diesen hier hin – diesen dort hin – nein, doch hier hin!« Sie krochen zwischen den Balken umher und dachten voll Freude daran, daß diese unförmigen hölzernen Gerippe eines Tages Ungeheuer sein würden, gewaltiger und furchteinflößender als Löwen – Ungeheuer, um die zermalmende Macht Minos', des Gott-Königs, zu verschlingen! Dieses gemeinsame Planen und Träumen hatte einen Reiz, der ihnen berauschend wie Wein in die Köpfe stieg, ihre jungen Geister mit den Feuern der Hoffnung erfüllte und der oft dazu führte, daß sie füreinander entflammten. Bis tief in die Nacht flüsterten sie miteinander, hielten sich in den Armen, bis das Geflüster in Küssen endete, und dann später sanken sie gemeinsam in die sanften Tiefen des kraftschenkenden Schlafs.

Antiope verstand nichts vom Schiffbau, doch sie wußte, daß es mit dem Erobern nicht getan war, daß der Frieden nicht nur gewonnen, sondern auch bewahrt werden mußte, und Theseus lernte von ihr alles, was sie von Suppiluliumas Verhalten in Krieg und Frieden je erfahren hatte. Sie erweiterte seinen Horizont, genauso wie er den ihren eingeengt hatte. Der Gedanke an all jene miteinander verbündeten Städte fesselte ihn immer mehr; doch zuerst mußte Kreta erobert werden.

»Kann Minos wirklich so töricht sein, diese goldbefrachtete

Insel den ganzen Sommer ohne Schutz zu lassen? Wo doch die furchtbaren Seeräuber aus Lukka so nahe sind? Sie *sind* nahe – mein Großvater hat Karten.«

Antiope lachte. »Minos hat die Seehäfen des Landes Lukka in seiner Hand – diese schrecklichen Piraten sind seine Gefolgsmänner.«

Theseus runzelte die Stirn. »Es heißt, der erste Minos habe mit seinem Bruder Sarpedon Streit bekommen, der von Kreta floh und in Lukka ein neues Königreich gründete. Aber er war der Feind seines Bruders, nicht sein Gefolgsmann.«

»Das ist nur die halbe Wahrheit. Und warum, ist leicht zu erraten: Die Kreter wollen nicht, daß ihr im Westen wißt, wie sehr auch sie in den ersten Jahren nach der Großen Finsternis gelitten haben. Ihre von Asche verseuchten Felder trugen nur wenig Frucht, und deshalb war Minos froh, seinem Bruder Schiffe und Männer zu geben, damit dieser anderswo Land in Besitz nehmen konnte. Doch ich weiß nicht –« nun runzelte Antiope die Stirn – »wie er damals Schiffe übrig haben konnte. Die gesamte kretische Flotte muß in der Großen Finsternis verloren gegangen sein.«

Theseus lachte rauh. »Nein. Deine Hethiter leben im Binnenland, doch alle Seefahrer des Ostens sagen, daß die offene See weit sicherer war als jeder Hafen. Das hat mir mein Großvater erzählt. Alle Schiffe im Hafen wurden vernichtet, weil aber die Große Finsternis im Mittsommer kam, wurden keine kretischen Schiffe davon betroffen.«

»Immer ist es das Meer, das Kreta hilft!« Theseus knirschte mit den Zähnen. »Im Sommer beschützt Boreas, der Gott der Winde, die Insel vor allen Feinden aus dem Norden. Macht ihre Segel nutzlos – läßt die Männer schwer rudern gegen seine Kraft. Wenn aber meine Schiffe fertig sind, wird mein Vater Poseidon mir den Wind schicken, den ich brauche! Dann wird Minos erfahren, wer der Herr ist – er und dieser Asterion, der dich beinahe geschändet hätte! Dann werden die Stiere, die athenische Kinder aufgespießt haben, geschlachtet und geröstet werden. Sie werden athenische Bäuche füllen!«

Antiope fragte sich, wer dieser Poseidon war. Vermutlich

einer dieser kleineren, geringeren Götter, von denen der weise Pittheus gesprochen hatte. Nichts, was sie über ihn gehört hatte, erinnerte auch nur im geringsten an die Göttin. Doch Theseus' Vertrauen auf diesen seinen besonderen Vater, war für ihn ein kostbares Gut; man durfte nicht daran rühren.

Sie sagte ernst: »Töte Minos und Asterion, aber nicht zu viele andere Kreter. Mein Vater wird Mitanni aushungern, bis es sich unterwirft, doch hat es das einmal getan, wird er Wagen voller Korn in die Stadt schicken, um das Volk zu speisen. Und viele Leute werden so glücklich sein, etwas zu essen zu haben, daß sie dem dankbar sein werden, der sie hungern ließ, daß sie ihren eigenen Herren die Schuld an ihrem Elend geben werden. Nur wenige lieben die Besiegten.«

»Das Letzte ist sicherlich wahr! Mein Vater hätte nicht lange gelebt, wenn nicht viele Athener die Söhne des Pallas gefürchtet hätten.«

Dieses Mal meint er Aigeus, dachte Antiope. Sie sagte: »Bedenke auch, wie mächtig Kretas Königinnen früher waren. Es wäre für Hippolytos eine gute Sache, eine kretische Prinzessin zu heiraten. Das könnte ihm sogar in Athen helfen, wo die Leute mich nicht mögen.«

Theseus lachte. »Wenn ich Kreta erst einmal besiegt habe, wird niemand es mehr wagen, etwas nicht zu mögen, das mir gehört! Doch« – seine Augen verengten sich – »auf Kreta könnte uns eine solche Heirat gute Dienste leisten.«

Ihr Pfeil hatte ins Schwarze getroffen. Antiope wußte es und war zufrieden. Doch sie war auch seine Frau, und nun lachte sie laut vor Freude und Stolz. »Bis jetzt hast du noch nicht ein einziges fertiges Schiff und Minos hat Hunderte, doch du siehst dich schon als sein Bezwinger. Es gibt auf der Erde keinen zweiten Mann wie dich.«

Ihr Gesicht strahlte; ohne es zu wissen, streckte sie die Arme aus. Die flammende Antwort las sie in seinen Augen: Die Liebe war der einzige Ausdruck für das hohe, helle Feuer, das in ihnen beiden aufloderte, und keiner der beiden, so lange er lebte, vergaß je diese Stunde.

An diesem Abend sprach Theseus mit Aithra. »Mutter, wir

müssen bald nach Athen zurückkehren. Willst du nicht mit uns kommen? Nur für eine kurze Zeit – ich weiß, daß du Troizen nicht lange verlassen kannst. Ich weiß aber auch, daß mein Vater glücklich wäre, dich zu sehen, Mutter.«

Doch Aithra schüttelte den Kopf. »Ich bin nun in den besten Jahren. Ich bin nicht mehr das junge Mädchen, an das er sich erinnert, und er ist nicht mehr der große, glänzende Mann, der vor langer Zeit nach Troizen kam. Es ist besser, wenn wir beide es bei dieser Erinnerung belassen.«

»Aber viele Paare trösten einander im Alter, Mutter.«

»Kind, die Jahre, die deinen Vater und mich miteinander hätten verbinden können, haben wir voneinander getrennt verbracht. Es konnte auch gar nicht anders sein. Ich bin Königin in Troizen, er ist König in Athen.«

Wie gut es doch war, dachte Theseus, daß die alte Lebensweise, der sich seine Mutter immer noch verpflichtet fühlte, von den meisten Menschen heute mit Füßen getreten wurde! Er dankte allen Göttern, daß er Antiope entführt hatte; sie war glücklich, sie bereute nichts.

»Grüße deinen Vater von mir. Und bleib nicht wieder so lange fort, Kind. Dein Großvater ist alt, und auch ich werde nicht jünger.«

»Ich werde kommen, Mutter. Ich muß mich um meine Schiffe kümmern.«

Sie lächelte schmerzlich. »Ja, Kind. Ich hätte nicht darum zu bitten brauchen. Du wirst kommen, um deine Schiffe zu sehen.«

Der Sommer hatte das Festland verlassen, die Blätter waren feuerrot, als auf Kreta Königin Pasiphae von einem Kind entbunden wurde. Das Mädchen hieß Phaidra, »die Glänzende«, doch ihr Erscheinen brachte nur wenige Gesichter zum Glänzen. Ihr Bruder Asterion lächelte breit, doch der Vater, Minos, schickte alle Männer fort. In flammendem Zorn schritt er allein in seiner prächtigen, vielsäuligen Halle der Doppeläxte auf und ab. Im nahegelegenen Megaron der Königin lag Pasiphae, bleichlippig und erschöpft, umgeben von ihren verstörten, flüsternden Frauen. Als die junge Ariadne kam, um ihre kleine

Schwester zu sehen, mußte auch sie flüstern; kein Zeichen des Jubels über den Neuankömmling durfte an die Ohren des Königs dringen. Die Königin war zu schwach, um ihr Kind selbst zu stillen, doch es saugte an den Brüsten einer gesunden Sklavin, die es wie ihr eigenes Fleisch und Blut liebte, es aber auch als das der Göttin verehrte.

Bald machte sich Minos grimmig und hartnäckig daran, einen weiteren Sohn zu zeugen. Doch Königin Pasiphae brachte nie wieder ein lebendes Kind zur Welt.

4. Kapitel/Wachstum und Erwartung – In der Neumondnacht des nächsten Thargelion wurde Antiope im hohen Haus Erechtheus' plötzlich wach. Alles lag in tiefer Nacht; obgleich der große äußere Raum voll war von Müttern mit ihren Säuglingen, konnte sie nichts anderes hören als die leisen, ruhigen Atemzüge der Schläfer. Doch sie war aus tiefem Schlaf gerissen worden durch etwas, das so düster und bedrohlich war wie eine warnende Stimme. Wie und warum? Alle ihre Mädchen waren mit ihren Kindern in Sicherheit, und Theseus schlief neben ihr. Sie kannte das Geräusch seines Atmens nun ebensogut wie seine Stimme. Sie hörte auch ihren Sohn atmen, der in seinem schön gearbeiteten, kleinen Bett im Gang zwischen den beiden Räumen schlief.

Alles mußte in Ordnung sein, doch –

In den verschiedenen Dunkelheiten dieses bekannten Raumes, den die Nacht immer geheimnisvoll machte, nahmen sich die Wände und Möbel in ihrer tiefen Schwärze furchteinflößend und bedrohlich aus. Ihre Augen durchforschten die dünnere Schwärze der Nacht selbst, bis sie an dem monderhellten Fenster hängen blieben.

Dieses Fenster wurde durch einen Gegenstand halb versperrt: Eine massige, rundliche Gestalt war es, die dort zwischen ihr und dem Licht hockte wie ein Ungeheuer. Ihr Herz schien für Sekunden auszusetzen, doch dann schlug es hart gegen die Rippen, wie ein in die Falle gegangenes Tier, das einen erschreckten, nutzlosen Sprung macht.

Da sah sie, daß der Gegenstand bloß eine Eule war. Sie war zwar sehr groß, doch sie sah aus wie andere Eulen; es war kein Ungeheuer. Sie lächelte, zugleich erleichtert und beschämt. »Ich werde genauso albern wie die Weiber.« Denn so nannten sie und die Amazonen nun, das griechische Wort benutzend, alle Frauen Athens, was nicht unzutreffend war und die hochgeborenen Damen einschloß, die, wenn sie davon gewußt hätten, verärgert gewesen wären. Wieder starrte sie durch die Dunkelheit und wünschte in ihrer Schwäche, das Geschöpf gänzlich zu einem irdischen machen zu können. Große rote Augen brannten wild in dem grausamen nachtschwarzen Kopf über dem gewaltigen, grausamen Schnabel, und ihr Herz machte einen qualvollen Sprung und beruhigte sich dann wieder. Diese Augen suchten nicht sie, sondern starrten das Bett an, ihre beiden Körper, als empfänden sie diesen Anblick als einen Frevel. Sie loderten in unaussprechlichem Haß ...

Verwirrt dachte sie: *Ich muß träumen,* und versuchte die Augen zu öffnen, doch diese waren bereits offen. Sie versuchte sich zu bewegen, doch sie vermochte es nicht; das Entsetzen vor diesen haßerfüllten Augen lähmte sie. Sie konnte nur daliegen und auf das Geschöpf starren, das seinerseits nicht sie anstarrte, sondern sie beide – Theseus und sie – alle beide ...

Und dann weinte Hippolytos.

Schreie, welche die Stille durchgellten, die ehrfürchtige Majestät der Nacht. Ganz und gar menschlich durchschnitten sie die Dunkelheit, das furchtbare, markerschütternde Weinen eines Kindes in höchster Angst. Üblicherweise wäre Antiope beim ersten Laut aus dem Bett gesprungen, doch jetzt war sie wie erstarrt, und die Eule blieb, wo sie saß, und keiner von beiden rührte sich. Es war Theseus, der aufsprang, den Schlaf abschüttelte und zu seinem Sohn ging. Durch ihre reglose Entrücktheit hörte Antiope sein halb knurrendes, halb besänftigendes Gemurmel, hörte, wie das Weinen in ein leises, stoßweises Schluchzen überging, das andauerte, obgleich das Kind sich sicher fühlte. Theseus trug es zum großen Bett, und als er das Geschöpf im Fenster erblickte, erstarrte er. »Beim Zeus! War es das?«

Mit einer einzigen schnellen Bewegung beugte er sich vor, legte das Kind neben ihr nieder, nahm eine Sandale und schleuderte sie gegen die schwarze, stumme Gestalt. Doch diese brach nicht wie ein lebender Vogel in ein erschrecktes Gekrächz aus. Sie schien zu zittern, und dann löste es sich so geräuschlos auf wie Nebelschleier unter einer Berührung.

Antiope rollte sich erleichtert herum und legte einen Arm um ihren kleinen Sohn. Auch Theseus versuchte das Kind zu trösten. Sie glaubten, der Anblick der großen, schwarzen Gestalt im Fenster müsse ihn erschreckt haben – es war in der Tat ein furchteinflößender Anblick gewesen –, doch er klammerte sich bloß an sie und schluchzte: »Finster! Alles finster. Nichts sehen...« Nun weinten alle Kinder; schlaftrunkene, verwirrte Amazonen beruhigten sie. Als schließlich alles wieder ruhig war, schlief Hippolytos, doch noch immer preßte er seinen Rücken fest an Antiopes warme Brust und ihren Bauch, und eine kleine Hand umklammerte, so fest sie konnte, eine der großen Hände Theseus'.

»Ich frage mich, warum er nicht Vogel gesagt hat«, sagte Theseus nachdenklich. »Er kennt das Wort. Ich habe gehört, wie er es benutzt hat.«

»Unser Bett ist höher als das seine«, sagte Antiope. »Vielleicht konnte er die Eule nicht sehen und hat nur gemerkt, daß sie ihm alles Licht wegnahm.« Gegen ihren Willen erschauderte sie, und Theseus, der es bemerkte, lachte leise.

»Also hast du auch einen Schrecken bekommen, mein kriegerisches Weib? Nun, ich bin froh, daß der weise Pittheus mich gelehrt hat, solche Geschöpfe nicht zu fürchten – oder sie als böses Zeichen zu nehmen. Es war die größte Eule, die ich je gesehen habe. Ich wünschte, die Sandale hätte sie getroffen; ich möchte nicht, daß sie noch einmal auftaucht... es ist besser, wenn der Junge sie nicht sieht.«

Antiope wünschte von ganzem Herzen, daß die Eule Hippolytos nicht gesehen hatte. Theseus schlief bald wieder ein, doch sie lag wach und starrte in die leuchtende Leere des Fensters. Das war keine wirkliche Eule gewesen, ausgebrütet in einem irdischen Nest. In diesen Augen hatte menschlicher, ja mehr als menschlicher Haß gelegen. Wieder erschauderte sie, als sie sich an alte Geschichten von weisen Frauen der Amazonen erinnerte, die ihre schlafenden Körper verlassen hatten und in der Gestalt eines wilden Tieres oder Vogels umhergewandert waren. Sie hatten diese Gabe dazu benutzt, Feinde auszuspähen, die ihrem Volk folgten, oder um Nahrung oder Wasser zu finden, die man brauchte, und manchmal sogar, um eine Verlorengegangene aufzuspüren ... Molpadia! *Kannst du eine solche Gabe erworben haben, Schwester meiner Mutter? Bekümmert um mich, die dir verloren ist – voll Verlangen, mich zu finden und zu retten. Von dir selber fordernd, es zu erreichen, du, deren Wille so stark ist?*

Nein – das konnte nicht sein, dank der Göttin! Tatkräftige Frauen verfügten niemals über diese Gabe; nur solche, die verkrüppelt oder zu alt waren, um in den Krieg zu reiten. Selbst von diesen besaßen sie nur wenige, nur eine oder zwei in einer Generation. Doch Molpadias Wille war sehr stark ... Glaubten nicht viele Leute, daß Hexen große Macht gewannen, indem sie opferten, was ihnen am nächsten und teuersten war? Molpadia und Lysippe – jede hatte einem von ihnen geborenen Kind den Tod gebracht. Und Lysippe hatte solche Macht besessen ... Konnte es die Gegenwart von Molpadias Haß, nicht die erbarmungslose Dunkelheit, wie sie hoffte, gewesen sein, die ihn eingehüllt hatte, die Hippolytos zum Schreien gebracht hatte?

*O Göttin, mach, daß sie ihn nicht gesehen hat!*

Ein törichtes Gebet! Entweder es war bereits geschehen, oder nicht. Waren die furchtbar brennenden Augen nur auf das Bett allein gerichtet gewesen, oder hatte ihr Blick ausgereicht, um zu erblicken, was Theseus getragen hatte? Hatte das Geschöpf nicht nur gesehen, sondern auch gehört?

Und wenn Molpadia heute nacht gekommen war, hielt sie ihre Nichte nun für ein Opfer oder für eine Verräterin? Für eine willige Sklavin oder für eine Frau, die ihre Erniedrigung still ertrug, jedoch auf Freiheit hoffend, genau wie Lysippe vor ihr? Wie auch immer, was konnte Molpadia tun? Konnten die Augen eines Vogels Grenzzeichen erkennen, einen Weg von

Meer zu Meer auf einer Karte eintragen, über die ganze lange Strecke von Themiskyra nach Athen? Einen Weg, auf dem es von Feinden wimmeln würde. *Ob du mich nun liebst oder haßt, Molpadia, du liebst noch immer unser Volk. Du wirst nicht um meinetwillen unsere ganze Rasse in Tod und Verderben führen.*

Nein, niemals würde Molpadia das tun!

Auch konnte die Todsängerin nicht selber Rache nehmen, wie groß ihr Zorn auch immer war. Die Schnäbel und Klauen solcher Geistergestalten waren nicht stark genug, um lebendiges Fleisch zu zerreißen. Zumindest sprachen ihnen die alten Geschichten eine solche Macht nicht zu.

Doch noch viele Nächte danach schlief Antiope unruhig, wenn sie überhaupt schlief. Oft lag sie wach, starr und gespannt, die Augen auf das vom Mondlicht versilberte Fenster geheftet, das mit dem voller werdenden Mond immer heller und mit dem abnehmenden immer blasser wurde. Doch weder in der Helligkeit noch in der Trübheit hockte die grimmige schwarze Gestalt je wieder dort. Allmählich nahmen auch ihre Ängste ab und wurden traumähnlich. Nichts würde geschehen; nichts konnte geschehen.

Die Hitze des Sommers ging vorüber. Die Bäume flammten auf wie Fackeln, die den Weg der Jungfrau hinunter zu ihrem Herrn in die Dunkelheit erleuchteten. Die scharfen Winterwinde kamen und Schnee fiel; dann stellte sich wieder die grüne Zartheit des Frühlings ein. Und während dieser ganzen Zeit ereigneten sich zwei Dinge von Bedeutung: Theseus' Schiffe wuchsen, erhielten Kiele, Rümpfe und Masten; und sein Sohn wuchs heran. Der Kleine tat noch eine Menge anderer Sachen, oft zu viele; nur der Schlaf konnte ihn still halten. Doch in den Augen seines in ihn vernarrten Großvaters konnte er nichts falsch machen; tatsächlich erging es anderen nicht viel besser. Inzwischen hatte jede Amazone ihr eigenes Kind, die meisten zwei, doch die großen Kriegerinnen gerieten sich seinetwegen fast in die Haare. Er war das Kind ihrer Königin und schön wie der Morgen. Immer wenn Theseus sagte, daß sie ihn verzärtelten, antwortete Antiope: »Sie täten besser daran, ihn nicht immer alles haben zu lassen, was er will und wann immer er es will, wie dein Vater es tut. Und du meistens auch.« Das traf zu.

*Er braucht einen Bruder,* dachte Theseus manchmal, doch er war nicht wirklich traurig, daß der Junge sein einziger Sohn blieb. Das erste Kindbett seiner Frau hatte ihm einen furchtbaren Schrecken eingejagt. Außerdem hatte ihn Antiopes unschuldiger Glaube, was dem einen recht, müsse dem anderen billig sein, in Verlegenheit gebracht. Aus eigenem Entschluß hatte er während der letzten schweren Monate ihrer Schwangerschaft nicht mit ihr geschlafen, doch seine Enthaltsamkeit hatte ihm wenig Freude bereitet. Natürlich würde sie ihn weder töten wollen noch können, wenn sie ihn mit einer anderen Frau überraschte; das war nur eine Redensart gewesen. Doch was war, wenn es ihr in den Kopf kam, daß eine solche Handlung seinerseits es ihr freistellte, sich auch einen anderen Mann zu nehmen?

In diesem Frühling wie auch schon im letzten dachte Antiope: *Wir könnten nun an eine kleine Schwester für Hippolytos denken. Doch das ist schmerzlich für Theseus – und ich werde keiner dieser giftspritzenden Hündinnen eine Chance geben!* Immerhin hatte sie ihm bereits seinen langersehnten Sohn und Erben geschenkt. Sie wußte nicht, daß niemand außerhalb des Palastes ihren Sohn als den Thronerben von Athen ansah. Theseus hatte es nicht gewagt, seinen Sohn zu den Apaturien zu bringen, dem jährlichen Fest, bei dem alle frischgebackenen Väter ihre Söhne den anderen Söhnen ihres Geschlechtes vorstellen. Mittlerweile war ihm klar, daß und warum seine Stammesmitglieder seinen Sohn nicht anerkennen würden. Hätte Antiope das gewußt, dachte er grimmig, hätte sie vielleicht aufgehört davon zu sprechen, wieviel Macht Frauen brauchten. Eines stand fest: die Frauen Athens hatten bereits zuviel davon.

*Aber alles wird anders sein, wenn ich Minos besiegt habe. Dann wird niemand mehr meinem Sohn sein Geburtsrecht absprechen.*

Was Hippolytos anging, so empfand er in seinem Leben nur einen einzigen Mangel: Er war zu klein. Es gab so viele Dinge, die ein Junge erst tun konnte, wenn er größer war. So viele Dinge konnte er nicht erklettern oder anfassen, benutzen oder untersuchen, weil sie ihm vielleicht Schaden zufügen würden oder er sie zerbrechen könnte. Er verbrachte viele schöne Stunden, wenn er mit den anderen kleinen Halb-Amazonen spielte, aber man hätte noch so manch anderes tun, noch ganz anderen Spaß haben können, wenn man nur nicht so klein gewesen wäre! Es verlangte ihn nach den hübschen, schimmernden, scharfen Dingen, mit denen sein Vater und die Amazonen spielten. Manchmal taten sie so, als ließen sie ihn ebenfalls damit spielen; doch ihre Hände waren immer nahe oder über den seinen; in Wirklichkeit ließen sie ihn gar nichts allein tun. Darin war der Vater der allerschlimmste, Vater, der sonst in jeder Hinsicht der prächtigste Spielkamerad der Welt war. Wenn Mutter nicht wollte, daß Hippolytos irgend etwas nicht tat, sagte sie es einfach; sie wußte, wie sehr er es verabscheute, an der Nase herumgeführt zu werden. Es gab eine Menge Dinge, die sie, wie alle Erwachsenen, nicht verstand und von denen sie keine Ahnung hatte, doch das gab sie zu. Manchmal war seine Mutter sehr nett.

Das Schönste überhaupt, schöner als alles andere auf der Welt, waren die Zeiten, wenn Mutter mit ihm in ihrem Streitwagen ausfuhr. Die rasende, fast beflügelte Schnelligkeit, mit der sie dahinsausten, war eine Freude, die so hoch über allen anderen Freuden stand wie die Sterne über seinem Kopf. Die Stöße kümmerten ihn nicht. Es machte ihm nicht einmal etwas aus, sich ruhig zu verhalten, weil Antiope, um beide Hände frei zu haben, eine Art von gut gepolstertem ledernem Geschirr angefertigt hatte, das von ihrer Schulter hing und von dem er gehalten wurde. Es war gerade so hoch, daß seine kleinen Hände die Vorderseite des Wagens ergreifen konnten, so daß er glauben konnte, selbst etwas zu tun. Nie versuchte er, sich aus dem Geschirr herauszuwinden; er verstand vollkommen, daß es der Preis seiner Freuden war, darin zu bleiben. In der harten Welt der Amazonen mußte ein solches Verstehen zwischen Mutter und Kind bereits früh begründet werden, gleichsam wie durch Gedankenübertragung. Außerdem brauchte man sich nicht zu rühren, wenn die großen, prachtvollen weißen Pferde sich so wundervoll bewegten. Sie gaben Hippolytos das Gefühl, als seien er und die Mutter Vögel, hoch über die Welt hinaufgehoben und sie überfliegend. Vögel, die sich schneller bewegten, als irgend etwas unten auf der Erde es vermochte…

Ein Kind erinnert sich nicht, wann ihm zum erstenmal bewußt wird, daß es Sommer und Winter gibt. Doch Hippolytos wußte bereits, daß er den Winter haßte, denn er bedeutete, daß sie weniger oft ausfuhren. Er war glücklich, wenn es Frühling wurde, doch dieser Frühling war ein wenig anders. Vater sagte, daß sie nach Troizen gingen, und Großvater wandte ein, daß sie gewöhnlich nicht so früh fuhren. Er schien überrascht und betrübt. Hippolytos glaubte, er sei nur deshalb betrübt, weil er ihn, Hippolytos, vermissen würde.

Er selbst war froh, daß sie aufbrachen; ihm gefiel Troizen besser als Athen. Großvater war niemals dort, jedoch Großmutter und Urgroßvater; außerdem waren die Leute in Troizen sehr freundlich. Wann immer er und seine Mutter dort ausfuhren, winkte ihnen jedermann zu und grüßte sie, und sie winkten und grüßten wieder. Hier in seiner Heimat beachtete sie niemand, wenn sie ausfuhren, und sie selbst beachteten niemanden. In Troizen pflegte seine Großmutter auch, wann immer Besucher kamen, ihn vorzustellen. Dagegen bedeutete im hohen Hause Erechtheus' die Ankunft von Gästen immer, selbst wenn er mit dem Vater mitten in einem aufregenden Spiel war, daß sie aufhören mußten und er in die Räume gebracht wurde, die ausschließlich der Mutter und ihren Amazonen gehörten. Er wußte nicht, daß dies geschah, weil Theseus es nicht ertragen konnte, daß er gekränkt oder herablassend behandelt wurde; doch er ahnte, daß die Leute in Athen ihn nicht mochten.

Aber dieser Frühling in Troizen war merkwürdig und anders als sonst. Die Leute waren geschäftig und in Eile; sie schienen allzusehr an etwas anderes zu denken als an ihn. Nur zur Begrüßung gab es das übliche Getue, doch dies dauerte kaum so lange wie sonst. Einmal hörte er, daß ein paar junge Männer aus Athen kommen würden, und war überrascht und erfreut. So etwas war noch nie vorgekommen, doch vermutlich bedeutete es, daß es ein Fest und viele gute Sachen zu essen geben würde.

Er fragte, wann die jungen Männer ankommen würden, doch niemand wußte es; sie müßten »vorsichtig« sein, hieß es.

Da nahm ihn eines Morgens seine Mutter auf eine Ausfahrt mit. Alles war wieder wunderbar: nur er und sie und die schönen, schönen dahineilenden Pferde. Doch allzu rasch hielten sie an: auf dem weißen Strand, am Rande des blauen Wassers. Antiope wollte ihn zum Spielen in den Sand setzen, doch er klammerte sich an den Rand des Wagens. »Nein! Will bei Pferdchen blei-ben!«

Antiope war überrascht. Sie hatte erwartet, daß er froh sein würde, Platz zum Herumtollen zu haben; in der Regel konnte er nie genug davon bekommen. Doch während der paar letzten Tage hatte er die Pferde nicht so oft wie gewohnt zu Gesicht bekommen. Sie blickte ihn nachdenklich an. »Wir haben so viel an deine Zukunft gedacht, kleiner König, daß wir vielleicht nicht genügend über dich, wie du jetzt bist, nachgedacht haben.«

Antiope dachte nur an ihn und an das, was ihm gefiel; Hippolytos begriff das weitgehend und gab seiner Zustimmung in der zwitschernden, geschlechtslosen Sprache Ausdruck, die sehr jungen Kindern eigen zu sein scheint. Doch dann verließ sie das Verständnis wieder; sie ergriff ihren Sohn und hielt ihn hoch. So hoch, daß er die prächtigen neuen Schiffe sehen konnte, die jetzt tiefer im Wasser lagen als vor ein paar Tagen – beladen mit den Vorräten und dem Trinkwasser, die man auf der Fahrt nach Kreta benötigen würde …

»Schau, kleiner König. Die Schiffe deines Vaters.«

Hippolytos verspürte kein Interesse. Schiffe waren nicht gut, außer man war wirklich an Bord, konnte überall herumkriechen und sich alles anschauen. Doch um ihr eine Freude zu machen, schaute er zu ihnen hinüber. Auf diese sonderbaren, großen, schwarzen Umrisse, die schwarze Schatten auf das blaue Wasser warfen … Mit einem Mal mochte er sie nicht. Nicht bloß, weil sie sich auf so langweilige Art still verhielten; sie erinnerten ihn an die gefürchtete, geheimnisvolle Schwärze der Nacht.

Antiope hatte plötzlich das Gefühl, als umklammere eine

Klaue ihr Herz: ein elendes, höchst un-amazonisches Gefühl. Bald nun würden diese Schiffe auslaufen – sie würden Theseus in die Schlacht tragen und sie zurücklassen! Doch sie, geübt in der Kunst, eine Königin zu sein, wußte, daß es gute Gründe gab, zu Hause zu bleiben; weitaus bessere Gründe als die törichte Überzeugung ihres Mannes, Frauen brauchten nicht zu kämpfen. Alle Männer, denen Theseus traute oder denen er hoffte, trauen zu können, waren junge Männer, und diese fuhren mit ihm. Nur sie würde zurückbleiben, um ihren Sohn und den alten Aigeus zu beschützen. Er würde zurückkommen – sicherlich würden weder ihre Göttin noch sein Gott es zulassen, daß ihm ein Leid zugefügt wurde! Doch er würde vielleicht länger fort sein, als er erwartete; eroberte Gebiete konnte man nicht innerhalb eines Tages befrieden. Das konnte sie ihm nicht begreiflich machen, sie, die immerhin Suppiluliumas Tochter war. Und die Söhne des Pallas mußten schon von seiner geplanten Abfahrt wissen – soviel war gewiß durchgesickert. Sie dankte der Göttin, daß die jungen Männer, die erwartet wurden, noch nicht wußten, wohin es gehen würde, sondern nur, daß sie Theseus bei einer neuen ruhmreichen Abenteuerfahrt begleiten sollten.

Wie leicht hätte sie Athen für ihn regieren können, wenn sein Volk ihr nur vertraut hätte! Sie hätte Freude daran gehabt, ihren Verstand, ihren Mut und ihre Kraft einzusetzen, wie groß die Gefahr auch immer gewesen wäre. Doch niemals würden die Männer von Athen ihr in einer wichtigen Angelegenheit vertrauen, weil sie eine Frau war; und die Frauen würden ihr nie trauen, weil sie eine Amazone war...

Sie warf ihre Bitterkeit und ihre undeutlichen Ängste beiseite und sprach wieder zu ihrem Sohn: »Kind, diese Schiffe werden deinen Vater zu einem großen König machen. Zu einem König, der viele Völker von Furcht und Schmerz befreien wird. Doch er wird nicht alle befreien. Du bist es, der das tun muß, in vielen, vielen Jahren, wenn du König sein wirst. Du wirst alle Sklaven befreien – sogar jene, die man nicht so nennt. Du wirst Freundschaft stiften zwischen Männern und Frauen, kleiner König.«

Ihr kleiner König steckte den Daumen in den Mund. Wenn er und seine schönen, schnellen Pferde schon stillstehen mußten, brauchte er eine Abwechslung. Antiope bemerkte es und nahm ihm den Daumen aus dem Mund. »Das sollst du nicht tun. Deine Hände sind schmutzig. Warum nur kann ich sie nie sauberhalten?«

Hippolytos beachtete sie nicht und warf den Pferden sehnsüchtige Blicke zu. Wenn sie sie doch nur wieder zum Laufen bringen würde! Doch Antiope wandte sich wieder an den Mann, der noch gar nicht da war.

»Dein Vater und der meine gleichen sich. In beiden ist eine Kraft – so wie ein großer Wind oder ein mächtiger, strömender Fluß. Etwas, das nie innehalten oder zum Stehen gebracht werden kann. Doch sie sind auch verschieden. Der Große König ist immer kühl. Durch nichts läßt er sich jemals hinreißen, weder durch Liebe, Haß, Furcht oder Zorn. Furcht wird niemals deinen Vater besiegen – die Göttin weiß es! Aber andere Dinge ...« Sie hielt stirnrunzelnd inne.

Hippolytos blickte sie erwartungsvoll an. Ob sie die Pferde wohl wieder laufen ließ? Es war gewiß schon Zeit!

Antiope, noch immer nachdenklich, sagte: »Dein Vater fühlt zuviel und denkt zu wenig. Doch er ist einer, den die Dichter besingen werden. Sie werden so viele Lieder über ihn machen, daß, wenn er längst tot ist, törichte Menschen vielleicht sogar behaupten werden, er habe in Wirklichkeit nie gelebt.«

Hippolytos beugte sich über die Vorderseite des Wagens; er hatte genug. Doch Antiope, jetzt in ihre eigenen Gedanken versunken, bemerkte nur, daß er die Haltung verändert hatte. Sie fuhr fort: »Doch ich fürchte, daß es nicht richtig ist, daß Königinnen und Könige sich hinreißen lassen. Auch du darfst das niemals tun, kleiner König. Du mußt immer kühl bleiben wie dein hethitischer Großvater. Immer in der Lage, dich selber zu beherrschen, so wie du dein Pferde beherrschen wirst –«

Hippolytos hatte den Schwanz des Pferdes ergriffen, das ihm am nächsten war. Er zog daran, erst spielerisch, dann kräftig. Gereizt und an Schmerz nicht gewöhnt wie alle Pferde Antiopes, wieherte der Hengst und bäumte sich auf. Das zweite

Pferd des Gespanns tat es ihm nach. Antiope rang nach Luft, umschlang ihren Sohn fest mit einem Arm und versuchte ihr Gespann zu beruhigen. Doch auch Hippolytos war erschreckt. Er kreischte und strampelte, und sein Geschrei reizte die ohnehin aufgeregten Pferde noch mehr. Sie warfen sich nach vorn und stiegen hoch; der Wagen schien unweigerlich umzustürzen. Antiope hatte nur eine Hand frei; und zu beiden Seiten des Meeres gab es wohl nur wenige Männer, die dieses sich aufbäumende, tobende Gespann mit einer Hand hätten zähmen können. Doch der Kampf war endlich vorüber, und sie konnte ihren Sohn wieder auf die Füße stellen. Streng blickte sie ihn an.

»Dein Vater hat einen passenden Namen ausgesucht«, stieß sie fast zwischen den Zähnen hervor. »Du heißt zu Recht ›Rosselöser‹ –«

Der zukünftige König von Kreta und Athen wimmerte. Er war zutiefst erschreckt und erschüttert, und nun war seine Mutter zornig auf ihn. Antiope beugte sich herab und hob mit ihrer freien Hand sein Kinn hoch, so daß ihre Blicke sich trafen, obwohl sie immer noch mit einer Hand und einem Arm über die Pferde wachte.

»Hör zu«, sagte sie mit leiser, doch strenger Stimme. »Es tut Pferden weh, wenn man an ihren Schwänzen zieht. Es tut ihnen sehr weh. Du darfst niemals – *niemals* – wieder ein Pferd am Schwanz ziehen.«

Sie war immer noch wütend; Hippolytos verstand das, wenn seine Furcht ihre Worte auch undeutlich machte. Um ihrem Zorn zu entgehen, suchte er an der behaglichen, warmen Weichheit ihres Leibes Zuflucht. Wenn er das tat, war er unwiderstehlich; Antiope umarmte ihn.

»Du würdest jetzt kreischen, wenn deine Mutter eine Dame wäre. Nicht eine harte, grausame, kriegerische Frau.«

Die Amazonen waren entsetzt gewesen, als sie zum ersten Mal gesehen hatten, wie eine athenische Frau ihrem Kind Schläge gab. Bei ihnen hingegen gab es ein einfaches Gesetz, das sich noch in vielen Kulturen widerspiegelt, die Spuren des Matriarchats aufweisen: Gewalt nur gegen Feinde. Feinde sollte man so schnell und unbefangen töten, wie man Fliegen zerquetschte, doch niemals durfte man die Hand gegen das eigene Fleisch und Blut erheben.

Hippolytos kuschelte sich an sie und beruhigte sie. Er wurde noch immer geliebt – daß er kurz daran gezweifelt hatte, hatte die kleine Mitte seiner eigenen Welt aufgeschreckt. Doch er hatte etwas getan, das er besser nicht wieder tun sollte; obgleich er nicht ganz sicher war, was es war. Seine Augen kehrten sehnsüchtig zu den Pferden zurück. Zu den aufregenden Schwänzen, deren Möglichkeiten er gerade erst entdeckt hatte... Antiope sah diesen Blick und seufzte.

»Ich merke, daß ich die ganze Zeit auf dich werde aufpassen müssen. Ohne Unterbrechung. Bis du alt genug bist, um ein bißchen Verstand zu haben.« Hippolytos lächelte sie von unten an und gab noch einmal jene leisen, zwitschernden Laute von sich, die Zustimmung bedeuteten; alles war gut.

Doch schon wäre der »Rosselöser« fast zu dem »Von Pferden Zerrissenen« geworden. Und im Schoß künftiger Jahre warteten die wilderen, weiter im Westen liegenden weißen Strände Troizens, ihre gewaltigen, grauen Felsen grimmig der Sonne entgegengereckt...

Als sie zur weiten Vorhalle des Hauses von Pittheus zurückkehrten, hörte Antiope, daß Fremde angekommen seien. Ob nun Boten oder Kaufleute, es waren so wenige, daß sie kaum ihr Interesse erregten. Es konnte sich nicht um jene jungen Männer handeln, die auf den Feldern ihrer Väter begierig darauf warteten, ihre Werkzeuge fortzuwerfen – Thargelion war in Griechenland der Erntemonat, eine schlechte Zeit für Männer, die Heimat zu verlassen – und Theseus' Ruf zu folgen. Und dieser Ruf würde sehr bald an sie ergehen. Er war versessen darauf, seine Schiffe mit Vorräten auszustatten. Er hatte gesagt: »Dann werde ich in See stechen! Dann wird Poseidon mir meinen Wind schicken!«

*Kannst du dessen ganz sicher sein, Theseus?* Sie konnte nicht verhindern, daß in ihrem Inneren der kühle hethitische Suppiluliuma diese Frage stellte. Doch der Wind würde gewiß kommen; sein Gott und seine Göttin mußten es wollen.

Doch sie war unruhig und unglücklich wie alle in Troizen. Die Besten der athenischen Jugend würden fortsegeln, doch auch alle jungen Männer Troizens. Ihre Waffen waren bereits poliert und glänzten, nur die Augen der jungen Männer strahlten noch mehr. Ungeduldig, ungetrübt, als ob sie alle heimkehren würden. Würde *er* zurückkommen?

*Das ist Torheit. Ich werde genauso nervös wie die Weiber. Es wird immer Krieg geben, und niemals können alle Krieger heimkehren... Wenn ich nur mit ihm gehen dürfte!*

Sie ging früh zu Bett, in der Hoffnung, daß Theseus bald zu ihr kommen würde. Die heutige Nacht gehörte noch ihnen, was aber war mit der morgigen? Er konnte nicht so rasch aufbrechen, doch er war vielleicht zu sehr beschäftigt, um zu kommen...

Der Mond stieg hoch, und noch immer war er nicht gekommen. Warum? Wollte er sie nicht, so wie sie ihn wollte? Sie fing an wütend zu werden und sagte sich selbst, daß das unsinnig war. Sie durfte die gemeinsame Zeit nicht verderben, die ihnen noch blieb. Nein – das hatte einen unglücklichen Beiklang. Die Zeit, die sie noch hatten, bevor er fortging. Er würde zurückkommen – er mußte, um die Taten zu vollbringen, die sein Großvater ihm vorausgesagt hatte. Doch wie hatte sie heute morgen daran denken können, daß sie voller Freude Athen für ihn regieren würde, während er weit fort und in Gefahr war?

Torheiten, nichts als Torheiten. Das kam dabei heraus, wenn man in ein Haus eingesperrt war. Heute morgen war sie im Freien gewesen, heute nacht war sie eingeschlossen, hilflos und zur Untätigkeit verdammt, wie die Weiber. Sie handelte und dachte wie sie. Gewaltsam zwang sie sich vernünftig zu sein und zu schlafen, doch sie konnte es nicht. Eine Düsternis lag auf ihrem Geist, als spüre sie das Nahen eines Unheils.

Der Mond ging schon beinahe unter, als Theseus endlich kam, sehr leise, als wolle er Weib und Kind nicht stören. Doch aus der Dunkelheit kam Antiopes Stimme und die zeitlose weibliche Frage: »Was hat dich solange aufgehalten?«

Er gähnte; sie konnte nicht sehen, daß dieses Gähnen ebenso gespielt war wie ihre Zwanglosigkeit.

»Händler sind aus dem Norden gekommen, aus Thessalien. Dort gibt es Kämpfe.«

»Wer kämpft gegen wen?«

»Ich weiß es nicht. Die Händler wissen es auch nicht, glaube ich. Ich wollte nur sicher gehen, daß die Kämpfe zu weit weg sind, um Athen in Schwierigkeiten zu bringen.« Er gähnte wieder, und sie verstand den Wink, sagte nichts mehr und hielt ihn für schläfrig. Doch als er zu ihr ins Bett kam, schloß er sie leidenschaftlich in seine Arme, und sie erwiderte seine Umarmung. Zumindest in dieser Nacht waren sie noch zusammen ... Aus seinen Armen sank sie schließlich befriedigt in die Arme des Schlafs, dem Bruder des Todes. Theseus jedoch lag neben ihr und hatte das Gefühl, als hielten ihn Finsternis und böse Träume fest in ihren Klauen, und er könne nicht erwachen.

Er hatte ihnen Fragen um Fragen gestellt, jenen Händlern, die in Wahrheit keine Händler, sondern seine Späher waren, die er in den Norden gesandt hatte, als er zum erstenmal von jenen wilden Gerüchten erfahren hatte. Ständig hatte er gehofft, die Antwort auf die nächste Frage werde die düsteren Bilder wegwischen. Er hatte die Späher schlafen lassen, sie dann wieder befragt und war anschließend allein in der schwarzen Nacht umhergegangen, die ihm vorkam, als seien Mond und Sterne aus ihr verschwunden.

Im Norden gab es öfter Unruhe. Landlose jüngere Söhne träumten unentwegt von den goldenen Städten des Südens, von Mykene und Messene. Immer wenn sie in größerer Zahl über den Isthmus nach Süden kamen, geriet Athen in Schwierigkeiten. Das war alles, was er zuerst befürchtet hatte, und, bei den Göttern, es hätte schon gereicht! Dieser Monat, dieser Thargelion, war seine letzte Chance. Wenn nicht die ganze Ordnung der Natur umgekehrt wurde – und er konnte nicht erwarten, daß sein Vater Poseidon so viel für ihn tat –, würde vor Winteranfang kein Wind aus Norden mehr wehen. Bis die kretischen Schiffe wieder in ihren Häfen waren.

*Und Minos durfte diesen Tribut im nächsten Jahr nicht wieder einfordern – er durfte es nicht! Vater Poseidon, hilf mir! Laß mich in See stechen!*

Dieses Jahr, in dem seine Schiffe endlich bereit waren, war das entscheidende Jahr – wie konnte er es ertragen, nicht aufzubrechen? Es mußten Plünderer sein – nichts anderes! Athen hatte früher allen Stürmen getrotzt und konnte es wieder tun, so schlimm es auch war, die Stadt allein lassen zu müssen. Wenn aber –

Eine ganze Horde, sagten sie, sei auf dem Weg nach Süden. Eine dämonische Horde, in der mehrere Männer in einem Streitwagen fuhren und die Frauen Ungeheuer waren wie die sagenhaften Kentauren, halb Pferd, halb Mensch. Sie ritten wie der Wind, heulten wie der Wind und töteten alles, was ihnen unter die Hände kam. Sie schnitten den Erschlagenen die Köpfe ab und tranken aus den Schädeln. Sie waren Ungeheuer, sowohl in ihrem Blutrausch wie in ihrer Gestalt.

Es konnte nicht wahr sein. Es war verrücktes, verlogenes Gerede, ein Gerücht, das um so größer wurde, je öfter es nacherzählt wurde. Frauen aus dem Norden fuhren oft gemeinsam mit ihren Männern in Wagen und kämpften an ihrer Seite; wenn jedoch die Frauen kamen, rückte der gesamte Stamm an, die Kinder und die Alten. Doch alle schworen, daß die ganze Horde nur aus Mordlustigen bestand, die danach gierten zu töten ... Lügen, verrückte, wilde Gerüchte, die noch wildere, verrücktere Lügen erzeugten, doch er wußte, was Antiope denken würde, wenn sie von diesen Frauen hörte.

*Die Amazonen!*

Es konnte nicht sein. Sie konnten nie so weit gekommen sein. Wenn das geschah, konnte ein Nordwind im Mittsommer wehen.

Doch die Hethiter fuhren zu dritt in einem Streitwagen ... Er hatte gehofft, den Großen König als Bundesgenossen gewinnen zu können, und hatte es einem Volk gesagt. Suppiluliuma hatte keine Schiffe, doch er konnte welche leihen. War es möglich, daß seine Krieger und die Amazonen kamen? Konnte irgendeiner der tausend hethitischen Götter so verschlagen und boshaft gewesen sein, sich so etwas Entsetzliches auszudenken und darüber zu lachen?

Er betete stumm und inbrünstig, reckte seine Arme hinauf in

die Dunkelheit. »O Vater Poseidon, laß sie schnell kommen! Befreie mich von dieser einen Furcht, die sicherlich die Furcht eines Narren ist. Nein – das spielt keine Rolle. Ich kann Dich nicht darum bitten, die Gesetze aufzuheben, welche alle Götter gemeinsam geschaffen haben müssen, um die Welt und die Jahreszeiten zu ordnen, aber, auf welche Weise auch immer – laß mich segeln!«

5. KAPITEL/DIE ANKUNFT DER HORDE – Er erwachte plötzlich in der leichenblassen grauen Morgendämmerung, obgleich er kein Geräusch gehört hatte, und war sofort vollkommen munter. Er verließ Weib und Kind und stieg leise die Treppe hinunter. Im Megaron erwarteten ihn Diener mit schreckgeweiteten Augen. Ihre Gesichter waren weiß vor Angst. »Herr, Herr –«

In der weiten Vorhalle, wo er vor langer Zeit Herakles' Löwenfell irrtümlich für einen lebendigen Löwen gehalten hatte, traf er auf drei abgezehrte, erschöpfte Männer, seine Späher, und ihre Gesichter waren grauer als das geisterhafte Licht.

»Du mußt so schnell wie möglich heimkehren, König. Der Feind kann nicht mehr viele Tage hinter uns sein!«

»Sie kommen nach Athen? Seid ihr sicher?« Ihnen erschien Theseus' Stimme lebhaft und kraftvoll; ihm selber war, als käme sie aus weiter Ferne.

»Sie kommen, Herr, sie kommen! Sie haben jetzt Gefangene, die Griechisch sprechen können, und diese fragen sie andauernd: Wo liegt Athen? Und dem, der ihnen den Weg zeigen kann, schenken sie schöne Dinge – und das kostbarste von allem: das Leben!«

Theseus war, als sei ihm ein Felsen, schwer und groß wie jener, den er einst hochgehoben hatte, um das Schwert seines Vaters zu erlangen, aufs Herz gefallen. Nun dies – gerade in dem Augenblick, da er sich anschickte, nach Kreta zu segeln!

»Wer sind sie?« Wieder schien seine Stimme aus weiter Ferne zu kommen.

»Niemand weiß es, Herr.« Einer der Männer zitterte.

*Ich weiß es.* Sein Herz schrie es, obwohl sein Verstand das Unglaubliche noch immer zurückwies. Er sagte: »Welchen Kriegsschrei haben sie? Viele müssen ihn gehört haben.«

Jetzt erschauderten sie alle. »Ja, Herr, viele. Wie der Wind kommen diese Frauen auf ihren Pferden – schneller als die Männer mit ihren Streitwagen. Und wenn sie kommen, rufen sie: HIP-PO-OL-Y-TE-E-E! Das rufen sie auch, wenn sie töten.«

Die Stille, die darauf folgte, war laut wie ein Schrei. Bis Antiopes Stimme sie brach: »Mein Volk ist gekommen, um mich zu holen.« Theseus fuhr herum und sah sie in der Türöffnung stehen. Ihr Gesicht war so starr wie eine der goldenen Masken, welche man in Mykene auf die Gesichter der Toten legte.

»Du hast es gehört?« Er sah sie an.

Was sie in seinem Gesicht las, ließ sie vor Qual die Augen schließen. Nur sekundenlang; sie gehörte nicht zu denen, die vor dem, was kommen mußte, die Augen verschlossen. Sie öffnete die Augen und sagte in der königlichen kanischen Sprache: »Es tut mir leid. Dieser Krieg um meinetwillen wird dir alles zunichtemachen.«

Gegen ihren Willen fragten ihre Augen: *Bereust du, mich mitgenommen zu haben?* Sie hatte vergessen, daß er ihr anfangs keine andere Wahl gelassen hatte. Und der Enkelsohn des Pittheus erinnerte sich – was kein Stadtplünderer getan haben würde –, und trotz seines eigenen Jammers schoß Mitleid glühend in ihm auf. Plötzlich lachte er laut, schritt auf sie zu und nahm sie in seine Arme.

»Alles ist deine Schuld, Weib, weil du so schön warst, daß ich ohne dich nicht leben konnte! Laß sie nur kommen – Hethiter und Amazonen und ihre tausend Götter, und deine Göttin auch. Sie alle zusammen werden dich mir nie entreißen!«

Doch was sich jetzt in ihm regte, war nicht das Verlangen des Mannes nach der Frau – jene schreckliche, die Menschen toll machende älteste Schicksalsmacht, welche die Menschen später die Rosengekrönte Herrin der Lust nennen sollten –, sondern jene Zärtlichkeit, die vielleicht die edelste Gabe der Mächtigen Mutter ist, jenes Band, das Sie, die Unwandelbare, doch immer sich Verwandelnde, zwischen jenen knüpft, die gemeinsam gelebt, gearbeitet und einander geliebt haben. Für einen Augenblick gab sich Antiope diesem Gefühl hin, genoß es, wie halb Verdurstete frisches Wasser genießen – dann kehrte sie in die Wirklichkeit zurück und sah ihm gerade in die Augen.

»Lieber, da die Hethiter ebenfalls kommen, wirst du große Mühe haben, Athen zu retten. Doch durch mich kannst du dir den Frieden erkaufen, und du mußt es tun. Lasse die Hethiter und die Amazonen schwören, keine Rache zu nehmen, wenn ich und meine Mädchen unversehrt ausgeliefert werden.«

Theseus starrte sie an, mit bestürztem, ungläubigem Gesicht. »Bist du verrückt geworden?«

»Nein. Wir sind König und Königin, du und ich; wir sind dazu erzogen zu wissen, wo unsere Pflichten liegen. Du wirst Athen retten, die Stadt und Hippolytos und bald auch Kreta haben. Ich werde retten, was von meinem Volk übriggeblieben ist.«

*Und wie viele werden das noch sein?* fragte sie sich bitter. Molpadia mußte noch immer glauben, was sie glauben wollte, daß nämlich ihre Nichte als elende Sklavin und als unersetzliche Kindträgerin jedes Opfer wert war. Sie mußte selbst Themiskyra aufgegeben haben. Doch schlimmer noch: Sie mußte alle jene im Stich gelassen haben, die entweder zu alt oder zu jung waren, um an diesem langen, furchtbaren Ritt teilzunehmen. Hatte sie der Gnade der Kaska ausgeliefert. *O Herrin, Du, deren Hoffnungen allesamt zerbrochen sein müssen, so wie meine Lebensfreude – wie konntest Du sie das tun lassen?* Die Götter mußten in der Tat durch Ihre eigenen Gesetze dazu verpflichtet sein, menschliche Wesen nach deren eigenem Willen handeln zu lassen; es spielte keine Rolle, wie viele Menschen vor Tod und Sklaverei bewahrt wurden, wenn nur einer vernichtet werden würde ...

Wie einer der kostbaren eierschalendünnen Becher, die kretische Töpfer früher anfertigten – wie ein solcher Becher, den man zu Boden schleuderte und zerschmetterte –, so wurden ihre Gedanken zerrissen. Durch Theseus' wütende Stimme, durch sein wütendes Gesicht.

»Du willst, daß ich dich aufgebe? Du willst zu diesen verfluchten Heiligen Hainen gehen – um dich dort mit den Hethitern herumzuwälzen? Oder glaubst du, daß du nicht so lange zu warten brauchst – daß du auf dem ganzen Heimweg dich unter den Männern deines Vaters winden kannst –?«

Auch das sah ihm ähnlich. Sie zwang sich zur Ruhe, ihr Blick suchte den seinen. »Mein Leben lang wird mein Herz eine schmerzende Wunde in meinem Inneren sein. Immer werde ich mich nach dir sehnen – und nach Hippolytos –«

»Wirklich? Du hast ihn nie gewollt! Du wolltest eine Tochter, und vielleicht glaubst du, daß du jetzt eine bekommen wirst! Selbst wenn tausend Hethiter dazu nötig wären, um sie dir zu machen – so viele, wie sie Götter haben –«

»Theseus, erspare uns beiden diesen Unsinn!« Metallisch hart schnitt ihre Stimme ihm das Wort ab. »Du willst nicht, daß um deiner Frau willen Athener sterben. Ebensowenig will ich, daß Amazonen sterben.«

Theseus bebte. Der Himmel war jetzt rot und spiegelte sich in seinen Augen. »Weib, ich schwöre bei Poseidon Erderschütterer – bei Ihm, der mich gezeugt hat, bei der Erdmutter, bei der Sonne, die alles sieht – bei Ihnen schwöre ich, daß ich dich niemals werde gehen lassen. Daß ich, solltest du fliehen, dir mit allen Männern, die mir treu sind, folgen werde – allein, wenn nötig – und dich entweder zurückbringen oder sterben werde!«

»Theseus –«

»Schweig, Weib! Das ist etwas anderes, als wenn mein alter Vater sterben würde, seine grauen Haare rot von Blut, und unser kleiner Sohn, feige hingemordet in seiner Unschuld! Niemals werde ich Schande über meine Stadt, mein Volk und über mich selbst bringen, indem ich meine Frau der Hurerei preisgebe. Niemals mehr könnten sie mich achten, wenn ich's täte, weder als König noch als Mann –«

Nur ihre Selbstbeherrschung bewahrte Antiope davor, in ein wildes Gelächter auszubrechen. Wie hatte er zu solchen Worten greifen können, um sich vor sich selber zu rechtfertigen? Für ganz Athen war sie die mit Gewalt erworbene Sklavin – alle würden denken, daß man nie wieder so billig zu einem Frieden kommen würde. Und wie die Frauen jubeln würden! Um ihr Gelächter zurückzuhalten, preßte sie ihre Hände fest gegen ihr Gesicht. Theseus, der glaubte, daß sie weine, zog sie erneut an sich und schloß sie fest in die Arme.

»Antiope, Antiope! Diese häßlichen Worte – ich hab's nicht so gemeint – ich weiß, daß du mich liebst! Aber der Gedanke, dich zu verlieren – an all diese anderen Männer, die dich besitzen würden – er hat mich zur Raserei getrieben!«

Sie sagte sehr ruhig: »Viele werden wegen deines Eides sterben, Theseus. Viele, sowohl von deinem wie von meinem Volk. Ich schäme mich, weil ein Teil meiner selbst so schwach ist, sich darüber zu freuen, daß du ihn geschworen hast.«

Er freute sich über dieses Eingeständnis; solche Schwäche war natürlich und weiblich. Er lachte triumphierend und küßte sie voll Leidenschaft.

In aller Eile kehrten sie nach Athen zurück, und Theseus war nicht überrascht, daß drei Söhne des Pallas bereits vor ihm dort eingetroffen waren.

»Glück sei mit dir, Verwandter«, sagte Lykos, der älteste leichthin. »Jetzt, da du hier bist, um die Stadt und unseren Onkel zu verteidigen, können wir heimkehren, um unseren Vater und Pallene zu verteidigen.«

Wie froh sie gewesen wären, dachte Theseus, wenn die Horde vor dem König eingetroffen wäre – wenn sie die einzigen Heerführer gewesen wären, zu denen die Männer von Athen hätten aufblicken müssen! Nun, sie hatten immerhin Mut, diese Männer, die seine Verwandten waren, durch das Blut enger an ihn gebunden als alle anderen Menschen ...

Er sagte schroff: »Warum sollte Pallene Hilfe benötigen? Wenn der Gegner erfährt, daß wir verwandt sind, wird er gewiß auch merken, daß Pallas nicht der Freund seines Bruders ist.«

»Wer weiß, wen diese verrückten Barbaren verschonen werden?« Die Augen des zweiten Bruders blitzten. »Du hast ganz Attika in große Gefahr gebracht, Theseus. Du verdienst keine Freunde – und du wirst bald lernen, nicht einen einzigen zu haben!«

Theseus sagte zwischen den Zähnen: »Geht! Bevor ich vergesse, daß wir eines Blutes sind.«

Sie gingen; der nun ein wenig beunruhigte Lykos trieb die anderen beiden zur Eile, doch an der Tür blieb Lykophron, der jüngste, stehen. Sein Gesicht war, wie das von Theseus, betrübt. »Kein Mann darf Vater und Brüder im Stich lassen, Verwandter. Doch ich wünsche dir alles Gute.«

Dann biß er sich auf die Lippen, sicher, daß er sich ohne Not den Zorn seiner Brüder zugezogen hatte. Theseus würde ihn bloß auslachen. Doch dessen Gesicht rötete sich vor Freude. Er lächelte, wie nur er lächeln konnte. »Glück sei mit dir, Lykophron! Du bist der einzige aus meiner Sippe, dem ich das wirklich sagen kann.«

Als sie aber fort waren, fühlte sich Theseus sehr allein. Er hatte in der Tat keine Freunde. Er hatte alle anderen elf Könige Attikas in Gefahr gebracht, und nicht einer war wahrscheinlich fähig zu begreifen, daß in der Einigkeit ihre beste Chance lag, sich zu retten. Die gesamte Sippe seines Vaters, Lykophron ausgenommen, verlangte es danach, ihn zu beerben; und der große Herakles hatte seine Zwölf Arbeiten nur überlebt, um unter Qualen an einem Gebräu zu sterben, das seine eifersüchtige zweite Gattin für einen Liebestrank gehalten hatte, der ihn gewißlich an sie fesseln würde. Ein schmähliches Ende für einen Mann, den kein anderer Mann jemals hätte besiegen können... Kein Mann brauchte neunundvierzig Brüder, doch wie gut wäre es gewesen, nur einen einzigen zu haben – um mit ihm zu sprechen und zu planen, und auch an seiner Seite zu kämpfen! Er hatte Antiope! Mit ihr konnte er sprechen und mit ihr planen – sie hatte soviel Verstand wie jeder Mann, und alle Götter wußten, daß sie willens gewesen wäre, an seiner Seite zu kämpfen, wenn er es zugelassen hätte! Nein, sie würde nicht kämpfen – nicht gegen Amazonen. Sie war nicht mehr vollkommen die seine, wie sie es immer gewesen war: Sie liebte seine Feinde... Und in vielen Häusern Athens würden die Leute heute abend flüstern: »Aigeus hat uns Krieg und Tod gebracht, weil er auf den unheilvollen Rat einer fremden Frau gehört hat. Und jetzt beschert uns sein Sohn das gleiche, weil es ihn nach einer anderen fremden Frau gelüstet. Warum waren unsere Töchter ihm nicht gut genug? Die Töchter Athens?«

Theseus schüttelte sich wie ein triefender Hund, der aus tiefem Wasser kommt. Ein Mann durfte nicht winseln, er mußte seinen Feinden entgegentreten und sie töten oder getötet werden.

*Aber, o mein Volk, was habe ich dir getan? Im nächsten Jahr werden deine Kinder wiederum nach Kreta gehen, um zu sterben. Und wieviele ihrer Väter und Brüder mußten jetzt sterben?*

Er vergrub seinen Kopf in den Händen und wußte, daß der Wahrheit entsprach, was sie ihm vorwarfen.

Noch vor der Morgendämmerung ging er hinunter, um den Bauern zu helfen. Sie kamen herbeigeströmt mit ihren Familien und Herden und – zum großen Glück – mit der gerade eingebrachten Ernte. Eine belagerte Stadt brauchte Nahrungsmittel. Die Kinder brauchten Milch, und schlimmstenfalls konnte man das Vieh essen. Die Leute aus der unteren Stadt kamen ebenfalls herein und mußten untergebracht werden. Bald war jedes Haus, selbst das des Erechtheus, mit so vielen Menschen vollgestopft, wie es fassen konnte. Die Damen der Butaden und der Eteobutaden richteten sich im Palast ein, wo sie ihr Bestes tun würden, gegen Antiope zu sticheln. Doch für viele Menschen mußten hinter den Mauern Hallen errichtet werden. Es mußten auch Pferche für die ängstlichen, ruhelosen Tiere gebaut werden. Die Haupttore und die Ausfallpforten und die Türme, die diese schützten, mußten verstärkt werden. Vorräte mußten eingelagert werden. Sogar Steine mußten aufgehäuft werden, damit man sie später auf die Belagerer schleudern konnte. Kein Mann, keine Frau, kein Kind oder Tier würde viel Bewegungsfreiheit haben. Es war eine Zeit harter, bitterer Arbeit und angestrengten Planens. Und als er derart beschäftigt war, kam Antiope zu Theseus. »Du mußt den äußeren Eingang zu der Höhle sperren, die ihr die der Aglauros nennt.«

»Warum? Die Männer Minos' schenkten weder ihr noch der kleinen hölzernen Treppe der Arrephoroi Aufmerksamkeit, die ich gesperrt habe.« Dies hatte er getan, weil er sich um die beiden Kinder sorgte, die als Priesterinnen diese Treppe bei ihren jährlichen Riten benutzten; zum Entsetzen ihrer Eltern, die gesagt hatten: »Vertraue auf die Götter – laß die kleinen Jungfrauen Ihnen dienen.« Doch Theseus hatte gemeint, auf diese kleinen Mädchen aufpassen zu müssen.

Antiope antwortete: »Minos, der Seekönig, ist ein Falke, gewohnt auf Inselstädte hinunterzustürzen. Doch ich denke, die Hethiter, die sich in Belagerungen auskennen, würden diese Zugänge bald entdecken, die du für unerreichbar hältst. Ich weiß, daß mein Volk sie erspähen würde.«

*Dein unübertreffliches Volk, mögen die Götter es verfluchen! Was gibt es eigentlich, was sie nicht können?* Er wollte sie anschreien, tat es aber nicht. Denn sie versuchte ja ihm zu helfen.

Er stieg von der Akropolis herab und blickte zu dem schwarzen Loch, das sich in die Höhle der Aglauros öffnete und auf ihn herunterstarrte wie ein höhnisches Auge. Unverzüglich ließ er es versperren. Denn die Heilige Höhle diente nicht nur als Zugang zur Akropolis; hier begann auch der lange Gang, schwärzer als die Nacht, der über furchtbare gewundene Wege tiefer und tiefer hinabführte zu dem am Fuß des Berges gegrabenen Brunnen, der in Zeiten der Belagerung die einzige Wasserquelle Athens war. Kretische Handwerker wären vielleicht in der Lage gewesen, eine Treppe zu bauen, die in diese gräßlichen Tiefen führte, doch für jeden gewöhnlichen Sterblichen wäre diese Aufgabe zu fürchterlich gewesen. Dort wurde sogar der gediegene Kalkstein, der den Gipfel der Akropolis bildete, durch das darunterliegende weichere, erdähnliche Gestein zu einer trügerischen Masse. Die riesigen Felsen, so gewaltig sie waren, barsten und bröckelten ständig. Stellenweise dienten große, in zwei Hälften gespaltene Blöcke als Rampen, an anderen Stellen benutzten die Wasserholer Leitern. In den Brunnen selbst mußten durch die Finsternis, die keine Fackel gänzlich erhellen konnte, an Seilen große Krüge und Kannen hinabgelassen werden. Wenn der Feind den Weg in diese unterweltlichen Tiefen fand und seinem Volk den Weg zu dem kostbaren Wasser abschnitt, das für alle Leben bedeutete …!

Theseus dankte Antiope und war überrascht, daß ihr

Gesicht sich nicht aufhellte. *Alles, was ich tue, um ihm zu helfen, schadet meinem Volk, das denkt, ich liebte es. Was ich auch tue. Doch wie könnte ich es fertigbringen, ihn nicht vor Fallen zu warnen. Er ist mein Gemahl.*

Obgleich es nutzlos war, wie er fürchtete, sandte Theseus Herolde zu allen benachbarten Städten. Er schickte sie sogar in den Süden nach Apia. Eurystheus, Herakles' unwürdiger Verwandter, war auch der seine; und so wenig das Königtum Eurystheus bedeutete, wäre der größte König dennoch ein Narr, ließe er zu, daß ein König von der anderen Seite des Meeres den kleinsten Stadtstaat auf dem Festland unterwarf. Was war, wenn die Hethiter beschließen sollten, in Attika zu bleiben und einen Stützpunkt im Westen zu errichten? Doch der Herold überbrachte Theseus lediglich höfliche gute Wünsche von Eurystheus; seine Verwandten im Norden mochten selbst für sich sorgen.

Nur zwei Könige verhielten sich anders. Der junge Hippothoon, wie Theseus ein Sohn Poseidons, wollte Theseus helfen. Doch er war jung; er brauchte Zeit, um seine Räte zu überzeugen, die vorsichtigen Älteren von Eleusis. Doch wenn sie ihn zu lange warten ließen, wollte er allein aufbrechen – und gewiß würden viele seiner jungen Männer ihn nicht allein auf eine solche weite Reise gehen lassen. »Ich vergesse nicht, wer mich zum König gemacht hat, Theseus, mein Bruder.« König Elephenor von Chalkis sagte, wenn auch die Menschen von Euboia sich törichterweise auf ihrer Insel sicher wähnten, mißfiele dennoch vielen der Gedanke, daß Angehörige eines großen Reiches aus dem Osten sich vor ihrer Tür niederlassen könnten. Er werde seine Leute rechtzeitig nach Athen schicken, doch vermutlich erst nach dem Abklingen der sommerlichen Hitze. In der Zwischenzeit sollten Kuriertauben zwischen ihm und Theseus verkehren, und falls Vorräte gebraucht werden sollten, werde er versuchen, sie einzuschmuggeln. Sogar solche bedingten Versprechungen wärmten Theseus' Herz. Nur die größten und reichsten Könige wagten es, eindeutig gegen den Willen ihres Volkes zu handeln, und weder Elephenor noch Hippothoon waren solche Könige. Doch er glaubte an ihren guten Willen, und das war angenehm in einer Zeit, in der so viele ihm Vorwürfe machten; er war der unbesonnene junge Mann, dessen Verlangen, mit einem barbarischen Weib zu schlafen, sie alle ins Verderben stürzte. Er würde Verbündete haben, falls er lange genug standhielt. Doch wie lange würde er allein kämpfen müssen? Und unter welchen Opfern? Wie groß war die Streitmacht, die Suppiluliuma hatte übers Meer schikken können oder wollen? Er selbst würde nicht kommen; das wäre seinem eigenen Volk gegenüber nicht recht gewesen. In diesem Punkt war sich Antiope sicher.

Schließlich kam der Tag, an dem die Leute von Athen im Norden Rauchsäulen aufsteigen sahen; und sie wußten, was die Feuer nährte, von denen der Rauch kam – griechische Häuser und griechische Leiber. Athener starben nicht – noch nicht –, wohl aber ihre Landsleute, Menschen, welche die gleiche Sprache sprachen. Sie hatten in der Nähe der Gebirgspässe gewohnt, über die Angreifer in der Regel nach Attika einfielen und über deren Verteidigung die zwölf Könige sich nie würden einigen können. Daran mußte Theseus denken, in alter, gereizter Bitterkeit, doch in noch tieferem Schmerz. *Groß sind die Brautgeschenke, die ich Menschen aus meinem Blut für dich bezahlen lasse, Antiope, mein Liebling.*

Und bald würde sein eigenes Volk sie bezahlen.

Da durchzuckte ihn ein Gedanke, schnell und strahlend wie ein Blitz. Er hatte so viele Herolde ausgeschickt; warum nicht noch einen weiteren – sich selbst? Er legte einen Helm an, der sein rotes Haar verbarg, wenngleich nicht den prächtig mit Eberzähnen gezierten, an dem ihn die Amazonen erkennen konnten. Er rief die jungen Männer zu sich, denen er am meisten vertraute, und ließ sie ihre und seinen Streitwagen bereit machen. Zu seinem Vater sagte er: »Ich will die Ursache dieser Feuer im Norden herausfinden.« Der alte Aigeus erwiderte: »Sei vorsichtig, mein Sohn. Obgleich Minos nicht von dorther kommen kann – er würde übers Meer kommen.« Die Vorbereitungen auf die Belagerung hatten dem alten Mann einen Schrecken eingejagt; er fühlte sich an alte Zeiten erinnert und glaubte, der Feind sei immer noch Minos.

Antiope, die sich nun in dem unbehaglich überfüllten Megaron der Königin befand, schickte er die Nachricht, er werde vielleicht die Nacht über fortbleiben; warum er fortritt und wohin, teilte er ihr nicht mit. Sie würde sich Sorgen machen, doch weniger, als wenn sie die Wahrheit wüßte. Er und seine Männer ritten los.

Die Feuer des Sonnenunterganges waren röter und ungeheurer als jedes irdische Feuer. Und dann, in der ersten grauen Dämmerung des Abends, sahen die Athener von ferne die feindlichen Lagerfeuer, leuchtend, als seien alle Sterne vom Himmel gefallen und die Nachthimmel schwarz und leer zurückgeblieben. Niemals zuvor war ein derart gewaltiges Heer gegen eine griechische Stadt ins Feld gezogen. Die Abgesandten erschauderten; war Athen so hoffnungslos unterlegen? Selbst Theseus überlief ein Schauder, doch die ungestüme Hoffnung, die ihn hergeführt hatte, wuchs um so mehr. Er begann laut zu rufen, und seine Stimme schallte wie eine Glocke durch die klare Abendluft: »Abgesandte! Abgesandte aus Athen!«

Sein Herz rief: *O Poseidon Erderschütterer, Vater, gib, daß es die Männer sind, die kommen!* Abgesandte waren allen Männern heilig; anders konnte es keinen Verkehr zwischen den Völkern geben, und sie hätten ebensogut sprachlos sein können wie Tiere. Aber die Amazonen waren keine Männer; bis Antiopes Mutter das Bündnis mit dem Großen König schloß, hatten sie wahrlich wie Tiere gelebt, hatten immer nur getötet und waren getötet worden. Doch die Hethiter mußten ihnen an Zahl weit überlegen sein, und wenn sie erst einmal begriffen, daß die Tochter ihres Königs sehr wohl eine Königin war, würden sie sie mit Gewalt zurückholen und zulassen, daß diese verrückten Weiber eine Hure aus ihr machten? Er konnte ihnen als Brautgabe den ganzen Reichtum Kretas anbieten – wenn sie ihm halfen, ihn zu bekommen.

Und dann waren sie plötzlich auf allen Seiten von Gestalten umgeben! Sie lösten sich so stumm und düster von der nachtschwarzen Erde wie Geister oder Schatten. Speerspitzen funkelten grimmig im letzten Licht. Eine Stimme sagte ruhig:

»Du suchst die Männer des Großen Königs, Mann aus Athen?« Die Athener stießen tiefe Seufzer der Erleichterung aus, und Theseus sagte stolz: »In der Tat. Bring uns zu dem, der euch anführt.«

Wieder ertönte die Stimme: »Dann steigt von euren Wagen und folgt mir. Eure Pferde werden gut versorgt werden.« Worte, die vieles bedeuten konnten. Theseus hatte viele seiner besten Pferde mitgebracht, darauf erpicht, bei den Hauptleuten des Großen Königs einen guten Eindruck zu machen. Doch ihm blieb nichts anderes übrig, als zu gehorchen...

Leichtfüßig und stolz stieg er aus einem Streitwagen, und seine Männer folgten ihm. Bis auf Umhang und Helm konnten sie wenig von ihrem Führer erkennen; ebensowenig von seinen Männern, die sich dicht um ihn scharten, schweigend wie Schatten. Sie schritten durch die zahlreichen Lagerfeuer, und bald begann Theseus' Mut wieder zu steigen. Vor seinen Augen tanzten sonnenhelle Visionen: der Palast des Minos in Flammen und die schrecklichen Stiere des Minos, sich an Spießen über Feuern drehend. Diese Stiere, die nie wieder junge Athener durchbohrten, sondern hethitische und athenische Bäuche füllten... warum nicht? Eine solche Hoffnung war gewiß vernünftig. Der Große König mußte seine Tochter sehr lieben, da er ihr so viele Männer nachgeschickt hatte; er konnte nicht wollen, daß sie wie eine Amazone lebte, ihren lieblichen Körper in der Schlacht aufs Spiel setzte oder gegen ihren Willen mit vielen Männern schlief. *Er wird froh sein, sie wohlverheiratet zu wissen, und bald wird er stolz auf mich sein, auf seinen Schwiegersohn. Auf mich, den Eroberer Kretas!* Die Amazonen würden weiterhin zornig sein; nichts würde sie je zufriedenstellen können außer Antiope selbst. Doch was spielte das für eine Rolle? Sie würden hoffnungslos unterlegen sein. Hethitische Schlauheit, hethitischer Verstand würden die Oberhand behalten. Der gesunde Menschenverstand...

Nun bahnten sie sich ihren Weg durch die Lagerfeuer; schließlich kamen sie zu einem Feuer, an dem ein stämmiger, breitschultriger Mann saß. Der scharlachrote Umhang eines Anführers verhüllte seinen kraftvollen Körper; seine Augen waren kalt und hart wie helle Steine. Ein Mann, mit dem man rechnen mußte; Theseus' Herz machte einen Sprung angesichts der Herausforderung, mit einem solchen Mann zusammenzutreffen und zu verhandeln. Und dann sah er, daß neben dem Mann eine Frau saß, gleich groß und noch stattlich, gekleidet in den gleichen roten Umhang. Ihr Anblick traf Theseus wie ein Schlag – wie ein schwerer, widerwärtiger Schlag. Von diesem verzerrten Abbild seiner Liebsten ging etwas Furchterregendes aus: Dies war die altgewordene, grausame Antiope. Dann erblickte er ihre Augen, und jede Ähnlichkeit verschwand.

Sie war es, die sprach, nicht der Mann. »Du kommst aus Athen, Soldatenhund?«

Theseus gab sich alle Mühe, ihr den Rücken zuzuwenden und weiterhin den Mann anzuschauen. »Ich komme von Aigeus und seinem Sohn Theseus, König von Athen, um mit demjenigen zu verhandeln, der für den Großen König spricht, die Sonne der Hethiter.«

Der Mann antwortete mit einer Stimme, die so kalt war wie seine Augen. »Ich bin Tarkun, der Gefolgsmann des Großen Königs. Er hat mich gesandt, um Molpadia, Kriegskönigin der Amazonen, beizustehen. Bis ihre Nichte Antiope zu ihrem Volk zurückkehrt, ist sie die alleinige Königin. Sprich zu ihr.«

Die Stimme und die Augen des Mannes waren gefühllos wie Stein, und wie ein Stein sank auch Theseus' Herz. Doch sein Gesicht verriet nichts davon; er straffte seine Schultern und sah beide an.

»Mein Herr fragt: ›Welchen Streit hast du mit Athen? Antiope, früher Königin der Amazonen, ist jetzt Theseus' Königin und die glückliche Mutter seines Sohnes, Enkelsohn ihres Vaters, des Großen Königs. Abgesandte des Großen Königs und der Königin Molpadia sollen nach Athen kommen. Um mit ihren eigenen Augen zu sehen, in welchem Stand sie lebt, um aus ihrem eigenen Mund zu hören, daß sie wohlzufrieden ist.‹«

Er fuhr fort: »Theseus verlangt keine Mitgift, weil er seine Braut mit Gewalt entführt hat, doch er wird große Reichtümer aufwenden, um zu beweisen, in welch hohen Ehren er sie und ihren mächtigen Vater hält.« Er konnte es sich leisten, prächtige Brautgeschenke anzubieten – er konnte sie bezahlen, wenn er eine Chance hatte, Kreta zu erobern.

Doch die Augen von Tarkun, dem Hethiter, zeigten keine Veränderung; er saß da wie am Anfang. Einen Augenblick länger schwieg auch Molpadia, doch ihre Fäuste waren geballt, und ihr Gesicht, zunehmend rot und verzerrt, ähnelte mehr dem verunstalteten Antlitz Antiopes. Dann schließlich ertönte ihre Stimme, scharf wie das Zischen einer Schlange:

»Ja, wir wissen, in welchen Ehren er sie gehalten hat, dieser Hundesohn – geschändet und versklavt hat er sie! Jetzt hat er Angst, er winselt, dieser Köter, der er ist. Er will sie kaufen – dieser hinterlistige Dieb, der sie gestohlen hat – *kaufen* will er sie! Wie ein Pferd oder eine Kuh!«

»Herrin, du irrst! Komm nach Athen und sprich mit der Königin, deiner Nichte –«

»Und schlagen läßt er sie – obgleich sie sich inzwischen daran gewöhnt haben muß – oder foltern, um die Worte aus ihr herauszupressen, die er, ihr widerwärtiger Besitzer, ihr in den Mund legt! Obgleich sie niemals über ihre Lippen kommen würden! Sag ihm das – diesem Hundesohn! Bevor sie nicht als freie Frau vor mir steht, werde ich kein Wort mit meiner Nichte Antiope sprechen, der Königin der Amazonen!«

Theseus wandte sich an Tarkun: »Herr, willst du wegen dieser Verrückten die Leben deiner Männer sinnlos wegwerfen?«

Der Hethiter stand auf. Sein Umhang hüllte ihn ein wie fließendes Blut, und der Feuerschein schimmerte auf dem Heft seines Schwertes. »Kehrt zu euren Herren zurück, Männer. Sie sollen Antiope, die Königin, heil und unversehrt übergeben und mit ihr die Reichtümer, die du versprochen hast. Dann werden wir, die Männer ihres Vaters, des Großen Königs, zufriedengestellt sein. Aber für Molpadia, die Kriegskönigin, kann ich nicht sprechen.«

Molpadia schrie: »Und ich schwöre bei der Göttin, unserer Herrin, wenn sie nicht ausgeliefert wird – und ebenso die sechs anderen Amazonen, die mit ihr zusammen geraubt wurden –, werden eure Mauern niedergerissen, und eure Stadt wird zu

Staub zermahlen! Jede Frau, jedes Kind, jeder Mann – alle werden sterben! Und er, der Antiope versklavt hat, soll nicht glauben, daß er vorher an ihr Rache nehmen kann, ohne den schlimmsten aller Tode zu sterben! Seine Qualen werden so lange dauern, wie es überhaupt möglich ist – er wird viele Male gefoltert werden, bis er den Tod herbeifleht, dann wird er wieder ins Leben zurückgebracht, auf daß er wieder leide. Und wieder und wieder!«

»Und wenn mein Herr Nein sagt? Was er gewiß tun wird?« Theseus, ohne Molpadia zu beachten, hielt den Blick auf Tarkun gerichtet.

Die Stimme des Hethiters war wie ein eisiger Wind, als er zur Antwort gab: »Wohlan, dann möge der Sturmgott, mein Herr, zwischen uns die Schlacht entscheiden! Bald wird eure Stadt in eine Wüstenei verwandelt und der Ort, wo sie stand, mit einem Fluch belegt sein. Serri und Hurri, die Zwillingsstiere von Tag und Nacht, werden sie für alle Zeiten zertrampeln, daß nichts von ihr bleibt. Und wenn Antiope, der Königin, irgendein Leid geschieht, wird alles das, was Molpadia, die Todsängerin und Kriegskönigin angedroht hat, eurem Volk und seinen Königen widerfahren. Und mehr noch. Nun geht.«

Und Theseus und seine Männer wandten sich um und gingen.

Ihre Streitwagen wurden ihnen zurückgegeben, doch noch bevor der Mond unterging, hörten sie das Rumpeln von Wagen, die sie verfolgten. Hörten auch Hufgetrappel und den furchtbaren Kriegsschrei der Amazonen: »HIP-POL-Y-TE-E-E-E! HIP-PO-OL-Y-TE-E!« Molpadia in ihrem Zorn war es nicht möglich, bis morgen zu warten, und ihre Verbündeten waren bei ihr.

In einer Morgendämmerung, grau wie Asche und tot wie Theseus' Hoffnungen, erschauerten er und alle anderen Wächter auf der Akropolis, als sie die gewaltigen, schweren Streitwagen der Hethiter heranrollen sahen; Wagen für drei Männer, die weit furchterregender waren als die leichten Wagen, die sie kannten. Und nur allzu rasch marschierten die hethitischen Fußtruppen auf, ohne Eile, unerbittlich, eine unerschütterliche, wohlgeordnete Drohung, wie sie im jungen Westen gleichermaßen unbekannt war. Doch zuerst waren die schreienden Amazonen gekommen, wie Ameisen über den düsteren grauen Areopagos ausschwärmend, in bedrohlicher Nähe der rückwärtigen großen Tore.

Die hethitischen Hauptleute bezogen die verlassenen Häuser der Butaden und Eupatridai, und ringsum schlugen ihre Männer das Lager auf. Sie begannen Steine und alles andere wegzuräumen, was beim Vorrücken ihrer Streitwagen durch das Vorland unter den Hügeln hinderlich sein konnte. Sollten die Belagerten einen Ausfall machen, würden sie sich in der Tat geradewegs ins Maul des Löwen stürzen.

»Irrsinn! Welch ein Irrsinn!« Theseus tobte, als er und Antiope endlich allein waren. »Wie konnte dein Vater das tun – seine Männer unter den Befehl dieser Verrückten stellen?«

»Das ist er nicht. Doch er ist der Verbündete der Amazonen, nicht ihr Oberherr. Wäre ich nicht seine Tochter gewesen, hätte er ihr niemals Männer zu Hilfe geschickt – das ist alles. Dies ist Molpadias Krieg.« Sie wollte sagen: »Wenn du mir nur gesagt hättest, was du zu tun vorhattest – damit ich diese Torheit hätte verhindern können, die Molpadia noch mehr in Wut versetzt hat.« Doch die Einigkeit zwischen ihr und Theseus mußte jetzt um jeden Preis gewahrt bleiben. Bald würde es genug Streit geben.

»Aber dein Vater muß doch froh sein, daß du meine rechtmäßige Königin bist und er einen prächtigen Enkelsohn hat! Kannst du dich nicht in deinem eigenen Namen an Tarkun wenden?«

»Das kann ich, gewiß. Ich schreibe die königliche kanische Sprache, wenn ich sie auch besser spreche. Doch viele Monate können vergehen, bis Tarkun meinem Vater die Nachricht übermittelt und seine Antwort empfangen hat. Selbst dann wird Suppiluliuma sich vielleicht durch das Bündnis gebunden fühlen. Ich habe das Gesetz der Amazonen gebrochen, Liebster, und wenn mich Molpadia deswegen tötet, hätte Suppiluliuma kein Recht, sich einzumischen.«

Theseus hielt sowohl seine Gattin wie auch ihren mächtigen

Vater für verrückt, doch er sprach dies nicht aus; auch er erkannte die Vorteile einer Einigkeit zwischen sich und seiner Frau. Er drängte Antiope lediglich, sogleich an Tarkun zu schreiben, was sie auch tat, obgleich diese Aufgabe für jemanden nicht leicht sein konnte, der das Schreiben nicht gewohnt war. Es war schwarze Nacht, bevor sie damit fertig war, und als sie im goldenen Morgenlicht erwachte, waren nur ihre Mädchen bei ihr, alle mit großen Augen.

»Königin, Königin, unser Volk! Sie bauen richtige Mauern auf dem Areopagos – als wollten sie für immer dort bleiben! Alle, die es irgend können, sind auf den Dächern, um zuzuschauen. Sogar die Weiber, so ungern sie auch auf Leitern steigen!«

Das große äußere Gemach, das obere Megaron der Königin, Medea zu Gefallen erbaut, erschien in der Tat als ein sonderbar ruhiger und friedlicher Ort, wo sich nur aufmerksame Sklavinnen aufhielten, sorgsam darauf bedacht, ihre Schutzbefohlenen von den halb-amazonischen Kindern fernzuhalten, die allein spielten. Denn die athenischen Frauen betrachteten die ausländische Brut unverhohlen als einen Wurf unartiger Tierjungen, die für ihren eigenen zivilisierten Nachwuchs eine Gefahr darstellten; und Hippolytos, inzwischen ebenfalls aufmerksam geworden, hatte sich in seiner Altklugheit selber zum Anführer seiner Kameraden ernannt. Es war eine Belagerung in einer belagerten Stadt, von der Theseus sich nichts träumen ließ. Antiope hatte bitter gedacht: *Was könnte er dagegen tun, wenn er es wüßte?*

Ihre sechs Mädchen hatten bereits das Los entscheiden lassen, welche zwei zurückbleiben mußten, um auf die Kinder aufzupassen. Antiope und die übrigen kletterten auf die Dächer hinauf, welche die gewöhnlichen Wohnräume deckten. Die hochgeborenen Damen, die schon anwesend waren, zogen sich zurück, um Antiope durchzulassen, doch gaben sie sich alle Mühe, es so aussehen zu lassen, als täten sie es wegen eines üblen Geruchs, den Antiope und ihre Mädchen verströmten. Bei ihrer Ankunft in der Akropolis hatte Antiope zunächst versucht, sie willkommen zu heißen, weil sie wußte, daß solche

Höflichkeit, wenn auch nutzlos, die Pflicht einer Königin war, doch man hatte ihr unmißverständlich die kalte Schulter gezeigt. Nun kümmerten sie und ihre Amazonen sich um diese Grobheit noch weniger als früher, als sie dies nur vorgegeben hatten. Jetzt spähten alle Augen hinunter.

Nach Westen hin, hundert Fuß unter ihnen, wurden wirklich Mauern errichtet. Frauen bauten sie – Frauen schleppten und zersägten große Holzstämme und fügten sie zusammen. Verschmierten sie mit Lehm, um sie gegen brennende Pfeile zu sichern.

»Königin, Königin, dort sind sie!« Ein Mädchen neben Antiope stieß es mit glänzenden Augen hervor. »Unsre Gefährtinnen – *unsere*!«

»Sieh, Herrin, sieh! Dort ist Xanthippe, meine Schwester – ich würde ihren Helmschmuck überall erkennen!«

»Wir sollten mit ihnen dort unten sein, Königin – *du* solltest dort sein! Und sie anführen, und nicht Molpadia alles allein tun lassen!«

Antiope schaute hinunter. Fühlte ihr Herz zu einem einzigen sehnsuchtsvollen Schmerz werden, während die Erinnerungen über sie hereinbrachen: die fiebrige Erregung bei ungestümen Angriffen, wenn man die räuberischen Kaska ihre Beute fallen lassen und fortrennen sah. Die langen Tage der Arbeit und des Reitens in der Weite, unter der Sonne. Lagerfeuer unter dem Mond, die Gespräche an den Feuern, Freundschaft, wärmer als die Feuer ... die Freiheit, Freundlichkeit, Anteilnahme ... Ihr schwindelte, ihr Herz schrie: *Dort ist mein Platz! Dort unten bei ihnen – bei meinem Volk!* Hier oben, unter all diesen unfreundlichen Menschen, die sie nicht wollten, hier war keine Möglichkeit, kein Platz für sie. Niemals konnte sie dazugehören ...

Doch dann schrie ihr Herz wieder, wie aus großen Tiefen: *Theseus. Hippolytos. Mein Mann – mein Kind!* Ihr kleiner Junge, den sie nach dem Gesetz der Amazonen nie hätte behalten dürfen ... Sie blickte hinauf zu den blauen Bergen, höher, in die noch heller strahlende Bläue des Himmels, in dieses weite, klare Gewölbe. Sie versuchte Weite und Raum einzusaugen.

Sich ihrer Kleinheit bewußt zu werden und darin Stärke und Sicherheit zu finden. Was geschehen war, war geschehen. Es konnte keinen Weg zurück in die Kindheit geben, in die Mädchenzeit, keinen Fluchtweg ...

Sie sagte ruhig: »Nie wieder werde ich mit den Amazonen reiten. Doch ich muß Frieden machen, ganz gleich auf welche Weise, ich muß Frieden machen.«

6. KAPITEL/KRIEG – Doch als sie zum Palast zurückging, begegnete ihr Theseus, mit finsterem Gesicht und schlechten Nachrichten. Der Herold, der ihren Brief trug, war zurückgeschickt worden; es würden keine weiteren Herolde mehr empfangen, es sei denn, Antiope sei bei ihnen, um ausgeliefert zu werden.

»Deine Tante ist schlau«, sagte Theseus bedrückt. »Aber heute nacht werde ich es noch schlauer anstellen. Ich kenne das Haus, in dem Tarkun untergebracht ist, und das Zimmer, das er höchstwahrscheinlich benutzen wird. Ich denke, mit zwei oder drei Männern kann ich es schaffen, mich dort einzuschleichen. Dann wird er den Brief lesen – mit meinem Schwert an seiner Kehle, während die anderen die Tür bewachen.«

Angst durchbohrte Antiope wie ein Schwert. »Nein, Liebster – nein! Du weißt ja nicht, wie gut ein hethitisches Lager bewacht wird – du würdest niemals ungesehen in das Quartier eines hethitischen Anführers gelangen. Du hast ja keine Ahnung, über welche mühsam erworbene Fertigkeiten sie verfügen –« Sie hielt inne und biß sich auf die Lippen. Wie stellte sie es an, daß er begriff? Was die Erfahrung anging, war er ein Kind neben den Hethitern, deren Streitkräfte den seinen überlegen waren, selbst wenn man die Amazonen nicht mitzählte. Doch weil er ungewöhnlich geschickt mit dem Schwert und tapfer war, weil er ein paar Räuber getötet hatte, die, dumm genug, sich auf einen Zweikampf mit ihm eingelassenen hatten, hielt er sich für einen großen Krieger. Und er war so zart in seinem Stolz – viel zarter als Hippolytos' kindliche Haut –

Er lachte kurz. »Vielleicht verstehe ich mehr vom Kriegsspiel, als du glaubst, meine Gemahlin. Ich fürchte mich nicht davor, mich gegen deine Hethiter und gegen deine Amazonen zu behaupten.«

Sie sagte einfach: »In mir fließt das Blut beider Völker, Theseus, doch ich liebe dich. Ich sprach nicht im Stolz – nicht als Hethiterin und als deine Feindin. Nur als jemand, der sie und ihre Eigenarten viel länger kennt als du.«

Er wurde ernst, doch er sagte verbittert: »Nun gut, wie sollen wir deinen Brief dann befördern? Viele Abschriften davon machen, sie an viele Pfeile binden und ins Lager der Hethiter schießen? Wird er einen davon aufheben und ihn lesen – er, der es abgelehnt hat, meine Herolde zu empfangen?«

Sie richtete sich auf. »Es gibt andere Wege. Ich weiß einen – falls ich die Gabe habe, ihn zu gehen, wie meine Mütter es vermochten. Die Gabe wird mir zuteil werden – sie muß.«

»Wie lange wird es dauern?« Er war nicht überzeugt, doch er wußte, daß sie vielleicht recht hatte.

»Gib mir die heutige und die morgige Nacht. Ich denke, es wird nur eine Nacht nötig sein.«

Er stimmte zu, und sie befragte ihn eingehend nach dem Fenster des Raumes, den Tarkun, wie er glaubte, bewohnte. Dieser hatte einen Balkon, auf dem ein Kübel mit einem blühenden Baum stand. Sie ließ nach dem alten Butaden-Herrn schikken, dem der Raum rechtmäßig gehörte, und ließ sich von ihm genau erklären – obgleich er sie ansah, als hielte er sie für verrückt –, um welche Art von Baum es sich handle und wie er aussehe. Dann kehrte sie in ihr Gemach zurück. Die Griechen des Festlandes kauften nur wenig von dem teuren ägyptischen Papyrus, der im allgemeinen für Briefe verwendet wurde, doch ihre beste Tunika war aus hauchdünnem ägyptischem Leinen gemacht. Diese Tunika trennten sie und ihre Amazonen auf, und obgleich sich schwerer darauf schreiben ließ als auf der fein gegerbten Tierhaut, die sie beim ersten Mal benutzt hatte, gelang es ihr, den Brief noch einmal zu schreiben und ihn zu einer so winzigen Rolle zusammenzufalten, wie es mit dem ersten Brief nie möglich gewesen wäre. Dann trank sie ein wenig Wein und ruhte sich eine Weile aus, sorgsam darauf bedacht, alle Gedanken fernzuhalten.

Schließlich stand sie auf und ging allein zum Taubenschlag. Sie fütterte und liebkoste eine der Tauben, die zu Theseus' besten Brieftauben gehörte; sie hielt sie lange in der Hand, manchmal stumm, manchmal mit ihr sprechend. Seit altersher hatte es zwischen Amazonen und Vögeln Freundschaft gegeben. Ohne diese hätten die Amazonen nie ihre Frühlingsbesuche auf der Insel des Schwarzen Steins machen können. Die Scharen von Zugvögeln hätten allen anderen Wesen die Augen ausgehackt, die es wagten, um diese Zeit dort an Land zu gehen, an ihrem angestammten Ruheplatz. Doch sie machten immer Platz für jene Frauen, die gewissermaßen mit ihnen verwandt waren: Sie waren ebenfalls zweibeinige Geschöpfe, die von den Männern erbarmungslos gejagt wurden. Nie aßen Amazonen das Fleisch von Vögeln.

Jetzt starrte der Vogel in Antiopes Augen, so wie Vögel gebannt in die Augen von Schlangen starren, die sie verschlingen wollen. Und die Königin starrte zurück.

*Es ist eine schwere Aufgabe, mit der ich dich betraue, kleiner Vogel. Schwerer – viel schwerer – als die einfachen Befehle, die Mütter und Großmütter deiner Art auf jener fernen Insel im Dunklen Meer erteilt haben. Doch du mußt sie erfüllen – du mußt. Du mußt Tarkun aufsuchen – Tarkun aufsuchen ...*

Im Geist entwarf sie ein Bild Tarkuns. Sie förderte jede Einzelheit seines Gesichtes und seiner Gestalt zutage und fügte sie zusammen. In Chattusa hatte sie ihn kennengelernt; er war ein Jugendgefährte ihres Vaters gewesen. Sie wurde zu einem Auge, das Tarkun anstarrte; sie glich einem Rohr, durch welches das innere Bild wie Wasser floß, und sie ließ es weiterfließen, geradewegs in das winzige Hirn des Vogels. *Suche Tarkun. Suche Tarkun. Flieg zu ihm durch sein Fenster, das genauso aussieht wie dieses hier...* Nun schickte sie auch ein Bild des Fensters zur Taube, wie sie es sich vorstellte, doch worauf es am meisten ankam, war das Bild Tarkuns selbst. *Stoße Schreie aus, daß er dich hört, umflattere seinen Kopf. Er muß diese Botschaft zu Gesicht bekommen.* Sie befestigte die Rolle am Vogel; dann fuhr sie fort, Bilder zu entwerfen und sie weiterzugeben. Kraft schien ihr wie Wasser zu entströmen. Sie faßte alle ihre Kräfte zusammen, gab ihr Letztes, wie bei der Geburt Hippolytos'.

Da verließ der Vogel plötzlich ihre Hand. Flog auf und schoß gerade wie ein Pfeil, der den Bogen verläßt, auf die Mauern der Akropolis zu. Es war Nacht geworden, und die Schatten ringsum waren schwarz und dicht, doch die Taube durchflog sie, als herrsche strahlendstes Sonnenlicht. Antiope taumelte und preßte ihre Hände gegen die Mauer, um sich zu beruhigen. Sie hatte etwas getan, was vor ihr nur wenige Kindträgerinnen getan hatten, wenn die dringende Notwendigkeit bestanden hatte, ausführliche Botschaften an eine abwesende Kriegskönigin zu übermitteln.

Der Vogel würde Tarkun finden – und er würde wissen, daß es keine gewöhnliche Botschaft sein konnte, die ein behexter Vogel ihm gebracht hatte. Dort, in der Dunkelheit seines Gemachs würde er es wissen...

Den Morgen über lag sie da, weiß und wachsfarben, ein lebloses Abbild ihrer selbst, und es war eines der Mädchen, das entdeckte, daß der Vogel ohne eine Antwort zum Taubenschlag zurückgekehrt war. Da sie wußte, was ihre Königin getan hatte, zeigte sie Theseus den Vogel und erzählte ihm alles. Er war besorgt und erregt, doch ein wenig enttäuscht, weil Tarkun keine Antwort zurückgesandt hatte. Nun gut, vielleicht hatte er sich zuviel erhofft – bis eine Nachricht von Suppiluliuma kam, war nichts mehr zu ändern.

Er machte Antiope Vorwürfe, als sie schließlich aufwachte, doch sie aß ein wenig und schlief bald wieder ein. Die Mädchen erzählten Theseus, zu ihrer Wiederherstellung werde sie vermutlich einen ganzen Tag und eine Nacht Schlaf brauchen.

Doch diese Ruhe fand sie nicht. In dieser Nacht, als alle Bewohner Athens schliefen oder zu schlafen versuchten, gellten plötzlich Warnrufe von den Türmen durch die schwüle Dunkelheit. Kurz darauf fuhren Rammböcke krachend gegen alle drei Tore, sowohl gegen die Ausfallpforten als auch gegen den zweiflügligen Haupteingang. Die Männer, die die Böcke trugen, kamen unter Schutzdächern, die aus Schilden gebildet waren.

Indes wäre dieser Schutz bald durch die Steine zerschmettert worden, die Theseus und seine Männer von den Türmen herabschleuderten, doch zu diesem Zweck mußten die Athener teilweise den Schutz der Mauern verlassen. Als sofortige Antwort kamen Pfeile von den Bogen der Amazonen angeschwirrt, die den angreifenden Männern unmittelbar folgten. Zwei Athener wurden getroffen und wanden sich in Krämpfen. Bei keinem von beiden war ein lebenswichtiger Körperteil getroffen worden; doch es war allzu klar, daß die Pfeile vergiftet waren. Die beiden Männer starben, und Theseus kam zu dem Schluß, es sei besser, einen Ausfall zu machen und den Rammbock vor dem Haupttor in seinen Besitz zu bringen, als sich auf die bloße Verteidigung zu beschränken. So geschah es, und nach einem kurzen, erbitterten Handgemenge zog er den Rammbock ins Innere und schlug den Hethitern und den Amazonen die Torflügel vor der Nase zu. Als er jedoch versuchte, den Rammbock vor der Ausfallpforte zu erobern, waren die Hethiter darauf vorbereitet. Mitsamt dem Rammbock und dicht gefolgt von den Amazonen drangen sie ein, und es kam zu einem furchtbaren Kampf in dem zwanzig Fuß langen schwarzen Durchgang, der die Pforte bildete. Es war mühevoll, sie wieder hinauszutreiben, obgleich die Amazonen, weil sie nichts sahen, zum Glück ihre Pfeile nicht einsetzen konnten. Keuchend und erschöpft kehrte Theseus endlich in den Palast zurück; und jetzt, zum ersten Mal in ihrem Leben, schreckte Antiope beim Anblick eines blutbefleckten Schwertes zurück.

Blut, vielleicht das Blut einer Amazone. Einer Frau ihres eigenen Volkes.

Doch so niederschmetternd dieser Gedanke war, so überwältigend war ihre Freude, ihn wiederzusehen. Dankbar wusch und salbte sie seine Wunden. Während der ganzen Zeit, die er fort gewesen war, hatte sie das Gefühl gehabt, als sei es ihr eigenes Fleisch, als sei jeder Teil seines Körpers, der von einer Klinge oder einem Pfeil durchbohrt werden konnte, ein Stück ihrer selbst. *Sie sind tapferer, als ich dachte, die Frauen. Sie, die während jeder Schlacht dasitzen müssen, die so empfinden wie ich und sich fragen, was mit ihren Männern …*

Doch ihre Mädchen dachten nur an das Blut, das Theseus' Schwert befleckte. Jedes Mädchen wußte, daß es das Blut der Mutter, der Schwester, der Freundin sein konnte. Seit der Nacht, in der Hippolytos geboren worden war, hatte es eine enge Freundschaft zwischen ihnen und Theseus gegeben; sie waren für ihn die Schwestern gewesen, die er nie gehabt hatte. Doch nun sah er ihre strengen, schnell abgewandten Blicke und war verletzt. Auch Argwohn keimte in ihm auf: Feinde im eigenen Haus, das war in der Tat gefährlich. Doch weil Antiope ihn liebte, würden sie ihm die Treue halten – gewiß würden sie das! Doch auch er begann ihnen heimlich scharfe, unruhige Blicke zuzuwerfen. Antiope entging dieser Wechsel der Blicke nicht, und dies machte ihr bedrücktes Herz noch schwerer. Streit zwischen ihren Mädchen und Theseus – das war etwas, das sie nicht ertragen konnte.

Er sagte nur: »Dein Brief – wenn er ihn je gelesen hat – scheint Tarkuns Kriegslust nicht verringert zu haben.«

Sie antwortete müde: »Seine Befehle sind unverändert. Auch würde Molpadia, griffe sie allein an, vermutlich brennende Pfeile verwenden, und das würde meinem Vater nicht gefallen, weil er Angst um mich hat.«

»Aber sie würde es tun? Sie, die behauptet, daß du ihr so teuer bist!«

»Sie würde denken, daß der Tod, welcher auch immer, für mich besser sei als Sklaverei. Und damit hätte sie recht.«

Dann gingen sie zu Bett; Theseus schlief auf der Stelle ein. Sie indes lag wach und dachte: *Bin ich also doch eine Sklavin? Ich kann mich niemals gegen dich wenden Theseus – du bist ein Teil von mir. Doch wenn immer dein Schwert eine Amazone durchbohrt, wird es sein, als zerrissest du mein eigenes Fleisch.*

Es war von so weit hergekommen, ihr Volk, um ihr zu helfen – es hatte so hart gekämpft und so große Opfer gebracht.

Die Tage schleppten sich hin, ofenheiße Sommertage, die dennoch düster schienen. Manchmal gingen die Nächte ohne Störung vorbei, dann folgten wieder zwei oder drei, in denen Hethiter und Amazonen niemandem in Athen Schlaf gönnten.

Das schreckliche Hämmern an die Tore schien, sogar noch nachdem es aufgehört hatte, in den Herzen und Hirnen weiter zu erschallen. Manchmal verbrachte Theseus den ganzen Tag damit, die Wiederinstandsetzung der beschädigten Tore zu überwachen. Auf der Innenseite des Haupteinganges hatte er ein vollständiges neues Paar von Torflügeln bauen lassen.

Er unternahm auch eine Reihe von Attacken durch das Ausfalltor – die Belagerten sollten ausbrechen und mit den Belagerern kämpfen und nicht drinnen hocken wie Ratten in ihren Löchern. Doch immer trieben die vergifteten Pfeile der Amazonen ihn zurück; sie waren vortreffliche Späherinnen und schienen die Ausfallpforte nie aus den Augen zu lassen. Nur einmal drang er bis zum Fuß der Akropolis vor, und dort ratterten die furchtbaren Streitwagen der Hethiter auf ihn und seine Männer los. Zu viele seiner Männer sprangen bloß zur Seite und machten dadurch ihre Rücken zu prächtigen Zielen für die gefürchteten Pfeile. Doch Theseus selbst ging stracks auf den Wagen los, der ihm entgegenkam, und mit einem Sprung trieb er sein Schwert mit aller Kraft in den Unterleib des Wagenlenkers. Daraufhin mußte der Schildträger nach den Zügeln greifen und sich nach Kräften bemühen, die erschreckten Pferde in die Gewalt zu bekommen, während Theseus mit dem Schwertmann kämpfte. Auch diesen tötete er, bevor er vom Wagen springen konnte; doch sein Stolz, bewiesen zu haben, daß man es mit den angeblich unbezwinglichen hethitischen Streitwagen aufnehmen und sie besiegen konnte, änderte nichts an den nackten Tatsachen: Er hatte sonst nichts erreicht und zuviele Männer verloren.

Danach beschloß er, daß es besser war, für eine Weile die Ratte zu spielen und innerhalb der Mauern zu bleiben, außer um Ausfälle zu machen und Sturmböcke zu erobern. Für die Männer in den Turmfenstern hatte er sich etwas ausgedacht: Während sie ihre Geschosse nach unten schleuderten, wurden sie durch Schilde so geschützt, daß die Pfeile sie nur selten trafen. Und so angriffslustig die Amazonen auch waren, niemals mehr gelang es ihnen durch das äußere Ausfalltor einzudringen und die Athener im Durchgang anzugreifen.

Jedoch verloren beide Seiten noch immer Männer; auch Amazonen starben. Das Schicksal der Verwundeten war schlimmer. Oft genug mußten die Verteidiger Hals über Kopf den Rückzug antreten und die Tore hinter sich zuschlagen, die Verwundeten zurücklassend, die sich später regten und stöhnten. Doch jeder, der versuchte, hinauszueilen und sie nach drinnen zu schleppen, wurde ein Opfer der Amazonen oder der Hethiter, die sich genau dort postiert hatten, wo sie der Steinhagel aus den spaltähnlichen Turmfenstern nicht erreichen konnte. Und den Feinden, die vor den Toren oder an der steilen Flanke der Akropolis liegenblieben, erging es nicht besser. Jene, die versuchten, ihnen zur Hilfe zu eilen, fielen auf die gleiche Weise Pfeilen oder einem Steinhagel zum Opfer. Manchmal lagen die Verwundeten den ganzen Tag stöhnend da, bis die Hitze ihren Leiden ein Ende bereitete. Einmal dauerte das Stöhnen einer verwundeten Amazone bis tief in die Nacht, und zwei herzlose Prahlhänse überredeten ihre Kameraden, sie an Seilen herunterzulassen, so daß sie das Mädchen erreichen konnten. In der rosigen Zartheit des frühen Morgens, als Antiope und ihre Mädchen ins Freie traten, um frische Luft zu atmen – etwas, das ihnen zur Zeit selten vergönnt war –, trafen sie auf eine fröhliche Gruppe von Männern, von denen jeder einen Körperteil der Frau trug. Sie hatten sie hingeschlachtet und zerteilt wie ein Kalb, und der Mann, der den Kopf hielt, grinste und schwenkte ihn gegen Antiope. Die Männer jubelten und lachten über die aufs höchste erregten, tief betrübten Mädchen. Es bedurfte der strengsten Befehle, die Antiope je gegeben hatte, um ihre Amazonen davon abzuhalten, ihre Messer zu zücken und auf die Mörder loszugehen. Als der Mann, der den Kopf hielt, diesem ein Auge ausstach und es Antiope ins Gesicht warf, wurde sie beinahe ohnmächtig.

Sie hob das Auge auf und zeigte es Theseus; er hörte sie schweigend bis zu Ende an und sagte dann bedrückt: »Ich werde dafür sorgen, daß ihr zumindest den Kopf bekommt, damit er begraben werden kann, wie es bei euch Brauch ist. Doch deine Mädchen, Antiope – um ihrer selbst willen müssen sie entwaffnet werden.«

Sie starrte ihn verdutzt und ungläubig an. »Aber warum? Ich war in der Lage, ihnen zu befehlen –«

»Was wäre gewesen, wenn ein Mann sich eine von euch geschnappt hätte? Alles hätte geschehen können. Dann wärt ihr getötet worden – du selbst hättest das Opfer sein können.«

Ihre Lippen kräuselten sich. »Weißt du denn immer noch nichts über Amazonen, Theseus? Diese Meute von Hunden war klein, und wir wären mit ihnen fertig geworden.«

»Nein, denn der Lärm hätte dafür gesorgt, daß jedermann, der in der Nähe war, herbeigerannt wäre, um seinen Landsleuten gegen euch beizustehen. Man hätte euch niedergemacht, bevor ich euch aus dem Palast hätte wegschaffen können.«

»Wie kannst du dann von uns verlangen, waffenlos in einer solchen Menge von Fleischerhunden herumzulaufen?«

»Weil es für eure Mörder schwierig wäre zu behaupten, unbewaffnete Frauen hätten den Kampf begonnen. Antiope, du mußt einsehen, daß es keine andere Möglichkeit gibt.«

Sekundenlang starrte sie ihn an, zu erschüttert, um ein Wort zu erwidern. Als sie dann sprach, war ihre Stimme fast ein Flüstern. »Theseus, du weißt nicht, was eine Amazone fühlt, wenn sie unbewaffnet ist. Was es für sie bedeutet, alle ihre Rechte und ihre Ehre zu verlieren. Wenn du meinen Mädchen, die nichts getan haben, diese Schande zumutest...«

Er unterbrach sie verbissen: »Es muß sein. Um ihre Leben zu retten. Ich habe es dir nicht erzählt, Antiope, aber einige meiner Leute flüstern, daß es gefährlich sei, den Feind frei innerhalb der eigenen Mauern umhergehen zu lassen. Daß in irgendeiner Nacht deine Mädchen vielleicht aufstehen, die Wachtposten töten und ihr Volk einlassen könnten.«

*Bist du selbst nicht frei von dieser Furcht?* Sie sprach diese Frage nicht aus. Sie schloß die Augen unter einem Schmerz, wie sie ihn nicht mehr verspürt hatte, seit sie in Fesseln an Bord seines Schiffes gelegen hatte, mitten auf dem dunklen Unfreundlichen Meer. Dieser Schmerz war schlimmer, als die Qualen bei der Geburt Hippolytos', die nur ihren Leib zerrissen hatten...

Sie öffnete die Augen wieder. Sie zog den eisernen Dolch

ihres Vaters aus dem Gürtel und legte ihn auf den kleinen Tisch neben ihrem gemeinsamen Bett. »Wenn meine Mädchen waffenlos sind, muß auch ich es sein, Theseus. So werden sie wissen, daß ich immer noch ihre Königin und ihre Freundin bin, und außerdem wird dein Volk sich gewiß sicherer fühlen –«

»Nimm den Dolch zurück, Antiope. Ich werde euch den Kopf beschaffen – ich sagte, ich würde es tun –«

»Wir werden alle froh sein, den Kopf zurückzubekommen und ihn davor zu bewahren, daß man ihn weiter entehrt. Ich danke dir dafür, Theseus. Doch ich kann nicht Waffen tragen, wenn meine Mädchen es nicht können.«

»Sie können es nicht. Antiope, ich habe euch alles angeboten, was in meiner Macht steht – und alle Götter wissen, daß auch dein Volk mit meinen Verwundeten nicht sanft umgeht, wenn es ihm gelingt, sie in die Hände zu bekommen.«

Da kam ihr der Gedanke – der strahlende, unerhörte Gedanke. Sie sagte sehr ruhig: »Vielleicht hast du recht. Es ist, wie du gesagt hast: Niemand kann unbewaffnete Frauen fürchten. Doch um eines muß ich dich bitten, Theseus.« Sie trat dicht an ihn heran. Worum würde sie ihn bitten? Eine solche Unterwerfung war nicht ihre Art.

»Wenn deine Männer sich an Seilen von der Akropolis herunterlassen können, um mit den Verwundeten auf ihre Weise zu verfahren, können es auch meine Mädchen, um sich auf unsere Weise um die Verwundeten zu kümmern. Diejenigen, die zu schwer verwundet sind, werden sie rasch töten, fast schmerzlos – wir haben das auf vielen Schlachtfeldern getan. Doch alle, die eine Chance haben zu überleben, wenn man sich um sie kümmert – erlaube uns, sie zu uns zu bringen und zu pflegen.«

»Amazonen in die Akropolis bringen?« Er starrte sie entsetzt an.

»Verwundete, die keinem ein Leid tun können. Wir werden weniger essen, damit sie ernährt werden können. Wir werden sie in die Vorratskammern legen, damit sie keinen Raum beanspruchen, den deine Leute brauchen –«

»Frau, du bist verrückt!« Seine Stimme war rauh, fast angstvoll. »Dann wäre mein Volk sicher, daß du mich betrügst – und daß ich kein Mann mehr sei, sondern nur noch dein Spielball, ein Wahnsinniger. Sie würden die Söhne Pallas' um Hilfe anflehen.«

»Viele lieben dich noch immer, Theseus.« Ihre Augen strahlten, wie er sie nie hatte strahlen sehen. »Beweise denen, die es nicht tun, daß du immer noch ihr Herrscher bist. Sage ihnen: ›Die Sippe meiner Gattin führt gegen uns Krieg, weil sie glaubt, sie werde in meinem Hause als Sklavin gehalten. Doch wenn ich ihr gestatte, ihre Verwundeten in mein Haus zu holen und sie zu pflegen, werden alle erfahren, daß sie dort geliebt und geehrt wird.‹«

Da er der Enkelsohn Pittheus' war, begriff er, was sie wollte. Doch: »Was könnte das helfen? Molpadias Zorn würde nicht geringer werden, erführe sie die Wahrheit, und Tarkun kennt sie bereits –«

»Er hätte einen besseren Beweis als einen Brief, den auch irgendein anderer und nicht ich geschrieben haben könnte. Und obwohl Molpadia es niemals glauben wird – sie wird nur rasen und alles eine List nennen –, die Amazonen, die hier gewesen sind und es mit eigenen Augen gesehen haben, werden es *wissen*. Und viele werden ihnen glauben.«

»Und wird ihr Glauben ihnen gefallen?«

»Ich glaube nicht, daß sie alle wütend sein werden, Theseus. Ich kann nicht sagen, was dabei herauskommen wird – so etwas ist nie zuvor unternommen worden, so lange sich Männer und Frauen erinnern können. Doch es ist den Versuch wert, weil es vielleicht hilft. Es ist richtig, es zu versuchen, weil die Sache selbst gut ist.«

Theseus war ein Mann, der für neue Ideen immer etwas übrig hatte, doch was bei dieser herauskommen würde, sah er ganz klar – der Zorn und die Furcht seines Volkes, die Verachtung, mit der man ihm begegnen würde, ihm, dem Pantoffelhelden, die mögliche Hinwendung zu den Söhnen Pallas'. Doch die unmittelbare Gefahr war für ihn stets eine Herausforderung: Sollte er sich aus Furcht seinen eigenen Untertanen beugen?

*Bin ich ihr Herrscher oder bin ich es nicht?*

Antiopes Hand berührte seine Wange. »Theseus, laß die Verwundeten herein.«

In Seilschlingen, die mit Tüchern umwickelt waren, damit sie nicht in bereits verletzte, gepeinigte Körper einschnitten, hievten Antiopes sechs Amazonen ihre verwundeten Schwestern hinauf in die Akropolis. Auf das Dach, wo ihre Königin sie erwartete – Theseus hatte sich geweigert, sie mit hinunterklettern zu lassen –, Theseus an ihrer Seite, mit dem Schwert in der Hand. Und obgleich sie unbewaffnet waren, erkannten sie in ihm ihren Freund und liebten ihn aufs neue. Sie erfuhren nicht, daß man ihnen ihre Waffen selbst dann weggenommen hätte, wenn sie nicht die Erlaubnis zu ihrem unverhofften Gang der Barmherzigkeit bekommen hätten.

Theseus hatte sich dazu verstehen müssen, seinem Volk zu schwören, daß nur Unbewaffnete und Schwerverletzte in den Palast gebracht werden sollten. Er hatte die sechs Mädchen und ihre hilflosen Lasten während des ganzen Weges bewachen müssen, der an all den wütenden, empörten Augen vorbeiführte. In der kühlen Dämmerung der Vorratskammern starben ein paar verwundete Amazonen, doch die Mehrzahl überlebte. Dort gab es viel Leid mitzutragen und ermüdende, manchmal ekelhafte Arbeit zu verrichten, doch in der Dämmerung erblühte auch eine sonderbare Fröhlichkeit. Zuweilen entdeckten die Pflegerinnen Freundinnen oder Verwandte unter den Geretteten; oft erfuhren sie Neuigkeiten von ihnen. Und immer freuten sich alle, deren Geist klar genug war, um sie zu erkennen, Königin Antiope zu sehen. Sie glaubten an sie und an ihre Vision der Göttin – der Geist einer Kranken ist nicht so sehr durch Stolz und Furcht und Erziehung abgeschirmt wie der eines Gesunden. Sie wunderten sich über das, was sie nicht verstehen konnten, aber sie nahmen es hin.

Doch viele der Neuigkeiten bereiteten Antiope grausame Schmerzen. Ein Traum hatte der Todsängerin in der Tat verraten, wo ihre Nichte zu suchen war, und also hatte man Themiskyra verwüstet zurückgelassen – Themiskyra, die langgeliebte, langumkämpfte Stätte. Bevor sie fortgingen, hatten sie alle Häuser niedergebrannt, alle Quellen vergiftet. Viele hatten auch ihre Obstbäume verbrannt – niemand anderes sollte von ihren Früchten essen –, doch andere hatten es nicht übers Herz gebracht zu vernichten, was sie mit ihrer Hände Arbeit geschaffen und gepflanzt hatten.

»Wir konnten es nicht tun, Herrin, wir, die wir sie haben wachsen sehen.«

»Aber die Kinder? Und alle, die zu alt waren für einen langen Ritt?« Antiope mußte sich bemühen, ihrer Stimme Kraft zu geben, damit sie die Frage stellen konnte.

»Wir haben sie in der Höhle der Göttin gelassen.« Das Mädchen meinte ein Heiligtum hoch in den Bergen, das Antiope gut kannte. »Wir haben die äußeren Kammern so groß gemacht, daß alle dort schlafen konnten – sie brauchen nicht in die inneren Kammern zu gehen, wo es feucht ist und Wasser herabtropft. Dort wird die Göttin vielleicht für sie sorgen.«

»Habt ihr ihnen die Fohlen und die ältesten Stuten dagelassen.« Antiope erinnerte sich, daß es nicht weit unterhalb der Höhle gutes Weideland gab. Sie erinnerte sich auch daran, daß sich unmittelbar vor dem Höhleneingang ein Abgrund befand – ein glatter, steiler Sturz, ein Fall, den niemand überleben konnte.

Eine andere Amazone, Mutter zweier kleiner Töchter, sagte ruhig: »Niemand, der an jenem Ort Schutz sucht, braucht Sklaverei zu fürchten, wenn man gut aufpaßt. Und sie werden gut aufpassen – du kennst unsere alten Frauen. Und wenn die Göttin freundlich ist und in diesem oder nächsten Winter kein Feind sie aufstöbert, können sie es vielleicht schaffen zu überleben, bis wir zurückkommen. Oder bis viele der kleinen Mädchen alt genug sind, um zu kämpfen.«

Doch was sie in den Augen dieser Mutter sah, ließ Antiope die ihren abwenden. Sie wußten beide, wie unwahrscheinlich es war, daß kein Feind diese Verlassenen finden würde...

Die Amazonen hatten die Lebensmittel, die sie entbehren konnten, bei den Ausgesetzten zurückgelassen, dann waren sie nach Westen geritten bis zum äußersten Rand des Meeres, das sie kannten, und auf dem ganzen Weg hatten sie getötet und waren getötet worden. Die Meerenge der Kuh fanden sie zugefroren und unter Winterschnee begraben. Indem sie Lederstreifen um die Hufe ihrer Pferde banden, damit sie auf dem trügerischen Eis nicht ausglitten, waren sie hinübergelangt und dann in südwestlicher Richtung weitergeritten, wie Molpadias Traum es ihnen gebot. Sie hatten sich weitergekämpft durch Hagel und Schnee, gegen Menschen, die grausamer waren als das Wetter, bis sie, irgendwo an der Thrakischen Küste trojanische Schiffe getroffen hatten, die der Große König angeheuert hatte.

»Leukippe, die wir verwundet hatten zurücklassen müssen und aus Mangel an Zeit nicht hatten töten können – irgendwie war sie zu den Hethitern gelangt und hatte ihnen erzählt, was wir taten«, erklärte eine Amazone. »Molpadia verfluchte sie als Verräterin, doch die meisten von uns glauben, daß sie richtig gehandelt hat. Wenn wir nämlich auf dem ganzen Weg nach Athen hätten kämpfen müssen, wären von uns nicht genug übriggeblieben, um irgend jemandem helfen zu können. Wir erkannten das bald; vielleicht sah es auch die Todsängerin ein, tief unter ihrem Zorn. Denn sie wurde schließlich mit Tarkun, dem Hethiter, einig und ließ uns an Bord der Schiffe gehen, die er für uns gebracht hatte. Wir konnten das immerhin unbesorgt tun, weil wir stärker waren als die leicht bewaffneten trojanischen Besatzungen. Wir wären es jedenfalls gewesen, wenn wir nicht so unter der Seekrankheit zu leiden gehabt hätten, daß wir mit niemandem mehr kämpfen konnten.«

Antiope und ihre sechs Mädchen lächelten, weil sie sich an den Anfang ihrer eigenen Seereise erinnerten.

Sowohl für die Hethiter wie auch für die Amazonen war die Überfahrt schlimm gewesen. Der Sturm hatte ihnen zugesetzt, und sie waren dauernd seekrank gewesen, obgleich die Schiffe immer im Schutz der Küste gesegelt waren. Und am Ende hatten die Trojaner sie hinters Licht geführt und sie alle – Männer, Frauen, Wagen und Pferde – an einem Fluß an Land gesetzt, der sich, wie sie sagten, in der Nähe Athens befände. »Aber es stimmte nicht. Sie weigern sich, im Winter zu segeln, diese lügenhaften Seeleute, wieviel du ihnen auch zahlst. Wir mußten uns den Weg durch ganz Thessalien freikämpfen. Die Hethiter waren wirklich eine große Hilfe, obgleich Molpadia es nicht zugeben wollte. Es tut gut, Männer vor ihren Streitwagen weglaufen zu sehen.«

Antiope konnte sich nur wundern, wie sehr ihr Volk sie liebte. Ihr Vater ebenfalls – sie hatte gewußt, daß er sie mochte, doch sie hätte sich nicht träumen lassen, daß er so viel Gold aufwenden, das Leben so vieler Männer aufs Spiel setzen würde, um ihr zu helfen. Oder für irgend etwas anderes als für das Wohl der hethitischen Nation. Und alles dies war getan worden aus Liebe zu ihr, die sie gar nicht gerettet werden wollte – aus Liebe zu ihr, die aus eigenem Entschluß ihr Leben unter einem Volk zu Ende leben mußte, von dem sie gehaßt wurde.

*Doch ich bin hier, weil Du es willst, Göttin. Wäre es nicht so, wie könnte ich es ertragen zu leben und zu wissen, welches Leid ich über die gebracht habe, die mich lieben?*

Jedoch trotz ihres Schmerzes wuchsen ihre Hoffnungen. Diese Frauen würden zu den anderen Amazonen zurückkehren und Zeugnis ablegen von ihrem Glück und ihrer Vision der Göttin. Molpadia würde ihr Bestes tun, die Geschichte zu unterdrücken, doch diese Tatsachen ließen sich nicht aus der Welt schaffen. Sie würden Tarkun zu Ohren kommen, und vielleicht schenkte er ihnen Glauben, er, der bereits stutzig geworden sein mußte, nicht nur wegen des Briefes. Denn Theseus war es gelungen, seine Männer dazu zu bewegen, die hethitischen Rammenträger nicht mehr zu töten, die verwundet vor seinen Toren liegenblieben; und ihre Amazonen hatten mehrere von ihnen verbunden und sie dann hügelabwärts zu Orten geleitet, wo ihre Gefährten sie finden konnten.

Es kam eine Nacht, da zwei der verwundeten Amazonen so weit wiederhergestellt waren, daß man sie von den Mauern herunterlassen konnte. Nachdem ihnen Antiopes Mädchen beim Abstieg geholfen hatten, versprachen sie, sich dort, wo sie waren, solange still zu verhalten, bis ihre Helferinnen heil in die Akropolis zurückgelangt waren. In der Morgendämmerung würden Amazonen, die vom Areopagos kamen, um Wasser zu holen, die zwei finden, die sie tot geglaubt hatten und die nun friedlich an der Quelle Klepsydra saßen. Wie überrascht sie sein würden und wie froh! Sie würden ihre Geschichte erzählen, und wenn manche ihnen vielleicht auch nicht glaubten, wäre es doch selbst für Molpadia schwer, die übrigen davon zu überzeugen, daß die zwei zu krank und schwach gewesen seien, sich so lange und gründlich täuschen zu lassen.

Wer konnte voraussagen, was dann geschehen würde?

*O Herrin, ist das der wirkliche Anfang? Werde ich miterleben, wie Männer und Frauen am Ende Freundschaft schließen?*

Geblendet durch diese sonnenhelle Hoffnung vergaß sie, daß das Denken der Männer ebenso verändert werden mußte, wie das der Frauen. Und sie vergaß die schreckliche Kraft des Hasses.

7. KAPITEL/DIE BEGEGNUNG DER KÖNIGINNEN – In der rosigen Morgenfrühe wurden die zwei Frauen an der Klepsydra gefunden, und man bejubelte sie, als seien sie von den Toten auferstanden. Doch als Molpadia ihre Geschichte hörte, raste sie vor Zorn, genau wie Antiope es vorausgesagt hatte. »Lügen! Alles Lügen! Er hat sie dazu gebracht, zu lügen, ihr Närrinnen – um euer Leben zu retten. Und in eurem Elend habt ihr es geglaubt – solchen frevelhaften Unrat geschluckt. Aus Liebe zu ihr und zur Göttin, erzählt diese Geschichte nie wieder – wagt es nie, euch an sie zu erinnern!«

Doch mehrere Amazonen hatten die Geschichte bereits gehört, und jede erzählte sie einigen anderen, die sie ihrerseits weitererzählten. Bald wußten alle, daß etwas geheimgehalten werden sollte, selbst diejenigen, die nicht sicher waren, um was es sich handelte. Auch Tarkun hörte davon, denn obgleich es Hethitern und Amazonen verboten war, miteinander zu sprechen – außer auf Befehl ihrer Anführer –, so taten sie es unweigerlich doch. Er wollte die Geschichte selber hören, und als Molpadia sich weigerte, sagte er: »Dann sprechen sie vielleicht die Wahrheit, Frau. Eine Wahrheit, die du nicht hören willst.«

»Nein! Sie sprechen nur Lügen aus – *seine* Lügen!«

»Er hat Antiope immer seine Gemahlin genannt.«

»Was ist eine Gemahlin anderes als eine Sklavin?«

Tarkun zuckte die Achseln. »Gleichviel, was immer er im Schilde führt, es ist gut, daß er die Verwundeten schont. Ich hatte zu glauben angefangen, daß er es absichtlich tut. Nun bin ich dessen sicher. Von jetzt an werden meine Männer keinen seiner Verwundeten mehr töten.«

»Ich werde alle seine Männer töten, die ich zu fassen bekommen, ob verwundet oder nicht – diese gemeinen Sklavenhunde!«

»Das wirst du, ohne Zweifel. Aber gib acht, daß all deine hübschen vergifteten Pfeile über die Köpfe meiner Männer hinwegfliegen. Ein paar davon könnten zufällig zu niedrig fliegen – das wäre einer jener kleinen Fehler, die du allzu gern machen würdest, Molpadia. Ich kenne dich seit langem.«

Er verließ sie, ohne daß sie ihrer Wut auch nur ein wenig hatte Luft machen können. Es war schlimmer als der Tod, daß sie diesen Mann und seine Männer brauchte.

*Doch was tun sie wirklich für dich, Antiope? Was tun wir, dein Volk? Wir hänseln diese eingesperrten Ratten nur, während wir darauf warten, daß sie verhungern – und dein Bauch wird gewiß der erste sein, der leer ist! Neue Nahrungsmittel können sie nicht mehr bekommen, doch von irgendwo kriegen sie Wasser. Von woher?*

Sie zog sich in ihr Zelt zurück und bereitete aus Kräutern Tränke, die ihren Körper, aber nur ihren Körper, in Schlaf versetzten. In der Nacht flog sie, wieder als Eule, niedrig über die Akropolis dahin. Sie sah den Ort, wo vor langer Zeit, vielleicht schon vor der Ankunft der Menschen, das riesige Felsdach geborsten, das äußere Stück weggebrochen und ein wenig abwärts geglitten war. Doch seine Spitze lehnte sich noch immer gegen das Hauptmassiv, und die von Menschen erbaute Mauer war quer darüber errichtet. Dort fand sie eine Öffnung wie ein Mund im schwarzen Antlitz der Nacht, die in Tiefen hinabführte, dunkler als die Nacht und von unvorstellbarer Schwärze. Hinab in diese Tiefen trugen sie ihre schwerelosen Flügel; ohne etwas erkennen zu können, suchte sie unablässig.

Jedem menschlichen Wesen wäre dieser Ort grauenvoll vorgekommen; für ein Geschöpf, das so klein wie ein Vogel ist, war er wie eine ganze riesenhafte Welt ewiger Nacht. Doch schließlich fand sie, was sie suchte – dort unten gab es Wasser.

Viele Male flog sie in diese Spalte hinein und wieder hinaus. Sie prägte sich ihre Länge und Breite ein, kehrte dann in ihren Leib zurück und lag lange reglos da; sie hatte die Augen geschlossen und übertrug das, was sie erfahren hatte, voll Eifer in Begriffe, die für die menschlichen Sinne und das menschliche Gedächtnis verständlich waren. Doch der Eingang, so breit er Vogelaugen erschien, war schmal und schwer zu erreichen. Konnten Amazonen wirklich hineinschlüpfen, ohne die ganze obere Stadt zu alarmieren, wenn sie zu viele Wächter töten mußen?

In der nächsten Nacht versuchte sie es. Ihre Amazonen wanden sich, stumm wie Schlangen, auf ihren Bäuchen den Hügel hinauf, ihre Bogen auf dem Rücken. Mehrere gelangten ungesehen in den Spalt, doch plötzlich drang ein Schrei heraus – einer der oben postierten Wächter hatte unten eine Bewegung bemerkt. Die übrigen Amazonen sprangen auf, machten ihre Bogen bereit und schossen; alle Wächter fielen. Doch weitere Männer kamen heraufgestürzt, an ihrer Spitze der hassenswerteste aller Männer – sie wußte, daß er es war, konnte ihn fast riechen, ihn, den sie haßte, obgleich auf diese Entfernung und in der Finsternis kein menschliches Auge sein Gesicht hätte erkennen können. Zwei Amazonen fielen, als sie Pfeile mit den Verteidigern wechselten, bevor die Frauen, die in den Spalt gekrochen waren, ihn schattengleich wieder verlassen konnten. Sie war sicher, daß man sie nicht gesehen hatte, doch es blieb ihnen nichts anderes übrig als der Rückzug.

Von jetzt an würde dieser Einstieg allzu gut bewacht werden. Gab es nicht einen anderen, weiter unterhalb? Einen Fleck, wo Mutter Erdes Mauern dünn waren und entschlossene Frauen, den Hügel Nacht für Nacht schlangengleich auf und abkriechend, sich ungesehen einen Weg ins Innere graben konnten?

Wieder braute sie Tränke. Sie wurde ein Otter. Sie untersuchte den Steilhang Zoll für Zoll, eine schwere Arbeit für so kleine Beine. Ihre Pfoten wären bis auf die Knochen abgewetzt worden, sie hätten viele Male geblutet, wären sie aus Fleisch und Blut gemacht gewesen. Obgleich rastlos tätig, waren sie doch schwach, und trotz all ihrer merkwürdigen Behendigkeit, die größer war als die jedes wirklichen Körpers, nahm ihre Suche doch Zeit in Anspruch – zuviel Zeit.

Sie lernte, ihren Willen in Kraft zu verwandeln – Kraft, die Erde und Fels bewegen konnte. Und endlich fand sie das, wonach sie gesucht hatte – einen Ort, wo Menschen erst vor kurzem gearbeitet und eine Öffnung verschlossen hatten. Da verließ sie den Otter und in einer feineren, wenngleich sterblichen Gestalt – welche Form diese hatte, wenn überhaupt, erfuhr sie nie –, stieg sie in die Höhle hinunter, die versperrt worden war. Sie untersuchte diese Sperre höchst sorgfältig – ihre genaue Tiefe und das verwendete Material, zumeist Erde und Geröll. Sie nahm wieder Ottergestalt und dann ihre eigene an. Mit Sorgfalt wählte sie die Frauen aus, die nun wirklich Nacht für Nacht wie die Schlangen den Hügel hinaufkriechen und graben mußten. Sie nahm keine jungen Frauen, obgleich die Kraft der Jungen nützlich gewesen wäre. Etwas riet ihr, das nicht zu tun, obgleich sie sich selber sagte, daß eine Amazone niemals eine Verräterin sein konnte. Solche Lügenmärchen, die wie Speichel aus dem Maul dieses Hundesohnes troffen, sollten die Amazonen gegeneinander ausspielen und Zwietracht säen. *Aber das wird dir nie gelingen, räudiger Köter. Du hast Antiope nicht verdorben, was du ihr auch immer angetan hast. Du wirst keine von uns dazu bringen, daß sie dir deine Lügen glaubt – du, der du so schlau bist und sogar die Göttin mit deinem verlogenen Unrat besudelst.* Sie vertraute jeder Frau, jedem Mädchen in ihrem kleinen Heer wie sich selbst. Jedenfalls glaubte sie das. Doch zu den Jungen hatte sie kein Vertrauen.

Unter den Amazonen herrschte Unruhe. War Antiope gezwungen worden, zu lügen, um die verwundeten Gefangenen vor einem grausamen Schicksal zu bewahren? Das sagten vorsichtige alte Frauen, doch nicht alle jüngere Frauen waren dessen sicher. Sie erinnerten sich daran, was jene befreiten Gefangenen, die nun verstummt waren, zuerst gesagt hatten –

oder gesagt haben sollten. Wie Antiope mit ihnen geplaudert und gelacht habe wie in alten Zeiten, mit hocherhobenem Kopf und klaren Augen. Wie sie aufrecht dagestanden habe, niemals über die Schulter blickend, als fühle sie sich unbehaglich oder fürchte sich. Sie war sie selbst gewesen – ganz sie selbst – unversehrt, unverändert... Konnte es möglich sein, daß nun, da Themiskyra dahin war, ihre ganze Lebensart ebenfalls dahinging? Daß die Göttin wirklich im Begriff war, große Veränderungen ins Werk zu setzen, neue Gesetze zu erlassen? Nein – das ging gewiß zu weit! So sprachen viele zu sich selbst, zurückschreckend wie vor Türen, die sich plötzlich weit öffneten – zu weit – und frische Luft hereinließen, die in Wirklichkeit ein zerstörerischer Wirbelsturm war. Und doch – vielleicht hatten diese Fremden geschickte Hexen, welche die Erinnerung all jener verwirren konnten, die die junge Königin gesehen hatten. Es mußten wirklich sehr geschickte Hexen sein, denn Geist und Willen von Amazonen waren stark; Wunden verwirrten ihr Denken nicht lange.

Doch eines stand für alle Amazonen außer Zweifel – daß Antiope sie noch liebte. Sehnsüchtig dachten sie an ihre Hände, welche ihre Verwundeten gepflegt hatten. Sollten weitere zurückkommen, mußten alle ihre Geschichten hören – nicht nur einige wenige. Manche konnten nicht umhin, sich Antiope und den Mann im Bett vorzustellen – diesen jungen, stattlichen Mann. Einst war er hinterhältig gewesen; er hatte sie entführt. Doch es war ebenso sicher, daß er ihr nun erlaubte, ihren verwundeten Gefährtinnen zu helfen...

Staunen und verwirrende Unsicherheit; sonderbare neue Gefühle regten sich... Die wenigen Amazonen – sehr wenige –, die es insgeheim gewagt hatten, sich hethitische Liebhaber zu nehmen, spürten das Aufblühen unbekannter, wilder Hoffnungen. *Wenn nun das, was wir tun, überhaupt nicht falsch ist? Wenn wir zu unseren Männern gehörten und nie wieder die Kriegskönigin fürchten müßten?* Andererseits wäre eine Ehe auch gewagt; denn diese verlieh den Männern zu viel Macht, bot ihnen zu viele Möglichkeiten, sich wie Raufbolde aufzuführen...

Es war schwer, über irgend etwas Gewißheit zu erlangen,

doch viele entfernten heimlich das Gift aus ihren Pfeilen. Viele Athener, die durch Pfeile verwundet wurden und nicht starben, waren überrascht. Auch in Athen gab es darauf Verwunderung und Gerede, doch die meisten – insbesondere die Alten – sagten grimmig: »Den Amazonen muß das Gift ausgegangen sein. Hier, in einem Land, das ihnen fremd ist, brauchen sie Zeit, die richtigen Kräuter zu finden, um neues zu brauen. Aus eigenem Willen würden sie niemals einen Mann verschonen, diese verhurten Schlächterinnen!« Alle Zweifler wurden zum Verstummen gebracht; manche hörten auf, zu zweifeln.

Doch in Theseus flackerte Hoffnung auf; vielleicht trugen Antiopes verrückte Ideen Früchte. Es stand fest, daß die Hethiter keine verwundeten Athener mehr töteten; sogar die Alten hatten das eingestanden. Doch er wagte es nicht, auch nur eine Vorsichtsmaßregel zu unterlassen; er verstärkte die Ausfallpforten außen und innen; er betrachtete lange und sinnend die großen Haupttore und suchte nach weiteren Möglichkeiten, sie zu verstärken. Undeutlich regte sich in seinem Geist ein Plan – ein Plan, der in den berühmten Neun Toren Gestalt annehmen sollte, die tausend Jahre später im klassischen Athen Euripides, Sokrates und Perikles kannten.

Doch außer Warten konnten die Belagerten nichts tun, und Warten macht die Leute selten glücklich. Die Männer murrten: »Wir sitzen hier in der Falle; unsere Feinde sitzen draußen und warten darauf, daß wir verhungern. Wenn die Zeit zur herbstlichen Aussaat kommt, können wir nicht säen.« Und die Frauen sagten: »Wir können die Thesmophoria nicht begehen.« Und in diesem Murren lag viel Wahres; Theseus konnte den Leuten keine Antwort geben.

Zu große Hitze, zu wenig Platz und zu viele Menschen darin zusammengepfercht, und alle in Furcht. Die Akropolis war ein Backofen geworden, und alles, was darin war, wurde gebacken. Zwei Monate lang war kein Regen gefallen, nur Trockenheit hatte es gegeben und unzeitgemäße Hitze, und noch immer brannte die Sonne unablässig vom blauen Himmel herab. Die Belagerer konnten unten in den kühlen, lieblichen Flüssen baden: im blauen Ilissos und im sprudelnden Eridanos. Doch obwohl die Belagerten Trinkwasser hatten, wagten sie es nicht, größere Mengen für andere Dinge zu verschwenden. Ungewaschene, schweißüberströmte Körper buken und kochten in ungewaschenen Kleidern. Viele Familien trauerten um tote oder sterbende Säuglinge. Groll über Nichtigkeiten wurde genährt, bis er riesenhafte Ausmaße angenommen hatte, und die Leute sahen einander scheel an wie bösartige Hunde.

Häßliches Geraune begann. Vielleicht fingen jene Männer damit an, in deren bösartige Vergnügungen Antiope sich eingemischt hatte. Doch jeder hätte damit anfangen können, denn Menschen, die in Elend und Furcht leben, sind empfänglich für jedes Fünkchen wie trockenes Holz. »Sollen wir hier draußen in der Sonne rösten, während diese Hündinnen, die gekommen sind, uns zu töten, es sich drinnen in der kühlen Dämmerung wohl sein lassen? Unsren Feinden, verhätschelt und verzärtelt, geht es besser, als unseren eigenen kranken Kindern!«

Klügere Stimmen antworteten: »Sie liegen in den fensterlosen Vorratskammern, zwischen die großen *pithoi* gepackt. Wie ein Haufen neuer Krüge.«

»Wo sie alle diese großen Krüge öffnen können, wann es ihnen gefällt! Müssen wir, die wir jeden Bissen abzählen, den wir oder unsere Kinder essen, das ertragen? Sollen wir weiterhin die Bäuche dieser blutrünstigen Huren aus dem Osten füllen?«

Theseus hatte nie daran gedacht, Antiope und ihre Mädchen an ihr Versprechen zu erinnern, weniger zu essen, wenn er die verwundeten Amazonen hereinholen ließe. Aber er hörte dieses Gewisper und wußte, wie gefährlich es war. Immerhin ließen sich keine weiteren Nahrungsmittel mehr in die Akropolis schaffen; in dieser Tatsache lag seine größte Schwäche und die größte Stärke des Feindes …

Es gab noch andere, noch schlimmere Gerüchte, von Furcht vergiftet: »Wer weiß, wie krank sie wirklich sind, diese mörderischen Hündinnen? Wer, außer ihren eigenen Stammesgenossinnen, hat sie je zu Gesicht bekommen? Theseus' eigene schamlose Dirne und ihre Hurenschwestern!«

Als Antiope ihm sagte, daß zwei weitere Amazonen so

gesund seien, daß man sie zurückschicken könne, erwiderte er bedrückt: »Ich kann sie nicht gehen lassen. Die Leute sprechen davon, wie diese beiden, die du freiläßt, wieder gegen uns kämpfen werden. Und wieviel sie wohl in Erfahrung gebracht haben mögen, während sie innerhalb unserer Mauern waren.«

Auch Antiopes Hoffnungen waren gewachsen. Nun stürzten sie zusammen wie ein Kartenhaus, und sie blieb elend und betäubt zurück. Sollte dieser Plan fehlschlagen? Sie war so sicher gewesen, daß er von der Göttin stammte. Doch er war fehlgeschlagen. Keine Hoffnung mehr auf Frieden und Verständigung zwischen den Völkern – und wieder mußten verwundete Amazonen unter den Mauern Athens stöhnen, gnadenlos ausgeliefert der Hitze, den Fliegen und den Mördern, die zurückzuhalten sich Theseus einfach nicht mehr stark genug fühlte.

Doch es war sinnlos, vor Kummer aufzubrausen. Sie sagte ruhig: »Wenn ich ihnen nicht die Freiheit geben kann, was soll ich dann mit ihnen tun? Ich will nicht, daß sie erschlagen oder versklavt werden.«

»Ich werde versuchen, sie nach Chalkis zu schmuggeln, zu Elephenor.« Offenbar hatte er sich alles schon überlegt. »Ich werde ihn bitten, gut für sie zu sorgen.«

»Die Frauen von Chalkis werden keine Lust haben, jene zu pflegen, die sie, nach allem, was man sie gelehrt hat, für wilde Tiere halten. Einige meiner Mädchen müssen mit ihnen gehen.« Sie sprach immer noch ruhig, doch ein Schmerz zerriß ihr das Herz, der bitterer war als der Tod. *Wenn sie gehen, werden sie je zurückkommen?*

»Dann können sie im Wagen fahren, und meine Männer werden ihnen in einiger Entfernung folgen.«

*Um sicher zu gehen, was meine Mädchen tun?* Beinahe hätte sie diese Frage gestellt, doch sie unterdrückte sie. Er wagte einiges für sie. Für seine Männer bedeutete die Gefangenschaft Folter und Tod, während die Amazonen lediglich zu ihrem eigenen Volk zurückgebracht werden würden.

Doch er verspürte das Bedürfnis, sich gegen ihr Schweigen

zu verteidigen, das so ganz verschieden war von der Art, mit der eine griechische Frau alles aufgenommen hätte.

»Liebes, immer wenn ich dich verließ, seit Tagen schon, habe ich Angst um dich gehabt. Denn ich kenne dich; wenn der Pöbel hier hereinbräche, um deine verwundeten Amazonen anzugreifen, würdest du sie verteidigen und sterben.«

»Wer würde es wagen, hier hereinzubrechen, so lange du lebst?«

»Die Führer des Pöbels würden nicht erwarten, daß ich lange lebe. Wenn ich euch zur Hilfe eilte, könnte ein Mann mir auflauern, um mich von hinten zu erstechen – im Schutze der Menge und des Kampfgetöses. Dann würdet ihr alle sterben: du, mein Vater – sogar Hippolytos.«

»Hippolytos . . .« Obgleich es im Raum heiß war, erschauerte sie. Doch als sie wieder sprach, war ihre Stimme so sicher wie immer. »Ich verstehe. Die Söhne des Pallas. Ich habe ihnen eine neue Gelegenheit geboten, gegen dich loszuschlagen.«

In dieser Nacht schlief Theseus rasch ein, und ihm war leichter ums Herz, als er gern zugeben wollte. Sie war vernünftig gewesen. Doch Antiope neben ihm fühlte sich einsamer, als sie es in ihrem ganzen Leben je gewesen war. Ohne Zweifel wären ihre sechs Mädchen jetzt außerhalb Athens sicherer aufgehoben; wie aber sollte sie es ertragen, sie aufzugeben? Sie betete lange zu ihrer Göttin: *Verlasse mich nicht, Du, die Du die Sterne an ihre Plätze setzt. Zeige mir, wie ich all dies zu einem Ende bringen soll.*

Sie betete zu jenem Wesen, das sie Mutter nannte, das die Menschen gleichwohl Vater nannten und das beides und zugleich keines von beiden sein mußte. Doch die Macht, zu der sie betete, gab ihr keine Antwort. Ringsum die Nacht war schwarz und stumm. Sie heftete ihre Augen auf die goldenen Tauben des kleinen Schreins, den Aigeus ihr gegeben hatte, als sie zum ersten Mal nach Athen gekommen war; er hatte der Gemahlin Pandions gehört, die mit Sicherheit Theseus' Großmutter gewesen war, wer auch immer sein Großvater gewesen sein mochte. Manchmal hatte es ihr geholfen, die goldenen Tauben anzublicken, auf denen das Mondlicht schimmerte, so daß ihr

Geist freier wurde. Doch jetzt waren sie nur leblose, glitzernde Figuren, die so wenig helfen konnten wie die schwere Nacht.

*Du, Göttin, bist es nicht, die weit fort ist. Ich bin es, deren Elend Dich fernhält.*

Schließlich nickte sie ein, aber da kam ein Kopf über den Boden gerollt. Er sprang auf ihr Bett, auf ihre Brust und lag dort, sie mit einem Auge anstarrend; wo das andere Auge hätte sein sollen, war ein blutiges Loch. Sie sagte verwundert: »Aber wir haben dich begraben! Wir haben dich gewaschen und in Tücher gehüllt, liebevoll und ehrerbietig, als wärst du die Mutter oder die Schwester eines meiner Mädchen gewesen.« Und vielleicht verhielt es sich wirklich so. Schmerzlich erinnerte sie sich daran, mit welcher Angst sie und ihre Mädchen das tote Antlitz betrachtet hatten, erleichtert und enttäuscht zugleich, weil es so zerhackt und zugerichtet war, daß niemand sagen konnte, wie es im Leben ausgesehen haben mochte. Sie sprach weiter: »Findest du keine Ruhe?« Und der Kopf öffnete seinen grauen, verfallenen Mund und antwortete: *»Gemahlin des Atheners, ich starb für dich.«*

Dann veränderte sich das Gesicht, wurde das einer teuren Freundin ihrer Mutter, auf deren Schoß sie in ihrer Kindheit oft gesessen hatte. Nein – es war das Gesicht eines Mädchens, mit dem sie in ihrer Kindheit oft gespielt hatte. Es begann sich erneut zu verändern, und sie schloß die Augen, elend vor Angst, es könne sich in Marpes Gesicht verwandeln. Doch durch die geschlossenen Lider sah sie es noch immer. Es waren die Gesichter aller Amazonen, die sie je gekannt hatte, zu einem einzigen Gesicht vereinigt. Zu einer einzigen Anklage.

*»Müssen wir alle für dich sterben? Für dich, die du mit dem Anführer unserer Mörder das Bett teilst und Schande über uns bringst, indem du dich seine Gemahlin nennst? Die du uns zum Narren hältst mit deiner armseligen, übertriebenen Barmherzigkeit? Selbst diese muß nun ein Ende haben – nichts mehr wird dir bleiben, womit du dich trösten kannst!«*

Sie schlug die Augen auf. Theseus' Hand lag dort, wo sie den Kopf gespürt hatte. Sie hatte geträumt – oder war durch seine Berührung eine Tür geöffnet worden, durch die der zornige Geist hatte zu ihr gelangen können? Der Vorwurf jedoch war berechtigt gewesen. *O mein Volk, das du von so weit hergekommen und so viel gelitten hast – so viel für mich aufgegeben hast! Sogar jene verlassen hast, die dich noch brauchen …*

Behutsam nahm sie Theseus' Hand fort. Sie stand auf und ging zum Fenster. Den Areopagos konnte sie nicht erkennen, doch sie schaute in seine Richtung. Hier oben all der Haß und dort unten all die Liebe, die sie nie wieder haben konnte … die sie nie mehr befriedigen konnte, wenn sie sie besaß. Sie war keine Göttin wie jene, die dieses Volk des Westens in Kanathos in Apia verehrte, wo ein jährliches Bad in einer heiligen Quelle Sie wieder zur Jungfrau machte. Ein Bad, das, wenn es Sinn haben sollte, alle Erinnerungen fortspülen und auch das zarte körperliche Zeichen der Unschuld erneuern mußte. *Ich kann nicht auslöschen, was ich gewesen bin – die Gattin meines Mannes und die Mutter meines Kindes. Doch auch Theseus hat meine Liebe nur Unheil gebracht. Großes Unheil.*

Sie blickte hinaus in das große Himmelsgewölbe, wo nun der Mond unterging, und ein neuer Plan reifte in ihr. Sie hoffte, daß er von der Göttin kam, doch selbst wenn es nicht so war, blieb ihr nichts anderes übrig. Sie ging zum Bett zurück und weckte Theseus; sie sagte: »Liebster, ich muß mit Molpadia sprechen.«

Er war nicht erfreut und erwiderte: »Warum? Außerdem geht das nicht. Sie hat sich geweigert, dich zu sehen – es sei denn, du würdest ausgeliefert.«

»Sie wird mich sehen. Wenn du ihr damit drohst, ihr meine Finger zu schicken, einen nach dem anderen, bis sie zustimmt.«

Er zog eine Grimasse. »Ja, das könnte sie dazu bringen. Doch was kannst du schon sagen, wenn du mit ihr sprichst? Die Wahrheit würde sie lediglich gegen dich aufbringen.«

»Ich habe ihr nichts zu sagen, außer der Wahrheit, doch mehr werde ich nie zu sagen haben. Können wir es uns leisten, Theseus, nicht alle Möglichkeiten auszuschöpfen?«

Am Ende gab er nach, und als die häßliche Drohung gegen Antiope durch einen Herold von den Mauern verkündet wurde, knirschte Molpadia mit den Zähnen, doch auch sie gab nach.

Bedingungen wurden ausgehandelt; die beiden Königinnen sollten sich genau am Fuß der Akropolis unter den Haupttoren treffen. Zwölf Soldaten würden dreißig Schritte hinter Antiope und zwölf Amazonen dreißig Schritte hinter Molpadia stehen; beide Königinnen würden unbewaffnet sein. Zu Theseus' Entsetzen bestand Antiope jedoch darauf, Hippolytos mitzunehmen.

»Sein Anblick würde das Herz jeder wirklichen Frau weich stimmen; das kann ich verstehen. Doch das Herz deiner Tante muß auf einem Amboß geschmiedet worden sein – es ist nicht im Leib einer Mutter gewachsen!«

»Ich, die ich in meiner Kindheit gepflegt worden bin, weiß es besser. Sein Anblick wird sie wütend machen, doch er kann vielleicht auch etwas anders in ihr auslösen. Ich wiederhole es: Können wir uns leisten, nicht alle Möglichkeiten auszuschöpfen? Kannst du das – um deines Volkes willen?«

Wieder gab er nach. Noch einmal legte Antiope ihre Kriegs-Tunika an. Sie nahm einen der mannshohen Schilde, die viele Griechen benutzten, und in seinem Schutz bettete sie ihren Sohn in die Armbeuge. »Sei still, kleiner König. Mäuschenstill. Wir wollen jemanden überraschen.« Das Kind nickte, halb verwirrt, halb neugierig. Es kannte das Wort »Überraschung«; dies war ein neues Spiel.

Antiope schritt durch die Haupttore und den Hang hinab. Hinter sich hörte sie die Schritte der Soldaten und wußte nicht, daß das Herz ihres Hauptmanns beinahe ebenso heftig schlug wie das ihre. Zu ihm hatte Theseus gesagt: »Paß gut auf. Wenn der Königin oder meinem Sohn auch nur ein Haar gekrümmt wird, wage es nicht, nach Athen zurückzukehren, denn ich werde dich mit meinen eigenen Händen von der Mauer stoßen.« Unten sah sie die dreizehn Amazonen – Angehörige ihres Volkes, die auf sie warteten –, und ihre Augen trübten sich. *O Göttin, unsere Göttin, steh mir bei!* Der Weg kam ihr sehr lang vor. Und dann trat eine großgewachsene, in Scharlachrot gekleidete Gestalt vor und stand vor den anderen. Molpadia! Zuerst war sie nur eine Gestalt, doch rasch bekam sie ein Gesicht. Das wohlbekannte Gesicht! Antiope erblickte es und wußte plötzlich, daß sie sich fürchtete, schmählich fürchtete – sie, Antiope! Doch auch das Gesicht unter dem Helm verriet Furcht: starr vor Anstrengung und alt. Viel älter, als ihre Nichte es in Erinnerung hatte.

Antiope trug keinen Helm, und beim Anblick ihres Gesichtes, ihres strahlenden hocherhobenen Hauptes, stießen die zwölf Amazonen hinter Molpadia einen lauten Schrei aus. Die übrigen Amazonen, in guter Ordnung hinter ihnen stehend, nahmen diesen Schrei auf; die Erde schien mit ihm zu beben, bis Molpadia die Hand hob und Schweigen gebot. Stille breitete sich wie ein Tuch aus über der sonnendurchglühten Fläche am Fuße der Akropolis.

Die Kriegskönigin blickte die Kindträgerin an, und ihr grimmiges, kaltes Gesicht war in der Tat voll Furcht: Was war dem Mädchen angetan worden, das jahrelang eine Sklavin gewesen war? Als sie endlich sprach, lag Triumph in ihrer Stimme: »Kind, er hat dich nicht gebrochen!«

Antiope kam näher. Jede der beiden mußte die Augen zusammenkneifen, um ihr Gegenüber deutlich erkennen zu können. Erinnerungen hüllten sie ein – Erinnerungen an andere Tage und Jahre ...

»Kind« – jetzt zitterte die Stimme der älteren Frau – »Kind, es ist eine lange Zeit gewesen.«

»Ja, Schwester meiner Mutter.«

»Doch du bist noch dieselbe – ganz dieselbe! Was auch immer du hast ertragen müssen, in deinen Augen ist all dein Mut.«

»Ich habe ihn nötig«, sagte Antiope schlicht. Sie senkte den Schild; zeigte, was sie gegen ihre Brust gepreßt hielt.

Molpadias Gesicht wurde winterlich grau und kalt. Sie blickte zur Seite und schwieg einen Atemzug lang; dann sagte sie, mit noch immer abgewendeten Augen und einer flachen, gepreßten Stimme: »Kind, wenn wir dich zurückhaben und der Kopf dieses Mannes über seinen Toren aufgespießt ist – wonach du dich lange gesehnt haben mußt! –, wird Suppiluliuma gut für den Knaben sorgen, Kind. Du kennst unser Gesetz.«

»Ich kenne es. Einst hattest auch du einen Sohn, Molpadia.«

»Ich gab ihn auf. Wie das Gesetz es befiehlt, Mädchen!«

»Und er starb an der Brust einer anderen Frau, nach deiner Milch schreiend. Bevor er viele Monate alt war. Ich habe meinen Sohn nun jahrelang in den Armen gehalten. Molpadia, Schwester meiner Mutter, du weißt, welche Furcht dich dazu trieb, dein Kind zu früh fortzugeben – die Furcht, du könntest es zu sehr lieben, um es fortgeben zu können. Du solltest mich besser verstehen als alle anderen Frauen. Solltest wissen, wie schwer es jetzt für mich wäre, mein Kind aufzugeben.«

In ihrem rasenden Zorn, der Molpadias Gesicht verdüsterte, sah sie aus wie eine Furie, die der schwarzen Spalte in den Felsen unterhalb des Areopagos entsprungen war. Jener Spalte, durch welche die rächende Göttin der Unterwelt einst in die Finsternis hinabgestiegen sein soll, zu ihrem ureigenen Aufenthalt.

»Ich gab meinen Sohn auf, wie es meine Pflicht war – ich befolgte das Gesetz. Aber du – du liebst den Mann, deinen Unterdrücker. Deine Geilheit treibt dich zu ihm – diesem versklavenden Hund!«

Antiope stand sehr ruhig da. Hippolytos kuschelte sich erschrocken an sie, war jedoch zu überrascht, um zu weinen. Entsetzen ließ die Gesichter der zwölf Amazonen erbleichen, und der athenische Hauptmann bewegte sich unruhig. Die Frau war vermutlich sicher. Aber das Kind – man sagte, daß die Amazonen ihre Söhne bei der Geburt erdrosselten. Und diese alte Hexe war gefährlich ...

Molpadia raste: »Du hast gelernt, auf dem Bauch zu kriechen wie die Hündinnen, welche die Männer sich halten, um ihre Lust zu befriedigen – *du* ! Du hast das Blut entehrt, das in dir fließt – Lysippes Blut, das du allein hättest weitertragen können! Und für eine wie dich haben wir Themiskyra aufgegeben, haben unsere Jungen und unsere Alten dem Tod preisgegeben!«

Antiope sagte mit ruhiger, klarer Stimme: »Ich liebe den Mann – den Vater meines Sohnes. Das ist auch anderen schon passiert – das weißt auch du. Doch hätte er mich kriechen lassen, hätte ich ihn nicht geliebt. Und niemals hätte ich aus Liebe zu irgendeinem Menschen hilflose Menschen meines eigenen Blutes dem Tod preisgegeben. Das war deine Tat, nicht die meine.«

Molpadias Körper wand sich wie unter den roten Klauen eines Feuers. »Sklavin – lügnerische, winselnde Sklavin! Du, die du allein das Blut Lysippes hättest weitertragen können – du solltest die erste Verräterin sein, welche die Rasse der Amazonen je hervorgebracht hat! Möge die Göttin, gegen die du dich versündigt hast, dich vernichten – du hast Ihr Volk zerstört, so daß es jetzt umherziehen muß, ohne Hoffnung, ohne Heimat, bis an sein Ende!«

Hippolytos, jetzt wirklich verängstigt, wimmerte. Antiope tätschelte ihn und sagte schnell: »Es ist alles in Ordnung, kleiner König. Sei still ... Schwester meiner Mutter, ihr könnt eine andere Kindträgerin erwählen. Jede andere Amazone ist dieser Aufgabe würdig. Kannst du das jetzt nicht begreifen, nachdem du gesagt hast, ich hätte unser Blut entehrt?«

Molpadia lachte: ein häßliches, grausames Lachen. »Und dich sollen wir bei dem Mann lassen. Das könnte dir so passen ... Oh, wollte es doch die, die uns geschaffen hat, ich hätte dich erdrosselt, als deine Mutter dich mir zum ersten Mal in die Arme legte!« Ihr Gesicht verzerrte sich.

Antiope setzte Hippolytos auf den Boden und schob ihn sanft in Richtung der Athener. »Geh zu den Männern, kleiner König. Sage ihnen, ich schickte dich zu deinem Vater zurück.« Als er sich tapsig in Bewegung setzte, wandte sie sich wieder ihrer Tante zu.

»Du kannst mich immer noch erdrosseln, Molpadia. Wenn er erst bei den Männern seines Vaters ist, werde ich kein Glied rühren, dich aufzuhalten. Mein Tod wird allem ein Ende machen, denn Theseus ist zu sehr König, als daß er neues Leid über sein Volk bringen würde, indem er Rache suchte. Auch Tarkun wird nicht noch mehr Männer meines Vaters opfern, wenn mir nicht mehr zu helfen ist. Töte mich und gehe – doch ohne die Frauen, die von unserem armen Volk übrig geblieben sind.«

Wieder Stille, Totenstille. Die zwölf Amazonen erschauerten; sie hatten nicht alles verstanden, was Antiope zuletzt gesagt hatte, doch sie hatten genug gehört. Der athenische Hauptmann, obgleich er mit einem Auge Hippolytos' Näherkommen verfolgte, beobachtete weiterhin die beiden Frauen. Sie stritten sich; das war ganz offensichtlich, selbst für jemanden, der ihre Sprache nicht verstand. Vielleicht war die jüngere Theseus trotz allem treu.

Antiope brach schließlich das Schweigen und sagte mit leiser Stimme: »Vielleicht habe ich einige der Dinge getan, deren du mich anklagst. Aber dies weiß ich – ich habe nie gegen die Göttin gelästert. Niemals könnte Sie, die mit der trächtigen Häsin Mitleid hat, damit einverstanden sein, daß ein Säugling getötet oder der Mutter aus den Armen genommen wird. Und du und die Vormutter Lysippe, ihr habt es beide getan – ihr seid die wirklichen Gotteslästerinnen, ihr habt Ihre wahren Gesetze gebrochen und Ihr falsche und grausame Gesetze in den Mund gelegt, die ihr selber gemacht habt.«

Sie erwartete, daß die Todsängerin jetzt auf sie losspringen werde – die erbarmungslosen Hände an ihrer Kehle zu spüren. Dann wäre alles schnell vorüber – Frieden, endlich Frieden für Amazonen und Athener und für die Hethiter, für alle. Und für sie selbst... Doch Molpadia rührte sich nicht. Selbst als sich schließlich ihre Lippen bewegten, rührte sie keine Hand.

Sie sagte: »Du bist nicht mehr Königin, du bist keine Amazone mehr. Kehre zurück zu deinem Herrn, Sklavin. Lecke ihm die Füße, wie jede andere gepeitschte Hündin.«

»Herrin, du wirst immer unsere Königin sein. Wir würden jede andere in Stücke reißen, die es wagte, sich an deiner Stelle Hippolyte zu nennen!« So versuchten die sechs unverwundeten Amazonen in der Akropolis die tränenlose Antiope zu trösten, während ihnen die Tränen über die Wangen rannen. Antiope lächelte und schüttelte den Kopf.

»In mancher Hinsicht hat Molpadia recht. Ich kann nicht mehr die Hippolyte sein, ich, die ich nicht mehr wie eine solche lebe. Die Amazonen brauchen eine neue Kindträgerin, und wenn Molpadia eine auswählt, werde ich zutiefst froh sein. Jedoch« – sie versuchte zu lachen, doch dann, aus Furcht, es könne ihr mißlingen, unterdrückte sie es – »was kann ich sein, wenn ich keine Amazone bin? Was sonst könnte ich sein?« *Keine Athenerin, gewiß: auch Theseus' Volk hat mich zurückgestoßen ...*

Die anderen fühlten ihren Schmerz, und ein Mädchen sagte kindlich: »Königin, laß dich von ihr nicht unterkriegen. So klug ist sie nicht, außer im Krieg. Meine Mutter sagte immer, der wirkliche Grund, warum Molpadia Männer so sehr hasse, liege darin, daß sie sie nicht öfter sehen konnte.«

Da lachten alle, einige zu laut und keine mit der Herzlichkeit, um die sie sich bemühten. Antiope lächelte wieder und sagte: »Das mag sein. Sie hat nicht genug Gelegenheit gehabt, zu lieben.« Sie dachte: *Und ich, die ich ihr gegeben wurde, damit sie mich liebte, habe mich oft danach gesehnt, ihrer Liebe zu entfliehen, und am Ende habe ich es getan.* Wie verwickelt das alles gewesen war! Otrere, großzügig und zu arglos zu begreifen, daß die Wunden ihrer Schwester niemals heilen würden, gab aus den Händen, was sie nicht fortgeben durfte. Molpadia, die sich um ihre Mutterfreuden selber betrogen hatte, klammerte sich zu fest, zu gierig an dieses Geschenk! Wie ungeschickt doch menschliche Wesen miteinander umgingen. Selbst dann, wenn sie freundlich sein wollten, was selten vorkam ...

Sie sagte: »Heute trat sie mir mit Liebe gegenüber, und ich sagte ihr nichts als die Wahrheit. Jahre zu spät. Niemals, seit sie ihr eigenes Kind sterben ließ, ist sie imstande gewesen, die Wahrheit zu ertragen.«

»Welche Wahrheit, Königin?« Alle sechs sahen verwirrt aus; sie liebten Antiope, doch nicht einmal sie konnten sie verstehen.

Sie holte tief Atem, bevor sie sagte: »Mädchen, keines von euch hat sich bis jetzt einen Liebhaber genommen und sich mit ihm von allen anderen abgewandt. Vielleicht wärt ihr als Amazonen immer noch am glücklichsten, und unter Amazonen gibt es für mich keinen Platz mehr. Geht zurück, Molpadia wird sich darüber freuen.«

Sie starrten sie an, dann sagte eine trotzig: »Wir gehören nicht zu Molpadia, Herrin.«

Sie dankte ihnen für ihre Treue, und ihre Augen wurden endlich feucht. Möglicherweise hatten sie sich richtig entschieden: Drei von ihnen hatten ebenfalls Söhne. Außerdem entsann sie sich plötzlich des Wagens, mit dem die Verwundeten befördert werden mußten; er brauchte Lenker, die auf keinen Fall zum Feind überlaufen würden.

An diesem Abend spielte Antiope mit ihrem kleinen Rosselöser und tätschelte ihn wie gewöhnlich. Sie lächelte, doch Theseus wußte, daß nur ihre Augen lächelten. Trotzdem erleichterte ihn dieses Lächeln, und ihr Schmerz kam ihm weniger wirklich vor. Sie war eine Närrin gewesen, darauf zu hoffen, sie könne bei dieser rasenden Hündin etwas ausrichten, die nur äußerlich einer Frau glich; sie hatte sich geradezu unsinnig verhalten und ihr Leben und das des Jungen aufs Spiel gesetzt. Doch die Belagerung lastete schwer auf allen. Am schwersten mußte es für Antiope sein; dies erkannte er nun zum ersten Mal...

Er war froh, daß sie hier im Palast das Wehklagen nicht so hören konnte, das wilde, kummervolle Klagen, das unheimlich heraufdrang: Die Amazonen trauerten um ihre junge Königin wie um eine Tote. Wollten sie das Gekreisch die ganze Nacht hindurch fortsetzen? Als er mit seiner Gemahlin zu Bett ging, ließ er sie unberührt, legte vielmehr sanft seine Arme um sie und drückte sie an sich. Bald glaubte er, daß sie schlafe, und dann schlief auch er.

Aber Antiope lag wach und hörte ihrem eigenen Grabgesang zu. Ihr Herz vernahm, was ihre Ohren nicht hören konnten. *Verbannte. Ausgestoßene. Nirgendwo gibt es mehr einen Platz für dich, nirgendwo etwas, das du tun kannst. Du hast immer wieder versagt. Du kannst niemandem helfen, am allerwenigsten dir selbst.*

Sie blickte in das stille, silberne Mondlicht. Sie konnte es nicht ertragen, die goldenen Tauben anzusehen, die der Göttin gehörten. *Ich hätte heute nicht zurückkommen sollen. Ich hätte ein Messer mitnehmen und es mir ins Herz bohren sollen, als ich Molpadia nicht dazu bringen konnte, mich zu töten.*

Jetzt war es zu spät. Wenn sie innerhalb der Mauern starb, konnte niemand draußen sicher sein, daß es ihre eigene Tat gewesen war. Molpadia in ihrer Raserei würde dennoch Rache nehmen.

8. KAPITEL/DER KRIEG WIRD SCHLIMMER – Die Klagelieder dauerten die ganze Nacht an, und auch in der nächsten und übernächsten Nacht erhob sich diese Totenklage, wild und geisterhaft, und für westliche Ohren sonderbar beunruhigend. In der dritten Nacht fühlte sich Antiope unbehaglich. Warum, fragte sie sich, so lange? Drei Nächte des Klagens waren der Brauch, wenn eine Königin der Amazonen gestorben war.

In dieser Nacht kam sie zu Theseus und suchte leidenschaftlich seine Liebe. Suchte nicht die Wärme des Trostes, sondern Feuer, deren Glut alles andere wegbrannte. Und er entzündete sich an ihr; sie liebten sich mit solcher Kraft, als versuchten sie wirklich eins zu werden, sich zu verwandeln in jenes ursprüngliche Mann-und-Frau-Wesen, das vor langer Zeit getrennt wurde, um die menschliche Rasse zu schaffen. Sie suchte Zuflucht in dieser Einheit, in diesem neuen Wesen, Theseus-und-Antiope, das sie beide zum ersten Mal am Rande des dunklen Unfreundlichen Meeres erschaffen hatten. Sie wußte, daß diese Zuflucht sie nicht lange bergen würde – bald würde sie wieder Antiope sein, die sie immer gewesen war und immer sein würde. Und die sie früher immer am liebsten gewesen war. Doch nun hatte sie für eine Weile Ruhe gefunden...

Erschöpft schliefen sie ein, sich in den Armen haltend, immer noch ein Fleisch, das seine zwischen ihren Schenkeln ruhend, während der Mond höher und höher stieg. Und auf dem Areopagos erklangen die Klagelieder der Amazonen. Die Todesklage um Antiope, Königin der Amazonen. Allmählich wurde sie leiser...

Und dann, wie mit einem jähen Donnerschlag, wurde die

Nachtstille zersplittert und zertrümmert: Wieder krachten die Sturmböcke der Hethiter gegen alle drei Tore.

Theseus sprang auf, griff nach seinen Waffen und rannte hinaus. Hippolytos schrie, und Antiope erhob sich, um ihn zu trösten. Der andere Raum war erfüllt von Kindergeschrei und dem erschreckten Gewisper der Frauen.

Antiope wußte nicht, warum sie das Gefühl hatte, dieser neue Angriff sei ein wenig anders, verschieden von all den anderen. Doch das Gefühl war stark. Ohne zu zögern ließ sie Hippolytos bei ihren Amazonen zurück, die nur ein Kind hatten. Sie stieg in die Vorratskammern hinunter, sah nach den Mädchen, die dort bei den Verwundeten wachten, und bat sie, wachsam zu sein. Sie ging zu den Türen des Palastes und befahl dem Türhüter, diese hinter ihr zu verschließen. Auch wollte sie sicher sein, daß jeder andere Eingang fest verschlossen und für niemanden geöffnet wurde, es sei denn, man erkannte mit Sicherheit Theseus' oder ihre Stimme.

Stumm wie ein Schatten bewegte sie sich durch die Nacht, Augen und Ohren aufs höchste angespannt. In der nun mondlosen Schwärze konnte sie fast nichts erkennen, doch sie hörte die leisen Gespräche der nervösen, unglücklichen Flüchtlinge. Sie umkreiste die gesamte Akropolis und blieb ein zweites Mal vor dem dunklen, stummen Bezirk der Arrephoroi stehen. Hier hatte Molpadia schon einmal angegriffen; wie, wenn sie es ein zweites Mal versuchte? Als Antiope zum ersten Mal vorbeigekommen war, war hier alles vollkommen still gewesen. Nun glaubte sie ein leises Geräusch, eine Bewegung zu hören. Doch vielleicht war die alte Priesterin, welche die beiden Kinderpriesterinnen unterwies, erschreckt durch die Angriffe auf die Tore, hergekommen, um zu beten.

Nein – dort bewegten sich viele Menschen, sehr verstohlen. Aber das konnte nicht sein! Selbst wenn die Wächter oben am Eingang unverantwortlich nachlässig gewesen wären, konnten nicht so viele Menschen in so kurzer Zeit durch eine fast unzugängliche Öffnung gekrochen sein. Und dann hörte sie, wie Fleisch gegen Fleisch prallte und ein kurzes, rasch unterdrückte Gemurmel in ihrer Muttersprache.

Wie auch immer sie dorthin gekommen sein mochten, es stand fest, daß die Amazonen und zu viele andere dort waren! Sekundenlang schwindelte ihr, ihr Herz krampfte sich zusammen, als sei eine Klinge in ihren Leib gedrungen. Jetzt wußte sie, warum sie Furcht gehabt hatte. Sie war noch immer ein Teil des Bienenstocks, dieses einheitlichen, großen, unsichtbaren Körpers. Jetzt, da die Amazonen ihr wieder nah waren, konnten sich nicht viele von ihnen gemeinsam bewegen, ohne daß sie es erfuhr. Und sie mußte das, was sie und die anderen im Blut hatten, benutzen, um sie zu betrügen, ihr eigenes Volk! Denn sie mußte Theseus warnen...

Blitzschnell wandte sie sich um und lief zu den Haupttoren. Dort würde sie ihn am ehesten antreffen; und er war dort. Er hörte ihr zu und bat sie dann ernst, in den Turm hinaufzusteigen. Sie gehorchte ihm, dieses Mal so sanftmütig wie jede andere Frau in Athen. Denn dieses Mal hatte sie nicht den Wunsch, ihn zu begleiten, an seiner Seite zu kämpfen. Wie konnte sie gegen Amazonen kämpfen?

*Doch ich habe sie bereits verraten.*

Im Turm widerhallte das Krachen des Sturmbocks gegen die Tore wie Donner. Männer berichteten ihr, Theseus habe einen Ausfall gemacht und die erste Ramme erbeutet, eine zweite sei jedoch bereits herbeigeschafft worden. Die Verteidiger schleuderten Steine in die Tiefe, die unten auf den steinigen Boden krachten oder mit lautem Geräusch gegen den Sturmbock oder gegen die Helme prallten, falls sie nicht auf menschliches Fleisch trafen. Der Lärm war ohrenbetäubend, doch Antiope lauschte angestrengt auf den Schrei, den sie fürchtete.

Und dann traf sie die Erinnerung wie ein stechender Schmerz: »HIP-PO-OL-Y-TE-E! HIP-PO-OL-Y-TE-E-E!«

Ein erbitterter Kampf wütete innerhalb der Mauern. Die Amazonen schlugen Theseus' ersten Angriff ab und griffen ihrerseits das Ausfalltor an, zweifellos von Spähern angeführt, die vorausgeschickt worden waren, um sich durch die Nacht anzuschleichen und es auszukundschaften. Durch dieses Tor hätten sie die Hethiter hereinlassen können. Doch Theseus schlug sie mit verzweifelter Wildheit zurück, trieb einen starken Keil schwer bewaffneter Männer zwischen sie und das Tor. Wieder und wieder griffen die Amazonen an und wurden zurückgeworfen. Darauf wandten sie sich, unbarmherzig wie der heiße, sengende Aschenregen, der einst auf alle Lande nahe der geborstenen Insel von Kalliste gefallen war, gegen die anderen Teile der Akropolis. Aus der Vorhalle entlang der Nordmauer kamen die Schreie von Frauen und Kindern – nicht nur Angstschreie. Tief betrübt erkannte Antiope, daß Molpadia das alte Gesetz brach, das verbot, Zeit mit Unbewaffneten zu verschwenden. Obgleich sie es zweifellos nicht für Verschwendung hielt – nur für den sichersten Weg, die Verteidiger vom Ausfalltor wegzulocken.

Und sie kamen. Waffen krachten gegeneinander, und die Rufe von Männern und Frauen mischten sich; auch Amazonen schrien im Tode auf. Das Gefecht wogte hin und her, doch immer noch gelang es Theseus, es vom Ausfalltor fernzuhalten. Geisterhaft und grau kam die Dämmerung, und die Amazonen griffen die wenigen Gebäude innerhalb der Mauern an. Die starken Türen des hohen Hauses des Erechtheus widerstanden ihnen, doch die äußeren Türen waren dünner und schwächer. Sie fluteten in die Gebäude ein, auch in das Haus der alten Alexandra und ihres Gemahls Eubolos. Und aus diesen Häusern drangen Schreie; zur Hilfe eilende Männer wurden von Amazonen angefallen, die von beiden Seiten des Eingangs auf sie losstürzten.

Es würde in der Tat schwer sein, die Kriegerinnen aus diesen Häusern, die alle mit Vorräten gut versorgt waren, zu vertreiben; und man durfte nicht zulassen, daß sie sich dort festsetzten und Ausfälle machten, wann es ihnen gefiel. Grimmigen Gesichtes gab Theseus den Befehl, den er, wie er wußte, geben mußte: »Steckt die Häuser in Brand.«

Zu den Flammen des Morgens, die den Himmel erfüllten, gesellten sich brennende Fackeln auf der Erde. Fackeln, die einmal die Häuser von Menschen gewesen waren.

Einige Amazonen starben, von wartenden Speeren aufgespießt, als sie versuchten, aus dieser Zuflucht auszubrechen, die keine mehr war. Doch die Mehrzahl brach durch die Reihen der Angreifer. Sie griffen das Ausfalltor an und wurden erneut zurückgeworfen. Einige versuchten durch die hohen Fenster in das Haus des Erechtheus zu klettern, und drinnen schrien die Frauen vor Angst. Theseus mußte, so schwer es ihm fiel, alle Versuche aufgeben, den Eingang zu dem unterirdischen Gang zu schützen, der zum lebenswichtigen Brunnen in der Tiefe führte. Durch ihn konnten weitere Angreifer nach oben gelangen, doch er mußte die beiden Plätze schützen, die er tödlich bedroht wußte – das Ausfalltor und das Haus seines Vaters.

Und dann wurden plötzlich auf unbegreifliche Weise die mächtigen Türen dieses Hauses weit aufgestoßen. Hindurch schritt, zum Kampf gerüstet, der alte Aigeus, das Schwert in der Hand, seine halbblinden Augen vor Schlachteifer glühend. Ihm folgten, ebenfalls bewaffnet, jene ehrwürdigen Alten, die unter seinem Dach Schutz gesucht hatten, jene, die einst seine Gefolgsmänner, die Kampfgefährten seiner Jugend gewesen waren.

Für kurze Zeit kam diese Jugend zu ihnen zurück. Sie waren immer noch Athener, und sie kämpften für Athen. Sie drangen auf den Feind ein und trieben ihn zurück, fort vom hohen Haus des Erechtheus. Bevor die Amazonen sich von der Verblüffung über diesen unerwarteten Angriff erholen konnten, waren Theseus und seine Männer zur Stelle, sprangen vor die alten Männer und drängten vorwärts. Schritt für Schritt, kämpfend wie die wahren Töchter des Kriegsgottes Ares, wurden die Amazonen zurückgedrängt – auf den geschändeten Bezirk der Arrephoroi zu. Theseus erblickte Molpadias verhaßten Helmschmuck, versuchte zu ihr zu gelangen und spürte ihre wilde Begierde, ihn zu erreichen wie eine körperliche Berührung. Doch viele Leiber schoben sich zwischen sie, und keiner der Anführer wagte es, unbesonnen zu handeln und das Risiko einzugehen, seine oder ihre Streitkräfte führerlos zurückzulassen.

Im heiligen Bezirk der Arrephoroi stellten sich die Amazonen zur letzten Gegenwehr. Im unerbittlichsten Kampf Mann gegen Frau hielten einige von ihnen den Athenern stand, bis sich eine Reihe ihrer gefürchteten Bogenschützinnen hinter ihnen aufstellen konnte. Dann wichen sie zurück, und ihre

Feinde standen da wie Hunde, die sich einem Löwen oder Bären gegenüber sehen – wild entschlossen, doch vorsichtig. Sie hatten zuviele Erfahrungen mit der Art von Tod, den vergiftete Pfeile brachten, um blindlings loszustürmen. Auf diese Weise abgeschirmt, krochen die übrigen Amazonen wieder in den unterirdischen Gang, traten den Rückzug an auf dem dunklen, unterweltlichen Weg, der sie hergeführt hatte. Die Bogenschützinnen versuchten ihnen zu folgen, doch ein mächtiger Hagel von Speeren streckte viele zu Boden. Zuletzt setzten sie ihre Entsetzen verbreitenden Bogen ein, doch nun konnte nichts mehr die angreifenden Rächer aufhalten. Mit der Wucht eines Speeres folgten die Athener ihren eigenen Speeren. Dieses furchtbare Gefecht dauerte nur Sekunden, dann fiel die letzte Bogenschützin, und griechische Klingen zerhackten das bereits tote Fleisch.

Pittheus' Enkelsohn Theseus verschwendete keine Zeit auf solche nutzlose, häßliche Rache. Sein Vater war verwundet worden, zwar nicht schwer, doch nun hatte die Kraft den alten Mann gänzlich verlassen. Theseus schickte Männer fort, die Aigeus helfen und alle alten Kämpfer heimgeleiten sollten. Nachdem er sich vergewissert hatte, daß die Tore noch standhielten, rief er seine Männer zusammen und tauchte in die Finsternis ein, die ihnen wahrlich wie die Unterwelt vorkam. Er wollte es nicht darauf ankommen lassen, daß die Amazonen sich irgendwo in dem unterirdischen Gang erneut sammelten; vor allem aber wollte er verhindern, daß sie den Brunnen vergifteten.

Wieder begann der Kampf: blindes, erbittertes Kämpfen in einer solchen Schwärze, daß man Freund und Feind nur durch die Stimmen unterscheiden konnte. Die Athener kämpften sich über Wege voran, die so schmal waren, daß manchmal nur zwei Männer nebeneinander gehen konnten. Über felsigen Untergrund, zuweilen schlüpfrig und blutverschmiert; über hingestreckte Leiber, die oft die ihrer eigenen Kameraden waren.

Sie kämpften sich schließlich bis zur Höhle der Aglauros durch, und dort, im Licht, das durch den nun offenen Eingang fiel, kämpften sie erneut, wo sie sehen konnten, gegen wen sie kämpften und wohin ihre Streiche trafen. Sie trieben die Amazonen hinaus.

Der Körper einer Amazone mußte mit einem Speer aus dem Brunnen gefischt werden – war sie durch Zufall hineingefallen oder hatte sie sich diesen Ort in furchtbarer Absicht ausgesucht? Doch allen, die tranken, schmeckte das Wasser wie eh und je. Theseus ließ Wachen am Höhleneingang zurück, dankbar, daß die Bergflanke darunter so steil war, daß eine Handvoll Männer den Platz einige Zeit behaupten konnten, falls sie scharf aufpaßten. Gewiß lange genug, daß einer von ihnen zurückkehren und Hilfe holen konnte. Dann mußten er und seine erschöpfte Schar auf dem Weg, den sie gekommen waren, zurückhasten. Wenn eines der Tore fiel...

Und unablässig rannten die Sturmböcke gegen die Tore an. Die Hethiter wußten, daß die Frauen keinen Erfolg gehabt hatten, wußten freilich auch, wieviel Blut die Belagerten verloren hatten und wie erschöpft sie sein mußten...

Sie hörten erst gegen Mittag auf, und der Rest des Tages war lang und hart. Die alten ursprünglichen Haupttore waren nahezu zerstört; sogleich ließ Theseus geschickte Zimmerleute mit der Wiederinstandsetzung beginnen, bei der alles verwendet werden sollte, was sich an unversehrten Balken und Pfosten in den niedergebrannten Häusern finden ließ. Nicht ein einziger Bewohner dieser Häuser hatte überlebt, weder die alten vertrauenswürdigen Beamten seines Vaters noch ihre Familien und Diener. Auch unter den Flüchtlingen gab es viele Tränen; die Amazonen waren erbarmungslos gewesen.

Theseus' zweite höchst wichtige Aufgabe war es, die Höhle der Aglauros wieder zu verschließen, den Eingang erneut mit Erde und Steinen aufzufüllen. Während er dort war, erhielt er Gewißheit über etwas, das er befürchtet hatte: Zwei der jungen Männer, die ihm in die unterirdische Finsternis gefolgt waren, wurden vermißt. Wider besseres Wissen hatte er gehofft, sie unter den Wachen zu finden, die er dortgelassen hatte, doch er fand sie nicht. Waren sie in der Hitze des Gefechtes den Amazonen nach draußen gefolgt? Ihnen zu weit gefolgt? Er wagte es, nach ihnen zu suchen, doch auf der Hügelflanke lagen keine

Körper, weder tot noch verwundet. Und Männer in das darunterliegende flachere Land zu schicken, wagte er nicht; er hatte bereits zu viele verloren ...

Schweren Herzens ging er zur Akropolis zurück, suchte die Familien der Vermißten auf und überbrachte ihnen die grausame Nachricht. Sah die Furcht und den Jammer auf ihren Gesichtern und hörte eine Mutter weinen. Dann kehrte er zum Palast zurück, bahnte sich seinen Weg durch junge Männer, die ihm freudig zujubelten; im Laufe des erbitterten, siegreichen Kampfes in der letzten Nacht war ihre Liebe zu ihm aufs neue erwacht.

Doch als er im bleichen Abendlicht Antiope aus dem Palast führte und ihr vor allen Menschen für ihre Warnung dankte, die sie alle gerettet hatte, gab es wenig Jubel. Die wenigen Freudenrufe kamen von jungen Männern, die mit ihnen beiden im dunklen Unfreundlichen Meer gewesen waren. Die meisten seiner Leute hörten mürrisch zu und hüteten sich, ihren Argwohn laut auszusprechen. *Sie und die alte Hexe haben den nächtlichen Angriff gemeinsam ausgeheckt – warum haben sie sich sonst getroffen? Und als sie dann sicher war, daß genug von ihrem verfluchten Gesindel drin war, um uns zu überwältigen – dann lief sie langsamer, um Theseus zu warnen. Oh, sie ist schlau – schlau und verräterisch, wie ihre ganze Brut.*

Sie war eine Amazone, und alle Amazonen erschienen jetzt als furchteinflößende, übernatürliche Feinde, schrecklich wie die düsteren Gestalten, vor denen sich Kinder im Dunkeln fürchten. Frauen hatten auf dem Schlachtfeld nichts zu suchen; und Frauen, die es taten, waren Ungeheuer. Hatten sich als solche erwiesen.

Das Schweigen seines Volkes enttäuschte und entmutigte Theseus, Antiope dagegen nicht. Die Leute hielten sie für eine Verräterin, und inzwischen hielt sie sich selbst dafür. Als sie unerquickt aus ihrem dumpfen Schlaf erwacht war, der den ganzen Tag gedauert hatte, war die Erinnerung wie sengendes Feuer über sie gekommen. Nun war sie wirklich das, was Molpadia sie genannt hatte.

Doch was hätte sie anderes tun können? Theseus – Hippolytos! Zwei oder drei Kinder, jünger als Hippolytos, waren in der letzten Nacht gestorben.

Teilnahmslos ging sie mit Theseus zurück in den Palast. Er saß mit Frau und Kind, endlich zur Ruhe gekommen, in einem kleinen Innenhof, den früher viele Topfpflanzen freundlich gemacht hatten. Nun waren sie alle verwelkt und vertrocknet; sie würden nie mehr blühen. Doch der Ort war still, und eine kleine Brise strich hindurch; nach der sengenden Hitze des Tages erschien es hier kühl. Hippolytos spielte fröhlich, und Vater und Mutter sahen ihm zu. Zufriedenheit wollte sich bei ihnen nicht einstellen, doch zögernd nahte ihr sanfter Schatten...

Und dann kam ein Mann herbeigerannt, sah Theseus an: »Herr, Herr, an den Toren –«

Theseus sprang auf, doch dann blieb er verdutzt stehen. »Ich höre keinen Sturmbock –«

»Es ist kein Sturmbock. Es ist eine von diesen verfluchten Teufelinnen, und sie ruft nach dir.«

Am Speer der Amazone hing ein Bündel blutbeschmierter Kleider, und sie lachte, als sie hinaufrief und Theseus ihre Botschaft ausrichtete.

»Höre, Mann von Athen! Die Todsängerin, die Hippolyte, von der Göttin geliebt, sendet diese Zeichen, um zu beweisen, daß sie die Wahrheit spricht. Sendet sie durch mich, die ich als einzige ihrer Frauen die königliche kanische Sprache beherrsche.« Sie ließ die befleckten Kleider in den Staub vor den Toren fallen. »Freue dich, denn diese törichten jungen Männer, die uns gestern nacht verfolgten, leben noch; bis jetzt ist ihnen kein Haar gekrümmt worden. Schau heute nacht herunter und sieh zu, wie wir uns mit ihnen auf dem Areopagos vergnügen werden. In nagelneuen Kleidern, die ihnen die Königin selbst geschenkt hat!«

In dieser Nacht stellten die Amazonen auf dem Areopagos zwei Pfähle auf. Daran wurden Lykias, Sohn des Lykomedes, und Meriones, Sohn Alexanders, festgebunden, ihre nackten Körper von Pech geschwärzt. Molpadia lachte zur Akropolis hinauf, dann legte sie die Fackel an. Die jungen Männer schrien entsetzlich, und allen kam es wie eine Ewigkeit vor. Alle Athener, eingeschlossen ihre Freunde und Familien, sahen zu, wie sie verbrannten.

In der aschgrauen Morgendämmerung kam Theseus schließlich zu Antiope, und sein Gesicht war so grau und hager, daß sie es kaum wiedererkannte. Doch sie wußte, daß er nun seinen Eid bereute und wünschte, er hätte sie zu ihrem Volk zurückkehren lassen.

Er sah sie kurz an, dann blickte er rasch zur Seite. Sie dachte: *Kann er nicht einmal meinen Anblick ertragen?* Er sagte düster: »Nach der letzten Nacht zweifle ich, ob irgend jemand mit Amazonenblut in diesen Mauern sicher ist. Selbst du und mein Sohn.«

Sie antwortete nicht, und er sprach weiter, wie aus einer großen Entfernung: »Heute nacht wird ein Fischerboot dich und den Jungen nach Troizen bringen. Ich werde eine Taube hinschicken, um den weisen Pittheus und meine Mutter von eurer Ankunft zu unterrichten.«

Sie erwiderte: »Meine Mädchen und die Verwundeten – was wird aus ihnen?«

Ihre kühle, nüchterne Stimme stieß ihn ab; er spürte nicht, welche Anstrengung sie das kostete. Verachtete sie ihn, weil er sie fortschickte? Weil er sein Volk nicht so im Zaum halten konnte, daß ihre Sicherheit gewährleistet war? Ohne Zweifel, jeder König des Ostens hätte so gehandelt.

Er sagte: »Du brauchst dich um sie nicht zu ängstigen. Sie werden sogleich zu Elephenor aufbrechen, und sollten sie auf dem Wege gefangengenommen werden – nun ja, sie werden bei ihrer eigenen Sippe sein!«

Die letzten drei Worte trafen sie wie ein Schlag, sie waren grausam und voll seines bitteren Hasses; sekundenlang schloß sie die Augen in ebenso bitterem Schmerz. Dann blickte sie wieder auf und entgegnete: »Ich werde ihnen sagen, daß sie sich bereit machen sollen. Wie wir, ich und Hippolytos.«

Er zuckte zusammen. Jede andere Frau hätte sich an ihn geklammert und geweint; ihn gebeten, ihr zu versichern, daß er sie liebe. Was er tat, was geschehen war, war nicht ihre Schuld gewesen – er dachte nicht daran, den Argwohn seines Volkes zu teilen. Doch dieses verfluchte Blut war in ihr; und sie hatte es an seinen Sohn weitergegeben.

Er sagte mit unbewußter Härte in der Stimme: »Ist das alles, was du zu sagen hast?«

»Was kann ich sagen?« Ihr Schmerz und ihre Bitterkeit flammten auf. »Möchtest du, daß ich weine und heule wie eine von deinen athenischen Frauen?«

Es war zuviel. Die Schrecken der vergangenen Nacht saßen ihm noch in den Knochen. Er würde nie vergessen, wie die Mütter von Lykias und Meriones geweint und geschrien hatten, als ihre Söhne verbrannten. Und jetzt wagte sie es, diesen Kummer zu verhöhnen! Sie liebte ihr Volk immer noch, bewunderte seine unbezwingliche Härte; und warum auch nicht? Nichts von alldem war ihr neu. Jedes Jahr waren vor dem Schwarzen Stein Männer verbrannt worden, und sie hatte es gewußt, während sie am Ufer wartete –

»Schweig, Frau!« zischte er. Die Worte trafen sie grausam wie Schwertstreiche, und sie fuhr zurück. Dann wandte sie die Augen von ihm ab, stand auf und machte sich schweigend ans Packen. Theseus beobachtete sie eine Weile, fühlte sich unbehaglich und elend, alles andere als froh oder stolz, weil sie ihm gehorchte. Wenn sie doch nur weinen würde – wenn doch nur eine Träne über ihr Gesicht laufen würde, das nun wie eine gemeißelte Maske war. Doch es kamen keine Tränen; ja, sie war unbeugsam. Er machte kehrt und eilte davon.

Der Tag verging zäh und langsam, ringsum war Elend, und auch Theseus selbst war verzweifelt. Mehrere Male war er nahe daran, zu ihr zu gehen. Trotz ihrer Liebe zu ihrem verfluchten Volk hatte sie ihn in der vergangenen Nacht gewarnt, doch das schien schon so lange her zu sein. Nun mußte sie ihn für undankbar und lieblos halten; vielleicht befürchtete sie sogar, er schicke sie und Hippolytos für immer fort. Doch dann stieg wieder der Zorn in ihm auf. Sie hatte nicht ein Wort des Bedauerns oder des Mitleids verloren – sie liebte diese Frauen, die ihre Opfer den Flammen preisgaben, war stolz, daß deren

Blut auch in ihren Adern floß! Vielleicht wollte sie gar nicht, daß er zu ihr kam, sondern verachtete ihn als Feigling...

In dieser Nacht donnerten die hethitischen Sturmböcke erneut gegen die Tore Athens. Tarkun gehörte nicht zu denen, die geschwächte und erschütterte Verteidiger schonten; es war seine Überzeugung, daß man jeden Vorteil nutzen mußte. Theseus kehrte während der ganzen Nacht nicht in den Palast zurück, ebensowenig wie Antiope oder ihre Amazonen ihn verließen. Am Morgen schickte er einen Boten, um zu fragen, wie es seinem Vater gehe, doch Aigeus' Wunde heilte gut. Sein Sohn war froh und gestand sich nicht ein, daß er auch enttäuscht war, keinen Vorwand zu haben, nach Hause zu gehen. Doch er hätte sich auch nicht eingestanden, daß er froh gewesen wäre, wenn der Angriff ihm einen Vorwand geliefert hätte, seinem Haus fernzubleiben.

Es gab viel zu tun. Er stieg in die Höhle der Aglauros hinunter und befahl den Männern, die dort arbeiteten, nicht eher aufzuhören, bis die Sperre doppelt so breit war wie zuvor. Außerdem würde er die Wachen an der Nordmauer heute nacht verdoppeln lassen müssen, und das sollte so bleiben, bis die Belagerung vorüber war, um sicherzustellen, daß nicht noch einmal Amazonen sich einschlichen.

Vor langer Zeit hatte sie ihn gewarnt, welche Gefahr die Höhle darstellte. Antiope... und sie war noch hier.

Doch als er ins Sonnenlicht zurückkehrte, stellte er fest, daß die neuen Reparaturen am Tor – sie waren nach dem Angriff in der letzten Nacht notwendig geworden – nicht gut ausgeführt worden waren. Er fluchte, ließ die Männer noch einmal an die Arbeit gehen und beaufsichtigte sie, selbst schwitzend, während der ganzen Zeit. Die Sonne brannte so heiß – wenn es doch nur regnen wollte! Er mußte daran denken, wie wohl ein Bad jetzt täte, unten im kühlen Ilissos. Die Hethiter konnten dort baden... und die verfluchten Amazonen. Er dachte an Antiopes geschmeidigen, anmutigen Körper, weiß, wo das Sonnenlicht ihn nicht erreichte. Wie glücklich waren sie gewesen, als sie gemeinsam in jenem fernen östlichen Fluß gebadet hatten. Doch dort hatte Solois sich ertränkt...

»Herr, eine Taube hat gerade diese Nachricht gebracht.« Ein Mann war neben ihm.

Niemals würde Pittheus sich weigern, Antiope und den Jungen aufzunehmen! Konnte dies die Nachricht sein, daß sowohl Hippothoon als auch Elephenor bereit waren, sich ihm endlich anzuschließen? Theseus erbrach das Siegel und las: »Von Lykophron, Sohn des Pallas an Theseus, Sohn des Aigeus: Freude! Ich schreibe aus dem Lager der Hethiter, wohin mein Vater einige seiner Söhne geschickt hat –«

Nun, das war keine Überraschung. Die Amazonen töteten jeden Mann, den sie zu Gesicht bekamen, doch Tarkun war niemals mit den Landbewohnern Attikas rauh umgesprungen. Hippothoon hatte von freundlichen Friedensangeboten berichtet, die Tarkun ihm gemacht hatte, und es liefen auch Gerüchte um, er verhandle mit Pallene. Kein Zweifel, daß Pallas, dieser treueste aller Brüder, den Hethitern mit Freuden und allen Kräften helfen würde, sowohl mit Vorräten als auch mit Nachrichten – und sein Preis war die Königswürde in einem zerschlagenen, vom Krieg zu Schanden gemachten Athen! Theseus knirschte mit den Zähnen und las weiter:

» – um in Erfahrung zu bringen, ob die Hethiter beabsichtigen, sich hier niederzulassen. Ich bin der einzige von uns fünfzig Söhnen, der schreiben kann, also werden Brieftauben, die aus meinem Quartier aufsteigen, verschont, obwohl die Amazonen nun alle anderen, die sie sehen, abschießen, damit keine Botschaften von oder nach Athen übermittelt werden können. Gestern holten sie eine herunter, die du nach Troizen schicken wolltest. Ich weiß dies von dem halb-kretischen Dolmetscher, den die Hethiter aus Troja mitgebracht haben; er kann lesen und hat der Königin deinen Brief übersetzt. Sie bestach ihn, daß er Tarkun nichts davon erzähle, und in der letzten Nacht sind sie und zahlreiche Amazonen in südlicher Richtung nach Troizen geritten. Mögen die Götter deine Familie schützen. Was den beiden Gefangenen zustieß, läßt mein Herz bluten wie das deine; auch ich bin ein Athener. Hoffentlich erreicht dich dieser Brief!«

Mit aschfahlem Gesicht ließ Theseus den Brief fallen. Troizen zerstört und in Flammen, die Frauen und Kinder auf der Flucht vor diesen Metzgerinnen, die ihre Ehemänner und Väter getötet hatten! Der weise alte Pittheus und Aithra, seine liebenswürdige Mutter, nackt und vom Feuertod bedroht! Oder würde Molpadia sich für sie noch schlimmere Qualen ausdenken – falls es diese überhaupt gab –, wenn sie feststellte, daß Antiope sich nicht in Troizen befand?

Dies konnte eine Falle sein. Gestellt von den Söhnen Pallas'. Sonderbar, daß Lykophron ausplauderte, was vor Tarkun geheimgehalten worden war. Doch vielleicht hatten er und der Dolmetscher über ihre gemeinsamen Kenntnisse zusammengefunden; nicht alle Menschen konnten lesen und schreiben. Er hätte nicht erzählen müssen, woher er sein Wissen hatte; wies nicht schon diese Tatsache allein auf seine Glaubwürdigkeit hin? Oder war es der Beweis? Theseus schwindelte. Er wollte nicht, daß Lykophron ein Verräter war – er wünschte es von ganzem Herzen. Wenn er diese Botschaft doch nur als eine Lüge aus seinen Gedanken verbannen könnte!

*Es kann nicht wahr sein. Wenn es aber wahr ist –*

Sein Leben lang erinnerte sich Theseus an die Stunden bis zum Anbruch der Nacht wie an einen Albtraum. Gesichter, viele Gesichter, zuerst alle erschreckt; dann einige jämmerlich vor Furcht zitternd, er werde sie im Stich lassen. Doch viele waren grimmig in ihrem Zorn; die älteren Männer waren alle gegen ihn. »Wir wissen, wo deine Mutter ist. Aber willst du Athen allein lassen und den Vater, der dich gezeugt hat? Bist du vielleicht doch ein Fremder, ein Mann aus Troizen?« Einzig und allein Aigeus, noch erschöpft und fiebrig, unterstützte ihn. »Kein Mann darf der Mutter, die ihn geboren hat, die Hilfe verweigern. Nicht, wenn er will, daß man ihn auch weiterhin einen König oder einen Mann nennt.« Und die Liebe der jungen Männer zu ihm war unerschüttert; Theseus war ihr Held, ihr Liebling, der auf dem Weg nach Athen alle jene unerhörten Taten vollbracht hatte; der Kapitän, der bis ans Ende der Welt gesegelt und zurückgekehrt war.

Erst beim Anbruch der Nacht, als Theseus und seine Männer durch das Ausfalltor hinausschlichen, wurde ihm bewußt, daß er Antiope vor seinem Aufbruch nicht gesehen hatte. Oder ihr eine Nachricht hinterlassen hatte. Doch sie würde sicher sein, sie und der Junge. Die Leute würden sich nicht gegen die Amazonen innerhalb der Mauern wenden; nicht während der kurzen Zeit seiner Abwesenheit.

*Was würde er in Troizen vorfinden?* Elend vor Furcht verdrängte er diesen Gedanken. Alles, woran er jetzt denken konnte, war, dorthin zu kommen...

Durch den Schleier der frühen Nacht, wenn die Schwärze noch nicht tief ist, aber geheimnisvoller erscheint, als sie in Wirklichkeit ist – durch dieses Halbdunkel suchten die Athener sich vorsichtig ihren Weg, wie durch einen Irrgarten von Hinterhalten und Fallgruben. Sie hielten sich im Schutz von Buschwerk und Bäumen und in den tiefen Schatten der felsigen Hügel. Sie fürchteten jedes unvermutet auftauchende Wesen oder Geräusch; es konnte bedeuten, daß sich ein Feind näherte. Und sie hatten jetzt keine Zeit, sich mit ihm einzulassen.

Endlich erreichten sie die Küste; fanden Fischer, denen Theseus den vollen Gegenwert ihrer Boote erstattete, die ihre Besitzer nie wiederzusehen fürchteten. Sie stachen in See, und dann konnte Theseus dem Gedanken nicht länger entrinnen, was wohl in Troizen geschehen würde, bevor er dort eintraf. *O Poseidon, mein Vater, wenn meine Mutter Deinem Auge je liebenswert vorgekommen ist, beschütze sie jetzt.*

Molpadia mußte durch Attika geritten sein, ohne auf Widerstand zu stoßen. Möglicherweise hatten die Städte auf dem Isthmus sie angegriffen, aus Furcht, selbst angegriffen zu werden; doch wenn sie an ihnen vorbeiritt, bevor sie ihre Streitkräfte sammeln konnten – und die Amazonen waren fabelhafte Reiterinnen –, würden sie sie nie verfolgen. Die meisten Männer sahen lieber die Rücken der Amazonen als ihre Gesichter. Es wäre unangemessen, sie deswegen zu tadeln, obgleich diese Städte ihm, Theseus, viel verdankten; er hatte sie von den Räuberkönigen befreit. Doch das war Jahre her, und heute war alles anders... Korinth, genau südlich des Isthmus, war eine bedeutende Stadt und konnte Molpadia vielleicht Schwierigkeiten bereiten. Er betete zu den Göttern, daß es der Fall war. Doch in Korinth herrschte zur Zeit eine Marionette als König, ein unkriegerischer Mann von Eurystheus' Gnaden; er würde es nicht eilig haben, loszuziehen und sich den Amazonen zu stellen. Wenn Molpadia ohne anzuhalten vorbeiritt, würde er nicht mehr tun, als Eurystheus benachrichtigen, der immer nur an sich selber und nie an seine Sippe dachte.

Doch die unpassierbaren Klippen zwischen Epidauros und Troizen – sie würden ihr Einhalt gebieten. Mußten sie zum Stehen gebracht haben. Ohne Dolmetscher konnte sie keinen Führer anheuern, und selbst wenn es ihr gelang, wäre sie gezwungen, um die Klippen zu umgehen, einen langen Umweg zu machen. *Ich könnte rechtzeitig dort sein – ich könnte!*

Die ganze Nacht ruderten Theseus und seine Männer angestrengt, denn der Nordwind fehlte, auf den sie zu dieser Jahreszeit nicht hoffen konnten. Der Morgen dämmerte, und noch immer ruderten sie, und ihr salziger Schweiß tropfte in das salzige Meer. Dann mußte Theseus sie eine Weile einhalten lassen, damit sie essen und sich erholen konnten. Doch bald trieb er sie wieder an die Ruder. Jetzt konnten sie sich orientieren – während der ganzen Nacht hatten Wolken den Mond verdeckt und den Männern die Sicht genommen, die Regenwolken, nach denen es sie so lange verlangt hatte. Wolken, die nun, wie zum Spott, ein weiteres Mal verschwunden waren.

Und dann, im goldenen Licht des Morgens, erblickten sie schwarzen Rauch, der über der blauen Bucht von Methana aufstieg. Rauch, der von brennenden Schiffen stammen konnte. Theseus trieb sich und die Männer so unerbittlich vorwärts, wie nur der grausamste Mann seine Pferde antreibt. Bald sahen sie Flammenfelder unter den Rauchsäulen und wußten, was diese Feuer nährte. Diese Flammen verschlangen alle seine Hoffnungen – alle seine hochfliegenden Träume von der Eroberung Kretas, fraßen alle seine langerträumten kostbaren Schiffe!

Doch noch nicht einmal diesem Schmerz konnte er sich lange hingeben; er und seine Männer ruderten weiter. Um den brennenden Schiffen auszuweichen, mußten sie im Schutz der gegenüberliegenden Küste fahren, an der heiligen Kalaureia entlang, bis sie nach Westen schwenken und schließlich an einem Streifen weißen, verlassenen Strandes landen konnten. Auch im Binnenland stieg Rauch auf – von Gebäuden, die einst Bauernhäuser gewesen waren. Doch Theseus ließ seine Augen noch höher schweifen, um dann in einen Schrei der Freude auszubrechen, für den kein Mensch jemals Worte finden kann.

Kein Rauchwölkchen trübte das flammende Blau des Himmels über der Akropolis von Troizen. Dreitausend Fuß hoch ragte sie über der flachen grünen Ebene auf, scheinbar so friedlich wie die Wolken, die ihre Nachbarn waren.

Rasch führte er seine Männer zur Akropolis. Sie kamen an brennenden Häusern und Bäumen vorbei, Bäumen, die keine gesunde Frucht mehr tragen würden, doch nun in einer letzten, furchtbaren Flammenblüte standen. Zweimal kamen sie an den Leichen Erschlagener vorbei und Theseus, der eines der Gesichter erkannte, stöhnte auf und fluchte. Doch in der Nähe des Berges selbst glänzte die Sonne noch auf den grau-grünen Olivenbäumen, in deren Schatten eine Herde schlanker, glänzender Pferde ruhig wartete. Unbewacht, denn dies waren Reittiere der Amazonen, die dazu abgerichtet waren, bis zum Tode mit jedermann zu kämpfen, ihre kriegerischen Herrinnen ausgenommen, der versuchte aufzusitzen.

Als Theseus die Pferde sah, glühten seine Augen rot auf, und er lachte und sprang auf das erste beste los. Es machte eine Bewegung zur Seite, um ihm auszuweichen, doch sein Speer brachte ihm an einem Vorderbein einen klaffenden Riß bei. Das Pferd schrie, stieg hoch, versuchte ihn mit seinen Vorderhufen zu treffen, doch der zweite Stoß mit dem Speer riß ihm den Leib auf; seine Eingeweide ergossen sich auf die Erde. Theseus lachte wieder – er, der vor den Verbrennungen auf dem Areopagos über die Schreie eines gequälten Pferdes tiefbetrübt gewesen wäre. Er ging auf ein anderes Pferd los, und seine Männer folgten seinem Beispiel. Die Pferde gerieten in Panik und flohen.

Ihre Schreie waren jedoch nicht ungehört geblieben. Hoch oben, wo sie gerade einen mächtigen Stamm zur Akropolis schleiften, ließen die Amazonen ihren ungefügen Rammbock fallen. Sie strömten über den steilen, bröckeligen Hang hinunter. Rasch erteilte Theseus Befehle, und seine Männer schwärmten aus, um unter den Bäumen im Hinterhalt zu warten.

Hätte die Todsängerin wie früher ihren kühlen Kopf bewahrt, wären die Amazonen nie blindlings in diese Falle getappt. Jetzt jedoch kamen sie geblendet vor Wut angestürmt, wie Muttertiere, die ihre Jungen hatten schreien hören. Keine von ihnen kam dazu, ihre gefürchteten Pfeile gezielt abzuschießen. Einige starben rasch; die Mehrzahl blieb am Leben, um Rache zu nehmen und ums Leben zu kämpfen. Ein Zweikampf nach dem anderen wurde ausgefochten, ein Mann gegen eine Frau: scheußliche Parodien der Liebe, die nicht in lebenspendender Verzückung, sondern im Tod endeten. Nur Theseus wütete überall, und seine Augen waren nun so rot wie sein Haar und sein Schwert; er bejubelte jede Amazone, die tot zu Boden fiel. Doch seine Augen suchten immer nur Molpadia, und immer verhinderten die weißgekleideten Schicksalsgöttinnen, daß die beiden aufeinandertrafen. Zweimal erblickte er ihren Helmschmuck, und zweimal fand er lediglich das, was sie zurückgelassen hatte – den toten, blutenden Körper eines Mannes.

Niemand hätte sagen können, wann die Tore Troizens sich öffneten, wann die Männer Troizens den Hügel hinabströmten, diesmal vom weisen und heiligen Pittheus ins Gefecht geführt; ein Helm bedeckte sein weißes Haar, und in der Hand hielt er das Schwert seines Großvaters, des Götterlieblings Tantalos.

Doch als er näherkam, erhob sich ein sonderbarer Schrei, der unter jedem Baum und aus jedem Schatten hervorzukommen schien. Dreimal schrillte er auf, und alle Amazonen wandten sich zur Flucht. Die Athener setzten ihnen nach, doch Pittheus' Stimme übertönte den Lärm. Sie war hoch und rein wie die weißen Adler, die jene Wasser überflogen, die das Grab des Tantalos waren.

»Halt ein, Kind meiner Tochter!«

Und Theseus erkannte diese Stimme, der er früher gehorcht hatte, und hielt ein. Er und seine Männer warteten verblüfft und keuchend, bis der bejahrte König auf sie zukam, die Hände nach dem Sohn Aithras ausstreckend. Theseus lief ihm entgegen, und dann verharrten sie einen Atemzug lang, einander fest in den Armen haltend.

9. Kapitel/Brennende Pfeile – und ein Fehler – Dann begann Theseus wieder klar zu denken, und der Zorn stellte sich erneut ein. Er löste sich von Pittheus und rief: »Warum hast du uns aufgehalten? Sie haben hier alles verwüstet! Wir wollen sie verfolgen –«

»Und weitere Leben denen nachwerfen, die bereits verloren sind? Sie werden Troizen nicht mehr belästigen. Hör zu.« So sprach Pittheus, und sie gehorchten ihm ein weiteres Mal; und in der plötzlichen Stille stieg von der Ebene hinter ihnen ein geisterhaftes Pfeifen auf: wie eine Vielzahl unheimlicher Vogelstimmen, die alle mit Verwunderung erfüllten. Von allen jungen Männern wußte nur Theseus, was sie bedeuteten: Die Amazonen riefen ihre Pferde zurück. Und wirklich, kein Pferd war zu weit entfernt, zu sehr durch Wunden geschwächt, zu rasend vor Furcht, um den Ruf nicht zu hören und ihm zu folgen. Später fanden die Männer von Troizen nicht eines dieser Pferde wieder, ausgenommen die toten.

»Aber vielleicht kommen sie zurück!« Theseus, erneut wütend, fand die Sprache wieder.

»Das werden sie nicht.« Der weise Pittheus lächelte. »In der Morgendämmerung sprach ich von meinem Turm über den Toren mit der Königin. Ich schwor ihr bei der Göttin, daß Antiope nicht hier sei. Damals weigerte sie sich, mir zu glauben, doch in ihrem Herzen fürchtete sie, ich könne die Wahrheit sagen, und jetzt kennt sie sie. Als ich euch zu Hilfe kam, zerbrach ihre Kampfeswut, und sie erkannte ihre Torheit – sie rief ihr Volk zusammen, um sich auf den Rückweg nach Athen zu begeben.«

Nun, es würde eine Weile dauern, bis sie dort waren, und wenn sie in Athen waren, würden selbst die Amazonen geraume Zeit brauchen, bis sie wieder kämpfen konnten. Folglich hatte es keinen Sinn, sie zu verfolgen, zumal sie auch ihre Pferde hatten. Theseus entspannte sich; er spürte ein weiteres Mal, wie der Frieden Troizens in ihn einströmte: unverändert, stark wie je, wieviel Gewalt man ihm auch angetan hatte.

Kein Athener war unverletzt geblieben, und Pittheus hatte für jene, die zu schwach waren, zum hochgelegenen Troizen hinaufzuklettern, Essen und Trinken und andere Dinge zu ihrer Bequemlichkeit herausbringen lassen. Alle Schwerverwundeten ließ er nach oben tragen, Athener wie Amazonen gleichermaßen. Das rief Theseus' Zorn erneut hervor. »Verschwende keine Freundlichkeit an diese Wölfinnen, Großvater. Ich erlaubte Antiope und ihren Mädchen, die Verwundeten, die vor meinen Mauern lagen, in die Akropolis zu bringen – und nun höre, wie sie es uns gelohnt haben!« Die Geschichte von den Verbrennungen brach ungestüm aus ihm hervor, und der alte Pittheus hörte ihm traurig zu.

»Großes Unheil ist begangen worden, und ebenso großes Unheil ist ausgesät worden. In dir ist diese Saat schon aufgegangen.«

Theseus erbleichte, biß sich auf die Lippen und dachte an die getöteten Pferde. »Was meinst du damit?«

»Frage dich selbst. Du weißt es, denn du bist kein Kind mehr. Was du nicht weißt, ist, ob die andere Saat, die gut war, vergeudet worden ist. Richtig eingebrachte Saat muß für eine Weile in Dunkelheit bleiben, bevor sie unter der Sonne aufgehen kann. Jene, die Antiope pflegte, wissen nun um ihre Liebe und Güte – und daß du sie beides zeigen ließest.«

»Bedenke, was diese Wölfinnen getan haben!« Theseus ballte die Fäuste. »Und sie taten es, nachdem die Gesunden wieder mit ihrem gemeinen Pack vereinigt waren – nicht vorher!«

»Im Krieg müssen sie ihrer Kriegskönigin gehorchen. Oder aber mit allem brechen und alles wegwerfen, was ihnen über Generationen die Freiheit erhalten hat. Es braucht Zeit, das zu ändern.« Pittheus seufzte. »Doch der Anfang ist gemacht. Man sagt, alle ihre Pfeile seien vergiftet, doch viele meiner Leute wurden von ihnen getroffen, als sie flohen – und über die Hälfte der Wunden sind frei von Gift. Hast du in Athen nichts Ähnliches bemerkt?«

Wieder biß sich Theseus auf die Lippen und war still.

Obgleich er sehr müde war, stieg er zur Stadt hinauf, um seine Mutter zu besuchen. Und Aithra hieß ihn willkommen, und nach Art aller Mütter gab es seinetwegen großen Wirbel.

»Wie geht es Antiope?« fragte sie, nachdem sie sich um seine Wunden gekümmert hatte. »Das müssen bittere Zeiten für sie sein.«

Theseus errötete, und in Aithras Augen leuchtete plötzlich eine Scharfsicht auf, die er kannte. »Sohn, hast du sie ihr noch schwerer gemacht?«

Seine Röte vertiefte sich. »Ja, Mutter.«

»Kind, was geschieht, ist nicht ihr Werk. Und sie liebt dich.«

»Die Amazonen liebt sie auch! Diese Mörderinnen, die mein Volk hinschlachten – die es mit Foltern quälen, die ein echter Mann einem Feinde niemals zufügen würde! Aber sie sind weder Männer noch Frauen, sondern schwarze Furien der Nacht in Frauengestalt!«

»Kind, es ist ihr Volk. Sie kannte sie in ihrer Heimat, wo alle menschlich sind. Diese Frauen haben sie gesäugt und gefüttert, sie aufgezogen und geliebt, wie andere Mütter ihre Kinder lieben. Und ich brauche dir nicht zu sagen, daß die Frucht dieser Erziehung gut war; du kennst Antiope.«

Er schwieg. Wie früher sah sie ihn an und wartete, und alsbald sagte er niedergeschlagen: »Niemand, der ein Herz in der Brust hat, könnte diese Dinge vergessen. Ich bin ungerecht gewesen. Und als sie im tiefsten Elend war und den Zorn und Haß ihres eigenen Volkes aushalten mußte – ließ ich sie auch noch meinen Zorn ertragen.«

»Ihr eigenes Volk hat sich gegen sie gestellt?« Aithras Stimme verriet Entsetzen. »Wie kam es dazu?«

Er erzählte es ihr und fügte dann traurig hinzu: »Allem, was ich liebe, habe ich Leid zugefügt: Antiope, Athen und auch Troizen. Nicht einmal die Menschen habe ich verschont, unter denen ich geboren wurde.«

»Kind, in Troizen sind nur wenige gestorben. Ein Traum

warnte deinen Großvater, und gestern im Laufe des Tages wurden alle Familien mit ihrem Vieh hierher gebracht. Häuser kann man wieder aufbauen, und Obstbäume werden wieder wachsen. Du weißt, daß dein Großvater sich wie kein anderer auf die Kunst versteht, Dinge zum Wachsen zu bringen. Und die Männer von Troizen werden auch deine Schiffe ein zweites Mal erbauen.«

Er lachte rauh. »Das wäre zuviel von ihnen verlangt. Beim ersten Mal haben sie die Schiffe aus Liebe und ohne Bezahlung gebaut; und warum sollten sie mich jetzt noch lieben?«

»Sie werden es tun. Jedermann in Troizen weiß, daß du geboren wurdest, um eine große Bestimmung zu erfüllen. Die Schiffe werden wieder auferstehen.«

»Aber nicht rechtzeitig!« Seine Stimme wurde zu einem jähen, bitteren Aufschrei. »Ich dachte die retten zu können, die im nächsten Jahr eines grausamen Todes sterben müssen – jene Unschuldigen, die Minos wegen eines Verbrechens von den Hörnern seiner Stiere zerfetzen lassen will, mit dem sie nichts zu schaffen hatten! Ich dachte, ich hätte die Hoffnung aufgegeben, sie zu retten, aber jetzt weiß ich, daß ich es nicht getan hatte. Nicht, solange es diese Schiffe noch gab!«

»Du wirst viele Menschen retten, Kind. Du mußt ein wenig warten, doch das Alter lehrt uns alle, daß Leben voll des Wartens ist.«

»Wie lange muß ich warten? Wie lange? Bis Hippolytos alt genug ist, um Athen zu beweisen, wie recht ich tat, seine Mutter zur Frau zu nehmen – selbst als ihr verfluchtes Volk ihr nachfolgte?« Er versuchte sich zu beruhigen. »Nein, nicht so lange. Aber diese vierzehn Menschen wird Minos im nächsten Jahr töten – ich kann ihnen nicht helfen!«

Er war sehr müde; seit den Feuertoden auf dem Areopagos hatte er keinen Schlaf gehabt und viel ertragen müssen. Da bedeckte er das Gesicht mit seinen Händen, und so verhüllt, schluchzte er wie ein Kind. Und so als sei er noch immer ein Kind, tröstete ihn Aithra, deren Hand sanft über sein feuriges Haar strich. Sie dachte: *Um wieviel mehr bekümmert ihn, daß diese vierzehn sterben müssen, als die vielen anderen, die in die-*

*sem Krieg bereits gestorben sind – und in noch größerer Zahl sterben werden! Ja, das ist die Art der Männer. Aller Männer, bis auf meinen Vater.*

Sie sagte: »Wir wollen hoffen, daß nicht noch mehr Menschen verbrannt werden. Doch wenn es geschieht, gib nicht Antiope die Schuld daran, Kind.«

»Ich werde es nicht tun! Ich will es an ihr wiedergutmachen –«

»Kind, wir können einen Schmerz, den wir anderen zugefügt haben, nicht durch Geschenke aufwiegen. Zeige ihr, daß du sie liebst; das ist alles, was du tun kannst.«

»Ich will es tun.«

Er erreichte Athen lange vor den zurückkehrenden Amazonen. Erst später erfuhr er ihre Geschichte: wie Tarkuns bestochener Dolmetscher wiederum bestochen worden war, Molpadia einen Führer zu besorgen, und wie die Amazonen, um nach Troizen zu gelangen, einen schier unglaublichen Ritt unternommen hatten, wie sie selbst ihn zuvor nie zustandegebracht hatten. Doch auf dem Rückweg war ein solcher Gewaltritt nicht möglich gewesen. Sie ritten sicher an Korinth vorbei, doch die Städte auf dem Isthmus erinnerten sich daran, was sie Theseus schuldeten, und hielten den rechten Augenblick für gekommen. Obgleich sogar Alkathoos, der Gatte von Nisos' älterer Tochter, der Mann, dem Theseus Nisa überlassen hatte, sie ungehindert nach Süden hatte reiten lassen. Doch auf dem Rückweg wurden die geschlagenen, erschöpften Amazonen von niemandem geschont. Nur ein erbärmliches Häufchen überlebte und erreichte den Areopagos, wo Molpadia saß und in wildem Zorn ihre Wunden pflegte, Eide schwörend, daß ihre Zeit kommen werde.

Doch in der rosigen Zartheit der Morgendämmerung, als Theseus zur Akropolis zurückkehrte, verschwendete er kaum einen Gedanken an eine Amazone, eine einzige ausgenommen. Eifrig kamen sein alter Vater und viele andere hervor, um ihn willkommen zu heißen, doch so bald er konnte, ging er in das hohe Haus des Erechtheus und zu seinem Bett, wo Antiope schweigend saß. Sie hatte den Jubel über seine Ankunft vernommen, es jedoch auf eine Zurückweisung nicht ankommen lassen wollen, wenn sie ebenfalls hinausging, um ihn zu begrüßen.

Ohne zu lächeln blickte er auf sie nieder, doch seine Augen hatten einen zärtlichen Ausdruck. »Antiope, ich bin heimgekommen. Macht dich das nicht froh?«

Sie breitete ihr Arme aus. Er hatte viel gelitten, und er war noch immer ein Kind, wie auch ihr Geliebter – eben ein Mann. Und die Sonne stand hoch, bevor es irgendwelcher Worte bedurfte ...

Sobald er erwachte, verließ er sie. Er mußte seine Männer aufsuchen und nach vielen Dingen sehen, die während seiner Abwesenheit getan oder nicht getan worden waren. Doch in dieser Nacht sprachen sie miteinander. Sie sagte: »Ich bin an den Feuertoden schuld. Ich spielte ein gewagtes Spiel, als ich mich mit Molpadia traf. Hätte ich verloren, dachte ich, wäre ich die einzige gewesen, die stürbe. Und die letzte.«

Er sagte entsetzt: »Du dachtest, sie würde dich töten?«

»Ja. Aber ich war sicher, daß Hippolytos nicht in Gefahr war. Ich hätte sie solange in Schach halten können, bis deine Männer zur Stelle waren – und selbst wenn unser beider Eskorten miteinander gekämpft hätten, hätten Molpadias Frauen ihm niemals ein Leid zugefügt. Damals liebten sie mich noch.«

Der Schmerz in ihrer gefaßten Stimme, mit der sie die letzten Worte sprach, ließ ihn aufstöhnen. »Antiope – Antiope!«

»Es erschien mir als der beste Weg – der einzige Weg, den Krieg zu beenden. Aber es gelang nicht. Ich habe die Feuertode verschuldet und fürchtete, du würdest mich nie mehr anschauen können, ohne dich daran zu erinnern – und daß ich der Anlaß für alles war, von Anfang an.«

»So war es nicht! Wenn irgend jemand innerhalb dieser Mauern diesen Krieg ausgelöst hat, dann war ich es, und ich weiß es. Du hast dich nicht selber entführt. Doch mein Schmerz war groß, und ich war eifersüchtig. Ich werde nie wieder auf die Amazonen eifersüchtig sein, Liebste – ich habe dich, und sie haben dich nicht.« Leidenschaftlich riß er sie an sich und küßte sie wild.

»Wir haben einander wieder«, sagte sie.

Das war richtig, doch Theseus wußte, daß die Freunde der Söhne des Pallas nur auf ihre Chance warteten. Es bedurfte seiner ganzen Macht und seines Einflusses, um zu verhindern, daß die verwundeten Amazonen und ihre Pflegerinnen vom Pöbel angegriffen wurden, und sollte Molpadia weitere Männer verbrennen, waren die Amazonen nicht mehr zu retten. In der dritten Nacht nach seiner Rückkehr wurden zwei von Antiopes sechs Mädchen und die Hälfte der Verwundeten durch die Ausfallpforte hinausgeschmuggelt. Zwei weitere verließen Athen ebenfalls; sie sollten nach Troizen gehen. »Ich weiß zwar, daß die Frauen von Troizen meiner Mutter gehorchen, doch ich weiß auch, daß sie sich dort nicht darum reißen werden, verwundete Amazonen zu pflegen«, hatte Theseus gesagt; Antiope verstand nur zu gut. Die beiden Mädchen wurden in Troizen gebraucht, doch ihr Weggang war sehr schmerzlich – sie hatte gehofft, diese letzten beiden bei sich behalten zu können, denn in der kommenden Nacht sollten zwei weitere nach Chalkis gehen.

Die Nacht war mondlos, doch die Maultiere, die den Wagen ziehen sollten, mußte man mit umwickelten Hufen zu Tal führen, damit es kein Geräusch gab. Nur Amazonen konnten sie mit Sicherheit davon abhalten, auf dieser Reise zu wiehern. Theseus und sorgfältig ausgewählte junge Männer trugen das Gestell und die Räder des Wagens hinunter, die an einem Ort zusammengesetzt werden sollten, wo der Feind sie weder sehen noch hören konnte. Darauf wurden die Verwundeten auf Bahren hinuntergetragen. Die Amazonen kehrten zum Ausfalltor zurück, um ihre schlafenden Säuglinge zu holen, die man mit einem Gemisch aus Wein, Wasser und Mohnsaft betäubt hatte.

Am äußeren Tor sagte Antiope ihnen Lebewohl. Diejenigen der Mädchen, die durch ihre Wunden am meisten geschwächt waren, weinten und sagten: »Werden wir dich nie wiedersehen, Herrin?« Doch die vier, die mit ihr aus Themiskyra gekommen waren, sagten nichts, sondern waren vor Kummer wie betäubt. Sie sagte: »Die Göttin sei mit euch, Schwestern, bis wir uns wiedersehen.« Aber wann würde das sein? Sie konnten Antiope nur stumm und heftig umarmen, wie diese es auch tat, und gehen. Als sie fort waren, schritt Antiope zurück in den engen, dunklen Gang des Ausfalltores. Sie ging an den scharfäugigen Wachtposten der beiden Tore vorbei und durchquerte die überfüllte, in sengende Hitze getauchte Akropolis, wo alle, die wach waren, sie mit düsterem Haß aus den Augenwinkeln anstarrten, jene Frau, die der Anlaß all ihrer Leiden war. Im hohen Haus des Erechtheus schlug ihr das gleiche haßgetränkte Schweigen entgegen. Wenn noch eine der Sklavinnen im Haus freundliche Gefühle für sie hegte, so wagte sie doch nicht, diese zu zeigen, nun, da der Palast mit Flüchtlingen von hoher Geburt überfüllt war, Frauen, die ihre Feinde waren.

Sie ging zu den Vorratskammern, wo ihre letzten beiden Amazonen die verbliebenen Verwundeten pflegten, über ihre eigenen Kinder und über Hippolytos wachten. Sie wäre gern bei ihnen geblieben – wo sie morgen nacht auch sein mochten, sie würde nicht bei ihnen sein. Doch Theseus hatte gesagt: »Ich wünsche dich in unserem Bett vorzufinden, Liebste, wenn ich zurückkomme.« Und wie konnte sie ihm das abschlagen? Um seiner Gattin willen riskierte er heute nacht sehr viel. So mußte sie diese Freundinnen, die sie verlor, allzu bald verlassen – und durch den stummen, nagenden Haß die Treppen hinaufsteigen.

Allein in der Dunkelheit konnte sie an nichts anderes denken als an die Gefahr, in der Theseus sich befand. Sie konnte nur warten und erneut erfahren, um wieviel schwerer das Warten war als das Kämpfen. Warum hatte Elephenor darauf bestanden, daß sein Freund mitkam, um die Frauen zu bezeichnen, die seine Männer nach Chalkis zurückbringen würden? Pittheus' Schiffer hatten eine solche Bürgschaft nicht verlangt. Die Männer Elephenors mußten Feiglinge sein, die sich fürchteten, allein ein paar Amazonen zu treffen. *Als ob wir wilde Tiere wären ...*

Und jetzt hatten sie Grund dazu. Diese Verbrennungen – Doch wenn Molpadia Theseus fangen könnte, wäre sie damit zufrieden, ihn bloß zu verbrennen? *O Göttin, bring ihn zurück zu mir!*

Zur Zeit des roten Sonnenaufganges kam er heim, lachend

und triumphierend wie ein Junge, der gerade ein spannendes Spiel gewonnen hat. »Alles ist in Ordnung, Liebes! Ich habe sie alle weggebracht – zwei nach Troizen und die übrigen nach Chalkis.« Und sie umarmte ihn sogar noch stürmischer als er sie, und die Freude, ihn in Sicherheit zu wissen, ließ sie den Schmerz der Abschiede vergessen, die es gegeben hatte oder bald geben würde. Sie erfuhr nie, daß er während seiner Abwesenheit Angst um sie gehabt hatte. Davor, daß die feindselige Stimmung gegen ihn und seine Männer sich gegen die Amazonen richten könnte, die immer noch in Athen waren.

Bald wurde es vollends Tag, ein heißer und langer und goldener Tag, der letzte Tag für Antiope und ihre zwei letzten Amazonen. Theseus ließ sie den ganzen Tag mit den beiden verbringen und widmete sich seinem Vater und seinen Männern. Und allen drei Mädchen aus Themiskyra kam der Tag sehr kurz vor, doch zugleich war es der längste Tag, den eine von ihnen je durchlebt hatte. Worte waren zu klein und nichtssagend, um zu erfassen, was ihnen entrissen wurde, unerbittlich, grausam, wie von einem strömenden Fluß. Manchmal lachten sie, wenn sie sich an einen Spaß erinnerten, den sie vor langer Zeit gehabt hatten; und dann plötzlich wurde das Gelächter zu laut, zu schrill, zu gewollt. Mit jedem Atemzug rückte die Nacht näher – die Nacht, die ihre lange Kameradschaft beenden mußte.

Sie kam. Mit den beiden ging auch Antiope zum Ausfalltor. Sie gingen unwillig, und eine sagte ergrimmt: »Überrede Theseus, daß er die Verwundeten am Fuß der Akropolis läßt, wo unsere Frauen sie am Morgen finden werden. Wir können nicht fortgehen. Unser Platz ist an deiner Seite.«

Antiope erwiderte: »Denkt an eure Kinder, die hier nicht mehr sicher sind. Denkt an Theseus' Eid, den er seinem Volk geschworen hat; ihr wißt, daß er versprechen mußte, keinen Feinden Athens die Freiheit zu geben, gegen die man dann aufs neue kämpfen muß. Geht – und die Göttin sei mit euch!« Als sie noch immer zögerten, sagte sie ernst: »Wenn ihr mich noch eure Königin nennt, so gehorcht mir. Geht.«

Sie verstanden. Ihr Gehorsam war das letzte Geschenk, das sie ihr machen konnten. Doch obgleich sie Kriegerinnen waren, gingen sie weinend durch die Nacht. Denn sie wußten, daß das lange Geplänkel an den Toren bald vorüber sein würde; bald würden beide Seiten ihre Zähne tief in das Fleisch des Gegners schlagen. Und dann würden sie nicht dort sein, sie, die Antiope bis zum Tod gegen Molpadia verteidigt haben würden.

Antiope stand am Tor und sah sie fortgehen. Sie waren das letzte Stückchen Heimat, das sie besessen hatte, das letzte von Themiskyra. Und es war das Leben, das sie fürchtete, nicht der Tod.

Theseus kehrte in der Morgendämmerung heim; wieder war alles gut verlaufen. Antiope war froh, doch vor ihren Augen war der heiße, goldene Morgen schwarz wie die Nacht.

Am Nachmittag fiel endlich ein wenig Regen. Nicht der heftige, durchweichende Regen, der notwendig gewesen wäre, doch genug, um ein paar Töpfe und Krüge zu füllen, die eilig hinausgestellt wurden; die Belagerten gingen erfrischt zu Bett. Diejenigen, die dazu ausersehen waren, am nächsten Tag Wasser zu holen, hofften, ihnen würde der lange, fürchterliche Abstieg in die Finsternis erspart bleiben. Alle lagen in den süßen Armen des Schlafs, der der Bruder des Todes ist, als die Katastrophe kam. Geschrei weckte Theseus und Antiope, und von ihrem Fenster sahen sie den düsteren, roten Feuerschein. Er glühte taghell und stürmisch, und kleine Blitze schienen ihn in geringer Höhe zu durchschießen. Beide griffen nach ihren Kleidern und rannten hinaus, Antiope den kleinen Hippolytos auf dem Arm tragend. Er hatte die Augen weit aufgerissen, weinte aber nicht; wenn seine Mutter bei ihm war, konnte ihm nichts geschehen.

Aus dem grob mit Stroh gedeckten Dach entlang der nordwestlichen Mauer schossen Flammen – und verschlangen es wie mit wütenden Zungen. Einige der Flüchtlinge, die dort Unterschlupf gefunden hatten, krochen voller Angst ins Freie. Die Amazonen schossen brennende Pfeile in die Akropolis!

Theseus rief nach Wasser und nach Männern zum Löschen. Das ganze kostbare, vom Himmel gesandte Wasser, das sie am Abend zuvor aufgefangen hatten, war im Handumdrehen dahin. *Wenn der Regen doch nur lange genug gedauert hätte, um die Dächer zu durchfeuchten,* dachte er grimmig. Doch das war nicht der Fall gewesen, und wenn auch Wasserträger bereits in die Tiefen hinabeilten, so brauchten solche Gänge in die Unterwelt Zeit. Rasch loderte die nordwestliche Vorhalle auf wie ein auf die Erde gefallener Sonnenuntergang; die Männer konnten sich nur bemühen, die angrenzenden Dächer zu retten; sie benutzten Kleider und Bettzeug und versuchten die Flammen zu ersticken und auszutreten. Doch das ganze nördliche Dach ging verloren; Theseus mußte die Männer zurückrufen, die er dorthin geschickt hatte, um die Pfeile der Amazonen zu erwidern, die als erstes die dort ursprünglich postierten Wachtposten getötet hatten. Und ihr unaufhörlicher Feuerhagel, obgleich jetzt blind abgeschossen, fand genügend Ziele. Pfeile trafen in das Viehgehege und versetzten die verängstigten Tiere in Aufruhr, von denen eines, in dessen Fell ein brennender Pfeil steckengeblieben war, ein bösartiges Gebrüll ausstieß. Ein dritter Pfeil durchbohrte die Schulter eines großen schwarzen Stiers. Rasend vor Wut warf er sich gegen den Zaun, der unter seinem Gewicht zitterte und ächzte. Ein scharfes Geräusch splitternden Holzes – die Einfriedung würde nicht lange halten.

Theseus ließ den Wasserkübel fallen, den er trug, und ergriff einen Speer. Er lief zur Mauer zurück und dann wieder nach vorn auf den Pferch zu. Der gewaltige Anlauf endete in einem fliegenden Sprung, der ihn bis zur Höhe des Zaunes hinauftrug. Sich mit der einen Hand am Zaun haltend, stieß er den Speer zwischen die mächtigen, brüllenden Kieferknochen bis ins Gehirn des Stieres. Dieser fiel; und auch Theseus, den Speer verlierend, stürzte zu Boden; die Wucht, mit der seine linke Hand den rohen, schmalen Holzbalken hatte umklammern müssen, hatte diese in eine einzige große, blutende Wunde verwandelt. Sofort umringten ihn seine Männer, bejubelten ihn und bewunderten diesen Speerstoß. Doch er stieß die Hände beiseite, die ihm aufhelfen wollten. »Der Gott war mit mir. Holt Holz, um den Zaun zu verstärken, Männer – wenn diese Biester ausbrechen . . .«

Antiope jedoch übernahm die schwierige Aufgabe, die benommenen, erschreckten Frauen dazu zu bewegen, ihr zu helfen und die Männer zum Kampf gegen das Feuer zurückkehren zu lassen. Sie und ihre verwirrten Helferinnen mußten Tische und Bänke auftürmen, um den Zaun zu stützen. Zuerst war Antiope elend zumute – was, wenn Theseus das Gleichgewicht verloren hätte und in den Pferch gestürzt wäre? –, dann bemerkte sie, daß einige ihrer Helferinnen ihre Arbeit gut machten, und sie lobte sie. Diese einfachen Frauen, die an Arbeit gewöhnt waren, waren wertvoll. Doch nur wenige dankten ihr, scheu und ohne Wärme. In der Zeit vor der Belagerung hatten einige, deren notleidenden Familien sie geholfen hatte, angefangen sie zu mögen. Doch nun waren sie wieder allzusehr in ihre gewohnten Geleise zurückgekehrt, folgten dem Beispiel der Bessergestellten – jenen feinen Damen, die sich nun, zu Tode erschreckt, im Palast verkrochen und nichts taten. Eine sonderbare, verrückte Sache, dieser Adel der Geburt. Jede Amazone mußte ihren eigenen Wert beweisen, alle waren gleich geboren, ausgenommen die Sippe der Königinnen; sie wurden verehrt, weil sie das Blut Lysippes in sich trugen – jener Frau, die ihr Kind in einen Fluß geworfen hatte! Auch diese Verehrung konnte man eine sonderbare Sache nennen. *Göttin, vergib mir! Wie kann ich es wagen, über sie zu richten, ich, die ich nie erlitten habe, was sie gelitten hat? Vom eigenen Sohn geschändet zu werden ...*

Sie blickte zu Hippolytos hinüber, der in der Nähe auf einem Haufen Kram saß, den Leute ins Freie getragen hatten, die vom Feuer obdachlos gemacht worden waren. Er erwiderte ihren Blick, verwundert, ein wenig verängstigt, doch vertrauensvoll: Sie war ja bei ihm. Die Vorstellung, von ihm vergewaltigt zu werden, ließ sie plötzlich auflachen; sie konnte nichts dafür. Die sich verengenden Augen einer Frau geboten ihr Einhalt. Demnächst würde sie sagen: »Die Amazone lachte, während unsere Häuser brannten.« Gleichviel, eine Nacht wie die heutige konnte Menschen schon sonderbar lachen lassen, über sonderbare Dinge ...

Dann fegten Schreie alle Gedanken beiseite. Eine Frau kam

angerannt. Ein Pfeil steckte in ihrem dünnen Sommerumhang, der in einer schrecklichen Flammenblume aufblühte. Antiope sprang auf sie zu, wobei sie der verrückte Gedanke durchzuckte: *Das wird Hippolytos zum Weinen bringen!* Sie riß der Frau den Umhang herunter. Andere kamen zu Hilfe. Sie waren rechtzeitig gekommen, dachte Antiope. Die Frau stöhnte – diesen Frauen wurde eben keine Selbstbeherrschung beigebracht –, doch dann sah sie die scheußlichen Brandwunden, die eine Gesichtshälfte der Frau entstellten...

Sie und die anderen gingen zurück an die Arbeit, und jede dachte: *Ich werde vielleicht als nächste an der Reihe sein.* Und die Mütter dachten: *Oder ein Kind, das ich geboren habe.*

Und sie kamen und kamen, diese furchtbaren Pfeile, unaufhörlich regneten sie herab, Schmerz und Furcht und Zerstörung bringend. Bis sie mit einem Mal versiegten.

»Dank sei allen Göttern, es ist vorüber!« sagte der junge Phorbas und trocknete sich die Stirn, als er und Theseus zu Antiope kamen. Er war mit ihnen auf dem dunklen Unfreundlichen Meer gewesen und nun Theseus' vertrautester Unterführer.

»Bis sie neue Pfeile angefertigt haben«, sagte Theseus bitter.

Antiope dachte: *Bis heute abend haben sie keine brennenden Pfeile verwendet, und ich glaube nicht, daß sie noch mehr verwenden werden.* Doch sie wußte, daß er lachen würde, wenn sie das laut sagte. Außerdem konnte sie sich irren.

Sie behielt Recht. Unten am dunklen Hang hatte Tarkun endlich Molpadia gefunden. Seine steinharten Augen trafen auf ihre falkengrausamen. »Verrücktes Weib, die Tochter des Großen Königs ist dort oben!«

»Sie ist die Tochter meiner Schwester. Laß sie verbrennen! Das ist besser für sie, als an der Seite dieses Hundes weiterzuleben!«

»Ihr Amazonen legt nur Wert auf den Bauch, nicht auf den Samen, doch wir sind hier, wir Männer Suppiluliumas, weil sie seinen Lenden entsprungen ist.« Tarkuns Augen waren jetzt scharf wie Messer. »In Thrakien haben wir beide eine Abmachung getroffen, Frau. Wenn du sie weiterhin brichst, wirst du es auch mit mir zu tun bekommen.«

Dann Schweigen. Schweigen, das sich zwischen ihnen spannte wie ein straffes Seil. Bis Molpadia es schließlich brach, bitter lachend, doch ihre Augen funkelten in ihrem hageren, grauen Gesicht.

»Das wäre nichts Neues. Ihr seid beide Männer, du und dieser Hund, dessen Arglist mich nach Troizen lockte – die, welche er dadurch trifft, sind nur seine Schoßkinder! Vielleicht hofftet ihr beide, ich würde nie zurückkommen – alle Männer sind immer die Feinde aller Frauen. Doch heute abend kam ich zurück. Das Spiel ist noch nicht aus, Tarkun aus dem Reich der Hethiter.«

»Spiele es ab jetzt ohne brennende Pfeile, Frau.«

Er wandte sich zum Gehen, doch ihre Stimme hielt ihn zurück. »Dieser Brief war eine Lüge. Wie ich hätte wissen sollen, da meine Späherinnen Antiope in jener Nacht die Akropolis nicht verlassen sahen. Du weißt, daß es eine Lüge war – und ließest mich in die Falle reiten und lachtest!«

Er sah ihr ins Gesicht, hart und steinern, wie eine der großen Figuren, die sein Volk im fernen Anatolien in die Klippen meißelte. »Frau, du warst es, die mich zum Narren hielt, die meinen Dolmetscher bestach, dich diesen Brief lesen zu lassen und mir nichts davon zu sagen. Eine Handlung, die er nun bereut. Warum warst du so scharf darauf, Antiope in die Hände zu bekommen, ohne daß ich davon wußte? Was habt ihr euch erzählt, an jenem Tag, als ihr miteinander gesprochen habt?«

»Was wir sagten, war nur für Amazonen bestimmt. Und die Göttin wird mir offenbaren, wie ich sie dennoch in die Hände bekommen kann – sogar ohne brennende Pfeile. Nun geh, du verfluchtester aller Männer, einen ausgenommen!«

Er ging und fluchte über seine eigene Dummheit. Mochte sie auch gerade erst elend und erschöpft eingeritten sein, so hätten seine Männer dennoch den üblichen Befehl bekommen müssen, ihn zu wecken, falls sie etwas Ungewöhnliches tat.

*Ich hätte aufpassen sollen. Schließlich kenne ich sie.*

Viele Tage schlichen dahin, und es kamen keine brennenden Pfeile mehr geflogen. Doch in das hohe Haus des Erechtheus kehrte der Frieden nicht ein. Theseus sah wenig von Weib und Kind während dieser letzten Tage des Metageitnion, als der goldene, glutheiße Sommer endlich vorüber war und die Nächte kälter wurden. Er sprach und plante mit seinen Männern. Antiope, die wußte, daß er endlich von Hippothoon und Elephenor Nachricht erhalten hatte, verstand, warum sie zu den Beratungen nicht hinzugezogen wurde, und war dankbar. Doch ohne vernünftigen Grund verletzte es sie, daß sie ausgeschlossen war. Außerdem hatte sie Angst – um ihn und um ihr Volk; die Amazonen konnten nicht mehr sehr viel ertragen. An die Hethiter und deren erfahrene Streitmacht wagte sie nicht zu denken ...

Hippolytos war nun einsam, all seiner halb-amazonischen Spielgefährten beraubt. Die athenischen Kinder, sich ihrer Übermacht wohl bewußt, quälten ihn mit Kleinigkeiten. Die Frauen achteten sehr darauf, daß große Jungen ihn nicht schlugen; sie fürchteten Theseus' Zorn. Doch er war groß für sein Alter, hatte er doch auch Amazonenblut, so daß viele seiner Gegner doppelt so alt waren wie er. Antiopes stolzer, kleiner Rosselöser ging umher wie ein kleines wildes Tier, das weiß, daß die Hunde des Jägers ihm auf den Fersen sind, zum Kampf entschlossen, aber vorsichtig. Trotz aller Wachsamkeit Antiopes kam es mehrere Male zu Raufereien.

Eines Tages wurde Theseus Zeuge einer kleinen Schlägerei, die er einen Kampf zu nennen beliebte, und er lachte schallend. »Er wird einen berühmten Krieger abgeben! Wenn du nur ein paar Jährchen älter wärst, wie würdest du dann deinem Vater jetzt helfen! Nicht wahr, mein Kind?«

Er hob seinen Sohn hoch in die Luft, und Hippolytos krähte begeistert Zustimmung. Doch die Frauen hatten Haß in den Augen, und Antiope zuckte zusammen, obgleich sie neuerdings über alles froh war, das ihren Sohn oder Theseus zum Lachen brachte. Später, als sie mit ihrem Sohn in dem kleinen Gemach allein war, das nun ihr einziges wirkliches Heim und ihre letzte Zuflucht war, sagte sie ernst: »Gegen Amazonen sollst du nicht kämpfen, kleiner König; sie sind Mutters Volk. Du wurdest geboren, um Frieden zu stiften zwischen Männern und Frauen – um einen neuen Tag heraufzuführen ...«

Hippolytos lachte und gab auch ihr recht; durch den Besuch seines Vaters war er noch in Hochstimmung. Und sie mußte mit ihm und über ihn lachen.

Doch oft nahten sich ihr abscheuliche Gedanken wie schwarze, riesige Vögel, die mit ihren furchterregenden Schnäbeln nach ihr hackten. Theseus hatte den jüngsten Streit als einen Kampf zwischen zwei athenischen Jungen betrachtet, doch sein Volk war anderer Ansicht. Für die Athener war er ein Fremder, ein Emporkömmling, der sich unbefugt eingedrängt hatte. Welchen Ruhm Theseus immer errang, für den Jungen würde es schwer werden, sich im Volk seines Vaters den gebührenden Platz zu verschaffen. Und das würde schlecht für ihn sein, und für die Pläne der Göttin ebenfalls. *Bist Du mir damals wirklich erschienen, Herrin, an den Ufern jenes fernen Flusses? Liegt Dein Fluch auf mir, der Sünderin?*

Sie betete, doch nur die Stille antwortete ihr, oder vielmehr die mißtönenden, ermüdenden Laute, die nun dauernd das hohe Haus Erechtheus' erfüllten. Das Schelten und Weinen der geplagten, unzufriedenen Frauen, das Wimmern und Wutgeschrei ihrer einst verwöhnten, jetzt jedoch öfter geschlagenen Kinder. Antiope zuckte die Achseln und dachte: *Vielleicht ist dies alles ja die Antwort, die mein Mangel an Treue verdient. Oder ist es doch nur die Dunkelheit in mir, die Sie fernhält?*

Der Monat Boedromion begann mit kühlen Nächten und goldenen Blättern. Eines Nachmittags, als sie und Hippolytos schlummerten, weckte sie ein Wispern im äußeren Raum. Ein Wispern, das, nach all dem bösartigen, kleinlichen Gelärme, so unheilvoll war wie das Zischen von Schlangen.

»Hast du gehört, was der alte Fürst Habron heute morgen im Rat zu Theseus sagte? Über *sie*?« Habron war der älteste und am meisten geachtete der Butaden; die Stimme gehörte einem Sklavenmädchen.

»Nein.« Die Stimme einer jungen Dame, hechelnd wie die einer halb Verdursteten. »Was sagte er?«

»Er wollte, daß der König aufhören solle, mit ihr zu schlafen. Er sagte: ›Selbst wenn sie treu ist, so ist sie doch ein Schwert in den Händen der Söhne Pallas.‹ Ihre Freunde fragen, was geschehen wird, wenn unser Kriegsherr im Schlaf ermordet wird. Mit uns allen.«

»Was erwiderte König Theseus darauf?« Die Stimme flüsterte, doch zwei Mädchen stießen quiekende, halb erstickte Laute des Entzückens aus.

»Er sagte, er werde mit seiner Gemahlin schlafen, und die Sippe Pallas', ob einer oder alle fünfzig Söhne, solle lieber nicht versuchen, ihn daran zu hindern!«

»O!« Erneutes Quieken. »Und was sagte der Fürst Habron darauf?«

»Er sagte: ›Na schön, habe dein Vergnügen, wenn du mußt, aber stelle in der Nacht Wachen vor deine Tür. Mit Befehl, sie nicht allein passieren zu lassen. Und stelle sicher, daß sie von diesem Befehl erfährt.‹«

»*Das* wird ihr Benehmen beibringen!« Erfreutes Gekicher.

»Aber in Wirklichkeit macht sie so was ja nicht mehr.« Eine andere verwunderte Stimme. »Seit ihre Amazonen fort sind, bleibt sie ruhig zu Hause, genau wie eine Dame. Wie eine Frau mit Lebensart. Sie kann nicht gefährlich sein.«

»Sie ist jetzt eingeschüchtert!« Viele Stimmen vereinigten sich zu einem Hohngelächter.

Die letzte Beleidigung war zu viel für Antiope. Schnell wie ein Falke sprang sie auf und schoß hinaus, mitten zwischen die Mädchen und Frauen, die aufkreischten und sich vor ihr duckten. Ihre Stimme traf sie wie eine Peitsche. »Seid still. Ungebildete Frauen aus der Fremde schlagen quiekende Ratten manchmal tot!«

Sie flohen; sie sah sich im Raum um und wußte, daß sie eine Närrin gewesen war. Sie hatte ihnen nur noch mehr Stoff für Geschichten geliefert.

»Frauen!« Das griechische Wort war ein elender, gereizter Fluch. *»Weiber!«* Das waren für sie nur diejenigen, die lange ihre Peinigerinnen gewesen waren, das Wort meinte nicht sie selbst und ihre Mädchen und alle Frauen überhaupt.

Das Gefühl, daß jemand sie beobachtete, ließ sie herumfahren. Dort stand ihr Sohn mit braunen, weit geöffneten Augen. Er wußte, was Frauen waren: alberne, kichernde Sklavenmädchen und alberne, boshafte Damen; bis jetzt teilte er die Verachtung, die die Amazonen für sie empfanden. Er wußte auch, daß irgend etwas eine lange Zeit jedermann, sogar seinen Vater, durcheinandergebracht und seine Mutter unglücklich gemacht hatte. Er hatte gedacht, es seien böse Leute außerhalb der Mauern; Leute, deren Namen er nicht genau wußte. Konnten es die Frauen gewesen sein? Sie sprachen oft mit häßlichen Stimmen von den Amazonen, und seine Mutter und die Mütter seiner verschwundenen Spielkameraden waren Amazonen; das wußte er. Sie mochten auch die kleinen Jungen der Amazonen nicht...

Antiope gefiel dieser fragende Blick nicht. Sie ging lächelnd zu ihm zurück. »Laß uns wieder schlafen gehen, kleiner König.«

Doch etwas hatte sich Hippolytos' Geist unauslöschlich eingeprägt, und dies um so tiefer, weil er noch sehr jung war.

*Frauen waren böse.*

10. KAPITEL/HINTER DEM ENDE DER WELT – Als Theseus in dieser Nacht zu Antiope kam, stellte er keine Wachen vor ihre Tür. Doch die Gezwungenheit in seiner Stimme traf sie wie ein Schwertstreich.

»Endlich sind unsere Verbündeten unterwegs. Vor dem Morgengrauen muß ich aufstehen, um Phobos vor meinen Männern ein Opfer darzubringen. Der Macht, die schwarze Furcht genannt wird.«

In der Dunkelheit konnte er ihr Gesicht nicht erkennen, doch er sah ihre Augen und fügte schnell hinzu: »Es ist keine Amazone, die wir opfern werden, Liebste. Wir haben heute einen jungen Hethiter gefangen.«

Einer der Männer ihres Vaters, der Männer, die er ihr zu Hilfe geschickt hatte! Doch es war nicht diese schreckliche Erkenntnis, die ihr sekundenlang den Atem verschlug. Sie wußte, was dieses Opfer an die schwarze Furcht bedeutete. Die Schlacht –

die große Schlacht, von der sie entgegen aller Hoffnung immer noch geglaubt hatte, daß sie nicht geschlagen werden würde!

Sie brach mit ihrem Vorsatz, ihm keine Fragen zu stellen. Sie sagte mit gepreßten Lippen: »Dann wirst du also morgen kämpfen?«

»Ich habe schon vorher oft gekämpft.« Er lachte und griff nach ihr, doch sie stieß ihn weg. »Ja, aber morgen wird es ein anderer Kampf sein! Oh, mein Liebster, ich darf nicht daran denken ...«

Wieder lachte er, sprang ins Bett und zog sie zu sich. »Hör auf zu denken, Allerschönste! Frauen haben Besseres zu tun.« Sein Mund fand den ihren.

Sie sagte: »Möge die Göttin dich schützen, Allerliebster!« Dann warf sie die Arme um ihn.

Doch sie konnte nicht einschlafen, sondern starrte gedankenverloren in die Dunkelheit. Er mußte einen Angriff am frühen Morgen planen, um seine Feinde so sehr zu beschäftigen, daß sie den Anmarsch seiner Verbündeten nicht bemerkten, bis die neuen Truppen über sie herfielen. Doch den Athenern fehlte die hethitische Disziplin. Sie hatten keine Ahnung von der Planung und Durchführung großer Schlachten, von der tödlichen Gerissenheit ihrer Feinde. Behende und kühn wie er war, ihr Theseus, so war er doch jung; konnte er den schlachterfahrenen alten Fuchs Tarkun übertölpeln?

*Oh, Liebster, vielleicht ist dies wirklich unsere letzte gemeinsame Nacht ...!* Sie küßte seine Brust, seine Schultern, seine mächtigen Arme. Sie ließ ihren Mund über dem seinen schweben. So warm, so ruhig – doch morgen nacht atmete er vielleicht überhaupt nicht mehr! *Nein! O Göttin, hab Erbarmen! Nein!*

Ihre Gedanken glichen einem Tier in der Falle. *Ich muß ihn wecken, mit ihm reden! Nicht um ihm zu sagen, was er tun soll – das konnte er ohnehin nicht leiden. Aber um ihn vor Tarkuns Schlichen zu warnen – ich kenne sie nicht alle, aber ein paar! Vor den Blößen, die er sich vor Tarkun vielleicht gab.*

Doch wie konnte sie dies alles tun, ohne ihn nach seinem eigenen Schlachtplan zu fragen – diesen zu berichtigen, zu verbessern? Wie konnte sie das, ohne Pläne zu schmieden gegen ihr eigenes Volk?

Wenn sie ihm jede Hilfe versagte, konnte das seinen Tod bedeuten. *Sie, die auf der einen Seite ist, kann nicht auch auf der anderen sein. Du mußt dich jetzt entscheiden – entschließe dich endlich. Denn es ist die Wahrheit, daß du das nie getan hast. Sieh dem ins Auge, du, die du nun die Königin von nichts und niemandem bist. Wie du es schon längst hättest tun müssen.*

Und sie wußte, wie ihre Entscheidung ausfallen würde: Sie konnte ihn nicht sterben lassen...

Doch er schlief jetzt so friedlich – Es würde nichts schaden, ihn noch ein wenig schlafen zu lassen; und sie würde es nicht tun, um den Verrat an ihrem Volk noch ein wenig hinauszuschieben, an jenen, die von ihrem eigenen Blut waren, die von weither gekommen waren, um ihr zu helfen. Außerdem mußte sie ruhig sein, wenn sie ihn weckte, fähig, klar zu denken, ihre Worte sorgfältig zu wählen. Sie durfte ihn nicht in seinem männlichen Stolz verletzen... In der dichten Dunkelheit entschlummerte sie, erschöpft. Als sie erwachte, war neben ihr das Bett leer...

In der leichenfahlen, trüben Morgendämmerung sahen die Männer von Athen zu, wie Theseus Phobos, der schwarzen Furcht, ein Opfer brachte. Mit entschlossenem Gesicht durchschnitt er die Kehle des jungen Hethiters. Das war eine häßliche Tat; er wußte sehr gut, wie der alte Pittheus es nennen würde – Mord. Aber auf irgendeine Weise mußte er seinem Volk Mut machen, dem er so viel Leid auferlegt hatte. *Niemals hätte ich das für mich selber getan, und niemals wieder werde ich mich so in die Enge treiben lassen, daß ich es tun muß.* Diesen Schwur tat er in seinem Herzen und wußte, würde er ihn brechen, würde mehr in ihm sterben, als in diesem Mann gestorben war, der leblos vor ihm lag.

*Doch dieses Mal hast du es getan, wohl wissend, daß es ein großes Unrecht ist, und dafür wirst du bestimmt bezahlen.* So flüsterte eine grausame Stimme in ihm, die von Pittheus oder die seiner Seele. Schön, das war nicht von Bedeutung. Alles, worauf es jetzt ankam, war, sein Volk zu retten, seine Stadt, seinen alten Vater und seinen kleinen Sohn. Es galt, Antiope vor ihren geliebten Amazonen zu retten – diesem Rudel rasender Hündinnen, die nun nach ihrem Blut gierten.

Der alte Aigeus segnete ihn, Tränen in den Augen. »Mögen die Götter dich schützen, mein Sohn, dir den Sieg schenken und dich zu mir zurückbringen.«

Mit der Hälfte seiner Männer und allen Streitwagen schickte Theseus den jungen Phorbas, der jetzt sein vertrautester Unterführer war, durch die großen Tore hinaus, die aufgrund ihrer Breite dem Angriff mehr Wucht verliehen, da mehr Männer gleichzeitig hindurchkonnten. Er selbst wartete mit den restlichen Männern am Ausfalltor. Phorbas' Männer hatten kaum das Tor durchquert, da hörte er den verhaßten, jetzt wohlbekannten Schrei: »HIP-PO-OL-Y-TE-E! HIP-PO-OL-Y-TE-E!« Er wußte, daß die Amazonen vom Areopagos herabströmten wie ein Fluß, der sich ins Meer ergießt. Sie würden den Fuß des Abhanges noch vor Phorbas erreichen. Hatte er Glück, würden sie hinaufreiten, um ihn anzugreifen und sich dadurch in eine ungünstige Lage bringen – sie mußten von unten gegen einen von oben auf sie eindringenden Gegner kämpfen. Darauf würden die Hethiter ihnen zu Hilfe kommen, worauf er, Theseus, sich von hinten auf sie werfen konnte.

Sein Plan gelang. Zu einer anderen Zeit hätten ihn Amazonen am Ausfalltor erwartet, doch jetzt befanden sich alle, die noch kämpfen konnten, vor den Haupttoren. Schnell wie jagende Hunde, die ihre Beute gewittert haben, umgingen er und seine Männer die Akropolis. In gerader Linie, wie ein geschleuderter Speer, fuhren sie in die angreifenden Hethiter hinein und bahnten sich ihren Weg durch die hügelan kletternden Soldaten, wie ein Messer, das Fleisch durchschneidet. Männer schrien auf in plötzlicher Angst, und dann vor Schmerzen; einige stießen Todesschreie aus. Die Athener brachen in Triumphgeschrei aus.

Doch dann kamen die hethitischen Streitwagen, polterten in schrecklicher, ungefüger Unbeirrbarkeit heran. Bald begriff Theseus die Wahrheit der alten Warnungen Antiopes. Ein einzelner Mann konnte hoffen, falls er behende und geschickt war, beide Männer in einem griechischen Streitwagen zu töten. Doch diese Wagen aus dem Osten waren anders; der Schildträger schützte den Wagenlenker wie den Kämpfer. Theseus hatte gedacht, in seiner einzigen kurzen Auseinandersetzung mit ihnen, genügend gelernt zu haben, um mit dieser neuen Kampfweise fertig zu werden; Tag für Tag hatte er in mühevoller Arbeit seine geschicktesten Männer darin ausgebildet, ihr zu begegnen. Doch er hatte keine Möglichkeit, ihnen klarzumachen, worauf es ankam, hatte selber keine deutliche Vorstellung vom Kampf gegen solche Streitwagen, ausgenommen, wie man sie verfolgte. Und diese griffen an; sie mähten seine Männer um und zerquetschten sie. Phorbas' Wagen bahnten sich den Weg durch die amazonische Reiterei und eilten ihnen zu Hilfe, doch sie waren zu leicht, um es mit den schwereren Wagen aufzunehmen, die einen Mann mehr trugen. Einige rasten, gleichsam wie in einem Rennen, hügelabwärts, und es gelang ihnen, in die feindlichen Wagen hineinkrachend, diese umzuwerfen, doch auch sie wurden dabei umgeworfen. Die Mehrzahl der hethitischen Wagenlenker, erprobte Veteranen vieler Schlachten, wichen ihnen aus und wendeten daraufhin, um die leichteren Wagen ihrer Feinde zu verfolgen, wie Hunde den Hirsch hetzen.

Theseus schrie Phorbas zu, zurückzugehen in Richtung auf die Akropolis, und befahl seinen eigenen Männern, nach Norden zu schwenken. Dort, in einem Gelände, das steil zur Akropolis aufstieg, konnte er eine Verteidigungsstellung beziehen. Er brach durch die hethitischen Linien, doch die Amazonen verfolgten ihn wie ein Schwarm stechender Wespen. Sie hatten ihn erkannt; sie waren wie ein einziges schreiendes, rasendes Weib, ungeheuerlich, vielarmig – und so ritten sie auf ihn los, die Schlacht an den Toren ihren Verbündeten überlassend. Pfeile schwirrten; er sah zwei Männer mit geringfügigen Wunden fallen und dachte: *Diese Pfeile sind wieder vergiftet. Die Todsängerin herrscht.*

Hinter den jüngeren, behenderen Frauen, die sie überholt hatten, sah er ihren Helmschmuck und knirschte mit den Zähnen. Er hätte zu ihr zurückreiten können – nichts hätte ihn aufhalten können, diese Kraft spürte er in sich –, doch es würde eine Weile dauern, sie zu töten, wenn sie auch nur eine Frau war. Und in der Zwischenzeit würden die Pfeile seine Männer zu Tode stechen. Er trieb sie zum schnellen Rückzug, mit hocherhobenen Schilden, mit vorgestreckten Speeren die vordersten Amazonen abwehrend, die sich mehr um die Haut ihrer Pferde, als um ihre eigenen sorgten. Nun waren die großen Felsen nicht mehr fern – damals noch mächtiger und zahlreicher als in späterer Zeit –, die sich rund um die dunkle, gräßliche Spalte erhoben, durch die einst die Furien, jene entsetzlichen Göttinnen, älter als alle Götter, in die Erde, Ihre Mutter, hinuntergefahren sein sollen. *Wenn wir dorthin gelangen können, werden wir vor den Pferden sicher sein. Dann gibt es für uns noch eine Rettung!*

Wenn sie aushalten konnten, bis die zugesagte Hilfe kam, konnte alles noch gut werden. Hippothoon und Elephenor und ihre Männer würden im Rücken dieser verfluchten Streitwagen auftauchen – *O Götter, laßt die hethitischen Wagenlenker zu überrascht sein, um rechtzeitig zu wenden!* Doch sollte er zwischen den Felsen Molpadia endlich von Angesicht zu Angesicht gegenüberstehen – dann würden die Hethiter, war die Todsängerin erst tot, willens sein, die Waffen niederzulegen und zu verhandeln.

Die Felsen waren jetzt so nah! Doch um sich die Feinde vom Leib zu halten, mußte er sich jeden Fußbreit seines Weges erkämpfen – kämpfen, als haßte er es, auch nur einen Zoll des Bodens preiszugeben, der zwischen ihm und seinem Ziel lag. Und seine Männer fielen weiterhin! Doch schon verkroch sich seine Nachhut zwischen den Felsen. Er sah es aus einem Augenwinkel und jubelte. Halt noch ein wenig aus – ein bißchen länger – bis fast alle deine Männer dort sind –

Er erreichte die Felsen als letzter. Er lachte, seine Zähne schimmerten weiß im bronzenen Gesicht, und seine Augen glühten wie die eines Löwen. Er schüttelte seinen bluttropfenden Speer in Molpadias Richtung. *Komm nur, Hexe – wir wollen das unter uns ausfechten! Dann braucht niemand aus meinem Volk mehr zu sterben!*

»Jetzt haben wir ihn! Der Mörder hat sich selber den Rest gegeben!« Mit einem triumphierenden Lachen wandte sich Molpadia an Tarkun, dessen Streitwagen über die Steine hinter ihr hergeklappert war. »Er sitzt in der Falle – möge die Göttin ihn in unsere Hände geben – lebend! Aber du – warum kehrst du nicht um und zerschmetterst die Narren, die dort unten mit weit geöffneten Toren warten?«

Tarkun strich sich den Bart. »Mir scheint, sie warten nur darauf, daß ich genau das versuche. Ich versteh das nicht. Der Rotschopf ist bis jetzt nie ein Narr gewesen, so jung er auch ist.«

»Jetzt ist er einer! Und auch du, der du hier herumtrödelst!«

»Früher war dein Kopf klarer, Molpadia, als dein Blut heißer war... Der Junge muß heute jeden Mann, der halbwegs Waffen tragen kann, rausgeschickt haben. Ausgenommen eine Handvoll auf den Türmen. Warum geht er so ein Wagnis ein?«

Molpadia schnaubte. »Du glaubst, daß er ein schlaues Spielchen spielt? Daß er auf Freunde wartet, die ihm dabei helfen? Er hat keine Freunde! Nicht eine dieser feigen griechischen Städte wagt es, ihm zu Hilfe zu kommen!«

»Vielleicht nicht«, sagte Tarkun trocken. »Doch bevor ich meine Streitwagen den Hügel hinaufjage – immer eine unangenehme Sache –, werde ich Späher aussenden. Ich will sichergehen, daß dieser Junge nicht das im Sinn hat, was ich tun würde, wenn ich an seiner Stelle wäre.«

Auf der Akropolis hatten alle den Schlachtlärm gehört. Alle horchten; jeder, der sich bewegen mußte, schlich herum, als fürchte er, ein Geräusch zu machen – ein Geräusch, das ihn möglicherweise ein anderes, wichtigeres überhören ließ. Es gab nur sehr wenige Hoffnungsvolle, die einen einzelnen Schrei als Zeichen dafür nahmen, daß ihr Bruder, Gatte oder Vater noch am Leben war. Die meisten wußten nur zu gut, daß in diesem schrecklichen Meer von Geräuschen alle Einzelstimmen versanken, vielleicht für immer: bloße Wassertropfen – unaussprechlich kostbaren Wassers –, die vielleicht gerade in diesem Augenblick in den schwarzen Tod gespült wurden.

Doch eines war sicher – die Schlacht nahm nicht den Verlauf, den Theseus erhofft hatte. Etwas war schiefgegangen.

In dem kleinen Hof der Frauen, der, in den letzten vier Monaten so überfüllt, jetzt nur noch für Antiope und Hippolytos da war, wartete sie wie alle anderen Frauen Athens. Hippolytos spielte, machte sich schmutzig und war sehr glücklich. Er wußte nur, daß alles wieder so war, wie es sein sollte. Er und seine Mutter waren allein. Ihre haßerfüllten Feinde, die Frauen und ihre Kinder, waren verschwunden.

Antiope wußte, wo sie waren. Die erneuerten Dächer waren mit atemlosen Zuschauern dicht besetzt; sogar die Kindermädchen und die Kinder hatten sich eingefunden. Gern wäre auch Antiope dort gewesen, doch sie fürchtete mitansehen zu müssen, wie Theseus eine Amazone tötete. Oder – wie eine Amazone ihn tötete! Wenn sein ihr unbekannter Plan Erfolg hatte, wenn er heimkehrte, würde sie so voller Freude sein, daß sie sich nicht um ihr gebrochenes, geschlagenes Volk grämte. Dies würde sie später tun, in den langen Jahren, die kommen würden. Doch würde es diese Jahre geben? Sie klangen triumphierend, diese Schreie: »HIP-POL-Y-TE-E-E! HIP-PO-OL-Y-TE-E!« Ihr Kriegsschrei. Der teure Klang, der früher so oft aus ihrer eigenen Kehle gekommen war. Nun dröhnte er ihr in den Ohren wie der Weltuntergang...

Wenn Theseus nicht zurückkehrte... Fest umschloß ihre Hand den Griff des Dolches ihres Vaters. Unter einem leichten Umhang trug sie ihr Schwert. Wenn Molpadia sie holen kam, würde sie kämpfen. Nicht um Amazonen zu töten – das würde sie nie fertigbringen! –, sondern um ihren eigenen Tod zu suchen. *Aber laß die Hethiter als erste kommen, o Göttin, laß sie als erste kommen! Dann wird mein Sohn sicher sein; er wird ein hethitischer Krieger werden.*

Falls die Amazonen als erste kamen, würde sie ihn töten müssen. Er durfte Molpadia nicht in die Hände fallen.

Die Zeit verging; das Gold des Morgens verblaßte. Die Schlacht mußte sich von der Stadt entfernt haben, denn der Lärm wurde schwächer. Die Ankunft von Theseus' Verbündeten hätte gewiß einen größeren Aufruhr ausgelöst... Furcht durchsickerte sie wie eisiges Wasser. Wie furchtbar es war, während einer Schlacht dasitzen und warten zu müssen! Der schlimmste Kampf wäre nichts gegen eine solche Folter. Da hörte sie – jäh und furchterregend wie ein Blitz – aufgeregte, entsetzte Schreie mitten in der Akropolis selbst.

Ein Späher, den Phorbas ausgeschickt hatte, war verwundet auf die Böschung zurückgekrochen, die zu den Haupttoren führte. Die Streitwagen, die jetzt allen kampffähigen Männern den Weg versperrten, hatten ihn passieren lassen; noch immer schonten die Hethiter die verwundeten Athener. Zwei von Phorbas' Männern waren ihm zu Hilfe geeilt. Phorbas hatte sich seine Geschichte angehört und ihn dann zum hohen Haus Erechtheus' hinauftragen lassen, um ihn auch dort seine schreckliche Geschichte zu erzählen zu lassen.

Antiope warf Hippolytos, den sie bei einem Sklavenmädchen zurückließ, einen letzten Blick zu. Dann rannte sie davon, wie vom Wind beflügelt. Und während sie lief, hörte sie von fern das krachende Geräusch, mit dem die großen Tore zugeschlagen wurden – und sie wußte, daß Phorbas und seine Männer sich allesamt hinter die Tore zurückgezogen hatten.

Im großen Megaron fand sie den alten Aigeus, der wehklagte und die Götter anrief. Die alten Männer, die bei ihm waren, blickten sie griesgrämig an und sagten kein Wort. Doch es waren auch junge Männer da – sie beugten sich über einen jungen Mann, der blutend und keuchend am Boden lag. Sie sagten es Antiope mit einfachen Worten: »Theseus sitzt in der Falle.«

Sie brachte Wein und half den Männern, ihn dem Verwundeten einzuflößen. Dann stellte sie ihre Fragen. »Wo ist er? Wieviele Männer sind noch bei ihm?«

»Die Götter wissen, wie viele. Oder wie wenige. Er ist in – oder nahe – der Spalte der alten Göttinnen. Er griff die Hethiter von hinten an – wie er es vorgehabt hatte. Doch ihre Streitwagen mähten seine Männer nieder wie Getreide. Aber er ist tapfer und voller Kraft, König Theseus – auf dem Weg zur Spalte hat er viele von ihnen getötet –«

*Ich hätte ihn warnen sollen.* Aber dieser Gedanke war jetzt sinnlos, und außerdem hatte sie ihn bereits früher vor den hethitischen Streitwagen gewarnt. Sie sagte schnell: »Und seine Verbündeten? Sind sie nicht gekommen?«

»Nein, Herrin; sie – werden nie kommen. Die hethitischen Streitwagen haben sie zurückgetrieben – sie zappeln in den Wassern des Ilissos und des Eridanos. Sie können an diesen furchtbaren Wagen nicht vorbeikommen.« Er hielt inne, und sie flößte ihm noch ein wenig Wein ein. Doch mehr als der Wein riefen ihn ihre Augen und ihre Stimme ins Bewußtsein zurück. Er stammelte weiter: »Sie hätten schon viel früher kommen sollen. Der Rauch des Opfers über der Akropolis – das sollte das Zeichen sein. Aber sie kamen nicht. Und Phorbas schickte mich aus – um nachzusehen – ob sie kamen. Aber es war – umsonst. Die Hethiter hatten sie zum Halten gezwungen –«

Sein Kopf fiel zurück. Über seinen schlaffen Körper hinweg sprang Antiope wild auf seine Kameraden los. »Phorbas! Warum versucht er nicht, seinem König zu helfen?«

Bis jetzt waren sie selber überrascht gewesen, daß sie ihre Fragen beantwortet hatten, als sei sie ihr Herr. Nun wurden ihre Augen hart; sie waren Phorbas' Männer. »Er hat's versucht, Frau. Aber als unsere Streitwagen einen Ausfall machten, traf ihn ein geschleuderter Stein am Kopf. Jetzt liegt er bewußtlos und stöhnend danieder.«

Und kein anderer würde es versuchen. Ein Blick in die grimmigen Augen der alten Männer – und sie wußte genug. Sie würden sagen, alle jungen Männer würden jetzt gebraucht, um die Stadt zu schützen. Um sich hier herumzudrücken und darauf zu warten, daß der Feind die Tore sprengte und sie abschlachtete, wie Theseus vielleicht schon abgeschlachtet worden war – oh, die Narren, die Narren! Doch weitere Worte waren sinnlos.

Schnell sprang sie auf und lief los. Hinter sich hörte sie die Stimme Aigeus', der alle Männer dazu aufrief, die Tore zu öffnen und ihm zu seinem Sohn zu folgen. Doch sie wußte, daß ihn niemand beachten würde; er war alt, und heute war seine Macht, die längst ein Schatten war, bloße Erinnerung.

Bei den Toren fand sie nur führerlose, erbärmliche Männer.

Doch sie fand ihre eigenen weißen Pferde, mit denen Phorbas heute in die Schlacht gezogen war; sie waren noch nicht einmal ausgeschirrt. Niemand hinderte sie, als sie sie wegführte. Während sie ging, sprach sie mit ihnen. »Seid tapfer, meine Weißen, meine Schönen. Wir werden zusammen sein –«

Sie erreichten das Ausfalltor. Die Wachen dort waren junge Männer, jeder von ihnen humpelte oder war an den Armen verletzt. Sie rief ihnen zu: »Öffnet! Ich will zu meinem Gemahl!«

Sie starrten sie wie vom Donner gerührt an, und manches Kinn fiel herunter. Doch einer von ihnen hatte wie Phorbas an der Fahrt ins dunkle Unfreundliche Meer teilgenommen. Er humpelte zum Tor, den Einwand eines Kameraden kurz abschneidend: »Mann, selbst wenn sie Unheil anrichten will, was gibt es da noch für sie zu tun? Vielleicht ist irgendein Gott herabgestiegen, um durch sie Theseus zu helfen. Das können jetzt nur noch die Götter.« Da halfen alle mit, die Tore zu öffnen; von allen Bewohnern Athens scheinen die jungen Männer die wenigsten Vorurteile gegen Antiope gehabt zu haben.

Die inneren und äußeren Tore flogen auf, und sie schoß mit einem Dankesruf hindurch. Lange danach erzählten diese Männer, die sie hatten fortreiten sehen, ihren Kindern und Enkelkindern vom letzten Ritt der Amazone. Sie habe ausgesehen wie eine Göttin, aus den gestirnten hohen Himmeln auf die Erde gekommen, stolz und aufrecht wie ein junger Baum, während ihr sonnenhelles Haar im Wind flatterte, eine goldene, bronzefarbene Fahne über den weißen, fliegenden Mähnen ihrer Pferde.

Mit größter Geschwindigkeit stob sie den steilen Weg hinunter, der niemals für Pferde bestimmt war, und die ruhige Kraft in ihrer Stimme und in ihren Händen hielten ihr Gespann in der Gewalt. In der Mitte des Weges mußte sie einen Bogen schlagen, um einem Mann auszuweichen, der müde nach oben trottete. Mit haßerfüllten Augen blickte er zu ihr auf. »Du kehrst also zu deinesgleichen zurück, verräterische Hündin?«

»Ich gehe zu meinem Gemahl. Nicht von ihm fort.«

Unter ihrem festen Blick überzog eine matte Röte sein graues Gesicht. »Herrin, ich konnte es mit ihm nicht aufnehmen. Diese Dämonen-Königin, deine Tante, versuchte es – sie brachte es fertig, ihr Pferd an einen Ort zu bringen, wo mit Sicherheit nie zuvor ein Pferd gegangen ist.«

»Und dann?« Antiopes Stimme war fast ein Flüstern.

»Er verwundete sie, und ihre Wölfinnen trugen sie weg. Aber sie haben ihn umzingelt. Sie heulen nach seinem Blut, und bald werden sie es trinken.«

»Dann müssen sie das meine mittrinken. Freude sei mit dir!« Sie raste weiter, und er blickte ihr einen Augenblick nach, während Blut langsam aus seiner besudelten Tunika troff.

Hin und her schwankend polterte ihr Streitwagen über Steine und vorbei an Felsen. Während sich hethitische Streitwagen noch in großer Zahl vor den Haupttoren Athens drängten, sah sie hier nicht einen einzigen; wollte Tarkun bei dem letzten tödlichen Treffen nicht dabei sein?

Doch sie hörte die rasenden Schreie der Amazonen vor jener schwarzen Spalte unter dem steinigen Vorsprung des Areopagos. Und als sie näherkam, machte die Eigentümlichkeit dieses Geschreis ihre Hoffnung zunichte. Denn sie hatte gehofft – hatte vorgehabt, die Amazonen aus einiger Entfernung anzurufen und sich selber im Austausch gegen Theseus anzubieten. Vielleicht hatte sie gar gehofft, noch mehr erreichen zu können – immerhin hatten die verwundeten Amazonen sie noch geliebt. Aber keine menschliche Stimme würde jemals dieses Getöse, dieses entmenschte Geheul durchdringen können.

*Du hast uns die Sprache umsonst verliehen, o Göttin. Wir geben immer noch tierische Laute von uns, töten einander, weil wir einander nicht verstehen können. So vergib mir denn, daß ich Dir nicht besser gedient habe – und wache über Hippolytos, der es vielleicht tun wird.*

Sie hatte weder Donner noch Blitz, wie die großen, lärmenden Götter, an welche Menschen glaubten. Aber sie hatte ihren Streitwagen. Mit zusammengebissenen Zähnen trieb sie ihn vorwärts, schnurgerade wie einen fliegenden Speer. Mitten hinein in die nun abgesessene Menge, welche die großen Steine heulend umkreiste.

Mit einem Aufschrei vollkommener Überraschung sprangen aufgeschreckte Amazonen auseinander. Sie bahnte sich ihre Weg durch die Frauen wie eine Sense, jetzt das Schwert in der Hand. Wenn es notwendig war, würde sie sie damit zurückschlagen, doch das würde sie selber tief verwunden. Die Felsen waren jetzt nahe. *O Theseus, wenn doch nur ein paar athenische Streitwagen mir hätten folgen können!* Dann hätte sie ihn retten können. Jetzt gab es nur noch eine kleine Chance – eine hauchdünne Chance: Er und seine Männer mußten so schnell herausstürmen, daß sie eher auf dem Weg zur Akropolis waren, als die Amazonen aufsitzen und ihnen nacheilen konnten.

Da geschah es. Eine Amazone sprang nicht rasch genug zurück. Der Streitwagen überfuhr menschliches Fleisch und drohte fast umzustürzen. Antiope hörte den Todesschrei einer ihrer Schwestern, die von den Rädern zerdrückt wurde.

Starr vor Entsetzen blickte sie hinunter in all die bekannten, geliebten Gesichter und sah, daß alle sie verfluchten. Sah, wie sie sich in ein einziges Gesicht verwandelten. Ein uraltes, furchtbares Gesicht, unaussprechlich gequält, ausgebrannt und verheert, doch immer noch in unstillbarem Haß brennend – der Geist des Bienenstocks war Gesicht geworden. Jede Amazone trug dieses Gesicht, und alle starrten sie durchdringend an. Mit diesen Gesichtern sprangen die Frauen nicht mehr zur Seite, sondern auf Antiope los. Ihre großen, weißen Hengste schrien, als viele Klingen sie durchbohrten. Das war das Entsetzen, unter dem sie fast zusammenbrach – nie zuvor hatten Amazonen Pferde verwundet, außer bei Opfern! Blind schlug sie um sich, um sie zu schützen, und spürte, wie ihr Schwert, dessen Schärfe sie vergessen hatte, tief eindrang. Wieder schrie eine Amazone auf. Dann packten sie viele Hände und rissen sie zu Boden. Versuchten sie, sie lebendig vor Molpadia zu bringen? Arme, Beine, ihr Körper, sogar ihre Haare wurden festgehalten, doch ihr Schwert hielt sie noch in der Hand. Sie wand und krümmte sich, versuchte damit zu stechen. Wenn sie sie so wütend machen könnte, daß sie sie auf der Stelle töteten ...

Ein anderer Schrei erhob sich grell über das Geheul, wie ein

Zeichen des Widerspruchs. Ein Körper stieß verzweifelt in das Gewirr von Leibern, die sie festhielten – wie gut sie diese Stimme kannte! Sie wurde ein schreckliches gurgelndes Ächzen, als der Körper durch die Wucht des eigenen Angriffs auf Antiopes noch hochgerecktes Schwert stieß. Dann stieg das Geheul wirklich bis zum Himmel auf, ein Geräusch, lauter, als sie es sich je hatte vorstellen können. Es erfüllte ihren schwindelnden Kopf, es schien die Erde zu füllen. Der Lärm hatte sich verändert; neue Stimmen schienen ihn zu durchkreuzen, Männerstimmen. Doch das konnte nicht sein. Da schoß ein fliegender Speer an ihr vorbei, und wieder schrie eine Amazone auf – und das große Antlitz verwandelte sich in ein Frauengesicht, schmerzverzerrt und erbarmungswürdig. Zwei der Hände, die ihre Haare umklammert hielten, ließen los.

Es war die Stimme eines Mannes, die nun rief – Antiope kannte diese Stimme, und tiefer Groll durchströmte sie. *Will er alles, was ich getan habe, zunichte machen. Auch das, was ihr getan habt, meine Weißen, Tapferen?* Sie konnte es kaum ertragen, an ihre Pferde zu denken; sie konnte es nicht ertragen, an die Amazonen zu denken, die sie getötet hatte. Und nun mußten noch mehr sterben – Theseus würde nicht fallen, ohne viele seiner Feindinnen mit sich zu reißen.

Dann stand Theseus selbst über ihr, mit kreisendem Schwert. Frisches Blut tropfte von der Klinge, Amazonenblut, und sie schloß die Augen. Noch mehr Schreie, noch mehr Schwertschläge. Und dann hatte er sie erreicht – seine rotbraunen Augen blickten feurig in die ihren, schienen sie aufzubrennen. Seine Hände packten sie so fest, wie jene anderen es getan hatten – sie kannte diesen Griff. Sekundenlang hatte sie den wirren Gedanken, sie sei wieder auf dem Schiff im dunklen Unfreundlichen Meer und kämpfte mit ihm, der sie betrogen hatte. Er trug sie, und seine Männer rückten eng um ihn zusammen. Schwerter krachten und Frauen schrien – ihre Amazonen. Doch dieses Mal versuchten sie nicht sie zu retten – jetzt haßten sie sie.

Vielleicht war es die Qual dieser Erkenntnis, die sie in Ohnmacht sinken ließ – sogar sie, die Antiope, Königin der Amazonen, gewesen war. Die nur noch Antiope war ... Sie wußte nichts, bis die Felsen sich um sie schlossen. Bis er sie niederlegte und sie ängstlich nach Wunden abzutasten begann. Hinter ihnen krachten noch immer Schwerter – seine Männer wehrten die Amazonen ab, die zu versuchen schienen, die Felsen hinter ihnen zu erklettern. Die kreischten wie ausgehungerte Tiere, denen man gerade das Futter entrissen hat.

Er atmete schwer, und sein Atem kam pfeifend aus der Kehle, doch als sie sich aufsetzte und ihn wegstieß, stöhnte er erleichtert auf.

»Antiope –«

Sie rief wütend: »Du bist wieder drin – in dieser Mausefalle. Und ich habe mich so bemüht, dich herauszuholen!«

Er erwiderte rauh: »Sei still. Es ist nicht die Zeit, darüber zu reden.« Und er ging zu seinen Männern zurück.

Die Zeit verging wie hinter einem Nebelschleier. Doch noch immer gab es Kampf und Gekreisch. Zwei Amazonen schrien und starben, und als die erste fiel, sprang Antiope halb auf – diese Frau gehörte zu ihrem Volk und brauchte ihre Hilfe –, doch dann kam die niederdrückende Erinnerung ... *du bist keine Amazone mehr.* Ein Athener fiel und wurde in den Schutz der Felsen geschleppt, wo sie seine Wunden verband, so gut sie konnte. Doch ihre Augen nahmen ihn nicht wirklich wahr; er war nicht Theseus. Ihre Ohren hörten bloß das Schreien ihres Volkes, und ihr Herz blutete vor Schmerz.

Da ertönten neue Rufe: »THE-SEUS! THE-SEUS!« Stimmen, noch weit entfernt, riefen diesen Namen, und ihr Herz stockte. Die Männer auf den Türmen mußten gesehen haben, was geschehen war, und es den Männern in der Akropolis berichtet haben. Die Männer Athens hatten Mut gefaßt und kamen ihrem König zu Hilfe.

Wie der Wind kamen die Rufe näher, immer näher. »THESEUS! THESEUS! ANTI-O-PE!« Doch ihren Namen hätten sie nie gerufen; sie hatte sich bloß eingebildet, daß Hilfe kam. Enttäuschung traf sie, scharf wie ein Messer, das sich in ihr Fleisch bohrte. Doch der Ruf war noch immer da – er war keine Einbildung! Ihre Amazonen wandten sich um und wußten, daß sie einem neuen Feind begegnen mußten; und wieder durchfuhr Antiope der Schmerz um ihr Volk. Und nun brachen Theseus und seine Männer in gellende Triumphschreie aus und rannten aus den schützenden Felsen hervor.

*O Theseus, was ist, wenn du getötet wirst? O mein Volk!* Das Herz drohte zu zerspringen. Die Schmerzen zerrissen ihren Körper, so furchtbar wie bei der Geburt ihres Kindes.

Das Haßgeheul, die Schmerzensschreie – sie waren nun in ihr und würden immer dort sein, so lange sie lebte. Waren ihre Amazonen besiegt? Sie fürchtete es, und sie hoffte es, dann hörte sie einen weiteren mächtigen Schrei – Männer waren es, die ihren Sieg bejubelten.

Theseus kam zurückgerannt, sein ganzes Gesicht war ein einziges Freudenfeuer, strahlend wie die Sonne auf seinem Haar. Er packte sie, zerrte sie hinaus ins Freie. Männer umringten sie – überall waren Männer. Sie erkannte Phorbas, bleich, mit verbundenem Kopf, doch stolz grinsend. Hatte er sich ermannt und die Retter um sich geschart? Es spielte keine Rolle: Theseus war in Sicherheit. Er lebte! Er lebte!

Er hielt sie noch bei den Armen gefaßt, besorgt, doch er schrie sie an: »Verrücktes Weib, bist du verletzt?«

Wieder ganz sie selbst, schrie sie zurück: »Nicht mehr als du! Was glaubst du, wer ich bin? Eines von euren zahmen Hausmütterchen, das zu Hause sitzt und Tränen vergießt, während du Blut vergießt?«

Falls er ihr eine Antwort gab, so hörte sie sie nicht. Immer mehr Athener kamen hinzu – kamen zurück von der Jagd auf die Amazonen. Ihre Amazonen – geschlagen, zerspellt, verschwunden wie der Schaum von sich brechenden Wellen. Schatten, zurückgetrieben ins Schattenland; Schatten nun für immer...

Sie waren glücklich, die Männer von Athen. Sie hatten ihren jungen König wieder, und er hatte seine Königin, die treu war und kein Feind. Jubelnd riefen sie auch ihren Namen – dieses Mal konnte kein Zweifel sein. »AN-TI-O-PE! THE-SEUS!«

Sie hörte die Männer rufen, und ihr Herz schlug hoch. Die Männer ihres Mannes – endlich liebten sie ihre Königin. In diesem kurzen Augenblick vergaß sie die Schlacht, die Qual, als ihr Schwert in den Körper gedrungen war, der ihr vertraut gewesen war wie ihr eigener. Theseus schrie sie an und sie ihn, doch was machte das schon? Dicht unter der Oberfläche ihres Zorns lag die Zärtlichkeit. Es gab keine Zukunft, sondern nur diese herrliche Gegenwart.

»Du hättest getötet werden können!« rief Theseus, und sie erwiderte: »Du ebenfalls!« Sie richtete sich auf, um ihr aufgelöstes Haar aus ihrem zerschrammten Gesicht zu streichen. Sie hob den Arm über den Kopf.

Rasch wie ein Lichtstrahl, tödlich wie ein Blitz schoß der Pfeil zwischen ihnen hindurch. Er durchbohrte ihre ungeschützte Achselhöhle und drang tief in ihren Leib. Sie fiel über Theseus' Arm. Er glitt mit ihr zu Boden, sie fest in den Armen haltend. Noch einmal sprach sie: »Mach Frieden mit meinem Volk – wenn du kannst. Ich habe – Amazonen – getötet – für dich. Und sie – haben mich getötet. Es ist gerecht. *Chaire* – Allerliebster! Freude sei mit dir und – mit – Hippolytos!«

Dann war es still, dort unter den brütenden, steinigen Höhen des Areopagos. Bis von jenem Ort, wo ihre Kriegerinnen sie niedergelegt hatten, Molpadia, die Todsängerin, die Kriegskönigin, ihre Stimme zur Totenklage erhob, zur Klage um die junge Königin, die sie getötet hatte. Und die Stimmen aller Amazonen, die noch lebten, fielen ein.

Antiope, Königin der Amazonen, war heimgegangen in ein Land hinter dem Ende der Welt.

11. KAPITEL/SPÄTER – Auf dem Gefilde, das in späteren Zeiten Horkomoseion, »Das Schwören des Eides«, genannt wurde, schloß Theseus mit den Heeren des Ostens Frieden. Die Amazonen wollten jetzt nur noch eines: Der Leichnam ihrer Königin sollte wie die ihrer Vormütter in der Erde bestattet werden, und Theseus wußte, daß sie selbst es so gewollt hätte. Er stellte die Bedingung: »So lange sie hier liegt, in dem Land, in dem ihr Kind geboren wurde.« Und sie antworteten: »Nicht im Haus, nicht eingemauert mit Stein wie eure seltsamen Könige. Sie soll

im Freien liegen, wo sie gestorben ist. Unter dem Himmel, der auch Themiskyra überspannt, wo sie geboren wurde.«

So begruben sie Antiope in der Nähe eines Schreins der Erdmutter, von deren Brüsten alle kommen und zu denen alle zurückkehren. Lange Zeit später, mehr als ein Jahrhundert nach Christi Geburt, sollte der weitgereiste Pausanias berichten, wie ihm in Athen das Grab Antiopes, der Amazone, gezeigt wurde. Die Athener waren nun stolz auf eine Frau, die ihre Vorväter gefürchtet und gehaßt hatten, solange sie lebte.

Aber am ersten Abend nach der Schlacht, als Theseus in seinen verödeten Palast zurückkehrte, kniete er neben ihrem Bett nieder und barg seinen Kopf darin; er schluchzte, wie sein Sohn geschluchzt haben würde, hätte er begriffen. Noch in der vergangenen Nacht hatte sie dort gelegen, warm und anmutig und voll Leben. Wie konnte so viel Leben tot sein?

Viele Tage lang fanden prächtige Bestattungsspiele statt, mit denen alle drei Heere die dahingegangene Königin ehrten. Am letzten Tag wurde die goldfarbene Chrysippe herbeigebracht – das Reitpferd aus Antiopes Mädchentagen, das reiterlos den langen Weg in der Hoffnung mitgeführt worden war, daß seine Herrin es wieder heimreiten werde. Die geängstigte Stute stieg hoch und wehrte sich, doch eiserne Hände hielten sie, und am Ende durchschnitt Molpadia dem Pferd die Kehle. Theseus drehte sein Gesicht zur Seite, wohl wissend, wie sehr Antiope diese Tat verabscheut hätte.

Am selben Tag kamen endlich Briefe aus Chattusa. Tarkun las sie schweigend; dann lächelte er Theseus ein wenig schief an. »Vor einer Woche wären dies gute Nachrichten für dich gewesen, Rotschopf. Der Große König gebietet mir, den Kampf einzustellen und mit dir Frieden zu halten, bis ich mit seiner Tochter sprechen kann – um herauszufinden, für wen ihr Herz schlägt.«

Theseus stöhnte. »Wenn ich doch nur gewartet hätte...«

»Das hätten nicht viele kämpfende Männer getan. Und in dir stecken alle Anlagen zu einem großen Kämpfer, mein Freund, obgleich du noch viel lernen mußt.«

Früher hätten diese Worte Theseus' feurigen Stolz getroffen.

Jetzt sagte er bloß: »Ich bin trotzdem froh. Sie glaubte, es sei zu spät, ihren Vater die Wahrheit wissen zu lassen – daß dieses Bündnis mit den Amazonen ihn gleichwohl dazu gezwungen hätte, gegen seine Tochter zu kämpfen.«

»Keinen Deut hätte er für dieses Bündnis gegeben, nachdem die Amazonen sich gegen sie gewandt hatten.« Tarkun seufzte. »Wir sind alle in einem Netz unglücklicher Zufälle verstrickt gewesen. Niemals wäre er ein solches Risiko eingegangen – ein Heer so weit entfernt von der Heimat kämpfen zu lassen –, hätte er geahnt, daß Antiope mitnichten gegen ihren Willen festgehalten wurde. Und wie hätte er daran zweifeln sollen, da er die Amazonen kannte? Als wir hierher kamen, hatte selbst ich rasch Zweifel, doch nicht genug, bis ich von jenem Brief Wind bekam, von dem ich nichts wußte, weil mein Dolmetscher bestochen worden war, ihn mir zu verschweigen.« Seine Züge verhärteten sich. »Als er mir erzählte, was drinstand – beflissen, seine eigenen Haut zu retten –, sprach ich mit deinem Vetter Lykophron. Ließ ihn dir eine Botschaft schicken. Ich bin es gewohnt, Männer einzuschätzen, und hatte gesehen, daß er an den Plänen seines Vaters keinen großen Geschmack fand. Ein Jammer, daß ihr zwei nicht auf einer Seite steht, wie Verwandte es tun sollten.«

»Viele Dinge sind ein Jammer«, sagte Theseus bitter. »Aber ich danke dir für diese Botschaft; sie hat meine Sippe in Troizen vielleicht vor dem Tod bewahrt... Molpadia, diese Hündin! Und die anderen ebenfalls. Sie alle versuchten Antiope zu töten, so lange sie lebte – sie, die so laut wehklagen, jetzt, wo sie tot ist.«

»Nicht alle. Eine versuchte ihr zu helfen – Marpe, so war, glaube ich, ihr Name; und sie starb durch einen unglücklichen Zufall, vom Schwert ihrer Königin durchbohrt.«

»Eine aus dem ganzen Heer – eine einzige!«

»Sie haben um Antiopes willen einen langen Weg zurückgelegt, mein Junge. Haben viel aufgegeben und viel durchgemacht. Molpadia hätte sie nie dazu bringen können, eine Hand gegen sie zu erheben, wäre sie nicht zum Schluß auf sie eingeritten.«

»Um mich zu retten! Sie liebte mich – doch sie liebte auch die Amazonen. Bei allen Göttern, ich wollte, sie wären alle tot – ich wollte, mein Schwert hätte diese verfluchte Hexe durchbohrt, anstatt sie nur zu verletzen! Dann würde Antiope noch leben – leben!« Theseus' Stimme brach; er bedeckte sein Gesicht mit den Händen.

Tarkun sagte ruhig: »Für Molpadia wäre der Tod das beste gewesen. Sie hat sich selber eine Wunde zugefügt, die niemals heilen kann. Du bist jung, du wirst bald eine andere Frau nehmen, wenn es dir auch jetzt so vorkommt, als sei die Sonne vom Himmel gefallen.«

»Es gibt keine andere Frau, die ist wie Antiope! Und Molpadia – niemals kann ihr Herz aus Eisen Leid empfinden.«

»Es kann. Sie ist menschlich. Sie war einmal eine prachtvolle Geliebte – sieh mich nicht so an, Rotschopf; ich weiß, wovon ich spreche. Vor langer Zeit gab es einmal einen Mond, da sie und ich jede Nacht zusammen schliefen und den Morgen haßten. Doch dann nannte sie irgendein Narr meine Frau, und sie wandte sich von mir ab. Ich glaube, seitdem hat sie nie mehr mit dem gleichen Mann länger als eine Nacht verbracht.«

Theseus starrte ihn an. »Dann warst du der Vater ihres Kindes? Das sie wegschickte und das darauf starb? Wie konntest du es über dich bringen, den ganzen Weg an ihrer Seite zu reiten? Dich scheinbar sogar ihrem Willen unterwerfen?«

Tarkun lächelte verkniffen. »Ich war der einzige Mann, bei dem Suppiluliuma sicher sein konnte, daß er unterwegs mit ihr nicht in Streit geriet. Und für die Aufgabe, die wir hatten, brauchten wir die Amazonen unbedingt, so glaubten wir – er wollte nicht mehr Hethiter als unbedingt nötig sterben lassen.«

»Du hättest sie mit eigenen Händen erwürgen sollen! Schon vor vielen Jahren, am Grab deines Sohnes.«

»Viele Leben wären gerettet worden, wenn ich's getan hätte. Doch unser Sohn ist gerächt. Bei dem Versuch, das Gesetz der Amazonen zu bewahren, hat sie alle anderen Gesetze zerbrochen, und sich selbst dazu.«

»Ein verfluchtes Gesetz – eine verfluchte Rasse! Beide sollten ihr Ende finden.«

»Das werden sie. Du hast ihnen den Todesstoß versetzt. Oder Otrere war's, die eine kluge Königin gewesen zu sein scheint. Die Veränderung geschieht am Anfang vielleicht unmerklich, so wie der einzelne Kieselstein eine Lawine auslöst. Doch wenn sie wirklich einsetzt, ist sie nicht mehr aufzuhalten. Gleichviel, mein König wird sich um seine Tochter grämen.«

Doch Theseus dachte, sein Kummer um Antiope sei größer, als es irgendein anderer Kummer auf der Erde je sein könne.

In dieser Nacht fand er keine Ruhe. Sein einsames Bett, die stille Nacht, alles schien von ihrer Gegenwart erfüllt, von ihr, die nicht da war. Auf dem Kissen neben sich sah er ihr Gesicht deutlicher, als er es je gesehen hatte. Den lieblichen Mund, das strenge Kinn, die klaren Augen. Alle Lieblichkeit und Innigkeit eines Wesens, das für immer von ihm gegangen war. Die Feuer in seinem Inneren brannten zu heiß, um ihn längere Zeit zur Ruhe kommen zu lassen. Spät in der Nacht stand er auf, ging zum Ausfalltor und zum Platz der Furien, der furchtbaren Göttinnen, hinunter, zu dem Fleckchen Erde, wo er dem nahe sein konnte, was von ihr geblieben war...

Doch eine andere saß bereits neben dem Grab. So reglos, daß er sie zunächst nur für einen Schatten hielt, schwarz und stumm wie die Felsen über ihr. Wie die Nacht selbst saß sie dort, elend und zerfurcht und alt, tot wie die tote Antiope.

»Molpadia!« Er stieß den Namen zwischen den Zähnen hervor.

Sie sah auf, und der Haß kehrte in ihr abgezehrtes Gesicht zurück. »Freue dich, Mann aus Athen. Dein Schwert durchbohrte meine Lunge an jenem Tag. Ich huste Blut und werde bald sterben.«

»Dann danke ich allen Göttern, daß es mein Schwert war, Weib!«

»Es war's, oh, du, der du alles vernichtet hast, wofür wir Amazonen jahrhundertelang gekämpft, an dem wir gebaut haben. Doch ich hätte gleichwohl noch Kraft genug, dich ihr folgen zu lassen – dich, dessen Werk dies alles ist! –, wenn sie keinen Sohn geboren hätte... Du bist sein Vater, und er wird dich brauchen. Die Menschen vergessen leicht; du wirst andere Frauen nehmen und aufhören, dich nach ihr zu sehnen – aber wenn du jemals aufhörst, ihn zu lieben und zu schützen, dann sollst du alles verlieren, was auf Erden dein ist! Du sollst in Schande und Verderbnis sterben, und dein Geist soll für immer gefesselt in Finsternis und Unrat sitzen.«

»Du wagst es, mir das zu sagen – *du*?« Theseus ballte die Fäuste.

»Ich habe es gesagt. Vergiß nie, was du dem Kind schuldest, du, der du von allen Männern am meisten verflucht bist. Die Mutter starb für dich.«

»Durch wessen Hand?« Wieder knirschte Theseus mit den Zähnen. »Ich weiß zu schützen, was mein ist. Doch du – du trugst sie auf deinen Armen, hieltest sie auf deinen Knien, als sie klein war, und sie glaubte, du liebtest sie!«

»Ich habe sie getötet«, sagte Molpadia grimmig, »und ich liebe sie dennoch. Bete zu allen deinen Göttern, Athener, daß du ein solches Leid niemals erfahren mögest.«

»Wie konntest du das tun? Warum?«

»Bis sie starb, wußte ich nicht, was ich empfinden würde, sollte sie einmal nicht mehr auf der Welt sein.«

Eine kurze Zeit schwiegen beide; Theseus, froh über ihren Schmerz, doch voll von unausgesprochenem Haß. Jetzt konnte er sie nicht töten; er war an den Friedensvertrag gebunden, und sein Volk brauchte Frieden. Außerdem – und dieser Gedanke tat gut – hätte der Tod ihre Leiden verkürzt.

Schließlich sagte Molpadia: »Sie tötete Marpe – die ihre treueste Freundin war. Gemeinsam lernten sie Reiten und Bogenschießen. Ich zweifle, ob sie je genau wußte, was sie getan hatte – sie, die immer nur an dich dachte ... Wahrlich, sie ist eine schreckliche, verzehrende Flamme, die Liebe zwischen Frauen und Männern. Selbst wenn sich alles andere verändern sollte, wenn die Sonne im Osten untergehen sollte, und Männer aufhören, Frauen zu versklaven, werden dennoch, wenn ein Mann und eine Frau sich lieben, alle anderen leiden, die beide lieben: Freunde, Sippe, alle, die die Liebenden geboren und aufgezogen haben. Solche Liebe zerreißt viele Bande für alle, die sie zusammenschmiedet. Und für die Frau schmiedet sie immer Fesseln.«

»Woher weißt du, was sie schmieden würde – du, die du die Liebe geleugnet hast. Du, die du aus allen Frauen Huren machen wolltest. Zumindest vor diesem Schicksal habe ich sie bewahrt. Geh – und mein Fluch folge dir!«

»Und der meine folge dir«, erwiderte Molpadia, »wenn du jemals deine Pflichten gegen das Kind versäumst, das sie geboren hat.«

Damit erhob sie sich und ging davon durch die Nacht, majestätisch wie der Leichnam eines großen Königs. Theseus sah sie nie wieder.

Die verwundeten Amazonen, die noch lebten, wurden aus Chalkis zurückgebracht. Ein paar waren dort gestorben, und auch ihre Gräber wurden zukünftigen Generationen gezeigt. Antiopes sechs Amazonen kehrten zurück, weinten an ihrem Grab und um den traurigen, verwirrten kleinen Hippolytos. Dann nahmen sie ihre Töchter und gingen zum Areopagos. Ihre Söhne überließen sie den Vätern – falls sie diese kannten. Die übrigen wurden von ehrenwerten athenischen Familien aufgenommen. In vielen Häusern Athens fehlten jetzt die Söhne.

»Unsere Verwandten sind unter den Kriegerinnen«, sagten die sechs Amazonen zu Theseus, »und die Freundinnen unserer Jugend. Und Molpadia hat ihren Fuß bereits auf den Berg gesetzt.«

Er wollte sie nicht verlieren. Auch sie hatten Antiope geliebt; sie hätten ihren Sohn aufgezogen, wie sie es sich gewünscht haben würde. Und in den Armen von Amazonen hätte er sich geborgener fühlen können als in denen anderer Frauen. Auch die Amazonen gingen ungern; und sie weinten mehr darüber, weil sie Hippolytos verlassen mußten, als über die Trennung von ihren eigenen Söhnen. Doch ihre Herzen vernahmen den Ruf ihres Volkes, dem sich keine Amazone nach dem Gesetz entziehen darf... Und Molpadia starb, bevor sie griechisches Land verließen. Der gelehrte Pausanias sagt, auch ihr Grab werde in Athen gezeigt, doch Theseus hätte sich gewiß geweigert, sie in der Nähe Antiopes bestatten zu lassen. Es ist wahrscheinlicher, daß sie auf dem Isthmus starb, wo Amazonen und Hethiter gemeinsam auf Schiffe aus Troja warteten. Dort ist auch das Grab einer Amazonenkönigin bekannt. Doch wohin die kriegerischen Frauen nach ihrer Rückkehr in den Osten zogen, weiß niemand. Um Themiskyra wieder in Besitz zu nehmen, war ihre Zahl sicherlich zu gering; einige sagen, daß sie Skythen zu Männern nahmen und eine neue Rasse hervorbrachen, genannt die Sauromatai, bei denen Männer und Frauen Seite an Seite kämpften. Andere sagen, daß sie an ihren alten Sitten festhielten, sich aber in Bergfestungen im Kaukasus zurückzogen. Eine Amazone, die sich Penthesilea nannte, versuchte später, dem belagerten Troja zu helfen. Doch sie hat vielleicht eine Gruppe heimatloser Wanderinnen angeführt, die raubten, wann und wo sie konnten, ja sich sogar soweit erniedrigten, ihre Schwerter in die Dienste von Männern zu stellen. Es heißt, der große Achilles habe vor dem sagenhaften Troja die ganze Rasse der Amazonen ausgelöscht, genauso wie Herakles es vor Themiskyra und Theseus vor dem vom Gott erbauten Athen getan haben soll. Griechische Helden scheinen es sich zur Gewohnheit gemacht zu haben, die Amazonen auszulöschen, die zu verstockt waren, um zu begreifen, daß sie überflüssig waren und immer weiterkämpften. Erst der schimmernde Glanz der Sage hat es schließlich vermocht, sie dem Blick zu entziehen ...

Theseus aber blieb allein zurück, mit seinem alten Vater und seinem kleinen Sohn, mit einer verwundeten Stadt und einem verwundeten Herzen. Er hatte einer Macht widerstanden, die größer war als jede andere, die je zuvor in der westlichen Welt aufgeboten worden war. Erst mit dem Auftreten der Eindringlinge aus Persien sollte ein Weltreich aus dem Osten aufs neue den Westen bedrohen, und zu dieser Zeit kämpften viele griechische Stadtstaaten gemeinsam, und nicht nur einer. Theseus hatte seine Stadt behalten, doch seine Gemahlin verloren ...

Diesen ganzen, geisterhaft weißen Winter lang, immer wenn die Winde die Akropolis umheulten, hörte er die jungen Athener schreien, während die Stiere des Minos sie durchbohrten.

Es würde geschehen; die Neunte Horai war nahe, und er konnte nichts tun. Seine verbrannten Schiffe lagen vor Troizen auf dem Grund des blauen Meeres; und alle seine Hoffnungen und Pläne – auch sie waren zu Asche geworden.

Der Frühling kam in warmer Lieblichkeit. Die Jungfrau kehrte zur Mutter zurück; Antiope würde nie zu denen zurückkommen, die sie liebten. Und nach Norden, über das weindunkle Meer, segelten die Kreter, geierähnlich in ihren schwarzen Schiffen, um ihre Beute einzufordern. Die zum Tode Verdammten waren ausgewählt; nie wieder, so hatte Theseus geschworen, würde das geschehen. Betrübt und beschämt saß er neben dem gebeugten Aigeus, seinen kleinen Sohn auf dem Schoß und dachte an jene anderen Eltern, deren Söhne alt genug waren, um den kretischen Stieren als Spielzeug zu dienen. Leise flüsterte er in die glänzenden Locken seines Sohnes, und seine Stimme war entschlossen und von unbeugsamem Grimm: »Es wird keine neue Neunte Horai mehr geben!«

Diese Worte waren nicht aus Furcht gesprochen, sie waren eine Drohung...

Er konnte nicht voraussehen, was geschehen sollte. Er selbst in der Arena zu Knossos, das Gesicht eines jungen Mädchens, das ihm zusah, voller Liebe, voll Bewunderung und Mitleid. Er sah noch immer nur das Gesicht einer Frau deutlich vor sich. Viele andere Frauen würden sein Bett teilen, einige würden seine Gattinnen sein, doch er hatte die einzige Frau verloren, die immer seine Gefährtin sein würde.

Alles, wonach ihn damals verlangte, als er ihren kleinen Sohn fest an sich drückte, waren Schiffe – viele Schiffe. Seine Liebste war nicht mehr, doch seine Feinde waren geblieben.

DIE GESCHICHTE VON DER AMAZONE UND DER ANFANG DER KRIEGE DES THESEUS.

Gab es die Amazonen wirklich? Ihre Existenz ist vielfach bestritten worden, doch hat man in früheren Zeiten ebenso geleugnet, daß es Troja oder auch Amerika wirklich gab, und bis heute hat sich an dieser Haltung nichts geändert. Die Römer mußten bei der Eroberung des amazonischen Themiskyra derartig grausam kämpfen, daß keine archäologischen Überreste erhalten geblieben sind. Könnte es ein verbliebener Rest amazonischen Blutes, amazonischer Tapferkeit gewesen sein, der es so schwer machte, den Widerstand zu brechen? Vielleicht waren die Amazonen in Wirklichkeit nichts weiter als einer jener nördlichen Stämme, bei denen Frauen, wenn es notwendig war, an der Seite ihrer Männer kämpften. Nur in einem einzigen Satz spricht Plutarch davon, daß die Amazonen nicht allein, sondern mit skythischen Bundesgenossen nach Attika kamen. Und könnte nicht aus den wenigen Flüchtenden und Überlebenden jenes Blutbades, das Männer unter ihren eigenen Frauen anrichteten – wie Joseph Campbell im ersten Band seines Buches *Masks of God* berichtet – ein wirkliches Volk kriegerischer Frauen entstanden sein? Das würde den traditionellen Männerhaß der Amazonen erklären; Plutarchs letzte Erzählung von Tanais erklärt es jedenfalls nicht; auf mich wirkt sie eher wie eine Beschönigung.

Die Archäologie hat das gewaltige, lange vergessene Weltreich der Hethiter wieder entdeckt, die möglicherweise Nachbarn der Amazonen gewesen sind. In seiner Studie »Mursil and Myrtilos« äußerte der hervorragende, leider verstorbene Gelehrte H. R. Hall die Vermutung, die Hethiter seien die wahren Invasoren Attikas gewesen. Dies scheint unwahrscheinlich, da die Hethiter immer eine Landmacht waren; doch Suppiluliuma, der mächtigste der großen hethitischen Könige, lebte und herrschte etwa um die Zeit, als Knossos unterging. Es ist durchaus denkbar, daß sein System verbündeter Vasallenstaaten Theseus' berühmtem Bündnis attischer Stadtstaaten als Vorbild diente. Die nötigen Kenntnisse hätte er von einer halbhethitischen Braut erhalten haben können.

Vielleicht werden wir die ganze Wahrheit über Theseus nie erfahren, doch er und das athenische Nationalbewußtsein gehörten ganz wesentlich zusammen. Das Interesse an ihm lebte erneut nach den Perserkriegen auf, in denen, wie es hieß, sein Geist wiederauferstanden sein soll, um den Athenern bei Marathon zu Hilfe zu kommen. Könnte diese Geschichte nicht im gemeinen Volk entstanden sein, dessen Vorfahren er geholfen haben soll? Die Vornehmen – die Macht ihrer Vorfahren hatte er nach der Überlieferung eingeschränkt – dürften ihn in weniger freundlicher Erinnerung gehabt haben. Darüber hinaus hat er nach dem Triumph der Zeus-Verehrung als Sohn Poseidons vielleicht auch an Prestige verloren. Die brüderliche Liebe zwischen den beiden Göttern war eine spätgriechische Anschauung; Pindars delische Ode stellt die Dinge gänzlich anders dar.

Ich weiche von Plutarch ab, seinem ausführlichsten Biographen, indem ich Antiope zur ersten Ehefrau Theseus' mache. Doch in den Fragmenten des verlorenen Theaterstückes von Euripides über Theseus' kretische Heldentaten tritt das Kind Hippolytos als Person auf, und es kann nicht gut geboren worden sein, bevor seine Eltern sich begegneten. Im übrigen schrieb Euripides vor Plutarch.

Da die archäologische Forschung noch nicht abgeschlossen ist, wollte ich mich in einigen Punkten nicht festlegen, zum Beispiel beim Namen des Gottes von Delphi. Nach bisherigen Funden sind weder Apollo noch Aphrodite auf den berühmten Linear-B-Tafeln verzeichnet – im Gegensatz zu Zeus, Poseidon und Artemis –, doch auf Aphrodite konnte ich nicht verzichten. Theseus' Lebensgeschichte ist zu sehr mit klassischen Glaubensvorstellungen und Bräuchen verknüpft, als daß ich sie hätte herauslassen können. Außerdem müssen die damaligen Mykener für eine so gewaltige Macht irgendeinen Namen gehabt haben.

Apia (hier ist der ältere Name bekannt) kann als Name für den Peloponnes nur so lange verwendet worden sein, bis Atreus, Sohn des Pelops, König von Mykene wurde. Was Tantalos, Vater des Pelops, betrifft, folgte ich ebenfalls der Ansicht von Robert Ranke-Graves, wie er sie in seiner *Griechischen Mythologie* darlegt. Diese scheint mit älteren Vorstellungen übereinzustimmen und macht Tantalos zu einem würdigen Großvater des Pittheus.

Die Benutzung Delphis durch die Kreter zur Beherrschung des griechischen Festlandes ist, soweit ich sehe, ausschließlich meine eigene Erfindung oder, besser gesagt, Schlußfolgerung.

Die Werke der antiken Schriftsteller enthalten viele merkwürdige und interpretierbare Passagen, und ich gehöre zu denen, die glauben, daß sie im allgemeinen auch einen Keim von Wahrheit in sich tragen, freilich gut verborgen. Hier eine Auswahl jener Textstellen, die mich am meisten beeinflußt haben:

»Beim Betreten der Stadt erblickt man ein Denkmal für Antiope, die Amazone ... Die Athener sagen, daß, als die Amazonen kamen, Antiope von Molpadia und diese von Theseus getötet wurde.« (Pausanias, Buch I)

»Ihre Heiratsgesetze [die der Sauromatai, angeblich Abkömmlinge der Amazonen] verboten es einem Mädchen zu heiraten, bevor es im Kampf einen Mann getötet hatte.« (Herodot, Buch V)

»Ich erschaudere beim Gedanken an den gewaltigen tosenden Krieg zwischen Zeus und Poseidon. Einst ließen sie mit Dreizack und Donnerkeil ein Land ... in den Tartaros fahren.« (Pindarische Ode. Vielleicht eine Anspielung auf den Untergang von Thera, früher Kalliste genannt?)

»Die Kreter von Knossos belächelte Apollo, Sohn des Zeus, und sagte: ›Hütet Meinen Tempel [in Delphi] und offenbart Meinen Willen sterblichen Menschen.‹« (Homerische Hymne an Apollo)

»Kleidemos gibt einen etwas sonderbaren Bericht ... daß die Griechen vor langer Zeit ... ein Gesetz hatten, nach dem *kein Schiff mit einer Besatzung von mehr als fünf Männern einen Hafen verlassen durfte*.« (Plutarch, *Vita Thesaeus*. Hervorhebungen von mir)

»Insgeheim schickte Antiope einige der verwundeten Amazonen nach Chalkis, damit sie dort gepflegt würden.« (Plutarch, *Vita Thesaeus*)

»Die Leute von Troizen ... die in der Lobpreisung ihrer Heimat niemand übertrifft, sagen, daß Oros der erste Mensch gewesen sei, der dort geboren wurde. Doch mir kommt dieser Name eher ägyptisch vor.« (Pausanias, Buch II. Oros war die gebräuchliche griechische Bezeichnung für Horus, den ägyptischen Göttersohn.)

»Meine Schwester, die Ich, die Sonne, dir zum Weibe gegeben habe, hat viele [Terminus für weibliche Verwandte?]. Diese sind jetzt deine Schwestern ... Kein Bruder darf mit seiner Schwester oder Base schlafen. Wer in Chattusa solches tut, ist des Todes.« (Brief Suppiluliumas an seinen Schwager, den König von Azzi. Ein authentisches hethitisches Dokument, dem ich viele Anregungen verdanke.)

Die sehr wichtigen, aber ziemlich langatmigen Schriften des Diodoros Siculus, nach denen jegliche Kultur, die Sprache eingeschlossen, ihren Ursprung in Kreta haben soll, habe ich nicht berücksichtigt.